J. COURTNEY SULLIVAN, Autorin und Journalistin, lebt in New York und schreibt u.a. für die *New York Times, Chicago Tribune, Elle* und *Men‹s Vogue*.

Von J. Courtney Sullivan ist in unserem Hause bereits erschienen:

All die Jahre

J. Courtney Sullivan

Aller Anfang

Aus dem Amerikanischen von
Henriette Heise

Roman

Ullstein

Besuchen Sie uns im Internet:
www.ullstein.de

Lizenzausgabe im Ullstein Taschenbuch
1. Auflage Mai 2021
© 2009 by J. Courtney Sullivan
Alle Rechte der deutschsprachigen Ausgabe:
© 2019 Deuticke in der Paul Zsolnay Verlag Ges. m. b. H., Wien
Titel der amerikanischen Originalausgabe:
Commencement (Vintage Contemporaries/Penguin Random House, New York)
Umschlaggestaltung: zero-media.net, München,
nach einer Vorlage von Anzinger und Rasp, München
Titelabbildung: © Denise Taylor/Arcangel Images
Satz: Eva Kaltenbrunner-Dorfinger, Wien
Druck und Bindearbeiten: CPI books GmbH, Leck
ISBN 978-3-548-06090-3

Für meine Eltern,
Eugene F. Sullivan Jr. und
Joyce Gallagher Sullivan

Teil eins

Smith College Alumni-News
Frühjahr 2006
Neues vom Jahrgang 02

Robin Hughes schließt im Mai ihren Master in Public Health an der Northwestern ab. Sie lebt in Chicago mit ihrer Kommilitonin aus dem Hopkins House Gretchen (Gretch) Anderson ... Natalie Goldberg (Emerson House) und ihre Partnerin Gina Black (Jahrgang 99) haben sich endlich ihren Traum erfüllt, nach Finnland zu ziehen und da eine Karaokebar aufzumachen! Wie ich höre, sind bisher schon die ehemaligen Emerson-House-Bewohnerinnen Emma Bramley-Hawke und Joy Watkins auf ein paar Strophen »Total Eclipse of the Heart« vorbeigekommen. Nach vier Jahren in einer Krankenstation in ihrem Herkunftsland Malaysia ist Jia-Yi Moa jetzt an der medizinischen Fakultät der New York University angenommen worden! ... Und jetzt zu meinen persönlichen Lieblingen: Sally Werner, die in Harvard medizinische Forschung betreibt, heiratet im Mai ihren langjährigen Freund Jake Brown (und zwar auf dem Smith Campus!). Ihre Kommilitoninnen aus dem King House Bree Miller (Juraabschluss von Stanford 05), April Adams (die furchtlose Rechercheurin für Frauen in Not, Inc.) und meine Wenigkeit geben die Brautjungfern. Ihr könnt euch schon auf peinliche Trinkbilder in der nächsten Ausgabe freuen. Bis dahin wünsche ich euch einen schönen Frühling, und schickt weiter eure Updates!

Eure Schriftführerin
Celia Donnelly
(celia@alumnae.smith.edu)

Celia

Celia schrak aus dem Schlaf auf.

Ihr Kopf dröhnte, ihr Mund war trocken, und es war schon neun Uhr. Sie war spät dran für Sallys Hochzeit, oder zumindest für den Bus, der sie hinbringen sollte. Sie verfluchte sich dafür, am Vorabend ausgegangen zu sein. Was für eine Brautjungfer kam zu spät zur Hochzeit einer ihrer besten Freundinnen, und dann auch noch verkatert?

Die Sonne schien durch die Fenster ihrer kleinen Studiowohnung. Vom Bett aus sah Celia zwei Bierflaschen und eine offene Tüte Tortilla Chips auf dem Wohnzimmertisch beim Sofa und, grundgütiger Gott, auf dem Fußboden eine Kondomverpackung. Diese Frage war immerhin geklärt.

Der Typ neben ihr hieß entweder Brian oder Ryan, so viel wusste sie. Alles andere war eher verschwommen. Sie konnte sich vage daran erinnern, ihn auf der Treppe vor dem Haus geküsst zu haben, während sie nach ihren Schlüsseln kramte und sich seine Hand schon ihr Bein hinauf und unter ihren Rock bewegte. An Sex konnte sie sich nicht erinnern, aber an die Tortilla Chips schließlich auch nicht.

Glück gehabt: Sie könnte jetzt auch in Kleinteile zerstückelt sein. Ihr nüchternes Selbst musste mit der Info zu ihrem betrunkenen Selbst durchdringen, dass es alles andere als ratsam war, fremde Männer mit nach Hause zu nehmen. Das stand doch ständig in der Zeitung: *Sie lernten sich auf einer Party kennen, er lud sie auf einen Spaziergang ein, zwei Tage später fand die Polizei ihren Rumpf in einem Müllcontainer in Queens.* Sie wünschte, zwangloser Sex brächte weniger direkt die Möglichkeit mit sich, ermordet zu werden, aber so war es eben.

Jetzt beugte Celia sich über ihn, gab ihm einen Kuss auf die Wange und bemühte sich, ruhig zu wirken.

»Ich muss bald los«, sagte sie sanft. »Willst du noch in die Dusche springen?«

Er schüttelte den Kopf. »Ich muss heute nicht ins Büro«, sagte er. »Bin am Nachmittag mit Klienten zum Golfen verabredet. Hast du was dagegen, wenn ich liegen bleibe?«

»Äh, nein«, sagte sie. »Kein Problem.«

Celia betrachtete ihn. Blondes Haar, makellose Haut, wohlgeformte Arme, Grübchen im Gesicht. Er war süß, verdächtig süß. Attraktiver, als es gut für ihn war, würde ihre Mutter sagen.

Bevor sie ging, küsste sie ihn noch einmal. »Die Tür schließt automatisch, du kannst sie einfach hinter dir zuziehen. Da drüben steht Kaffee, wenn du willst.«

»Danke«, sagte er. »Ich ruf dich an, ja?«

»Gut. Tja, bis dann also.«

Aus seinem Ton schließend schätzte sie die Wahrscheinlichkeit eines Anrufs auf fünfzig Prozent. Gar nicht schlecht für eine besoffene Eroberung.

Celia machte sich auf den Weg zur U-Bahn. War es bedenklich, dass er gefragt hatte, ob er noch in ihrer Wohnung bleiben durfte? Hätte sie verlangen sollen, dass er mit ihr ging? Er sah anständig aus und hatte gesagt, dass er im Finanzwesen arbeite. Er wirkte nicht wie einer, der mit einem Mädchen nach Hause geht, um sie auszurauben, aber was wusste sie schon von ihm? Celia war sechsundzwanzig Jahre alt. Sie fand, mit Ende zwanzig war es Zeit für eine Liste der Männer, mit denen man nicht ins Bett gehen sollte. Als sie in die A-Linie einstieg, fügte sie *Typen, die mich eventuell berauben könnten* hinzu.

Zwanzig Minuten später sprintete sie über den Port-Authority-Busbahnhof und betete, der Bus möge fünf Minuten Verspätung haben. Nur fünf Minuten, mehr brauchte sie nicht.

»Gegrüßet seist du, Maria, voll der Gnade, der Herr ist

mit dir. Du bist gebenedeit unter den Frauen«, murmelte sie. »Komm schon. Komm schon!«

Das war eine Angewohnheit von Celia, ein Überbleibsel aus einer Zeit, in der sie wirklich an Gott geglaubt und immer ein Ave Maria gesprochen hatte, wenn sie in Schwierigkeiten war. Heute wusste Celia, dass das, was sie für Gebete gehalten hatte, eigentlich Wünsche waren. Sie erwartete nicht, dass die Heilige Jungfrau tatsächlich irgendetwas *tat* – selbst wenn es sie gab, war sie vermutlich nicht für die Expressbusse von Manhattan nach Northampton, Massachusetts, zuständig. Aber die vertrauten Worte beruhigten sie. Sie setzte sie so selten wie möglich ein, um die Mutter Gottes, an die sie eigentlich nicht glaubte, nicht zu erzürnen.

Ihre Mutter verehrte die Heilige Jungfrau Maria und sprach den Rosenkranz jeden Morgen während der Autofahrt zur Arbeit und hatte jahrelang eine Madonnenstatue im Vorgarten gehabt, bis eine presbyterianische Familie in das Haus gegenüber eingezogen war (um sie nicht zu irritieren, hatte sie die Statue ausgegraben und hinterm Haus aufgestellt). Sie glaubte, dass alle Macht in Marias Händen lag und Jesus zweitrangig war, weil er aus ihrem Schoß gekommen war. Celia wunderte sich oft darüber, dass ihre Mutter vielleicht die einzige Person auf der Erde war, für die der Katholizismus ein Matriarchat war.

Sie kam genau in dem Moment an, als der Busfahrer die letzten Tickets entgegennahm und die Türen schloss.

»Warten Sie!«, rief sie. »Bitte warten Sie!«

Der Fahrer sah sie schläfrig und überrascht an. Hoffentlich war er nicht so verkatert wie sie.

»Bitte! Ich muss unbedingt noch mit!«, sagte sie.

»Dann aber schnell«, sagte er. »Ein Platz ist noch frei.«

Celia fiel nicht gern auf, aber der Gedanke an Sallys immense Enttäuschung, wenn sie anrief, um zu sagen, dass sie sich verspäten würde, war einfach unerträglich. Außerdem freute Celia sich schon seit Monaten auf dieses Wochenende. Sie wollte keinen Augenblick mit den Mädels verpassen.

Sie drängte sich durch den Gang, vorbei an Frauen mit schreienden Babys auf dem Schoß, Teenagern mit dröhnenden Kopfhörern und Zwanzigjährigen, die lautstark Telefonate über wahnsinnig private Themen führten. *Hölle auf Rädern*, das sollte der Slogan von Greyhound sein. Sie hätte alles für mehr Kaffee gegeben und so viel Aspirin, wie möglich war, ohne daran zu sterben.

Trotz der ihr bevorstehenden viereinhalbstündigen Busfahrt musste Celia lächeln. Bald würde sie wieder bei ihnen sein: Sally, makellos und impulsiv, eine fünfundzwanzigjährige Millionärin in einem Hochzeitskleid aus dem Secondhandladen; April, mutig und eigensinnig, deren Waghalsigkeit den anderen oft Sorgen bereitete; und Bree, schön, mit strahlenden Augen, die in einer aussichtslosen Liebesaffäre feststeckte – sie war immer noch Celias Liebling, trotz aller Veränderungen und der Distanz, die zwischen ihnen entstanden war.

Celia setzte sich neben einen verpickelten Teenager mit einem Comic in der Hand. Sie schloss die Augen und atmete tief durch.

Vor acht Jahren hatte Celia am Tag vor Unibeginn auf dem Rücksitz des Lincoln Town Car ihres Vaters gesessen und die ganze Strecke bis zum Smith College geheult. Die Familie hatte auf einem Imbissparkplatz halten müssen, damit sie sich sammeln konnte, bevor sie ihre Mitbewohnerinnen traf. Als sie am Haupteingang ihres Studentenwohnheims, dem Franklin King House, ankam, trug sie ein falsches Lächeln und eine halbe Tube der Abdeckcreme ihrer Schwester. (Celia war immer stolz darauf gewesen, zu den Make-up-losen Mädchen zu gehören, aber in diesem Augenblick fiel ihr auf, dass sie eigentlich morgens meistens Puder, Mascara und Lidschatten auftrug, sie kaufte sie nur nie selbst.) Stundenlang hielt sie die Tränen zurück, während sie mit ihrer Familie eine Kiste nach der anderen nach oben trug und sich dann auf der Wiese bei den Naturwissenschaften unter die anderen neuen Studentinnen und deren Familien mischte. Dann war es schließlich so weit, die Familie musste abreisen, und es kam zu einem peinlichen, schmerzhaften Moment, in dem alle vier – Celia, Violet und ihre Eltern – im Kreis standen, einander umarmten und heulten, alle außer Violet, die fünfzehn war und es eilig hatte, wieder nach Hause zu kommen, um das Konzert der Ska-Band ihres Freundes in der Knights of Columbus Hall nicht zu verpassen. (Die Band hieß For Christ's Sake, um Himmels willen, und Celias Mutter hielt sie für eine christliche Rockband. Was sie nicht wusste, war, dass das letzte Wort auf dem *e* betont wurde, wie der japanische Reiswein.)

Nachdem sie abgefahren waren, weinte Celia, bis sie sich hohl fühlte wie ein Halloweenkürbis. Das College war für sie sehr plötzlich gekommen, und im Gegensatz zu vielen ihrer Freunde, die es nicht hatten erwarten können, von zu Hause wegzukommen, hatte Celia an ihrem Leben nichts auszusetzen gehabt. Sie konnte sich nicht vorstellen, ins Bett zu gehen, ohne vorher ins Schlafzimmer ihrer Eltern zu schleichen und sich zu den Hunden ans Fußende zu kuscheln, während ihr Vater die *Late Show with David Letterman* sah und ihre Mutter einen Schundroman las. Sie konnte sich nicht vorstellen, das Bad mit irgendjemand anderem zu teilen als mit Violet – eine Mitbewohnerin konnte man nicht anschreien wie eine Schwester, wenn sie das ganze Heißwasser verbraucht hatte. Man konnte sich nicht in ein Handtuch gehüllt und vom Duschen noch klatschnass die Mitesser vor dem Spiegel ausdrücken, während die Mitbewohnerin sich auf dem Badewannenrand sitzend die Fußnägel schnitt.

Am Smith College, befürchtete Celia, würde sie sich vielleicht nie richtig wohlfühlen.

Zusammen mit Lebensmittelvorräten, von denen eine fünfköpfige Familie einen Monat lang hätte zehren können, hatte ihre Mutter ihr ein Andachtsbild mit der Heiligen Jungfrau und das goldene Wandkreuz ihrer Urgroßmutter mitgegeben.

»Dir ist klar, dass das kein Nonnenkloster ist, ja?«, hatte ihr Vater seine Frau gehänselt.

Nachdem sie jahrelang auf eine katholische Schule gegangen war, betrachtete Celia sich mittlerweile als Atheistin, aber sie hatte noch immer panische Angst davor, solche Gegenstände in den Müll zu werfen – das war für sie eine todsichere Methode, vom nächsten Blitz getroffen zu werden. Stattdessen stopfte sie die Sachen in die hinterste Ecke einer Schublade und legte Unterhosen und Socken darüber.

Celia zog zwei Flaschen Wodka aus dem Koffer, in dem diese eingewickelt in ein Snoopy-Badehandtuch gereist waren, das sie besaß, seit sie acht Jahre alt war. Sie stellte die Flaschen in ihren Mini-Kühlschrank und freute sich, als ihr klar wurde, dass sie sie vor niemandem mehr verstecken musste.

Sie packte ihre restliche Kleidung aus und räumte sie in den Schrank. Das Zimmer war klein mit schlichter, weißer Tapete an den Wänden und möbliert mit einem Einzelbett, einer Eichenkommode, einem Nachttisch und einem blinden kleinen Spiegel mit einem verblichenen CLINTON/GORE-96-Sticker am unteren Ende. Celia hatte die Zimmer von Freundinnen an der Holy Cross Universität und am Boston College gesehen, deshalb wusste sie, dass dieses hier vergleichsweise gemütlich und sauber war. Am Smith College gab es in jedem Zimmer kostenloses Kabelfernsehen, einen privaten Telefonanschluss und riesige Fenster mit breiten Fensterbrettern, auf denen man sitzen und stundenlang lesen konnte.

Ihre Eltern hatten sich hoch verschuldet, um ihr das zu ermöglichen. (»Den Kredit werden wir noch abzahlen, wenn *deine* Kinder ins College gehen«, hatte ihr Vater vergangenen Frühling bei seinem letzten Versuch gesagt, sie zum Besuch einer staatlichen Uni zu überreden). Ihr war bewusst, dass sie allen Grund zur Dankbarkeit hatte. Trotzdem wurde Celia ein bisschen panisch bei dem Gedanken, die nächsten vier Jahre hier zwischen diesen Wänden zu verbringen.

Sie kämpfte so lange sie konnte dagegen, ihre Mutter anzurufen. Sie schaffte drei Stunden.

»Auf der Rückfahrt wollte ich fahren, damit dein Vater sich ein bisschen ausruhen konnte«, erzählte ihre Mutter. »Nicht einmal bis Abfahrt achtzehn habe ich es geschafft, da musste ich so weinen, dass ich an den Rand fahren und mit Daddy tauschen musste.«

Celia lachte. »Ihr fehlt mir schon jetzt so sehr.«

In diesem Augenblick erschien ein Mädchen in Celias offener Zimmertür. Sie sah aus wie ein Mann mittleren Alters, über die Shorts hing ein dicker Bierbauch, und auf dem weißen T-Shirt prangte ein kleiner brauner Fleck. Das Haar war nach hinten gegelt, und in der Hand hielt sie ein Klemmbrett.

Hoffentlich hatte die Frau nicht gehört, wie sie ihrer Mutter wie eine Fünfjährige etwas vorgeheult hatte.

»Ich muss auflegen«, sagte sie ins Telefon.

»Celia Donnelly?«, sagte das Mädchen mit einem Blick auf ihre Liste. Ihre Stimme war tief und rau. »Hocherfreut. Ich bin deine HP – steht für *House President*, die Präsidentin vom King House – Jenna der Monstertruck Collins. Erstlingstreffen im Wohnzimmer in fünf Minuten.«

Wenige Minuten später saß man unten im Wohnzimmer im Kreis auf dem Fußboden, und Celia musterte die anderen Neuen. Sie waren insgesamt fünfzehn, und die meisten sahen genauso aus wie die Mädchen, die sie von der Highschool kannte. Sie trugen Jeans oder baumwollene Sommerkleider, im Gesicht einen Hauch Lipgloss und Mascara, und hatten glattes, langes Haar. Dann waren da die Mädchen, die die Versammlung organisiert hatten: Monstertruck Jenna, zwei weitere Studentinnen im letzten Studienjahr von ähnlichem Format, die beide Lisa hießen und kurze Jungenfrisuren hatten, und eine Studentin im zweiten Studienjahr namens Becky, die das Zeug zu einer echten Schönheit gehabt hätte, wenn sie sich nur ein kleines bisschen für ihr Äußeres interessiert hätte. Ihr Haar fiel schlaff und strähnig vor Fett auf ihre Schultern, und ihr Gesicht glänzte so sehr, dass Celia zum ersten Mal der Gedanke kam, mit einem Abschminkpad die Haut einer Fremden zu bearbeiten. Abgesehen von Jenna trugen alle Flanellpyjamas.

Würde das auch aus ihr und den anderen werden? Das fragte Celia sich. Bedeutete der Eintritt in ein Frauencollege, dass man allen Pflegeprodukten entsagte und sich den Kohlehydraten hingab, als hätte man nur noch eine Woche zu leben? (Später fand sie heraus, dass, wenn man nicht vorsichtig war, die Antwort auf diese Fragen Ja und Ja war. Nach dem ersten Semester drehte etwa ein Viertel der Mädchen durch, füllte Versetzungsanträge an die Wesleyan University, das Swarthmore College oder eine beliebige andere gemischtgeschlechtliche Uni aus, bei der es eine Chance gab, dass sie sie mitten im akademischen Jahr annahmen.)

Monstertruck Jenna eröffnete die Versammlung, indem sie sich und die anderen vorstellte. Sie war HP, die Lisas waren HONS (diese sogenannten *Heads of New Students* waren für die Neuzugänge zuständig), und Becky war eine SAA (als *Student Academic Adviser* beriet sie die Studentinnen zu Fragen des Studiums). Hier gab es für alles eine Abkürzung, selbst für Dinge, bei denen es vermutlich einfacher gewesen wäre, den eigentlichen Begriff zu verwenden. Jenna ging die Liste der Namen durch und sagte dann: »Ihr seid übrigens Erstsemester oder Erstis. Ich möchte nicht hören, dass sich eine von euch als *Freshman* bezeichnet – Männer gibt es hier ja offensichtlich nicht.«

Ein schlankes Mädchen mit einem seidig braunen Pferdeschwanz und einem Lilly-Pulitzer-Kleid hob die Hand. Celia erkannte sie wieder, sie hatte sie an diesem Tag schon einmal gesehen. Ihr Zimmer lag nur drei Türen von ihrem entfernt, sie war allein angekommen und hatte einen übergroßen Koffer geschleppt, mit dem Celias Vater ihr schnell geholfen hatte.

»Du hast mich nicht aufgerufen«, sagte sie. »Ich bin Sally Werner.«

Monstertruck Jenna sah auf ihre Liste. »Hier steht, dass du zurückgetreten bist.«

»Das ist richtig«, sagte Sally mit einem traurigen Lächeln. »Eine lange Geschichte.«

Celia war gleich neugierig. Ihre Mutter sagte immer, Celia sei vom Schicksal anderer so fasziniert wie eine Romanautorin. Ein Jahr zuvor hatte sie aufhören müssen, ihre Familie zur Suppenküche zu begleiten, wo sie sich ehrenamtlich engagierten, weil sie sich mit jeder Person, die eintrat, ein schlimmeres und traurigeres Szenario ausgemalt hatte: Ein Mann in einem verschlissenen Ralph-Lauren-Sakko war mal Banker gewesen und hatte Vermögen und Familie in den Flammen eines Hausbrandes verloren (in Wirklichkeit, sagte ihre Mutter, war er nur ein fieser alter Säufer). Eine junge Frau mit einem traurigen Lächeln hatte irgendwo da draußen ein krankes Kind, für das sie anschaffen ging (nein, hatte ihre Mutter gesagt, das war aus *Les Misérables*).

»Die Sache ist die«, sagte Sally. »Meine Mutter ist gestorben, also musste ich meine Pläne in letzter Minute ändern.«

»Wann war das?«, platzte Celia heraus.

Kurz drehten sich alle nach ihr um, dann waren die Blicke wieder auf Sally gerichtet.

»Vor fast vier Monaten. 17. Mai. Deshalb bin ich zurückgetreten. Sie war krank, und wir dachten, sie hätte noch so ungefähr neun Monate zu leben, also beschloss ich, den Studienbeginn ein Jahr zu verschieben. Aber dann ist sie gestorben, und zu Hause gab es für mich nichts weiter zu tun, also –« Sie verstummte.

»Das tut mir leid«, sagte Monstertruck Jenna, und einige Mädchen im Kreis schlossen sich ihr an.

»Danke«, sagte Sally gedämpft, und Celia fragte sich, was in aller Welt man in so einer Situation sagen konnte, ohne völlig bescheuert zu klingen.

Celia wünschte, sie wäre mutig genug, aufzustehen und diese Fremde in den Arm zu nehmen. Sie wollte später zu Sally gehen, sich neben sie auf das schmale Bett setzen und ihre Freundin werden, die Schulter sein, an der sie sich ausheulen konnte.

Die Versammlung wurde fortgesetzt, sie wurden über Mensa-Zeiten informiert und darüber, wo man die Pille danach, andere Verhütungsmittel und Leckläppchen bekam. (Was zur Hölle war das denn?, fragte Celia sich. Sie nahm sich vor, es online zu recherchieren, sobald sie auf ihrem Zimmer war.) Jenna verteilte Hunderte bunter Flyer, die für Campus-Vereine, -Teams, -Läden und -Veröffentlichungen warben, und Celia wusste, dass sie jeden einzelnen davon wegwerfen würde, sobald sie oben war.

Ihre Beine schliefen langsam ein. Sie streckte sie aus und sah sich im Raum um. Er war vollgepackt mit protzigen Sofas und riesigen Orientteppichen, hatte einen echten Kamin und einen gigantischen Kronleuchter. Er erinnerte sie an eine der Villen in Newport, durch die ihre Mutter gern Führungen unternahm, um beim Anblick von Ottomanen and Récamieren »Ooh« und »Aaah« zu rufen und dann wieder in ihr bescheidenes Vorstadthäuschen zurückzukehren, in dem die abgenutzten Billigsofas von Tatzenspuren und jahrzehntealten Erdnussbutterflecken übersät waren.

»Ah, fast hätte ich die Duschregeln vergessen«, sagte Jenna, als es schon so aussah, als wären sie fertig. »Grundsätzlich gilt: Duscht bitte nicht während der Stoßzeiten mit eurer Liebsten – das ist üblicherweise zwischen acht und zehn Uhr morgens. Das ist einfach respektlos, denn mal ehrlich: Wer will morgens als Erstes zwei Lesben dabei zuhören, wie sie's einander besorgen?«

Einige der Erstis krümmten sich, und Celia fragte sich, ob das eine Taktik der älteren Studentinnen war – sie alle kannten den Mythos von den Smith-College-Lesben, aber war Sex zwischen Mädchen in der Dusche wirklich so verbreitet, dass man deswegen eine Hausregel aufstellen musste?

Die schöne Filmstarblondine Celia gegenüber wirkte entsetzt und richtete sich kerzengerade auf. Celia betrachtete sie und bemerkte einen kleinen, glitzernden Diamantring an einem ihrer zarten Finger. Um Gottes willen, was war das denn für eine? Eine Art Kinderbraut? Eine Achtzehnjährige, die schon verlobt war. Na, das konnte ja was werden.

Der Blick des Mädchens traf ihren, Celia schenkte ihr ein großes Lächeln und konnte es bedauerlicherweise dann nicht lassen, ihr auch noch zuzuwinken. Immer musste sie es übertreiben, wenn sie nervös war oder gerade beim Spionieren erwischt worden war.

Als sie die Treppe zu ihren Zimmern hinaufstiegen, sah Celia sich die drei Mädchen genauer an, mit denen sie den Flur teilen würde: Bree, die schöne verlobte Blondine; Sally, deren Mutter vor kurzem gestorben war; und ein drittes Mädchen namens April mit einem Augenbrauenpiercing und einem T-Shirt mit der Aufschrift: RIOT: DON'T DIET auf der Vorderseite.

Die vier hatten die schlechtesten Zimmer im King House:

die Mädchenkammern im zweiten Stock. Im King House hatten alle Einzelzimmer, und die meisten waren riesig, groß genug für ein Doppelbett, und mit je zwei oder drei Fenstern. Nur ein paar unglückliche Erstsemester mussten in den vier düsteren Kammern schlafen, die über dem Hauptstockwerk lagen, und in denen früher die Dienstmädchen der Studentinnen untergebracht gewesen waren.

An diesem ersten Abend ging jede von ihnen auf ihr Zimmer, schloss die Tür hinter sich und blieb vorerst ein Geheimnis.

Später, es war gegen dreiundzwanzig Uhr, hörte Celia ein Schluchzen durch die Wand, die ihr Zimmer von Brees trennte. Sie legte eine CD der Indigo Girls auf, um das Geräusch zu übertönen, und verbot sich die Neugier, aber nach der Hälfte des ersten Liedes konnte sie dieses Geräusch fremden Unglücks nicht länger ertragen. Außerdem brannte sie darauf zu erfahren, ob Bree und ihr Verlobter sich getrennt hatten. Sie kritzelte ein paar Sätze auf die Rückseite eines der Flyer von der Versammlung (*Die Radikalen Cheerleaders brauchen dich: Dem Patriarchat eins aufn Deckel!*) und schob ihn unter Brees Tür hindurch: *Ich fühle deinen Schmerz. Lust auf Wodka und Oreo-Kekse nebenan? – Celia D. Zimmer 323.*

Das Schluchzen hörte auf. Zehn Minuten später klopfte es an Celias Tür.

Bree steckte den Blondschopf ins Zimmer und wedelte mit Celias Zettel. »Danke«, sagte sie mit einem süßen Südstaaten-Akzent. »Gilt das Angebot noch?«

Celia lächelte. »Aber klar.«

Sie fragte sich, ob Bree ähnlich wie sie über die Versammlung dachte. Celia hatte aus Prinzip die dunkle Jeans und das smaragdgrüne Wickelkleid noch nicht ausgezogen: Nur, weil es hier keine Typen gab, hieß das noch lange nicht, dass sie sich gehenlassen würde. Bree trug eine rosafarbene Flanellpyjamahose und ein schlichtes, weißes Trägerhemd, aber Celia sah, dass sie Lidschatten und Lipgloss gerade noch einmal nachgezogen haben musste, und irgendetwas daran war zugleich witzig und rührend.

»Tut mir leid, dass ich so laut geweint habe«, sagte Bree. »Meine Brüder nennen mich die Drama Queen von Rosewood Court. So heißt unsere Straße zu Hause.«

»Kein Problem«, sagte Celia. »Ich glaube, ich habe seit meiner Ankunft heute früh mehr geweint als im ganzen vergangenen Jahr. Hast du Heimweh oder Herzschmerz?«

»Ein bisschen von beidem«, sagte Bree, ging zum Schreibtisch und setzte sich.

»Willst du Wodka oder Oreo-Kekse?«, fragte Celia.

»Ein bisschen von beidem«, sagte Bree wieder, und Celia lachte zum ersten Mal an diesem Tag.

Sie tranken Wodka aus Pappbechern, die Celias Mutter zusammen mit Plastikbesteck, Papierservietten und Tupperware in eine Einkaufstüte gestopft hatte, als ginge ihre Tochter auf ein Picknick, nicht aufs College.

Bree leerte ihren Becher und befüllte ihn nochmal bis zum Rand.

War sie trinkerfahren oder einfach nervös? Celia hielt Letzteres für wahrscheinlicher – wer erfahren war, stürzte puren Wodka üblicherweise nicht becherweise hinunter, sondern wusste, dass es darum ging, das Tempo zu kontrollieren. Sie dachte an die Partys zurück, an denen sie im letzten Schuljahr teilgenommen hatte: rote Plastikbecher mit rachenwärmendem Wodka, konsumiert in zahllosen modrigen Souterrains, während im Zimmer darüber ahnungslose Eltern vor dem Fernseher saßen; Tequila-Shots im Whirlpool von Reggie Yablonskis Mutter, wenn die zu Besuch bei ihrer Schwester in Kittery war; und eine Flasche Champagner, mit den Mädchen aus der Nachbarschaft zum Abschlussball geleert.

»Und du?«, fragte Bree. »Hast du jemanden zurückgelassen?«

»Ich hab' mich gleich nach dem Abschluss von meinem Typen getrennt«, sagte Celia. »Wir waren so etwa vier Monate zusammen. Er wollte im Sommer im Ferienlager arbeiten, und mir war klar, dass Fernbeziehungen eine einzige Katastrophe sind.«

Sie bereute sofort, das gesagt zu haben.

»Für mich, meine ich«, stotterte sie. »Eine Katastrophe für mich. Das ist einfach nichts für mich.«

»Wieso sollte es eine Katastrophe sein?«, fragte Bree mit großen Augen, als wäre Celia ein Orakel, das das Schicksal ihrer Verlobung vorhersagen könne.

An Celias Highschool nannten die Mädchen den 1. September, an dem die Älteren die Schule verließen und zur Uni zogen, den D-Day – der Tag, an dem dein Freund dir ade sagt. Es hatte ihr immer leidgetan, wenn das einer ihrer Freundinnen widerfuhr, und sie hatte sich insgeheim geschworen, dass ihr das nicht passieren würde.

Also hatte sie die Sache mit Matt Dougherty beim Abschlussball der St. Catherine's beendet. In der Sporthalle wurde getanzt, Punsch getrunken und Bier geschmuggelt, alle waren ganz aufgedreht. Celia und Matt saßen abseits des Trubels im Kraftraum auf einem alten Laufband. Sie hatten ihre Jungfräulichkeit gemeinsam genau hier in diesem verschwitzten, fensterlosen Raum verloren, zwischen Mittagessen und der vierten Stunde, erst einen Monat zuvor. Er war der Kapitän des Ringkampfteams und hatte einen Schlüssel. Während des Balls hatten sie sich wieder hierher geschlichen, um ein bisschen rumzumachen, aber Celia glaubte, etwas in seinen Augen zu sehen: Sie wusste, dass es nicht halten würde. Und war es nicht besser, etwas zu beenden, solange man noch Kontrolle darüber hatte, als dass es einem unter den Füßen weggerissen wurde, wenn man es nicht erwartete?

»Können wir es nicht wenigstens versuchen?«, hatte er gefragt.

»Wozu?«, sagte Celia. Er hatte vor, ins weit entfernte Berkeley zu ziehen, und niemand konnte wissen, wann sie sich wiedersehen würden.

Den Rest des Balls verbrachten sie getrennt voneinander und redeten mit ihren jeweiligen Freunden. Celia schluchzte irgendwann auf der Tribüne in Molly Sweeneys Jeansjacke und wusste die ganze Zeit, dass es eigentlich nicht um Matt ging, jedenfalls nicht nur. Es war die Angst vor dem Neuen und Unbekannten, es war der überraschende Schmerz bei dem Gedanken, dass sie vermutlich nie wieder in dieser Sporthalle stehen würde, obwohl sie den Sportunterricht immer gehasst hatte, mindestens zweimal im Monat geschwänzt und entweder mit Sharon Oliver auf der Behindertentoilette gesessen oder dem Lehrer, dem Mann mit schütterem Haar und einem Trainingsanzug aus Polyester, etwas von Krämpfen erzählt hatte. (Das schien ihn immer ausreichend anzuekeln, dass sie die Unterrichtsstunde über im Krankenzimmer dösen, aus einer winzigen Papppackung Tropicana schlürfen und Broschüren über Enthaltsamkeit und den richtigen Umgang mit Inhalatoren lesen konnte.)

»Vermisst du ihn?«, fragte Bree jetzt.

»Eigentlich nicht«, sagte Celia. »Vielleicht die Vorstellung von ihm. Ich habe da dieses Problem: Wenn ich Single bin, bin ich richtig glücklich, habe aber das Gefühl, dass mir was fehlt. Wenn ich dann in einer Beziehung bin, fehlt nichts, aber ich werde irgendwie traurig und verrückt. Schöne Scheiße, oder?«

Für den Bruchteil einer Sekunde sah Bree erstaunt aus, und Celia wünschte, sie hätte nicht »Scheiße« gesagt.

Dann sagte Bree: »Ja, so formuliert höre ich es zum ersten Mal, aber ich weiß genau, was du meinst.«

»Ich bin immer nach irgendeinem Typen verrückt«, gab Celia zu, »aber wenn ich ihn dann habe, weiß ich nie so richtig, was ich mit ihm anfangen soll.«

Bree lachte. »Wenn du so verrückt nach Jungs bist, darf ich dann fragen, was dich ans Smith College führt?«

Celia nahm einen kleinen Schluck Wodka. »Ich komme aus einem Vorort von Boston, und mir war immer klar, dass ich an eine Uni in der Nähe gehen wollte. Smith war das beste College, von dem ich eine Zusage bekommen habe. Dass hier nur Frauen sind, hat mir am Anfang Angst gemacht, aber solange Partys mit Männern stattfinden, komme ich schon klar. Um ehrlich zu sein, habe ich Frauen nie verstanden, die mit Männern befreundet sein wollen. Ich habe nur eine Schwester, bin mit den Mädels aus meiner Straße groß geworden, und, tja, ich weiß nicht – Frauenfreundschaften sind schon immer mein Ding gewesen.«

Bree nickte. »Meins auch.«

Sie strich mit einem Finger über den Verlobungsring.

»Und was ist mit dir?«, fragte Celia. »Warum Smith College?«

»Meine Mutter und meine Großmutter haben beide hier studiert«, sagte Bree. »Als ich klein war, sind meine Mutter und ich jeden Sommer für ein langes Wochenende nach Boston geflogen, haben dort ein Auto gemietet und sind hierher nach Northampton gefahren. Meine Mama hat mir immer von Ballkleidern, Kostümbällen mit den Jungs vom Amherst College und Candlelight-Dinners im Speisesaal vorgeschwärmt. Seit damals träume ich vom Smith College.«

»Aha«, sagte Celia. »Ich muss zugeben, dass mich die Vorstellung von Teegesellschaften, Abendgarderobe und dem ganzen Zeug fast vergrault hätte.«

Bree lachte. »Für mich war es das wichtigste Verkaufsargument.«

»Ist es nicht ein bisschen seltsam, dass es an dieser Uni mit ihren wöchentlichen Nachmittagstees in jedem Wohnhaus auch Duschregeln für Lesben gibt?«

»Ja, ich kann mir nicht vorstellen, dass Mama und Oma das auch schon kannten«, sagte Bree.

»Was machen die beiden heute?«, wollte Celia wissen.

»Was sie machen?«, fragte Bree.

»Was sie arbeiten, meine ich.«

»Ach so. Tja, sie waren Hausfrauen. Aber sie haben immer viel ehrenamtlich gemacht«, sagte Bree. »Arbeitet deine Mutter?«

»Ja«, sagte Celia. »Sie ist Vizepräsidentin bei einer Bostoner Werbeagentur.«

Bree machte große Augen. »Oh, wow«, sagte sie. »Ist ja toll. Ich weiß nicht – ich konnte es nicht erwarten, hierherzukommen, aber in den letzten Monaten hat mein Freund, äh, mein Verlobter, versucht, mich zum Uniwechsel zu bewegen.«

»Jetzt schon?«, fragte Celia. Sie versuchte sich auszumalen, wie es gewesen wäre, wenn Matt Dougherty sie gebeten hätte, nach Berkeley zu wechseln, aber das war unvorstellbar. Da, wo sie herkam, verlobte man sich nicht an der Highschool. Wenn sie etwas in der Richtung versucht hätte, hätten ihre Eltern zweifellos eingegriffen.

Bree nickte.

»Wie lange seid ihr zusammen?«, fragte Celia.

»Fast dreieinhalb Jahre«, sagte Bree.

»Wow.« Celias längste Beziehung hatte sechs Monate gehalten, und das hatte sich schon wie eine Ewigkeit angefühlt. Als sie zu Ende war, schaffte sie wochenlang nichts, als zur Schule zu gehen und ihre kleine Kolumne für die Schülerzeitung zu schreiben. Den Rest der Zeit verbrachte sie im Bett, wo ihr Vater ihr Eis servierte und versuchte, sie zum Lachen zu bringen, und ihre Schwester Ausgesuchtes aus der Gerüchteküche um ihre neuen Mitschüler lieferte, als würde Celia das interessieren. Plötzlich war ihr klar, warum Bree an ihrem Typen von zu Hause festhalten wollte.

»Man könnte denken, es sei 1952, und ich bin nur hier, um einen Abschluss in Hauswirtschaft zu machen«, sagte Bree. »Manchmal glaube ich, dass die Liebe es schwer hat, mit den gesellschaftlichen Veränderungen Schritt zu halten – ein Teil von mir will einfach nur weg von hier und zu ihm.«

»Und welcher Teil von dir will bleiben?«, fragte Celia.

»Der Teil, der mich geboren hat«, sagte Bree. »Meine Mutter findet Doug super, aber als ich ihr erzählte, dass ich über einen Uniwechsel nachdenke, hat sie fast einen Anfall gekriegt. Sie will unbedingt, dass ich Smith eine Chance gebe. Und ich will es auch. Glaube ich zumindest.«

»Ach, Mütter«, sagte Celia. »Meine hat mir heute Morgen ein Armband angelegt, und keine Stunde später höre ich von meiner Schwester: ›Es ist ein WHAT-WOULD-JESUS-DO?-Armband!‹ Meine Mutter hatte die Buchstaben W. W. J. D. für WAS WÜRDE JESUS TUN inwendig gemacht, damit ich es nicht merke. Die Kraft Jesu sollte unterbewusst wirken, schätze ich.«

Bree lachte. »Einige der Mädchen bei der Anmeldung hatten WAS-WÜRDE-JANE-AUSTEN-TUN?-T-Shirts an.«

»Genial«, sagte Celia. »So eins muss ich meiner Mutter schicken.«

Nach einer langen Pause bedankte Bree sich bei Celia für die Kekse. Ihre Stimme zitterte, und Celia fiel auf, dass sie beschwipst war.

»Ich müsste mich bei dir bedanken«, sagte Celia. »Du hast mich davon abgehalten, den Rekord für die schnellsten fünf Kilo extra auf der Hüfte als Freshman zu brechen.«

»Du meinst als *Ersti*«, korrigierte Bree lächelnd.

»Oh, stimmt. Und wenn ich mir die älteren Studentinnen

ansehe, sollte ich daraus wohl die schnellsten fün*fzig* Kilo extra machen.«

Celia runzelte nachdenklich die Stirn. »War das zu gemein?«, fragte sie.

»Nein, ich hatte denselben Gedanken«, sagte Bree.

Sie senkte die Stimme zu einem Flüstern, als könnte sie jemand belauschen. »Hast du April schon kennengelernt?«, fragte sie. »Das Mädchen, das mir gegenüber wohnt?«

»Nein«, sagte Celia. »Noch nicht.«

»Ich bin ihr vor dem Essen im Bad begegnet«, sagte Bree. »Ich dachte, ich seh' nicht richtig. Sie ist ein richtiger Hippie, weißt du? Sowas gibt es bei mir zu Hause gar nicht.«

Celia lachte. »Sie sieht tatsächlich ... interessant aus.«

Bree kicherte. »Insgeheim würde ich sie am liebsten fesseln und ganz neu stylen. Mit dem richtigen Lidschatten und etwas Rouge könnte sie richtig hübsch aussehen«, sagte sie. »Apropos: Du hast echt schöne Farben. Das ist mir schon bei der Hausversammlung aufgefallen.«

»Meine Farben?«, fragte Celia.

Schöne Frauen machten Frauen mit mittelmäßigem Aussehen immer Komplimente über die seltsamsten Eigenschaften: *Oh, für deine kleinen Füße würde ich töten. Deine Farben sind göttlich.*

»Ja, ich habe mir immer diesen exotischen Look der dunkelhaarigen Irin gewünscht. Black Irish nennt ihr das, richtig?«, fragte Bree. »Das ist jetzt hoffentlich nicht beleidigend.«

Celia lachte. »Nein, ist es nicht. Aber da, wo ich herkomme, ist es alles andere als exotisch. Alle Mädchen, mit denen ich aufgewachsen bin, sehen haargenau gleich aus: schwarzes Haar, blasse, weiße Haut, Sommersprossen. Wir hatten einen gefälschten Ausweis, der von der älteren Schwester meiner Freundin Liz weitergereicht wurde, den haben wir uns in der Nachbarschaft zu fünft geteilt.«

»Du bist doch nicht blass!«, sagte Bree. »Du bist hellhäutig. Aber egal. In Irisch Boston aufzuwachsen muss supercool gewesen sein.«

Irisch Boston. Celia musste ein Lachen unterdrücken. Sie fragte sich, ob Bree sich ihre Familienmitglieder mit Schiebermütze und kaum verständlichem Akzent vorstellte, wenn sie in Wirklichkeit wie alle anderen in einem verschlafenen Vorort wohnten. Sie waren tatsächlich ein riesiger Familienclan mit Cousins und Cousinen in ganz Massachusetts, die fast jedes Wochenende in irgendeinem Garten irgendetwas feierten: einen Geburtstag, eine Firmung, einen Hochzeitstag. Und in einem kurzen Anfall von Patriotismus nach einer Reise nach Galway (sowie fruchtlosen Versuchen, Celias unheilbare Tollpatschigkeit zu beheben) hatte ihre Mutter Celia und Violet zum Stepptanzunterricht geschickt, dem Celia ihre perfekte Haltung und das absolute Unvermögen zu verdanken hatte, ganz normal zu tanzen. Abgesehen davon war sie nicht irischer als jede andere.

Natürlich machte sie mit Bree das Gleiche: Sie konnte sich dieses Mädchen problemlos beim Volkstanz in der Highschool und auf Debütantinnenbällen vorstellen. Sie sahen voneinander bisher nur die scharfen Kanten. Was in der Mitte lag, was verschwommen war, würden sie noch ausfüllen müssen.

Celia vermisste ihre Freunde von zu Hause. Liz Hastings mit dem bösen Humor und der kindlichen Angst vorm Dunkeln. Lauren O'Neil, die mit sechs Brüdern aufgewachsen war und bei der früher immer die wildesten Pyjamapartys stattgefunden hatten, bei denen ihre Brüder den Mädchen köstliche Angst machten, indem sie in Clownsmasken ins Zimmer stürmten oder ihnen Gruselgeschichten erzählten, bis sie kreischten. Diese Mädchen kannten alles von Celia. Wie lange würde es dauern, bis sie wieder mit jemandem zusammensaß und ein Gespräch ohne Smalltalk führte, ohne eine Vorgeschichte aufrollen zu müssen, ohne sich Gedanken über ihre Wortwahl machen zu müssen?

Bevor Bree eine Stunde später in ihr Zimmer ging, umarmte sie Celia und sagte: »Ich bin so froh, dass du gleich nebenan wohnst. Warst du schon mal in Savannah, Celia? Es ist so schön da. Überall hängt das lila Louisianamoos von den Bäumen. O ja, irgendwann zeig' ich dir das. Du wirst durchdrehen.«

Darauf folgte ein niedlicher kleiner Hickser. »Ich trinke sonst eigentlich nicht.«

Celia lachte. »Ich freue mich auch, dass du nebenan bist.«

Am nächsten Morgen, ihrem ersten ganzen Tag am Smith College, wachte Celia vor acht Uhr auf. Der Unterricht sollte erst am nächsten Tag beginnen, aber sie konnte nicht mehr schlafen. Sie öffnete ihre Schlafzimmertür und warf einen Blick in den menschenleeren Flur. Sie wünschte, Bree gut genug zu kennen, um sie jetzt für ein extrafrühes Frühstück oder einen langen Spaziergang über den Campus aus den Federn holen zu können. Stattdessen ließ sie die Tür offen stehen, setzte sich allein auf ihr Bett und schrieb Tagebuch.

Einige Zeit später hörte sie ein Geräusch im Flur und sah rotes Haar aufblitzen. »Hey!«, rief sie. »Du bist April, oder?«

April steckte den Kopf durch die Tür. »Ja, die bin ich«, sagte sie.

Sie kam in Shorts und einem ausgeblichenen Trägertop ins Zimmer, und Celia sah, dass ihre Waden von dickem, braunem Haar übersät waren. Das waren aber gar keine Stoppeln. Dieses Mädchen hatte sich noch nie rasiert. Das rotgefärbte Haar war in einem unordentlichen Zopf zurückgebunden, und sie trug kein Make-up. Sie war etwa eins fünfundsiebzig groß, sehr dünn und hatte lange Beine, die trotz der Behaarung verblüffend sexy waren.

Typisch, dachte Celia. Die Mädchen, denen ihr Aussehen egal ist, sind immer groß und schlank, ohne etwas dafür zu tun. April hatte ein hübsches Gesicht, aber scharfe Züge: Die spitze Nase und die ausgeprägten Wangenknochen ließen sie streng aussehen, wenn sie nicht lächelte.

»Bist du so früh schon draußen gewesen?«, fragte Celia.

April nickte. »Ich habe bei den Vorbereitungen für einen Vortrag von der Leiterin von *Gleichberechtigung jetzt* geholfen, der heute stattfinden soll«, sagte sie. »Das wird super. Hier, das kannst du haben.«

Sie reichte Celia einen Flyer. Celia überflog ihn:

STOPPT EHRENMORDE! JETZT!

WUSSTEST DU, dass in Pakistan nach den Hadd-Strafen eine Frau entweder das Geständnis des Vergewaltigers oder die Aussagen von mindestens vier volljährigen, männlichen muslimischen Augenzeugen braucht, um beweisen zu können, dass sie vergewaltigt wurde? Sonst muss sie damit rechnen, der Unzucht oder des Ehebruchs angeklagt zu werden oder von ihrem Ehemann, ihren Brüdern oder ihrem Vater ermordet zu werden, weil sie Schande über den Namen der Familie gebracht hat. Durchschnittlich sterben in Pakistan jährlich eintausend Frauen durch Ehrenmorde. HILF MIT, DIESER GRAUSAMKEIT UND DEM LEID EIN ENDE ZU SETZEN!

Celia blinzelte. Sie war schon davon überfordert, sich an das Studentenwohnheim zu gewöhnen und die vielen neuen Leute kennenzulernen. Wie hatte April es fertiggebracht, sich dem Kampf gegen Ehrenmorde anzuschließen?

April setzte sich neben sie aufs Bett. Ihr Körpergeruch erinnerte an Bostoner Obdachlose: stechend, pikant und roh. Plötzlich dachte Celia daran, wie ihre Mutter eines Sommers, als sie noch an der Highschool war, einen Artikel über krebserregende Chemikalien in Haushaltsprodukten gelesen hatte und darauf bestand, dass die Familie auf bio umstellte. Sie zwang sie dazu, nur noch Zahnpasta, Shampoo und sogar Deo aus Naturprodukten zu benutzen. Jetzt fragte Celia sich, ob auch sie gerochen hatte wie das, was ihr gerade in die Nase stieg, bevor sie im Herbst der elften Klasse mit Joey Murray zusammengekommen war. Zu dem Zeitpunkt hatte sie angefangen, Soft & Dri Deo, Haarspray und Clearasil in ihr Zimmer zu schmuggeln, so wie andere Jugendliche kleine Tütchen mit Gras und verschweißte Ausgaben vom *Playboy*.

Aprils Blick blieb an der Flasche Absolut vom Abend zuvor in Celias Mülleimer hängen, und Celia hatte sofort ein schlechtes Gewissen, sie nicht auch eingeladen zu haben.

»Du weißt aber, dass es am College ein Recyclingsystem gibt, oder?«, sagte April.

Celia nahm die Flasche brav aus dem Müll und stellte sie in den blauen Eimer hinter der Tür. Später wollte sie Bree alles von der Begegnung erzählen. Wer zum Teufel war dieses Mädchen?, fragte sie sich.

»Wollen wir frühstücken gehen?«, fragte April und brach das unangenehme Schweigen.

»Klar«, sagte Celia.

»Auf dem Rückweg von der Stadt konnte ich an nichts anderes denken als Hash Browns und einen fetten Teller falschen Speck«, sagte April.

»Was ist denn falscher Speck?«, wollte Celia wissen.

April lachte. »Das ist ein Sojaprodukt und schmeckt genau wie echter Speck. Na ja, fast. Ich bin Veganerin«, sagte sie. »Aber ich esse gern.«

Celia lächelte. Immerhin das hatten sie gemeinsam.

Sie gingen zum Speisesaal hinunter. Celia war froh, jemanden – irgendjemanden – zu haben, der mitkam. Obwohl ihre Schwester drei Jahre jünger war und sie unterschiedliche

Freundeskreise hatten, war Violet immer an ihrer Seite gewesen, wenn sie etwas Neues anfing: Ferienlager, Softball oder auch nur der dumme Schnorchelkurs im Club Med. Ihr Leben lang hatte sie sich mehr Zeit allein gewünscht und von einem Samstag geträumt, an dem sie nicht zu einer langweiligen Familienfeier mitkommen musste. Jetzt war sie zum ersten Mal allein und wusste überhaupt nicht, was sie mit sich anfangen sollte.

Im Speisesaal saßen hier und da Mädchen in Schlafanzughosen und Trägerhemdchen, weiten T-Shirts und Boxershorts. Doch die meisten Studentinnen im letzten Studienjahr waren noch gar nicht eingetroffen, sodass ein Großteil der Tische leer blieb.

Celia trug Jeans und eine rote Strickjacke, dazu Socken und Keds.

»Findest du es nicht seltsam, dass sich hier alle anziehen wie in der Psychiatrie?«, flüsterte Celia April zu und hätte am liebsten losgelacht.

April zuckte nur mit den Schultern. Sie zeigte auf ihre Shorts. »Ich bin echt keine Modeexpertin.«

Hoffentlich hatte sie April nicht verletzt. »Ich werde, so lange ich kann, dagegen ankämpfen, mich im Pyjama in der Öffentlichkeit zu zeigen«, sagte sie.

April zog die Augenbrauen hoch.

Sie nahmen sich Teller von einem Tisch am Ende der Buffetschlange und begutachteten das Essen. Da waren Platten, auf denen sich Doughnuts, Bagels und andere Backwaren stapelten, eine riesige Terrine mit dampfendem Haferbrei und Pfannen mit Speck, Wurst, Omeletts, Armen Rittern, Waffeln und Hash Browns, und neben jedem Fleischgericht gab es eine vegane Alternative.

Für Celia war das ganz neu. Hatte es an ihrer Highschool Veganer gegeben? Nein, entschied sie. Ganz bestimmt nicht.

Die zwei oder drei Vegetarier, die sie kannte, hatten in der Cafeteria einfach immer die Pizza genommen, weshalb sie nicht weiter auffielen.

April belud ihren Teller mit grünlichem Ei-Ersatz und falschem Speck, der Celia an die Gummilebensmittel in ihrer Fisher-Price-Spielzeugküche von früher erinnerte.

»Das musst du probieren. Echt lecker. Und für die Herstellung musste kein Tier eines grausamen Todes sterben«, sagte April.

Celia hielt gerade eine Wurst in der Servierzange. Oje. Sie legte die Wurst auf ihren Teller und nahm sich noch zwei Plunder, einen mit Himbeere und einen mit Käse. Wenn sie je einen Anlass zum Frustessen gehabt hatte, dann jetzt.

Sie setzten sich und sprachen über die Hausversammlung vom Vorabend.

»Was hältst du von den Duschregeln?«, fragte Celia.

April zuckte mit den Schultern.

Also, die machte es einem wirklich nicht leicht.

»Hast du zu Hause einen Freund?«, fragte Celia.

April verschluckte sich und sagte Nein, als hätte Celia gefragt, ob sie eine My-Little-Pony-Sammlung in ihrer Handtasche hatte.

»Eine Freundin?«, fragte Celia. Jetzt war es auch egal.

»Nein«, sagte April. »Ich will nicht das Arschloch sein, aber ich fand die ganze Versammlung ziemlich kindisch. Dass ich dem King House zugeteilt wurde, muss sich irgendein Scherzkeks in der Verwaltung ausgedacht haben.«

»Wie meinst du das?«, fragte Celia.

»Ich bin nicht für das Sozialleben hier gemacht«, sagte April. »Ich interessiere mich nicht für die Scheißvereinigungen und Saufgelage mit braven weißen Jungs. Dafür bin ich nicht hergekommen. Wenn ich das gewollt hätte, hätte ich auch auf jede x-beliebige staatliche Uni in Illinois gehen können.«

»Ah, du kommst aus Illinois?«, sagte Celia mit viel zu viel Enthusiasmus für jemanden, der noch nie da gewesen ist.

»Chicago«, sagte April.

Celia nickte. »Und warum bist du dann hier«, fragte sie, »wenn nicht wegen der Partys und dem üblichen College-Kram?«

»Ich bin hier, weil das Smith College die Alma Mater von Gloria Steinem und Molly Ivins war. Ich dachte, das sei der beste Ort, um effektiv das Patriarchat in diesem gottverlassenen Land zu bekämpfen«, sagte April. Dann biss sie von ihrem falschen Speck ab und fügte hinzu: »Außerdem mag ich das Mensaessen.«

Celia fragte sich für einen Augenblick, ob sie die einzige normale Person an diesem College war. Zu Hause hatte sie immer als seltsam gegolten, weil sie im Gegensatz zu ihren Freundinnen lieber viktorianische Romane las als Gedichte von Dorothy Parker oder Frauenzeitschriften, lieber alte Technicolor-Musicals sah als moderne Filme. Aber jetzt kam sie sich vor wie Margarete Mustermann: ohne Kinderehe oder Aggressionen gegen das Establishment war man am Smith College offenbar ein Freak.

Als sie ihr Geschirr abräumten, erwähnte April, dass sie am Nachmittag noch bei einer Gruppe gegen Ausbeuterbetriebe mitmachen wolle, bevor sie zu dem Vortrag von *Gleichberechtigung jetzt* gehen würde. Das klang natürlich alles bewundernswert, aber Celia hätte sich am liebsten in ihr Bett verkrochen und den Rest des Tages mit Freundinnen von zu Hause telefoniert.

»Ich finde es wichtig, sich anderen zu widmen, zu helfen und zu begreifen, dass es nicht immer nur um den eigenen Mist geht«, sagte April. »Die meisten Frauen in unserem Alter heulen, weil irgendein Typ sie nicht mehr anruft, aber sie interessieren sich einen Scheiß für wahres menschliches Leid.«

Celia sagte sich, dass April ganz allgemein sprach und sich nicht unbedingt auf sie bezog. Trotzdem merkte sie, wie ihre Wangen zu brennen begannen, und verfluchte diese bescheuerte helle Haut, die ihre Gefühle verriet.

»Entschuldige«, sagte April. »Ich arbeite noch daran, die Predigerin in mir unter Kontrolle zu bringen.«

Celia lächelte. »Ist schon in Ordnung.«

Sie fragte sich, was für Freunde April zu Hause gehabt hatte.

»Sag mal, was hörst du so für Musik?«, fragte April.

»Ach, alles Mögliche. Ich mag die alten Sachen: Billie Holiday und so. In letzter Zeit gefällt mir auch Folk immer mehr, Bob Dylan und Joni Mitchell zum Beispiel.«

»Das ist doch ein Wort«, sagte April grinsend. »Ich finde beide toll. Und was ist mit Elliott Smith und Kris Delmhorst?«

»Von denen kenne ich nicht so viel«, sagte Celia, obwohl ihr die Namen in Wirklichkeit gar nichts sagten.

»Okay, alles klar, dann brenne ich dir eine CD, die dich umhauen wird«, sagte April.

Noch am selben Tag beklebte April ihre ganze Tür mit Slogans wie FEMINISMUS IST DIE RADIKALE IDEE, DASS FRAUEN AUCH MENSCHEN SIND und DEIN WORT IN DER GÖTTIN OHR. Sie schrieb ein Zitat aus *Mary Poppins* mit rotem Edding an die Flurwand: WENN WIR DEN MANN AUCH ZWEIFELLOS VEREHRN, WIRD ER DOCH ZUM GLÜCK IN GRUPPEN REICHLICH BLÖDE.

Celia schob noch einen Zettel unter Brees Tür hindurch: *Sieh mal, was die Irre im Flur gemacht hat.*

Kurz darauf kam Brees Antwort unter ihrer Tür durch: *Hab ich doch gesagt: Die hat sie nicht alle!*

Am nächsten Tag wollte Celia gerade zum ersten Seminar aufbrechen, als April in ihr Zimmer kam.

»Hast du was um neun?«, fragte sie.

Celia nickte.

»Ich auch. Wollen wir zusammen gehen?«

»Klar«, sagte Celia. Sie nahm ihren Rucksack, und die beiden traten zusammen in den Flur. In diesem Augenblick kamen vier Umzugshelfer mit riesigen Kisten durch die Tür zum Dienstmädchentrakt.

»Sally Werner?«, fragte einer von ihnen.

Celia zeigte auf Sallys Zimmer am Ende des Flurs.

»Sieht aus, als würde sie eine Villa beziehen«, bemerkte April.

Celia lächelte. Sie hatte ihr Outfit für den ersten Unitag irgendwann Mitte August ausgewählt: ein schwarzes Glockenkleid, darunter ein langärmeliges, lilafarbenes Oberteil, schwarze Strumpfhosen und lila Ballerinas. April trug eine Jogginghose und ein T-Shirt mit der Aufschrift DAS HAT WAS MIT SCHWARZSEIN ZU TUN, DAS VERSTEHST DU NICHT. Ihr rotes Haar hatte sie an der Luft trocknen lassen, und es lag in widerborstigen Wellen auf ihren Schultern. Celia konnte nicht anders: Sie fragte sich, was die anderen denken würden, wenn man sie zusammen über den Campus gehen sah.

Kaum hatten sie das King House hinter sich gelassen, kam eine Studentin mit einem grünem Iro die Stufen des Chapin House heruntergelaufen und rief: »Hey, April!«

»Gut siehst du aus, Miss April!«, sagte eine andere, an der sie vor der Bass Hall vorübergingen, und gab April einen dicken Kuss auf die Wange.

»Kanntet ihr euch schon vor der Uni?«, fragte Celia.

»Nein, die habe ich gestern Abend bei der Willkommensparty von *Smith-Feministinnen-vereinigt-euch* kennengelernt«, sagte April. »Komm doch zum nächsten Treffen mit.«

Celia lächelte schwach. An ihrer Highschool waren Mädchen wie diese die Herrscherinnen über die verqualmte Mädchentoilette und die Theater-AG gewesen, mehr nicht. Das Outfit, das sie noch vor einem Monat niveauvoll und hübsch gefunden hatte, erschien ihr plötzlich wie etwas, was man am ersten Tag der zweiten Klasse anzog. Eigentlich fehlten ihr nur noch ein Springseil und ein übergroßer Lolli.

Nach dem Unterricht ging Celia allein zum King House zurück. April hatte sie zu einem während der Mittagspause stattfindenden Vortrag von Rebecca Walker über die Überschneidungen zwischen Sexismus und Rassismus eingeladen, aber Celia wollte nur zurück in ihr Zimmer – zu der vertrauten Tagesdecke, die noch nach zu Hause roch, zu den E-Mails alter Freunde und zu ihrem Privattelefon, von dem aus sie Liz anrufen wollte, die im Nachbarhaus groß geworden war und gerade am Trinity College angefangen hatte. Das Studentenwohnheim, in dem sie sich noch am Vortag fremd und komisch gefühlt hatte, war plötzlich wie ein Refugium auf dem Campus, der überquoll von fremden Frauen und erschreckend langen Literaturlisten.

Als sie auf ihrem schmalen Flur angekommen war, standen vor Sallys Zimmer Kisten, aus denen Kleidung, Bücher und CDs quollen. Vielen der Mädchen, die aus weit entfernten Staaten und Ländern kamen, wurden ihre Sachen jetzt erst geliefert.

Aus Sallys Zimmer erklangen die Supremes, die Tür stand offen, und Celia ging hin. Seit der Hausversammlung hatte sie sich vorstellen wollen, aber Sally hatte immer mit gedämpfter Stimme am Telefon gehangen.

Sie stand in perfekten Jeans und einem schlichten grauen T-Shirt auf einem Stuhl. Hinter ihr bauschten sich lange, blumengemusterte Vorhänge im Wind. Sie brachte einen riesigen Bilderrahmen an der Wand an – mit etwa zehn zu Ovalen und Sternen geschnittenen Fotos von strahlenden, braven Mädchen, die bei der Highschool-Abschlussfeier ihr Zeugnis hochhielten oder im Bikini nebeneinander lagen. Weitere ähnliche Bilderrahmen lagen auf dem Bett und warteten darauf, aufgehängt zu werden, während sich daneben akkurat zusammengelegte Blusen, Sommerkleider und gebügelte Hosen stapelten und es aussah, als habe Sally eine J.-Crew-Filiale in ihrem Zimmer eröffnet.

»Hi«, sagte Celia, um auf sich aufmerksam zu machen.

»O Gott, entschuldige das Chaos«, sagte Sally. »Meine Sachen sind heute erst gekommen.«

»Macht doch nichts«, sagte Celia. »Woher kommst du?«

Diese Frage hatte sie in den letzten drei Tagen schon mindestens neunundfünfzig Mal gestellt. Interessierte tatsächlich irgendjemanden, wer woher kam? Aus Albuquerque oder Tokio, New Jersey oder vom Mond? Was machte das schon aus?

»Ich komme aus einem Vorort von Boston«, sagte Sally.

»Oh, ich auch«, sagte Celia. »Woher genau?«

»Wellesley. Und du?«

»Milton.« Celia dachte kurz nach und fragte dann: »Du bist nicht mit dem Auto gekommen?«

Sally schüttelte den Kopf. »Mit dem Zug. Mein Vater ist geschäftlich unterwegs, und mein Bruder ist so unzuverlässig, dass es wahrscheinlicher wäre, dass ein Einhorn mit einem Umzugswagen im Schlepptau vor meiner Haustür erscheint.«

Es entstand ein langes Schweigen, während Celia das sacken ließ und darüber nachdachte, was Sally nicht gesagt hatte. Wessen Familie lebte nur zwei Autostunden von der Uni entfernt und wollte einen nicht persönlich hinbringen?

»Das mit deiner Mutter tut mir wirklich leid«, sagte Celia. »Wenn du mal reden willst: Meine Tür ist immer offen. Und meine Mama hat meinen Schrank mit so vielen Lebensmitteln vollgestopft, die kann ich bis zum Ende meines Studiums nicht verbrauchen.«

Plötzlich fühlte sie sich schlecht, das Wort »Mama« auch nur gesagt zu haben, aber Sally lächelte und bedankte sich.

»Brauchst du Hilfe beim Auspacken?«, fragte Celia.

»Ach nein, danke«, sagte Sally. »Ich bin ein bisschen pingelig. Ich habe eine ganz genaue Vorstellung davon, wie alles sein muss. Aber wenn du Lust hast, mir Gesellschaft zu leisten, würde ich mich freuen.«

»Klar«, sagte Celia.

Auf dem Bett war kein Platz, und auch auf dem Schreibtisch und dem Stuhl stapelten sich die Kisten, also setzte Celia sich auf den Boden. Ihr fiel auf, dass jede einzelne von Sallys Kisten sorgfältig beschriftet worden war: BÜCHER, HAARPFLEGE, ORDNER UND DOKUMENTE, TURNSCHUHE, STÖCKELSCHUHE. Hatte Sally das alles selbst gemacht? Oder war es das letzte Projekt ihrer Mutter gewesen?

Sally nahm Blusen aus einem Karton auf dem Schreibtisch. Jede war einzeln in Seidenpapier verpackt.

»Es ist schön heute draußen, oder?«, fragte sie.

Celia nickte. »Immer noch ein bisschen heiß.«

»Ich war heute noch nicht vor der Tür«, sagte Sally.

»Hast du die anderen beiden auf unserem Flur schon kennengelernt?«, fragte Celia. »Bree und April.«

Sally nickte. »April ja. Wir haben die ganze erste Nacht geredet.«

Obwohl Celia die beiden nicht eingeladen hatte, sich zu ihr und Bree zu gesellen, fühlte sie jetzt einen kleinen Stich bei der Erkenntnis, dass sie von dem Gespräch ausgeschlossen gewesen war.

Sally lachte. »Ich glaube nicht, dass ich jemals weniger mit einem Menschen gemeinsam hatte, aber ich mag sie sehr. Es ist ein Klischee, aber ich hatte einfach das Gefühl, ihr alles sagen zu können.«

Mir kannst du auch alles sagen, dachte Celia, und dann merkte sie, dass sie an einem Ort um Nähe konkurrierte, an dem kaum jemand die andere länger als anderthalb Minuten kannte.

»Hast du schon entschieden, was dein Hauptfach werden soll?«, fragte Sally.

Sie war viel förmlicher als die Mädchen, die Celia hier bisher kennengelernt hatte, und stellte die Art von Fragen, die man von der Großtante einer Freundin erwartet hätte.

»Englische Literatur«, sagte Celia. »Und du?«

»Ich bereite mich aufs Medizinstudium vor. Oder werde mich vorbereiten«, sagte Sally. »Mein Hauptfach ist Bio. Ich hab' über den Sommer ein paar Kurse gemacht, um einen Vorsprung zu gewinnen. Ziemlich spannend alles.«

Dann nahm sie eine riesige Kaffeedose aus einer rosa Einkaufstüte. »Die Asche meiner Mutter«, sagte sie und sah auf die Dose hinab.

Jesus, Maria und Josef.

Celia nickte. »Oh. Tja, wie schön, dass du sie bei dir haben kannst.«

»Ja, das war genau mein Gedanke«, sagte Sally.

Sie stellte die Kaffeedose auf den Boden des Wandschranks und schloss die Tür vorsichtig. Während sie das tat, kam Celia ein fürchterlicher Gedanke. Sie stellte sich vor, wie sie Monate später, wenn jede Spur von Unsicherheit zwischen ihnen verschwunden war und sie Freundinnen geworden waren, auf der Suche nach einem Kleid in den Wandschrank trat und geistesabwesend Sallys Mutter umstieß und die Asche sich überall verteilte, in den Dielenritzen und über Sallys makellose Schuhsammlung.

»Kennst du Jacob Wolf?«, fragte Sally. »Er war auf der Milton High.«

Celia schüttelte den Kopf. »Ich war von Anfang an auf einer katholischen Schule, das heißt –«

Das Telefon klingelte. Wäre es Celias gewesen, hätte sie es klingeln lassen, aber Sally ging ran.

Sie legte die Hand auf die Sprechmuschel. »Der Anruf muss

sein«, sagte sie zu Celia. »Es ist meine beste Freundin Monica. Erwische ich dich später noch?«

»Oh, ja klar«, sagte Celia und stand umständlich auf.

»Machst du bitte die Tür hinter dir zu?«, bat Sally.

Celia sah Sally an diesem Tag nicht wieder, auch am Abend nicht. Als sie um drei Uhr nachts aufwachte und auf die Toilette ging, kam sie an Sallys Zimmer vorbei und hörte sie reden.

Celia wusste, dass es nicht in Ordnung war, aber sie legte trotzdem das Ohr an die Tür.

»Ich kann das nicht, Mon«, sagte Sally verzweifelt und mit belegter Stimme. »Ich glaube, es war ein Riesenfehler, nach allem, was passiert ist, jetzt schon herzukommen. Können wir noch ein bisschen telefonieren? Bitte leg nicht auf, meine Liebe. Bitte.«

Am nächsten Tag war die Eröffnungsfeier. Den Erstsemestern hatte man Flyer unter der Tür durchgesteckt, um sie daran zu erinnern, dass sich alle Bewohnerinnen vom King House um vier Uhr in der Lobby treffen und geschlossen zur John M. Greene Hall (natürlich JMG genannt) gehen würden.

Mittlerweile waren auch die älteren Studentinnen zurück, und die Gänge vom King House standen voller Koffer und prall gefüllter Müllsäcke mit Winterkleidung, die sie aus dem Keller geschleppt hatten.

Celia konnte sie von ihrem Zimmer aus hören. Die Studentinnen im letzten Studienjahr, von denen viele gerade erst von einem Auslandsjahr in Genf, Florenz, Sydney zurückgekommen waren, kreischten und brüllten und knutschten einander ab und klangen dabei, als hätte sie die einjährige Trennung fast umgebracht. Auch die Studentinnen, die im zweiten Jahr hier waren, waren aufgekratzt. Sie umarmten einander unnatürlich lang. Sie ließen ihre Türen offen stehen und hörten beim Auspacken Musik: die sanften Klänge von Jeff-Buckley-Songs, den

Beatles und süßer, mädchenhafter Melodien, die Celia noch nie gehört hatte.

Sie blieb kurz stehen, wenn sie im Bad an einer von ihnen vorbeiging, die ihr Regalfach mit Haarbleichmittel und Tamponpackungen befüllte. Die älteren Mädchen hängten handgeschriebene Hinweise für Besucher über die Toiletten: WILLKOMMEN IN UNSEREM HAUS; BITTE DENK DARAN: ECHTE MÄNNER MACHEN DEN SITZ RUNTER. Celia hatte immer mit ihrer Mutter und ihrer Schwester zusammengelebt, aber so einen gänzlich und hemmungslos femininen Ort hatte sie noch nie gesehen.

Der Tag war schwül und heiß geworden, ein Augusttag Anfang September.

Oder wie Bree es beim Frühstück ausdrückte: »Heiß wie Asphalt in Georgia.«

Einige der älteren Studentinnen liefen nur in BH und Boxershorts rum. Manche hatten wirklich wunderschöne Körper – straffe Bauchmuskeln und lange, schlanke Beine. Die meisten allerdings nicht. Sie ließen beim Aufreißen von Umzugskartons und beim Aufhängen von Vorhängen die Bäuche raushängen.

Celia sagte sich, dass sie in einem Jahr vermutlich wie sie sein würde: Dann würde sie sich hier wohlfühlen, zu Hause. Obwohl sie noch Zweifel hatte, was die Intensität der Beziehungen und das Ausmaß der Nacktheit anging. Von Strandausflügen einmal abgesehen, hatte sie selbst ihre Mutter nie in weniger als einem bodenlangen Frotteebademantel und Hausschuhen gesehen.

Um Punkt vier Uhr skandierten laute Stimmen die Haupttreppe hoch und runter und über die hellerleuchteten Flure.

»Auf zum King-House-Lauf. Auf zum King-House-Lauf. Auf! Lauf! Auf! Lauf!«

Es wurde immer lauter, bis Monstertruck Jenna mit einer

Schar Mädchen auf dem Flur der Erstsemester erschien und sie eine nach der anderen aus den Zimmern holte.

Celia sah, wie auch Sally, Bree und April zur Treppe gezogen wurden, und lachte, als sich ihre Blicke trafen.

»Was zum Teufel ist das?«, fragte Bree, während sie die Treppe hinuntergetrieben wurden.

»Die Eröffnungsfeier«, sagte Sally. »Es werden Reden gehalten, es wird gesungen, und berühmte Alumni treten auf. Es ist das erste Mal, dass wir mit der ganzen Uni zusammenkommen, mit allen gleichzeitig.«

Sally machte den Eindruck eines Mädchens, das einer Studentinnenverbindung beigetreten wäre, wenn die hier nicht verboten gewiesen wären.

Im Foyer drängten sich die fünfundsiebzig Bewohnerinnen des King House, und Monstertruck Jenna verteilte Burger-King-Kronen. Ein anderes Mädchen zog violett-glitzernde Bettbezüge aus einem riesigen Pappkarton.

»Okay, Mädels«, sagte Jenna. »Es ist so weit: unsere erste Chance, allen am Smith College zu zeigen, was das neue King House ausmacht.«

»Und was steckt hinter den Kostümen?«, fragte eine Erstsemesterstudentin aus der Menge.

»Es ist Tradition, dass sich jedes Haus zur Eröffnungsfeier verkleidet«, sagte Jenna. »Wir tragen Krone und Robe, weil wir die Königinnen von King sind.«

»Hurra!«, brüllte da eine Studentin im letzten Semester namens JoAnn. Celia war ihr am Morgen beim Kaffeeholen begegnet, und für sich allein war sie ihr eher unscheinbar und zart vorgekommen. Im Kreis ihrer Freundinnen wirkte sie jetzt ganz anders.

»Nehmt euch bitte alle jeweils eine Krone und eine Robe, dann treffen wir uns in fünf Minuten wieder hier unten«, sagte Monstertruck Jenna.

»Wir sollen wieder bis nach oben in die Zimmer stiefeln, um uns eine Robe überzuwerfen?«, fragte April.

Einige ältere Mädchen fingen an zu lachen.

»Den besten Teil hast du vergessen, Monstertruck!«, rief jemand.

»Ach ja«, sagte Jenna. »Wir gehen in Unterwäsche.«

Einige der Erstis quietschten vor Vergnügen. Von anderen vernahm man ein banges Raunen.

April sagte: »Ihr wollt uns verarschen.«

»Nein, Herzchen, es ist wahr«, sagte Jenna, ging auf April zu und legte einen Arm um ihre Schulter. »Es zwingt dich natürlich niemand, aber die meisten von uns finden, dass es so mehr Spaß macht.«

Dann eilten alle die Treppe hoch. Celia hatte das Gefühl, das Blut würde schneller durch ihre Adern fließen als sonst. Sie sollte sich vor Hunderten Frauen ausziehen, die sie nicht einmal kannte? Sie packte Brees Hand in der Hoffnung, südstaatliche Sittsamkeit auf ihrer Seite zu haben – wenn jemand außer April die Sache ablehnte, würde Celia sich anschließen. Die Gründe waren nebensächlich.

»Machst du da mit?«, fragte sie Bree.

»Nicht in Unterwäsche«, sagte Bree lächelnd. »Ich glaube, ich zieh einfach einen Bikini an.«

Klar, warum auch nicht, wenn man eh wie ein verdammter Filmstar aussieht?

»Und du, Sally?«, fragte Celia, während die vier den anderen die Treppe hinauf folgten.

»Ich glaube schon«, sagte Sally. »Ja, warum nicht. Man muss mit den Wölfinnen heulen, sag ich immer.«

Mit aufgesetztem Lächeln brachte Celia nur ein »Aha« heraus.

In ihrem Zimmer angekommen, zog sie die oberste Kommodenschublade heraus und wäre fast in Ohnmacht gefallen.

Sie war im Besitz einiger sexy, winziger Unterhöschen, die nur für die Augen von pubertierenden Jungs geeignet waren, die vom Anblick eines halbnackten Mädchens so überwältigt waren, dass sie ihre dicken Oberschenkel und Dehnungsstreifen gar nicht wahrnahmen. Abgesehen davon trug sie mädchenhaft gemusterte baumwollene Liebestöter. Sie seufzte und ließ die Hosen runter. Sie trug einen roten Baumwoll-BH und den Freitag aus ihrer Wochentage-Unterwäsche-Kollektion, dabei war Mittwoch. Sie sah bescheuert aus, aber auch nicht schlimmer als in den anderen Sachen, die zur Verfügung standen.

Celia sah an sich herunter und erschrak beim Anblick eines kleinen Haarbüschels, das sich von ihrem weißen Oberschenkel absetzte. War noch Zeit für eine Rasur? Warum verdammt nochmal hatten die älteren Studentinnen sie nicht gewarnt?

Kurz darauf stand Sally mit einer Flasche Tequila in der einen und einer Digitalkamera in der anderen Hand in der Tür. Sie trug einen schwarzen Satin-BH und eine passende Unterhose. Hinter ihr stand Bree in einem blassrosa Bikini und April, an der sich nichts verändert hatte, in kurzer Hose und einem schwarzen T-Shirt, über dem sie die violette Robe trug.

Celia griff eilig nach ihrer Robe und wickelte sich darin ein.

»Ich glaube, es ist Zeit für einen Schluck«, sagte Sally.

»Ganz meiner Meinung«, sagte Bree.

Die Flasche machte die Runde, und die Mädchen nahmen große Schlucke der brennenden Flüssigkeit.

»Das muss ich fotografieren!«, sagte Sally.

»Nein, nein«, lachte Celia.

»Ich mache das«, sagte April.

»Nein, machst du nicht«, meinte Sally. »Wir müssen alle vier drauf sein.«

Also drängten sie sich dicht aneinander, und Sally hielt die Kamera so weit wie möglich von sich.

»Alle sagen: ›nackig‹!«, rief sie, und sie brüllten: »Nackig!«

Im Erdgeschoss standen Mädchen aller Körperformen in Unterwäsche herum und versuchten nicht einmal, sich zu bedecken. Monstertruck Jenna brachte den Erstis den Leitspruch vom King House bei, und sie übten ihn noch vier-, fünfmal auf der Gebäudeauffahrt.

Dann war es endlich so weit, und sie machten sich auf den Weg zur JMG und marschierten zu zweit nebeneinander den Gehsteig entlang. Celia lief Arm in Arm mit Bree, dicht gefolgt von Sally und April. Auf der Elm Street vorbeifahrende Männer hupten, von weitem erklangen die Sprechchöre der Mädchen der anderen Häuser, die immer lauter wurden, bis sie im Auditorium widerhallten.

Von der Decke hingen die Banner aller Häuser, und man hörte und sah nichts als Mädchen, ihr Kreischen und ihr nacktes Fleisch. Manche trugen nur Brustwarzenaufkleber und einen Stringtanga (gepriesen sei Gott, dass sie nicht gerade zu dem Haus gehörte). Andere hatten goldene BHs und Höschen an und auf dem Rücken angeklebte Engelsflügel. Das Fußballteam trug Smith-Tangas, Sport-BHs und halbierte Fußbälle auf den Köpfen. Verglichen mit den meisten Frauen hier waren die vom King House richtiggehend overdressed.

»Macht weiter!«, brüllte Jenna.

Und das taten sie, während die Mädchen zu ihrer Linken für Jordan House grölten und die zu ihrer Rechten für Morrow. Sogar April war voll dabei.

Die Wände wackelten und schickten ein Echo zurück, die Energie im Saal war mit nichts zu vergleichen, was Celia je erlebt hatte. Einen Augenblick lang ließ sie sich ganz davon einnehmen. Zweitausendvierhundert junge Dinger voll Energie, voll Stolz, vereint durch diesen Ort.

Bree packte sie am Arm und zeigte auf Sally, die versuchte, ihnen etwas zu sagen. Celia musste sich sehr anstrengen, um die Worte zu verstehen.

»Was?«, brüllte sie und beugte sich zusammen mit Bree und April noch weiter zu ihr.

»Ich glaube, jetzt sind wir offiziell Smithies«, hörten sie Sallys Stimme durch den Lärm.

Die ersten Wochen am Smith College waren angefüllt mit Partys, Nachmittagstees, Vorlesungen, Theatervorstellungen und Konzerten nur für Erstis. Celia fragte sich, ob die Uni das absichtlich machte, um sie von ihrer kollektiven Einsamkeit abzulenken.

Sie war froh, in einer der vier Mädchenkammern untergebracht zu sein, weil es viel leichter war, sich nur an die Eigenarten von drei Mitbewohnerinnen gewöhnen zu müssen. Außerdem hatten sie ihr eigenes Bad und mussten sich nicht das große mit allen anderen teilen. Celia war sehr erleichtert. An der Highschool war es ihr unmöglich gewesen, die Toilette im St. Catherine's zu benutzen, wenn noch jemand anderes drin war. Dann saß sie still in der Kabine und wartete darauf, dass die andere Person endlich ging, pinkelte dann eilig und riss sich die Strumpfhosen hoch, bevor wieder jemand hereinkam. Sie war offen und zugänglich, aber manche Dinge wollte sie nirgendwo anders tun als zu Hause.

Im Bad des Dienstmädchentraktes gab es zwei WCs, zwei Duschen und zwei Handwaschbecken, und alles stand mit Brees Pflegeprodukten voll. (Worüber sich niemand beschwerte, weil alle gern Brees teure Lavendel-Pflegespülung, das Avocado-Peeling und die Öl-Haarmasken mitbenutzten.)

Eines Abends Anfang Dezember mussten sich sowohl Bree als auch April eine Erkältung eingefangen haben, denn Celia hörte sie in ihren Zimmern husten. Sie griff nach ihrer Erste-Hilfe-Tasche und klopfte bei ihnen.

»Ab ins Badezimmer mit euch«, befahl sie und kam sich wie ihre eigene Mutter vor, und die beiden mitleiderregend aussehenden Mädchen mit den fleckigen Gesichtern folgten ihr. Sally gesellte sich auch dazu, obwohl sie nicht krank war und mit großer Geste eine Vitamin-C-Tablette schluckte, um zu zeigen, dass sich daran auch nichts ändern sollte.

»Was machen wir hier?«, fragte April.

»Setzt euch«, sagte Celia. Die Mädchen setzten sich aufs Fensterbrett und sahen dabei zu, wie Celia die Duschen voll aufdrehte und Eukalyptusöl in den heißen Wasserstrahl kippte. Dann öffnete sie auch die Hähne der Handwaschbecken.

»Mach das Fenster zu«, sagte sie zu Sally.

»Was machen wir hier?«, fragte April abermals.

Celia blinzelte. »Ich dampfe eure Erkältungen aus. Haben eure Mütter das nicht gemacht, als ihr klein wart?«

April lachte. »Ähm, nein. Meine Mutter ist nicht der Typ für sowas.«

Eine ganze Stunde lang saßen sie so im Badezimmer. Celia zwang den Mädchen je einen Löffel Hustensaft auf, den ihre Mutter immer aus Irland mitbrachte – er schmeckte übel, war aber codeinhaltig. Sie las ihnen aus der Hausarbeit vor, an der sie gerade arbeitete, in der es um Edna St. Vincent Millay ging, ihre absolute Lieblingsdichterin, deren Gedichte sie während der Highschool zusammen mit Songtexten von den Indigo Girls und Sarah McLachlan wie eine Wahnsinnige in ihr Tagebuch kopiert hatte, in der Hoffnung, Inspiration werde sich einstellen, wenn sie ihr Hirn lang genug mit den schönen Worten anderer füllte.

»Hört euch das an«, sagte sie jetzt. »Das ist aus einem Aufsatz über Millay aus dem Jahr 1937 von einem Typen namens John Crowe Ransom. Er erklärt darin, warum sie nicht richtig talentiert ist: ›Frauen leben für die Liebe … Männer zeichnet ihr Intellekt aus … Kurz ausgedrückt muss ich sagen, dass es ein Mangel an intellektuellem Interesse ist …, und es ist dieses intellektuelle Interesse, das dem männlichen Leser in ihrer

Lyrik fehlt ... Wenn ich folgenden, häufig verwendeten Vergleich benutze, um mit ihm diesen Mangel zu beschreiben, ist daran hoffentlich nichts zu beanstanden: Es ist ein Defizit an Männlichkeit.«"

»Seit 1937 hat sich gar nicht viel verändert«, sagte April.

»Wie meinst du das?«, fragte Bree.

»Na ja, wenn eine Frau ein Buch schreibt, in dem es auch mal um Gefühle oder Beziehungen geht, wird es entweder als Chick-Lit oder Frauenliteratur abgetan, hab' ich recht? Aber schaut euch mal Updike an, oder Irving. Stellt euch vor, das wären Frauen. Scheiße, stellt euch das einfach mal vor. Dann hätte irgendjemand einen rosa Umschlag um *Rabbit in Ruhe* geschlagen, und – puff – das wär's gewesen mit dem Pulitzer.«

Sally lachte. »Okay, aber du vergisst Jane Smiley und Marilynne Robinson und einen Haufen anderer Autorinnen, die genauso viel Aufmerksamkeit wie ihre männlichen Kollegen bekommen.«

April hob die Arme: »Scheiße, das ist nicht dein Ernst.«

Celia lächelte. Diese Frauen hatten was auf dem Kasten, viel mehr als sie. Sie hatten nicht einmal vor, Englische Literatur zu studieren, aber nun standen sie hier und diskutierten in Socken auf dem Linoleum den Zustand der amerikanischen Literatur.

»An was für Highschools wart ihr denn?«, sagte Celia und wollte eigentlich fragen: Woher wisst ihr das alles? Sollte auch ich die Grundzüge eurer Fächer Wissenschaft und Politik kennen? Tu ich nämlich nicht.

»Ich war auf einer staatlichen«, sagte April.

»Ich auch!«, warf Bree dazwischen. »Aber das war eine richtig nette öffentliche Schule, gleich an der Hauptstraße von Savannah mit den besten Lehrern, und fast alle aus meinem Jahrgang waren in den AP-Kursen auf College-Niveau.«

Selbst wenn sie fieberte, sah Brees Haut toll aus, und ihre

Augen leuchteten. Celia hätte ihre Seele an den Teufel verkauft, wenn sie dafür aussehen würde wie Bree an einem schlechten Tag. Kein Mann ging ohne sie anzustarren an ihr vorbei, und obwohl das vorhersehbar und auf eine Art widerlich war (April brüllte immer: »Mach doch gleich ein Scheißfoto, davon hast du länger was!«), verstand Celia, warum sie nicht wegsehen konnten. Bree war witzig, lieb und fröhlich, viel fröhlicher als die meisten intelligenten Menschen in Celias Umfeld. Sie liebte ihre Eltern und ihre Brüder und hatte – zumindest eine Zeit lang – auch ihren Verlobten geliebt. Sie mochte ihre Heimatstadt Savannah, ging gern tanzen und hörte mit Vorliebe in ihrem Zimmer laut Countrymusik. (Sie flocht oft in alltägliche Gespräche Zitate aus alten Dolly-Parton-Songs ein, obwohl das den wenigsten auffiel.) In ihrem Zimmer roch es nach Erdbeerlippenbalsam und Flieder, und wann immer Celia beim Eintreten den blassrosa Teppich, die Reihen von Parfümflakons auf der Kommode und die gerahmten alten Schwarzweißfotos sah, überkam sie die Sehnsucht, die man aus der Grundschule kennt, ganz genau wie Bree zu sein.

»Meine Highschool war eine dieser schmuddeligen Chicagoer Institutionen, wo jede Oberfläche mit Kaugummi gepflastert ist und die Lehrbücher zweihundert Jahre alt sind«, sagte April. »Die Lehrer waren entweder fiese alte Lebenslängliche oder, noch schlimmer, flotte kleine Freiwillige von Teach For America, die glaubten, uns in weniger als neun Monaten aus dem Elend retten zu können.«

»Du übertreibst«, warf Sally ein.

»Überhaupt nicht«, sagte April.

»Bist du in einer Problemregion groß geworden?«, fragte Bree in einem Ton, der den Anschein erweckte, sie selbst habe nicht einmal einen Fuß in eine gesetzt, und der Begriff »Problemregion« sei etwas, von dem sie in den Abendnachrichten gehört hatte.

»Nein«, sagte April, »aber meine Mutter wollte, dass ich das wahre Leben kennenlerne und nicht so scheißverwöhnt werde. Ich muss das einzige Kind in ganz Chicago gewesen sein, das jeden Morgen aus einer gute Gegend in eine schlechte fuhr, um da zur Schule zu gehen.«

Celia spitzte immer die Ohren, wenn April von ihrer alleinerziehenden Mutter erzählte, die sie im Kinderwagen mit zu Demos genommen, den ganzen Tag gekifft hatte und glaubte, dass sie abgehört wurde, seit sie 1973 während einer Demonstration festgenommen worden war.

Während die anderen Mädchen des King House damit beschäftigt waren, ihre Highschool-Beziehungen zu beenden, oder verzweifelt versuchten, trotz der kohlehydrathaltigen Mensakost nicht zuzunehmen, hatte April zwei Jobs auf dem Campus, weil sie ihr Studium am Smith College selbst finanzierte und das Geld brauchte. Celia glaubte, und vielleicht war das naiv, dass die Gesellschaftsschicht, aus der man kam, an dieser Uni nicht erkennbar war – anders als an der Highschool, wo man an der Größe der Häuser und der Automarken sofort sah, wessen Eltern Geld hatten. Hier fuhren die wenigsten Auto und fast alle liefen in zerrissenen Jeans und Nikes herum. Aber als sie das April gegenüber erwähnte, lachte die und sagte: »Alle hier besuchen das Smith College. Ergo haben ihre Eltern Kohle. Abgesehen von fünf, mich eingeschlossen, die sich das Studium selber finanzieren.«

»Was ist mit dir, Sal?«, fragte Bree jetzt.

»Ich? Meine Schule hieß Patterson«, sagte Sally.

»Privat?«, fragte Bree.

»Ja, ja.«

Celia kannte ein paar Mädchen, die auf diese Schule gegangen waren. Sie gehörten zu den reichsten Familien Miltons. Sie trugen Uniformen von irgendeinem Schickimicki-Designer und mussten jedes Halbjahr einen neuen Sport wählen –

Lacrosse, Tennis, Fußball, Golf. Celia nahm sich vor, das ihren Eltern zu erzählen. Es bestätigte, was sie von Anfang an vermutet hatte: Sallys Vater war steinreich.

In mancherlei Hinsicht hätte man denken können, Sally sei dazu erzogen worden, gemeinsam mit anderen zu leben. Wenn sie in die Stadt ging, um Shampoo zu kaufen, fragte sie die anderen Mädchen, ob sie etwas brauchten, und schleppte bereitwillig extragroße Flaschen Reinigungsmittel und Poland-Springs-Mineralwasser für alle nach Hause. (»Das hält fit«, sagte sie dann mit einem Lächeln.) Jeden Sonntag klopfte sie bei ihnen, um zu sehen, ob ihre Teppiche auch den Staubsauger nötig hatten, den sie ohnehin für ihr Zimmer rausgeholt hatte. Sie sprach in sogenannten Sallyismen (der Begriff stammte von April), die darin bestanden, dass sie an jeden Satz eine alberne Koseform wie »Schatzi«, »Häschen« oder »Zuckerschnecke« anhängte, als wäre sie die liebe Großmutter mit den selbstgebackenen Keksen. (Jedes Mal, wenn Sally »Schatzi« sagte, sagte April »Scheiße«. Es war ihr Lieblingswort und fand Verwendung zum Ausdruck von Wut, Begeisterung und allen anderen erdenklichen Emotionen.)

Von ihnen allen nahm Sally das Studium am meisten ernst. Sie verbrachte endlose Stunden am frühen Morgen im Biologielabor und lernte nachts allein hinter verschlossener Tür in ihrem Zimmer, während die anderen sich im Flur einer Kombination aus Lesen und Tratschen hingaben. Eines Tages wolle sie Ärztin sein, sagte sie, und sie müsse sich konzentrieren.

Aber Sally war seltsam. Sie fuhr zu Thanksgiving nicht nach Hause und zahlte stattdessen lieber zweihundert Dollar extra für Unterkunft und Verpflegung, um allein in ihrem Zimmer zu sitzen, Rotwein zu trinken und auf Lifetime alte Folgen von *Golden Girls* zu sehen. Sie sprach ihren Vater mit Fred an, obwohl man den Eindruck hatte, dass das auch einmal anders gewesen war.

»Wir haben also zwei Mädels von staatlichen Schulen, eine Privatschulschnitte und unsere kleine Celia von der katholischen Highschool«, sagte April. »Ich glaube ja, dass diese Erfahrung aus ihr die Gin schlürfende Heilige gemacht hat, als die wir sie heute kennen.«

Celia schlug die Augen nieder und bekreuzigte sich theatralisch.

»Friede sei mit euch allen«, sagte sie, und sie lachten.

Das lernte man auf der katholischen Schule: Selbstironie, Nonnenwitze und nicht viel mehr.

»Hast du mich gerade Schnitte genannt?«, sagte Sally mit gespielter Entrüstung.

Irgendwann verschwand Sally, setzte Wasser auf und brachte jeder von ihnen eine Tasse Tee.

April sah komisch, beinahe traurig drein.

»Ist alles in Ordnung?«, fragte Celia.

»Ja«, sagte April. »Ich hab' einfach noch nie Freundinnen gehabt, die für mich eine Dampfkur gemacht hätten.«

Celia konnte es nicht erwarten, ihrer Mutter davon zu erzählen. Obwohl April immer wieder klagte, im King House fehl am Platze zu sein, hatte sie keinen Antrag auf Versetzung eingereicht.

Celia umarmte sie und hielt sie lange fest, obwohl April sich steif machte.

»Ich bin so froh, dass wir vier uns gefunden haben«, sagte sie.

(Später schob April die für sie untypische Emotionalität auf das Codein.)

April war eine eingefleischte MacKinnonitin. Celia hatte von dem Verband nicht einmal gehört, bevor sie ans Smith College kam. Selbst unter der Mehrzahl der Feministinnen hier galt er als zu streng, und das wollte schon etwas heißen. April glaubte, dass Pornos und Stripclubs für Männer und

Frauen gleichermaßen schlecht waren: erniedrigend sowohl für diejenigen, die in ihnen zu sehen waren, als auch für diejenigen, die sie ansahen. April glaubte, dass die Frauenbewegung von einem Haufen reicher, weißer Tanten angeführt wurde, die jammerten, weil sie sich an ein häusliches Leben mit Abendgesellschaften und Tennisunterricht gefesselt sahen, während die meisten Frauen auf dieser Welt sich unter dem Mindestlohn abrackerten und darum kämpfen mussten, ihre Kinder zu ernähren.

Während dieses ersten Unijahres führte April zusammen mit einigen ihrer radikaleren Freundinnen aus anderen Häusern die Bewegung zur Gleichberechtigung von Transgendermenschen am College an. Sie war der Meinung, dass hier Menschen diskriminiert wurden, die als Frauen ans Smith College gekommen waren und eine Geschlechtsumwandlung vorgenommen hatten. Diese Transmänner, sagte sie, sollten anerkannt werden als das, was sie waren. Sie organisierte eine Petition, in der es darum ging, den Wortlaut der Satzung der Studierendenschaft dahingehend zu verändern, dass aus »Studentin« »Studierende« wurde, und sammelte so viele Unterschriften, dass das Studierendenparlament einer Abstimmung zustimmte.

Am Ende einer langen Diskussion sagte Sally, sie stimme Aprils Standpunkt zu, aber Bree und Celia konnten das nicht. Jede Person habe das Recht, sein oder ihr Geschlecht zu wechseln, meinten sie (obwohl Celia sich nicht ganz sicher war, was sie wirklich davon hielt), aber das Smith College sei eine Frauenuni, und wenn man als Frau geboren worden sei und sich entschied, ein Mann zu werden, müsse man sich eben eine andere Uni suchen.

Nachdem sie das gesagt hatten, war April ganze zwei Wochen lang distanziert zu ihnen, bis ihr Antrag auch ohne ihre Unterstützung angenommen wurde.

Wenig später trat April den Campus-Veganerinnen bei, spazierte am Elternwochenende durch die Mensa und klebte PETA-Sticker auf die Nerzmäntel von vier Müttern, eine davon Brees, während alle anderen beim Nachtisch saßen. (Bree wollte April das nie verzeihen, aber dann tauchte April mit einer Packung Toll-House-Keksteig und einem Strauß Gänseblümchen bei ihr auf, die sie aus dem Garten der Präsidentin geklaut hatte. Die beiden verschlangen den Keksteig, während April dreckige Witze erzählte, bis Bree vor Lachen beinahe erstickte und völlig vergaß, warum sie sauer gewesen war.)

Sally nahm April nie etwas übel. Sie war begeistert von Aprils Enthusiasmus für Themen, über die sie selbst nie auch nur nachgedacht hatte. April nahm sie zu Kundgebungen und Vorträgen mit, deponierte ganze Stapel von Büchern mit ihren persönlichen Notizen vor Sallys Zimmer: *Der Mythos Schönheit* und *Backlash*, *Only Words* und *Sisterhood is Powerful*. Sally studierte jedes einzelne ganz genau und war zunehmend aufgebracht wegen des Sexismus allerorten, den sie, wie sie sagte, vorher kaum wahrgenommen hatte. April erkannte überall Sexismus: in Kinofilmen, im Radio, in der Fernsehwerbung für Spülmittel und Fast Food, im Wahlkampf, im Spielzeug, im Firmenalltag und in Grundschulen, auf der Verpackung von rotem Fleisch im Supermarkt.

Am Ende des ersten Unijahres war April zweimal wegen Störung der öffentlichen Ordnung festgenommen worden – einmal während einer Demonstration in Boston und einmal, als sie sich mit den verrückten Rechten vor einer Amherst-Klinik angelegt hatte. Jedes Mal hatte Sally April aufgespürt und die fünfzig Dollar gezahlt, um sie rauszuholen. Stunden später erschienen sie dann händchenhaltend im Haus, als kämen sie vom Eisessen.

»Das komische Pärchen hat wieder zugeschlagen«, flüsterte Bree Celia dann zu.

Da war eine starke Anziehung zwischen April und Sally. Vielleicht passten sie so gut zueinander, weil beide etwas seltsam waren und keine von beiden das Seltsame der anderen wahrzunehmen schien oder sich davon zumindest nicht stören ließ. Aber vielleicht lag es auch daran, dass sie, wie Bree meinte, einander bemutterten. Sally erschütterten oft Alb- oder auch schöne Träume von ihrer Mutter. Sie sagte, es sei unerträglich, ihre Mutter im Traum bei etwas Alltäglichem zu sehen – wenn sie joggen ging, zum Beispiel, oder Sally von der Schule abholte – und dann zu erwachen, um festzustellen, dass das, was im Traum geschehen war, unmöglich war. Celia erzählte Bree, das viele Reden von Sally über den Tod sei ihr unangenehm, aber April verbrachte ganze Nächte neben Sally im Bett, sang ihr leise Bob-Dylan-Songs vor und hielt ihre Hand, während sie schlief, damit der Schrecken schnell verflog, wenn sie aus einem Traum hochschrak. April erklärte, dass sie ihre Mutter durch »unzählige Horrortrips« begleitet habe und das mit Sally im Vergleich dazu ein Spaziergang war.

»Was denn für Trips?«, hatte Bree zu Celia gezischt.

Celia hatte nur mit den Schultern gezuckt.

Es hatte etwas Beunruhigendes, in einen Greyhound-Bus einzusteigen, um zur Hochzeit einer sehr engen Freundin zu fahren. Daran ließ sich ablesen, wie sehr Sally sich in den letzten vier Jahren verändert hatte und wie sehr Celia dieselbe geblieben war. Eine Zugfahrt wäre würdevoller gewesen, aber Celia hatte es nicht übers Herz gebracht, hundert Dollar pro Fahrt zu zahlen, nur um zu beweisen, dass sie erwachsen war.

Der Bus hielt vor einem Roy Rogers außerhalb von Hartford. Sie hatte nicht gedacht, dass es die Schnellrestaurantkette überhaupt noch gab. Celia kaufte eine Cola light und stieg, frisch gebadet im Geruch von Frittierfett, widerwillig abermals in den Bus. Die Frau auf dem Sitz vor ihr hatte sich ein

Fischbrötchen gekauft. Ein verdammtes Fischbrötchen! Gab es etwas Widerlicheres in einem Bus voller Menschen um halb zwölf Uhr vormittags?

Als sie losfuhren, nahm das Mädchen neben ihr ein Heft aus dem Rucksack, auf dem in geschwungenen Buchstaben »Englisch – 1. Semester« geschrieben stand.

Celia musste daran denken, dass Bree die erste Zeit nach der Uni das Freshman-Jahr des Lebens genannt hatte. Wenn Celia sie weinend von der Toilette bei der Arbeit anrief und sich über ihre Chefin beklagte oder wieder einmal eine verzweifelte SMS nach einem verkorksten Date schickte, beruhigte Bree sie sanft: »Du bist noch ein Ersti. Es wird besser werden, das verspreche ich dir.«

In Celias Freshman-Jahr des Lebens hatte sie wenig mehr erreicht, als auf eine Reihe lächerlich schlechter Dates zu gehen, ein stürmisches, aber intensives Verhältnis zu New York zu entwickeln, das bestimmt jahrzehntelang halten würde, und einen Job als Assistentin in einem Verlag für Massenware anzunehmen, der meilenweit von der Autorinnenkarriere entfernt war, die sie eigentlich wollte. Circus Books veröffentlichte hauptsächlich Ratgeberliteratur und rosarot eingebundene Anthologien zum Thema Schuhe oder Trennungsschmerz. Wenn man auf einer Party sagte, dass man bei Circus Books arbeitete, musste man jedenfalls mindestens die Augen verdrehen. (Einem Rat der Berufsberatung am Smith College folgend hatte Celia beim Bewerbungsgespräch gefragt, ob ihre Vorgängerinnen Karriere gemacht hatten: Die letzte, sagte man ihr, befände sich auf einer Rucksackreise durch Nepal, und die davor sei dem Friedenscorps beigetreten. Mittlerweile dachte Celia, dass sie das als Hinweis darauf hätte verstehen können, dass der Job die Seele einer jeden zernagte, die dort zu arbeiten wagte, sodass Träumerinnen daraufhin auf der Suche nach Erfüllung bis in die letzten Winkel der Erde reisten.)

Brees Freshman-Jahr des Lebens würde ihnen in Erinnerung bleiben als die Zeit, in der sie an der Stanford Law School angefangen und sich ganz und gar dem Studium gewidmet hatte. Im selben Jahr hatte sie sich auch fast gänzlich von ihrer Familie zurückgezogen. »Sie hat ihr Leuchten verloren«, hatte April eines Abends bei einem Telefonat zu Celia gesagt, und Celia hatte zugestimmt.

Für Sally hatte das Freshman-Jahr des Lebens geheißen, Jake kennenzulernen, sich in ihn zu verlieben und ihr Leben um diese Beziehung herum zu planen, bis sie sogar die Bewerbung fürs Medizinstudium aufschob, der einzige Schritt, der für sie immer festgestanden hatte. In Bree und Aprils Augen bemühte Sally sich zu sehr, ihre verstorbene Mutter zu ersetzen, und redete sich dabei ein, das Bequeme sei auch das Richtige. Sie befürchteten, Sally würde eine Enttäuschung erleben, wenn sie glaubte, einen so jungen Mann dazu bringen zu können, sich zu binden. Auch nach drei Jahren hatte Jakes Antrag alle völlig überrascht – alle außer Sally, die niemals daran gezweifelt hatte. Sally war die wichtigste Spendensammlerin ihres Jahrgangs gewesen und arbeitete ehrenamtlich für die Bostoner Ortsgruppe der National Organization for Women – kurz NOW. Zweimal die Woche organisierte sie nach der Arbeit Rundschreiben und plante Vorträge. Sie war das jüngste Vorstandsmitglied in Neuengland. Sie war Co-Redakteurin der monatlichen Vereinsschrift, die ihre Mitglieder über weltweite Entwicklungen zu Frauenthemen informierte. (Die meisten Ideen stammten von April. Sally schwächte sie ab, um zu verhindern, dass die sechzigjährigen Damen in Brookline, Massachusetts, kollektiv an Herzinfarkt starben, wenn sie von Fisteln in Entwicklungsländern lasen.)

Celia stellte fest, dass NOW und ähnliche Gruppen der perfekte nächste Schritt für Smithies waren, die an absurde Abkürzungen gewöhnt waren. Und sie war stolz auf Sally, weil sie einfach losgezogen war und in ihrer Freizeit Gutes bewirkte. Aber April verdrehte bei dem Thema nur die Augen. »Mehr Establishment-Feministin kann man gar nicht sein, oder?«, hatte sie einmal zu Celia gesagt, der nicht ganz klar gewesen war, was damit überhaupt gemeint war.

Aprils Freshman-Jahr des Lebens hatte ganz im Zeichen ihres Zusammenschlusses mit der legendären Ronnie Munro gestanden, mit der sie Frauen in Not, Inc. gegründet hatte. Ronnie gehörte zu den am häufigsten diskutierten Frauen, die am Smith College gewesen waren, zusammen mit Größen wie Julia Child und Gloria Steinem. Im Gegensatz zu diesen wurde sie allerdings von den meisten Smithies als die Böse betrachtet. Ronnie war eine militante Feministin und Filmemacherin und hatte ihr Leben dem sozialen Aktivismus und den Frauenrechten gewidmet. Außerdem war sie etwas wahnsinnig.

Früher war sie eine Pionierin gewesen: Sie hatte zu Beginn des Kampfes gegen häusliche Gewalt eine wichtige Rolle gespielt und war eine Verfechterin von gleichem Lohn für gleiche Arbeit. Irgendwann Ende der Siebziger hatte sie dann aber im Zentrum eines Skandals gestanden. Damals hatte sie irgendeinen brutalen Ehemann in Indiana überredet, einen Film über sein Leben drehen zu dürfen, und hatte auch Filmmaterial von einer versteckten Kamera gesammelt, auf dem man sah, wie er seine Frau boxte, schlug und auspeitschte. Ronnies Interviews mit ihm wirkten, als sei sie scharf auf den Typen. Sie provozierte ihn vor laufender Kamera, indem sie ihn ausführlich die Erregung beschreiben ließ, die er empfand, wenn er seine Frau abstrafte. Eines Tages erzählte Ronnie ihm dann ein Geheimnis: Seine Frau wolle abhauen. In dieser Nacht ermordete er sie. Er stach ihr mit einem Messer ins Herz, und sie verblutete auf dem Küchenfußboden. Ronnie war nicht dabei, hatte den Mord aber auf Band und verwendete die Aufnahme als Eröffnungsszene für den Film.

In ihren Unterstützerkreisen fand man, Ronnie habe das Thema damit mehr ins Zentrum der Aufmerksamkeit gerückt, und das war auch der Fall: Ihre Artikel wurden in allen großen Zeitungen veröffentlicht. Nachdem ihr Film verboten worden war, wurde er an den Universitäten heimlich gezeigt, und einige Abgeordnete bemühten sich sogar um eine bessere gesetzliche Absicherung von Frauen in der Phase der Ablösung von gewalttätigen Männern. Die meisten Mitglieder der Bewegung hielten Ronnies Methoden allerdings für gefährlich und fanden, dass sie der ganzen Debatte damit die Glaubwürdigkeit nahm. Sie hatte beobachtet, wie dieser Mann seine Frau schlug, hatte sogar Videomaterial davon – wieso war sie damit nicht früher zur Polizei gegangen? Wieso hatte sie dem Mann von den Fluchtplänen seiner Frau erzählt, wenn sie doch wusste, dass sie damit ihr Leben aufs Spiel setzte?

Nach dieser Sache hatten sich die meisten Mainstream-Feministinnen von Ronnie distanziert, einige nannten sie sogar eine Mörderin. Seitdem waren ihre Methoden nur noch seltsamer und riskanter geworden. Sie hatte immer weniger Verbündete und immer mehr Kritiker. Während ihres ersten Jahrs am Smith College war ein Vortrag von Ronnie über Vaginalverstümmelung vorgesehen gewesen. Dreihundert Mädchen hatten dagegen protestiert. Trotz alledem sprach April von ihr wie von einer Göttin.

Es war offensichtlich, warum Ronnie April als Assistentin eingestellt hatte. Sie nutze April aus und gab ihr im Namen der Frauenbewegung alle möglichen gefährlichen und bescheuerten Aufträge. Die beiden drehten auf der ganzen Welt Filme über Frauenfeindlichkeit und sexualisierte Gewalt – das Ergebnis waren wichtige Dokumentationen, die das Leben von Frauen untersuchten, die Grausamkeiten ungekannten Ausmaßes erfahren hatten. Ronnie brachte April dazu, zu ihr zu ziehen, und schien Aprils einzige Freundin in Chicago zu sein.

Die Mädchen waren stolz auf April. Sie wussten, dass diese Arbeit Aprils Lebensaufgabe und unendlich wichtig war, aber sie machten sich auch Sorgen um sie. Ganz besonders Celia, die am meisten über Aprils mutige Taten wusste und der klar war, wie weit April gehen würde, um Ronnie glücklich zu machen.

Den letzten Schock hatte sie erst zwei Tage zuvor gehabt, als April von einem Militärstützpunkt in Illinois anrief, um zu sagen, dass sie von irgendeinem Wachsoldaten übel zugerichtet worden war, nachdem er sie beim versuchten Diebstahl geheimer Unterlagen erwischt hatte. Ihr Arm sei vermutlich gebrochen, sie habe Blut in den Augen und könne nicht richtig sehen.

Celia war wie gelähmt, während sie April am anderen Ende der Leitung weinen hörte. Bevor sie den Anruf entgegengenommen hatte, hatte sie mit einem Eistee am Schreibtisch gesessen, die *US Weekly* online gelesen und versucht, das schlechte Gewissen wegen des Stapels ungelesener Manuskripte auf dem Fußboden neben ihren Füßen auszublenden.

»Und wo war Ronnie die ganze Zeit?«, fragte sie hitzig.

»Sie ist abgehauen«, sagte April.

»Sie hat dich alleingelassen?«

»Sie hat mich nicht alleingelassen« sagte April. »Sie musste sich halt schützen. Ist ja auch egal, jetzt ist sie jedenfalls mit dem Auto weg, und verdammte Scheiße: Ich hab' keine Ahnung, wie ich nach Hause kommen soll.«

»Was kann ich tun?«, fragte Celia.

»Ich weiß es auch nicht. Bleib einfach noch ein bisschen am Telefon, okay? Du müsstest mich sehen: blutverschmiert und verdreckt, und ich muss unbedingt ins Krankenhaus, damit sich jemand meinen Arm ansieht.«

Celia war sprachlos und entsetzt. Sie wusste nicht, was sie sagen sollte.

»Erzähl' bloß Sally nichts davon«, sagte April schließlich. »Die dreht sonst durch.«

Celia dachte an die Hochzeit und stellte sich vor, wie April mit blauen Flecken im Gesicht hinter der Braut ging. Sally würde sowieso herausfinden, was passiert war. Trotzdem versprach Celia, Aprils Geheimnis zu bewahren, wie schon so viele andere.

Bree hatte den Begriff des dritten, vierten, fünften oder sechsten Semesters des Lebens nie verwendet, aber Celia hatte das zweite und dritte Jahr nach dem Smith College genau in diesem Licht gesehen. Jetzt waren sie im Mai des vierten Jahres, und Sally war so gut wie verheiratet. Verheiratet. Celia konnte kaum glauben, dass dieses Wort bald auf eine von ihnen zutreffen würde. Es passte gut, dass Sally ihre Hochzeit auf dem Campusgelände feiern wollte, denn wenn das jetzt das Ende ihres letzten Semesters des Lebens war, war das Wochenende eine Art Commencement, eine Art Abschlussfeier, die zugleich Ende und Neubeginn markierte.

Als der Bus auf die Route 9 fuhr, holte Celia ein dickes Stück Kaffee-Creme-Torte aus der Tasche. Sie war jetzt fast da. Sie nahm einen großen Bissen und machte die Augen zu. Sie konnte sich noch vage daran erinnern, das Kuchenstück in dem kleinen Laden an der Ecke bei ihrer Wohnung gekauft zu haben, bevor sie mit Wie-hieß-er-doch-gleich nach oben gegangen war. Eigentlich aß sie solchen Dreck nicht mehr, aber ihrer Meinung nach musste man sich selbst hassen, um sich ohne Trostpflaster verkatert auf eine vierstündige Busfahrt zu begeben. Oder um auch nur ansatzweise hungrig auf die Hochzeit einer Freundin zu gehen, die ein halbes Jahr jünger war als man selbst, während man nicht einmal einen Freund hatte.

In letzter Zeit war auf der New Yorker Dating-Szene nicht viel zu holen gewesen. Da war der Typ, mit dem sie ins Kino gegangen war, der ihre Vagina eine »Höhle der Lust« genannt hatte (nicht okay). Und der Doktorand der Literaturwissenschaft an der Columbia University, der unentwegt die Namen moderner Autoren in jedes noch so oberflächliche Gespräch einfließen lassen musste. (Beispiel: »Wie geht's dir? Alles Kurt Vonnegut?« Bah.) In einem Schrank in seiner Wohnung hatte Celia hinter einer Fassbinder-Sammlung Dutzende Pornos mit an anspruchsvolle Literatur angelehnten Titeln gefunden: *Ein feuchter Mittsommernachtstraum*; *Oliver Fist*. Mit den Pornos hatte sie kein Problem, aber die Titel gingen einfach gar nicht. Sie hatte den Kontakt sofort abgebrochen.

Celia betrachtete die Bäume, die die Straße in die Stadt säumten. Sie biss in die Torte und nahm sich vor, Bree zu fragen, wie sie darauf gekommen war, es das Freshman-Jahr des Lebens zu nennen. Zumal der Begriff »Freshman« am Smith College doch verboten gewesen war.

Das war die Art von Unterscheidung, die Außenstehende laut seufzen ließ.

Als es in Celias zweitem Studienjahr bei einer Familienweihnachtsfeier um ihre Uni gegangen war, hatte Celias Onkel Monty gesagt: »Studentinnen vom Smith sind leicht zu erkennen: Sie sagen Frauenuniversität statt Mädchenschule.«

»Wenn ich mir Celia dort vorstelle, kommt mir das Bild von den braven Damen aus meiner alten Gemeinde in den Sinn, die in den Vierzigern am Smith College waren«, sagte ihre Großmutter. »Ist es bis heute so, Cee? Nachmittagstees, Schaumwein und hoch die Tassen?«

Dann meldete sich Al zu Wort, ein Cousin, den Celia wenig schätzte, und verglich Frauenuniversitäten im 21. Jahrhundert mit dem Nachspielen von Bürgerkriegsschlachten am Sonntagnachmittag: »Es ist veraltet. Aber es ist auch bizarr und schräg, also lasst ihnen doch den Spaß.«

»Danke für die Erlaubnis«, sagte Celia. Sie wandte sich um und ging wütend ins Esszimmer.

An der Highschool hatte Celia im Fach Englisch ohne Mühe geglänzt und zahllose Notizbücher mit Kurzgeschichten und Gedichten vollgeschrieben. In Mathe und den meisten naturwissenschaftlichen Fächern stand sie meistens auf drei minus, und auch dafür hatte sie in manchen Fällen flehen, flirten und heulen müssen.

Celia fehlt die Konzentration. So hatte es ihre Biologielehrerin in der Oberstufe in einem Elternbrief formuliert. *Wenn Celia die Energie, die sie für Jungs aufbringt, ins Lernen investieren würde, wäre sie fraglos eine sehr gute Schülerin*, schrieb dieser kleine Hobbit von einem Geometrielehrer, der vermutlich noch bei seiner Mutter wohnte und höchstwahrscheinlich als Jungfrau sterben würde.

Erstaunlicherweise war sie trotzdem vom Smith College angenommen worden. Ihre Mutter erzählte überall, das hätten sie Celias Motivationsschreiben zu verdanken, mit dem sie das ganze Gremium zu Tränen gerührt habe, und das hatte tatsächlich in der Zusage so gestanden. Aber Celia vermutete, dass der wahre Grund darin bestand, dass es am Tag ihres Gesprächs mit der Leiterin der Zulassungsstelle geschneit hatte. Die Frau war gezwungen gewesen, ihre kleinen Töchter mit zur Arbeit zu nehmen, und als Celia ankam, saßen die beiden gelangweilt im Wartezimmer. Sie hatte sich instinktiv zu ihnen auf den Boden gesetzt, Stifte aus der Tasche gekramt und mit ihnen gezeichnet, was die beiden sehr gefreut hatte. Sie hatte sich wirklich nicht einschleimen wollen, aber als die Mutter aus ihrem Büro trat, strahlte sie und sagte: »Sagen Sie, Celia, arbeiten Sie zufällig als Babysitter?«

In diesem Moment begriff Celia, dass die vielen Jahre, in denen sie immer wieder auf ihre Schwester und ihre kleinen Cousins und Cousinen aufgepasst hatte, sich jetzt auszahlten. Und zwar mehr als jeder Uni-Vorbereitungskurs.

Dass es an dem College ausschließlich Frauen gab, hatte ihr

zu Beginn Angst gemacht, aber sie hatte sich damit getröstet, dass die Jungs vom Amherst College in der Nähe sein würden. Diese Annahme hatte sich als vollkommen falsch herausgestellt, aber sie hatte das College trotzdem bald ins Herz geschlossen, und es gegen die Mitglieder ihrer erweiterten Familie zu verteidigen – die alle Trinity oder Holy Cross besucht hatten und sich zweifellos fragten, ob sie lesbisch war – war manchmal anstrengend.

Seit sie vor vier Jahren aus Northampton weggegangen war, hatte sie viele verschiedene Frauen kennengelernt, die die Brauen hoben, wenn sie hörten, dass Celia das Smith besucht hatte. Und sie hatte Dutzende Dates mit Männern gehabt, die es für einen Witz hielten, dass sie auf einem der Seven-Sisters-Frauencolleges gewesen sein sollte.

Die machten dann Äußerungen wie: »O Gott, da gibt es *immer noch* nur Mädchen?« oder »Wie süß. Ich wusste gar nicht, dass das Smith noch existiert!« Oder Schlimmeres. Erst letzten Monat hatte sie bei einem Date mit einem Freund von einem Freund, einem Kahlkopf, der für *Sports Illustrated* schrieb, wehmütig von Studienzeiten erzählt. Sie war gerade mitten in der Geschichte von dem Tag, an dem sie und die Mädels bei der Celebration of Sisterhood in ein Gewitter geraten waren, als sie seine Hand unter dem Tisch auf ihrem Oberschenkel spürte und ihn sagen hörte: »Komm schon, erzähl mir nichts! Du bist viel zu heiß für eine Feminazi.«

Von da an ignorierte sie seine Anrufe. Solche Männer waren inakzeptabel, meinte April. Celia teilte diese Meinung, aber manchmal dachte sie auch, dass April zwischen dem Smith und Frauen in Not, Inc. so wenig Kontakt zu echten, heißblütigen Amerikanern gehabt hatte, dass sie vielleicht nicht als Expertin für die Frage gelten konnte, wie viel von ihnen zu erwarten war.

Vor dem Busfenster erschienen vertraute Gebäude: Fitzwilly's Restaurant mit der hellgrünen Markise und das Calvin Theater, auf dessen oberstem Rang sie mit einem Filmstudenten vom Hampshire College während eines Lucinda-Williams-Konzerts rumgemacht hatte.

Der Bus fuhr in den Busbahnhof. Während die anderen Mitfahrer ausstiegen, lehnte Celia sich noch einmal zurück und betrachtete die Menge vor dem Fenster. Sie erkannte einige Smithies: runde Gesichter, Sweatshirts und Jeans. Wahrscheinlich wollten sie zu dem Einkaufszentrum in Holyoke. Abgesehen von ihnen waren da noch die Hippies auf dem Weg nach Springfield, wo sie Straßenmusik machten oder in den Bio-Cafés auf der Hauptstraße arbeiteten. Sie atmete tief ein, sammelte sich, stand auf und zog ihre Reisetasche aus dem Gepäckfach über ihrem Kopf.

Celia stieg aus und ging den Hügel hinauf Richtung Campus. Hier roch es ganz anders. Die Luft war sauberer und lebendiger als in Manhattan. Sie erinnerte sich an jedes Detail dieses Ortes: die üppigen Berge von New England, die das Tal begrenzten; die perfekte, gläserne Oberfläche von Paradise Pond. Aber der Geruch, der früher so vertraut gewesen war, überraschte sie jetzt wie ein vergessener Liebesbrief, der unter einer Matratze hervorschaut.

Auf dem Campus angekommen, umging sie das Eingangstor Grecourt Gates. Wenn man vor dem Abschluss durch das Tor trat, so der Aberglaube, würde man nie heiraten. Celia hatte den Abschluss und war sich nicht einmal sicher, ob sie heiraten wollte, aber trotzdem: Vorsicht ist die Mutter der Porzellankiste. Sie kam an dem alten Kunstmuseum, dem neuen Studierendenzentrum und der John M. Greene Hall vorbei, ging am Haven House und seiner breiten gelben Veranda vorüber, am Park Annex mit der akkuraten Backsteinfassade und den weißen Zierleisten. Jedes Gebäude auf dem Campus stammte aus einem anderen Abschnitt amerikanischer Geschichte, und es sagte eine Menge über eine Studentin aus, in welchem sie lebte: Die Häuser an der Green Street beherbergten die vegan-lesbische Haare-unter-den-Achseln-Fraktion. Chapin, Capen und Sessions hatten viele linke Partylöwinnen, die kifften und miteinander schliefen, auch wenn sie vor der Uni nur mit Männern Sex gehabt hatten. Die größten Campuslesben, die Big Dykes on Campus (BDOCs), wohnten üblicherweise in Haven-Wesley. Wenn sich diese Frauen über den Campus bewegten, kamen selbst die heterosexuellsten Smithies ins Träumen und erröteten.

Celia und Bree waren typische Quad-Häschen aus einem der zehn um die quadratische Rasenfläche gelegenen Wohnhäuser: Sie verknallten sich in Jungs, küssten Mädchen nur, wenn sie viel Tequila intus hatten, und wären zu einer Verbindungsparty gegangen, wenn es am Smith College Verbindungen gegeben hätte und die Männer dort nicht die allerletzten Arschlöcher wären.

Celia ging am Paradise Road und dem Scales House vorbei und stand dann, endlich, vor dem King House und starrte die Tür an, durch die sie so viele Male ein und aus gegangen war, dass sie beim Anblick allein ihr genaues Gewicht spürte. Hinter dem King House öffnete sich der Quad: eine weitläufige Grünfläche, begrenzt von efeuumrankten Backsteingebäuden. Aber sie stand jetzt vor dem Gebäude an der Elm Street, die den Campus zweispurig vom Rest der Welt trennte und eine Art Kraftfeld vor dem Erwachsensein darstellte. Auf der anderen Seite der Elm Street schoben Menschen Kinderwagen, waren Rasenmäher und Hundespielzeug in den Vorgärten vergessen worden, standen Häuser mit Garagen für zwei Autos: alles Anzeichen des echten Lebens, das ihr während ihrer Studienzeit so trivial und weit entfernt erschienen war, ihr bis heute weit entfernt schien.

Mittendrin, direkt gegenüber vom King House, stand seltsam zwischen zwei Häuser gequetscht das Autumn Inn, in dem sie für die Hochzeit untergebracht waren. Wenige Monate zuvor hatte Sally verkündet, sie alle ins Hotel Northampton einladen zu wollen. Obwohl Sal sich das offensichtlich hätte leisten können, lehnten die anderen drei Mädchen ab. Sally sollte nicht dafür bezahlen, dass sie zu ihrer Hochzeit kamen. Also hatte Sally sich für das Autumn Inn entschieden, weil drei Nächte im Hotel Northampton für Celia und April auch dann zu teuer wären, wenn sie sich ein Zimmer teilten, und jede andere Unterkunft in der Stadt eine Bruchbude war.

Nachdem Sally das Hotel vorgeschlagen hatte, hatten April und Bree sofort zu Celia gesagt, was auch sie schon dachte, nämlich wie unpassend Sallys Wahl war: Während ihrer Studienzeit war es das Autumn Inn gewesen, in das Sally mit Bill Lambert floh, wenn im Bürotrakt der Neilson-Bibliothek zu viel los war und die beiden sich trotzdem unbedingt sehen mussten. Und jetzt würde sie dort ihre Hochzeitsnacht mit dem armen Jake verbringen. Typisch Sally.

Celia war nie in dem Hotel gewesen, aber sie hatte sowohl im ersten als auch im letzten Studienjahr, als ihr Zimmer zur Straße hinausging, mit Blick darauf gewohnt. Manchmal hatte sie abends über die Elm Street geschaut und sich vorgestellt, wer da drüben wohl schlief: Ehepaare, die wegen der Blütenpracht in der Stadt waren, Eltern von Studentinnen, Liebende wie Sally und Bill, die sich dort versteckten. Heute Abend, dachte Celia, würde sie das Gegenteil machen: Sie würde im Autumn Inn einchecken, zum King House hinüberblicken und sich vorstellen, wer jetzt die Zimmer bewohnte, die nicht mehr ihre waren.

Die nächsten drei Tage würde sie ganz von ihren Freundinnen umgeben verbringen.

Von den vier Mädchen hatte nur Celia seit dem Ende des Studiums einige neue enge Freundinnen gefunden. Manchmal dachte sie, dass New York in seiner Art, Frauen zusammenzubringen, einer Frauenuniversität gar nicht unähnlich war. Teilweise lag das am Mangel vernünftiger Männer. In den letzten vier Jahren hatte sie mehr schöne Abende trinkend in der Temple Bar mit Lila Bonner und Laura Friedman oder in Chelsea tanzend mit ihrer Arbeitskollegin Kayla verbracht als mit allen männlichen Dates zusammen.

Doch obwohl sie in dieser Stadt viele neue Freundschaften geschlossen hatte, fühlte es sich an, als wäre jede von ihnen allein, als verliefen ihre Leben parallel, ohne einander wirklich zu berühren. Mit den Smithies war das anders. Manchmal konnte man gar nicht sagen, wo eine anfing und die anderen aufhörten.

Bree

Das Brautjungfernkleid hing über dem Küchenstuhl: blassrosa Baumwolle mit Neckholder und einem Rock, der schlaff zu Boden fiel wie bei einem alten Nachthemd ihrer Mutter. Bree strich mit der Hand über den leichten Stoff, während sie darauf wartete, dass das Wasser kochte. Eigentlich war es unpassend für eine Hochzeit, selbst eine, die im Mai im Freien stattfand.

»Ich setze auf bauschigen pfirsichfarbenen Taft und Schulterschleifchen«, hatte Bree gewitzelt, als Celia anrief, um ihr von Sallys Verlobung zu erzählen und davon, dass Sally sich sie beide und April als Brautjungfern wünsche, und Bree hatte bei ihrem Leben schwören müssen, ultraüberrascht zu klingen, wenn Sally deswegen anrief, weil Sally von Celia absolute Verschwiegenheit gefordert hatte.

»Ich habe mir was überlegt«, sagte Bree. »Ich heirate nach allen meinen Bekannten, und dann zwinge ich meine Brautjungfern dazu, genau das Kleid zu tragen, in das sie mich zu ihrer Hochzeit gezwungen haben. Wenn sie also fair waren, werden sie gut aussehen. Wenn sie mich in bauschige Pfirsichfarben gehüllt haben, tja, dann werden auch sie bauschige Pfirsiche sein.«

Bree wollte fröhlich und glücklich klingen, aber sie fragte sich, warum Sally sie noch nicht angerufen hatte.

Der Anruf kam erst zwei Tage später. Bree fand das seltsam und traurig, aber sie wusste, dass sich seit dem College vieles zwischen ihnen verändert hatte. Und vielleicht war es albern zu glauben, dass sie für Sally noch immer Priorität hatte wie damals auf der Uni, wo es kaum Ablenkungen gegeben hatte.

Damals hatten sie jede Menge Zeit gehabt, ihre Gewohnheiten, ihre Lieblingsmusik, den schlimmsten Herzschmerz und die besten Zeiten der anderen zu verinnerlichen. Es fühlte sich ein bisschen an wie Verliebtsein, aber ohne die Schwere der Notwendigkeit, sich an nur ein Herz zu binden, und ohne die Angst, es jemals zu verlieren. Wie viele Abende sie gemeinsam auf der Veranda vom King House gesessen hatten, die ganze Welt zu ihren Füßen. Vielleicht war es einfach nicht möglich, diese Art von Nähe im wahren Leben wiederherzustellen.

Vielleicht hatte Sally sich auch nicht getraut, Bree von der Hochzeit zu erzählen, weil sie wusste, dass es wehtun würde. Was auch immer der Grund gewesen war: Als Sally anrief, um es ihr zu sagen, ratterte sie die Neuigkeiten runter wie eine Beichte oder eine Entschuldigung, nicht wie eine Ankündigung.

Alle wussten, dass Bree einst geglaubt hatte, als Erste zu heiraten. Aber jetzt sah es nicht so aus, als würde sie jemals heiraten, zumindest nicht so wie ursprünglich geplant: kein weißes Brautkleid, kein Gang über ein Blumenmädchenrosenblütenmeer. Ihr Vater würde sie nicht in einer großen Kapelle in Savannah zum Altar führen, ihre Mutter nicht in einem hellen Kostüm dabeistehen, wie sie es sich immer vorgestellt hatte. Bree war klar, dass diese unvorhergesehene Entwicklung sie nicht überraschen sollte – wem war das wahre Leben schon vorstellbar?

Sie nahm den Kessel vom Herd und goss das Wasser gleichmäßig in zwei identische rote Tassen.

In letzter Zeit hatte sie immer, wenn sie unsicher oder deprimiert gewesen war, ihr Leben mit dem von Sally verglichen: Hier liege ich auf dem Sofa und mache mir Sorgen wegen meiner Beziehung. Sally schaut sich wahrscheinlich gerade Brautkleider an. Hier sitze ich und mache schon wieder eine sonntagmorgendliche Pro-kontra-Liste. Sally serviert Jake vermutlich Frühstück im Bett mit überwältigendem Sex zum Nachtisch. Egal, worum es bei dem imaginären Vergleich ging: Sally lag immer vorne.

Bree ließ einen Pfefferminzteebeutel in die eine Tasse fallen, gab Honig dazu und bereitete für sich selbst den üblichen Lipton mit Milch und Zucker in der anderen zu. Ihr gemeinsames Schlafzimmer ging von der Küche ab, und an der Art des Schnarchens – sanftes, morgendliches Gurgeln anstatt der nächtlichen Explosionen, wegen derer Bree mit Ohrstöpseln schlafen musste – erkannte sie, dass sie noch eine ganze Weile ungestört sein würde. Sie sah zu der Uhr auf der Mikrowelle. Sie mussten erst in ein paar Stunden zum Flughafen.

Ihr Blackberry vibrierte auf dem Tisch. Bree versuchte zu widerstehen, doch dann öffnete sie die verzweifelte E-Mail ihrer Chefin mit einer Frage zu einem Fall, den Bree am Vortag aufgenommen hatte. Ihre Antwort war kurz. Es war ihr erster Urlaub, seit sie vor einem Jahr die Stelle in der Kanzlei angenommen hatte, aber so, wie die alle ausflippten, hätte man denken können, Bree würde einen Monat weg sein anstatt der armseligen zwei Tage.

Bree zog einen Stuhl heraus, setzte sich und band ihr langes, blondes Haar zu einem Knoten.

Sally würde heiraten. Sally, die irgendwie immer zugleich die Vernünftigste und Verrückteste von ihnen gewesen war. Die Rekordhalterin der Campus-Flitzerinnen; die mit der Affäre mit dem über doppelt so alten Prof; die, die beim Winterball im dritten Studienjahr so viel gesoffen hatte, dass sie im Krankenwagen ins Cooley Dickinson gebracht werden musste, wo ihr der Magen ausgepumpt wurde. Seit alledem waren nur vier Jahre vergangen. Wie hatte sich in so kurzer Zeit so viel verändern können?

Bree war klar, dass es hässlich war, nicht ausschließlich positive Gedanken zur Hochzeit einer ihrer besten Freundinnen zu haben. Sie wollte nicht zu den Frauen gehören, die das Glück der anderen mit ihrem eigenen verglich. Und in vielerlei Hinsicht konnte sie sich Sally natürlich sehr gut als Braut vorstellen – immerhin war sie die einzige unter Sechzigjährige in ganz Amerika, die freiwillig an einem Floristikkurs teilgenommen hatte. An der Uni hatte sie die Rolle der Sauberkeitsfanatikerin weiter getrieben, als Bree es für möglich gehalten hätte. Jeden Sonntagmorgen wusch sie ihre Bettwäsche und Decke und wendete, während diese trockneten, die Matratze. Sie reinigte die Badewanne regelmäßig mit Bleichmittel, obwohl der Hausmeister das schon machte. Gelegentlich wusch sie ihre Schlüssel in kochendem Seifenwasser. Sie schmückte ihr Zimmer passend zu jedem Anlass: rote Pappherzen an den Fenstern im Februar und ein winziger Weihnachtsbaum mit funktionierender Beleuchtung und einem goldglänzenden Stern. Und das war noch nicht alles. Sally hatte ihre Mutter verloren und sehnte sich seitdem nach einer Familie. Anders als die anderen drei wollte sie ihr erstes Kind haben, bevor sie dreißig war. Planfetischistin, die sie war, hatte sie schon vor langer Zeit entschieden, erst noch ein paar Jahre mit Jake allein zu haben, bevor die Kinder kamen.

Bree mochte Jake wirklich, sie alle mochten ihn, obwohl April und sie fanden, dass er nicht gerade der Allerhellste war. In einem längeren E-Mail-Austausch zwischen den beiden und Celia, in dem es um Sallys Hochzeitsgeschenk gegangen war, hatte April auch folgende Nachricht geschrieben: *Ich will hier nicht das Arschloch sein, aber erinnert ihr euch noch, als Sal ganz am Anfang zum ersten Mal seine Wohnung gesehen hatte und uns erzählt hat, dass er nur zwei Bücher besitzt: die Bibel und irgendwas von John Grisham? Müssen wir uns Sorgen machen?*

Bree schrieb sofort zurück: *Tja, das hängt davon ab, ob du es für besorgniserregend hältst, dass unsere beste Freundin jemanden heiraten will, dessen Lieblingsautor Dr. Seuss ist?*

Aprils Antwort ließ nicht lange auf sich warten: *Was haltet ihr davon, wenn wir ihnen Dr. Seuss' gesammelte Werke schenken? Oder eine Erstausgabe von* Grünes Ei mit Speck?

Bree hatte beim Lesen laut gelacht, aber im selben Augenblick, in dem sie auf ANTWORTEN geklickt hatte, kam eine E-Mail von Celia rein, ganz die Herbergsmutter.

Jetzt ist aber Schluss, ihr beiden. Wie blöd kann er schon sein? Mann, der war doch auf der Georgetown-Uni! Jake ist ein toller Typ. Er ist einfach ... unkompliziert. Und Sally liebt ihn. Ab jetzt ist er für Scherze tabu.

April gab zurück: *Unkompliziert? Und das soll gut sein?*

Worauf Celia schrieb: *Für Sally schon.*

Dann wandten sie sich anderen Themen zu – Celias Date am Vorabend und dass April wieder einmal festgenommen worden war und Ronnie eine Kaution für sie hatte zahlen müssen. Dann besprachen sie langweilige Einzelheiten zur Hochzeit – wie sie ihr Haar tragen würden und ob Sally bestimmte Wünsche bezüglich ihres Schuhwerks hatte. Gedankenlos hatte Bree den gesamten Mailwechsel an Sally weitergeleitet mit dem Hinweis: *Siehe unten ... Was sagst du zur Schuhfrage?*

Kaum hatte sie auf SENDEN geklickt, legte sie sich vor Schreck die Hand auf den Mund.

»Scheiße«, sagte sie. Sie hoffte, dass Sally nach der ersten Nachricht nicht weiterlesen würde. Bree ging davon aus, denn zwei Tage später antwortete die Freundin: *Entschuldige die späte Antwort, Schneckchen. Auf der Arbeit war die HÖLLE los. Ihr könnt anziehen, was ihr wollt. Außer ihr wollt Dr. Martens. XO*

Celia, die Psychologie im Nebenfach studiert hatte und sich deshalb für eine Expertin auf dem Gebiet menschlichen Verhaltens hielt, sagte, Bree habe es mit Absicht gemacht.

»Warum sollte ich das tun?«, fragte Bree.

»Vielleicht willst du, dass sie weiß, was du denkst, traust dich aber nicht, es ihr zu sagen.«

»Warum sollte ich wollen, dass sie weiß, dass ich Jake für dumm halte?«

»Das habe ich nicht gemeint«, sagte Celia.

Es stimmte ja, dass Bree kein Gespräch mit Sally über Jake führen konnte, ohne sie irgendwann anzufahren. Sally war einfach so selbstgefällig, was das ganze Thema anging, sie übertrieb so grässlich, wenn sie ihr gemeinsames Glück beschrieb. Die Heftigkeit ihrer Enttäuschung erschreckte Bree. Sie empfand sie fast körperlich, wie eine gebrochene Rippe, die durch die Haut trat, sodass jedes Mal, wenn sich ihre Gedanken hierhin oder dorthin krümmten, ein unerträglicher Schmerz ihren Körper flutete.

Mit fünfzehn hatte Bree einen halbmeterhohen Stapel Hochzeitsmagazine bei A&P gekauft und sie unter dem Bett versteckt wie Pornohefte, damit ihre Brüder sich nicht über sie lustig machten. Abends knickte sie die Ecken jeder Seite um, auf der ein Kleid wie ihr Traumkleid zu sehen war: elfenbeinfarben, ein Rock mit Krinoline und einer Seidenknopfreihe, die vom Hintern bis in den Nacken reichte.

Doug Anderson und Bree hatten sich gleich nach Ende der Highschool verlobt. Während der gesamten Abschlusszeremonie hatte sie über die Tribünenreihen hinweg gesehen, wie er schwitzte. Jeder andere hätte es dem schwarzen Hut und der schwarzen Robe in der Hitze von Savannah zugeschrieben, aber Bree wusste es besser: Er hatte vor irgendetwas panische Angst. Wenige Stunden später, während des Picknicks, das ihre Väter im Forsyth Park organisiert hatten, nahm Doug sie zu einer Reihe von Eichen beiseite und stellte sie an einen Baumstamm, als könne sie die Kontrolle über ihre Knochen verlieren. Auch nach zwei Bier sah er noch verängstigt aus.

»Alles in Ordnung?«, fragte sie ihn, und im selben Augenblick sank er vor ihr auf die Knie. Der Ring war nicht in einer samtenen Schatulle, wie sie es sich vorgestellt hatte. Stattdessen öffnete er langsam die Finger, und der Diamantring lag mitten auf seiner Handfläche. Er erinnerte Bree an einen kleinen Jungen, der seiner Mama einen Schatz aus dem Garten bringt, einen Marienkäfer oder eine Eichel.

Sie sagte Ja, bevor er fragen konnte. Doug sprang auf und umarmte sie fest. Er küsste sie, bis sie das Gefühl hatte, die Sonne schiene aus ihrem Inneren und sie könne jeden Augenblick in tausend schillernde Lichtscherben zerbersten. Dann versammelten sich ihre Familien um sie, und alle stießen mit gutem Champagner an. Da begriff Bree, dass sie es die ganze Zeit gewusst hatten. Das war ihre Verlobungsfeier. Sie erinnerte sich noch genau an die stolze Miene ihres Papas und das aufgeregte Schnattern ihrer Großmutter, ob Bree rote Rosen oder Callas vor dem Altar tragen solle. Nur ihre Mutter stand mit fest verschlossenen Lippen abseits. Diese Haltung hatte sie Bree gegenüber einmal als das wahre Geheimnis einer glücklichen Ehe bezeichnet. Als später aber Pläne gemacht wurden, mischte sie sich ein. Während Doug der Meinung war, Bree solle sich an die University of Georgia ummelden, damit sie innerhalb des nächsten Jahres heiraten konnten, bestand ihre Mutter darauf, dass sie dem Smith eine Chance gab und es eine lange Verlobungszeit wurde.

Als Bree noch zur Grundschule ging, waren ihre Mutter und sie jeden Sommer für ein paar Tage nach Northampton gefahren. Dann waren sie über den Campus spaziert, hatten in schicken Restaurants in der Stadtmitte gegessen, sich maniküren und auffönen lassen und im Cedar Chest auf der Einkaufsstraße winzige Seifenstücke in Fisch-, Herz- oder Elefantenform gekauft. Brees Brüder mussten dann zu Hause bleiben.

Seither idealisierte Bree die Smith-Schwesternschaft. Sie fand die Vorstellung wundervoll, in einer traditionsreichen Frauenwelt zu leben. Nachmittagstees und Candlelight-Dinners mit lebenslangen Freundinnen. Als es Zeit war, ans Studium zu denken, bewarb sie sich nur am Smith College, war eine der ersten Bewerberinnen und erhielt innerhalb von einer Woche die Zusage.

Doug und Bree wollten beide Anwälte werden und eines Tages gemeinsam eine Kanzlei eröffnen. Insgeheim wollte sie an die Stanford Law School, aber aus Aberglauben wusste das noch niemand außer Doug.

Er machte sich über sie lustig und sagte immer wieder: »Welcher noch so gutgläubige Südstaatler will schon eine Anwältin, die erst in den Norden geflohen ist und dann den Jura-Abschluss in hippie-flippi Kalifornien gemacht hat?«

Bree war klar, dass er Angst hatte. Er wollte nicht, dass sie so weit wegging. Sie versuchte, ihn zu beruhigen, obwohl sie sich den ganzen Sommer über wie eine Pionierin fühlte: Sie war die Einzige in ihrem Bekanntenkreis, die den Süden zum Studieren verließ.

Aber als es Zeit war, sich zu verabschieden, wurde Bree plötzlich panisch. Sie hielt seine Hände so fest, dass ihre Fingernägel zehn Halbmonde auf seinen Handflächen hinterließen.

Ihre Eltern hatten das Auto bepackt und saßen schon drin, um das Paar nicht zu stören. Schließlich hupte ihr Vater, und Doug und Bree umarmten sich lange und fest. Er küsste den Diamanten an ihrer Hand, wie um das Versprechen zu besiegeln, das sie einander gegeben hatten. Das Wiedersehen in Brees Herbstferien war schon ausgemacht, und sie hatten sich ausgemalt, wie sie einander wie in einem alten Film am Flughafen in die Arme fallen würden (ihre Version) und in dem alten Oldsmobile seines Vaters Sex haben würden, noch bevor sie das Parkhaus verlassen hatten (seine Version).

Bree hatte ihn seit dem Kindergarten fast jeden Tag gesehen. Sie waren seit über drei Jahren ein Paar.

»Ich kann nicht glauben, dass ich bis Oktober warten muss, bis wir uns wiedersehen«, sagte sie.

»Tja, wenn du hier bei mir bleibst, musst du das auch nicht«, sagte er.

Zwei Flüge und einige Stunden später kam Bree in Northampton an, gerade noch rechtzeitig für die Anmeldung und um es im Laufschritt zur ersten Hausversammlung zu schaffen. Genug Zeit, um festzustellen, dass das nicht mehr das Smith College ihrer Mutter war, und dass sie von hier wegwollte. Damals in den Siebzigern schickten brave Südstaateneltern ihre Töchter an eines der Seven Sisters Colleges, um sie aus Schwierigkeiten raus- und von Männern fernzuhalten. Bree wäre jede Wette eingegangen, dass ihre Mutter nie von Duschregeln wie denen im King House gehört hatte, und dass sie ihre Tochter sofort von hier wegbringen würde, wenn sie jetzt davon erführe.

Auf dem Weg zur Anmeldung hatte Bree beobachtet, wie der Vater einer Studentin auf eine Gruppe auf der Wiese sitzender, kahlrasierter Lesben gezeigt hatte. Er sagte zu seiner Tochter: »Ich glaube nicht, dass es schwer sein wird, hier Jungs kennenzulernen. Sie sind ja überall.«

»Das sind Frauen!«, zischte das Mädchen.

Der Vater sah aus wie angeschossen.

An diesem Tag ließ Bree das Abendessen ausfallen und rief erst ihre Eltern und dann Doug von ihrem Zimmer aus an.

»Bei Jacobson und Jones gibt es heute Abend Fassbier«, erzählte Doug aufgeregt. »Alle Jungs von zu Hause werden dabei sein, und von Kathleen soll ich dir sagen, dass du dich nachher auf 'nen schönen Suffanruf gefasst machen kannst.«

»Oh«, sagte Bree. »Das klingt aber gut.«

Sie hatte diese Typen bei zahllosen Gelegenheiten Bier saufen sehen: auf Parkplätzen, beim Drive-in und im alten Steinbruch. Würden sich die nächsten vier Jahre in deren Leben überhaupt von den letzten vier unterscheiden? Sie war gleichzeitig neidisch und hatte Mitleid mit ihnen.

»Du fehlst mir«, sagte sie.

»Hey«, sagte er, »du mir auch, Baby. Gefällt mir gar nicht, wenn du so traurig klingst.«

Doug wollte sie trösten, aber im Hintergrund hörte sie Gelächter und Gebrüll, jemand rief seinen Namen, und er musste sie immer wieder bitten, sich zu wiederholen.

Schließlich sagte Bree: »Es geht mir gut, Schatz. Genieß du mal den Abend.«

Er widersprach ihr nicht.

Bree ging mit einem Handtuch über der Schulter und ihrem kleinen rosa Kulturbeutel in der Hand ins Badezimmer. Sie stand allein vor der Reihe Handwaschbecken im Neonlicht und wusch sich Augen-Make-up und Rouge aus dem Gesicht. Sie bearbeitete ihre Zähne mit Zahnseide und konnte einfach nicht anders, als darüber nachzudenken, wie fett die älteren Mädchen bei der Hausversammlung gewesen waren.

Am Ende des Flurs hörte sie jemanden vor Freude quietschen. Es war das Geräusch, das man machte, wenn man ein vertrautes Gesicht nach einer Ewigkeit wiedersah. Bree empfand die Einsamkeit in diesem Moment so stark, dass sie beinahe erwartete, das Gefühl könne die Form einer Person annehmen und sich neben ihr auf der hässlichen Resopalplatte in flauschigem Bademantel und Lockenwicklern materialisieren.

Sie ging in ihr Zimmer zurück und machte die Tür hinter sich zu. Vor der Abreise hatte sie Dutzende Seiten aus ihren Hochzeitsmagazinen herausgerissen und sie in einen Umschlag mit der Aufschrift *Hochzeitsinspiration* getan. Jetzt nahm sie die Blätter heraus und glättete sie liebevoll wie Fotos alter Freunde. Dann heftete sie eins nach dem anderen an ihre Pinnwand.

Sie wählte noch einmal Dougs Nummer, aber es klingelte nur lange. Zu Hause in Georgia, das wusste sie, hatte er sich schon auf den Weg zur Party gemacht und war wohl schon von zauberhaften Südstaatenstudentinnen in eleganten Sommerkleidchen und mit glattem, glänzendem Haar umringt.

Es war erst halb elf, als Bree mit dem Vorhaben ins Bett kroch, sich in den Schlaf zu weinen. Wie immer, wenn sie Angst hatte oder traurig war, versuchte sie sich jede einzelne Verabredung mit Doug ins Gedächtnis zu rufen. (Normalerweise schlief sie bei der fünften oder sechsten ein oder beruhigte sich.) Das erste Date: ins Kino mit Melissa Fairbanks und Chris Carlson. Doug zahlte auch ihr Ticket; Chris zahlte Melissas nicht. Zweites Date: der Sadie-Hawkins-Tanz. Der Tradition entsprechend hatte sie ihn gefragt, nicht umgekehrt, und er hatte ihr statt irgendeines bescheuerten Anstecksträußchens einen Strauß Rosen geschickt. Das sollte er in der Folge an jedem ersten Samstag im Monat tun, bis zum Tag vor ihrer Abreise, ihrem letzten Tag zu Hause. Drittes Date: der erste Kuss, und Doug hatte an Ort und Stelle gesagt: »Bree Miller, du bist die Frau, die ich einmal heiraten werde.«

Bei diesem Gedanken musste Bree weinen. Sie starrte an die Decke, an der jemand eine Konstellation von Leuchtsternchen zurückgelassen hatte. Sie strich sich mit dem Ring über die Lippen. Warum hatte sie nicht auf Doug gehört, als er sie bat, mit ihm mitzugehen? Was war schon so toll an diesem Ort, dass sie dafür ihn und alle ihre gemeinsamen Freunde zurückgelassen hatte? Doug redete schon seit dem ersten Jahr an der Highschool vom Heiraten und Kinderkriegen. Wenn zwei einander liebten, konnten sie dann nicht alles überwinden – selbst die Entfernung und sogar diese gottverdammte Jugend?

Kurze Zeit darauf hatte Celia einen Zettel unter Brees Tür hindurchgeschoben.

Sie mochten einander sofort. In den folgenden Wochen zeigte Bree Celia, wie man sich mit grauem Lidschatten ein Smokey Eye schminkte, und Celia zeigte Bree, wie man eine

Irish Car Bomb mixte. Der Cocktail war so stark, dass Bree durchdrehte und Doug um vier Uhr morgens im Suff anrief, um ihm von ihrer Vorahnung zu erzählen, dass alle ihre Babys mit Sommersprossen zur Welt kommen würden.

Sie dachte oft an Tante Sue und Tante Kitty – die gar keine echten Tanten waren, sondern die Mitbewohnerinnen ihrer Mutter am Smith College und ihre ältesten und besten Freundinnen. Bree war sofort klar, dass Celia in ihrem Leben diese Rolle haben würde. Die Patin ihrer Kinder, ihre Trauzeugin, wenn sie Doug heiratete, obwohl das Einzige, was Celia an Bree überhaupt nicht zu begreifen schien, ihre Verlobung war.

»Du wirst ein Leben lang nur mit ihm Sex haben«, sagte Celia eines Abends Ende September verblüfft. »Macht dir das keine Angst?«

Bree verneinte, aber sie gestand ein, dass sie fürchtete, sich zu verändern, während Doug derselbe blieb. Kaum hatte sie das gesagt, spürte sie das schlechte Gewissen und wechselte das Thema.

In der Ferne zusammen zu sein war schwerer, als sie es sich vorgestellt hatte. Es wurde immer schwerer, auch nur Zeit für ein abendliches Telefonat zu finden. Wenn Doug nach der Uni nach Hause kam, war sie mit den Mädels schon wieder auf dem Weg zu einem Vortrag oder ins Kino. Wenn sie sich ins Bett legte, ging er los zu einer Party.

Am ersten Samstag im Oktober rannte Bree jedes Mal zum Haupteingang, wenn es am King House klingelte, aber es war nie für sie.

»Du hast mir keine Rosen geschickt«, sagte sie abends am Telefon zu Doug.

»Haben wir schon Oktober?«, sagte er. »Tut mir leid, Babe. Das habe ich gar nicht gemerkt.«

Er war enttäuscht, als sie in den Herbstferien nicht nach Hause kam, aber sie hatte am Dienstag darauf zwei Prüfungen und konnte es sich nicht leisten, nicht das ganze Wochenende zu lernen. Stattdessen bat sie ihn, am darauffolgenden Wochenende in einen Flieger nach Northampton zu steigen. Dann könnten sie Äpfel ernten, schlug sie vor, und eine Landpartie machen.

Doug hatte gelacht. »Eine Landpartie?«, sagte er. »Das wird nichts, Babe. Wir haben Tickets für das Spiel am Samstag und wollen vorher bei mir vorglühen.«

Sie wusste, dass er sie nicht verletzten wollte, aber seine Ablehnung trieb ihr die Tränen in die Augen.

Nachdem sie aufgelegt hatte, ging sie als Erstes zu Celia rüber. Ihre Zimmertür stand offen, also ging Bree einfach hinein und ließ sich auf das Bett fallen. Celia saß am Schreibtisch und las die *Canterbury Tales* für ihr Chaucer-Seminar, die nackten Füße gegen eine offene Schublade gestemmt.

»Was ist los?«, fragte sie.

Bree schluchzte. »Ich glaube, ich verliere ihn.«

Celia sah nicht besonders überrascht aus und sagte nichts dazu. Stattdessen sagte sie: »Ziehen Sie sich was über, junge Dame. Ich führe Sie zum Essen aus.«

Celia war es wichtig, dass niemand ausgeschlossen wurde. Bree wünschte sich manchmal ganz egoistisch, Celia würde nicht immer zwingenderweise auch Sally und April zu allem einladen. Aber dann erinnerte Bree sich daran, wie Celia sie an ihrem ersten Abend vor der Einsamkeit gerettet hatte, und bekam ein schlechtes Gewissen, weil sie nicht an die anderen dachte – besonders an die arme Sally, die ihre Mutter verloren hatte.

Celia war es gewesen, die sich als Erste um jede von ihnen bemüht hatte, sie war der Klebstoff, der sie zusammenhielt. Hatte das etwas damit zu tun, dass sie Katholikin war? Das fragte Bree sich, obwohl Celia über die Idee sicherlich gelacht hätte. Celia sprach selten über Religiöses, mit der Ausnahme von gelegentlichen Witzen über katholische Schulen oder wenn sie für eine Kostümparty im Quad ihre alte Schuluniform auspackte. Sie wollte offensichtlich allen – vielleicht auch sich selbst – beweisen, dass sie Atheistin war. Trotzdem war Bree davon überzeugt, dass Celias Religion irgendwo ganz tief in ihr steckte, was erklären würde, dass Celia so lieb zu allen war, sich um sie kümmerte und so eifrig versuchte, alle glücklich zu machen. Brees Eltern hatten sich vom Baptismus losgesagt. Das letzte Mal war sie zur Trauerfeier nach dem Tod ihrer Großtante vor drei Jahren in der Kirche gewesen.

Eines faulen Sonntagnachmittags kamen sie darauf zu sprechen. Sally, Celia und Bree lagen auf Brees Bett und leerten eine Dose Zitronenkekse aus Savannah, die Brees Mutter geschickt hatte, während Celia erklärte, dass sie nicht an Gott glaube.

»Aber wie kann man denn nicht an Gott glauben?«, fragte Sally verblüfft.

»Ich könnte dir die umgekehrte Frage stellen«, sagte Celia.

»Wahrscheinlich glaube ich an ihn, weil ich sonst durchdrehen würde«, sagte Sally.

Bree vermutete, dass Sally an ihre Mutter dachte, und obwohl sie sich über ihren Glauben eigentlich nicht ganz im Klaren war, sagte sie: »Sally hat recht. Es muss da draußen irgendwo noch etwas geben, was über das hier hinausgeht.«

Sally schenkte ihr ein kleines Lächeln.

Bree beobachtete, wie Sally an dem winzigen Keks knabberte und ihn im Millionenfachen der Zeit aß, die ein normaler Mensch gebraucht hätte. Deshalb blieb Sally so dünn. Bree legte den Keks in ihrer Hand in die Dose zurück. Nach nur wenigen Monaten am Smith College waren ihre Hosen deutlich enger geworden, und sie passte nicht einmal mehr in das Kleid, das sie zum Abschlussball getragen hatte. Auch Celia ging immer mehr auseinander, ihre Wangen waren voller, und an ihrem Bauch hatte sich ein weiches Röllchen gebildet. Im Jahrbuch der Abschlussklasse war Bree zur schönsten und am besten gekleideten Schülerin gewählt worden, und wie sah sie jetzt aus? Pummelig und äußerst elegant in Flanellpyjamahose und einem Smith-Pulli, dessen Kapuze sie über den Kopf gezogen hatte, weil sie sich seit zwei Tagen die Haare nicht gewaschen hatte. Sie fürchtete sich vor der Reaktion ihrer Mutter, wenn sie sie zu Thanksgiving zum ersten Mal wiedersah. Ganz zu schweigen von Doug.

In diesem Moment klingelte das Telefon, und Bree beugte sich vor, um abzunehmen. Als sie Dougs Stimme hörte, lachte sie.

»Ich habe gerade an dich gedacht«, sagte sie.

»Ich muss mit dir reden, Bree«, sagte er, und sie fühlte sich, als habe jemand einen Backstein in ihren Magen fallen lassen.

Sie schickte die Mädchen raus und schloss die Tür hinter ihnen. Dann atmete sie tief und lang ein und nahm den Hörer wieder in die Hand.

»Was ist los?«, fragte sie mit rasendem Herzen.

Er beichtete sofort. Am Abend zuvor, sagte er, habe er sich bei einer Party betrunken und mit einem Mädchen geknutscht, einer Laney Price, von der Bree noch nie zuvor gehört hatte. (»Klingt wie 'ne Nutte«, kommentierte Celia später.) Es sei eine große Dummheit gewesen und würde nie wieder vorkommen.

Bree schluchzte ins Telefon, während Doug sie immer wieder um Entschuldigung bat.

»Erzähl mir alles«, sagte sie. »Jedes Detail.«

»Bree –«, sagte er mit seiner süßen Babystimme, dass ihr das Herz wehtat. »Es war nichts, ich schwöre. Nur knutschen, mehr oder weniger.«

»*Mehr oder weniger?*« Jetzt wurde sie hysterisch. »Was soll das heißen, *mehr oder weniger*? Habt ihr in einem Bett gelegen?« Sie wehrte sich gegen die Antwort: *Sag Nein, sag Nein, sag Nein!* Wenn sie irgendwo auf einer Party im Dunkeln gestanden hätten, war es vielleicht kein großes Ding.

Er seufzte. »Ja, wir haben in meinem Bett gelegen.«

»Hattest du Schuhe an?«, fragte sie.

Doug lachte. »Komm schon, Baby! Es war einfach eine Dummheit.«

»Sag schon!«, sagte sie. »Hattest du deine Schuhe noch an? Wart ihr nackt?«

»Um Gottes willen, nein«, sagte er. »Sie war obenrum nackt, sonst nichts.«

Bree fühlte sich, als habe man ihr in die Magengrube getreten. Das sollte sie trösten? Als er vorschlug, das Thema zu wechseln, schrie sie so laut »Nein!«, dass kurz darauf April, Sally und Celia in ihr Zimmer rannten.

»Er hat mich betrogen«, sagte sie zu ihnen mit einer Hand auf der Sprechmuschel.

Bevor die Mädchen wieder hinausgingen, drückte Celia ihre Hand und flüsterte: »Ich bin gleich nebenan, wenn du mich brauchst.«

Sie redeten stundenlang. Doug sagte immer wieder, dass sie sich vielleicht Zeit nehmen sollten, um sich zu beruhigen, aber Bree weigerte sich aufzulegen. Er sollte hören, was er ihr angetan hatte, er sollte unter seinem dummen, hohlen Fehler leiden, wie sie darunter leiden würde. Schließlich ließ sie ihn gehen, sie wolle nach dem Abendessen wieder anrufen. Er sagte, dass er sie liebe, und trotz der Ereignisse glaubte sie ihm. Sie sagte, sie liebe ihn auch.

Als sie an diesem Abend allein auf ihrem Zimmer war, starrte sie lange den Verlobungsring an. Er hatte sie um Vergebung gebeten, hatte gesagt, er wolle sie nach wie vor heiraten. Vielleicht würden sie es irgendwie schaffen, diese Sache hinter sich zu lassen. Doug hatte sie davor gewarnt, so weit wegzuziehen, aber sie hatte nicht auf ihn gehört. Vielleicht war das die Strafe.

Bree stellte sich vor ihre Pinnwand und strich über die Hochglanzfotos glücklicher Bräute in wallenden Kleidern. Dieses Leben – Doug, Ehe – war doch das Leben, das sie sich immer gewünscht hatte, oder? Aber wenn sie es sich tatsächlich so sehr gewünscht hatte, wäre sie dann weggegangen?

Ihre Tür war nur angelehnt, und sie hörte Schritte auf dem Flur.

April steckte den Kopf herein. Sie trug nach ihrer Schicht im Speisesaal noch eine Schürze. Sie war die Einzige unter ihnen, die sich ihr Studium selbst finanzieren musste, und obwohl Bree wusste, dass es keine Tragödie für April war, tat sie ihr manchmal leid.

»Alles in Ordnung?«, fragte April von der Tür aus. »Soll ich jemanden für dich umlegen?«

Sie kam herein und sah, was Bree betrachtet hatte.

»Brautkleider, was?«, sagte sie.

Bree nickte.

»Weißt du, was therapeutischen Effekt hätte?«, sagte April, und ihre Augen wurden immer größer. »Wenn wir sie verbrennen.«

Bree schüttelte lachend den Kopf. Aber plötzlich verschob sich etwas in ihr. Die Traurigkeit schien von ihr abzufallen, und an ihre Stelle trat eine Wut von solcher Kraft, dass sie sie beinahe umwarf. Sie hatte ihn in dem Glauben um Details gebeten, das Wissen darum würde es ihr erleichtern. Aber jetzt hatte sie diese Bilder im Kopf: ihr Verlobter, der mit irgendeinem halbnackten Mädchen in seinem Bett rumknutschte, einem Bett, das sie noch nicht einmal gesehen hatte. Während er damit beschäftigt war, hatte sie neben Celia in ihrem Bett gelegen und über die Hochzeit geredet. Sie hatte immer davon geträumt, ans Smith College zu gehen. Wenn Doug es für nötig hielt, seinen bescheuerten Samen über die ganze University of Georgia zu verteilen, nur weil sie zwei Monate getrennt gewesen waren, konnte sie daran nichts ändern.

Bree streckte die Hand nach der Pinnwand aus. Sie griff nach einem Blatt – es war ihr Lieblingsfoto eines Brautkleids mit fast zwei Meter langer Schleppe. Sie riss es zärtlich entzwei und machte so lange weiter, bis die Fetzen die Größe von Zuckerwürfeln hatten.

Kurz darauf rissen April und sie alle Fotos von der Pinnwand, rannten damit ins Badezimmer und schmissen sie ins Handwaschbecken.

»Erweise du ihnen die letzte Ehre«, sagte April und reichte Bree eine Streichholzschachtel, die sie aus der Jackentasche genommen hatte.

Aprils Gesicht glühte zufrieden. Sie hatte noch keinen Freund gehabt. Sie war ihrem Vater nur ein einziges Mal begegnet. Bree vermutete in dieser Leerstelle den Grund dafür, warum April so war, wie sie war, obwohl April selten über ihre Probleme redete. Im Gegensatz zu ihnen behielt April ihre Geheimnisse für sich.

Für April bedeutete das kleine Feuer wahrscheinlich ein Aufbegehren gegen das Patriarchat und eine Kampfansage an den Kapitalismus, sowas in der Richtung. Aber für Bree bedeutete es schlicht Kapitulation – es bedeutete, sich selbst einem neuen Leben zu überantworten. In den nächsten Tagen versuchte sie, Doug zuzuhören und die Situation aus seiner Perspektive zu sehen, versuchte, sich ein Leben ohne ihn auszumalen, und vergoss bittere Tränen bei dieser Vorstellung. Aber es gelang ihr zu keinem Zeitpunkt, ihre Enttäuschung und ihre Zweifel ganz zu vertreiben.

Im November war die Verlobung aufgelöst. Im zweiten Studienjahr zogen Bree, Celia, April und Sally vom Dienstmädchentrakt in das Hauptgeschoss, wo sie weiterhin nebeneinander wohnten. Tagsüber ließen sie ihre Türen offen stehen und kommunizierten brüllend von einem Zimmer zum nächsten. Nach dem Abendessen hingen sie auf den Wohnzimmersofas ab, tratschten oder lasen einander aus dem *New Yorker* oder der *Vogue* vor. Einmal in der Woche bestellten sie Teigtaschen, gebratenen Reis und Chinanudeln beim Imbiss an der Hauptstraße, schlemmten beim Lernen und nahmen immer mal wieder einen Schluck von dem billigen Wein, den Celia mit einem gefälschten Ausweis besorgt hatte. Später aßen sie die Reste an einem Ecktisch im Speisesaal.

Doug zu verlassen war befreiend gewesen, aber auch ein Jahr später fiel es Bree nicht leicht, ohne ihn zu sein. Am Smith College, dachte sie, brachen Herzen schnell und blieben zu lange in diesem Zustand. Es gab keine Ablenkung, keine Typen für zwischendurch, mit denen man schneller wieder auf die Beine gekommen wäre. Sie dachte ständig über ihn nach – weniger über Doug als Person als über das Wesen der Liebe und die erschreckende Erkenntnis, wie schnell sie sich verlieren konnte. Darüber, dass ein Mädchen, das sie nicht kennengelernt hatte, das sie nicht einmal gesehen hatte, vielleicht den Verlauf ihres gesamten Lebens geändert hatte. Sie weinte so viel seinetwegen, dass es nicht mehr gesund sein konnte, obwohl die Mädels vom College ihr immer wieder sagten, dass sie von Glück reden konnte ihn los zu sein. (Jetzt schickten ihre Eltern ihr an jedem ersten Samstag einen Strauß Blumen, und ihr Bruder Roger hatte angeboten, Doug von ein paar Verbindungstypen aus seinem Bekanntenkreis zu Brei prügeln zu lassen. Bree hatte abgelehnt, war aber dankbar über den Tröstungsversuch.)

Sie war von Natur aus ein fröhlicher Mensch, in diesem Jahr aber hatte sie Angst, in ihr könnte sich etwas verändert haben. Lag es an ihr, fragte sie sich, oder an den Mädchen? Alle machten sich ständig Sorgen und weinten viel, wegen ihrer

Exfreunde, Sallys Mutter, Sexismus in Amerika oder der Angst davor, einander schließlich verlassen zu müssen. Bree fragte sich manchmal, ob der ganze Haufen nicht einfach einen Hauch zu viel Gefallen am Heulen fand.

Zunächst hatte sie es schlicht als ein Überlaufen der Gefühle betrachtet. Es war etwas ganz Wundervolles, mit Frauen zusammenzuleben, ausschließlich mit Frauen, und eine kleine Familie bestehend aus Freundinnen um sich zu haben, innerhalb derer Ehrlichkeit und unverfälschte Gefühle herrschten. Genau davon hatte sie als kleines Mädchen geträumt. Irgendwann aber hatte sich bei ihr eine Art Erstickungsgefühl breitgemacht. Die vier hatten zwar auch Kontakt zu den anderen Studentinnen im Wohnhaus, verbrachten aber ihre Zeit fast nur miteinander. Brees Rolle in der Gruppe war klar definiert als die der Südstaatenschönheit, der nichts Schlimmes widerfahren konnte. Diejenige, die so entzückend naiv war, dass sie tatsächlich mit einem Ring am Finger ins Smith College eingezogen war.

Der erste Todestag von Sallys Mutter ging vorüber, und wie von ihrer Therapeutin prophezeit, wurde es nur noch schwerer. Sally erwähnte ihre Freunde von zu Hause nicht mehr. Im ersten Jahr war ihre Freundin Monica für ein oder zwei Wochenenden zu Besuch gekommen und hatte ziemlich oft angerufen, aber jetzt schien sie verschwunden zu sein, also war es an den Smithies, sich um Sally zu kümmern. Wie viele Abende sie damit verbrachten, sie einfach nur zu trösten. Celia war darin ein Naturtalent. Und auch April war mit ihrer Sachlichkeit bezüglich der Grausamkeiten der Welt gut dafür gerüstet.

Bree fand es unerträglich. Sobald sie das kleinste Wort zu Sallys Situation sagte, stellte sie selbst sich ein Leben ohne ihre Mutter vor und ging bei dem Gedanken innerlich in die Knie. Wie in aller Welt sollte sie Sally unterstützen können?

Eines späten Abends hatte Bree Sally zugeflüstert, wie sehr

sie sie bewundere, weil der Verlust eines Elternteils ihre größte Angst war.

Sally hatte sie daraufhin angefahren: »Warum sagst du sowas, Bree? Was für mich Realität ist, ist deine größte Angst. Was soll ich damit bitte anfangen?«

Bree hatte auch mehr als einmal den Gedanken ausgesprochen, dass Sally und sie ein ganz ähnliches Leben gehabt hatten, abgesehen von Sallys Verlust der Mutter. Damit hatte Bree sagen wollen, dass beide in privilegierten Umständen aufgewachsen waren mit Müttern, die die Fäden fest in der Hand hielten, und sie sich deshalb vorstellen konnte, was in Sally vorging. Wenn sie dann Sallys verletzten Gesichtsausdruck sah, wusste sie, dass das dumm gewesen war. Trotzdem musste sie es immer wieder sagen – diese ständige Erinnerung daran, dass ein kosmischer Würfelwurf Sally ins Unglück gestürzt hatte, während Bree dieselbe geblieben war, war einfach zu viel für sie.

Eines Abends erzählte sie ihrer Mutter davon am Telefon im Flüsterton, für den Fall, dass eines der Mädchen in der Nähe ihrer Tür stand.

»Vielleicht brauchst du einfach nur eine Pause«, riet ihre Mutter. »Such dir doch irgendeinen Club, dem die anderen auf keinen Fall beitreten würden.«

Im Gespräch mit ihrer Mutter wurde Bree manchmal klar, wie gut diese es gehabt hatte. Ihr fröhlicher Ton schien zu sagen, dass sie alles für alberne Problemchen wie die von Bree geben würde. Aber ihre Mutter kannte die Mädchen ja nicht. Es gab keinen Club, dem Bree beitreten konnte, in dem Sally oder April nicht schon Mitglied waren. Sally deckte die ganzen Sozialausschüsse und Positionen im Studierendenausschuss ab, während April jeder Gruppe beitrat, die »radikal« oder »gemeinsam gegen« im Namen trug.

Aber dann war Bree eines morgens bei der Poststelle über

einen Flyer mit Campusjobs gestolpert. Sie bewarb sich beim College-Buchladen, und dort war es, gleich am ersten Tag, dass sie ihre Lara kennenlernte.

Celia hielt sie für verrückt, einen Job anzunehmen, der jeden freien Nachmittag in Anspruch nahm, insbesondere, weil sie das Geld eigentlich nicht brauchte. Aber Bree gefiel die Regelmäßigkeit der Arbeit, und sie schätzte die Befriedigung, die sie beim Alphabetisieren des Sortiments und dem Aufhängen von T-Shirts in der korrekten Reihenfolge – klein vorn, groß hinten – gewann. Die Arbeitsstunden im Buchladen schienen ihr kontrollierbar, weil jede Aufgabe ein Ende hatte, ganz im Gegensatz zu ihren Seminaren, wo das Lesen eines Romans nur zum Verfassen eines langen Vortrags führte, der zu einer Diskussion führte, die zu einer Prüfung führte. Und auch ganz im Gegensatz zum Wohnhaus, wo ihre Probleme, egal ob trivial oder riesig, gänzlich unlösbar zu sein schienen.

Celia nannte Frauen wie Lara Fließbandlesben. Diesen Begriff verwendete sie auf die vielen Dutzend Frauen auf dem Campus, deren sexuelle Orientierung man am wuscheligen Kurzhaarschnitt, den entweder spindeldürren oder üppigen Körpern (nie etwas dazwischen) und einer Uniform aus weißem Trägerhemd und Cargohose erkannte, als seien sie Massenware aus einer Fabrik irgendwo in New Jersey.

Von dieser Seite des Smith College wusste Bree sehr wenig. In den Häusern am Quad knutschte jede mit jeder. (Na ja, nicht ganz jede. Sally zum Beispiel fand die Idee widerlich.) Bree hatte Celia schon viele Male nach ein paar Runden Wodka Tonic geküsst, und einmal hatte Deborah Cohen, die nebenan im Scales House wohnte, Bree am Ende einer Grillparty auf den Mund geküsst und war dann den Hals entlang zu ihren Brüsten vorgedrungen und hatte ungeschickt erst die eine und dann die andere Brustwarze geleckt. Beim Frühstück zwei Tage später stieß Bree mit Deborah und ihrem Freund zusammen und verspürte plötzlich das unwiderstehliche Bedürfnis nach Eierkuchen aus dem Diner auf der Pearl Street. Sie spielten mit der Homosexualität, obwohl eigentlich alle wussten, dass es eine Pose war. Aber vielleicht war für manche der Versuch auch ganz ernst gemeint. Andere, dachte Bree, benahmen sich am Smith College wie im Gefängnis: Sie brauchten in den Jahren hier Körperkontakt, aber wieder in die Freiheit entlassen, würden sie zum anderen Geschlecht zurückkehren.

April, die es für einen seltsamen Scherz hielt, einem Wohnhaus am Quad zugeordnet worden zu sein, war Mitglied in jeder Menschenrechtsgruppe auf dem Campus und kannte jede Menge berühmter Smith-Lesben: zum Beispiel den Bullen, eine riesige Frau mit einem Ring in der Nase; die Kleine Linke, ein knochiges Ding, das mit den Smiffenpoofs a cappella sang und mal eine Sahnetorte in Ann Coulters Gesicht platziert hatte; Elania, die Anführerin der BDOCs, die keinen Spitznamen brauchte, so cool war sie. Aber diese Mädchen waren für die Quad-Häschen wie Celebrities. Sie gaben sich unantastbar, zumindest nahm Bree sie so wahr.

(»Kannst du dir vorstellen, dass Mädchen wie April oder der Bulle an irgendeinem anderen College zu den beliebtesten Studentinnen gehören könnten?«, hatte Celia sie einmal gefragt, woraufhin Bree nur gelacht hatte.)

Lara war anders. An dem Nachmittag, an dem Bree im Buchladen angefangen hatte, hatte sie Lara die ganze Zeit beobachten müssen – ihre Art, bei der Arbeit an der Kasse leise vor sich hin zu singen oder heimlich hinter der Inventurliste versteckt ein Buch zu lesen. Sie war asiatischer Abstammung, hatte Haar wie eine schwarze Katze und dunkelbraune Augen. Arme und Beine waren dunkel und schlank, zugleich aber auf eine Art muskulös, wie man es in keinem Fitnessstudio erreichte. Sie sah aus, als arbeite sie körperlich – eine Fischerin, dachte Bree, obwohl sie Lara als eine der hübschen Lesben aus dem Fußballteam erkannt hatte, die immer wieder offizielle Anlässe störten, indem sie in Unterhosen durchs Bild liefen und topfschlagend »Olé« grölten. (Sally, die zweite Vorsitzende des Freizeitgremiums, hasste die Fußballerinnen dafür.)

Beide hatten um drei Uhr eine Pause.

»Gehst du mit mir einen Kaffee trinken?«, hatte Lara gefragt, und Bree war fassungslos beim Klang ihres Südstaatenakzents.

Sie spazierten die Green Street entlang und redeten über zu Hause. Lara kam aus Virginia, was früher von Savannah aus mindestens so weit weg war wie der Mond, jetzt aber gefühlt in der Nachbarschaft lag.

Sie lachten darüber, wie anders der Norden war.

»Mein Vater sagt immer: ›Am Smith College denken die Leute doch, Okra ist 'ne schwarze Talkshow-Moderatorin‹«, sagte Lara, und Bree musste so lachen, dass sie ihren Kaffee auf den Gehsteig spuckte.

»Für mich ist der größte Unterschied, glaube ich, dass hier alle immer so wahnsinnig emotional sind«, sagte Bree und fühlte sich dabei gleich ein bisschen schlecht. »Es strengt mich total an, über die Gefühle anderer zu reden. Ich bin mit zwei kleinen Brüdern in Georgia aufgewachsen – da ging man nicht allzu viel in sich. Oder man redete nicht darüber.«

Lara nickte. »Wem sagst du das. Meine Mutter kommt aus Singapur, und mein Vater ist der Sohn eines weißen, christlichen Tabakbauern. Die reden nicht über Gefühle. Obwohl ich glaube, dass es dabei weniger um den Norden geht, als darum, was passiert, wenn man zweitausendvierhundert ichbezogene Frauen vier Jahre lang von der Außenwelt isoliert. Findest du es nicht auch ein bisschen gruselig, wie sehr wir alle in die Leben unserer Freundinnen verstrickt sind? Ich kriege meine Tage am selben Tag wie alle anderen in meinem Haus. Das ist doch total schräg.«

»Genau«, sagte Bree. »Manchmal brauche ich eine Pause von meinen Mitbewohnerinnen, so lieb ich sie habe.«

»Bestimmt ist es nur die Krise im zweiten Studienjahr«, sagte Lara. »Aber vielleicht können wir dem entkommen, indem wir zusammen abhängen. Ich verspreche auch, dich nicht über deine Gefühle zu befragen oder meinen Zyklus mit deinem zu synchronisieren.«

Bree lachte. »Abgemacht«, sagte sie, hob den Blick und begegnete Laras. Sie spürte, wie sie rot wurde.

Jeden Dienstag, Donnerstag und Samstag hatten sie die Schicht von zwölf bis achtzehn Uhr zusammen. Schon bald trafen sie sich täglich zum Drei-Uhr-Kaffee, auch an freien Tagen. Beide lasen besonders gerne Schriftstellerinnen aus dem Süden wie Flannery O'Connor und Eudora Welty. Lara machte Bree mit neuen Autoren und Autorinnen wie Ellen Gilchrist bekannt, und Bree las bis tief in die Nacht, um jedes Buch so schnell wie möglich zu beenden, damit sie sich darüber austauschen konnten.

Die Mädchen aus dem King House, Celia insbesondere, waren wohl ein bisschen eifersüchtig.

»Hast du nicht langsam genug Kaffee?«, riefen sie manchmal, wenn sie nachmittags die Treppe runtersprang.

Brees Gefühle für Lara ähnelten ihren Gefühlen für die Mädels, aber es kam noch etwas anderes hinzu. Sie wollte jeden Augenblick mit ihr verbringen. Am Anfang fragte sie sich, ob es einfach daran lag, dass sie mit Lara mehr verband – beide kamen aus dem Süden, beide neigten nicht dazu, alles so verdammt ernst zu nehmen. Irgendwann erwischte sich Bree aber bei Gedanken an Lara, die sie früher bei Doug oder George Clooney gehabt hatte. Dann träumte sie während des Unterrichts von Laras langen Beinen oder ließ auf dem Fensterbrett in ihrem Zimmer sitzend jedes Wort ihres letzten Gesprächs Revue passieren und wand sich nachträglich bei der Erinnerung an eine Dummheit, die sie von sich gegeben hatte. Einmal lag sie sogar im Bett und stellte sich, während sie die Hand unter ihr Baumwollnachthemd schob, Laras lange Finger auf ihrem Oberschenkel vor. Kurz darauf trommelte April auf der Suche nach einem Hefter an die Tür, den sie bei Bree liegengelassen hatte. Bree merkte, dass sie rot wurde, und rief: »Herein!«

In diesem Moment hätte sie es April fast erzählt. Von den drei Freundinnen hätte sie vermutlich das meiste Verständnis. Aber Bree bekam die Worte nicht heraus.

Wenige Tage später nahm Lara, als sie bei einem Spaziergang in die Stadt an einer Ampel stehen blieben, Brees Hand, lehnte sich zu ihr hinüber und küsste sie sanft auf den Mund.

Lara zu küssen war mit den Küssen der Mädchen aus dem Haus nicht zu vergleichen. Das waren nichts als Albernheiten gewesen. Dies hier aber war pure Magie.

»Das will ich schon seit unserer ersten Begegnung machen«, sagte Lara mit einem breiten Grinsen, »aber ich war mir nicht ganz sicher.«

Die Ampel schaltete auf Grün, Bree stolperte einige Schritte rückwärts, und etwas in ihr wollte das alles sofort unterbinden. Lara ging Richtung gegenüberliegende Straßenseite.

»Ich weiß nicht. Ich bin einfach nicht –«, stotterte Bree. »Ich muss gehen.«

Dann drehte sie sich um und rannte den Hügel hinauf zum Campus zurück. Lara rannte hinterher und bat sie immer wieder, stehen zu bleiben.

»Lass mich in Ruhe«, rief sie über die Schulter. »Geh einfach weg!«

Vier Tage lang redeten sie nicht miteinander. Bree meldete sich beim Buchladen krank und mied die Seminare, in denen sie Lara begegnen könnte. Die ganze Zeit über dachte Bree an Lara, sehnte sich nach ihr, träumte von ihr.

Schließlich rief sie Lara an und bat sie um ein Treffen.

Als sie sich sahen, sagte sie: »Ich habe solche Angst.«

Lara nahm ihre Hand und drückte sie fest. »Ich hätte das nicht tun sollen. Wir sind Freundinnen, und fertig, in Ordnung?«

Seltsamerweise enttäuschte Bree das. Sie hatte sich das anders vorgestellt.

In den nächsten Wochen sehnte Bree sich nach Laras Berührung. Sie erschauerte, wenn sich ihre Hände zufällig bei der Arbeit an der Kasse berührten. Im Kino legte sie den Kopf auf Laras Schulter und beruhigte sich mit dem Gedanken, dass sie das bei Celia auch tun würde.

Eines Freitagabends dann saßen sie in Laras Zimmer auf dem Bett, plauderten, und im Hintergrund sang Alison Krauss. Lara lehnte sich zu Bree rüber, küsste sie sanft auf den Hals und bewegte ihren Mund über Brees Kinn zum Gesicht und den Lippen.

»Ist das in Ordnung für dich?«, flüsterte sie.

Bree konnte nicht anders, als Ja zu sagen.

Während sie sich küssten, bewegten sich Laras Hände unter Brees Kleid und auf ihrer Haut. Bree zitterte. »Bitte zieh das aus«, sagte Lara.

Freudig und aufgeregt zog Bree sich das Kleid über den Kopf und ließ Lara ihren BH öffnen. Sie hatte keine Ahnung, was sie machen sollte. Das sollte alles einfacher sein, irgendwie intuitiver, als mit einem Typen rumzumachen. Schließlich war Laras Körper fast wie ihrer. Aber alle in ihrem Umfeld – Freunde, Cousins, verdammt, sogar die Jugendbücher von Judy Blume – hatten sie auf die Wünsche von Jungs vorbereitet. Für das hier gab es keine Landkarte.

Lara strich mit den Fingern über Brees Brustwarzen, bis sie hart wurden, dann weiter nach unten und in ihre Unterhose. Bree atmete nicht. Sie saß stockstill und spürte, wie sie feucht wurde. Lara ließ die Hand dort, bewegte sie langsam und küsste Brees Nacken, bis sie stöhnte.

»Leg dich hin«, wies Lara sie an. Das tat Bree.

Lara bewegte ihre Lippen zu ihrer Hand, zog Bree mit den Zähnen den Slip aus und ließ ihn lachend zu Boden fallen.

»Das war gekonnt, oder?«

Sie bewegte ihre Zunge in langsamen, berauschenden Kreisen über Brees feuchtes Fleisch. Niemand hatte Bree je so berührt, und sie glaubte, vor Lust das Bewusstsein zu verlieren.

»Hör nicht auf!«, keuchte sie. »Lara: Hör nicht auf!«

Nachdem Bree gekommen war, zog Lara sich das T-Shirt aus. Sie trug darunter keinen BH. Ihre kleinen, frechen Brüste sahen aus wie weiße Pfirsiche. Sie nahm Brees Hand in ihre und führte sie über ihren Körper. Bree hatte nie die Brüste einer anderen Frau berührt. Laras Haut war glatt und weich und mit nichts zu vergleichen, das sie je berührt hatte.

»Ich will deine Lippen spüren«, flüsterte Lara, und Bree nahm Laras Brüste in den Mund, eine nach der anderen, leckte die Brustwarzen und saugte kräftig daran. Zitternd schob sie die Hand in Laras Jeans. Sie konnte sich ein überraschtes »Oh!« nicht verkneifen, als sie weiches Haar zwischen Laras Beinen spürte. Ihr eigenes war immer ordentlich zurückgeschnitten, entweder kurzgestutzt oder ganz abrasiert, entsprechend den *Playboys* ihres Bruders, der Quelle ihrer Wahl bei der Frage, wie andere Frauen da unten aussahen.

Bree hatte ihre Unschuld mit Doug Anderson im Freizeitraum seiner Familie verloren, als sie in der elften Klasse waren. Sex mit Doug war immer aufregend gewesen, gefährlich. Aber echte Lust war wenig dabei gewesen. Keiner von ihnen hatte Erfahrung, und der arme Doug kam jedes Mal nach ein oder zwei Minuten und rief beim letzten Stoß laut: »Entschuldige!« Das mit Lara war etwas ganz anderes. Es ging stundenlang, Lippen und Finger überall, und als sie fertig waren, lagen sie nackt und erschöpft bis zum Morgen ineinandergerollt in Laras Bett.

Zuerst brachte Bree es nicht fertig, es den Mädchen zu erzählen. Nicht aus Angst, sie könnten sie verurteilen, sondern weil sie wusste, dass sie ewig darüber reden, es auseinandernehmen würden wie all die anderen Beziehungen. Sie würden die Geschichte von Bree und Lara der Gruppe einverleiben wollen, während Bree fand, sie sollte ihr allein gehören.

Lara kaufte ihr das nicht ab. Ihr war schon immer klar gewesen, dass sie Frauen vorzog, und sie hatte sich schon an der Highschool allen Menschen in ihrem Leben gegenüber geoutet. »Du hast Angst: Wenn sie dich anders sehen, könntest du dich am Ende selbst anders sehen«, stellte sie fest, nicht hart, sondern verständnisvoll. Und genau so war es natürlich. In den ersten Monaten ihrer Beziehung durfte Lara nur bei Bree übernachten, wenn sie durch die Hintertür hereinschlich, wenn alle schliefen. Einmal ging mitten in der Nacht der Feueralarm los. Bree flehte Lara an, im Zimmer zu bleiben, weil sie sich die Gesichter ihrer Freundinnen vorstellte, wenn sie mit Lara rausgerannt kam. Es war nur eine Übung, aber Bree bereute sofort, was sie getan hatte.

Beim Mittagessen am nächsten Tag beschloss Bree, sich vor ihren Freundinnen zu outen. Aber eigentlich sei es gar kein richtiges Coming-out, sagte sie ihnen. Sie brachte die Info schnell unter – Lara und sie waren jetzt ein Paar – und fügte, bevor sie kräftig ins Truthahnsandwich biss, hinzu: »Und was ist bei euch so los?«

»Was los ist?«, fragte Celia. »Äh, hallo? Du bist 'ne Lesbe. Das ist los.«

»Ich bin keine Lesbe«, sagte Bree grinsend.

»Hast du gestern Abend mit einer Frau Sex gehabt?«, fragte April.

»Ja. Und heute Morgen auch.«

»Angeberin«, sagte April.

»Dann bist du eine Lesbe«, sagte Celia.

Bree lachte. »Aber wie kann ich lesbisch sein, wenn ich weiterhin unbedingt, unbedingt Brad Pitt heiraten will?«

»Gute Frage. Ich komme darauf zurück«, sagte Celia.

Und das war's auch schon.

Was folgte, war eine Aneinanderreihung von Partys, Konzerten und Abendessen im Speisesaal, bei denen sie angstfrei Händchen hielten. Bree war bewusst, dass sie eines jener Paare waren, das sich so viel anfasste, dass andere wegsehen mussten. Das war ihr egal. Von diesem Gefühl hatte sie immer geträumt.

Sie waren den Rest der Zeit am Smith College zusammen und erreichten dort, während sie in der Welt außerhalb der Uni bloße Freundschaft vorgaben, alle Meilensteine eines Paares. Sie hatten die Familien der jeweils anderen kennengelernt, hatten *Ich liebe dich* gesagt, sich im Bett vorgelesen und stundenlang Liebe gemacht. Manchmal stritten sie, aber meistens lachten sie. Niemand hatte Bree jemals so zum Lachen gebracht wie Lara. Es verband sie ein Südstaatlergemüt, von ihren Vätern geerbt, dem die Political Correctness fremd war, von der die meisten Gespräche am College übervoll waren. Sie lachten darüber, wie ihre Großeltern auf fürs Smith College typische Begriffe reagieren würden wie »heteronormativ« oder Formulierungen wie »Gender ist ein fließender Begriff«. Sie waren sich einig, dass jede Frau, die im Unterricht einen Kommentar mit den Worten »Ich habe das Gefühl, dass« einleitete, rausgezogen und erschossen gehörte. »Das ist doch hier keine Therapiesitzung. Das ist Geschichte 203«, sagte Lara dann.

Bree hatte den Mädels gegenüber immer gesagt, dass die Abschlussfeier das Ende ihrer Beziehung mit Lara bedeuten würde. Lara hatte sie das auch gesagt, aber die schien ihr das nie recht zu glauben, oder wenn sie es doch tat, wollte sie nicht daran denken. Manchen Frauen wurde am Smith College klar, dass sie schon immer Lesben gewesen waren. Bree gehörte nicht dazu. Für Mädchen wie sie gab es ein Wort: SLUG stand für Smith Lesbian Until Graduation – Smith-Lesbe bis zum Abschluss. Sie war nicht die einzige Heterosexuelle auf dem Campus in einer richtigen Beziehung mit einer homosexuellen Frau. Die meisten Heteros am Smith College hatten auch mal eine Frau geküsst, aber das zählte nicht. SLUGs hielten Händchen, hatten Dates und Sex mit Frauen – *sie gingen einen Schritt weiter*, wie Sally sagte. Aber sie gingen damit nicht durch die Tore des Colleges.

Celia schien der Gedanke zu trösten, dass Bree bald in die Welt der Männer zurückkehren würde. Bree wusste, dass für Celia schwer nachzuvollziehen war, dass sie keine Lesbe war, sich aber in eine Frau verliebt hatte. Bree konnte es selbst kaum verstehen. Es ihren Eltern irgendwann einmal verständlich zu machen kam ihr vollkommen unmöglich vor. Zwei Sommer hintereinander hatte sie Lara am 4. Juli zum Strandhaus der Familie an der Küste bei Charleston mitgenommen, und sie hatten in einem Bett geschlafen. Bree wusste, dass ihre Familie Lara sympathisch fand, aber wenn sie sich den Moment vorstellte, in dem sie begriffen, was die Sache eigentlich bedeutete, hatte sie Angst, sie könnten ihr nie verzeihen.

Sie beendete die Beziehung mit Lara wie geplant, in einer Mainacht. Sie saßen am Ufer des Paradise Pond im Dunkeln, weinten ineinandergeschlungen, und Lara flehte Bree an, es sich noch einmal zu überlegen.

»Ich weiß, dass du Angst hast, aber wir schaffen das«, sagte sie. »Hier haben wir es auch geschafft, und es waren die besten Jahre unseres Lebens.«

»Ich weiß«, sagte Bree. »Aber das war eben hier, in Northampton. Nicht in der echten Welt.«

»Glaubst du denn, dass ich jemals eine wie dich finde, B?«

Lara schüttelte den Kopf und sagte im gedehnten Südstaatlertonfall ihres Vaters: »Herzchen, so wird da kein Schuh draus.«

Bree lachte müde.

»Ich liebe dich«, sagte Lara. »Ich will dich nicht verlieren, weil du Angst vor dem Urteil irgendwelcher Leute hast.«

»Das sind nicht irgendwelche Leute«, sagte sie. »Es geht um meine Eltern, meine Großeltern. Um die Menschen, die mich am meisten lieben.«

»Bleiben wir Freundinnen?«, wollte Lara wissen.

»Wir werden immer Freundinnen sein«, sagte Bree, obwohl sie es in Wirklichkeit nicht wusste.

»Darf ich dich weiterhin küssen?«, fragte Lara.

Bree schüttelte den Kopf. Sie stellte sich vor, Lara zu begegnen und sie weder küssen noch ihre Haut berühren zu dürfen. Bree schluchzte in ihre Hände, und heiße Tränen sammelten sich in ihren Handflächen. Irgendwann stand sie auf, klopfte sich den Staub von der Hose und sagte, sie müsse gehen.

»Das war die richtige Entscheidung«, sagte Celia bei Brees Rückkehr ins Wohnhaus.

Bree schluckte. »Ich kann mich wieder verlieben, aber eine neue Familie finde ich nicht.«

Kaum hatte sie das gesagt, wurde ihr klar, dass sie es selbst nicht glaubte. Niemals würde sie sich noch einmal so verlieben. Also ging sie zu Laras Wohnhaus, klingelte Sturm und brüllte »Ich bin eine Idiotin! Ich habe mich geirrt!« in die Sprechanlage, was ein Trio rauchender Erstsemester mit aufgerissenen Augen beobachtete.

Für kurze Zeit waren sie glücklich, aber dann kam die Abschlussfeier. Die schlimmste Erinnerung war die an das Gesicht ihrer Mutter, nachdem Bree sie gleich nach der Zeremonie zur Seite genommen und ihr die Wahrheit gesagt hatte.

»Ich verstehe nicht«, hatte ihre Mutter gesagt. Sie sah aus, als würde sie in Ohnmacht fallen. »Nicht du, Bree.«

Nicht du. Das klang, dachte Bree, als habe sie ihr Serienmorde gestanden.

»Das ist alles meine Schuld«, flüsterte ihre Mutter. »Warum habe ich darauf bestanden, dass du hierherkommst? Du könntest jetzt zu Hause sein, in Sicherheit und mit Doug Anderson verheiratet.«

Bree hatte kaum an ihn gedacht, seit sie Lara kennengelernt hatte. Sie erschrak, als sie seinen Namen hörte. Und wie viele Male hatte ihre Mutter ihr gesagt, dass es die beste Entscheidung ihres Lebens gewesen war, ihn gehenzulassen.

»Bitte, Mama«, sagte Bree. »Versteh doch.«

In diesem Augenblick kam der Rest der Familie zu ihnen, und die Jungs riefen und brüllten zur Feier ihres Abschlusses. Für die Fotos, auf denen ihr Vater bestand, lächelte ihre Mutter, aber danach schickte sie Brees Brüder weg und verlangte: »Jetzt sagst du deinem Vater, was du getan hast.«

Bree spürte, dass sie rot wurde. Dann rezitierte sie die Worte, die sie am Abend zuvor mit Lara eingeübt hatte: »Papa, ich bin in einer ernsten Beziehung mit Lara, und wir lieben uns.«

Ihr Vater sah sie verblüfft an. »Was willst du damit sagen?«, fragte er.

»Sie sind ein Paar!«, rief ihre Mutter hysterisch. »Sie will sagen, dass sie eine Lesbe ist! Sie will sagen, dass die kleine Chinesin ihre *Freundin* ist!«

Die Leute um sie herum starrten zu ihnen herüber. *Die kleine Chinesin*, dachte Bree und wusste nicht, ob sie lachen oder weinen sollte. Hatte ihre Mutter ein größeres Problem damit, dass sie in eine Frau oder dass sie in eine Asiatin verliebt war?

Bree hatte an jenem Tag das Studium am Smith College mit magna cum laude abgeschlossen, ein Abschlusszeugnis und den Phi-Beta-Kappa-Schlüssel erhalten. In den Augen ihrer Eltern aber würde es immer der Tag sein, an dem sie ihnen mitten auf dem Quad in einem Meer aus Klappstühlen die Herzen gebrochen hatte.

Seitdem war ihre Beziehung angespannt.

Lara folgte ihr nach Stanford und nahm einen Job als Koordinatorin des dortigen Boys & Girls Clubs an, während Bree ihren Jura-Abschluss machte. Laras Geduld beeindruckte Bree. Wenn sie sich wegen einer Prüfung oder einer Präsentation verrückt machte, sagte Lara einfach: »Du brauchst Kohlehydrate«, und machte sich in der Küche zu schaffen, buk Bananenbrot oder kochte Nudeln mit einer dicken, cremigen Parmesansoße. Sie fragte Bree jeden Morgen ab, indem sie von Karteikarten ablas und auf Brees Füßen saß, damit die ihre Sit-ups machen konnte. Zeigte Bree den Hauch eines Zweifels daran, das Arbeitspensum bewältigen zu können, strich sie ihr durchs Haar und sagte: »Komm schon, Cowgirl, du schaffst das. Du bist die geborene Anwältin. Schau nur, wie du mich zur Selbstunterwerfung bringst.«

Nach Brees Staatsexamen zogen sie runter nach San Francisco, wo beide bessere berufliche Aussichten hatten. Bree verdankte es dem Old Girls Network, dem Netzwerk ehemaliger Smith-Studentinnen, dass sie ihren Traumjob bei Morris & White bekam (White war Katherine White, Smith-College-Jahrgang 68, die am liebsten schlaue Absolventinnen von Frauenuniversitäten einstellte).

Am Anfang war es einfach wundervoll, mit Lara in der großen weiten Welt zu sein und sich ein gemeinsames Leben aufzubauen. Aber Jahr um Jahr belastete Bree die Ablehnung ihrer Eltern immer mehr. Jedes Mal, wenn sie die Beziehung definieren musste, zögerte sie. Lara war wütend, weil Brees Kollegen und Kolleginnen nichts von ihr wussten und sie noch ein Jahr nach der Uni eine Lebensmittelvergiftung vorgetäuscht hatte, um nicht zum Highschool-Klassentreffen gehen zu müssen, weil sie sich die Gesichter ihrer ehemaligen

Klassenkameraden vorstellen konnte, wenn sie mit Lara am Arm in die Sporthalle spaziert wäre.

In letzter Zeit war es schon gut, wenn sie vierundzwanzig Stunden nicht stritten, obwohl nach wie vor niemand Bree so zum Lachen brachte wie Lara, obwohl der Sex so gut war wie eh und je, obwohl sie jeden Abend dicht aneinandergekuschelt einschliefen, Laras Hand auf Brees Bauch, nachdem sie sich im Flüsterton über Politik, Bücher, Celebrities und ihren Tag ausgetauscht hatten, bis sie zu müde waren, um auch nur ein einziges weiteres Wort zu sagen.

Theoretisch hielt Bree es für tapfer, mutig und richtig, sich für die Liebe zu entscheiden und dafür zu kämpfen. Aber wie konnte die Liebe überleben, wenn man so viel dafür aufgegeben hatte? Seit sie ihren Eltern von Lara erzählt hatte, telefonierte Bree nur etwa einmal im Monat mit ihnen, anstatt der vorher üblichen vier bis fünf Mal in der Woche. Ihre Brüder schickten E-Mails oder im Suff mal eine SMS, aber mehr nicht. Über die Feiertage fuhr sie nicht nach Hause. Sie wusste, dass sie ihre Eltern damit verletzte, aber sie wusste auch, dass sie Lara nicht im Haus haben wollten. Also verbrachten sie die Feiertage bei Laras Eltern in Virginia, wo sie frittierte Krabben-Wan-Tan aßen und an einem runden Spieltisch Mah-Jongg spielten, während Laras Mutter und Tanten immer wieder ins Mandarin verfielen und Lara gelegentlich flüsterte: »Sie reden über dich.«

Laras Mutter ging jeden Morgen zum Gottesdienst der katholischen Kirche, und zu Weihnachten bestand sie darauf, dass alle mitkamen, auch ihr Ehemann, der in Vietnam gewesen und eiserner Atheist war, und Laras Bruder, der einer Art Sekte angehörte, worüber aber nicht gesprochen wurde. Bree verlor sich dann im Klang der Orgelmusik und dem Anblick des durch die Buntglasfenster hinter dem Altar strömenden Lichts und dem seltsamen, absonderlichen Gefühl, dass man verdammt nochmal einfach nie wusste, was das Leben bringen würde. Dann versuchte sie zu ignorieren, wie sehr es ihr fehlte, zu Hause bei ihrer eigenen Familie zu sein.

Beim Verlassen der Kirche drückte Laras Mutter ihr dann immer die Hand und sagte: »Nächstes Jahr bringst du deine Eltern mit, okay?«

Bree schämte sich dafür, dass ihre Eltern mit diesen Menschen nichts zu tun haben wollten, dass ihre Mutter kein Interesse daran hatte, Laras Eltern kennenzulernen. Nach Laras Outing noch zu Schulzeiten war ihre Mutter entsetzt gewesen, hatte ein Ave Maria nach dem anderen gebetet und Kerzen entzündet in dem Versuch, das Geschehene ungeschehen zu machen. Ein Jahr lang sprachen sie kaum miteinander. Aber dann, erzählte Lara, war ihre Mutter eines Tages von der Kirche zurückgekommen und hatte gesagt: »Als ich fünfundzwanzig war, lernte ich deinen Vater kennen. Ich stellte ihn meinen Eltern vor, und sie sagten, wenn du diesen Mann heiratest, enterben wir dich. Er war weiß und nicht katholisch. Ich habe ihn trotzdem geheiratet. Mein Vater starb, ohne jemals wieder mit mir gesprochen zu haben, meine Mutter verpasste die Hochzeit und deine Geburt. Wir machen nicht immer, was unsere Eltern sich wünschen, aber es ist ihr Problem, wenn sie keinen Weg finden, uns trotzdem zu lieben.«

Bree wünschte, ihre Eltern würden das auch einsehen.

»Das wird schon noch«, sagte Lara. »Du musst sie bloß ein bisschen an deinem Leben teilhaben lassen.«

Es war Bree unangenehm, Lara zu sagen, dass ihre Eltern vielleicht gar nicht daran teilhaben wollten.

April hatte die Beziehung immer unterstützt. Ihre Postkarten waren an Bree und Lara adressiert, und sie fragte bei jedem Anruf und in jeder E-Mail auch nach Lara. Aber Bree sah, dass ihre Beziehung für Celia – und bis zu einem gewissen Grad auch für Sally – ein Rätsel blieb. Sie hatten Lara nie ins Herz geschlossen und konnten nicht begreifen, warum Bree bereit war, für diese Liebe alles zu riskieren.

Manchmal erlebte sie diese Erkenntnis so real und schmerzhaft wie einen Hundebiss. Sie liebte, aber ihre Beziehung würde immer der Erklärung bedürfen, und nur wenige Menschen verstanden sie wirklich – auch ihre engsten Freundinnen nicht, auch sie selbst nicht. Sie wünschte sich bis heute ein normales Leben, eine Liebe, die ihre Eltern zufriedenstellte, einen Moment wie den mit Doug Anderson im Forsyth Park damals, aber mit der Person, die sie wirklich liebte. Ein Teil von ihr wollte sich losreißen, um das zu suchen, was Sally gefunden hatte: eine normale Liebe, die alle verstehen konnten. Das würde ihr verwehrt sein, solange Lara und sie ein Paar waren.

Im Schlafzimmer klingelte der Wecker – ein schrilles Wehklagen. Sie hörte ein empörtes Grunzen, und der Wecker verstummte. Wenig später erschien Lara in Baumwoll-BH und -Unterhose, ihr kurzes, stacheliges Haar stand hinten ab wie das der Comicfigur Dennis. Ihr Fußballerinnenkörper – nur Muskeln und Kurven – sah im Morgenlicht golden aus.

Sie rieb sich die Augen, stellte sich hinter Brees Stuhl und legte von hinten die Arme um sie.

»Alles in Ordnung, Baby?«, fragte sie, und Bree zuckte mit den Schultern.

»Du hast dich die ganze Nacht hin und her gewälzt und bist noch vorm Weckerklingeln aufgestanden«, sagte Lara, beugte sich vor und küsste Bree auf den Nacken. »Das kann nur eins bedeuten: Sallys Hochzeit steht bevor.«

»Genau«, sagte Bree. »Mach dich bereit.«

»Oh, ich bin mehr als bereit«, sagte Lara. In einem plötzlichen Ausbruch von Energie bewegte sie sich mit ausgestreckten Armen von einem Bein auf das andere hüpfend durch die Küche, als wäre sie auf einem Fußballfeld und es gelte, ein Tor abzuwenden.

»Schieß los! Aber so richtig«, sagte Lara und blieb in Bewegung. »Ich bin bereit für die wilde Bree-Miller-Gefühlsachterbahn, ertragen und durchlebt von meiner Wenigkeit und wiedergutgemacht durch dich in Form von stundenlangem, atemberaubendem Sex gleich nach unserer Rückkehr.«

Bree konnte nicht anders: Sie musste laut lachen.

»Weißt du eigentlich, dass ich dich liebe?«, fragte sie.

»Allerdings«, sagte Lara. »Ja, das kann man nicht anders sagen.«

April

In ihrem ganzen Leben hatte April nur an einer einzigen Hochzeit teilgenommen, und das war die einer Freundin ihrer Mutter auf einer Emufarm in Colorado. Es nannte sich Zeremonie der Wertschätzung, und um patriarchales Brauchtum zu vermeiden, gab es keine Ringe, kein weißes Kleid, weder Brautjungfern noch Trauzeugen oder Ähnliches. Es war wirklich nur ein Haufen Hippies auf einem feuchten Acker, die kiffend um ein glücklich verliebtes und sechs Monate schwangeres Paar tanzten. April war damals erst sieben Jahre alt, konnte sich aber noch an ein paar Einzelheiten erinnern: das lange, verknotete rote Haar ihrer Mutter, der starke Mann mit dem Bart, der sie sich über die Schulter warf, und eine mit Honig und Sonnenblumenkernen überzogene Torte.

Auf die E-Mail, in der sie Sally zu erklären versuchte, warum die Rolle eine Brautjungfer wirklich nichts für sie war, hatte Sally mit einem Satz geantwortet, einem klassischen Sallyismus: *Schätzelchen, ich brauche dich einfach.*

Das musste sie ihr lassen: April hatte sich Sally als eine Braut im Stil von Prinzessin Diana vorgestellt, aufgebrezelt mit baiserartigem Kleid mit Schleier in einer vollgestopften Kirche und Dudelsackspielern vorm Eingang. Aber Sally erklärte ihr, dass es eine bescheidene Zeremonie mit anschließender Feier unter freiem Himmel geben sollte und keinerlei Baiser.

Immerhin. April war erleichtert, obwohl sie noch immer nicht glauben konnte, dass Sally trotz des Trainings in Unabhängigkeit und Selbständigkeit am Smith College mit fünfundzwanzig heiraten wollte.

Als sie im Hotel ankam, war sie nervös. Auf der Taxifahrt hatte sie mit dem letzten Schluck Wasser aus der Flasche aus dem Flieger die Valiumtablette runtergespült, die Ronnie ihr gegeben hatte. Es half nichts. Trotz der wahnsinnigen Aktionen, die sie ohne jede Angst in den letzten Jahren durchgeführt hatte – sie hatte sich in afrikanischen Dörfern versteckt, in Indonesien beobachtet, wie kleine Mädchen die Qualen einer Genitalverstümmelung über sich ergehen ließen, hatte in einem Hochsicherheitsgefängnis in Mississippi einen Serienvergewaltiger interviewt –, war die Rolle der Brautjungfer bei der Hochzeit ihrer besten Freundin für sie beängstigend genug, eine ausgewachsene Panikattacke zu verursachen.

Sie war schon seit Wochen nervös gewesen, aber nachdem ihr zwei Tage zuvor ein Wachsoldat in den Magen geboxt hatte, woraufhin sie fünf Stunden lang in einem Krankenhauswartezimmer hatte sitzen müssen, um herauszufinden, dass ihr Arm doch nicht gebrochen war, wünschte April sich sehnlichst nichts anderes als ein Wochenende zu Hause im Bett. Die Bewachung von Regierungsunterlagen war üblicherweise eine Aufgabe für Vollidioten, aber dieser Typ musste Ronnie und sie erkannt haben und schien viel Freude daran zu haben, sie zu verprügeln, anstatt sie einfach vom Gelände zu führen. Eigentlich war das super, weil es bedeutete, dass die Armee Angst vor dem hatte, was schon bald aufgedeckt werden würde.

Zum Glück sah man die Blutergüsse nicht. Die meisten bedeckte das T-Shirt. Ihre Dreadlocks, über die Sally sich früher bestimmt aufgeregt hätte, verbargen jetzt einen Striemen im Nacken.

Sie ärgerte sich darüber, dass Sally und Jake in Northampton heirateten, weil es zeigte, dass Sally merkte, wie sie sich selbst verlor, und sich deshalb an die alten Zeiten am Smith College klammerte, an die letzte Phase ihres Lebens, in der sie ein Individuum gewesen war. Ganz zu schweigen von der Ressourcenverschwendung, wenn so viele Leute ins Niemandsland pilgerten, wodurch ihr kollektiver ökologischer Fußabdruck wuchs und Aprils persönlicher Kontostand schrumpfte.

Während der Jahre an der Uni hatte April sich wundern müssen, wie ihre Kommilitoninnen ihr Geld – um genau zu sein, das Geld ihrer Eltern – aus dem Fenster warfen. Sie machte zehn Schichten die Woche im Speisesaal, spülte Geschirr, schälte endlos Kartoffeln und lauschte den Gesprächen der Mitarbeiter in Vollzeit über Ratenzahlungen fürs Auto und die Mittelohrentzündungen ihrer Kinder. Morgens arbeitete sie in der Zulassungsstelle und sortierte Bewerbungen. Sie war das einzige der Mädchen, das sich sein Studium durch Arbeit und Kredite in seinem eigenen Namen finanzierte. (Sally und Brees Väter hatten ihre Studiengebühren komplett übernommen. Celia hatte Kredite aufgenommen, aber April wusste, dass ihre Eltern sie abbezahlten.)

Seit damals hatte sich wenig verändert. Die anderen wurden weiterhin auf die eine oder andere Art von ihren Eltern finanziell unterstützt, obwohl, so offen sie auch über alles andere sprachen, in diesem Punkt nie Details genannt wurden. Sie wusste, dass Bree und Celia ihre Miete selber zahlten. Und sie war stolz auf Sally, weil sie, obwohl sie von den Entschädigungszahlungen wegen der Kunstfehler an ihrer Mutter bis ans Ende ihrer Tage gut hätte leben können, jeden Tag zur Arbeit ging.

April war sich bewusst, dass es nicht das Geld war, das sie ärgerte. Tatsächlich waren die Mädchen unglaublich großzügig und aufmerksam gewesen, was das Hochzeitswochenende anging. Celia und Bree wussten, dass Ronnie nicht viel bezahlte, und hatten darauf bestanden, Aprils Anteil an den Geschenken für Sally zu übernehmen – bei denen es sich im Übrigen um eine gottverdammte Cuisinart und einen KitchenAid-Mixer handelte, *willkommen im Jahr 1952*.

Hochzeiten waren einfach nicht ihr Ding, und diese würde ganz besonders seltsam werden. Sie mochte Jake, hielt ihn aber nicht für intelligent genug für Sally, und seine Freunde aus der Studentenverbindung konnte sie gar nicht ausstehen.

Außerdem hatte sie Ronnie versprechen müssen, mit den Mädels keine Einzelheiten zum nächsten Projekt zu teilen, was sehr schwer sein würde, wenn nicht unmöglich.

»Leute wie die verstehen das nicht«, hatte Ronnie gesagt. »Sie werden nur versuchen, es dir auszureden, und ich brauche dich an meiner Seite, zu einhundert Prozent.«

»Ich bin an deiner Seite«, hatte April irritiert gesagt, weil sie nach all der Zeit, die sie nun für Ronnie arbeitete, und all den Opfern, die sie gebracht hatte, in Ronnies Augen offenbar immer noch nicht engagiert genug war.

Nach dem Abschluss am Smith College hatte April monatelang in der Chicagoer Leitstelle von Senator Dick Durbin gearbeitet, hatte Anrufe beantwortet, Essen geholt und die Post sortiert. Sie sagte sich, dass diese kleinen Aufgaben zum großen Ganzen beitrugen, konnte aber innerlich kaum erwarten, Radikaleres mit direktem Wirklichkeitsbezug anzugehen. Dann kam der Anruf, der ihr Leben veränderte. Ronnie Munro, deren Foto seit der Mittelstufe an Aprils Schlafzimmertür klebte, wollte sie auf einen Drink treffen.

Aprils Mutter hatte oft von Ronnie Munros wahrer Hingabe für die Sache gesprochen. Ihr Buch *Die verachtete Frau* stand zu Hause in exponierter Position in der Mitte des Kaminsimses.

Schon Monate vor ihrem Abschluss hatte April Ronnie ihren Lebenslauf, begleitet von einem leidenschaftlichen Anschreiben, geschickt und gehofft, sie möge die Unterlagen wenigstens aufbewahren, bis sie das nächste Mal eine Assistentin brauchte. Während der Jobsuche war sie dann aber zu der Überzeugung gekommen, dass niemand irgendetwas archivierte – Lebensläufe landeten so lange im Papierkorb, bis tatsächlich eine Stelle frei war. Sie hatte die Hoffnung schon lange aufgegeben, von Ronnie zu hören, und als es plötzlich doch geschah, war April überglücklich.

Sie traf sich mit Ronnie zwei Tage nach dem Anruf in einer düsteren Weinbar. Ronnie bestellte eine Flasche Cabernet und legte ihr ihren Plan dar, Schritt für Schritt. Sie gründe gerade eine Firma in Chicago mit dem Namen *Frauen in Not, Inc.* Sie würden Filme über Frauenfeindlichkeit in der ganzen Welt drehen, würden über Ehrenmorde in Pakistan, Genitalverstümmelung in Afrika, Sextourismus in Asien und Osteuropa und über die um sich greifenden Vergewaltigungs- und Essstörungsepidemien hier in den Vereinigten Staaten berichten und alles zu einem gigantischen, explosiven Höhepunkt führen, wenn sie sich nach ein paar Jahren einen gewissen Bekanntheitsgrad erarbeitet hatten.

»Sie haben nicht die Erfahrung, die ich üblicherweise von einer Assistentin erwarte«, sagte Ronnie. »Aber Ihr Anschreiben ist mir nicht mehr aus dem Kopf gegangen.«

Und dann zitierte tatsächlich Ronnie Munro aus Aprils Text: »Es gibt nichts, was ich nicht tun würde, um den Mädchen und Frauen zu helfen, die in dieser Welt Leid erfahren.«

Sie sah April in die Augen und sagte: »Das hätte ich nicht besser formulieren können. Nun sagen Sie mir, April: Meinen Sie es damit ernst?«

»Natürlich«, sagte April, und ihr wurde vor Aufregung ganz schwindlig. Nie zuvor war sie einem Vorbild so nah gewesen, und zum ersten Mal in ihrem Halberwachsenenleben wusste sie überhaupt nicht, was sie sagen sollte.

»Sie haben Köpfchen, so viel ist klar«, sagte Ronnie, »und es gefällt mir, dass Sie eine Smithie sind, obwohl es da solche und solche gibt.«

April lachte. »Stimmt«, sagte sie.

»Aber ich sehe schon, von welcher Sorte Sie sind«, fuhr Ronnie fort. »Dieser Job ist anders als alles, was Sie bisher gemacht haben. Sie werden mittendrin sein, heillos verstrickt. Vielleicht wird es Ihnen manchmal Angst machen. Scheiße, sogar ich kriege manchmal Angst, und ich mache das seit Jahren.«

»Ich habe keine Angst«, sagte April. »Das klingt alles sehr spannend.«

»Und ich muss zugeben, dass ich ziemlich ätzend sein kann«, sagte Ronnie lächelnd. »Ich bin nicht gerade eine liebenswürdige Dame, wie Sie vielleicht schon gehört haben.« Sie nahm einen Schluck Wein. »Aber ich kann Ihnen versprechen, dass die Arbeit mit mir an diesem Projekt Ihr Leben verändern und Ihren Einstieg in die Rolle einer Revolutionärin beschleunigen wird.«

April grinste und war sich nicht ganz sicher, ob Ronnie das ernst meinte.

Aber Ronnie fuhr fort. »Ich meine das genau so, wie ich es sage, April. Wenn wir fertig sind, wird Ihr Name jeder Person, die von Bedeutung ist, ein Begriff sein.«

April war begeistert. Sobald sie zu Hause war, rief sie Sally an und erzählte ihr die ganze Geschichte.

»Gibt es Zusatzleistungen?«, fragte Sally.

April sagte stockend: »*Das* ist deine erste Frage?«

»Und? Gibt es welche?«, sagte Sally.

»Keine Ahnung«, sagte April.

»Was zahlt sie denn?«, fragte Sally.

»Sal, warum freust du dich nicht für mich?«, fragte April, obwohl sie die Antwort natürlich kannte.

Alle jungen Feministinnen studierten und bewunderten die Arbeit von Frauen wie Gloria Steinem und Susan Faludi. Frauen wie sie waren über jeden Tadel erhaben. Aber die meisten Feministinnen, die wirklich etwas bewegt hatten – Dworkin, MacKinnon, Brownmiller, Munro –, waren umstritten.

»Ich bin Mitglied der National Organization for Women, obwohl mich ihre Warmduscherpolitik entsetzt«, schrieb Dworkin in einem Aufsatz über eine Konferenz in den Achtzigern, an der sie teilgenommen hatte, um für Unterstützung für ein Anti-Pornografie-Gesetz zu werben. »Auch damals fehlten den Leuten schon die Eier.« Dieses Zitat, auf ein Stück Schmierpapier geschrieben, steckte seit dem Studium in Aprils Portemonnaie.

Das Einzige, woran die Leute dachten, wenn sie den Namen Ronnie Munro hörten, war dieser verdammte Film von ihr, in dem am Ende eine Frau von ihrem Mann ermordet wird. Aber das war dreißig Jahre her, und seitdem hatte sie so viel Gutes bewirkt. Verdammte Scheiße, wer in Aprils Alter war und von der Sache aus zweiter Hand gehört hatte, tat fast so, als hätte Ronnie die Hausfrau aus Indiana höchstpersönlich umgelegt. Wenn eine vom College sich das Maul über Ronnie zerriss, musste April immer daran denken, dass Ronnie, als sie noch Babys waren, in China auf den Infantizid an weiblichen Kleinkindern aufmerksam gemacht hatte und kleine Mädchen rettete, obwohl die Presse sich einen Scheiß dafür interessierte und nichts unternahm.

April vermutete, dass der wahre Grund für Ronnies Ausschluss aus den bekanntesten Feministinnenkreisen die Tatsache war, dass ihre Ansichten und Methoden den meisten zu extrem waren. Der Gedanke war ihr unerträglich, dass für Feministinnen wie Sally »extrem« bedeutete, nicht zu wollen, dass Frauen dazu gezwungen wurden, Sex zu haben, sich die Genitalien zerlegen zu lassen oder sich im Namen der Schönheit zu Tode zu hungern. Wenn es zu radikal war, die Freiheit und Sicherheit aller Frauen in dieser Welt zu fordern, wozu brauchte man dann überhaupt eine Frauenbewegung?

Trotz Sallys Ängsten nahm April das Jobangebot gleich am nächsten Tag an. Später witzelte sie den Smithies gegenüber, dass in all der Zeit, die sie für Ronnie gearbeitete hatte, der erste Abend in der Bar Ronnies Liebeswerbung gewesen war. Seitdem war die Arbeit verzehrend, herzzerreißend und oft gefährlich. Ronnie wollte, dass ihre Gedanken ganz aufeinander abgestimmt waren, sie wollte, dass sie nicht nur ihre Arbeit, sondern ihr Leben miteinander teilten. Ein so großer Teil ihrer Arbeit verlangte Geheimhaltung, sagte sie, dass ein Arbeitsplatz außerhalb der Wohnung völlig unsinnig war. Sie sollten ihre Projekte immer bei sich haben. Kurz nachdem April die Stelle angenommen hatte, zog sie auf Ronnies Wunsch bei ihr ein. Ihr war klar, dass die Mädchen sie für verrückt erklären würden.

»Was macht ihr beiden nach der Arbeit?«, fragte Sally. »Spielt ihr Scrabble und schaut *Entertainment Tonight* oder was?«

Es sollte natürlich ein Witz sein, aber so weit lag sie nicht daneben. Ronnie war reich, und jede von ihnen hatte ein riesiges Zimmer am jeweils anderen Ende ihrer riesigen Wohnung. Trotzdem verbrachten sie ihre Freizeit meist zusammen, saßen mit einer Flasche Wein auf dem Sofa, sahen Nachrichtensendungen und stritten mit dem Fernseher. Während der Arbeit gab es für Ronnie nichts anderes, und sie war davon besessen – manchmal rüttelte sie April um vier Uhr früh aus dem Schlaf, weil sie eine geniale Idee gehabt hatte und sie augenblicklich die Arbeit daran aufnehmen mussten. Die Freizeit verbrachten sie aber meistens auf angenehme Weise, aßen entweder zu zweit oder mit Ronnies unglaublichen Freundinnen, die allesamt Wissenschaftlerinnen oder Aktivistinnen waren, die April seit Jahren bewunderte. Wenn sie für ein Hollywoodsternchen arbeiten würde, dachte sie manchmal, und mit berühmten Schauspielern in Berührung käme, hätten ihre Freundinnen kein Problem mit dem seltsamen Verhalten ihrer Chefin. Ronnie und ihre Freundinnen waren für April Ikonen, und unter ihnen leben zu dürfen war eine Ehre.

Ronnies Vorstellungen entsprechend war Frauen in Not, Inc. jetzt ihr ganzes Leben. Es war keine große Firma, wie der Name suggerierte. Stattdessen bestand sie aus April und Ronnie und gelegentlich einer unter Vertrag genommenen Filmcrew oder Cutterin. Ronnie traute niemandem außer April und sich selbst die wirkliche Arbeit zu, Frauen zu interviewen, die geschlagen worden waren oder sich beinahe zu Tode gehungert hatten; die beängstigenden Folgen einer metzgergleichen Vaginalverstümmelung abzulichten; brutale Vergewaltiger um den Finger zu wickeln, damit sie einem ihre Geschichte erzählten; Dokumente aus Regierungsgebäuden zu entwenden – Ronnie nannte es »befreien« –, um ans Tageslicht zu bringen, wie viele Soldatinnen es nun genau waren, die im Irak von ihren Kollegen vergewaltigt und zum Schweigen gezwungen worden waren.

Ihre Arbeit war in der feministischen Zeitschrift *Ms.* erwähnt und von einer Handvoll prominenter radikaler Feministinnen gelobt worden. Jetzt war endlich die Zeit für das große, explosive Projekt gekommen, das Ronnie an jenem Abend vor über drei Jahren angedeutet hatte. Sie erklärte April, ihr Moment sei gekommen, der Augenblick, in dem ihr Name neben dem von Ronnie als einer Urheberin erscheinen würde, nicht einer Assistentin, was sie ohnehin nie wirklich gewesen war.

April war klar, dass die Mädels dagegen sein würden, dass sie den ganzen Plan gefährlich und riskant finden würden. Aber was zum Teufel war der Sinn des Lebens ohne ein bisschen Gefahr und Risiko?

Sie war nicht wie die anderen. Das war allen von Anfang an klar gewesen. Im Sommer vor Studienbeginn hatten sie ein Formular mit ihren Einstellungen zu einem Dutzend Themen ausfüllen müssen: *Rauchen Sie? Was ist Ihre Lieblingsmusik? Wie würden Sie Ihre politische Einstellung beschreiben? Haben Sie eine/n Partner/in?*

April hatte sich als vegane Anarchistin beschrieben, die Folkmusic aus den Sechzigern mochte. Sie schrieb, sie identifiziere sich als Frau-zu-Mann-Transgenderperson. Letzteres war unwahr, aber warum nicht? Außerdem würde es ihr vermutlich zu einem Einzelzimmer mit Fensterbank und radikalen Mitbewohnerinnen im Green Street House verhelfen.

April hatte ein Blick auf Sally, Celia und Bree am ersten College-Tag genügt, um zu wissen, dass alle drei an der Highschool beliebt gewesen waren. Vielleicht nicht die allerbeliebtesten Mädchen ihres Jahrgangs und ganz bestimmt nicht die Zicken, die sich über die Außenseiter lustig machten. Aber es war klar, dass sie zum Tanzen und auf Übernachtungspartys eingeladen worden waren. Dass sie die Sorte Mütter hatten, die immer das perfekte Geburtstagsgeschenk für ihre Freundinnen auswählten und ihnen vor der Schule Zöpfe flochten.

Sally hatte Poster von Monet und Renoir an jede Wand ihres Zimmers gehängt: hübsche, harmlose Bilder von überfüllten Cafés und blühenden Wasserlilien. Alle Mädchen hatten gerahmte Fotos von Klassenkameraden und Freunden in ihren Zimmern hängen: Bilder von am Strand grillenden Jungs, Fotos vom Abschlussball, auf denen sie steif posierten mit zu einer glänzenden Masse frisiertem Haar, das April an Zuckerwatte am Stiel denken ließ. Als sie April fragten, warum sie keine Fotos aufhänge, zuckte sie nur mit den Schultern und sagte, sie sei in der Schule Einzelgängerin gewesen. Das war die nach James Dean klingende Alternative dazu zu sagen, dass sie keine Freunde gehabt hatte, dass sie sich nach einem Gesprächspartner gesehnt hatte, sie aber niemals jemand eingeladen hatte, dass andere Eltern ihre Mutter unpassend fanden, sodass sie ihre Freitagabende meist zu Hause auf dem Sofa mit zerlesenen Ausgaben von *Backlash – Die Männer schlagen zurück* und *Der Weiblichkeitswahn* verbracht hatte. (*Cry me a river, Mrs. Astor!* war am Rand von Letzterem notiert gewesen. April hatte damals keine Ahnung, was das bedeuten sollte, hatte den Satz aber übernommen und benutzte ihn bis heute.)

Als Kind hatte April sich eingeredet, niemanden zu brauchen, und war den Kommilitoninnen zunächst distanziert begegnet, weil sie davon ausging, dass die drei eine kleine Clique bilden würden und sie die Außenseiterin im Stockwerk sein würde. Stattdessen hatte sie sich zu den Radikalen auf dem Campus hingezogen gefühlt, die sie von Anfang an als eine von ihnen betrachteten. Doch zu ihrer großen Überraschung behandelten sie die Mädchen aus dem King House wie eine echte Freundin. Noch überraschender für April war ihre Reaktion darauf: Sie genoss es, wenn die anderen sich ihr anvertrauten oder jeden Abend um achtzehn Uhr an ihre Tür klopften, um sie zum Abendessen abzuholen. Sie hatte sich vorgestellt – und nicht zu Unrecht –, dass sie mit den guten Linken auf dem Campus über ihre Einstellung zu gesellschaftlichen Themen in Kontakt kommen würde. Aber jetzt hatte sie, zum ersten Mal in ihrem Leben, drei Freundinnen, die sie mochten, einfach so.

April musste sich anstrengen, um mit den Mädchen sozial mitzuhalten. Sie studierte sie: die Leichtigkeit, mit der sie interagierten, ihre Fähigkeit, die Bedürfnisse der anderen zu erfühlen. Sie schuf sich einen Platz in ihrem Leben, wo sie konnte: Sie war es gewesen, die Sally beim Weinen zuhörte, die Fehler machte, aber sie immer mit Keksteig wiedergutzumachen suchte. Und manchmal gelang es ihr sogar, sie für ihre Themen und Überzeugungen zu begeistern, besonders Sally, die, wie es schien, noch kaum über Feminismus, Rassismus oder irgendeinen Ismus, abgesehen vielleicht vom Impressionismus, nachgedacht hatte, bevor sie ans Smith College gekommen war.

Obwohl sie sich immer darüber beklagte, in einem der Häuser am Quad untergebracht zu sein, wusste April ganz genau, dass sie sich die Rosinen aus dem Smith-Campusleben herausgepickt hatte: Bei Gruppentreffen und in Seminaren hatte sie rebellische Feministinnen kennengelernt, die ihr beim Sturz des Patriarchats helfen wollten, und wenn sie nach Hause kam, waren da drei Freundinnen, die ihr Sicherheit, Spaß und Geborgenheit boten und die Familie waren, die sie nie gehabt hatte.

Doch seit sie die Uni verlassen hatten, nervte sie das Desinteresse der Mädels für die Welt jenseits ihres verdammten Liebeslebens. Sie hatte gedacht, dass sie vier Jahre nach dem College mit der Rettung der Welt beschäftigt sein würden, nicht mit Scheißhochzeitsvorbereitungen. Weltweit wurden Frauen gequält, aber wer Sexismus ernst nahm, galt als Langweilerin, Idiotin oder Nervensäge. Wie konnte man dazu schweigen? Warum sahen so viele Frauen tatenlos zu?

Eine mit Ronnie befreundete feministische Anthropologin war zum Abendessen zu ihnen gekommen, als sie wegen einer Konferenz in Chicago war. Sie berichtete von ihrer Forschung zum Thema Vergewaltigung in der Tierwelt. Fast jede Spezies kannte irgendeine Form der Vergewaltigung, erklärte sie, abgesehen von den Bonobos, einer Gruppe von Primaten, die eng mit den Schimpansen verwandt sind. Irgendwann mussten die Bonobo-Weibchen beschlossen haben, dass sie sexualisierte Gewalt nicht mehr akzeptieren würden. Wurde also eine von ihnen von einem Männchen angegriffen, stieß sie einen Schrei aus, um auf sich aufmerksam zu machen. Die anderen Bonobo-Weibchen ließen dann alles stehen und liegen, rannten in Richtung des Geschreis und rissen den männlichen Angreifer gemeinsam in Stücke. Sally würde die Augen verdrehen, wenn April ihr das sagen würde, aber insgeheim fand sie, dass sich das wunderbar anhörte. Warum konnten Frauen nicht auch so sein?

An der Rezeption des Autumn Inn nahm sie den Zweitschlüssel zu dem Zimmer in Empfang, das sie sich mit Celia teilen würde, und ging zum Aufzug. Der Page sah an ihr vorbei zu der runden Hotelvorfahrt, als könnten dort ihre Überseekoffer am Bordstein stehen.

»Nur der hier«, sagte sie und tätschelte ihren Reiserucksack. Es war ihr gelungen, eine Videoausstattung, zwei Paar Jeans und ihr Brautjungfernkleid mit den passenden Schuhen hineinzuquetschen, obwohl das Kleid jetzt in einem Knäuel am Rucksackboden lag. Knitterte Baumwolle? Das war eine von den Sachen, die Sally und Bree einem sofort sagen konnten, für die sie selbst aber in ihrem gespeicherten Wissen keinen Platz schaffen würde.

Sie hatte Sally Anfang der Woche gemailt, um zu fragen, wer sonst noch kommen würde. Sally hatte geantwortet, abgesehen von ihnen nur Jakes Eltern, Großeltern, Tanten, Onkel und seine Schwester, einige seiner Freunde und Cousins und ein paar Verbindungsbrüder von der Georgetown University. Ansonsten Sallys Vater (Fred, wie Sally ihn nannte), ihr Bruder und ein junges Ehepaar, mit dem sich Jake und Sally in Boston angefreundet hatten. Die beiden hießen tatsächlich Jack und Jill, wie die beiden aus dem Kinderreim. April prustete los, als sie das las, und konnte Sallys flehentlichen Blick fast auf sich spüren, der sie bat, ruhig zu sein.

Jetzt holte sie tief Luft. *Benimm dich!*, sagte sie sich. Das würde nicht einfach werden.

Sally hielt sie davon ab, Fremden Unanständigkeiten ins Gesicht zu brüllen: einfach nur der Gesichtsausdruck, wenn sie es mitbekommen würde. Jeden Morgen hörte April im Café am anderen Ende des Blocks die politischen Unterhaltungen der alten Männer an der Bar mit. Sie waren nicht aufgebracht, nicht einmal unglücklich mit der Situation im Lande. Stattdessen machten sie sich Sorgen wegen der möglichen Wahl eines Demokraten 2008 und unterhielten sich lauthals darüber, dass das Land mit so einem Foltergegner und Hosenschisser vor dem nächsten Terroranschlag nicht sicher wäre. April hätte am liebsten losgeschrien: *Ist euch denn nicht klar, dass der Präsident euer Telefon abhört, eure Büchereilektüre überwacht und Tausende eurer Söhne und Töchter in einem Krieg ermordet, der überhaupt keinen Scheißsinn hat?* Aber wegen Sally ließ sie es dabei bewenden, die Tür beim Gehen mit voller Kraft zuzuschlagen.

Die Aufzugtür öffnete sich, und April ging zu Zimmer 493. Sie hörte das Gelächter der Mädchen schon fünf Türen entfernt. Als sie ins Zimmer trat, waren alle drei da, lagen auf dem Bett und sahen *Golden Girls* im Fernsehen.

»Wie ich sehe, seid ihr drei so wild wie eh und je«, sagte April lächelnd. »Manche Dinge verändern sich nie.«

Sally rannte als Erste zu ihr, dann folgten die anderen. Aprils Rippen schmerzten in der Umarmung, und sie musste sich daraus lösen.

Celia trug ein blassblaues Trägerhemd und Jeans. Seit der Uni musste sie knappe zehn Kilo abgenommen haben. Jedes Mal, wenn April sie sah, sah sie dünner aus. Wangenknochen und Schlüsselbeine traten dramatisch scharf hervor, ganz anders als in dem weichen Wolkengesicht, das sie zu Smith-Zeiten gehabt hatte. Sie tauschten einen Blick, und April wusste, dass Celia die Sache mit dem Wachsoldaten für sich behalten hatte. April lächelte ihr dankbar zu.

Bree sah noch immer aus wie eine Vorzeigefrau: langes, blondes Haar, schmale Taille, volle Lippen und hellblaue Augen. Der Gedanke befriedigte April irgendwie, dass kein Mann sie jemals haben würde.

»Wo ist Lara?«, fragte April.

»Wir haben uns gestritten«, sagte Bree. »Aber sie freut sich ganz bestimmt schon sehr, dich zu sehen.«

»Und Jake ist mit seinem Vater golfen gefahren«, sagte Sal. »Warum haben Männer immer das Bedürfnis zu golfen, bevor sie heiraten?«

April zuckte mit den Schultern. »Das fragst du mich?«

Zu viert krochen sie noch einmal kurz unter die Bettdecken, und die Mädchen fragten April, wie ihr Flug gewesen war, und nach Ronnie.

»Wir haben auf dich gewartet, damit wir alle zusammen in der Lounge Champagner schlürfen können«, sagte Celia. »Bist du schon bereit?«

»Für Champagner mit meinen Damen bin ich immer bereit«, sagte April.

»Ausgezeichnet. Ich hole Lara«, sagte Bree, während alle aus dem Bett stiegen. »Die kann einen Drink gebrauchen.«

Wenige Minuten später saß April zwischen Sally und Celia an der Hotelbar. Es war vierzehn Uhr, und sie waren die Einzigen hier, abgesehen von dem kahlköpfigen Barkeeper. Er war etwa Mitte vierzig. Celia freundete sich gleich mit ihm an, und die beiden plauderten über das Leben in New York City. Er wollte wissen, welche berühmte Person ihr zuletzt begegnet war, worauf Celia mit den Schultern zuckte: »Letztes Wochenende habe ich Joan Rivers im Kino gesehen. Zählt die?«

Er sagte Ja, allerdings, Joan Rivers ginge als berühmt durch. Celia lachte und warf dabei den Kopf zurück, als wäre es das witzigste Gespräch, seit es witzige Gespräche gab. Dieses Mädchen könnte mit einer Eiche flirten, dachte April, obwohl sie dankbar war, dadurch einen Moment mit Sally allein zu haben.

»Wie läuft die Arbeit?«, fragte Sally.

»Vergiss meine Arbeit. Wie geht es dir mit allem?«, sagte April.

Sally strahlte. »Soll ich ehrlich sein? Jake heiraten zu können und euch wiederzusehen – das ist, als wäre ich bei *Der Preis ist heiß* und hätte den Superpreis abgeräumt.«

April erinnerte sich der vielen Stunden zu Studienzeiten, in denen Sally ihr von ihrer großen Liebe zu Bill erzählt hatte. Das war immer eine bittersüße Verbindung gewesen, eine

Liebe, die Sal mehr Schmerz als Freude gebracht hatte. Ihre jetzige war anders, aber trotzdem war sich April nicht sicher, ob Jake Sally langfristig glücklich machen konnte. Würde sie in fünfzehn Jahren eines Morgens aufwachen und April vorwerfen, sie nicht aufgehalten zu haben?

»Ich fasse es nicht, dass du in zwei Tagen heiratest«, sagte sie und gab Sally einen Kuss auf die Stirn.

»Ich auch nicht«, sagte Sally. »Ich bin so froh, dass ihr da seid.«

Kurz darauf wurde Sallys Gesichtsausdruck traurig, und April beugte sich dicht zu ihr in der Erwartung, jetzt das Geständnis zu hören, auf das sie schon das ganze Jahr wartete: dass Sally aus der Sache rauswollte. Stattdessen sagte sie aber: »Ich vermisse meine Mutter so sehr.«

»Das ist klar«, sagte April.

»Es tut so weh, dass die blöde Rosemary die einzige Großmutter meiner Kinder sein soll«, sagte Sally. »Meine Mutter wäre die allerbeste Oma der Welt gewesen.«

April nickte mitfühlend.

»Es fühlt sich einfach nicht richtig an, dass meine Mutter Jake nie kennengelernt hat, und euch auch nicht. Diese Frau hat jede einzelne meiner Nudelcollagen aus der Grundschule aufgehoben, aber meinen besten Freundinnen ist sie nie begegnet und hat nie mit meinem Mann geredet.«

April nahm ihre Hand. »Es fühlt sich nicht richtig an, weil es nicht richtig ist«, sagte sie.

Wenig später kam Bree zu ihnen, allein. Ihre Augen sahen verquollen aus.

»Sie ist stinksauer«, sagte sie und bestellte einen doppelten Gin Tonic.

Sie setzten sich an einen kleinen Tisch, auf dem noch eine Schale mit Nüssen vom Vorabend stand.

In den vergangenen sechs Monaten waren April und Ronnie mit dem Abschluss einer Doku beschäftigt gewesen. Jetzt fiel ihr auf, dass ihr letztes Gespräch mit Bree eine Ewigkeit zurücklag. April hatte keine Ahnung gehabt, dass es so schwierig geworden war.

»Lara will, dass Bree sie heiratet«, flüsterte Sally laut.

April lachte. Sally war nie besonders trinkfest gewesen und schon längst über einen Schwips hinaus.

»Nur zur Info, Sal: So wie du es gerade tust, wird sonst nur auf der Bühne geflüstert«, sagte Bree.

»Tja, tut mir leid«, sagte Sally. »Ich wollte nur sagen, also, ist das jetzt gerade eine gute Idee für euch? Ihr streitet euch doch ständig.«

Bree seufzte. »Ich weiß ja auch nicht.«

April fragte sich, ob Sally das mit Bree und Lara insgeheim immer noch schwer vorstellbar fand: Ständig sagte sie Bree, dass es vielleicht Zeit für etwas Neues sei. April wunderte sich, dass Sally das so einfach sagen konnte und ihre eigene Beziehung offenbar für unantastbar hielt. Als sei sie durch den Ring an ihrem Finger über jede Kritik erhaben, dabei waren Bree und Lara viel länger zusammen als Sally und Jake.

»Was will Lara denn noch?«, fragte Sally. »Ihr lebt zusammen, du hast es deiner Familie und deinen Freunden gesagt.«

»So einfach ist es nicht«, sagte Bree. »Sie scheint zu glauben, dass ich ihr böse bin, weil ich ihretwegen in diese Lage geraten bin. Und vielleicht bin ich das auch. Ich liebe sie, aber ich wünschte, es wäre irgendwie einfach.«

»Liebe ist niemals einfach«, sagte Sally.

»Dann eben *einfacher*«, sagte Bree. »Warum müssen Beziehungen immer so verdammt kompliziert sein?«

Am College hatten sie so oft über Ehe geredet, dass April das Gespräch, das sie garantiert gleich führen würden, beinahe Wort für Wort vorhersagen konnte. Natürlich ging wie so vieles im Leben auch hier alles auf ihre Eltern zurück. Sallys

Eltern hatten eine traurige, belastete Ehe geführt. Ihre Mutter war zehn Jahre jünger als ihr Vater gewesen, dieser kühle, distanzierte Mann. Er hatte auch Affären gehabt und sich wenig um deren Geheimhaltung bemüht.

In den letzten Tagen vor dem Tod ihrer Mutter hatte Sally sie gefragt, warum sie ihn überhaupt geheiratet hatte. Sie hatte keine Antwort erwartet, aber ihre Mutter hatte sofort und ohne darüber nachzudenken gesprochen.

»Ich hatte mich in die Idee von ihm verliebt«, sagte sie. »In seine Lebenserfahrung, in das Leben, das er mir würde bieten können. Als mir klar wurde, was für ein Mensch er wirklich war, war es zu spät.«

April hatte sich immer gefragt, warum sie ihn nicht einfach verlassen hatte, aber selbst ihr war klar, dass man so eine Frage über eine Mutter, die nicht mehr lebt, besser nicht stellte.

Brees und Celias Eltern waren glücklich verheiratet. Celias Eltern hatten sich in ihrem zweiten Studienjahr bei einem Football-Spiel am Boston College auf der Tribüne kennengelernt, Brees kannten sich seit der Grundschule. Dadurch schienen die beiden an eine Art garantierte, nie endende zwischenmenschliche Verbindung zu glauben, auch wenn Celia seit ihrem Umzug nach New York vorgab, diesen Glauben aufgegeben zu haben. Wenn April sich irgendeiner Sache sicher war, dann, dass es solche Beziehungen nicht gab. Dem Ehemann konnte nach zwanzig Ehejahren auf dem Heimweg von der Arbeit eine Klimaanlage aus dem zweiundfünfzigsten Stock auf den Kopf fallen, dann war man wieder allein. Oder wahrscheinlicher, er konnte auf dem Heimweg einer zweiundzwanzigjährigen Dentalhygienikerin begegnen, und bevor man sich's versieht, wird man an der eigenen Haustür in Mutti-Jeans und selbstgestricktem Pulli mit Weihnachtsmotiv gedemütigt, wenn einem jemand die Scheidungspapiere überreicht.

Nicht einmal als kleines Mädchen hatte April sich Illusionen über eine große Hochzeit in Weiß gemacht. Die Mütter anderer Mädchen hatten ihnen von einem Märchenprinzen erzählt, also suchten sie auch als Erwachsene ihr Heil in Männern. Aprils Mutter hatte ihr von selbständigen Prinzessinnen erzählt, die Malerhosen trugen und Abenteuer auf hoher See erlebten. In ihren Geschichten spielten Männer keine Rolle, obwohl April wusste, dass sich ihre Mutter nach männlicher Anerkennung, männlicher Gesellschaft verzehrte, sosehr sie auch über Frauenfeindlichkeit schimpfte. In den Jahren seit der Uni hatte April sich immer weiter von ihrer Mutter entfernt, sodass sie mittlerweile keinen Kontakt hatten, obwohl beide in Chicago lebten. Die Mädels wussten davon nichts, und das hielt April auch für das Beste: Sie würden sich nur Sorgen machen, wenn April ihnen als elternlos erschien, obwohl April sich selbst schon lange so betrachtete.

April wusste nicht mehr von ihrem Vater, als dass er Künstler war und in der Saatchi Gallery und dem Guggenheim ausgestellt worden war. Ihre Mutter hatte ihn sehr geliebt, »wie eine Krankheit«, sagte sie. Er hatte sie trotzdem verlassen, als sie mit April im achten Monat schwanger war. Für eine Kunststudentin.

Wie alle kleinen Mädchen, deren Mütter sich weigerten, von ihren Vätern zu erzählen, stellte April sich ihren nicht ganz so schlecht vor. Vielleicht hatte er als Künstler eine dieser lächerlichen, egoistischen Phasen durchlebt, aber dann hatte er sich geändert. Sie sah ihn in einem gemütlichen Landhaus irgendwo in Frankreich inmitten von alten Teetassen, Kupfertöpfen und von Deckenbalken hängenden Trockenblumen. Er hatte eine dicke französische Malerin geheiratet, und sie malten stundenlang Aquarelle, buken Brot und spielten mit ihren sieben Kindern. In ihrer Vorstellung dachte er täglich an April, sehnte sich nach ihr, suchte sie. In ihrer Vorstellung würde er sie eines Tages finden.

»Bitte, nimm mir nicht meine April!«, würde ihre Mutter dann brüllen, aber er würde sanft erklären: »Ich kann nicht anders, Lydia. Jahrelang hat sie mir gefehlt, jetzt lasse ich sie nicht noch einmal gehen.«

Und April würde mit ihm gehen und neben ihren Brüdern und Schwestern und zehn oder zwanzig Hunden in einem Bett so groß wie ihre ganze Chicagoer Wohnung schlafen.

In der fünften Klasse rief ihre Mutter eines Tages in der Schule an, um April wegen Krankheit zu entschuldigen, und schleppte sie auf eine Landarbeiterdemo nach Madison für den Boykott von Weintrauben. Die ganze Autofahrt über kiffte sie mit ihren Freunden, während April auf dem Rücksitz las.

Als sie ankamen, war April hungrig und musste aufs Klo.

Ihre Mutter sagte, sie solle einfach gehen, aber April hatte Angst, sie in der Menge zu verlieren.

»Bitte, Mama«, jammerte sie immer wieder und trat von einem Bein auf das andere.

»Gleich«, sagte ihre Mutter jedes Mal. »Drängle nicht.«

Schließlich brachte sie April zu den mobilen Klos am Straßenrand.

Vor ihnen in der Schlange stand ein händchenhaltendes Pärchen. Die Frau hatte langes, schwarzes Haar und trug ein sehr kurzes Kleid. Aprils Mutter starrte die beiden lange mit zusammengekniffenen Augen an. Erst dachte April, das hätte was mit dem Kiffen zu tun, aber dann fing ihre Mutter zu weinen an.

April schämte sich. Ihre Mutter war unter ihren Hippie-Freunden bekannt für ihre albernen, cannabisinduzierten Launen. Sie lachten darüber, aber für April war es zunehmend demütigend. Niemand hatte eine Mutter wie ihre. Als sie sehr klein war, war ihr das wie ein Geschenk erschienen: Ihre Mutter nahm sie aus der Schule, um mit ihr an den See zu fahren und ein Gewitter zu beobachten. Sie machte zum Abendessen Tiefkühlwaffeln mit Fertigobers. Sie blieb manchmal bis in die frühen Morgenstunden weg, um bei Freunden zu malen, und schmückte die Wohnung mit ihrer selbstgemachten Kunst. Aber April sehnte sich langsam nach einer normalen Mutter, einer, die die Mathehausaufgaben durchsah und verlangte, dass man das Gemüse aß.

In der Warteschlage vor den Klos dachte sie jetzt daran, dass ihre Klassenkameraden vermutlich gerade Pause hatten, während sie hier stand und ihrer Mutter vor einer Demo beim Heulen zusah.

»Alles okay, Mama?«, fragte April.

Aber ihre Mutter starrte noch immer das Paar an. »Richard?«, sagte sie laut.

Das Paar, aber auch einige andere Leute, drehte sich um. Aprils Herzschlag beschleunigte sich.

»Lydia«, sagte der Mann. Er hatte lange Koteletten und dickes, schwarzes Haar. Es sah aus, als wolle er noch etwas sagen, aber Aprils Mutter beugte sich schon zu ihm und flüsterte ihm etwas ins Ohr. Er starrte April mit einem Ausdruck heilloser Verwirrung an.

»April«, sagte er sanft.

Aber bevor sie sich's versah, zerrte ihre Mutter sie schon von der Warteschlage weg und zurück zu ihren Freunden.

»Du tust mir weh!«, sagte April.

Der Mann rief ihnen etwas nach, was April aber nicht verstand. Dann schloss sich die Menge um sie wie ein Ozean, und er war verschwunden.

»Ich muss pinkeln!«, rief sie. »Was machst du denn, Mama?«

Ihre Mutter weinte noch immer. »Ich mag den Typen nicht«, sagte sie. »Und jetzt kein Wort mehr davon, bis wir zu Hause sind.«

April wusste, dass man sich mit ihr jetzt besser nicht anlegte. Der Rest des Tages und die Rückfahrt nach Chicago waren schier endlos. April verhielt sich still und vertiefte sich in ihr Buch, während ihre Mutter mit der Menge grölte und sie und ihre Freunde später bei einem Imbiss hielten, Grillkäsesandwiches aßen und über George Bush schimpften, diesen ölschluckenden, geldgierigen Hurensohn.

Als sie endlich zu Hause angekommen waren, fragte April: »Was hast du dem Mann vor uns in der Schlange zugeflüstert? Er kannte meinen Namen.«

Ihre Mutter runzelte die Stirn: »Ich habe gesagt: *Sieh sie dir genau an, deine Tochter.*«

Einen Augenblick war April verwirrt. »Du meinst, das war mein Vater?«, fragte sie.

»Als Vater würde ich ihn nicht bezeichnen. Du?«, sagte ihre Mutter.

April hielt die Luft an, um nicht in Tränen auszubrechen. Wenn sie das gewusst hätte, hätte sie etwas zu ihm sagen können, sie hätte sich sein Gesicht einprägen können, seine Hände. Irgendetwas. Sie sagte nichts zu ihrer Mutter, obwohl sie wissen wollte, warum sie einander nicht vorgestellt worden waren, warum keine Telefonnummern ausgetauscht worden waren. Wie sollte er sie jetzt je finden, wenn er sie überhaupt gesucht hatte?

»Ich gehe ins Bett«, sagte April.

Sie wartete, bis sie unter der Decke war, dann ließ sie den Tränen freien Lauf. Sie glaubten nicht an Gott, nicht wirklich. Ihre Mutter sagte nur manchmal, sie sei Buddhistin. Aber an diesem Abend und an vielen darauffolgenden Abenden, es schienen ihr Millionen zu sein, betete April dafür, ihr Vater möge zu ihr zurückkommen.

Sie sah ihn nie wieder.

April hatte bisher nur mit zwei Männern geschlafen. Im vorletzten Studienjahr hatte sie Steven kennengelernt, einen süßen Studenten vom Hampshire College, der von zwei

Reagan-Anhängern großgezogen und aus Protest Trotzkist geworden war. Sie waren sich auf einer Demo am Smith College begegnet (worum es bei der Demonstration gegangen war, wusste sie nicht mehr). Er war zärtlich, gab die sanftesten Küsse der Welt, und allein die Tatsache seiner Existenz in Aprils Leben machte Sally fröhlich. (»Den wirst du noch heiraten«, sagte sie immer wieder. »Du bist so eine, die sieht, was sie will, und dabei bleibt.«) Es war eine reizende Liebelei, dauerte aber nur vier Monate. April und er schrieben sich immer noch gelegentlich E-Mails. Er hatte den Traum von einer Karriere als Dramatiker aufgegeben und im Architekturbüro seines Vaters angefangen. Er war mit einer Person namens Bitsy oder Betsy oder Bunny verlobt, die ihm seine Eltern bei einem Osterfrühstück in ihrem Country Club vorgestellt hatten.

Aprils erstes Mal, sie war damals erst dreizehn, war mit Gabriel gewesen. In den vielen Jahren, die seitdem vergangen waren, hatte sie keiner Seele von ihm erzählt. Sie war sich nicht sicher, wie die Mädchen reagieren würden. Aber eines Abends, nachdem sie zu viel Wein getrunken hatte, erzählte sie Ronnie die Geschichte.

Er war Dichter, ein Freund ihrer Mutter, und hing in jenem Sommer viel bei ihnen rum. Er hatte einen langen, braunen Pferdeschwanz, breite Schultern, und April hielt ihn für den attraktivsten Mann, der ihr im wahren Leben je begegnet war. Eines Abends bot er an, Chinanudeln zu besorgen, und fragte April beiläufig, ob sie mitfahren wolle. Ihrer Mutter, die nur mit halbem Ohr mitgehört hatte, erschien das ganz harmlos. Kinder wollten schließlich immer gern mitfahren. Sie freuten sich über die Aufmerksamkeit.

Gabriel parkte den Transporter auf dem Parkplatz von Cathay Pacific, und sie stiegen nach hinten. Plötzlich sehnte sie sich nach ihrem sicheren Bett, nach dem hellblauen Glücksbärchi mit der Regenwolke auf dem Bauch, das sie unter dem

Kissen versteckte. April hatte schreckliche Angst, obwohl sie von diesem Augenblick geträumt und sich ausgemalt hatte, was er genau machen würde.

Er hatte wochenlang Andeutungen gemacht.

»April, du siehst zum Anbeißen aus«, hatte er einmal gesagt und ihr dabei mit der Hand über den unteren Rücken gestrichen.

Als er sie im Badeanzug auf dem Weg zum Schwimmbad sah, sagte er: »Das darfst du niemandem verraten, aber ich hab' gerade von deinem Anblick allein 'nen Steifen gekriegt. Du bist 'ne echte Schönheit, April.«

Im Laderaum des Transporters, der vor dem Chinaimbiss stand, sagte er ihr, sie solle sich hinlegen. Schweigend zog er ihre kurze Hose runter, dann die rosafarbene Baumwollunterhose. Er öffnete behutsam ihre Beine und küsste dabei die Innenseiten ihrer Schenkel. Er machte weiter und leckte sie, bis sie glaubte zu explodieren. Dann drehte er sie auf Hände und Knie und drang von hinten in sie ein. Es tat weh, aber sie presste die Lippen zusammen und zwang sich, still zu sein, damit er nicht aufhörte.

Als sie mit dem Essen nach Hause kamen, hatte ihre Mutter den Tisch gedeckt. Sie saß barfuß auf dem Fensterbrett, in der einen Hand ein Glas Wein, in der anderen eine Zigarette. Sie lächelte die beiden an, und April wurde klar, dass sie so tat, als wären sie eine Familie, als kämen Vater und Tochter von einer kurzen Fahrt zurück, und Mutter erwarte sie zu Hause.

Damals hielt April Gabriel für ihren Freund oder glaubte zumindest, dass er sie liebte. Ihr war klar, dass niemand von ihnen wissen durfte. Er war vierzig Jahre alt, so alt wie ihre Mutter. Außerdem war es ein süßes Geheimnis. Es war ein Teil von ihr, von dem ihre Mutter nicht Besitz ergreifen konnte.

Sie hatten Sex in ihrem Schlafzimmer, während ihre Mutter in der Küche malte. Sie blies ihm einen im Postraum des

Wohnblocks. Er starrte stundenlang ihren nackten Körper an, berührte jede Kurve, jede Rundung, jedes Haar. Er sagte ihr, dass sie schön sei.

Sie wollte, dass es nie endete, aber dann geschah etwas. April wurde schwanger. Ihre Mutter ging damit erschreckend gut um, fuhr mit ihr zur Abtreibungsklinik und machte ihr danach Ramen-Nudeln und Götterspeise. Sie wusste natürlich nicht, dass Gabriel der Vater war, und wenn sie es vermutete, sagte sie es nicht. April sah ihn nie wieder. Später erzählte ihre Mutter ihr, er sei auf der Suche nach seiner Exfrau und seinem Sohn im Teenageralter nach Denver gegangen. April war fassungslos zu erfahren, dass er ein Kind hatte, ein Kind, das älter war als sie.

Als Erwachsene hatte April versucht, mit ihrer Mutter über Gabriel zu sprechen, aber ihre Mutter wechselte jedes Mal das Thema oder sagte nur: »April, bitte, ich kann das jetzt nicht besprechen.«

Die Mädchen fanden ihre Einstellung zur Liebe zu zynisch, aber wie konnte man das anders sehen? Von außen betrachtet war eine Beziehung zwischen Mann und Frau nichts als sanfte Küsse, weißes Kleid und Händchenhalten. Innen aber lag ein gefährliches, kompliziertes Durcheinander, das nur darauf wartete, an die Oberfläche zu treten.

Natürlich würde sie das jetzt nicht sagen. Sie waren wegen Sallys Hochzeit hier, und April hatte Sally lieb. Sie lehnte sich zurück, nahm einen großen Schluck Champagner und schwor sich, die Schnauze zu halten.

Zu Studienzeiten war Aprils Lieblingsmonat der November gewesen. Dann wurde es kühl, und die Northamptoner Luft war klar und frisch. Die Blätter fielen, und an bewölkten Tagen sah der Campus aus wie ein Schwarzweißfoto, auf dem sich dunkle Gebäude gegen einen blassgrauen Himmel absetzten. Die Campusbewohnerinnen hüllten sich in Handschuhe und Mützen, und beim ersten Schneefall kippten die Lastwagen von »Campusleben« literweise Sojasoße auf die Gehsteige. (Die salzige Flüssigkeit schmolz das Eis, ohne den Boden zu verpesten, und bis Februar roch der ganze Campus wie ein Thai-Restaurant.)

Im November fand auch die Celebration of Sisterhood statt, das Festival der Schwesternschaft und sexuellen Vielfalt und Aprils liebste Tradition am Smith College. Zum ersten Mal hatte es in den frühen 1990er Jahren stattgefunden, nachdem eine Gruppe von Lesben auf dem Campusgelände angegriffen worden war.

April fühlte sich angesichts einiger der beliebtesten Bräuche am Smith College überprivilegiert und kam sich albern vor. Im Herbst rief die Präsidentin jedes Jahr den Tag des Berges aus, an dem der Unterricht ausfiel, damit alle rausfahren und die Natur genießen konnten (oder, was wahrscheinlicher war, mit dem Shuttlebus zur Holyoke-Einkaufspassage fuhren). Der Tag des Berges war immer eine Überraschung, und man wusste, dass es so weit war, wenn frühmorgens aus irgendeinem Wohnheimfenster Madonnas »Holiday« dröhnte. Die Studentinnen gaben ihrem Wunsch nach dem Tag des Berges Ausdruck, indem sie den Quad-Aufstand veranstalteten, eine riesige Essensschlacht auf der Wiese, bei der die Frauen sich stundenlang mit vergammelten Essensresten, Rasiercreme, Limo und Gott weiß was bewarfen und einseiften. Am nächsten Morgen mussten die Leute vom Reinigungsteam dann den Dreck wegmachen. April fand den Klassismus daran ekelerregend und war jedes Jahr mit ihnen da draußen und füllte ihren Mülleimer mit dreckigen Nudeln, alten Zahnbürsten und anderen Überresten der Schlacht, um zu beweisen, dass nicht alle Frauen am Smith College gedankenlose Vollidiotinnen waren.

Dann gab es da noch die Immorality-Party, das Fest der

Sittenlosigkeit, bei dem Bekleidung optional war und das jährlich zu Halloween im Tyler House stattfand. Frauen kamen nur in Unterwäsche, Körpermalfarben oder Klarsichtfolie. Theoretisch war das vielleicht keine schlechte Idee. Aber in der Praxis war es nur ein Grund für Hunderte bekleideter Studenten, auf den Campus zu schwärmen und zu glotzen (sie kamen in ganzen Busladungen, manche sogar aus Florida). Die Frauen vom Campus schien es nicht zu stören, den ganzen Abend beglotzt und befingert zu werden, obwohl jedes Jahr mindestens eine Frau angegriffen wurde.

Auf Aprils Flyer-Aktion zum Verbot der Party erhielt sie nur eine einzige Reaktion, die Mailboxnachricht von der durchgeknallten Vorsitzenden der christlichen Gemeinschaft des Smith College. (Wer hätte gedacht, dass es so etwas überhaupt gab?) »Hi April«, sagte das Mädchen in der Aufnahme, und es klang wie Ton gewordener Sonnenschein. »Ich hab' mich so gefreut, als ich heute Morgen deinen Flyer gesehen habe. Unsere Gemeinde betet schon das ganze Semester lang dafür, dass diese Sittenlosigkeit endlich gestoppt wird. Vielleicht bist du das Geschenk Gottes, auf das wir gewartet haben.« April schauderte bei dem Gedanken. Sie löschte die Nachricht sofort. (Das war, bevor sie von der gottlosen Ehe zwischen der feministischen Bewegung gegen Pornografie der Linksradikalen und christlich-konservativen Rechten erfuhr.)

Aber die Celebration of Sisterhood war einfach wundervoll. Im letzten Studienjahr organisierte April das Fest mit ihrem Freund Toby Jones, einem Studenten im dritten Studienjahr, der seit zwei Jahren Testosteron nahm und im vergangenen Sommer seinen Torso angepasst hatte, indem er sich die Brüste komplett hatte entfernen lassen. Einige Wochen vor dem Fest schlug Toby April und dem Rest des Komitees eine Namensänderung vor: Celebration allein, ohne die Erwähnung einer Schwesternschaft, im Sinne der Inklusion der

Transgender-Studierenden am Smith College. Alle Anwesenden hielten das für eine ausgezeichnete Idee.

Den ersten Hinweis darauf, dass nicht alle damit einverstanden sein würden, bekam April während einer Brunch-Schicht in der King-House-Mensa eines Sonntagmorgens. Sie wischte gerade die Tische ab und beobachtete, wie eine jüngere Studentin namens Christine Lansky die Teller ihrer Kommilitoninnen vor ihr in der Schlange am Buffet beäugte und die Hälfte des Rühreis von ihrem Teller zurückschaufelte.

Celia and Sally saßen in einer Ecke. April ging zu ihnen und wischte sich die Hände an der Schürze ab. Dann nahm sie ein Stück Ananas von Celias Teller und biss hinein.

»Schaut euch das an«, sagte sie mit einer Kopfbewegung zu Christine. »Wenn sie weniger Ei isst als alle anderen, gewinnt sie den Extrapreis.«

Celia hörte nicht richtig zu. Stattdessen starrte sie zur Eingangstür. »Oh, mein Gott«, brachte sie hervor.

Bree und Lara traten händchenhaltend ein. Sie trugen Pyjamas, ihr Haar war vom Knutschen zerzaust, und sie lächelten breit.

»Ich komm damit nicht klar!«, flüsterte Celia. »So früh am Morgen schon Lesben.«

»Was?«, fragte April. Sie tat, als würde sie ihren Tisch abwischen, obwohl Sally jeden Krümel schon längst entfernt hätte, wenn dort einer gewesen wäre.

»Ach, komm schon«, sagte Celia. »Du musst zugeben, dass es seltsam ist.«

Bree und Lara waren seit zwei Jahren zusammen, aber Celia war von ihrer Beziehung noch immer irritiert. April war begeistert. Es ist schwer genug, Seelenverwandte zu finden, hatte sie zu Celia an dem Abend gesagt, an dem Bree ihnen von der Verbindung erzählt hatte. Warum sollte man sich bei der Suche auf einen Teil der Bevölkerung beschränken?

Celia war selbstverständlich anderer Meinung. Sie konnte, was Bree anging, unvorstellbar besitzergreifend sein, obwohl sie meinte, damit habe das nichts zu tun. Sie könne einfach nicht begreifen, dass Bree hetero war und trotzdem allen Ernstes mit Lara zusammen war.

»Haben sie Sex?«, fragte Celia.

»Ich vermute es«, sagte April.

»Jesus, das kann ich mir überhaupt nicht vorstellen«, sagte Celia und schüttelte sich.

»Wieso? Was ist denn dein Problem? Du hast doch auch schon mal ein Mädchen geküsst.«

»Das ist was ganz anderes! Alles über der Gürtellinie ist Kinderkram, im Vergleich zu, na ja, du weißt schon«, sagte Celia.

»Zu allem unter der Gürtellinie?«

»Genau!«, sagte Celia und wurde rot.

Celia hatte das mit Lara von Anfang an nicht gefallen. Sie wollte die wichtigste Person in Brees Leben sein, und es war klar, dass Lara diese Rolle übernommen hatte. April beobachtete oft mit Erstaunen, wie sehr manche Frauen am Smith College miteinander um Freundschaften, Jungs, Noten, Figur oder eine x-beliebige andere Sache konkurrierten. Was zum Teufel sollte das bringen?

Die beiden setzten sich zu ihnen, und Lara legte ihre Füße in Brees Schoß. April fand immer, dass sie glücklich aussahen, sehr glücklich. Das hatte sie noch bei niemandem gedacht, ob Mann oder Frau.

»Vielleicht bist du 'ne Lesbe, Schnecke«, hatte Sally an einem der unzähligen Abende gesagt, als es wieder einmal um ihre Beziehung mit Bill ging und Sally das Bedürfnis hatte, das Gespräch auf Aprils fehlendes Liebesleben zu lenken.

»Was ist eine Lesbenschnecke?«, fragte April.

»Du weißt, was ich meine«, sagte Sally.

April seufzte. »Ich wünschte, es wäre so. Dann wäre mein Leben sehr viel unkomplizierter. Aber Männern zu misstrauen heißt nicht unbedingt, dass man sich von Frauen angezogen fühlt, weißt du?«

Sally nickte. »Ich wäre auch gern lesbisch«, sagte sie. »Abgesehen vom Sex.«

April hatte kein Problem damit, noch nicht verliebt gewesen zu sein. Wenn sie sah, wie sehr es ihre Freundinnen einnahm – die Heulerei, die Besessenheit, das Analysieren, die endlosen Telefonate –, war sie froh, dass das bei ihr noch niemand aktiviert hatte. Freundschaften reichten ihr. Mit Freunden gab es keine Spielchen und keine Machtkämpfe und keine Notwendigkeit, in irgendein vordefiniertes Frauenbild zu passen: die schwärmende Cheerleaderin, die sehnsüchtige Geliebte, die meckernde Mutter. Sie konnte einfach sie selbst sein.

»Was ist los, Mädels?«, sagte Lara.

»*Nada mucho*«, sagte Celia.

»Bree, mein Schatz, soll ich dir was zu essen holen?«, fragte Lara.

»Ne«, sagte Bree. Sie wandte sich den anderen zu. »Wir haben heute Morgen im Bett die Reste vom Mensakuchen gegessen, und ich bin so satt, ich platz' gleich.«

»Was für ein schönes Bild«, sagte Celia. »Danke, dass du mir damit das Essen versüßt.«

»So kann nur eine aus Georgia reden«, sagte Lara.

April lächelte beim Gedanken daran, dass diese beiden Südstaatenmädchen an der Ostküste zueinandergefunden hatten.

Sie sah nach draußen. Es hatte angefangen zu regnen.

»Ich muss in einer Stunde bei einem Treffen wegen der Celebration-Vorbereitungen in Duckett sein. Meint ihr, bis dahin hat der Regen wieder aufgehört?«, fragte sie.

»Im Wetterbericht heute früh haben sie gesagt, dass es bis zum frühen Abend regnet«, sagte Sally.

»Wer schaut denn schon den Wetterbericht?«, sagte Bree lachend.

»Ich!«, sagte Sally, pickte eine Blaubeere aus ihrem Obstsalat und bewarf Bree damit.

»Hoffentlich regnet es am Tag der Celebration nicht«, sagte April. »Wir haben dieses Jahr so viele tolle Pläne!« Beim Gedanken an Tobys Vorschlag lächelte sie. Nichts war besser als die Vorstellung, eine dauerhafte Spur am Smith College zu hinterlassen, diesem Ort, den sie so sehr liebte.

»Okay, warum sagst du ständig Celebration?«, wollte Celia wissen. »Wir wissen alle, dass du zu den ganz Coolen gehörst, aber braucht denn alles eine Abkürzung? Sorry, ich meine eine Abk.?«

»Wir wollen den Namen inklusiver machen«, erklärte April stolz.

»Inklusiver für wen?«, fragte Lara.

»Für die Transgender-Studierenden.«

»Nicht das schon wieder«, sagte Celia. »Reicht es nicht, dass wir die Satzung geändert haben, um es den Transen recht zu machen? Jetzt wollt ihr uns auch noch die Celebration of Sisterhood nehmen?«

»Sie nimmt uns doch nichts weg«, verteidigte Sally April. »Sie verbessert es! Genau darum soll es doch bei der Feier gehen, um Inklusion.«

April schenkte ihr ein Lächeln. Bei ihrem ersten Gespräch zum Thema Transgender hatte Sally sich gesträubt, war irre geworden. Am Ende aber hatte sie gesagt: »Du hast recht, April. Warum sollten diese Leute nicht die Möglichkeit haben, das Beste aus sich rauszuholen?« (April musste sich verkneifen, die alte Erkennungsmelodie der Armee-Werbung zu summen, deren Text ganz ähnlich lautete.)

»Aber das Smith ist doch eine *Frauen*uni«, sagte Celia jetzt. »Und zwar eine der letzten. Die Smithies kämpfen seit Ewigkeiten dafür, dass das so bleibt. Und jetzt nimmst du im Namen der Political Correctness alle Weiblichkeit raus, nur damit sich ein paar verwirrte Leute dazugehörig fühlen?«

»Es sind mehr als nur ein paar«, sagte April. »Wir haben vierunddreißig Trans-Männer auf dem Campus, und die lieben diese Uni genauso wie du. Denk nur an Toby! Findest du nicht, dass man für ihn kämpfen sollte?«

»Ich mag Toby«, sagte Celia. »Und ich erinnere mich noch an sein erstes Jahr hier, als er noch Theresa war. Aber wenn er ein Mann sein will, warum dann gerade hier, an einer Frauenuni?«

»Weil er hier willkommen ist«, entgegnete April. »Die meisten Frauen auf dem Campus sind nämlich weniger engstirnig als manche der Frauen an diesem Tisch.«

»Meinst du nicht, manche der *Personen* an diesem Tisch?«, sagte Celia. »Man weiß ja nie. Vielleicht beschließt Sally auch, ein Mann zu werden. Das würde natürlich überhaupt nichts ändern. Wir können sie weiterhin Sal nennen.«

April hatte begriffen, dass Celias Scherz dazu dienen sollte, das Gespräch zu beenden, damit sie zu ihrem Brunch zurückkehren konnten. Aber für sie war es mit einem Lachen nicht getan.

»Einen schönen Tag noch allerseits«, sagte sie und drehte sich zum Gehen.

Die Mädchen riefen im Chor »Komm zurück!«, aber April war schon auf dem Weg zum Lagerraum. Sie spürte, wie ihr heiße Tränen in die Augen traten.

»Der Lagerbestand muss bis Mittag geprüft werden«, rief sie, ohne sich umzudrehen.

Sie ging ins Lager und schloss die Tür hinter sich. In den Regalen stapelten sich riesige Dosen mit Ananas und Bohnen, Müslipackungen und verschweißten Bagels, Salz, Mehl und Zucker in unbeschrifteten Sparpackungen.

April dachte an den Abend, an dem Toby ihr erzählt hatte, dass er seit der Vorschule gewusst habe, vielleicht schon früher, dass er ein Junge sein sollte. Seine Eltern wollten ihn dazu zwingen, seine Locken lang wachsen zu lassen und kleine Trägerkleidchen und Röcke anzuziehen. Dann weinte er und fand immer irgendwo eine Schere, mit der er sich das Haar abschnitt. Seine Eltern schlossen ihn in sein Zimmer ein, bis er versprach, sich nicht mehr wie ein Junge aufzuführen. Später schickten sie ihn auf eine Schule für emotional auffällige Kinder. Es war als eine Art Bestrafung gemeint gewesen, es sollte ihn zurechtbiegen. Stattdessen lernte er Ärzte kennen, die seine Situation verstanden. Sie waren die ersten Menschen in seinem Leben, die ihn ernst nahmen.

»Ich fühle mich wie ein Fremdkörper in meiner Haut«, hatte Toby ihr mit Tränen in den Augen erklärt. »Kannst du dir das vorstellen? Ich weiß einfach, dass der Körper, in dem ich lebe, nicht meiner ist.«

April hätte nicht zählen können, wie oft sie sich in ihrer Umgebung fremd gefühlt hatte, damals an der Highschool und sogar heute noch bei den lächerlichen Teenachmittagen im Salon des King House freitags um vier oder wenn es samstagabends auf den Fluren von Verbindungsstudenten von Amherst nur so wimmelte. Aber sie konnte sich nicht vorstellen, wie es sich anfühlte, sich in ihrem Körper fremd zu fühlen. Für sie war Toby ein Held. Sein Leben würde nie einfach sein, weil er sich dazu entschlossen hatte, ehrlich mit seiner Identität umzugehen. Wenn die Zeit am Smith College ein Aufschieben des Verurteilens bedeuten konnte, eine vierjährige Pause von den zu erwartenden Schwierigkeiten, warum interessierte sich ein so lieber Mensch wie Celia dann für ein paar Worte in einer bescheuerten Satzung?

Manchmal befürchtete April, ihr fehle ein wesentliches Bauteil, über das alle anderen verfügten und das ihnen ermöglichte klarzukommen. Sogar ihre Mutter, die bei allen möglichen linken Aktionen mitmachte, schien am Ende des Tages alles abschütteln und das Leben genießen zu können. Aber das Böse überall in der Welt, wohin man nur sah, ging April nicht aus dem Kopf. Das war seit ihrer Kindheit so. Sie hatte sich zwingen müssen, die Nachrichten zu sehen. Jeden Abend dasselbe: Bomben, Genozid, Kindesentführungen oder -morde auf dem Heimweg von der Schule, grässliche Autounfälle, bei denen ganze Familien ausgelöscht wurden und nie vom Urlaub zurückkehrten. Die Journalisten berichteten in traurigem, bedeutungsschwangerem Ton von diesen Ereignissen, als bedeuteten sie tatsächlich etwas, aber schon am nächsten Tag waren sie wertlos.

Sie dachte an die Frauen, mit denen sie am Smith College zusammenlebte. Sie gehörten wohl zu den privilegiertesten Menschen der Welt, und dennoch hatten sie immense Trauer erlebt. Es brach einem das Herz zu sehen, was für Verletzungen sie sich selbst zugefügt hatten und welche ihnen von anderen zugefügt worden waren.

Sie erinnerte sich daran, wie Celia im zweiten Studienjahr mit einigen anderen Mädchen aus dem King House zu einem Ball vom Dartmouth College gefahren war. Irgendjemand hatte ihnen Dates organisiert, und Celia hatte ihren Typen hundert Mal gegoogelt. Sein Name war Rob Johann. Er studierte Wirtschaftswissenschaften im letzten Jahr, spielte im Fußballteam der Uni und hatte irgendwie schon eine halbe Million Dollar an der Börse gemacht. Celia machte sich am Tag des Balls stundenlang in ihrem Zimmer zurecht und sang dabei zu den Dixie Chicks. Sie lieh sich ein altes Korsett von Bree, das sie als Homecoming Queen im letzten Schuljahr getragen hatte. (»Das *nennt sich* Miedergürtel!«, antwortete Bree auf Aprils Kommentar, dass ihr nicht klar gewesen sei, dass in den letzten hundert Jahren jemand ein Korsett getragen hatte.) Als Celia herauskam, sah sie aus wie eine Prinzessin: Ihr Haar war in einer eleganten Drehung hochgesteckt, das Make-up perfekt aufgetragen, und ihr schwarzes, ärmelloses Cocktailkleid verbarg wie von Zauberhand jedes Röllchen.

Sally, April und Bree machten Fotos und schlichen um sie herum wie Eltern vorm Abschlussball.

»Du wirst Rob Johann heiraten«, quietschte Sally. »Ich weiß es.«

April verdrehte die Augen, musste aber zugeben, dass Celia umwerfend aussah.

»Den hauste um«, sagte sie.

Am nächsten Morgen saßen April, Bree und Lara im Flur und lernten, wobei sie Kekse in Tierform aus einer gigantischen Dose vom Umriss eines Bären knabberten, die Brees Mutter geschickt hatte. Sally war mit Bill irgendwohin gefahren.

»Celia schläft noch?«, fragte April mit einem Blick auf ihre Uhr.

»Ich glaube, sie ist gestern Abend gar nicht nach Hause gekommen«, sagte Bree.

»Was für ein Glück, dass ich über euch indirekt auch sexuelle Abenteuer erlebe«, sagte April.

Bree lachte. »Wir helfen gern«, sagte sie, legte einen Arm um Lara und küsste sie auf die Wange.

Celia kam gegen elf Uhr nach Hause, ihr schwarzer Eyeliner war verschmiert. Sie lächelte die drei schwach an.

»Lange Nacht«, sagte sie. »Ich brauch' ein Schläfchen.«

April bemerkte eine Reihe schwacher blauer Flecke an beiden Oberarmen und einen großen am Knie. Aber bevor sie etwas sagen konnte, war Celia schon an ihnen vorbei in ihr Zimmer gegangen.

Bree und April gingen hinterher und klopften an ihre Tür. »Können wir reinkommen, Süße?«, fragte Bree. Sie wartete die Antwort nicht ab. Als sie die Tür öffneten, lag Celia schon unter der Bettdecke, noch im Kleid, das Licht war aus und die Vorhänge zugezogen.

»Lasst mich bitte allein, Leute«, sagte sie. »Wirklich. Bitte geht.«

April hatte ein nagendes Gefühl im Magen, als sie die Tür schlossen und sich wieder setzten. So kannten sie Celia nicht. Ob sie glücklich oder traurig war – allein wollte sie nie sein. Wenn sie sich tagsüber hinlegte, ließ sie ihre Tür immer weit offen stehen, weil sie, wie sie sagte, immer hören wollte, was die anderen trieben, auch wenn sie nicht bei vollem Bewusstsein war.

»Ich mach' mir Sorgen«, flüsterte Bree. »Weißt du noch, wie sie im Wilder House mal die Treppe runtergefallen ist?«

April nickte. Das war eigentlich mehr als einmal passiert, aber das musste sie jetzt nicht extra betonen. Nach ein, zwei Drinks wollte Celia immer mehr, bis sie im Alkohol ertrank. Sie hatte mal lachend erzählt, dass man in Massachusetts sonn- und feiertags keinen Alkohol kaufen könne und ihre irischen Verwandten deshalb vorher Vorräte anlegten. (Vor dem Unabhängigkeitstag am 4. Juli, erzählte Celia, verkündete ihr Großvater alljährlich: »Wenn du am Vierten Spaß haben willst, kauf am Dritten 'nen Sechser!«)

Als Sally am frühen Abend nach Hause kam, war Celia noch immer nicht wieder aufgetaucht. Nachdem sie Sally erzählt hatten, was passiert war, schüttelte sie den Kopf. »Habt ihr im Haus mal rumgefragt, was gestern Abend los war?«

Hatten sie, aber keines der anderen Mädchen hatte Celia seit etwa Mitternacht des Vorabends gesehen, als sie sich auf den Heimweg machten und Celia darauf bestand, noch zu bleiben. Sie hatte ihnen gesagt, dass sie bei einer Freundin von der Highschool schlafen würde.

Celia schlief, während sie zu Abend aßen und bis in den Morgen hinein, aber als sie schließlich erschien und in ihr

Snoopy-Handtuch gewickelt zur Dusche ging, sah sie ganz fröhlich aus.

»Alles in Ordnung, Schätzchen?«, fragte Sally. »Wo hast du die blauen Flecke her?«

»Ja, alles okay.« Celia lächelte, aber auf April wirkte das nicht ganz echt.

»Und?«, fragte Sally. »Hat Mr. Johann von sich hören lassen?«

»Hat er. Er hat mir gemailt«, sagte Celia. »Er schreibt, dass er einen Superabend mit mir hatte und wünschte, wir würden nicht so weit voneinander entfernt wohnen. Er hat mich den ganzen Abend über Schneewittchen genannt und die E-Mail fing an mit *Liebe Schnee*.«

Sally quietschte. »Oh, ich hab' gewusst, dass er dir in dem Kleid nicht widerstehen kann! Kein Mann hätte das gekonnt. Ich sehe es schon vor mir: Frau Celia Johann.«

»O nein, ich nehme auf keinen Fall seinen Namen an«, sagte Celia und zwinkerte. »Na ja, vielleicht einigen wir uns auf einen Doppelnamen.«

Seitdem hatte sie ihn nicht wieder erwähnt.

Wochen sollten vergehen, bis Celia ihnen die wahre Geschichte erzählte. Es war ein Donnerstagabend. Die vier saßen trinkend und plaudernd auf dem Flechtteppich in Sallys Zimmer. Sally hatte gerade von einem süßen Hippie-Freund ihres Bruders am Dartmouth College erzählt, der April gefallen könnte, und April hatte geantwortet, dass sie nicht auf Studenten von Ivy-League-Eliteunis stand, als Celia plötzlich in Tränen ausgebrochen war.

»Wenn ich das Wort ›Dartmouth‹ höre, wird mir kotzübel«, sagte sie. »Im Ernst. Wenn ich jemanden mit einem Dartmouth-Pulli sehe, muss ich kämpfen, um mich nicht zu übergeben.«

Sie erzählte ihnen, dass Rob Johann und sie sich am Abend des Balls sofort verstanden hatten, gescherzt und über ihre

Familien gesprochen hatten und es nicht ein einziges Mal zu einem peinlichen Schweigen gekommen war. Er war sehr gutaussehend. Viel zu gutaussehend für eine wie sie, habe sie gedacht. Aber sie schien ihm zu gefallen. Sie tranken Champagner, sie tanzten, und irgendwann verschwanden sie zum Knutschen in der Garderobe.

»Er sagte, er hätte es stillos gefunden, eine, die ihm ehrlich gefiel, auf der Tanzfläche zu küssen, hätte aber, seit ich gekommen war, an nichts anderes denken können,«, sagte Celia.

Gegen Mitternacht wollten die anderen Smithies nach Hause, erzählte sie, also verabschiedete sie sich von Rob. Aber er flehte sie an zu bleiben und mit ihm einen Spaziergang über den Campus zu machen. Er hätte ein Auto, sagte er, und würde sie gern in ein paar Stunden nach Hause fahren. Celia war überglücklich.

»Ich hatte die Brautjungfernkleider gedanklich schon ausgewählt«, sagte sie mit Sarkasmus, aber April wusste, dass ein Körnchen Wahrheit darin lag. So fortschrittlich ihre Freundinnen auch waren, lebten sie doch noch wie in einem Jane-Austen-Roman.

Celias Geschichte ging weiter. Nachdem die Smithies gegangen waren, ließ Rob eine Flasche Veuve Clicquot mitgehen, und sie spazierten händchenhaltend und Champagner schlürfend über den Campus. Nachdem die Flasche leer war, gingen sie weiter und kicherten über die Geschichten des jeweils anderen, sprachen davon, wie viele Kinder sie sich wünschten und dass sie in New York City leben wollten.

»Wenn meine Töchter mal aussehen wie du, werde ich nachts kein Auge zukriegen«, sagte er irgendwann. »Du bist wunderschön.«

Sie konnte sich nicht mehr erinnern, wie spät es war, als er sie zu sich einlud, aber es musste sehr spät gewesen sein, und er war nicht in der Verfassung, noch Auto zu fahren.

»Du kannst das Bett haben, und ich schlafe auf dem Boden«, sagte er mit einem Lächeln. »Ich werde ganz brav sein, das verspreche ich. Und morgen früh fahre ich dich gleich nach Hause.«

Celia küsste ihn. »Abgemacht«, sagte sie. »Und dann frühstücken wir im Sylvester's Pfannkuchen. Das wird dir gefallen. In ganz Northampton gibt es kein leckereres Frühstück.«

Während sie sich auf den Weg zu ihm machten, dachte sie daran, wie sehr sie die Paare immer beneidet hatte, die zusammen zum Brunch gingen und bei Toast und Kaffee Zeitung lasen. Vielleicht war sie ihm jetzt endlich begegnet – dem Mann, für den sie bestimmt war.

Als sie die Wohnung betraten, saßen Robs drei Mitbewohner auf dem Sofa, tranken Bier und sahen eine Wiederholung von *Saturday Night Live*. Das Licht war aus, und sie konnte die Gesichter im blauen Schein des Fernsehers kaum erkennen. Celia wollte sich ihnen gerade vorstellen, da spürte sie, wie Rob sie von hinten zu seinem Zimmer schob. »Das sind Langweiler«, sagte er. »Komm, wir gehen ins Bett.«

Das sei der Moment gewesen, erzählte Celia, in dem sie Angst bekommen hatte. Sie legten sich auf sein Bett und küssten sich, zuerst sanft, dann immer wilder. Er zog seine Hose aus. Er schob die Hände unter ihr Kleid und drückte ihre Brüste.

»Kein BH«, sagte er verschmitzt. »Ganz schön frech.«

Celia wurde schwindlig. »Ich möchte jetzt schlafen. Ich bin erschöpft«, sagte sie in einem flirtenden Ton, um ihn nicht zu beleidigen. Trotz ihrer wachsenden Angst dachte sie an das verdammte Mieder und wollte auf keinen Fall, dass er es sah.

»Ach, komm schon«, sagte er. Er streckte den Arm nach dem Nachttisch aus und holte aus der Schublade ein blaues Kondom in einer durchsichtigen Verpackung von der Sorte, die bei Safer-Sex-Vorträgen und AIDS-Demonstrationen verteilt wurden. Er setzte sich auf sie.

»Nein«, sagte Celia in süßem Ton. »Nicht heute Nacht. Beim nächsten Mal, okay?«

»Komm schon«, flüsterte er. Er saß noch auf ihr, aber sie spürte, dass er sich das Kondom überzog.

»Nein, Rob«, sagte sie. »Ich bin so müde.«

Er hielt ihre Arme auf der Matratze fest. Celia versuchte, sich von ihm zu befreien, aber er drückte ihr Knie mit seinem nieder. Dann riss er ihr mit einer Hand Mieder und Unterhose vom Leib, wobei er die Innenseite ihres Oberschenkels verletzte. Er drang in sie ein. Solchen Schmerz hatte sie nie empfunden, nicht einmal beim ersten Mal. Sie erzählte den Mädchen, dass sie in diesem Moment dachte, das ist nicht wahr, und, bis es vorbei war, mit geschlossenen Augen dalag, sich nicht wehrte und keinen Mucks machte. Als er fertig war, gab er ihr einen Kuss auf die Wange, ließ sich neben sie aufs Bett fallen, legte den Arm um sie und schlief ein.

Sie lag bis zum Morgen wach. Als um neun Uhr sein Wecker klingelte, schaltete er ihn aus, ohne die Augen zu öffnen.

»Ich will jetzt nach Hause, Rob«, sagte sie.

Er blinzelte sie an. »Okay«, sagte er. »Komm gut nach Hause.«

»Du wolltest mich doch fahren«, sagte er.

»Ich hab' vergessen, dass ich heute Fußballtraining habe. In der Schublade unter der Mikrowelle ist ein Busfahrplan.«

Sie stand leise auf, zog sich die Schuhe an, glättete ihr Kleid.

»Tschüss«, sagte sie und fing an zu weinen.

»Hey«, sagte er. »Das war ein Superabend für mich gestern.«

Als sie ihre Geschichte beendet hatte, sah Celia von ihrem Weinglas auf. Bree, Sally und April hatten Tränen in den Augen.

»Ach, Leute«, sagte sie und wischte sich auch Tränen vom Gesicht, »ich war so verdammt blöde. Es waren drei Personen in der Wohnung, und ich habe nicht einmal geschrien. Ich habe mich nicht gewehrt. Ich habe irgendwie meinen Körper verlassen und bin zur Decke geschwebt. Und ich bin die ganze Nacht in diesem Scheißbett geblieben! Warum bin ich nicht abgehauen? Und dann hat er mir am nächsten Tag diese E-Mail geschickt, und ich hab' mich auch noch gefreut! Könnt ihr euch das vorstellen? Gefreut. Ich dachte mir: Vielleicht war es ein Missverständnis. Wir waren beide betrunken. Vielleicht lachen wir irgendwann drüber, später, wenn wir ein altes Paar sind. Was stimmt mit mir nicht?«

»Gar nichts«, sagte Bree einfach. »Celia, du bist vergewaltigt worden. Wir sollten uns sofort in Sallys Auto setzen und dem Typen die Eier abschneiden.«

Celia lächelte schwach. »Aber versteht ihr denn nicht? Ich trage doch eine Mitschuld. Ich bin mit ihm nach Hause gegangen, ich habe nicht um Hilfe gerufen.«

April nahm Celias Hände, die feucht und kalt waren. »Du hast nichts falsch gemacht«, sagte sie. Sie musste an die Statistik denken, von der in ihrem Seminar *Frauen und Sexualität* die Rede gewesen war: Eine von vier Amerikanerinnen ist vergewaltigt worden. Hier stand diese Zahl, klar und deutlich in dem kleinen Kreis ihrer besten Freundinnen.

»Willst du Anzeige erstatten?«, fragte April sanft. »Wir würden dich unterstützen, das weißt du.«

»Nein, nein«, sagte Celia. »Das könnte ich meinen Eltern nicht antun. Mein Vater darf nicht erfahren, dass ich sowas erlebt habe.«

Einen Moment lang herrschte Stille. Dann platzte es aus Sally heraus: »Das Widerlichste daran ist, dass dieses Ekel auf dem Papier wie ein guter Fang aussieht: gute Uni, selbstgemachtes Vermögen. In zwei Jahren ist er wahrscheinlich mit einem Supermodel verheiratet, das nie erfahren wird, dass ihr Mann ein Vergewaltiger ist.«

Celia nickte. »Ich bezweifle, dass er sich selbst überhaupt so sieht. Ich wünschte, ich wäre nie nach Dartmouth gefahren oder ihr wärt dabei gewesen. Ihr hättet mich nicht einfach allein mein Ding machen lassen. Nicht, dass ich jemanden brauchen sollte, der auf mich aufpasst, aber ihr wisst schon.«

Das stimmte. Sie passten alle aufeinander auf, wenn Männer oder Alkohol im Spiel waren, was an sich schon aussagekräftig war, wenn man mal darüber nachdachte. Wie traurig, dass das überhaupt nötig war. April dachte über Sallys Worte nach. Wie viele Männer wie Rob Johann gab es da draußen? Die meisten Vergewaltiger wirkten vermutlich wie verständnisvolle Typen, hatten Arbeit, Familie, Freunde. Das konnten nicht alles in dunklen Gassen lauernde Psychos mit Skimasken sein.

Am Ende änderten April und Toby den Namen des Festes zu Celebration. Es gab kleinere Demonstrationen auf dem Campus, bei denen die Studentinnen skandierten: »Frauenuni ist für Frauen.« Aber wie immer feierten trotzdem alle mit.

April trug ein langärmeliges rotes Wickelkleid, das ihre Mutter in den Sechzigern getragen hatte. Toby kam im Smoking, und sein kurzgeschnittenes, krauses Haar rahmte sein Gesicht. Es nieselte, als sie die Bühne betraten, die auf dem Quad aufgebaut worden war.

»Willkommen bei der Celebration!«, sagte April ins Mikrofon. Vor ihr standen zweitausend jubelnde Smithies.

Sie hatte einen Kloß im Hals. Das war ihre letzte Celebration als Studentin am Smith College. Zum ersten Mal hatte sie keine Ahnung, wie ihr Leben zur selben Zeit ein Jahr später aussehen würde.

Der Abend gehörte bis heute zu Aprils schönsten Erinnerungen. Während der Sketche der einzelnen Häuser, die Toby und sie ausgewählt hatten, beobachtete April die lachenden Gesichter ihrer Kommilitoninnen. Celebration sollte allen Formen sexueller Selbstbestimmung Raum geben, aber die meisten Sketche (ausnahmslos von heterosexuellen Mädchen aus einem der Häuser um den Quad aufgeführt) ähnelten einander: Ein paar Mädchen kamen in Shorts und mit aufgestelltem Kragen auf die Bühne; sie gaben die Studenten von Amherst. Andere spielten die Smithies, die sie kennenlernten, mit ihnen ausgingen und sie schließlich stehenließen, um stattdessen miteinander etwas anzufangen. Die Menge jubelte, wenn die Studenten von der Bühne gingen und die nagelneuen Lesben einander in die Arme fielen.

Nach den Sketchen gingen alle mit einer Kerze in der einen Hand und einem Glas Cider in der anderen über den Campus und bewunderten die Lichter überall auf den Wegen. Jedes Haus hatte etwas zur Feier beigetragen: Manche hatten vor ihrem Eingang Tabletts mit Gebäck bereitgestellt, andere ließen einen studentischen A-cappella-Chor auf ihrer Terrasse singen, wieder andere stellten Kunst aus, hatten Talismane gemacht oder führten aufwendige Stücke auf.

April ging Arm in Arm mit Toby und genoss jede Sekunde. Die Mädchen aus dem King House waren vorgegangen, nachdem sie gehört hatten, dass die Mädchen vom Chapin House eine Smith-CD zusammengestellt, aber vermutlich nicht genug für alle gebrannt hatten.

»Ich bin stolz auf uns«, sagte Toby.

»Ich auch«, sagte April. »Das alles wird mir so fehlen.«

Toby drückte ihren Arm. »Und mir erst. Ich habe solche Angst, wenn ich daran denke, was als Nächstes kommt.«

Vor dem Duckett House hatten sie eine Bude für Kopfrasuren aufgestellt, die wie ein altmodisches Barbier-Geschäft aussehen sollte, inklusive der typischen rot-weißen Stange davor.

Toby sah April an. »Was meinst du? Lust auf ein Andenken an diesen Abend?«

Aprils Herz raste. Vielleicht würde sie das schon morgen bereuen, aber gerade jetzt erschien ihr die Idee perfekt. Sie dachte an den kleinen Toby, der sich heimlich die goldenen Locken abgeschnitten hatte. Jetzt konnte er diese Erinnerung vielleicht irgendwie zurückerobern und in etwas Schönes verwandeln.

Sie saßen auf Stühlen aus dem Speisesaal auf dem Gehsteig und hielten sich bei der Hand, während sich zwei Erstis mit elektrischen Rasierern an die Arbeit machten. Um sie sammelte sich eine Menschenmenge und feuerte sie an. April schloss die Augen. Sie spürte die Vibration des Rasierers auf der Kopfhaut, während ihr langes, rotes Haar in dicken Strähnen zu Boden fiel. Wenn sie zum King House zurückkam, würden die anderen sich fürchterlich aufregen, ihr lauthals sagen, sie habe den Verstand verloren, und den Schrecken in vollen Zügen genießen. April war zufrieden.

Ein Andenken an diesen Abend, hatte Toby gesagt. Als könne sie ihn jemals vergessen.

Sally

Sally lauschte im begehbaren Schrank und hielt sich Jakes Anzug vors Gesicht, damit seine Mutter sie nicht atmen hörte. Sie war von dem nachmittäglichen Treffen mit den Mädels ein bisschen beschwipst zurückgekehrt, nachdem die Gruppe beschlossen hatte, sich für die Länge eines Schläfchens zu trennen. Aber Sally hatte nicht einschlafen können. Stattdessen hatte sie in dem begehbaren Schrank betrunken die Sachen gebügelt, die Jake zur Hochzeit tragen würde, als sie einen Schlüssel in der Hotelzimmertür hörte. Sie wusste, dass es nicht Jake sein konnte – er würde den ganzen Tag in Amherst mit seinem Vater golfen. Einen kurzen Augenblick fragte Sally sich, ob es Bill sein könnte, aber das war lächerlich. Er hatte keine Ahnung, dass sie überhaupt in der Stadt war. Sie hatte in den letzten Wochen vor der Hochzeit zu viel an Bill gedacht. An die vielen Stunden, in denen sie sich in seinem Büro in der Neilson-Bibliothek geliebt hatten, an sein silbernes Haar, seine kratzenden Pullover. An sein Lieblingsgedicht, das ihr immer wieder in den Kopf kam. Es war Audens »Brüssel im Winter«: *Himmelhoch nachts die Häuser, herrschaftlich / Vereinzelt Lichter wie von fernen Farmen: / Geschwätz verhallt, das sich für weise hält, / Ein Blick verrät das Los der Menschenwelt.*

Als Rosemary hereingekommen war und laut »Ist jemand da?« gerufen hatte, hatte Sally leise die Schranktür zugemacht und sich damit eingeschlossen. Wenige Augenblicke später kam ihr das albern und kindisch vor, aber jetzt konnte sie kaum herauskommen.

Für wen hielt Rosemary sich überhaupt, dass sie einfach

ohne anzuklopfen hereinspazierte? Typisch Jakes Familie: Für sie hatten weder Türen noch Wände, noch Privatsphäre eine Bedeutung. Sally hoffte, dass Rosemary finden würde, was sie suchte, und bald wieder ging. Sie war nicht in der Stimmung für Rosemary. Stattdessen aber setzte Rosemary sich auf das Bett, stöberte in Jakes Koffer herum und rief ihre Schwester Anna an.

»Das Zimmermädchen macht gerade unser Zimmer, und ich will nicht da sein, während sie putzt«, sagte Rosemary in den Hörer. »Ich weiß nicht. Ich fühle mich einfach nicht wohl dabei, ohne Joe einen Stadtspaziergang zu machen. Warte nur, bis du das hier siehst, Anna. Lesben, wohin man blickt. Wirklich überall!«

Es folgte eine Pause, dann sagte Rosemary: »Nein, ich habe *keine* Angst, dass sie mich umdrehen wollen.«

Sally musste fest in den Ärmel von Jakes Anzug beißen, um nicht laut zu lachen.

»Ich habe Jake schon vor sechs Monaten gesagt, dass er sich gegen diese idiotische Idee einer Hochzeit unter freiem Himmel durchsetzen soll. Und siehe da: Am Sonntag soll es regnen!« Rosemary schrie ins Telefon, als habe der Hörer sich ihr widersetzt. Dann atmete sie tief durch und sammelte sich.

»Ich lieb Sally ja, weißt du, aber sie ist einfach keine echte Braut. Erst wollte sie kein richtiges Hochzeitskleid. Dann hat sie eine kirchliche Trauung ausgeschlossen. Und schließlich verkündet sie, dass die Hochzeit hier stattfinden soll. Was ist das für eine Frau, die an ihrer Uni getraut werden will? Was hat sie an ihrer Heimatstadt auszusetzen – ganz abgesehen von unserer? Da stehen zwei hübsche Bostoner Vorstadttorte zur Auswahl, und sie zitiert uns alle in die tiefste Provinz. Mit dem Geld, das die hat, könnte sie sich Gott weiß was für eine Hochzeit leisten. Und Jake ebenso. Heiratet man einen Mann, der im Bankwesen ein kleines Vermögen gemacht hat, um ihm dann nicht die Gelegenheit zu geben, das ein bisschen herauszukehren? Also, es sind keine fünf Millionen, aber es ist auch kein Pappenstiel.«

Sally ballte die Hände zu Fäusten. Das Letzte, wofür Jake sich interessierte, war, mit einer fetten Hochzeit anzugeben. Sie investierten in Praktischeres: das neue Haus in Cambridge, die Ratenzahlungen für das Auto, den Studienfonds für die Kinder. Das wusste Rosemary. *Es sind keine fünf Millionen*, hatte sie gesagt. Fünf Millionen, Sallys Anteil am Blutgeld. Die Zahl, die sie verfolgte, seit ihr Vater sich mit dem Onkologen vom Massachusetts General geeinigt hatte. Fünf Millionen Dollar, wegen derer alle sie für die glücklichste Fünfundzwanzigjährige auf der Welt hielten, während sie natürlich jeden Cent davon und noch viel mehr für einen einzigen weiteren Tag mit ihrer Mutter gegeben hätte, für eine einzige Stunde.

Nachdem die Anwaltskosten bezahlt waren, blieben zehn Millionen. Ihr Vater wollte, dass ihr Bruder und sie es sich teilten. Sie sagte, sie wolle nichts davon haben, aber das konnte er nicht akzeptieren und hatte daraufhin sehr viel länger über Investmentmöglichkeiten geredet, als er je mit ihr über den Tod ihrer Mutter gesprochen hatte. (»Männer sind doch emotionale Flachwichser«, hatte April gesagt. »Er weiß nicht, wie er dir helfen soll, aber du sollst wissen, dass er es gern täte.«) Die Zahlung war für sie wie Bestechungsgeld. Sally verhielt sich so gut sie konnte so, als gäbe es das Geld nicht – bis vor einem Monat hatte sie sich eine heruntergekommene Wohnung am Central Square mit drei Mitbewohnern geteilt. Und jetzt rieb Rosemary es ihr unter die Nase.

Unzählige Male hatte sie versucht, die Dinge aus Rosemarys Perspektive zu sehen, sie hatte es wirklich versucht. Eine Frau hat einen Sohn, den sie liebt und großzieht und für einen Prinzen hält, und dann kommt eines Tages eine andere Frau und nimmt ihn ihr weg. Das muss sich schrecklich anfühlen.

Aber sollte Rosemary sich nicht wünschen, dass er sein Glück fand? Und überhaupt, hätte sie ihn nicht ein bisschen aus dem Nest schubsen sollen? Er war dreißig Jahre alt, und als Sally und er sich vor vier Jahren kennenlernten, befüllte seine Mutter seinen Kühlschrank immer noch jeden Sonntagabend mit sieben hausgemachten Mahlzeiten, wenn sie vorbeikam, um ihm die weichgespülte und sorgfältig gefaltete Wäsche zu liefern. Wenn das nicht ein Fall für Freud war, dachte Sally, was war es dann.

Der erste Streit zwischen Jake und ihr entbrannte, weil Rosemary, während Jake bei der Arbeit war, in sein Zimmer gegangen und allen Ernstes sein Bett gemacht hatte, und dann später erwähnte, es sei doch wenig schicklich, dass einer von Sallys BHs über dem Kopfteil hinge, wo jeder ihn sehen könne. Als Jake Sally davon erzählte, als sie das nächste Mal allein in seinem Zimmer waren, verdrehte er nicht die Augen oder sah aus, als würde er sich für diese Grenzüberschreitung seiner Mutter schämen. Stattdessen war es von ihm als Warnung gemeint: *Häng deine BHs nicht über mein unschuldiges, von Mami extra für mich ausgewähltes Bettchen.*

»Was hat deine Mutter hier überhaupt verloren?«, blaffte Sally. »Hat sie etwa einen Schlüssel zu deiner Wohnung?«

»Wo ist das Problem?« Wenn Jake sich verletzt fühlte, hatte er immer ein zerknautschtes Gesicht wie ein Kind im Sandkasten, wenn man ihm die Schaufel weggenommen hatte und es gleich in Tränen ausbrechen würde. Bei diesem Anblick hätte Sally das Thema am liebsten fallengelassen, aber das konnte sie einfach nicht.

»Mich wundert nur, dass sie nicht gleich in dein verdammtes Bett hüpft, nachdem sie es für dich gemacht hat«, rief sie. »Mich wundert, dass nicht *ihr* BH an deinem Bett hängt.«

Sie wusste, dass sie zu weit gegangen war. Jeder andere Typ hätte sofort das Zimmer verlassen, aber Jake lachte nur, zog sie mit seinen großen Bärenarmen zu sich aufs Bett und wickelte sie in die Bettdecke. »Gib's zu«, sagte er, »dir gefällt diese Bettwäsche genauso wie mir. Eigentlich willst du gar nicht mich, sondern mein weichgespültes Bettzeug.«

Manchmal fragte Sally sich, ob sie Rosemary deshalb so unerträglich fand, weil Sally selbst nie wieder diese Art von erstickender, verlässlicher Liebe erleben würde, die nur die Frau zu geben vermag, die einen seit dem ersten Atemzug und darüber hinaus kennt.

Ihr fehlte alles an ihrer Mutter. Ihre Art, ihr braungewelltes Haar mit einem schlichten Schildpatthaarreif zu bändigen; die unzähligen gebügelten Strickjacken und Wollpullis in ihrem Schrank; ihr Parfüm, das nicht mehr hergestellt wurde, Creation hieß und nur noch in einer kleinen Parfümerie am Harvard Square zu kriegen war. Sie war jeden Morgen vor dem Frühstück zwölf Kilometer gejoggt und hatte in Sallys Augen den perfekten Körper für eine Mutter: sportlich und stark, aber weich an der Stelle, wo ihre Babys gewachsen waren. Als Sally und ihr Bruder noch klein waren, war ihre Mutter an sonnigen Samstagvormittagen oft mit ihnen zum Picknicken zum Strand bei Cohasset gefahren. Ihr Vater war üblicherweise arbeiten oder zu irgendeiner Konferenz geflogen. »Winkt dem Papa zum Abschied!«, rief ihre Mutter jedes Mal, wenn ein Flugzeug über sie hinwegflog, und das taten sie, zu dritt schleuderten sie die Arme in die Luft, als könnte er sie wirklich sehen. Für Sally war der Körper ihrer Mutter bis heute ein Ort, an dem kein Krebs zu wachsen wagen würde.

Im Herbst von Sallys vorletztem Schuljahr war ihre Mutter immer dünner geworden.

»Du siehst super aus«, hatte Sally eines Abends vor dem Essen gesagt, während sie Gemüse für einen Salat schnitten und dabei Nachrichten sahen.

»Wirklich?«, hatte ihre Mutter geantwortet.

»Ja, du bist so schlank«, sagte Sally.

Ihre Mutter sagte, das sei ihr gar nicht aufgefallen, wirkte aber zufrieden damit, und Sally ging davon aus, dass sie wieder eine ihrer verrückten Zitronensaft- oder Kohlsuppendiäten machte.

Im November bemerkte sie einen Knoten, ein hartes, rundes, erbsengroßes lästiges Ding zwischen Achsel und Brust. Der Arzt sagte, es sei nichts weiter, nur eine gutartige Zyste. Das Blutbild habe allerdings eine Anämie gezeigt, und so nahmen Sally und sie von da an Eisentabletten, die schmeckten, als habe man an einem Penny gelutscht.

Eine Zeit lang ging es ihrer Mutter besser. Aber der Knoten blieb, und schließlich wurden Monate später nochmals Tests gemacht, diesmal bei einem anderen Arzt. Es sei Brustkrebs, sagte der zweite Arzt, und er habe sich schon auf Lymphknoten und Knochen ausgebreitet. Es täte ihm leid, schrecklich leid, dass der erste Arzt das übersehen hatte, denn nun seien ihre Überlebenschancen sehr gering. Wenn man es früher entdeckt hätte – aber warum sich darüber Gedanken machen?

Während der einjährigen Chemo bestand sie darauf, Lippenstift zu tragen und jeden Morgen einen langen Spaziergang zu machen. Sie trug eine Designer-Perücke, die ein Vermögen gekostet hatte und ihrem Haar verblüffend ähnlich sah. Nach diesen erfolglosen Therapieversuchen sagten die Ärzte, sie seien von ihrem Durchhaltevermögen beeindruckt. Vielleicht würde sie doch noch länger leben, als ursprünglich gedacht – vielleicht hatte sie doch noch neun Monate anstatt drei. Aber dann ging es schnell bergab. Sie war immer wieder im Krankenhaus. Trotzdem blieb sie fröhlich und tapfer. An guten Tagen machte sie morgens einen Auflauf und fror ihn ein, »für später«, wie sie sagte.

»Du meinst, wenn du tot bist«, hatte Sallys Bruder gesagt und war in Tränen ausgebrochen, und obwohl Sally wusste, wie traurig er war und dass er vermutlich recht hatte, hatte sie ihn für diese Worte gehasst. (Die Aufläufe wurden von niemandem gegessen. Soweit Sally wusste, waren sie bis heute im Tiefkühlfach ihres Vaters, ein eisiges Denkmal, das keiner zu entsorgen wagte.) Ihre Mutter holte alte Schuhkartons mit Fotos heraus und klebte die schönsten in Alben. Sie schrieb lange Briefe an Familienangehörige und Freunde. Ihre Flamme erlosch erst, als der Rest von ihr aufgab. Zwei Tage vor Sallys Highschool-Abschlussfeier.

Wenn ihre Mutter nicht gestorben wäre, dachte Sally, hätte sie aus ihr vermutlich eine jener Smith-College-Studentinnen gemacht, die Perlenketten trugen, ihr eigenes Pferd in den Campus-Stallungen hielten und jeden zweiten Sonntag zum Familienessen nach Hause fuhren. Vieles von dem, was sie seit dem Tod ihrer Mutter gemacht hatte, erkannte sie als den Versuch, ihre Mutter per Schocktherapie ins Leben zurückzuholen: die Affäre mit Bill, ihre Entscheidung gegen ein Medizinstudium, selbst die minimalistische Hochzeit auf dem Quad – das waren alles Dinge, gegen die sich ihre Mutter ausgesprochen und die sie schließlich auch zu verhindern gewusst hätte. Und dann gab es da noch all das, was ihrer Mutter bestimmt sehr gefallen hätte. Auch diese Dinge machten es Sally leicht, sich vorzustellen, wie ihre Mutter wieder zum Leben erwachte, denn nichts Schönes konnte für Sally real sein, wenn ihre Mutter nicht da war und es absegnete.

Jake hätte ihr gefallen.

»Der ist nicht gut genug für dich«, war ihr Schlachtruf während Sallys gesamter Highschool-Zeit gewesen, wann immer sie mal wieder einen eingebildeten Typen aus dem Fußballteam oder dem Debattierclub mitbrachte. Jake war gut genug für sie. Er war der sanfteste Mann, der Sally je über den Weg gelaufen war. Er wollte Kinder, jede Menge sogar, und er wollte jeden Tag für sie da sein. Ganz im Gegensatz zu Sallys Vater, der damit angab, in China seinen ersten Millionen-Dollar-Deal unterschrieben zu haben, als Sally im Vorgarten ihre ersten Gehversuche machte. Jake lachte über sie, wenn sich jeder andere frustriert abgewandt hätte. Das war gut, denn Sally wusste, dass sie ziemlich anstrengend sein konnte.

Jake dachte immer an den Geburtstag ihrer Mutter und wusste, wie alt sie geworden wäre. Er hatte Verständnis für Sallys Eigenarten, die die meisten Leute mit Ausnahme von April mit Grauen erfüllten: Ein Teil der Asche ihrer Mutter befand sich in einer Kaffeedose unter ihrem Bett, und Sally hatte bis heute eine Mailboxnachricht ihrer Mutter auf dem Handy, die sie jeden Monat sicherte und sich ständig anhörte.

»Hey«, sagte ihre Mutter darauf, »ich hoffe, dass ihr euch amüsiert. Kannst du 'ne kleine Packung Milch mitbringen? Oh, und vergiss nicht, dich anzuschnallen. Ich hab' dich lieb.« Im Hintergrund hörte man die ersten Takte der Titelmelodie der Abendnachrichten. Diese Nachricht war Sallys größter Schatz, und sie würde ihr veraltetes Mobiltelefon so lange wie möglich benutzen, um sie nicht zu verlieren.

Wie oft Sally auch weinend erwachte, weil sie ihr so sehr fehlte: Jake strich ihr jedes Mal das Haar glatt und drückte sie an sich. Er würde niemals fragen: *Wann kommst du endlich darüber hinweg?* In den kommenden Jahren würde er ihr dabei helfen, die Erinnerung an ihre Mutter lebendig zu halten, auch wenn es ihr vorkam, als täten ihr Vater und ihr Bruder alles, um sie auszulöschen. Sie weigerten sich, über ihre Mutter zu reden, als habe es sie nie gegeben. Seit dem Tod ihrer Mutter hatte Sally das Gefühl, gar keine Familie mehr zu haben.

Rosemarys erregte Stimme unterbrach Sallys Gedankengang.

»Ja, Anna, das verstehe ich, und ich wollte nur sagen, dass man zu einem neunzigsten Geburtstag doch nicht Rostbraten servieren kann – die Hälfte der Gäste konnte nicht einmal kauen. Das war einfach peinlich. Und Dottie hat fünfundachtzig Dollar pro Person gezahlt. Wie? Siebzig, hat sie dir gesagt? Mir hat sie fünfundachtzig gesagt.«

Immerhin waren sie vom Thema der Hochzeit abgekommen, dachte Sally. Im Schummerlicht des Wandschranks sah sie auf die Uhr. Rosemary war seit zwölf Minuten da draußen.

»Okay, ich muss flitzen«, sagte sie schließlich. »Wir sehen uns morgen beim Abendessen, wenn nicht schon vorher. Was? Ach, zieh an, was du willst – Grundgütiger, die Braut selbst wird vermutlich im Batik-Shirt auftauchen.«

Sally beobachtete durch die Schranktürlamellen, wie Rosemary zur Kommode ging und sich lang und ausführlich im Spiegel betrachtete. Sie entdeckte eine Rolle Minzbonbons von Jake, öffnete die silbrige Verpackung und steckte sich einen in den Mund. Dann schlüpfte sie durch die Tür in den Flur und ließ sie hinter sich ins Schloss fallen.

Sally drückte die Schranktür auf und ließ sich aufs Bett fallen. Ein Batik-Shirt? Sie war versucht, loszugehen und eins für morgen zu besorgen. Sie seufzte. Sie ähnelte der alten Sally immer weniger: Vor einigen Jahren hätte sie die Vorstellung entsetzt, ihre Schwiegermutter zu kränken. Jetzt machte es ihr fast ein bisschen Spaß.

Na ja. Sie wollte ja Jake heiraten, nicht seine Familie. Daran erinnerte Celia sie jedes Mal, wenn Sally die Freundin nach einem Abendessen mit Rosemary und Joe anrief, um sich Luft zu machen. Sie wusste, dass es nicht die ganze Wahrheit war, aber trotzdem tröstete es sie.

Sally schaltete den Fernseher ein und zappte durch die Kanäle. Sonntag um diese Zeit würde sie verheiratet sein. Achtundvierzig Stunden nur, und alles würde anders sein. Ein Schauder ergriff sie – halb aus Angst, halb aus Vorfreude.

Plötzlich öffnete sich die Tür wieder und Rosemary trat ins Zimmer. Sally hielt die Luft an. Sie beobachtete, wie Rosemarys Gesichtsausdruck sich veränderte, als sie Sally auf dem Bett liegen sah. Seit Rosemary das Zimmer verlassen hatte, waren keine dreißig Sekunden vergangen, und sie sah entsetzt aus.

»Hi, Sal«, sagte sie und blickte sich im Zimmer um, als könne sie einen Hinweis darauf finden, woher Sally gekommen war. »Ich habe meine Lesebrille vorhin auf dem Nachttisch liegenlassen. Ich wollte sie mir holen.«

»Ach«, sagte Sally ruhig, griff nach der rotgerahmten Brille und reichte sie ihr. »Bitteschön.«

»Danke.« Rosemary ging zur Tür, hielt inne, vielleicht innerlich mit sich ringend, ob sie etwas sagen sollte oder nicht. Aber sie warf Sally nur ein Lächeln über die Schulter zu. »Bis später, Schatz.«

Sally winkte. Sie konnte ihr Lachen kaum so lange zurückhalten, bis Rosemary wieder im Flur war. Sie überlegte, eins der Mädels auf ihrem Zimmer anrufen, um die Geschichte zu erzählen, beschloss aber, bis zum Abendessen zu warten. Es würde lustiger sein, ihre Reaktion zu sehen. Diese Gelegenheit bot sich ihr heutzutage selten genug. Zwei Jahre waren vergangen, seit sie alle zusammen gewesen waren. Sie erinnerte sich noch daran, mit Celia einmal darüber geredet zu haben, dass Jake und seine Freunde von der Georgetown University sich nach der Uni eine Wohnung genommen hatten.

»Warum ist uns das nicht eingefallen?«, fragte Sally.

Die Trennung hatte ihnen das Herz gebrochen, dachte sie, und bis heute hatte sie abgesehen von Jake nicht eine einzige Person gefunden, deren Freundschaft mit der zu einer der drei vergleichbar gewesen wäre. Warum also waren sie so entschlossen gewesen, eigene Wege zu gehen?

»Wir hätten alle in ein großes Haus ziehen und abwechselnd füreinander kochen können«, sagte Sally. »Andere Leute machen es doch auch.«

»Aber diese anderen Leute werden auch nicht erwachsen«, hatte Celia so schnell geantwortet, dass Sally dachte, dass sie sich diese Frage wohl auch schon gestellt hatte.

»Manchmal finde ich, Erwachsenwerden wird überbewertet«, gab Sally zurück.

»Ich auch«, sagte Celia.

Sally wusste, dass die Trennung sie am schwersten getroffen hatte. Im ersten Jahr nach der Uni hatten die vier fast jeden Abend telefoniert. Im Sommer nach ihrem Abschluss gab es ein Wiedersehen in Las Vegas, im Jahr darauf in der neuen Villa ihres Vaters mit sechs Schlafzimmern auf Cape Cod. (Er nannte sie seine Hütte, was den Ort nur noch lächerlicher erschienen ließ.) Sie sah Celia jedes Mal, wenn sie zurück nach Massachusetts fuhr, um ihre Familie zu besuchen, und einmal war sie nach Chicago gereist, um Zeit mit April zu verbringen. Aber in letzter Zeit hatte der Kontakt nachgelassen. Sally hatte den Spruch auf Celias Mailbox so viele Male gehört, dass er ihr manchmal schon beim Wählen Silbe für Silbe durch den Kopf ging. Ihr war klar, dass Celia zu viel arbeitete und das im Verlagswesen einfach so war. Ihr war klar, dass Celias Sozialleben mit ihrem nicht zu vergleichen war. Während Jake und sie die meisten Abende im Fitnessstudio verbrachten, zusammen kochten oder Sportsendungen schauten, hatte Celia das Leben einer Chick-Lit-Heldin aus Manhattan: Cocktailpartys, lange Abendessen in trendigen Restaurants, die sie sich eigentlich nicht leisten konnte, und Date um Date mit den falschen Typen.

Und trotzdem, so bemerkte Sally oft Jake gegenüber, hat nicht *jeder* ein paar Minuten am Abend für ein Telefonat übrig? Sally fürchtete, dass die Mädchen sich von ihr distanziert hatten, weil sie verliebt war und bald heiraten würde. April hatte grundsätzlich etwas gegen Heiraten. Die anderen, vermutete Sally, waren neidisch. Bree hatte Lara, klar, aber seit dem Ende des Studiums schien die ihr mehr Kummer als alles andere zu bereiten. Und Celia war allein. Keine von ihnen wollte hören, wie gut es mit Jake lief.

Einmal, als sie Bree gerade von ihrem Ausflug mit Jake nach Maine zur Feier ihres sechsmonatigen Jubiläums erzählt hatte, hatte Bree sie angeschnauzt: »Ich hab's verstanden, Sally. Du bist einfach perfekt.« Nach Jakes Heiratsantrag hatte sie die ersten Zahlen von Brees Nummer zwei Dutzend Mal eingegeben, bevor sie endlich anrief.

Wirklich schmerzhaft war aber die Tatsache, dass die Frauen, die sie während der vier Jahre am College durch ihren Schmerz begleitet hatten, von ihrem Glück nichts wissen wollten. Vielleicht brauchte man mehr dazu, sich ernstlich für eine Freundin zu freuen, als sie zu bemitleiden. Sie erinnerte sich an die vielen Male, da Bree während ihrer Studienzeit darauf hingewiesen hatte, wie ähnlich ihr Leben bis zum Tod von Sallys Mutter verlaufen war, als habe Bree im Lotto des Lebens gewonnen und müsste das regelmäßig erwähnen.

Während ihrer Beziehung mit Bill hatten alle drei mitgefiebert. *Darüber* hatten sie stundenlang reden können, hatten ihr davon abgeraten, es sei doch schrecklich klischeehaft, und dann die Details verschlungen wie Süßigkeiten. Wenn sie ihnen jetzt erzählte, wie viel sie in letzter Zeit an ihn gedacht hatte, würden sie plötzlich sehr viel zu sagen haben, das war ihr klar.

Andererseits wussten sie das vermutlich ohnehin.

*

In der dritten Woche des zweiten Studienjahres bekam Sally einen Dreier im Seminar über Britische Dichtung der Moderne. In ihrem ganzen Leben hatte sie noch in keinem einzigen Fach eine schlechtere Note als Eins minus bekommen.

Sie hatte Sehr gut in Molekularphysik, organischer Chemie und Mikrobiologie bei Lauder, einer Kombination aus Thema und Professor, die unter Studentinnen bei der Vorbereitung auf das Medizinstudium als Todeswunsch galt. Als Celia vorschlug, zum Spaß ein Seminar gemeinsam zu belegen, schrieb Sally sich für das einzige Lyrikseminar ein, das Celia zum Abschluss ihres Hauptfaches fehlte. Es waren keine fünf Minuten der ersten Sitzung vergangen, da war Sally klar, dass es ein Fehler gewesen war. Celia hatte nicht erwähnt, dass sie und jede andere Besessene am Institut für Literaturwissenschaft Yeats' gesammelte Gedichte seit der Grundschule auswendig konnten. Sally hätte es natürlich besser wissen müssen: Immerhin verbrachte Celia oft Stunden damit, Gedichte in ihr Notizbuch zu übertragen, und hatte viele regnerische Sonntage tatsächlich freiwillig mit Lyriklektüre verbracht.

Für Celia und die anderen war das Seminar entspannend. Sie konnten die Füße hochlegen und über das plaudern, was sie längst wussten. Sally, die gern Romane las, Gedichte aber eher bescheuert fand, blieben die auf bestimmte Art gruppierten Wörter ein Rätsel, wie es Analysis für Celia gewesen wäre. Einige Tage lang überlegte sie, das Seminar zu verlassen. Aber alle interessanten naturwissenschaftlichen Seminare waren schon voll, und in dem einzigen anderen literaturwissenschaftlichen Seminar, das sie hätte belegen können, ging es um Milton. Sie würde also weitermachen müssen, aber immerhin könnte sie von Benotung zu Teilnahme wechseln, wenn Professor Lambert ihr das unterschrieb.

Es war ein Dienstagmorgen, als sie zum ersten Mal an seine Tür klopfte – *Neilson B106* hatte sie sich als Erinnerung auf die Hand geschrieben. Später hatte sie sich gefragt, wie sie jemals nicht hatte wissen können, wo er saß, las und manchmal wohnte.

Sie hörte sein »Herein!«, und als Sally eintrat, saß da ein

Professor wie aus einem Schultheaterstück, das perfekte Porträt des intellektuellen Möchtegern-Dichters. Er hielt einen dicken Lederband in der Hand und trug eine warme Strickjacke über dem Hemd. Das struppige, silberne Haar sah feucht und zerzaust aus, und er musste sich vor etwa einer Woche das letzte Mal rasiert haben – nicht als Statement, dachte Sally, sondern weil er einfach nicht daran gedacht hatte. Sie warf einen Blick auf seinen Ringfinger und bemerkte, dass er verheiratet war. Wie in Gottes Namen konnte seine Frau ihn in diesem Zustand aus dem Haus lassen? Es sei denn, sie war selbst Akademikerin und eine von denen, die sich beim Lesen einen Bleistift ins Haar steckten, damit es ihnen nicht in die Augen fiel, und wenn sie sich Stunden später ins Bett legten, das Ding mit größter Verwunderung wieder herauszogen. Celia hatte Sally erzählt, dass Professor Lamberts Lyrik in den Siebzigern dreimal von kleineren Universitätsverlagen verlegt worden war und er in der Literaturszene fast Legendenstatus hatte. Sally bezweifelte das. Wer es sich leisten kann, hatte Sally am Abend zuvor zu Celia gesagt. Celia hatte darauf hingewiesen, dass die größten Dichter der Welt vermutlich weniger Geld hatten als ein Vierzehnjähriger, der Zeitungen austrug. So wie Bill Lambert aussah, konnte das stimmen.

Celia hatte Sally auch gebeten, auf sich aufzupassen, wenn sie zu ihm ging. »Wie ich höre, macht er sich an alles ran, was einen Puls hat«, sagte sie. »Kennst du Rose Driscoll? Sie hat letztes Jahr ihren Abschluss gemacht. Die beiden sollen miteinander geschlafen haben, dann wollte sie es beenden, und er hat sie praktisch gestalkt, bis sie am Ende eine einstweilige Verfügung hatte.«

Sally seufzte. Die Gerüchte über Smith-Studentinnen und ihre Professoren schienen ihr immer an den Haaren herbeigezogen, wie aus einem Groschenroman. Ähnliche Gerüchte gab es über viele Professoren, und die betroffenen Mädchen waren praktischerweise immer schon weg und konnten nicht mehr selbst darüber reden.

Das Büro war düster und fensterlos und nur durch eine kleine, grüne Schreibtischlampe beleuchtet. Auf Schreibtisch, Tisch und Sofa stapelten sich schulterhoch Papiere und Bücher, aus denen eine Million gelber Klebezettel herausschauten.

Als er Sally ansah, schien er sie nicht gleich zu erkennen. »Kann ich Ihnen helfen?«, fragte er.

»Professor Lambert, mein Name ist Sally Werner. Ich nehme an Ihrem Seminar über Britische Dichtung teil. Und ich bin hier, weil –«

Er hob eine Hand, um sie zu unterbrechen. »Sally, ich weiß, wer Sie sind. Bitte, setzen Sie sich. Und nennen Sie mich Bill. Professor Lambert war mein Vater.«

Sally hielt nicht viel von Professoren, die sich beim Vornamen nennen ließen. Es waren immer Männer, die ewig jung bleiben wollten, obwohl sie eine lange Karriere hinter sich hatten.

Sie setzte sich ihm gegenüber hin, wobei sie vorsichtig einige Unterlagen vom Stuhl nahm und in einem kleinen Stapel auf den Boden legte. Sie lächelte, ohne den Mund zu öffnen.

»Ich bin gekommen, weil ich unbedingt meinen Status im Seminar auf Teilnahme ändern möchte«, sagte sie.

»Und warum das?«, fragte er.

»Ich bin Naturwissenschaftlerin. Für mich ist das viel zu hoch.«

Er nickte. »Wissen Sie, Lyrik ist auch eine Art Wissenschaft«, sagte er. »Die Elemente müssen makellos, exakt und geordnet sein, damit das Experiment gelingt.«

Sally kämpfte gegen das Bedürfnis an, die Augen zu verdrehen. Er ging ihr jetzt offiziell auf die Nerven. Als Nächstes würde er ihr erklären, dass jede Strophe wie ein Becherglas sei, angefüllt mit kraftvollen Chemikalien namens Worten.

»Wie dem auch sei«, sagte sie. »Vielleicht ist Verdichtung einfach eine Sprache, die ich nicht spreche. Ich lese die Gedichte, die Sie uns aufgeben, abends mindestens vier oder fünf Mal. Aber für mich bleibt es ein Wortknäuel. Am nächsten Tag sitze ich dann da und höre, was die anderen Studentinnen im Seminar dazu sagen, und frage mich, ob wir wirklich dieselben Texte gelesen haben. Die holen da so viel raus, aber ich –«, sie verstummte, die Worte kamen nicht heraus. In ihrem ganzen Leben hatte Sally Werner noch nie eingestehen müssen, dass sie etwas nicht begriff.

Er nickte und sah an ihr vorbei zur Tür. »Haben Sie die Gedichte gern gelesen?«, fragte er.

»Aber ja«, sagte sie schnell und lenkte dann ein: »Also, um die Wahrheit zu sagen, nein. Mir kommt das alles ein bisschen albern vor.«

»Wieso das?«, fragte er.

»Das ist alles so übertrieben. Wenn die etwas sagen wollen, warum tun sie es dann nicht einfach?«, sagte sie und fügte hinzu: »Nehmen Sie es mir nicht übel.«

»Tue ich nicht«, sagte er.

Er runzelte die Stirn und räusperte sich. »*Seit an Seite liegen hier / Der Graf, die Gräfin, steinern, grau*«, setzte er mit theatralischem Ton ein, und sie erkannte, dass er ein Gedicht rezitierte. »*Die Kleidung, ziemlich ungenau, / Ist Rüstung und plissiertes Kleid, / Am Fuß das kleine Hundetier – / Ein Anflug dies von Albernheit.*«

Sally starrte ihn leeren Blickes an. »Ist das von Ihnen?«, fragte sie.

Lachend stieß er hervor: »Schön wär's! Das ist von Philip Larkin. ›Eine Arundel-Gruft‹. Das Paar ist beigesetzt worden, und ihr Grabmal soll sie darstellen, aber es zeigt keine tatsächliche Ähnlichkeit mit ihnen.«

Er setzte die Rezitation fort. Sally warf einen Blick auf die

Uhr über seinem Kopf. In acht Minuten musste sie im Bio-Seminar sein, auf der anderen Seite der Bibliothek an der Wiese vorbei zu den Naturwissenschaften. Wenn er jetzt das verdammte Formular unterschrieb, hätte sie noch eine Chance auf einen Platz in der ersten Reihe. Sie musste ihn unterbrechen.

»Professor Lam …, äh, Bill«, setzte sie ein, aber er hob die Hand und sprach weiter.

»*Sie sind gewandelt von der Zeit / In Lüge*«, sagte er.

Sally musste an ihre Mutter denken. Es war die beste Beschreibung dessen, was mit ihr passiert war.

Bill sprach weiter: »*Steingewordne Treue, / So nie geübt, ist stets aufs Neue / Ihr Wappenspruch nun, soll umschreiben / Die halb geahnte Halbwahrheit: / Von uns wird nur die Liebe bleiben.*«

Vor Sallys geistigem Auge erschien der schlichte Grabstein ihrer Mutter. Er vermittelte nichts von der Frau, die sie gewesen war, von dem Leben, das für immer verloren war. Sie dachte an die Sommerabende vor Semesterbeginn, wenn sie nach der Arbeit zum Friedhof hinausgefahren war, sich in Rock und Stöckelschuhen ins Gras gesetzt hatte und immer wieder nach einer Spur von ihr gesucht hatte.

»Das erinnert Sie an jemanden«, sagte er.

Sally nickte.

»Mich auch«, sagte er. »Gedichte können das. Ich will damit nicht sagen, dass Sie jedes einzelne begreifen werden. Verdammt, ich habe an der British Columbia drei Jahre lang Lyrik studiert und bin froh, wenn ich ein Zehntel von einem Gedicht verstehe. Gedichte sind wie Menschen, wie Liebhaber. Wenn man alles sofort verstehen will, dreht sich einem schnell der Kopf. Aber wenn man sie Stück für Stück an sich heranlässt, können sie einen verändern. Danke fürs Aufräumen übrigens«, sagte er grinsend, und Sally bemerkte mit Schrecken, dass sie gedankenlos angefangen hatte, die Papiere auf seinem Schreibtisch zu Stapeln zusammenzufügen. Diese Angewohnheit angesichts unordentlicher Menschen hatte sie von ihrer Mutter geerbt, die einmal eine Nachbarin beleidigt hatte, indem sie während einer Abendgesellschaft ungefragt die Küche gewischt hatte.

»O Gott, entschuldigen Sie!«, sagte sie. »Ich bin eine Ordnungsfanatikerin.«

»Sie müssen sich nicht dafür entschuldigen, auf meinem Schreibtisch für Ordnung zu sorgen«, sagte er. »Wenn Sie wollen, können wir daraus einen Deal machen.«

Sally schaute ihn an und sah statt seines Gesichts ihr makelloses Abschlusszeugnis ins Weltall davonschweben. Was auch immer er wollte – er konnte es haben.

»Das Institut würde mir eine studentische Hilfskraft pro Jahr zahlen«, sagte er. »Eine Studentin, die mir bei Recherche, Ablage und sowas unter die Arme greift. Wie Sie sehen, habe ich das Angebot bisher nicht in Anspruch genommen. Bei der Recherche brauche ich keine Hilfe, bei Organisatorischem aber umso mehr.«

»Okay«, sagte sie. Worauf wollte er hinaus?

»Hausarbeiten und Noten sind mir egal. Ich will, dass sich jede Studentin von einem Gedicht berührt fühlt – wenn das passiert, ist meine Arbeit getan. Wenn Sie mir also ein paarmal die Woche helfen, könnte ich Ihnen eine gute Abschlussnote versprechen, sofern wir uns über Lyrik unterhalten, wenn Sie hier sind.«

»Sie *könnten* es versprechen?«

Er lächelte. »Ich verspreche es.«

Sally atmete tief durch. »Abgemacht«, sagte sie. »Vielen Dank.«

Sie schüttelten sich über dem Schreibtisch die Hände. Er hielt ihre viel länger, als für sie normal gewesen wäre, und sie musste an Celias Geschichte von dem Mädchen denken, das er gestalkt haben sollte.

»An wen hat Sie das Gedicht erinnert?«, fragte er, bevor er sie losließ.

»An meine Mutter«, sagte sie. »Und Sie?«

»Meine Frau.«

Ein Witwer. Plötzlich ergab alles Sinn. Deshalb war er so zerzaust und zerstreut. Er litt unter einem gebrochenen Herzen erster Ordnung, genau wie Sally. Bill Lambert brauchte jemanden, der sich um ihn kümmerte, und wer konnte ihn besser verstehen als sie? Für Sally war in diesem Augenblick klar, dass Celia sich in ihm getäuscht hatte.

Sie ging montagmorgens für eine Stunde zu ihm, nachdem er im Institutsschwimmbad seine Bahnen geschwommen hatte und bevor sie zur Biologievorlesung musste. Sie ging mittwochnachmittags um drei zu ihm und blieb manchmal bis in den Abend, wenn die Mensa schon geschlossen hatte. An diesen Abenden öffnete Bill den Mini-Kühlschrank neben seinem Schreibtisch und holte Essen von Universitätsveranstaltungen heraus, die er während der Woche besucht hatte: kalte Hähnchen- und Gurkenbrote von einem Mittagessen bei der Präsidentin, Schokoladensoufflé vom Nachmittagstee bei den Literaturwissenschaftlern und gelegentlich eines der kleinen Rotweinfläschchen, die er bei einer Alumni-Soliveranstaltung eingesteckt hatte.

Manchmal erzählte er von seinem Haus auf der Paradise Road in einer langen Reihe viktorianischer Gebäude, die alle Professoren und Professorinnen gehörten. Nach allem, was Sally aber sah, lebte er in seinem Büro. Sie konnte sich vorstellen, dass er panische Angst davor hatte, in das Bett zurückzukehren, das er mit seiner Frau geteilt hatte. Sally gegenüber erwähnte er sie selten, im Unterricht aber bezog er sich häufig auf sie: *Meine Frau Janice hat früher immer wieder nächtelang* Bleak House *gelesen und dabei Mohncracker gegessen. Als meine Frau Jan und ich das Haus auf der Paradise Road gekauft hatten, haben wir die Löcher im Dach mit alten literaturwissenschaftlichen Nachschlagewerken gestopft.*

In solchen Augenblicken hätte Sally am liebsten seine Hand genommen. Manchmal sah Celia sie dann komisch an, und sie wusste, dass sie wohl ihr mitleidiges Gesicht gemacht hatte.

Sie sollte bei Bill für Ordnung sorgen, aber meist saßen sie in seinem düsteren Büro und unterhielten sich. Er sagte, er habe nie mit jemandem so reden können, schon gar nicht mit einer Studentin. Er rezitierte Gedichte für sie und schaute ihr dabei direkt ins Gesicht, um ihre Reaktionen zu beobachten. Sally war klar, dass die Worte sie eigentlich bewegen müssten, aber sie schweifte gedanklich immer ab. Dann lenkte sie der Rhythmus seiner Stimme ab oder der Geruch seiner Haut, eine Mischung aus Chlor und Seife, der bei jeder Geste in der Luft hing.

Bill hatte seine Lieblingsverse auf Post-its im ganzen Raum verteilt, damit ihn die Inspiration jederzeit überraschen könne. Wenn er nicht hinsah, schnappte Sally sich manchmal einen dieser Zettel aus einem Buch oder Ordner auf seinem Schreibtisch und steckte ihn ein. Sie sammelte die Zettel in einem kleinen Stapel auf dem Nachttisch in ihrem Zimmer, sorgfältig geordnet und unter dem Wecker versteckt. Bevor sie abends zu Bett ging, nahm sie sie hervor, legte sie auf der Bettdecke aus und las sie immer wieder, bis sie sich ihr ins Gedächtnis gebrannt hatten:

> *Oft will ich's fast für Sünde halten*
> *Den Schmerz in Worten zu ergießen;*
> *Denn Worte doch nur halb erschließen*
> *Und bergen halb der Seele Walten.*
>
> *Zu allgemein! Kein Morgen schwindet je*
> *Zum Abend hin, dass nicht ein Herze bricht.*

Dass jedem Wind ich Segel aufgespannt
Der aus dem Aug' am weitsten euch mich brächte.

Einzig in dieser Zettelsammlung gelang es Sally, Lyrik zu genießen, Lyrik, aus der die schönsten Verse destilliert worden waren, befreit von allem Kontext außer von dem, den sie ihnen gab. Sie fragte sich, welche Bedeutung sie für Bill hatten, und manchmal stellte sie sich vor, sie seien eine Art Liebesbrief, ein Liebesbekenntnis, das er nicht aussprechen konnte.

Er hatte ihr nie eines seiner Gedichte vorgelesen, aber als er sie eines Tages kurz in seinem Büro allein ließ, nahm Sally eines seiner Bücher vom Regal. *Fünf Jahreszeiten*, von William Lambert. Im Einband war ein altes Schwarzweißfoto von Bill, gutaussehend und jung. Auf der Rückseite standen einige Zitate aus Rezensionen: Fünf Jahreszeiten *ist eine Gedichtsammlung, wie sie besser nicht sein könnte. Atemberaubend*, schrieb in der *New York Times* eine Frau, von der Sally noch nie gehört hatte. *Eine vorzügliche Darstellung des fortdauernden Kampfes zwischen Mann und Frau, zwischen Lust und Verstand*, schrieb Ted Hughes. Ted Hughes! Den kannte sogar Sally.

Die berühmteste Selbstmörderin des Smith College war Sylvia Plath. Von den trübsinnigen Gruftis aus dem Elm Street House gab immer irgendeine vor, in Plaths altem Zimmer zu wohnen. April meinte, *Die Glasglocke* sei ihr allerliebster Lieblingsroman, und Plath sei vermutlich schon immer anders gewesen: Dichterin, Visionärin, intelligenter, als gut für sie war. Aber natürlich war da auch ein Mann im Spiel gewesen. Ted Hughes. Wie konnte es Scheiße nochmal auch anders sein, würde April sagen. Wenn man April fragte, war Plaths Ende ein typischer Tod für eine Frau. Sie brüllte nicht auf der Straße herum oder ermordete ihren untreuen Ehemann und schnitt ihm das Herz als Trophäe heraus. Sie schloss einfach ihre Kinder sicher in ihre Zimmer, kniete sich vor den Ofen und vergaste sich still und leise. Sie war einunddreißig Jahre alt.

Sally dachte darüber nach, dass Bill damals wirklich eine kleine Berühmtheit gewesen war, ein *wahrer* Dichter, was auch immer das bedeutete. Sie fragte sich, warum er nicht mehr schrieb, seit er am Smith College war. War seine Frau erkrankt? Kurz darauf hörte sie, wie sich seine schweren Schritte näherten, und schob das Buch wieder ins Regal zurück.

An jenem Abend wurde Sally auf dem Heimweg von seinem Büro klar, dass sie vielleicht dabei war, sich in ihn zu verlieben. Nicht die Gedichte ließen ihr Herz höherschlagen – es waren seine vom Schwimmen verschrumpelten Finger, die Tintenflecke auf seinem Unterarm, selbst die kahle Stelle an seinem Hinterkopf, die ihm entweder nicht aufgefallen oder egal war. Bill war erwachsen, er war ein richtiger Mann. Bei ihm fühlte sie sich irgendwie sicher. April würde ihr einen Vaterkomplex unterstellen, aber das war es nicht. Sie wusste, dass er es auch fühlte. Zwischen ihnen war diese Energie.

Aber es vergingen Wochen, ein Monat, dann zwei, und er hatte noch nicht einmal ihre Hand berührt. Sie redeten stundenlang über Filme und Romane, Gedichte, Wissenschaft und Familie, über Northampton und seine seltsame Mischung aus wunderschöner Natur, echter Kunst und überdrehtem Hippie-Freisinn. Sie verließ sein Büro jedes Mal mit einem Gefühl großer Leichtigkeit.

Freitagabends ging sie mit, wenn Celia auf eine Party in einem der Wohnhäuser am Quad ging. Im Vorjahr waren alle Erstis aus dem King House im Rudel zu jedem Event im Studentenwohnheim an der University of Massachusetts, jeder Sauferei am Amherst College und jeder Party am Quad gepilgert, um einen Typen kennenzulernen. Dann hatten sie zu Hause vorgeglüht, Gin Tonic getrunken und laut zu irgendeiner Tom-Petty- oder Beatles-CD mitgesungen. Sie tanzten, lachten und suchten sich aus den sechzehn Garderoben der Erstis ein Outfit zusammen – am nächsten Tag wusste dann keine mehr, wessen schwarze Hose sie geliehen, wessen Ohrringe sie versehentlich im Bus hatte liegenlassen.

Auf den Partys redeten sie stundenlang mit Jungs von Amherst und Typen aus der Stadt, die wahrscheinlich noch zur Highschool gingen und aus Plastikbechern lauwarmes Fassbier tranken. Sie lernten selten jemanden kennen, den sie später anrufen wollten, geschweige denn, mit dem sie ins Bett gehen wollten. Um zwei oder drei machten sie sich auf den Heimweg, wischten sich das Make-up vom Gesicht und kuschelten sich ins Wohnzimmer, tranken Tee, schauten Brat-Pack-Filme oder *Frühstück bei Tiffany* und freuten sich, wieder in ihrer Frauenwelt zu sein.

Im zweiten Studienjahr ebbte der Enthusiasmus ab. Bree war mit Lara beschäftigt, und die beiden gingen fast nie auf Partys. April kam aus Prinzip nicht mehr mit, weil sich ihr zufolge die starken, unabhängigen Smithies, die sie unter der Woche kannte, am Wochenende in Schlauchtop tragende Roboterweibchen verwandelten, sobald Männer und Bier ins Spiel kamen. Außerdem erschienen die Jungs, die ihr gefielen – dünne, nachdenkliche Typen mit Clark-Kent-Brillen und löchrigen Pullis –, sowieso nie auf solchen Partys. Für die meisten Mädchen im Haus war die Sache gelaufen. Sie hatten auf Verbindungspartys genug mittelmäßige Männer kennengelernt, um zu wissen, dass die Suche nach einem Ehemann da draußen Zeitverschwendung war. Wie die meisten Studentinnen im zweiten Jahr verließen auch Sally und Celia den Campus am Wochenende nicht mehr. Celia weigerte sich mittlerweile, an einer Party in einem der Smith-College-Studentenwohnhäuser teilzunehmen, es sei denn, sie waren zu einer Privatparty nach oben eingeladen. Im Erdgeschoss waren die Mensamöbel an die Wand gestellt worden, und die Jungs versuchten zu punkten, führten peinlichen Smalltalk, tanzten mit den Erstis und stemmten Bier. Oben kippten Studentinnen höherer Semester Tequila, schossen Nacktfotos, um den schönsten Busen zu finden, kletterten zum Kiffen nackt aufs Dach, sangen den Mond an und begannen Frauenknutschorgien, über die nach dem Uniabschluss keine von ihnen je wieder ein Wort verlieren würde.

Sally ließ das alles über sich ergehen und spielte die Pflegerin – sie hielt das Haar der Mädchen, wenn sie sich übergaben, besorgte ihnen Wasser und steckte sie mit hochgelagertem Kopf ins Bett, damit sie nicht im Schlaf an ihrer eigenen Kotze erstickten. Während sie das tat, dachte sie ununterbrochen an Bill, der allein in seinem Büro saß. Sie wäre lieber bei ihm gewesen und hätte zugehört, wie er die Stärken von Keats denen Byrons gegenüberstellte, hätte mit ihm die Sommer ihrer Kindheit verglichen, die beide auf Cape Cod verbracht hatten. Gelegentlich nahm Celia Jungs von diesen Partys mit nach Hause, schlaksige Amherst-Studenten, die am nächsten Morgen zum Brunch in zerknitterten Kragenhemden mit einem verlegenen Grinsen im Gesicht in die Mensa kamen. Ein- oder zweimal nahm sie auch ein Mädchen mit nach Hause, irgendein Hetero-Quad-Häschen. Später berichtete sie dann, dass sie stundenlang geknutscht und nur gelegentlich eine Pause eingelegt hätten, um sich darüber auszutauschen, dass sie noch nicht über ihren Highschool-Schwarm hinweg waren. (Sowas war gar nicht als romantische Begegnung gedacht, glaubte Sally. Es sollte nur eine Erfahrung sein, die Mädchen wie Celia suchten, um sagen zu können, dass sie es getan hatten.)

Sally selbst küsste an diesen Abenden nicht einmal jemanden. Sie zog ihre Phantasie und die Post-its vor, so armselig das auch war. Wenn sie Bill am Montag wiedersah, fragte er nach ihrem Wochenende. Dann erwähnte Sally die Partys nicht. Für sie existierte das alles in einem anderen Universum als er, seine Gedichte, sein Büro, das gewissermaßen ihr gemeinsames Büro war.

Irgendwann kam ein Montagmorgen, an dem er sie nach ihrem Wochenende fragte, und sie es nicht länger zurückhalten konnte. Irgendein Typ hatte ihr auf einer Party an den Arsch gefasst und sich benommen, als müsste sie dankbar sein, als habe er ihr einen Diamantring geschenkt. Sie war nach Hause gegangen und hatte sich in den Schlaf geweint.

»Ich war auf irgend so einer blöden Party, die Art von Party, auf die wir seit zwei Jahren gehen«, erzählte sie Bill.

Er hob die Brauen. »Was ist daran blöd?«

Sie seufzte. »Ach, keine Ahnung. Alles. Eine meiner besten Freundinnen, April, beschwert sich immer, dass wir vom Smith College dazu neigen, uns in nuttige Flittchen zu verwandeln, sobald Männer in der Nähe sind.«

»Flittchen«, sagte er lächelnd. »Interessantes Wort. Sprich weiter.«

»Dann gehen wir in schulterfreien Hemdchen und ultrakurzen Röckchen«, sagte sie und spürte das Herz in der Brust rasen.

»*Wir?*«, fragte er mit einem Blick auf ihre Strickjacke.

Sally ignorierte die Andeutung. Sie hatte in ihrem Leben weder schulterfrei noch ultrakurz getragen, aber sie musste ihren Standpunkt verdeutlichen, und jetzt hatte sie seine Aufmerksamkeit.

»Und wofür? Die Jungs bei diesen Partys sind einfach so unterentwickelt. Embryonal, muss man sagen.«

»Du brauchst also jemand Reiferen«, sagte er in distanziertem, gleichgültigem Ton. Dann trafen sich ihre Blicke, und Sally spürte etwas zwischen ihnen. Würde er jetzt die Worte sagen, die alles verändern würden?

Aber er senkte den Blick wieder und sagte nur: »Das ist das Schicksal vieler intelligenter junger Frauen.«

Sie sagte sich, dass es besser so war, dass ihre Phantasien ohnehin total lächerlich waren. Aber dann, endlich –

»Du könntest ja mal versuchen, mit diesem ultrakurzen Rock hierherzukommen, wenn du etwas Erwachseneres suchst«, sagte er, und sie spürte einen Stromschlag vom Bauch bis in die Lenden.

Sie atmete tief durch. Er hatte einen Versuch gemacht und dabei gelacht, damit sie es als Scherz abtun könne, wenn sie wollte. Sally hatte seit der Highschool niemanden begehrt. Sie konnte nur hoffen, dass sich Männer mittleren Alters mit denselben Tricks verführen ließen wie Teenager. Sie sollte bald herausfinden, dass es tatsächlich so war.

»Und was würde dieses Erwachsenere beinhalten?«, fragte sie mit einem koketten Lächeln und legte den Kopf auf die Seite.

Sie kam sich vor wie im Film, die Art von Film, für die sie kein Regisseur casten würde, weil sie dazu viel zu brav aussah.

Bill stand auf, ging um den Schreibtisch herum und setzte sich auf die Tischkante, sodass sein warmer Körper direkt vor ihr war. Er beugte sich vor, legte eine Hand unter ihr Kinn, schob es sanft nach oben und küsste sie dann so heftig, dass sie sich später sicher war, ihre Lippen seien geschwollen, aufgedunsen, obwohl es niemandem auffiel.

Er war der erste Mann, der sie auszog. Bisher war es immer das eilige und etwas peinliche Herunterziehen der eigenen Klamotten gewesen, während der Typ dasselbe tat. Aber Bill strich mit den Händen über ihren Körper und schälte sie erst aus dem rosafarbenen Jäckchen und dann dem Trägerhemd, als handle es sich um empfindliches Seidenpapier, nicht um Baumwollmischgewebe von Banana Republic. Er knöpfte ihre Jeans so langsam auf, dass sie stöhnte, so sehr wollte sie seine Hände auf sich spüren, und in sich. Als er ihre Hose runterzog, ging er selbst auf die Knie, küsste ihre Fußgelenke, dann die

Innenseiten ihrer Knie und höher und höher, bis sie nach Luft schnappte und sich ihre Finger in die Armlehnen seines alten Ohrensessels gruben. Sie liebten sich im Stehen an der Bürotür, und Sally dachte mit Schrecken an das kleine quadratische Fenster in der Tür. Würde irgendeine ahnungslose Literaturstudentin ihre Köpfe sehen und sich den Rest zusammenreimen? Kurz darauf hatte sie, verloren im Gefühl seiner Haut auf ihrer, alle Befürchtungen vergessen. Sie wollte herausbrüllen, dass sie ihn liebte, aber sie wusste, dass es dafür viel zu früh war. Also sagte sie es in Gedanken, immer und immer wieder.

In dieser Woche ging sie jeden Nachmittag in sein Büro. Am Mittwoch hatte er das Glas in der Tür zugeklebt. Sie maß dieser Tatsache zu viel Bedeutung bei, und das wusste sie auch, aber es war ihr egal. Dass er das Fenster abgedeckt hatte, hieß doch, dass er das mit ihr nicht für den Nervenkitzel einer Affäre mit einer Studentin machte, sondern weil das zwischen ihnen unwiderstehlich war. Einmal in ihrem Leben war sie die Eroberin. Sie hatten Sex im Ohrensessel, hinter dem Schreibtisch und auf dem Schaffell, das er mit Jan auf ihren Flitterwochen in Schottland gekauft hatte. Wenn sie bei ihm war, war sie im Himmel, wenn nicht, träumte sie vom nächsten Wiedersehen.

Bis zum Abendessen am darauffolgenden Donnerstag hatten die Mädchen schon etwas gemerkt. Die vier saßen zusammen mit Lara an ihrem Tisch in der Ecke, der randvoll stand mit Truthahn, Truthahnfüllung, mehreren Schalen dicker Bratensoße, Kartoffelbrei und gedünstetem Kürbis. April schockierte Sally gern mit Informationen über die Zutaten der Mensamahlzeiten: Der Shepherd's Pie enthielt backsteingroße Butterklötze, der Geflügel-Reis-Auflauf eine ganze Dose Pflanzenfett.

Normalerweise machte Sally einen Bogen um dieses Zeug. Sie hatte panische Angst davor, sich in eine jener Smithies zu verwandeln, die mit aufgeknöpften Hosen im Wohnzimmer vor dem Fernseher saßen und die an ihrer Hüfte wachsenden Speckrollen gar nicht zu bemerken schienen. Celia und Bree hatten in den vergangenen zwei Jahren beide zugenommen, und sie redeten darüber, als wäre es unvermeidbar: »Seht euch mal mein Doppelkinn an«, sagte Celia dann, zog mit einer Hand an der Haut an ihrem Hals, während sie sich mit der anderen ein Stück Kirschkuchen in den Mund steckte.

Sally verbrachte täglich mindestens zwei Stunden im Fitnessraum im Keller, ernährte sich fettarm und nahm fast jeden Abend einen Salat von der vegetarischen Theke in der Mensa. Aber heute Abend war sie ausgehungert, füllte ihren Teller und begann zu essen, bevor alle anderen etwas hatten.

»Na, hoppla«, sagte Bree. »Sally, du isst ja wie Lara – als hättest du nur noch einen Tag zu leben.«

»Danke, Schatz«, sagte Lara und tätschelte Brees Knie.

Sally beobachtete, wie Celia die Augen verdrehte. Das war kurze Zeit, bevor Bree und Lara verkündeten, dass sie ein Paar waren, und Celia fand wahrscheinlich, dass sie die Einzige war, die Bree Schatz nennen durfte. Vielleicht irritierte es sie auch, dass Bree sich mit dieser neuen Freundin wohl genug fühlte, sie zu hänseln, wie es sonst nur die King-House-Mädchen untereinander taten.

»Ich habe Hunger«, sagte Sally mit einem Schulterzucken. »Ihr sagt doch immer, dass ich mehr essen soll. Jetzt tue ich es.«

Sie wechselten das Thema. Zum Nachtisch gab es Bananentorte, und obwohl April sich eigentlich vegan ernährte, lehnte sie sich jetzt zu dem Tisch neben ihrem hinüber, um Lily Martin aus dem ersten Semester zu sagen, dass heute vielleicht der Tag gekommen war, an dem April Lilys Rekord brach: fünf Tortenstücke hintereinanderweg.

Jenny Reynolds aus dem ersten Semester, die schon den Status einer BDOC erlangt hatte, schlug mit der Gabel an ihr

Wasserglas, was alle Smithies als das Signal kannten, dass sie eine Ankündigung machen wollte. Im Saal wurde es still.

»Die Smiffenpoofs geben heute Abend ein A-cappella-Konzert im Torbogen beim Sicherheitsdienst«, sagte sie. »Wir feiern den Outing-Tag. Seid dabei, macht euch frei, outet euch!«

Im Saal wurde gelacht und gejubelt.

»Die könnte den Weltzahnputztag ankünden, und die Leute würden applaudieren«, sagte Celia. »Aber heute ist Outing-Tag? Ich hab' gar keine Kritzeleien gesehen.«

Zum Outing-Tag gehörten bunte Kreidesprüche auf den Campus-Gehwegen: SO UND SO IST LESBISCH UND STOLZ DRAUF oder NIE WIEDER SCHWEIGEN: LASS DAS KÄTZCHEN AUS DEM SACK! Im vergangenen Jahr war Sally über so viele Worte gelaufen, dass sie dem Aussehen nach zwei Kilo Kreide ins Haus und auf ihren nagelneuen Teppich geschleppt hatte.

»Heute ist der Vorabend vom Outing-Tag«, sagte Lara. »Die Kreideaktion findet nach dem Abendessen statt. Ich dachte, als Quotenlesbe an eurem Tisch sollte ich euch vielleicht informieren. Ach so, und wir hängen später überall auf dem Campus Papierlaternen auf.«

»Der letzte Satz, der war von dir als Quotenasiatin, oder?«, sagte Bree.

Sally verschluckte sich – war das nicht ein bisschen rassistisch? Aber Lara lachte und sagte: »Ah, ja, ich nehme jede meiner Minoritätsrollen sehr ernst.«

Sally griff nach der Bratensoße und machte versehentlich einen großen Fleck auf die weiße Tischdecke, ignorierte die Sauerei aber und übergoss ihre Kartoffeln. Lara sprach weiter, aber die anderen drei verstummten auf der Stelle.

Bree quietschte: »Was ist los, Sally?«

»Was ist denn passiert?«, fragte Lara verwirrt.

»Die Sally Werner, die wir kennen, ist körperlich nicht in

der Lage, einen Fleck auf das Tischtuch zu machen, ohne mindestens loszuflitzen und Mineralwasser zu besorgen«, erklärte Bree.

Alle Augen waren auf Sally gerichtet, die sich gerade eine Gabel voll Truthahnfüllung in den Mund schob. »Was?«, sagte sie lächelnd.

Sie konnte tatsächlich kaum erwarten, es ihnen zu erzählen. Sie schluckte und fing an zu lachen. »Kommt mal her«, sagte sie und wünschte sich, Lara wäre nicht dabei. Sie kannte das Mädchen doch kaum, aber egal.

»Ihr müsst mir versprechen, dass keine Menschenseele je von euch erfährt, was ich euch gleich mitteile«, sagte sie im Wissen, dass es jede von ihnen grob geschätzt mindestens drei anderen erzählen würde. »Versprecht es!«

»Wir versprechen es«, sagten sie unisono.

»Sag schon, ich sterbe gleich«, fügte Bree hinzu.

»Ich habe Sex mit jemandem«, sagte sie, atmete tief durch und fügte hinzu: »Und ihr dürft nicht lachen, aber ich glaube, ich habe mich verliebt.«

»Wie denn? Heute?«, fragte April.

»Nein«, sagte Sally. »Das läuft schon seit einer Weile, aber es ist erst seit Montag – na ja, ihr wisst schon, körperlich. Er ist einfach so –«

»*Er?*«, platzte es aus Bree und April heraus, weil es plausibler erschien, dass ihre heterosexuellste Freundin sich in eine Frau verliebte, als dass sie mitten in der Woche auf dem Smith Campus über einen Mann stolperte, der ihr gefiel.

»Ja, *er*«, sagte Sally lachend. »Jesus, was denkt ihr denn von mir?«

Da bemerkte sie eine leichte Anspannung in Laras Gesicht und bekam ein schlechtes Gewissen. Sie hatte nichts gegen Lesben sagen wollen. Vielleicht sollte sie das klarstellen, aber sie wollte dadurch nicht von dem vorzüglichen Vergnügen ablenken, das ihr das Gespräch bereitete. Sie würde ihr morgen einfach etwas mit der Campus-Post schicken. Ob man im Hallmark Glückwunschkarten zum Outing-Tag kaufen konnte?

»Also, wer zum Teufel ist er?«, wollte Bree wissen.

»Jetzt sag bitte nicht, Bill Lambert«, sagte Celia leise.

»Wer ist denn Bill Lambert?«, fragte Lara.

»Irgend so ein alter Literatur-Prof«, sagte April.

Celias Augen waren auf Sally gerichtet. »Er ist ein Widerling«, sagte sie.

Sally versteifte sich. »Ja, es ist Bill«, sagte sie. »Aber du hast überhaupt keine Ahnung, wie er wirklich ist, meine Liebe.«

Bree schlug auf den Tisch. »Was? Meine *Güte*, Sal, unser Abendessen diesen Donnerstag hast du gründlich nachgewürzt. Los jetzt: Einzelheiten!«

»Das sind ja so richtig altmodische Frauenunigeschichten«, sagte April. »Als Ehefrau eines Mitglieds der Fakultät werden deine ehemaligen Professoren und Professorinnen nicht einmal mehr zugeben, dass sie dich unterrichtet haben, ist dir das klar? Eine Freundin meiner Mutter hat ihren Dozenten an der Radcliffe University geheiratet, da ist das so angekommen.«

Sally kicherte. Sie war dankbar über die Aufregung oder Erheiterung der anderen, oder was auch immer es war, aber sie spürte auch deutlich Celias Verachtung. »Na ja, von Heirat kann noch nicht die Rede sein.«

Endlich sagte Celia etwas: »Das ist einfach unbeschreiblich klischeehaft«, blaffte sie. »Sowas passiert am Smith College nicht. Von sowas träumt man, aber man macht es nicht. Also ich meine, jetzt mal im Ernst. Das Ganze ist doch eine Parodie. Hat er Tennyson rezitiert, als er sich an dich rangemacht hat?«

Sally schäumte vor Wut. »Es ist alles ganz anders. Da ist einfach … da ist diese Verbindung zwischen uns.«

April griff nach Sallys Hand. Sie zeigte sonst keinen Enthusiasmus für Liebesthemen. Es war für sie alle ein langes, trockenes Semester gewesen.

»Vielleicht seid ihr beide alte Seelen«, sagte April. »Scheiß doch aufs Alter. Scheiß auf Hierarchien. Scheiß drauf! Das ist eh alles Bullshit.«

»Ganz genau«, pflichtete Sally ihr lächelnd bei. »Danke, meine Liebe.«

»Und scheiß auf Stalking-Anschuldigungen«, sagte Celia.

»Das ist nur ein fieses Gerücht, das weißt du genau«, sagte Sally.

»April, du überraschst mich«, sagte Celia. »Findest du es nicht falsch?«

April zuckte mit den Schultern. »Nein, eigentlich nicht. Sieht aus, als wäre unsere Sally hier ganz und gar einverstanden damit. Er hat sie nicht gezwungen.«

»Und dass er verheiratet ist, interessiert euch auch nicht?«, fragte Celia.

»Meine Güte, seine Frau ist tot!«, sagte Sally.

»Jan Lambert ist alles andere als tot«, sagte Celia. »Sie ist Professorin für Viktorianische Literatur am Mount Holyoke College. Sonntagnachmittag hat sie noch im Buchladen signiert.«

Die Welt verschwamm vor Sallys Augen – das Essen, ihre Freundinnen, der Raum um sie herum.

Sie hörte Bree flüstern: »Bist du sicher, dass es dieselbe Person ist?«

Dann wusste Sally nur noch, dass sie plötzlich in T-Shirt, Pyjamahose und Flipflops aus der Mensa rannte, dann aus dem Gebäude, vorbei am Haus der Präsidentin und am Paradise Pond, dem Gewächshaus und Chapin House, bis sie endlich an den Stufen zur Bibliothek angekommen war. Es war erst Viertel nach sechs, aber der Campus war schon dunkel, und niemand war zu sehen. Die meisten waren jetzt drinnen und lauschten den mit großzügig geschnittenen Bananenbrotscheiben und Cremetorte beladenen quietschenden Wägelchen, die von netten alten Damen geschoben wurden.

Sally blieb nicht stehen, um zu verschnaufen. Sie drückte die Türen auf und ging auf direktem Weg zu seinem Büro.

Da saß er bei weit geöffneter Tür, und ihr wurde beim Anblick des zugeklebten Glases übel. Seine Füße lagen auf dem Tisch, und er las die *New York Times* im schwachen Lampenschein.

Sie klopfte an die offene Tür.

Er hob den Blick, ohne den Kopf zu bewegen, und grinste, als er sie sah. »Welch ein Anblick«, sagte er.

Da fiel Sally auf, wie sie angezogen war, und sie schämte sich trotz allem. »Ich war in Eile«, nuschelte sie.

»So habe ich es nicht gemeint«, sagte er, legte die Zeitung beiseite und winkte sie zu sich. »Du leuchtest ja. Bist du gerannt?«

»Bist du verheiratet?«, unterbrach sie ihn.

»Wie bitte?«, sagte er kichernd.

Jetzt wurde sie wütend. Ohne es ihr gesagt zu haben, hatte er aus ihr eine jener Frauen gemacht, die sie verachtete. Sie dachte an die Affären ihres Vaters, an den Abend, an dem sie mitgehört hatte, wie ihre Mutter in den Telefonhörer geschluchzt hatte und etwas von Geschäftsreisen, Kreditkartenabrechnungen und dass sie es hätte wissen müssen gesagt hatte.

»Bist. Du. Verheiratet?« Sally hatte noch mit niemandem in einem so ernsten Ton gesprochen.

»Du weißt doch, dass ich verheiratet bin«, sagte Bill. »Komm mal rein, Schatz. Worum geht es hier überhaupt?«

Sie wollte ankämpfen gegen die Macht dieses Wortes, *Schatz*, aber sie spürte schon, wie sie nachgab. Sie wollte ihn nicht hassen, wollte nicht, dass das hier endete. Sie wollte, dass das alles ein großes Missverständnis war.

Sie versuchte es noch einmal: »Das Gedicht über das Grab. Du hast doch gesagt, dass es dich an deine Frau erinnert.«

»Das tut es«, sagte er und verstand offensichtlich nicht, worum es ihr ging.

»Oh«, sagte Sally. »Ich bin davon ausgegangen, dass –«

»Was?«, fragte er und sah sie ehrlich verwirrt an. Dann breitete sich ein Grinsen auf seinem Gesicht aus, und er brach in schallendes Gelächter aus, als hätte sie den besten Witz seines Lebens gemacht. »Du dachtest, Janice ist tot?«

»Also, ja«, sagte Sally. Ihr Herz raste, während sie diese Neuigkeiten zu verarbeiten versuchte. Seine Frau war am Leben. Sie war eine Geliebte.

»Es ist doch ein Gedicht über ein totes Liebespaar, oder nicht?«

Er sah zur Decke, was seine Art war, ihr zu zeigen, dass er darüber nachdachte. Dann sagte er: »Für mich ist es ein Gedicht über wahre Gefühle, wahre Liebe und deren Verlust, wenn nur noch eine traurige Hülle bleibt.«

»Deine Frau lebt«, sagte Sally. Sofort wünschte sie, es nicht gesagt zu haben. Es war doch offensichtlich, er hatte es ja gerade gesagt.

»Sally«, sagte er, zog sie zu sich und streichelte ihr mit der Hand über den Kopf, als wäre sie ein Cockerspaniel. Sie hatte das unwiderstehliche Verlangen, ihm mit der Faust ins Gesicht zu schlagen. »Janice und ich sind getrennt. Seit einem Jahr schon.«

»Getrennt«, sagte sie. Sie spürte Erleichterung, obwohl ihr klar war, dass dieser Begriff vieles bedeuten konnte. »Getrennt im Sinne von –«

»Getrennt im Sinne von: Wir lassen uns bald scheiden. Getrennt im Sinne von: Ein Gedicht über ein Grab erinnert mich an sie. Getrennt im Sinne von: Ich habe mich in dich verliebt.«

Es war das erste Mal, dass er es sagte.

»Ich liebe dich auch«, sagte sie und fügte dann flüsternd einen Lieblingsspruch ihrer Mutter hinzu: »Ich liebe dich bis zum Mond und zurück.«

An diesem Abend schliefen sie auf dem Teppichboden seines Büros dicht aneinandergeschmiegt beieinander. Als sie am nächsten Morgen erwachte, hatte Bill einen Zettel auf ihre Tasche geklebt: *Bin schwimmen. Ich liebe dich.*

Beim Anblick dieser Worte erschrak sie. Sie warf sich ihren Mantel über, und als sie zum Quad zurücklief, formte ihr Atem kleine Wolken in der eisigen Februarluft. Es war noch früh, oder wie die Studentinnen ihres Semesters sagen würden: mitten in der Nacht.

Als sie ihr Zimmer erreichte, wartete dort eine weitere Nachricht auf sie, diesmal von April: *Wohin sind Sie entschwunden, Lady Chatterley? Komm mal bei mir vorbei, wenn du wieder da bist. Ich mach mir Sorgen.*

Sie schlich in Aprils Zimmer. Die Vorhänge waren zugezogen, und in der Luft hing der schwere Geruch ihres Schlafatems. Sally schlüpfte aus den Flipflops und kroch unter die Bettdecke. Kurz danach rollte April sich auf die andere Seite und schmiegte sich an sie.

»Wie spät ist es?«, fragt sie flüsternd.

»Halb acht«, sagte Sally.

»Und? Immer noch verliebt, auch so früh am Morgen?«, fragte April.

»Hmhm«, sagte sie.

»Habt ihr euch dramatisch gezofft und hinterher bei bestem Sex wieder vertragen?«

»Ja.«

»Wunderbar«, sagte April und grub ihr Gesicht in Sallys Haar. »Können wir nach halb elf darüber sprechen?«

»Wir müssen gar nicht darüber sprechen«, sagte Sally.

»Und wie wir das müssen«, sagte April. »Wie ich vermute,

werden wir in nächster Zeit über nichts anderes sprechen können.«

Sie streckte den Arm aus und legte ihn um Sally.

»Meinst du, Celia hasst mich jetzt?«, fragte Sally.

»Die kommt schon drüber hinweg«, sagte April. Kurz darauf wurde ihr Atem gleichmäßig, und Sally wusste, dass sie wieder eingeschlafen war.

Sally schloss die Augen, aber eine Sache musste sie noch sagen. »Sie sind getrennt«, flüsterte sie. »Es ist nicht so, wie Celia denkt.«

Am Morgen vor ihrem Hochzeitstag erwachte Sally nassgeschwitzt aus einem Traum. Jake hatte die Arme um sie gelegt, seine Brust lag eng an ihrem Rücken, und sie hätte wegen dieser süßen, unschuldigen Geste heulen können. Wie zum Teufel konnte sie nur von Bill träumen, wenn Jake direkt neben ihr lag? Sie schloss die Augen und dachte an den nächsten Tag: Sie würde Jake heiraten, endlich. Auf die Hochzeit selbst freute sie sich weniger als auf das, was danach auf sie wartete, und für Sally war das ein gutes Zeichen. Einen Tag noch, dann würden sie im Auto nach Maine sitzen, händchenhaltend und singend wie bei jeder Autofahrt, aber diesmal würde es anders sein. Diesmal würden sie im Bed & Breakfast als Mr. und Mrs. Jake Brown einchecken.

Sally war immer klar gewesen, dass sie den Namen ihres Mannes annehmen würde. Sie konnte es nicht ausstehen, wenn Frauen aus einer fehlgeleiteten feministischen Geste heraus ihren Kindern klobige Doppelnamen aufzwangen. Sie betrachtete sich als Feministin, aber wem half es – und wie half es der Sache? –, wenn sie sich von der Person distanzierte, der sie sich am nächsten fühlte? Von einigen älteren Frauen, die sie bei ihrer ehrenamtlichen Arbeit für NOW kennengelernt hatte, hatte sie erfahren, dass es kaum der Mühe wert war, am Mädchennamen festzuhalten: Die Leute nannten einen ja doch Mrs. Soundso, warum es dann nicht gleich offiziell so regeln? Jeder musste den Namen irgendeines Mannes tragen, und Sally hatte sich überlegt, dass es dann lieber Jakes als der ihres Vaters sein sollte.

Ihr war bewusst, dass April der Gedanke, dass sie Jakes Namen annahm, entsetzen würde. Aber April war schließlich mit Sallys Art von Feminismus nie ganz einverstanden gewesen. »Das ist super, aber du musst noch viel größer denken!«, hatte sie gesagt, als Sally ihr von ihrem Engagement bei NOW und seit Neuestem in einem Frauenhaus erzählte. »Das sind doch nur Übergangslösungen. Wir müssen an die Wurzel des Problems ran.«

Sally hatte gesagt, dass ihr das klar sei, Frauen aber bis dahin einen sicheren Rückzugsort brauchten, in dem sie sich zu Hause fühlten. Sie brauchten warme Mahlzeiten, sauberes Bettzeug und jemanden, mit dem sie spätnachts reden konnten. Die Frauenbewegung konnte nicht nur radikale Aktionen und sofortige Veränderung verlangen. So funktionierte diese Welt einfach nicht.

Ihre größte Heldin war Gloria Steinem. Sie hatte unzählige Leben verändert, manchmal durch ganz kleine Taten wie den Aufbau eines Frauennetzwerkes, durch das Frauen einander gefunden hatten, die einander sonst nie begegnet wären, und die Gründung einer Zeitschrift zu feministischen Themen. Sie setzte sich für das Gute ein und ließ bei ihren Prinzipien keine Kompromisse zu, aber sie stieß auch normale Menschen nicht vor den Kopf und schreckte nicht davor zurück, sich Strähnchen färben zu lassen. Sie mochte Männer! Sie ging mit Männern aus. Sie hatte geheiratet, auch wenn das dramatisch ausgegangen war. Sie war eine echte Frau, die an Gleichberechtigung glaubte. War das nicht hundertmal wirksamer als der Beitrag einer so polarisierenden und angsteinflößenden Figur wie Ronnie Munro?

Sally saß auf dem Bettrand, ihre feuchten Handflächen in ihrem Schoß zeigten nach oben. Sie würde nicht nochmal einschlafen können. Sie ging leise ins Bad, machte die Dusche an und trat in den Wasserstrahl, bevor er warm werden konnte.

Das Problem mit ihrem Gedächtnis war, dass es immer zu genau, zu klar war. Es war ja in Ordnung, sich an den Geruch eines verflossenen Liebhabers zu erinnern oder vielleicht an den Klang seines Lachens. Aber Sally musste ständig an Bills perfekt positionierte Zähne denken, die beiden geraden, vom Tabak ergrauten Zahnreihen. Sie erinnerte sich an seinen Penis, seinen genauen Durchmesser, an die lange, blaue Vene, die aus dem rosa Fleisch hervortrat, wenn sie es mit der Zunge koste. Es war nicht so, dass sie ihn wirklich vermisste, sie konnte ihn nur nicht vergessen.

Ihr war schon lange klar, was die anderen Mädchen jetzt erst langsam herausfanden: dass Ideologien ganz nett waren, einem aber im wahren Leben wenig nützten. Wenn man jemanden für eine dauerhafte Bindung gefunden hatte, sollte man die Männer, die davor gewesen waren, wohl aus dem Gedächtnis streichen. Aber seit der Verlobung dachte Sally mehr denn je an Bill, und jetzt, hier im Autumn Inn, erinnerte sie sich an die Nächte, die sie unter diesem Dach verbracht und sich heimlich geliebt hatten, während ihre Mitbewohnerinnen auf der anderen Straßenseite Reality TV schauten.

Nach der Dusche föhnte Sally sich das Haar glatt, trug roten Lippenstift und Mascara auf. Sie schlüpfte in das rote Sommerkleid und die Sandalen, die sie für das feierliche Abendessen heute Abend gekauft hatte, obwohl sie wusste, dass es noch viel zu früh war, um sich für den Abend schick zu machen, und dass sie das alles nur für den Fall tat, dass sie ihm über den Weg lief.

Als sie ihre Handtasche vom Nachttisch nahm, bewegte Jake sich.

»Wohin gehst du?«, fragte er mit geschlossenen Augen.

»Ich mache einen Spaziergang über den Campus«, sagte sie und hatte plötzlich ein schlechtes Gewissen.

»Wenn du dir Gesellschaft wünschst, komm ich mit«, sagte Jake. Er rollte sich im Bett, bis er mit dem Gesicht im Kissen lag.

»Nein, nein, schlaf du nur weiter«, sagte sie.

Endlich drehte Jake den Kopf zu ihr und öffnete die Augen. Er pfiff und betrachtete sie. »Du siehst toll aus. Ich kann nicht fassen, dass ich dich morgen heiraten darf.«

Sally ging zu ihm und gab ihm einen Kuss auf die Wange. Er wollte sie zu sich ins Bett ziehen, aber sie widerstand. »Ich bin bald zurück«, sagte sie lachend.

»Ich liebe dich«, sagte sie, als sie die Tür zum Flur öffnete.

»Bis zum Mond und zurück?«, brummelte Jake hörbar lächelnd.

»Du weißt Bescheid, Baby«, sagte sie.

Draußen wurde die Luft langsam warm, die Wolken lösten sich auf und gaben einen klaren, blauen Himmel frei. Sally überquerte die Straße zum King House und dachte an die Studentinnen, die darin in ihren Einzelbetten lagen.

Während der Studienzeit hatte sich die Hälfte ihrer Gespräche darum gedreht, wie es weitergehen würde: Was würden sie arbeiten, wo würden sie leben, in wen würden sie sich verlieben? Ihnen war bewusst, dass sie die erste Frauengeneration waren, bei deren Kampf es nicht darum ging, das Recht um freie Entscheidung zu erlangen, sondern mit einem Zuviel davon zurechtzukommen: Es gab so viele Möglichkeiten, dass die Wahl sie erschöpfte. Am liebsten hätte sie diese Mädchen im King House aus dem Schlaf geholt, um ihnen zu sagen, dass sich die meisten Entscheidungen von allein ergaben. Sie war nach Boston zurückgegangen, weil ihr in einem Krebsforschungslabor in Harvard eine Stelle angeboten worden war.

Dort lernte sie Jake kennen, als er sich bei Au Bon Pain für ein Thunfischsandwich anstellte.

Sie brachte sich immer ein Mittagessen von zu Hause mit, aber an diesem Morgen hatte sie im Bus über den Köpfen der anderen Fahrgäste eine Werbung gelesen: HABEN SIE DIE DATING-SZENE IN MASSACHUSETTS SATT? WOLLEN SIE INTERESSANTE MÄNNER KENNENLERNEN, DIE SICH FEST BINDEN WOLLEN? DANN SIND SIE BEI UNS RICHTIG: DATEBOSTON.COM. Sally hatte darüber nachgedacht, dass Celia einige Typen über match.com kennengelernt hatte und es vielleicht nicht schaden könnte, etwas Neues auszuprobieren und Bill zu vergessen. Sie kramte einen Stift aus ihrer Handtasche und schrieb sich den Namen der Website auf die Handfläche. Dann blickte sie auf und sah zwei jugendliche Schülerinnen, die über sie lachten. Sie merkte, dass sie knallrot wurde. Jetzt war sie offiziell mitleiderregend und würde definitiv als Single sterben. Als der Bus hielt, stieg sie eilig aus, obwohl es bis zu ihrem Büro noch drei Stationen waren. Nachdem sie den Mädels in einer E-Mail von dieser demütigenden Szene erzählt hatte, fiel ihr auf, dass sie ihren Salat auf dem Sitz neben sich stehenlassen haben musste. Sie beschloss, sich eine Kalorienbombe von einem Sandwich und eine Limo zu gönnen, und deshalb war sie Jake begegnet.

Der Smith Campus hatte sich überhaupt nicht verändert, seit Sally das letzte Mal hier gewesen war. Der Rasen war säuberlich geschnitten, der Teich glitzerte, die efeuumrankten Backsteingebäude ragten stolz in den Himmel. Während sie Richtung Bibliothek ging, fragte sie sich, ob sie ihn sehen würde.

Die Affäre hatte drei Jahre gehalten. Da sie sich nicht jeden Abend sehen konnten, ging Sally in der verbleibenden Zeit auf Partys und Konzerte und wurde wilder, als sie je gewesen war oder in einem anderen Fall geworden wäre. Sie rannte mit einer Gruppe Erstis aus dem King House im Schnee nackt über den Quad, tanzte auf jeder Campusparty bis zum Morgengrauen und flirtete ohne weitere Folgen mit Jungs aus der Stadt und Studenten vom Hampshire College – jetzt, da sie jemanden hatte, machte sie das alles nur zum Spaß, und es schien ihr nicht halb so trostlos wie zuvor, als sie noch Liebe suchte.

»Das nennt man die Theorie vom abwesenden Freund«, sagte April. »Wenn ein Typ in deinem Leben ist, aber auf Abstand, dann kannst du frei sein und herausfinden, wer du bist, ohne Angst haben zu müssen, allein zu sein oder als einsam stigmatisiert zu werden.«

»Aber Bill ist nicht auf Abstand«, sagte Sally.

»Na ja, du weißt schon – *Abstand* eben«, sagte April, als wäre das verständlicher.

Am Anfang waren die gemeinsamen Stunden berauschend. Sie liebten sich in seinem Büro, im Autumn Inn oder, ein einziges Mal, leichtsinnigerweise in ihrem Zimmer im Wohnheim. Dann gingen sie in eine dunkle, verqualmte Bar bei den Autohäusern in Florence, tranken Bier und spielten Darts, wobei er seine Hand unter ihr Kleid schob, wenn sie auf das Bull's Eye zielte.

Aber Bill neigte auch zu langen, dunklen Phasen der Traurigkeit, in denen er Sally ganz und gar ignorierte oder sagte, sie sei nur ein dummes, albernes kleines Mädchen, das seinen Schmerz nicht verstehen könne. Manchmal sagte er, dass er am liebsten seine Frau zurückhätte, dass Jan brillant und wunderschön war und jemand wie Sally ihr nicht das Wasser reichen konnte. Er versuchte während ihrer Beziehung vier- oder fünfmal, sich mit seiner Frau zu versöhnen, und jedes Mal wies Jan ihn zurück, was ihn veranlasste, Sally mitten in der Nacht schluchzend anzurufen und anzuflehen, ihn im Autumn Inn zu treffen. (Wenn sie es tat, bat er immer wieder um Vergebung und drückte sie an sich, bis sie versprach, ihm zu verzeihen.)

Wenn sie ihre gemeinsame Zeit mit den Jahren verglich, die sie mit Jake verbracht hatte, wirkte es absurd. Drei Jahre lang waren sie herumgeschlichen wie Verbrecher. Sie hatte Bills Freunde nie kennengelernt, und als sie eines Tages seinem ältesten Sohn auf dem Heimweg von der Highschool über den Weg gelaufen waren, hatte Bill sie ihm als »Sally, eine Studentin von mir« vorgestellt. Sie hatte im Gesicht des Jungen nach einem Zeichen dafür gesucht, dass er ihren Namen schon einmal gehört hatte, aber natürlich hatte er das nicht und sagte nur »Hey«.

Ihre Beziehung endete kurz vor dem Ende ihres Studiums. Bill reichte ihr einen dicken Umschlag, als sie eines Tages zur Zeit der Abschlussprüfungen sein Büro verlassen wollte. Darin war ein Brief, der in dem wichtigtuerischen Ton verfasst war, den er immer anschlug, wenn sie ihn um etwas bat. Er schrieb, dass er sie nie vergessen werde, die junge Schönheit, die sein Herz erobert hatte. Es täte weh, sie freizulassen und in eine Welt gehen zu sehen, die so grausam und kalt sein konnte.

»Dich freizulassen!«, schimpfte April, als Sally den Mädchen den Brief zeigte. »Du bist doch kein Scheißmarienkäfer im Mayonnaiseglas.«

»Typisch Bill«, sagte Bree. »Keine Diskussion, nur ein Brief. Der Typ macht mich krank.«

Sally wusste, dass Bree teilweise wegen ihres Umgangs mit Lara so angespannt war, weil sie erst mit ihr Schluss gemacht hatte, nur um es sich in letzter Sekunde noch einmal anders zu überlegen. Bis August würde Bree sicherlich zur Vernunft kommen. Die Sache mit Lara war nur Brees Versuch, am Smith College festzuhalten, aber das ging nicht, nicht so richtig. Sie alle würden ihre kleine Blase verlassen müssen, und was auf der anderen Seite lag, konnte niemand mit Sicherheit sagen.

Außerdem hatten die Mädchen eine starke Abneigung gegen Bill entwickelt: Sie hielten ihn für kontrollierend und manipulativ und fanden seine unvorhersehbare Launenhaftigkeit und Anfälle von Grübelei ein bisschen albern. Celia hatte gesagt, dass er sich immer noch wie ein Teenager aufführte, der Gedichte über den Tod schrieb, Schwarz trug und seine Eltern hasste.

Sally hatte ihnen nie erzählt, was sie bei einer Studentenvertreterversammlung in der Seelye Hall zufällig mitgehört hatte.

»Wusstest du, dass Bill Lambert über sie hergefallen ist und sie deshalb ans Wellesley gewechselt ist?«, hatte eine Studentin zu einer anderen gesagt.

»Also ich hab' nur gehört, dass sie miteinander geschlafen haben«, sagte die andere.

Sally verließ den Hörsaal und ging auf direktem Weg zu den Toiletten im ersten Stock, wo sie mit vorgehaltenen Händen schwer atmete, bis eine Reinigungskraft kam und den Boden schrubben wollte.

»Einen Moment, bitte«, sagte sie und versuchte, es ruhig und fröhlich klingen zu lassen. Sie sagte sich, dass auch das nur böse Gerüchte waren und dass sie es vergessen musste. Sie hatte alle möglichen Geschichten über Professoren und Studentinnen gehört, die nichts mit der Realität zu tun hatten. Wie das Gerücht, das April im vorigen Semester von dem Sechzigjährigen verbreitet hatte, der seine Stelle in der Kunstbibliothek verloren hatte, nachdem er sich im Magazin von einem Erstsemester einen blasen hatte lassen, während eine Halogenlampe langsam die Buchstaben D bis F zu Asche brannte. (Sally war persönlich hingegangen, um es sich anzusehen, aber es hatte kein Feuer gegeben.)

Bill versicherte ihr, dass es niemanden außer ihr und Jan gegeben hatte. Eine Zeit lang sagte sie sich, dass er, wenn er bei der Sache mit Jan ehrlich war, auch sonst ehrlich sein würde, und fertig. Aber mit den Monaten wuchsen ihre Zweifel. Als

Sally nach dem zweiten Studienjahr versuchte, die Sache mit Bill zu beenden, verstopfte er ihr Campus-Postfach mit Liebesbriefen und Gedichten und seiner ausführlich unterstrichenen Erstausgabe von W.H. Auden. Die Mädchen fanden, dass sie mit dem ganzen Kram direkt zum Campus-Sicherheitsdienst gehen sollte. Aber Sally liebte ihn. Sie war erstaunt, wie chemisch ein Gefühl wie die Liebe sein konnte, wie fest es einen im Griff haben konnte, auch wenn man sein Objekt schon verachtete. Sie verwahrte die Briefe und das Buch in einem Kinderschuhkarton voll Andenken, den sie seit der vierten Klasse hatte. Sie ging zu seinem Büro und setzte sich in den alten Ohrensessel, er setzte sich vor sie auf den Boden mit dem Kopf in ihrem Schoß und weinte doch tatsächlich, während sie über sein Haar strich. Sally hatte abgesehen von Bill noch nie einen erwachsenen Mann weinen sehen, nicht einmal ihren Vater bei der Beerdigung ihrer Mutter.

In ihrem letzten gemeinsamen Jahr (und das wusste niemand, nicht einmal die Mädchen) hatte Sally ihm für unterschiedliche Zwecke eine Viertelmillion Dollar geliehen: für Hausreparaturen, Steuernachzahlungen, Anwaltskosten und weiß Gott was noch alles. Er schwor hoch und heilig, es bis zum Ende des Semesters zurückzuzahlen, aber sie wusste, dass das nie passieren würde. Und für sie war das auch in Ordnung: Bill hatte sich lange, bevor sie das Geld besorgte, in sie verliebt. Ihr war klar, dass die Mädchen sagen würden, er nutze sie aus, aber Sally sah das anders. Geld war nicht dafür da, in irgendeinem kalten Stahlschrank weggeschlossen zu werden. Wenn man es brauchte, hoffte man, dass es einem jemand gab. Wenn man es hatte, sollte man es weggeben.

Nach diesem Brief verlangte sie, mit ihm über die Trennung zu sprechen, die er schlicht verkündet hatte. Bill sagte, es gäbe nichts zu besprechen. Sie würde das Smith verlassen und müsse weiterziehen. Sally war davon ausgegangen, dass sie die Beziehung fortsetzen würden, schließlich würde sie nur zwei Stunden entfernt leben, und sie könnten ihre Liebe jetzt, da sie keine Studentin am Smith College mehr war, öffentlich machen. Sie hatte sich ausgedehnte Abendessen in den kleinen italienischen Restaurants am Harvard Square vorgestellt und Wochenenden auf Cape Cod. Aber Bill wollte nicht mehr darüber sprechen. Sein Entschluss stand fest. Er werde alt, sagte er, und sollte sich langsam altersgemäß verhalten. Er würde Jan überreden, es nochmal mit ihm zu versuchen, und dann wären sie wieder eine Familie.

»Und was ist mit mir, Schatz?«, sagte Sally mit Tränen in den Augen.

»Um dich mache ich mir keine Sorgen«, sagte er. »Mädchen wie du landen auf den Füßen.«

Sie hatte ihn für diese Formulierung gehasst. *Mädchen wie du*, hatte er gesagt, als wäre es bedeutungslos, was sie im Einzelnen miteinander geteilt hatten.

Bei der Abschlussfeier weinte sie, als er in akademischem Ornat in der Reihe der Professoren hereinschritt. Als sie beim Empfang ihres Abschlusszeugnisses der Präsidentin die Hand schüttelte, warf sie einen Blick zu ihm hinüber, um zu sehen, ob er zusah, aber er starrte nur geradeaus in die Menschenmenge.

Sechs Monate später, nachdem sie Jake kennengelernt hatte, machte Bill einen skurrilen Versuch, sie zurückzugewinnen, überflutete ihr Geschäftstelefon mit Sprachnachrichten und fuhr sogar bis nach Cambridge, um sie zu treffen. Als sie sich weigerte, brüllte er: »Sally, ich springe in den Charles River, wenn du mich zurückweist.« Sie legte vorsichtig auf und schaltete das Telefon für den Rest des Nachmittags aus.

Sie hatte es als romantische Geste betrachtet, bis sie Jake davon erzählte. Er gluckste vor Lachen und gab Bill den Spitznamen »Old Man River«.

In diesem Moment wurde ihr klar, dass sie einen millionenfach besseren Menschen gefunden hatte.

Sally liebte Jake. Er gehörte zu der Sorte Mann, der auf die Frage, wie er Lyrik fand, »schwul« antwortete (sie hatte grob geschätzt tausendmal versucht, ihm diesen Begriff abzugewöhnen – erfolglos). Er zeigte seine Liebe, indem er die Insektengitter ihrer Wohnung ausbesserte, die Klimaanlage während seiner Mittagspause installierte oder sie zu einem selbstgemachten Picknick einlud. Seine Stimmung war vorhersehbar. Er schien jeden Tag glücklich aufzuwachen – glücklich, bei ihr zu sein, glücklich, zu leben. Zu ihrer Überraschung war das alles, was sie brauchte.

Als Sally sich in ihrem roten Kleid der Bibliothek näherte, hielt sie kurz inne und erinnerte sich an all das, was in diesem Gebäude geschehen war. Damals hatte sie gedacht, dass Bill sie weiterbrachte und ihr eine Reife gab, die sie andernfalls nur über viele Jahre hätte entwickeln können. Aber jetzt fragte sie sich, ob er ihr nicht vielleicht etwas genommen hatte, und sie war dankbar für alles, was sie mit Jake verband, für einen Bund, in dem ihr Verliebtsein keine heimliche oder hässliche Seite hatte.

Sie war froh, sich für einen Bruch mit der Tradition entschieden zu haben und diese Nacht vor der Hochzeit mit Jake verbracht zu haben, denn neben ihm zu schlafen hatte immer einen beruhigenden Effekt auf sie. Sie zog die Stöckelschuhe aus und ging barfuß zum Hotel zurück.

Sally hatte lange bevor Jake und sie sich verlobten entschieden, dass ihre Hochzeitszeremonie am Smith College und das feierliche Abendessen am Tag davor im Weinkeller von Pizza Paradiso stattfinden würde. Bei ihrem fünften Date, um genau zu sein. Sie war zuvor nur ein einziges Mal im Weinkeller gewesen, und zwar bei der Abschiedsfeier der Leute vom Freizeitausschuss am Abend vor der Abschlussfeier. Sie erinnerte sich noch genau, sich damals einen besonderen Anlass gewünscht zu haben, den sie dort feierlich begehen könnte. Nach Jakes Antrag hatte sie zuerst die Smithie-Tradition in Erwägung gezogen, in der Helen Hills Hills zu heiraten (so hieß die Kapelle auf dem Smith Campus. Zu dem Namen war sie angeblich gekommen, weil Helen Hills ihren Cousin geheiratet hatte, aber Sally wusste nicht mehr, ob das eine Tatsache war oder ein blöder Scherz.)

Aber dann kam ihr eines Nachts die Idee, auf dem Quad zu heiraten, auf derselben Wiese, auf die sie von ihrem Zimmer im Studentenwohnheim hinabgeblickt hatte, sodass alles zu diesem Ort zurückkehren würde, an dem ihr Erwachsenenleben angefangen hatte. Jake und sie waren sich einig, dass eine Hochzeit schlicht und klein sein sollte. Da ihre Mutter nicht mehr da war, hatte sie nicht das Bedürfnis, eine Fünfzigtausend-Dollar-Show zu veranstalten.

Sally wünschte sich sehr, dass Jake mehr Zeit mit ihren Mädels verbrachte. Sie hatten ihn kennengelernt, aber sie sollten Jake richtig *kennen* und in ihm all die wunderschönen Dinge sehen, die sie in ihm sah. Ihr war bewusst, dass sie das mit Jake noch nicht ganz begriffen – na ja, Celia vielleicht, aber die anderen nicht. Er war nichts von dem, was die Mädels sonst attraktiv fanden: leidend, dramatisch, zum Enttäuschen verurteilt. Er war auch nicht besonders komplex, was Sally schätzte, obwohl diese Eigenschaft den anderen augenscheinlich verdächtig war. Sie achtete darauf, mit keiner von ihnen zu viel über Jake zu reden oder sich so zu verhalten, als habe sie seine Gegenwart nötig. In diesem Punkt allein zog sie die Gesellschaft ihrer Kollegin und Freundin Jill vor, die seit zwei Jahren mit Jack verheiratet war und kaum noch das Pronomen »ich« verwendete. Stattdessen hieß es immer »Wir kommen gern« oder »Sorry, da haben wir leider keine Zeit«.

»Wir-Sprech«, nannte Celia es mit Verachtung.

Aber Sally fühlte sich wohl bei einer Frau in einer ernsthaften Beziehung, die sich selbst als die Hälfte eines Paares betrachtete. So würden ihre Smith-Freundinnen vermutlich nicht einmal sein, wenn sie heirateten.

Vor dem Abendessen probten sie die Trauung: Die Mädels gingen jeweils neben ihrem Bruder und zwei Freunden von Jake, und Jake stand am Ende des Weges zum Wilson House, demselben Weg, den sie auch zur Abschlussfeier gegangen waren. Als Sally am Arm ihres Vaters auf ihn zuging, füllten sich ihre Augen mit Tränen. Endlich war es greifbar.

Sie hatte erwogen, den Gang zum Bräutigam allein zu machen und ihren Vater zu bitten, etwas anderes zu übernehmen, zum Beispiel das Verteilen der Hochzeitsprogramme. Er hatte sich bei der Hochzeitsplanung nicht eingebracht. Außerdem war die achtjährige Freundschaft mit April nicht spurlos an Sally vorübergegangen, und die Vorstellung verursachte ihr Übelkeit, sich von einem Mann an einen anderen übergeben zu lassen, ganz besonders, wenn einer der beiden ihr Vater war, der ohnehin keinen Anspruch auf sie hätte erheben können. Das wäre anders, wenn ihre Mutter noch da wäre, dachte Sally, aber das galt auch für alles andere. Am Ende sagte Jake, sie solle in den sauren Apfel beißen und sich von ihrem Vater führen lassen, und Sally willigte ein.

Nach der Probe blieben Sally und die Mädchen noch auf dem Quad, um Bilder für die Alumni-News zu machen. Celia wollte Fotos von ihnen sowohl in Festtagsgarderobe als auch in normaler Kleidung, um zeigen zu können, wie sich das Wochenende entwickelte. Sally gefiel die Idee sehr, aber je länger sie posierte, desto unruhiger wurde sie. Sie kam nicht gerne zu spät, schon gar nicht zu dem Abendessen vor ihrer Hochzeit, und sie konnte ein Gefühl der Zerrissenheit zwischen ihrer Vergangenheit und ihrer Zukunft nicht leugnen: Die Mädchen beanspruchten sie noch für sich, aber alle Anteile ihrer selbst, die irgendjemandem gehören konnten, gehörten jetzt Jake.

Schließlich sagte sie: »Okay, meine Liebsten, gehen wir. Ich darf meinen Vater nicht zu lange mit meinen Schwiegereltern allein lassen.«

Sie betraten Pizza Paradiso zwanzig Minuten später als alle anderen und sahen den vertrauten Steinofen, in dem Flammen um brutzelnde Pasteten züngelten. In der Nische neben der Tür saß eine Familie, zwei Mütter mit einem Sohn im Kleinkindalter.

»Schön, wieder in Northampton zu sein«, sagte April mit einer Geste zu der Kleinfamilie.

Sally lachte, aber sie hoffte auch, dass es Jakes Großeltern nicht aufgefallen war.

Als sie nach unten kamen, wollte sie die Mädchen gerade zu den Plätzen neben Jake führen, aber Celia nahm Aprils Hand und sagte: »Du sitzt bei mir«, und sie quetschten sich neben Anthony an den Tisch, einem Investmentbanker, der mit Jake aufgewachsen war und mit dem zu knutschen Celia sich vorgenommen hatte, als sie ihn am Vorabend in der Hotelbar kennengelernt hatte.

»April, du hast gestern Abend Morgan Stanley nicht kennengelernt«, sagte Celia und stellte ihr Anthony vor. »Morgan, das ist meine Freundin April, das fleißigste Mädchen von ganz Amerika. Sie hat gestern die ganze Nacht im Hotelzimmer für ihre Chefin einen Film schneiden müssen, während wir uns die Kante gegeben haben, kannst du dir das vorstellen?«

Sally setzte sich neben Jake und behielt Celia im Auge. Lara kam rüber und gab Sally einen Kuss auf die Wange. Ihr Haar war zurückgegelt, und sie trug einen schwarzen Hosenanzug.

Sally schielte nach ihrer Schwiegermutter und wünschte sich zum allerersten Mal, ihre Freundinnen könnten nur ein kleines bisschen weniger sie selbst sein, nur für einen Abend.

Lara entschuldigte sich für ihre Abwesenheit tagsüber und sagte, sie habe Kopfschmerzen gehabt.

Sally lächelte. »Kein Problem, Blümchen«, sagte sie, obwohl sie sich das Gespräch mit Jake später schon ausmalte: Was wollte Bree mit dieser lächerlichen Beziehung, in der sie immer totunglücklich war und irgendjemand ständig Kopfschmerzen, ein großes Projekt bei der Arbeit oder *irgendwas* vortäuschte, weil sie es meistens nicht im selben Raum aushielten? Zu Unizeiten hatten sie Spaß miteinander gehabt, aber seitdem kriegten sie es überhaupt nicht hin. Sallys Meinung nach verschwendete Bree ihre schönsten Jahre für eine Beziehung, die von Anfang an zum Scheitern verurteilt gewesen war. Wenn sie versuchte, mit April darüber zu reden, warf April ihr jedes Mal Homophobie vor, aber Sally wusste, dass es das nicht war: Bree war ja nicht einmal lesbisch, verdammt nochmal! Sally hatte sie mal gefragt, ob sie sich nach einer Trennung von Lara nach Männern oder Frauen umsehen würde, und Bree hatte ohne lange nachzudenken geantwortet: »Männer. Auf jeden Fall.«

Sally rechnete es Lara aber hoch an, den weiten Weg von Kalifornien auf sich genommen und zur Verlobung Blumen geschickt zu haben, was mehr war, als die anderen gemacht hatten.

Sie musste ein Lachen unterdrücken, als sie sah, wie Jakes Mutter Laras Aufmachung anstarrte.

»Genau dein Publikum«, flüsterte Sally.

»O ja«, sagte Lara. »Seit meiner Ankunft im Restaurant hat mich schon ein Typ gefragt, ob ich in einer Verbindung bin, und ein anderer, ob ich gern k.d. lang höre. Und Jakes Großmutter wollte wissen, ob ich gerade aus Japan hergezogen bin. Dann hab' ich ihr erklärt, dass ich aus Virginia komme, worauf sie geantwortet hat: ›Ach, in Japan gibt es auch ein Virginia?‹«

Sally verzog das Gesicht. »O Gott, tut mir echt leid.«

»Kein Problem,«, sagte Lara. »Ich kann es gar nicht erwarten, dich unter der Haube zu sehen. Außerdem ist April jetzt da, das wird mich bestimmt entlasten.«

»O ja, diese Dreads sind der schlimmste Albtraum meiner Schwiegermutter«, sagte Sally.

Sie beobachtete, wie Celia ein Weinglas füllte und es April reichte, bevor sie ihr eigenes füllte und in einem Schluck halb leerte. Gerade wollte sie sauer werden, da lehnte Jake sich zu ihr und nahm ihre Hand.

»Ich bin froh, dass du da bist«, sagte er.

»Warum? Hat mein Vater sich danebenbenommen?«, fragte sie.

»Nein«, sagte Jake. »Ich hatte Sehnsucht nach dir.«

Die Kellner kamen mit Bergen von Caesar Salad, Antipasti und Parmesan-Hähnchen auf Spaghetti. Sally hatte extra einen Teller gebratener Aubergine auf Vollkorn-Ziti für April bestellt.

»Für Sie das vegane Entree, habe ich recht?«, fragte der Kellner, und April drehte sich nach Sally um und lächelte.

»Du bist unglaublich«, sagte April.

Im Augenwinkel sah Sally, wie Jakes Eltern sich küssten. So anstrengend, wie sie oft waren, liebten Rosemary und Joe einander offensichtlich noch immer. Sally wusste, dass das statistisch betrachtet vermutlich die Chancen erhöhte, dass Jake ein guter Ehemann sein würde, aber es stimmte sie traurig, wenn sie dieses Paar mit ihren Eltern verglich und daran dachte, dass ihre Mutter diese Art von Liebe nie gekannt hatte. Sally war es erst bei der Planung ihrer eigenen Hochzeit klar geworden: Egal, wie einfach man es hielt, bei einer Hochzeit ging es nie nur um Braut und Bräutigam. Die Verliebten unter den Anwesenden waren umso glücklicher, ihre Liebe wurde bestärkt durch die Gegenwart eines neuen, hoffnungsvollen Ehepaares. Für diejenigen, die noch kein Glück in der Liebe gehabt hatten, war eine Hochzeit wie eine Schnittwunde von einem Blatt Papier: nervig und schmerzhaft und nicht zu ignorieren.

Das Abendessen verging wie im Flug mit Reden von Jakes Vater und Großvater und einigen ungeschickten Worten von Sallys Bruder (»Jake is' 'n toller Typ, und wir hoffen echt, dass er Sally richtig glücklich macht, und, na ja, ja«). Er erwähnte ihre Mutter mit keinem Wort. Celia erzählte beschwipst und einen Hauch zu offen von der gemeinsamen Studienzeit: dass die liebe Sally schon immer das reizendste und wildeste der Mädchen gewesen war; dass alle aus dem King House zur Semesteranfangsfeier im Herbst immer ohne Unterwäsche gegangen waren und Sally für jede eine handbemalte Burger-King-Krone hatte, auf der in Glitzerbuchstaben stand: DAS BESTE F. KING HOUSE AUF DEM CAMPUS; dass Sally sich bei einem hawaiianischen Fest mit einem Studenten von Amherst mehrere Runden Biersaufen im Handstand geliefert hatte und, obwohl sie nur einen Handstand vom Unirekord entfernt war, aufgehört hatte, weil der Student sein Hawaiihemd mit Grillsoße bekleckerte und sie darauf bestand, es auszuwaschen, bevor es eintrocknen konnte.

Sally beobachtete, dass sich die Braue von Jakes Mutter beim Zuhören hob und sie ihr Entsetzen etwas zu sehr zu genießen schien. Sie stellte sich vor, wie Rosemary diese Informationen als Munition für die Zukunft sammelte, und flehte Celia innerlich an, die Klappe zu halten.

»Jetzt macht Sally das Verrückteste überhaupt: Sie heiratet!«, sagte Celia. »Wir freuen uns so sehr für sie. Dass wir mit einem Mann einverstanden sind, dazu gehört schon einiges, aber um es in Sallys Worten zu sagen: Jake, wir lieben dich bis zum Mond und zurück.«

Sally lächelte. Das machte sie glücklich, denn sie wusste, dass Celia es nicht sagen würde, wenn sie es nicht wirklich so meinte.

Schließlich erhob Jake sich. »Danke, Cee«, sagte er. »Wow. Ich bin kein großer Redner. Aber hier so im Kreis der Menschen, die wir lieben, muss ich was über Sally sagen, über das Mädchen – sorry, Smithies: die *Frau* –, die mein Leben verändert hat. Ich bin eher der sorglose Typ, bin immer glücklich und zufrieden durchs Leben gegangen, aber ich hatte keine Ahnung, wie glücklich ich wirklich sein kann, bis ich Sally begegnet bin. Sie ist meine beste Freundin, die Liebe meines Lebens, die intelligenteste Person, die ich kenne, und offenbar außerdem beinahe Rekordhalterin im Handstandsaufen. Seit dem Tag, an dem wir uns begegneten, wache ich morgens mit Schmetterlingen im Bauch auf und freue mich, sie einfach wiederzusehen. Und ich weiß genau, dass ich noch mit Schmetterlingen im Bauch aufwache, wenn wir dreiundneunzig sind, zahnlos und Sallys braunes Haar weiß ist. Ich bin so froh, dass ihr alle jetzt dabei seid, wenn wir unsere gemeinsame Reise antreten, und ich weiß, dass auch Sallys Mama bei uns ist und uns leitet. Danke, dass ihr gekommen seid und nicht gekotzt habt – ich weiß nämlich auch, wie ekelerregend süße Pärchen sein können, und wir sind schon verdammt süß.«

Er beugte sich zu Sally und küsste sie. Ihre Augen füllten sich mit Tränen.

Die erste Zeit mit ihm lief vor ihrem geistigen Auge ab wie in einem kitschigen Zusammenschnitt aus einem Meg-Ryan-Film: die Begegnung in der Schlange beim Au Bon Pain, bei der Jake über seine eigenen Worte stolpernd hervorbrachte: »Ich bin nicht verrückt, versprochen, und ich rede nie mit Fremden, aber du bist wunderschön. Darf ich dich zum Essen einladen?« Dann das erste Date, das zweite und hinterher Hunderte von Abendessen und Kinogängen; die Autofahrten, bei denen sie sich gegenseitig Elvis-Songs vorsangen; die langen Gespräche über Freunde und Familie; die Ausflüge nach Cape Cod mit Jack und Jill, Corona trinken und grillen am Strand, lange zusammen joggen, Sex im Sand bei Sonnenaufgang, wenn alle anderen noch schliefen.

»Ich liebe dich«, flüsterte sie Jake jetzt zu, und ein Teil von ihr wünschte sich, alle anderen im Raum würden sich in Luft auflösen.

Als das Dessert serviert wurde, war Celia sturzbesoffen. »Das war der süßeste Toast, den ich je gehört habe«, sagte sie lauter zu Jake, als nötig gewesen wäre, und die Worte waren verwaschen. »Schafft ihr euch einen Hund an? Oh, dann bin ich so neidisch! Ich hätte so gern einen Hund, aber ich wohne in dieser Schuhschachtel. Darf ich bei euch unterm Dach einziehen und die Altejungfrautante für eure zehn Kinder spielen, wenn ich verspreche, mich um den Hund zu kümmern?«

Sally wurde panisch und sah immer wieder zu Jakes Verwandtschaft hinüber, aber Jake lachte nur: »Aber natürlich«, sagte er und erhob das Glas zum Toast. »Auf die Altejungfrautante!«

Celia stieß ihr Glas so stark gegen seins, dass Rotwein auf die Tischdecke und ihr Kleid spritzte.

»Hoppala«, sagte sie mit einem Schulterzucken. »Ich bin mal kurz auf der Frauentoilette! Gleich zurück!«

Alle sahen ihr nach, und es herrschte kurz Stille, bevor der Saal wieder mit Stimmen erfüllt war. Man machte sich über die winzigen Schokoladeneclairs und große Schüsseln mit Sorbet her. Das Essen hätte für dreimal so viele Menschen gereicht, dachte Sally zufrieden. Insgesamt war das Abendessen ein Erfolg gewesen, obwohl ihr Hochzeitswochenende viel zu schnell vorbeiging.

Sally sah, wie Anthony sich zu April hinüberbeugte. Sie versuchte zu hören, was sie sagten.

»Du kennst Sal also von der Uni?«, fragte er.

»Ja«, antwortete April kurz.

Er war ein ziemlicher Schleimer, wie Sally wusste, und

April hatte wenig Lust auf ein Gespräch mit ihm. Aber das war kein Grund, unhöflich zu werden. Im Gegensatz zu Celia hatte April keine Annäherungsversuche von ihm zu befürchten: Männer wie er interessierten sich nicht für flachbrüstige weiße Mädchen mit Deadlocks und Achselhaaren.

»Ein tolles Paar, die beiden«, sagte er in einem weiteren Versuch.

»Hmhm«, sagte April, steckte sich einen Löffel Sorbet in den Mund, warf einen Blick über die Schulter zur Treppe und hoffte offensichtlich auf Celias Rückkehr von der Toilette.

»Ich bin Anthony«, sagte er. »Nur für den Fall, dass du es beim ersten Mal nicht richtig verstanden hast.«

»April«, sagte sie mit vollem Mund.

»Ah ja. Und was war also dein Hauptfach am Smith College?«

»Zwei Hauptfächer: Politikwissenschaften und SWAG«, sagte sie.

Sally seufzte. *Um Himmels willen, April.*

»Was ist denn SWAG?«, fragte er.

»Frauen- und Genderstudien: Study of Women and Gender«, sagte sie, als verstünde es sich von selbst.

»Ah, das ist auch mein Spezialgebiet«, sagte Anthony und zwinkerte ihr zu.

Himmel nochmal. Sie wusste von Aprils Überzeugung, nach der kein Mann unter fünfundsechzig zwinkern dürfe, und dass April gerade beschlossen hatte, Anthony vorbehaltlos zu hassen.

In diesem Augenblick kehrte Celia mit einem nassen Fleck auf dem Kleid zurück. »Worum geht es?«, fragte sie und beugte sich zu den beiden.

Anthony sah erleichtert aus. »Celia, du arbeitest also im Verlagswesen. Dann kennst du vielleicht meine Cousine. Sie heißt Andrea Panciacco. Sie arbeitet bei Simon & Schuster.«

Celia zuckte mit den Schultern. »Ne, die kenne ich nicht. Ich arbeite bei Circus Books. Aber sie kennt wahrscheinlich einen ehemaligen Kollegen von mir. Der hat letzten Monat zu S & S gewechselt.«

Und so begannen mehrere Runden des *Dann-kennst-du-vielleicht*-Spiels, während dessen Celia Anthony fragte, ob er ihre Kindheitsfreundin bei der Deutschen Bank in Boston kannte oder ihren Freund aus der Highschool, der drei Jahre nach Anthony am Berkeley studiert hatte, oder ihren Cousin, der in seiner Fußballliga spielte (nein, nein und nein). Wie sich herausstellte, arbeiteten viele ehemalige Freunde und Bekannte von Anthony in New York, wenn ihm auch ihre Nachnamen nicht immer einfielen: »Vielleicht kennst du Liza, Liza soundso. Sie produziert Chris Matthews oder Keith Olbermann oder einen von denen. Sie war in meiner Sonntagsschulklasse, als wir klein waren.«

Celia sagte, den Namen habe sie schon mal gehört.

Schließlich tauschten April und sie die Sitzplätze. Das erleichterte Sally. Sie ging zu April hinüber und drückte ihre Hand.

»Danke, dass du da bist, Zuckerschnecke. Das bedeutet mir wirklich viel«, sagte sie. »Und danke, dass du Anthony nicht verprügelt hast.«

»War nicht leicht«, sagte April.

»Das hab' ich gesehen«, sagte Sally. »Und wie ich das gesehen habe.«

Sie hätte April böse sein können, aber wozu? Sally wollte nur besondere und freudige Erinnerungen an ihre Hochzeit haben. Außerdem wusste sie, dass April hier außerhalb ihrer Komfortzone war, genau wie sie selbst es ein Jahr zuvor gewesen war, als sie nach Chicago geflogen war.

April hatte sie monatelang angefleht zu kommen, damit sie ein bisschen Zeit miteinander verbringen konnten, nur sie beide. Sie wählten eine Woche, in der Ronnie bei einer Konferenz in Miami sein sollte.

»Ach, verflixt, ich hätte sie so gern kennengelernt«, hatte Sally am Telefon gesagt, obwohl sie in Wahrheit alles an Ronnie verabscheute: dass sie April Gefahren aussetzte, ihre gesamte Zeit in Anspruch nahm und sie sogar gezwungen hatte, bei ihr einzuziehen, dass sie April so gut wie nichts bezahlte und ihre Arbeit nicht würdigte. Sally hätte nicht gewusst, was sie sagen würde, sollten sie einander je begegnen.

Aber sie hatte Aprils Heimatstadt sehen wollen. Sie hatte sich vorgestellt, wie sie zu zweit am Wasser entlangspazierten, eine malerische Stadtrundfahrt machten und in Ethel's Chocolate Lounge eine heiße Schokolade mit Eis tranken. (Sie hatte das Café im Internet gefunden, es war eine kleine lilarosa Oase mitten in der Stadt mit Plüschsofas, schummrigem Licht und Schokolade in allen erdenklichen Variationen. April hatte natürlich noch nie davon gehört, wollte aber mitkommen.) Alle hielten April für diesen abgedrehten alternativen Hippie, weil sie sich so nach außen präsentierte. Aber wenn Sally sie allein erwischte, war sie einfach nur April: empfindsam und witzig, klug und lieb.

Sobald sie Aprils Gesicht auf dem Flughafenparkplatz sah, wusste Sally, dass etwas schiefgegangen war.

»Was ist los?«, fragte sie.

»Ronnie ist scheißsauer«, sagte April atemlos und umarmte Sally nicht einmal zur Begrüßung. »Das Militär hat versucht, die Finanzierung unserer Doku zu stören, sie hat ihre Reise abgesagt und meint, wir müssten sofort mit der Arbeit anfangen und vielleicht die Bürgerrechtsunion einschalten, vielleicht unser Recht sogar nach dem First Amendment einklagen.«

Eine lange Pause entstand, bevor sie sagte: »Tut mir leid, Sal. Ich weiß, dass wir uns dieses Wochenende anders vorgestellt hatten.«

Sally konnte sehen, dass April in diesem Moment ganz in Ronnies Bann war und man sie da erstmal nicht herausbekam. »Keine Sorge«, sagte sie. »Vielleicht kann ich helfen.«

Während der Autofahrt sah Sally auf den Ring hinab. Jake hatte ihr erst eine Woche zuvor den Antrag gemacht, und sie verbrachte immer noch viel Zeit damit, ihn anzusehen. Im Flugzeug hatte sie sich immer wieder gesagt, dass sie nicht enttäuscht sein durfte, wenn April ihn nicht bemerkte. Sally hatte gewusst, dass ein Verlobungsring nicht die Art Detail war, die April ins Auge fiel, geschweige denn zu Gefühlsausbrüchen veranlasste. Aus irgendeinem Grund machte es sie trotzdem ein bisschen traurig. Sie waren beste Freundinnen, aber sie waren in fast jeder Hinsicht komplett verschieden, und je mehr Zeit sie draußen in der wirklichen Welt verbrachten, desto offensichtlicher wurden die Unterschiede.

April und Ronnies Apartment stank nach Zigaretten. Die Wohnung war in einem hübschen Hochhaus mit einem Pförtner am Empfang und einem Kronleuchter in der Eingangshalle. Sie war riesig und mit hellen Deckenstrahlern und großen Fenstern ausgestattet. Aber was die Inneneinrichtung anging, gab es nur das Nötigste: ein Sofa, einen kleinen Esstisch, einen Fernseher und unter dem Gewicht schwerer akademischer Veröffentlichungen sich biegende Bücherregale. Es gab keine Fotos oder Bilder an den Wänden, nicht einmal einen Teppich auf dem Holzfußboden oder Lampen auf den Beistelltischen. Alles war genau so, wie Sally es erwartet hatte.

Am liebsten hätte sie das Wochenende damit verbracht, die Wohnung gemütlich einzurichten und hier und da Akzente zu setzen: vielleicht ein paar helle Dekokissen für das Sofa, ein weicher Teppich oder doch besser Sisal, alte Rosie-the-Riveter-Poster aus den Vierzigern in abgenutzten Goldrahmen. Gerade wollte sie April diese Vorschläge unterbreiten, als Ronnie mit einem schnurlosen Telefon am Ohr hereinplatzte.

Ihr Haar war kurz und stachelig und von einem starken, beinahe lilafarbenen Rot. Sie trug ausgewaschene Jeans und einen Smith-Pulli mit einem Flicken am Ärmel, den Sally höchstpersönlich angenäht hatte.

»Ist das nicht deiner?«, flüsterte sie April zu.

April zuckte mit den Schultern. »Unsere Wäsche kommt immer durcheinander.«

Sally verzog das Gesicht. Das war doch nicht normal, diese Beziehung zwischen den beiden. Wie viele Male hatte sie versucht, April das zu sagen, aber sie wollte es nicht hören.

»Der Bericht kommt aus deiner beschissenen Abteilung, Gerard«, brüllte Ronnie ins Telefon. »Das Verteidigungsministerium hat offen zugegeben, dass ein Drittel der Veteraninnen während ihrer Dienstzeit vergewaltigt worden sind, davon siebenunddreißig Prozent mehrfach, bei vierzehn Prozent gab es eine Gruppenvergewaltigung. Aber wenn eine Frau in eurer Armee Anklage erhebt, bekommt sie nur in einem von zehn Fällen recht. Die Zahlen sind verdammt nochmal *belegt*, Gerard. Ich hab' mir die nicht ausm Arsch gezogen. Wie bitte? Du glaubst also nicht, dass das posttraumatischen Stress verursacht. Du bist ja wohl total bescheuert, Gerard.«

Sie sah flüchtig in ihre Richtung, schien Sally aber gar nicht bemerkt zu haben. »April, Süße«, zischte sie. »Hol mir den Ordner Militär. Auf dem Nachttisch. Los!«

April rannte den Flur hinunter, und Sally trat verlegen von einem Fuß auf den anderen. Leb wohl, Ethel's Chocolate Lounge.

Die nächsten Tage verbrachten sie in einer Hektik, wie Sally sie sich in der Notaufnahme nach einem Auffahrunfall mit vierzig Autos vorstellte. Ronnie war die ganze Zeit am Telefon, und April brütete über Interviewprotokollen und -videos.

Sally saß neben ihr und sah zu, wie diese Frauen – eigentlich noch Mädchen – in ruhigem, gemessenem Ton von ihren

Erlebnissen im Irak berichteten. Eine Neunzehnjährige aus einer Kleinstadt in Indiana war desertiert und hatte sich geweigert, ihre Einheit auf dem nächsten Einsatz in Bagdad zu begleiten, weil während der ersten beiden Einsätze ihr direkter Vorgesetzter sexuell übergriffig geworden war. Das erste Mal war es an dem Tag passiert, nachdem sie gesehen hatte, wie ein guter Freund von ihr von einer Autobombe getötet wurde. Als sie am darauffolgenden Tag vom Sergeant wissen wollte, wo sie sich zum Dienst zu melden hatte, sagte er: »Spreadeagle-Stellung, gefesselt, in meinem Bett.« In dieser Nacht kam er, während sie schlief, zog sie aus dem Bett, befahl ihr, sich auszuziehen, und vergewaltigte sie vor den Augen von zwei Kollegen.

Eine Mutter erzählte vom Selbstmord ihrer einzigen Tochter an ihrem einundzwanzigsten Geburtstag, an dem sie sich in den Kopf schoss, nachdem sie erfahren hatte, dass die Armee ihre Vorwürfe der Gruppenvergewaltigung durch fünf Vorgesetzte zurückgewiesen hatte, weil die Quetschungen an ihrem ganzen Körper angeblich keinen ausreichenden Beweis für das Militärgericht dargestellt hätten. In der Nacht der Vergewaltigung hatte man ihr im Militärkrankenhaus ein Spurensicherungsset bei Vergewaltigung gegeben, aber die Krankenhausverwaltung hatte es wohl verlegt.

Sally musste weinen, als sie das sah, und teilte ihre Bestürzung in einer SMS mit Jake.

Wow, Schatz, schrieb er zurück. *Klingt ja nach nem Eins-a-Urlaub.*

Sally war sich sicher, dass jede andere sauer auf April wäre, aber sie irgendwie nicht. April war während ihrer ganzen Studienzeit für sie da gewesen, in den schrecklichen, einsamen Nächten, in denen ihr ihre Mutter so sehr gefehlt hatte und sie jemanden an ihrer Seite gebraucht hatte.

Ihre Highschool-Freundinnen hatten sie im Sommer nach dem Tod ihrer Mutter unterstützt, besonders Monica Harris, ihre beste Freundin aus der sechsten Klasse. Monica war jeden Tag vorbeigekommen und hatte für stundenlange Telefonate mit Sally mitten in der Nacht zur Verfügung gestanden. Nach ihrer Ankunft am Smith College war Sally davon ausgegangen, dass es so weitergehen würde, aber Monica hatte sich ganz plötzlich zurückgezogen: Schließlich machte auch sie einen Neuanfang an einer Uni. April hatte Monicas Platz eingenommen und Sally das entwürdigende Betteln erspart, die andere möge bitte noch nicht auflegen und sie mit ihren Gedanken allein lassen.

Sally hatte oft ein Ungleichgewicht in dem Verhältnis empfunden, weil April nie über den Schmerz in ihrem Leben sprach oder um Rat bat. Außerdem bewunderte Sally April eigentlich dafür, dass sie vor diesen Leuten sitzen und ihre schauerlichen Geschichten aufnehmen konnte, ohne zusammenzubrechen. Und dann ihre Art, Sally immer wieder von der großen Bedeutung von Dingen zu überzeugen, die ihr lächerlich erschienen. Schließlich war es April gewesen, die sie für feministische Themen sensibilisiert hatte (obwohl April sagte, beim Wort »Sensibilisierung« kräuselten sich ihr die Fußnägel, und sie habe das Bild einer Schar Hausfrauen aus den Siebzigern vor Augen, die erst gemeinsam in Handspiegeln ihre Vulven betrachten und sich dann über Zimtplunder hermachen).

Sie könnte eine grandiose Journalistin sein, dachte Sally. Hätte nur diese bescheuerte Ronnie sie nicht in die Hände bekommen.

»Wo habt ihr diese geheimen Dokumente überhaupt her?«, fragte Sally.

»Also einige sind gar nicht so geheim, es hat nur noch keiner danach gesucht«, sagte April, und es war offensichtlich, dass sie nicht ins Detail gehen wollte. Sie wollte nicht, dass Sally von den gefährlicheren Aspekten ihrer Arbeit erfuhr. Aber jetzt fragte Sally weiter.

»Und die anderen?«

»Die anderen haben wir bei einem Einbruch sozusagen gestohlen«, sagte April mit einem großen, stolzen Lächeln.

Sally wurde bang ums Herz. »Ihr seid in ein Büro der Armee eingebrochen?«

»Ja, das war super. Ronnie haben sie erwischt, aber mich nicht«, sagte April. Als sie die Angst in Sallys Blick sah, fügte sie hinzu: »Mach dir keine Sorgen, Sal. Ronnie würde niemals etwas ernsthaft Gefährliches von mir verlangen.«

Sally wusste genau, dass das eine himmelschreiende Lüge war. Ronnie erinnerte sie ein bisschen an Aprils Mutter. Sie war alt, aber keineswegs mütterlich. Sally war nie jemandem begegnet, der so viel fluchte wie sie (abgesehen vielleicht von April). Sie gab Sally nicht wie die meisten Erwachsenen ein Gefühl von Sicherheit. Stattdessen machte sie sie nervös.

Wenn die drei sich zum Abendessen zusammensetzten – es war immer etwas von dem indischen Imbiss gegenüber oder von Aprils Lieblings-Thai –, kippte Ronnie Wein wie eine Marathonläuferin Wasser. Sie sprach von nichts anderem als ihrem gegenwärtigen Projekt und fragte Sally nicht einmal, wo sie lebte oder was sie arbeitete, abgesehen von Sonntag, dem letzten Abend von Sallys Reise. Sally räumte den Tisch ab und hatte gerade Ronnies Teller genommen, als Ronnie ihre linke Hand packte und das Geschirr beinahe zu Boden fiel.

»Was ist das?«, fragte Ronnie und sah auf den Verlobungsring.

»Ich werde heiraten!«, rief Sally aus. Selbst im Gespräch mit Ronnie konnte sie ihre Vorfreude kaum verbergen. Außerdem war der Ring endlich jemandem aufgefallen.

»Jesus«, sagte Ronnie. »Wie alt bist du?«

»Vierundzwanzig«, sagte Sally.

»Um Gottes willen. Darauf hat die Welt gewartet«, sagte Ronnie zu April.

April hatte gelacht, was Sally verletzte, obwohl sie sich sagte, dass April keine Wahl blieb. Ronnie war immerhin ihre Chefin.

Dann sagte Ronnie zusammenhanglos: »Eine von zehn im Irak stationierten Personen ist eine Frau, wusstest du das? Insgesamt sind hundertsechzigtausend US-Soldatinnen da draußen.«

Sally nickte. Sie wusste nicht, was sie dazu sagen sollte. »Wow« war das Einzige, was ihr einfiel.

Sie war sich ganz sicher, dass hier etwas sehr Wichtiges passierte, dass April genau die Art mutiger Arbeit machte, von der sie immer geträumt hatte. Aber Sally freute sich trotzdem, am nächsten Tag nach Hause zu fliegen, Jake wiederzusehen und ihm von diesem skurrilen Wochenende zu erzählen.

An ihrem letzten Tag in Chicago weckte April Sally früh auf, noch vor Sonnenaufgang. Sallys Tasche hing über ihrer Schulter, und in den Händen hielt sie zwei volle Thermobecher Kaffee.

»Komm«, flüsterte sie. »Aber leise.«

Sally folgte April aus der Wohnung und in den Aufzug. Erst dort fragte sie: »Was ist denn los?«

»Ich entwende für den Vormittag Ronnies Auto. Wir machen die Tour durch Chicago, die du verdient hast«, sagte April. »Tut mir leid, dass sie so stark gekürzt sein wird.«

Sally sah sie mit einem erstaunten Lächeln an. »Wird Ronnie böse sein?«, fragte sie.

»Wahrscheinlich. Aber das ist sie dir schuldig«, sagte April.

»Du bist die Beste, Zuckerschnecke«, sagte Sally. Sie war erleichtert, ein bisschen was von der alten, unabhängigen, Prä-Ronnie-April durchscheinen zu sehen.

Im Auto tranken sie Kaffee, sahen den Sonnenaufgang und hörten eine Kompilation, die April Sally für den Flug zusammengestellt hatte. Sie kamen am Sears Tower vorbei und fuhren die Magnificent Mile hinunter. Sie spazierten die Clark Street entlang, betraten ein paar kleine Geschäfte und gingen zum Wrigley Field Stadion, damit Sally ein Foto für Jake machen konnte. Dann sagte April: »Los jetzt, wir haben eine Reservierung zum Brunch.«

Sally grinste. »Im Ethel's?«, fragte sie.

»Wo denn sonst?«, sagte April und zwinkerte ihr zu.

Auf dem Weg dorthin, als Sally gerade an Erdbeeren in Schokoladenfondue dachte und was für ein Glückspilz sie mit einer so verrückten und wundervollen besten Freundin war und wie sehr sie Jake küssen wollte, sagte April: »Ich weiß schon, dass sie exzentrisch und komisch ist, aber ist Ronnie nicht auch einfach total unglaublich?«

Sally erinnerte das an den Ton, in dem manche Frauen ihren Freundinnen den grässlichen Partner beschrieben. Denselben Ton hatte sie angeschlagen, wenn sie eine von Bills peinlichen oder gemeinen Aktionen verteidigte. Ronnie war für April, was für andere Frauen der fiese Partner war, und Sally konnte nichts sagen, bis April das selbst herausgefunden hatte. Also lächelte sie nur und sah weiter aus dem Fenster, als hätte sie nichts gehört.

Als sie Celia davon erzählte, fragte sie Sally, ob April nicht doch in Ronnie verliebt sei, wie Bree schon lange vermutete.

»Nein«, sagte Sally. »Auf keinen Fall. Ich glaube, dass sie für April irgendwie wie eine Mutter ist.«

»Nicht gerade eine gute Mutter«, sagte Celia.

»Ja, aber das ist ihre richtige Mutter ja auch nicht«, sagte Sally.

Sie hatte bei den Worten ein schlechtes Gewissen, aber es war die Wahrheit. Ronnie kümmerte sich nicht anders um April als um eine Assistentin, trotz der Intimität der Wohnsituation. Und April hätte für Ronnies Anerkennung alles getan.

»Die benehmen sich wie in einer Sekte«, sagte Sally.

»Das habe ich auch schon gedacht«, sagte Celia. »Und ich mache mir Sorgen, dass keiner auf April aufpasst.«

Darauf schoss Sally sofort zurück: »Ich passe auf sie auf.«

Nachdem sie aufgelegt hatten, fragte sie sich, ob das der Wahrheit entsprach. Wenn April, stur und dickköpfig wie sie war, beschlossen hatte, Ronnie auf jedem ihrer gefährlichen Wege zu folgen, gab es dann irgendjemanden, der sie davon abhalten konnte?

Celia

Celia war überhaupt nicht überrascht, dass Sally vier Jahre nach dem Abschluss noch einen Schlüssel zum King House am Schlüsselbund trug. Damit kamen sie rein und schlichen nach dem Abendessen um der alten Zeiten willen in den Speisesaal. Lara, Jack und Jill und die älteren Gäste waren zu Bett gegangen. Jake, seine Freunde und Sallys Bruder waren zum Dartspielen und Biertrinken im Packard's.

Celias Vorschlag hatte ein Scherz sein sollen: »Wir könnten ins King House einbrechen«, hatte sie gesagt und sich vorgestellt, wie sie betrunken durchs Treppenhaus rannten, Erstis im Flanellpyjama umarmten und sie fragten, ob sie gesnorkelt werden wollten. (Snorkeling war ein Spiel unter den heterosexuellen Studentinnen in den Wohnhäusern am Quad, das als Vorspiel zum Küssen galt. Die Person, die gesnorkelt wurde, legte sich auf den Rücken. Die Snorkelnde blies ihr so fest in die Nase, dass die Luft durch den Mund wieder herausschoss.)

Sally klimperte mit den Schlüsseln. »Ja! Dann setzen wir uns an unseren alten Tisch und führen richtige Frauengespräche.«

Celia hatte im Alkoholrausch den Punkt schon überschritten, an dem sie sich für Frauengespräche interessierte. Ihr war nicht klar gewesen, wie besoffen sie war, bis sie sich in der Toilette von Pizza Paradiso wiedergefunden hatte, wo sie sich Chianti vom Kleid wischte und »End of the Road« von Boyz II Men grölte. Jetzt wollte sie nur noch in die Stadt fahren und über irgendeinen blöden Städter herfallen, am besten auf einem Pooltisch. Aber sie rief sich in Erinnerung, dass das Sallys Wochenende war, und wenn sie sich Frauengespräche im Speisesaal vom King House wünschte, sollte sie Frauengespräche im Speisesaal vom King House kriegen.

Es war Prüfungswoche. Das erkannte man daran, dass die Damen von der Mensa wie üblich riesige Schalen mit Süßigkeiten bereitgestellt hatten, in die jeweils die Buchstaben FK für Franklin King graviert waren. In einer Schale waren M & M's, in anderen Kekse mit Erdnussbutterfüllung, Laktritzschlangen, Schokoladenbrezeln, und eine Box Munchkins von Dunkin' Donuts stand auch bereit. Man hätte denken können, die Mädchen bereiteten sich auf den Winterschlaf vor und nicht auf ihre Abschlussprüfungen.

Der Speisesaal lag verlassen da. Hier hatte sich nichts verändert, dachte Celia. Die goldenen Kronleuchter funkelten, die langen Eichentische und -stühle waren noch die, in die sie in der Nacht vor der Abschlussfeier ihre Initialen geritzt hatten, während Sally erklärte, das sei ungezogen und respektlos und etwas, was eigentlich nur zwölfjährige Jungen machten. (Sie hatte ihr sorgfältig geritztes SPW trotzdem hinzugefügt.)

Die Mädchen setzten sich an ihren Stammtisch in der Ecke, und Bree stellte die Box mit Donuts in die Mitte.

»Wir sind anscheinend genau zum richtigen Zeitpunkt gekommen«, sagte sie, steckte sich einen in den Mund und leckte sich den Zimt von den Fingern. »Die kleinen Ferkel oben haben noch nicht mitgekriegt, dass hier unten eine neue Ladung Futter eingetroffen ist.«

Wie fast alles am Smith College war auch das Erlebnis im Speisesaal ein Ding der Extreme. Entweder aß man alles oder nichts. Es gab Mädchen, bei denen man nicht sitzen wollte. Sie wurden EDs genannt, kurz für Eating Disorder, es waren die Essgestörten. EDs kompensierten ihr Nicht-Essen durch exzessives Reden über Essen. Sie erzählten den ganzen Tag von dem Kuchen auf dem Abendmenü, kosteten dann nur eine Gabelspitze und deklarierten ihn als viel zu schwer. Sie starrten auf den Teller ihres Gegenübers und kommentierten den offensichtlich rasanten Stoffwechsel der Besitzerin, wenn sie sich diese Mengen leisten könne, oder warnten, wenn man zu wenig nahm, man brauche mehr Nährstoffe.

Im letzten Studienjahr hatte jeden Tag zwischen achtzehn und zwanzig Uhr jemand in eine der Duschen im ersten Stock gekotzt. Niemand hatte sie je gehört, aber es war für alle sichtbar, klebte in Klumpen an den Fliesen und verstopfte den Abfluss. Sally sagte, dass ihr das Mädchen leidtat, weil es ihr wirklich schlecht gehen musste. Dieser Kommentar wiederum ließ alle in dem Glauben, dass Sally die Kotzerin sein musste. Immerhin hatte sie mal zugegeben, dass sie ihr Essen nicht immer bei sich behalten konnte, was Sallys Art war zu sagen, dass sie vielleicht ein kleines bisschen bulimisch war.

Wie sich herausstellte, war die Kotzerin eine abgemagerte Studentin im zweiten Studienjahr, die Hase genannt wurde, weil sie ein Kaninchen in ihrem Schrank hielt und außerdem den schlimmsten Jennifer-Aniston-Haarschnitt hatte, den sie je gesehen hatten.

»Wie die hier Essen als Sexersatz eingesetzt haben«, sagte Celia jetzt, »das war schon verblüffend. Kein Wunder, dass ich so fett geworden bin.«

»Du warst nicht fett!«, protestierte Sally, obwohl alle wussten, dass Celia während ihrer Jahre am Smith College stark zugenommen hatte.

»Sagen wir, angenehm füllig«, sagte Bree, und Celia brach in Gelächter aus.

Das war etwas, das nur die allerbeste Freundin oder vielleicht die eigene Mutter ungestraft sagen durfte.

Nach der Uni hatte Celia mit Weight Watchers angefangen. In einem Monat hatte sie sechs Kilo abgenommen, war aber ausgestiegen, weil sie sich bei den wöchentlichen Treffen das Lachen nicht verkneifen konnte. Sie hatte den anderen in einer langen E-Mail beschrieben, dass sie Ärger bekommen hatte, nachdem sie bei einem Frustessen-Vortrag der Gruppenleiterin – einer in Elasthan gekleideten Frau von der Upper East Side – in Gelächter ausgebrochen war, als die Frau ihnen den Tipp gab: »Stell dich deinem Frust, damit du ihn nicht essen musst.« Seitdem hatte Celia ihre Kalorien selber gezählt und Kohlehydrate gemieden, außer die im Bier.

»Ich weiß nicht, ob ich die Prüfungszeit ohne die abendlichen Süßigkeitenschalen überstanden hätte«, sagte Bree.

Alle vier hatten magna cum laude abgeschlossen. Der Erfolgsdruck war hoch, der Druck, irgendwann einmal *jemand zu sein*. In ihrem Jahrgang waren vier Fulbright-Stipendiatinnen, drei saudische Prinzessinnen, ein Mädchen, das mit achtzehn einen Bestseller über überambitionierte Frauen geschrieben hatte, und die Erbin der Mrs.-Fields-Keksfabriken, die schon einen Businessplan entwickelt hatte, mit dem sie den Jahresumsatz der Firma verdreifachen wollte. Wer sich mit einundzwanzig noch keinen Namen gemacht hatte, so die vorherrschende Idee, sollte wirklich mal in die Gänge kommen. Seitdem war der Druck mit jedem verstreichenden Jahr gewachsen. Herrgott nochmal: Rhonda Lee, die im letzten Studienjahr auf ihrem Flur gewohnt hatte, war schon Professorin in Harvard.

Celia hatte immer davon geträumt, Bücher zu schreiben. Seit der sechsten Klasse malte sie sich lange Tage irgendwo in einem Landhaus aus, an denen sie Tee trinkend mit einem langhaarigen Hund zu Füßen am Küchentisch saß und schrieb. Aber wie sollte sie von da, wo sie jetzt war, dorthin gelangen? Wo sollte man Zeit und Inspiration zum Schreiben finden, wenn man jeden Tag anderer Leute Schrott lesen und eine Absage nach der anderen schreiben musste?

Sobald Celia sich hinsetzte, um an ihrem Roman zu schreiben, schrak sie auch schon vor der Aufgabe zurück. Sie wollte wunderschöne Prosa über Figuren verfassen, die in tiefer Tragödie versunken waren, wie die Autorinnen, die sie seit Ewigkeiten verehrte. Sie hatte schon ein Dutzend Handlungsstränge ausprobiert: einen in Austin spielenden Krimi, eine Liebestragödie über eine Frau, die von der dunklen Verbrechervergangenheit ihres Mann erfährt, einen historischen Roman über vier psychisch instabile Schwestern im viktorianischen England und so weiter und so fort. Gelegentlich hatte sie in einem Zug mehrere Seiten geschrieben und sich danach gefühlt, als könne sie fliegen. Aber wenn sie das Geschriebene am nächsten Tag las, erkannte sie es als das, was es war: laienhaft und lächerlich. Dann löschte sie alles und fing von vorne an. Dieser Tage war sie schon froh, wenn sie die blöden »Jahrgangsneuigkeiten« pünktlich für die Alumni-Zeitschrift zu Papier brachte.

Sie fanden es alle witzig, dass Celia am Ende die Schriftführerin für den Jahrgang 2002 geworden war. Das passte viel besser zu Sally, aber in einem kurzen Anflug von Smith-Nostalgie hatte Celia sich gleich nach der Abschlussfeier freiwillig gemeldet. Es entsprach ihrer Freude am Herumschnüffeln: Sie erfuhr als Erste, was alle aus ihrem Jahrgang so trieben. Bisher hatte es sechs Hochzeiten gegeben und auch schon eine Scheidung. Celia kannte das Mädchen nicht, und als sie die E-Mail erhielt, fragte sie sich, welche Studentin zum Teufel das Bedürfnis hatte, ihrem gesamten Unijahrgang mitzuteilen, dass ihre junge Ehe nach nur zehn Monaten in die Brüche gegangen war.

Celia leitete die pikantesten Updates der ehemaligen Kommilitoninnen immer an die anderen drei weiter, üblicherweise mit einem gehässigen Kommentar drunter. April hatte gesagt, die Erfolge der anderen Alumni würden sie ziemlich umhauen. Bree hatte Celia gegenüber zugegeben, dass sie insgeheim wie besessen davon war, herauszufinden, wer geheiratet und Kinder bekommen hatte. Makaber wie sie manchmal war, hatte Sally gesagt, dass sie die Jahrgangsneuigkeiten übersprang und gleich zu den Todesanzeigen am Ende blätterte.

Celia hatte beim Abendessen zu kichern angefangen und konnte jetzt nicht mehr aufhören. Sie griff in ihre übergroße Handtasche und zog einen teuren Champagner heraus, den sie am Ende einer Weihnachtsfeier Monate zuvor aus dem Büro ihres Chefs hatte mitgehen lassen.

»Auf die Liebe!«, sagte Celia und hob die Flasche. Die anderen hoben imaginäre Gläser.

»Auf die Liebe!«, sagte Sally strahlend. »Und auf euch, meine besten Freundinnen. Die erste wahre Liebe meines Lebens.«

Der Champagner ging rum, und sie wetteiferten um die besten Smith-Anekdoten: Nacktbaden bei Vollmond im Paradise Pond, der Trans-Ball, zu dem sie in Smoking und mit von Bree aufgeklebten Bärten erschienen waren, und der lange Weg nach Hause von den Konzerten im Calvin Theatre, den sie sich mit Singen und Lachen verkürzt hatten.

Als etwa eine halbe Stunde später einige Mädchen herunterkamen, um den Speisesaal zu plündern, war die Champagnerflasche leer.

»Entschuldigung!«, rief Celia einer zu, und Bree versuchte sie zurückzuhalten. »Hey, du da. Wie alt bist du?«

Die Mädchen kicherten nervös. »Neunzehn«, sagte eine.

»Jesus, ihr seid ja Säuglinge!«, sagte Celia.

»Kümmert euch nicht um sie. Sie ist besoffen«, sagte Bree.

Die Mädchen kamen näher und plauderten eine Weile mit ihnen. Eine von ihnen hatte Bio im Hauptfach, genau wie Sally damals; die andere machte irgendwas mit Frauenforschung, und April schrieb ihr eine Leseliste auf eine Serviette. Die Kleine schien einer Ohnmacht nah zu sein, als April ihr erzählte, dass sie für Ronnie Munro arbeitete, und Celia musste sich sehr beherrschen, um nicht zu sagen, dass Ronnie als Person in Wirklichkeit ein totales Arschloch war, auch wenn sie gute Arbeit für die Frauenwelt geleistet hatte.

Sally erzählte ihnen von ihrer bevorstehenden Hochzeit.

»Wie romantisch, auf dem Quad zu heiraten!«, sagte eines der Mädchen, woraufhin Sally sie gleich zum Empfang einlud.

Nachdem die Studentinnen wieder nach oben getrottet waren, griff Celia abermals in ihre Tasche.

»Ich habe euch etwas Kleines mitgebracht, um der alten Zeiten willen.«

Es war eine Flasche Bombay Sapphire Gin, Sallys Lieblingsgetränk damals zu Studienzeiten.

»Bist du Mary Poppins?«, fragte April. »Hast du in der Tasche zufällig noch eine Stehlampe und einen Papagei?«

Celia streckte ihr die Zunge raus. »Etwas Blaues für dich, Sal«, scherzte sie.

Sally hob die Hand. »*Nein*, Schätzchen«, sagte sie lachend. »Ich bin jetzt schon zu betrunken. Ich will keine verkaterte Braut sein!«

»Warum nicht?«, fragte Celia. »Du wirst schließlich auch drei verkaterte Brautjungfern haben.«

»Das ist ein Argument«, sagte Sally. Sie packte die Flasche, drehte den Deckel ab und nahm einen großen Schluck.

»Leute, ich bin jung, ich weiß, aber ich liebe Jake so sehr. Ich könnte ihn auffressen, so sehr liebe ich ihn«, sagte sie. »Ich kann es gar nicht erwarten, seine Ehefrau zu sein.«

April schlug die Hände zusammen, und Celia konnte nur vermuten, dass sie den Teil mit dem »es nicht erwarten können, Ehefrau zu sein« absichtlich überhört hatte. »Bei all den Lackaffen, die ich in unserem Leben habe kommen und gehen sehen, muss ich jetzt sagen, dass du einen tollen Typen für dich gefunden hast«, sagte April.

»Erinnert ihr euch noch an die Arschlöcher, mit denen ich im College was hatte?«, fragte Sally. »Der Typ, der sich gerne mal in die Unterarme tackerte, wenn er voll war? Der Kleine, der von seiner Landschaftsgärtnerei erzählte, bis herauskam, dass er an der Northampton Highschool war und im Sommer Rasen mähte?«

Sie kreischten vor Lachen.

»Vergisst du da nicht jemanden?«, fragte Bree.

»Wen denn?«, sagte Sally.

»Bill!«, sagten die anderen drei immer noch lachend unisono.

»Ich bin heute Nachmittag an seinem Büro vorbeigegangen«, sagte Sally gedehnt und zog die Füße unter sich auf den Sitz.

»Warum denn das?«, fragte Bree und klang schockiert, obwohl Celia und sie am selben Tag eine Wette darauf abgeschlossen hatten, ob Sally ihn erwähnen würde oder nicht. (Bree hatte gewonnen.)

Sally zuckte mit den Schultern. »Ich habe viel an ihn denken müssen. Ich habe diese lächerlichen Träume gehabt, wisst ihr, sexuelle Träume. Ein Teil von mir wollte ihn einfach wiedersehen.«

»Für Sex?«, fragte Celia.

»Vielleicht«, sagte Sally. »Das war nicht bewusst. Egal, ich bin dem nicht nachgegangen. Das ist total normal. Jill sagt, dass sie vor der Hochzeit mit Jack von allen Exfreunden geträumt hat.«

»War das bevor oder nachdem sie den Eimer Wasser holt? In dem Kinderreim von Jack und Jill. Ihr wisst schon«, sagte Celia und lachte grunzend. Sie war nicht mehr ganz klar, und ihr war schwindlig.

»Hast du wegen Jake Zweifel?«, fragte April.

»Nein!«, sagte Sally. »Wie gesagt: Es ist nichts passiert.«

Sie schwiegen. Celia hatte Angst gehabt, dass April etwas in der Richtung sagen würde, obwohl sie ihr davon abgeraten hatte.

In letzter Zeit war April wie besessen von der Frage, ob sie Sally von der Hochzeit abhalten sollten, weil sie zu jung sei und keine Ahnung habe, worauf sie sich da einlasse. Celia hielt das für absurd. Sally war kein Kind mehr. Nur in dieser kleinen Welt hielt man Frauen Mitte zwanzig für zu jung für die Ehe. Im ganzen Land betrachtete man unverheiratete Fünfundzwanzigjährige als reif fürs Gnadenbrot. Himmel, in diesem Alter war ihre Mutter verheiratet und hatte ein Kind.

Celia griff nach einem von mehreren Flyern, die auf dem Tisch lagen, Werbung für bevorstehende Campus-Events.

»Nicht verpassen: *Queere Girls in Nahaufnahme*, jeden Dienstag auf Smith TV«, las sie laut vor. »Um Gottes willen, echt typisch Smith.«

Alle lachten, und die Stimmung entspannte sich ein wenig.

Sally kuschelte sich auf Aprils Schoß und legte die Arme um sie. »Du hast heute furchtbar wenig von dir erzählt, Herzchen. Was treibt ihr im Moment so, du und Ronnie?«

»Wir fangen demnächst mit einem neuen Film an. Wir arbeiten mit minderjährigen Opfern sexueller Ausbeutung in Atlanta«, sagte April.

Celia fand, dass sie stolz klang. Sie wünschte, sie selbst würde auch so klingen, wenn sie von ihrer Arbeit erzählte, aber am Lektorat von *Mit heißen Herren in den Hamptons – Wie man kostenlos in Saus und Braus lebt* war nicht viel, auf das man stolz sein konnte.

»Du meinst mit Prostituierten?«, fragte Sally.

April zog eine Augenbraue hoch. »Das ist nicht das beste Wort, aber ja. Wir machen eine Doku über die Mädchen und ihre Zuhälter. Wusstet ihr, dass das durchschnittliche Eintrittsalter in die Prostitution in diesem Land bei elf Jahren liegt? Diese verdammten Zuhälter holen sich kleine Mädchen von der Straße, aus der U-Bahn, aus der Einkaufspassage. Aber auch von Orten, die man für Kinder für sicher hält, zum Beispiel aus Schulen, Notunterkünften und Kirchen.«

Sally schüttelte den Kopf. »Schrecklich«, sagte sie.

»Genau«, sagte April. »Deshalb werden wir diesen Mädchen folgen und aufzeichnen, was sie durchmachen.«

»Wo werdet ihr unterkommen?«, fragte Sally.

»Vermutlich irgendwo in der Nähe der Mädchen«, sagte April. »Ronnie kümmert sich um die Einzelheiten.«

Celia wäre bei diesem Gespräch lieber nüchtern gewesen. Sie hatte ein paar Dinge zu sagen, aber sobald sie ihr in den Sinn kamen, waren sie auch schon wieder weg.

April sprach weiter. »Wir wollen unter anderem die Korruption bei der Polizei aufdecken. Wenn sie festgenommen werden, hören die Mädchen fast immer, dass sie gehen können, wenn sie den Beamten einen blasen.«

»Fast immer?«, fragte Bree skeptisch.

»Warum müsst ihr dazu nach Atlanta?«, wollte Sally wissen. »Da kennst du doch niemanden. Ist es in New York und Chicago nicht genauso schlimm?«

»Ja, es ist überall schlimm«, sagte April. »Atlanta steht ganz oben auf der Liste, weil da viele Tagungen und Sportereignisse stattfinden, und weil Männer nun mal Schweine sind, bedeutet das, dass die Stadt über eine äußerst lukrative *legale* Erwachsenenunterhaltungsindustrie verfügt: Stripclubs, Escort-Agenturen, Massagesalons und der ganze Dreck. Da werden eine Menge minderjähriger Mädchen weggesperrt. Oder die Zuhälter verkaufen sie über Craigslist, weil es für sie sicherer ist, als die Mädchen auf die Straße zu schicken.«

Bree rutschte unruhig auf dem Stuhl herum. »So schlimm kann es doch gar nicht sein«, sagte sie.

Celia lächelte ihr zu. Sie wusste, dass Bree sich komischerweise oft verpflichtet fühlte, den Süden zu verteidigen, besonders Georgia, auch wenn sie sich selbst oft genug darüber lustig machte. Es war fast wie die stillschweigende Übereinkunft, dass man über die eigene Familie alle möglichen Gemeinheiten von sich geben durfte, niemals aber über die Familie einer anderen Person.

»Es ist ziemlich schlimm«, sagte April. »Die sexuelle Ausbeutung von Frauen und Kindern ist nach Waffen und Drogen die drittgrößte Geldquelle des organisierten Verbrechens in diesem Land.«

»Du wirst die Prostitution nicht abschaffen können«, sagte Bree. »Ich meine, hallo? Das älteste Gewerbe der Welt und so.«

April sah angewidert aus. »Gott, Bree.«

»Was denn?«, sagte Bree. »Zeig mir ein Land auf der Welt, in dem es keine Prostitution gibt?«

»Das kann ich nicht, aber deshalb ist es doch nicht richtig«, sagte April.

»Erzähl ihnen von dem Artikel, den du mir geschickt hast, den über das schwedische Modell«, sagte Sally.

Ein schwedisches Modell? Celia stellte sich eine große blonde ehemalige Sexarbeiterin vor, die sich jetzt für die *Vogue* ablichten ließ.

»In Schweden haben sie ein sehr erfolgreiches Modell entwickelt, was die Aktivitäten von Zuhältern und Freiern kriminalisiert und die Prostituierten zugleich entkriminalisiert – dort werden sie als Opfer gesehen, was ihnen den Weg zur Polizei und ähnliche Schritte total erleichtert«, sagte April.

»Aber ist das nicht ganz schön sexistisch, sofern die Frauen volljährig sind?«, sagte Bree. »Warum sollte die Regierung bestimmen, was Frauen mit ihrem Körper machen? Rutscht man damit nicht auch auf die falsche Seite der Abtreibungsrechtsdebatte und Ähnlichem?«

Jetzt wurde die Anwältin in Bree warm. Celia hielt die Luft an.

»Verdammte Scheiße nochmal, ich kann jetzt nicht mehr darüber reden«, sagte April. »Ich gehe jedenfalls nach Atlanta, und damit hat sich's.«

»Klingt gefährlich«, sagte Bree.

»Finde ich auch«, sagte Sally. »Was sagt deine Mutter dazu?«

»Sie findet das super, total interessant«, sagte April. »Ich mach' das. Nächste Woche geht's los.«

»Ich finde, dass es überhaupt keine gute Idee ist«, sagte Sally.

»Warum? Es ist auch nicht gefährlicher als die anderen Sachen, die wir gemacht haben«, sagte April.

»Ganz genau«, sagte Sally. »Und nach der Scheiße, zu der Ronnie dich bisher gezwungen hat, kannst du froh sein, dass du noch lebst.«

»Ronnie hat mich nie zu etwas *gezwungen*«, sagte April.

»Schatz, mach doch die Augen auf«, sagte Sally. »Die Frau ist eine Extremistin.«

April seufzte. »Eine Extremistin? Sie gehört nicht Scheiß-al-Qaida an, okay?«

Celia sah die Verletzung in Aprils Gesicht und sagte in einem lahmen Versuch, die Wogen zu glätten: »Ich bin jetzt offiziell neidisch. Du hast einen Job, bei dem du wirklich was bewirkst. Ganz im Gegensatz zu mir.«

»Ach, hör schon auf!«, sagte Bree. »Du hast auch einen tollen Job. Mach dich nicht verrückt, nur weil du noch keine Danielle Steel bist. Da kommst du schon noch hin.«

»Danke«, sagte Celia. »Ich kann Danielle Steel nicht ausstehen, aber der Gedanke zählt.«

»Vielleicht solltest du einfach deinen Job kündigen und dich ganz dem Schreiben widmen«, sagte April. »Das Leben ist kurz. Du musst das verfolgen, was dir am wichtigsten ist.«

Bree verdrehte die Augen, aber Celia lächelte. Solche Aussagen waren typisch April und klangen theoretisch immer wundervoll. Aber April dachte anscheinend nie über Lohnzahlungen, Sparbücher und Altersvorsorge nach. Sie lebte, als könne jeder Tag ihr letzter sein, genau so, wie es sich Menschen direkt nach einer Nahtoderfahrung schwören (bevor sie weitermachen wie bisher).

»Ich weiß nicht – ich sage mir, dass ich nicht schreibe, weil mich die Arbeit erstickt, weil ich den ganzen Tag von Verlierern und Möchtegernschriftstellern und ihrer schlechten Ratgeberliteratur umgeben bin«, sagte Celia. »Aber vielleicht bin ich einfach nur faul. Verlierer hin oder her, wenn ich es jetzt nicht schreibe, wann dann?«

»Apropos Verlierer, Celia, ich hab' heute Abend dein Gespräch mit diesem fürchterlichen Anthony mitverfolgt«, sagte Sally. »Tut mir echt leid.«

Celia wehrte ab. »Ist in Ordnung«, sagte sie. »Und er hat mir seinen Zimmerschlüssel gegeben, für später.« Ihr Grinsen sollte andeuten, dass es ein Scherz war, aber teilweise zog sie es in Erwägung.

»Wage es nicht!«, sagte Bree.

»Er war schon ein bisschen süß«, sagte Celia. »Zumindest nach mehreren Gläsern Wein.«

»Du musst echt aufpassen mit dieser Sauferei, Cee«, sagte Sally in dem Predigerton, den sie manchmal draufhatte. »Jake und ich machen uns Sorgen um dich!«

»Mir geht es gut«, sagte Celia.

»Im Ernst«, sagte Sally. »Jake und ich werden oft abends zu Hause fernsehen oder sonst was machen, und dann werde ich bei mir denken, oje, hoffentlich macht Celia nicht gerade etwas, was sie am Morgen bereut.«

Celia war sprachlos.

»Tja, bitte verzeih, dass ich mich noch nicht bereit fühle für das Dasein einer alten Ehefrau«, sagte sie. »Im Gegensatz zu anderen in diesem Kreis bin ich noch jung und gehe gern aus und lass es mir gutgehen.«

»Ach so, und nur weil ich heirate, bin ich plötzlich die Spielverderberin?«, sagte Sally.

»Ja, so könnte man es sagen«, sagte Celia. Sie atmete tief durch. »Hör mal, vielleicht hat es mal eine Zeit gegeben, in der wir ständig zusammen waren und es okay war, zu allem und jedem im Leben der anderen eine Meinung zu haben. Aber diese Zeit ist jetzt vorbei.«

»Ich verstehe nicht, warum es so sein muss«, sagte Sally. »Ich habe das Gefühl, dass jede Einzelne von euch sich von mir zurückgezogen hat, seit ich Jake getroffen habe. Als würdet ihr mich dafür bestrafen wollen, endlich glücklich verliebt zu sein, weil ihr es nicht seid.«

Bree schnaubte. »Sal, das war das Selbstgefälligste, was du bisher von dir gegeben hast. Wir haben zu tun. Wir haben unser eigenes Leben.«

»Außerdem ist Bree auch verliebt«, sagte Celia.

»Ich weiß«, sagte Sally und seufzte. »Ich habe bloß das Gefühl – ach, vergesst es.«

»Nein, was meinst du?«, hakte Bree nach. »Bisher hast du auch kein Problem damit gehabt, ehrlich zu sein.«

»Ich sehe mir einfach nur Jake und mich an. Er macht mich glücklich. Er macht mir das Leben leichter, einfacher. Wohingegen Lara, tja, ihr wisst alle, wie gern ich sie hab', aber –«

»Bullshit«, sagte Bree. »Ihr habt Lara nie gemocht.«

»Hey!«, sagte April.

»Dich habe ich nicht gemeint«, sagte Bree.

April sah verletzt aus.

Sally sprach weiter. »Ich mag Lara wirklich, Blümchen. Was ich gar nicht mag, ist zusehen zu müssen, wie eine meiner besten Freundinnen ihre Beziehung zu ihrer Familie zerstört und ständig unglücklich ist, nur um etwas zu beweisen.«

»Um etwas zu beweisen!«, platzte es aus Bree heraus. »Und was will ich bitte beweisen?«

»Dass diese Sache mit Lara echt ist«, sagte Sally im Flüsterton.

Bree schüttelte den Kopf. »Woher nimmst du das Recht, sowas zu mir zu sagen? Wir halten das Maul und sagen nicht, dass es das Allerletzte ist, dass du dich auf die Suche nach Bill begibst. Wir verlieren kein Wort darüber, dass du Jake nur heiratest, um zu kompensieren, was dir deine Familie nicht gibt.«

»Jetzt hast du es ja doch gesagt«, sagte Sally. »Außerdem glaubst du doch nicht im Ernst, dass ich diese Gefühle bei dir nicht gespürt habe, seit ich Jake kennengelernt habe. Ich hab' diese E-Mail gesehen, sollst du wissen. Die, in der du und April sagt, dass Jake ein Vollidiot ist, weil er Proust nicht gelesen hat. Er ist die Liebe meines Lebens. Und wenn ihr euch je die Mühe gemacht hättet, ihn kennenzulernen, hättet ihr das längst kapiert.«

Celia sah April den Mund öffnen und nahm wie in Zeitlupe wahr, wie die Worte herauskamen: »Sal, wir wissen, dass du ihn liebst, aber wir haben Angst, dass er einfach nicht gut genug für dich ist.«

Celia japste.

»Wie kannst du es wagen?«, sagte Sally.

»Was denn?« April sah ehrlich verwirrt aus. »Du darfst mir sagen, dass meine ganze Karriere bescheuert ist, aber ich darf dir nicht sagen, was ich wirklich von deinem Freund halte?«

»Nein«, sagte Sally. »Das darfst du nicht, du Idiotin. Und er ist nicht mein Freund. Er ist mein Mann.«

Sie stand von ihrem Stuhl auf. »Danke, Leute. Ihr habt meine Hochzeit wirklich zu etwas ganz Besonderem gemacht«, sagte sie. »Ich kann euch gar nicht sagen, wie lange ich darauf gewartet habe, dass wir alle wieder zusammenkommen.«

»Geh nicht, Sal. Wir haben dich doch lieb«, sagte Celia.

Sie sah hilfesuchend zu den anderen, aber die hatten, Hochzeit hin oder her, anscheinend kein Interesse an einer Versöhnung.

Sie gingen schweigend zum Hotel zurück.

Sie hatten sich auch früher schon gestritten, viele Male. Ihre Freundschaft war weder unkompliziert noch unschuldig. Sie hatten hohe Erwartungen aneinander und wurden manchmal enttäuscht. Aber bisher waren sie einander nie lange böse gewesen.

Dieser Abend im Speisesaal war anders. Anstatt, dass sich eine von einer anderen verletzt gefühlt hätte und sich bei den übrigen beiden darüber hätte auslassen können, waren diesmal alle verletzt worden.

Celia lag bis zum Morgen wach und grübelte über das nach, was die anderen gesagt hatten, während April im Bett neben ihr vor sich hin schnarchte.

Sie musste immer wieder an Mütter denken: Sallys Mutter, tot unter der Erde. Brees Mutter, einst enge Vertraute, jetzt praktisch eine Fremde. Aprils Mutter, diese bemitleidenswerte, selbstsüchtige Person, die sich gegen das wehrte, was sie alle wussten. Und Celias eigene Mutter, die sie liebte und verehrte, die sie jeden Tag vermisste, obwohl sie fast jeden Tag vor der Arbeit telefonierten. Sie hatte solches Glück, dachte sie, heute und schon immer eine Mutter in ihrem Leben zu haben. Das trennte sie von den anderen. Sie erinnerte sich an den Abend, an dem sie ihrer Mutter erzählt hatte, dass sie vergewaltigt worden war. Das war zwei Jahre nach dem Uniabschluss gewesen, es war Thanksgiving. Die Verwandten waren gegangen, sie tranken zu zweit Gin Tonic in der Küche, naschten Truthahnfüllung aus einer Schale, und ihre Mutter erzählte ihr von einer Jugendlichen aus ihrer Gemeinde, die eines späten Abends auf dem Schulparkplatz von zwei erwachsenen Männern mit der Pistole bedroht worden war. Sie hatte getan, was sie von ihr verlangten, aber sie hatten ihr trotzdem die Kehle durchgeschnitten. Jetzt lag sie in kritischem Zustand im Massachusetts General.

»Sie haben sie zum Sex gezwungen«, sagte ihre Mutter mit Tränen in den Augen. »Oh, Celia, kannst du dir das vorstellen? Das arme Mädchen war doch fast noch ein Baby. In der Legion Mariens beten wir alle täglich für sie, und das werden wir tun, bis sie wieder zu Hause ist.«

Celia hatte nie vorgehabt, ihren Eltern zu erzählen, was in Dartmouth passiert war, aber die Bilder kamen in diesem Moment zu ihr zurück wie bei jeder Erwähnung von Vergewaltigung oder manchmal, wenn sie versuchte, Sex zu haben: das blaue Kondom, Rob Johanns dunkle Haut auf ihren blassen Armen, die Schwere seines Körpers auf ihrem.

Sie flüsterte: »Ich wurde vergewaltigt. Damals am College.«

Ihre Mutter zog Celia an sich und schloss sie fest in die Arme.

»Was ist passiert?«, fragte sie.

Celia erzählte ihr alles. Ihre Mutter hielt sie fest und hörte zu, ohne ein Wort zu sagen.

»Erzähl Papa nichts davon«, sagte Celia, als sie fertig war. »Ich glaube, es würde ihn umbringen.«

Kurz darauf torkelte ihre Schwester Violet in die Küche, noch keine einundzwanzig und vom Merlot betrunken. Das Gespräch endete, aber später am Abend schlüpfte Celias Mutter zu ihr ins Bett und sagte: »Was kann ich tun, Schatz? Was kann ich tun?«

Aus ganz unterschiedlichen Gründen hatte keine der anderen als Erwachsene ihre Mutter richtig kennenlernen können. Und deshalb, dachte Celia, waren sie ununterbrochen auf der Suche nach etwas, was diese Bindung ersetzen könnte. Am Smith College hatten sie versucht, einander zu bemuttern.

Aber was einst echte Fürsorge und Anteilnahme gewesen war, zeigte jetzt seine hässliche Seite: Sie kamen aus dem Urteilen und Vergleichen nicht mehr raus.

Das galt natürlich für alle Frauen, auch für Mütter und Töchter. Welche Tochter nahm ihre Mutter nicht als Maßstab für alles, was sie zu werden hoffte oder zu werden fürchtete? Welche Mutter konnte ihre junge Tochter betrachten, ohne sich ein bisschen nach ihrer eigenen Jugend zu sehnen, nach der verlorenen Freiheit?

Mit neun oder zehn Jahren hatte Celia, als sie mit ihrer Mutter im Auto saß, sie ohne bösen Willen gefragt: »Mama, habe ich auch so fette Oberschenkel wie du, wenn ich groß bin?«

Ihre Mutter hatte entsetzt ausgesehen.

»Wahrscheinlich«, hatte sie schließlich gesagt.

Heute konnten sie darüber lachen, aber für Celia sprach die Szene Bände: ein Kind, das in seiner Mutter nicht mehr sieht als genau das – *ihre* Mutter. Eine Mutter, die auch Frau ist, ein unabhängiges Wesen, das von niemandem, weder ihrem Kind noch sonst jemandem, an ihre baumdicken Oberschenkel erinnert werden möchte.

Die Welt machte das Privatleben von Frauen zu einer öffentlichen Angelegenheit nicht nur für Menschen, die sie kannten, sondern auch für solche, die sie nicht kannten. In New York konnte man gefragt werden: »Und? Hast du einen Freund?« In dem seltenen Fall, dass die Antwort Ja war, verlangte man dann sofort zu wissen: »Wann heiratet ihr?«

Wenn sie sich nicht von allen um sich herum beobachtet, bemitleidet und beurteilt fühlen würde, würde es sie dann überhaupt kratzen, dass Sally heiratete, während sie selbst noch single war?

Sally zuliebe posierten sie am nächsten Tag für Fotos, aßen Kuchen, tanzten im Regen und sammelten sich in der Hotel-Lobby, um mit Champagner anzustoßen und sie nach einer

Flut von Küssen in die Flitterwochen zu schicken. Aber was am Vorabend passiert war, tat weh. Der Abschied war verkrampft und, zum ersten Mal, nicht ganz unerwünscht.

Im Bus zurück nach New York erinnerte Celia sich an die Meisterklasse Literarisches Schreiben mit dem berühmten Schriftsteller Harold Lance, die sie im zweiten Studienjahr belegt hatte. Die ganze Sache war ziemlich albern. Lances Karriere hatte in den Sechzigern ihren Höhepunkt gehabt, und er machte kein Geheimnis daraus, dass er nur unterrichtete, weil er das Geld brauchte: Seine letzte Veröffentlichung sei ein Flop gewesen, sagte er, und vor kurzem habe er einen Scotch zu viel getrunken, im Landhaus seiner Familie in Sturbridge eine Zigarette nicht ausgedrückt und das zweihundert Jahre alte Gebäude in Schutt und Asche gelegt.

Sein Erscheinen wurde trotzdem von viel Tamtam begleitet. Das Catering stellte Kekse und Mini-Sandwiches neben die Tafel. Ein Journalist vom *Boston Globe* setzte sich ins Seminar. Die Präsidentin des College kam sogar vorbei, um den Studentinnen zu sagen, wie geehrt sie sich fühlen sollten, von einer lebenden Legende lernen zu dürfen.

Fünf Jahre später war es noch immer eines der für das Smith College typischen Erlebnisse, die Celia erwähnte, wenn sie einen süßen ehemaligen Literaturstudenten in einer Bar beeindrucken wollte.

»Mann, Harold Lance hat mein Leben verändert«, sagte der andere dann üblicherweise, und Celia lächelte nur, weil ihr seine Arbeiten nie richtig gefallen hatten: zu maskulin, zu mühevoll *männlich*, weibliche Charaktere waren nichts als Opfer, Märtyrerinnen oder Huren.

Aber da war eine wichtige Sache, die Celia von Harold Lance gelernt hatte und die ihr in jedem Schreibprozess beim Rahmen der Geschichte half: *Jedes gute Drama, jede gute Tragödie ist wie ein Wollknäuel, das aus vielen übereinandergelagerten*

Strängen besteht, hatte er gesagt. *Sie sollten dazu in der Lage sein, das Knäuel abzurollen und jedes Stück zu sehen, bis zum Anfang.*

Später betrachtete Celia Sallys Hochzeitswochenende als den Anfang und wünschte, es wäre alles anders gekommen. Hätten sie nur den Anfang anders gemacht, dachte sie, wäre es vielleicht nie zu dem gekommen, was als Nächstes geschah.

Teil zwei

Smith College Alumni-News
Frühjahr 2007
Neues vom Jahrgang 02

Meine Damen, ich höre Hochzeitsglocken läuten. Alumna Robin Austin aus dem Chapin House schreibt: »Ich bin mit Chase Phillips III verlobt! Wir versuchen, eine Winterhochzeit zu planen und uns gleichzeitig auf das Juraexamen vorzubereiten.« ... Noreen Jones sprudelt vor Freude: »Ich bin verliebt! Mike und ich heiraten im Mai – und erwarten unsere erste Tochter im Juni.« Ist da vielleicht eine zukünftige Smithie unterwegs? ... Neuigkeiten jenseits von Hochzeiten gibt es auch. Nicole Johnson schreibt: »Monique Hilsen, Mary Gallagher, Caitlin Block-Rochelle und ich haben uns zu einem unvergesslichen langen Wochenende in Paris getroffen! Es war super, die Gillette-House-Liebe wieder zu spüren!« Oui, oui ... Susanna Martinson bringt ihre Promotion in Kunstgeschichte zum Einsatz und arbeitet als Dozentin für japanische Malerei in Kyoto ... Und meine persönliche Heldin April Adams macht gerade ihre vierte Doku mit der berühmten Künstlerin (und Smith-Absolventin) Ronnie Munro, die 2009 erscheinen soll. Liebe Mitehemalige, ihr beeindruckt und verblüfft mich immer wieder. Ich freue mich auf weitere Updates von euch!!!

Eure Schriftführerin
Celia Donnelly
(celiad@alumnae.smith.edu)

Sally

Sally ging während der Mittagspause üblicherweise laufen, aber in letzter Zeit hatte sie jede Anstrengung sehr erschöpft und ihr Kopfschmerzen verursacht. Also saß sie stattdessen mit dem *Boston Globe* ihrer Chefin an ihrem Schreibtisch und studierte ihn bei Salat und Eistee.

In der Welt war die Hölle los, und während sie davon las, musste sie an April denken, die da draußen war und für Veränderung kämpfte, die sich ernsthaft für die Verbesserung der Lebensqualität von Frauen einsetzte – Frauen, um die sich die meisten Leute einen Dreck scherten und die April selbst gar nicht kannte. Sally bereute, was sie vor der Hochzeit zu April gesagt hatte, aber sobald sie April anrufen wollte, fielen ihr wieder Aprils Worte über Jake ein, und sie spürte die Wut hochkochen. Sie konnte es nicht fassen, dass April sich in dem Jahr seit der Hochzeit noch nicht entschuldigt hatte und nicht einmal angerufen hatte, um zu fragen, wie die Flitterwochen waren.

Es war der Dienstag nach Memorial Day, und Sally war vom Wochenende erschöpft. Sie waren mit Jakes Familie auf Cape Cod gewesen, waren segeln und baden gewesen und hatten auf der Veranda Sangria getrunken. Jeden Abend hatte sie gehofft, dass sie sich in das Haus ihres Vaters in Chatham davonstehlen würden, das an diesem Wochenende leer sein musste, aber Jake blieb vor dem Fernseher bei seinen Onkeln und der Golfübertragung hängen oder lauschte ihren alten Geschichten, die Sally schon zehnmal und die Jake schon Hunderte Male gehört haben musste. Das war ihm offenbar ganz egal. Er lachte trotzdem wie ein Verrückter.

Während Jake, sein Vater und seine Onkel herumsaßen, tratschten Rosemary und ihre Schwestern in der Küche und lieferten einen stetigen Strom an Essbarem: Zwiebeldip, schwedische Fleischbällchen, Muscheln im Speckmantel, Brownies und Eis. Sally war entsetzt, dass die Frauen in Jakes Familie die Männer auf diese Art bedienten. Jakes Schwester studierte in Colorado, und Sally fragte sich, ob sie mitmachen würde, wenn sie da wäre. Plötzlich wurde ihr klar, dass ihre Mutter auch so gewesen war, obwohl Sally das damals kaum aufgefallen war.

Sie konnte nicht gewinnen. Wenn sie sich zu Jake aufs Sofa setzte, würde seine Mutter sie für ein beleidigtes Prinzesschen halten. Blieb sie in der Küche und hörte noch eine einzige weitere Geschichte über das beste Hummerbrötchen, das Jakes Großmutter je gegessen hatte, würde sie aller Voraussicht nach aus der Tür spazieren und sich im Atlantik ertränken. Sally entschied sich dafür, sich hin und her zu bewegen, die Tabletts mit heißem Essen zu den Jungs rüberzubringen, zu viel Wein zu trinken und länger als nötig im Fernsehzimmer hängenzubleiben.

Sonntagabend trank sie sechs Gläser von Rosemarys hausgemachtem Sangria. Auf der Heimfahrt am nächsten Tag musste Jake viermal anhalten, damit sie aus dem Autofenster kotzen konnte. Sie fühlte sich schon seit einer Weile nicht richtig gut. Zuerst hatte sie Übelkeit und Erschöpfung auf ihre Periode geschoben. Doch dann vergingen Tage, und ihr Zustand blieb unverändert.

»Könntest du vielleicht schwanger sein?«, fragte Jake und klang bei der Vorstellung ein bisschen zu hoffnungsvoll.

»Nein«, sagte Sally. »Ich habe die Pille seit dem ersten Jahr an der Uni kein einziges Mal vergessen.«

Er sollte nicht wissen, wie groß ihre Angst war. Sie dachte an ihre Mutter, der eine falsche Diagnose gestellt worden war von einem Arzt, dem sie ihr Leben anvertraut hatte. Starke Kopfschmerzen konnten alles bedeuten: von Flüssigkeitsmangel bis bevorstehender Erblindung, von Stress bis Hirntumor. Eine Woche zuvor hatte Sally ein Blutbild machen lassen und sich auf der Heimfahrt im Auto mit Jake gestritten, nachdem sie ihn gefragt hatte, ob sie ihren Vater anrufen und ihm sagen solle, dass sie krank war.

»Nur für den Fall eines schlechten Ergebnisses, weißt du. Vielleicht sollte ich ihn vorwarnen.«

»Es ist bestimmt nichts«, sagte Jake. »Mach dir keine Sorgen. Es wird alles gut sein.«

»Du bist kein Arzt, Schatz«, sagte sie.

»Stimmt, aber ich kenne dich, und ich weiß, dass alles in Ordnung ist.«

Sally seufzte. In ihrer eigenen, ganz persönlichen Religion – einer Mischung aus Episkopalkirche und Aberglaube – galt es als Todesfluch, einer kranken Person zu sagen, es sei alles in Ordnung. In dem Moment, in dem man beschloss, sich keine Sorgen zu machen, *genau in diesem Moment*, geriet alles aus den Fugen. Es war viel vernünftiger, das Schicksal nicht herauszufordern und immer das Schlimmste zu erwarten.

Das Labor war heute wie ausgestorben. Der ganze Harvard Campus wirkte wie eine Geisterstadt. Ihr Chef hatte die ganze Woche freigenommen, Jill war mit ihren Verbindungsschwestern in Ogunquit, und die studentischen Hilfskräfte waren über den Sommer nach Hause gefahren. Das hieß, dass die täglichen Aufgaben im Labor an Sally hängenblieben: die Durchführung der Western Blots, die Herstellung von Lösungen für Zellkulturen, die Reinigung alter Glasbehälter und die Bestellung neuer. Es hieß aber auch, dass sie mit den Füßen auf dem Schreibtisch Zeitung lesen konnte, während *The Immaculate Collection* im CD-Player lief. Sally schlug die Zeitung auf, überflog die erste Seite und steckte sich eine Gabel Salat in den

Mund. Sie wollte am liebsten gleich zum Teil »Living/Arts« des *Boston Globe* springen, zwang sich aber dazu, den ersten Kram zuerst zu lesen. Auf dem Titelblatt standen nur schlechte Neuigkeiten: *Zwölf GIs von Straßenbombe vor Bagdad getötet; Tödlich wie eh und je – die Vogelgrippe als hartnäckiger Gegner; Viele Tote wegen abgefahrener Zebrastreifen.*

Sie seufzte. Jake sagte immer, man müsse sich auf dem Laufenden halten, aber sie kam langsam zu der Überzeugung, dass dieses Unterfangen überbewertet war. Sie wollte gerade umblättern, als ihr eine kleine Ankündigung am unteren Ende des Titelblatts ins Auge fiel: *Berühmter Smith-College-Professor verstirbt mit 61.*

Neugierig blätterte sie weiter bis zu den Todesanzeigen. Da war es, auf der ersten Seite dieses Zeitungsteils, ein Foto von Bill, gutaussehend und jung. Sie erkannte es sofort. Es war das Foto vom Buchumschlag seiner ersten Gedichtsammlung.

William Lambert, 61, wurde Mitte der siebziger Jahre wegen seiner herausragenden Gedichtsammlung Fünf Jahreszeiten *landesweit bekannt. Geboren in Newton, schloss er sein Erststudium an der Harvard University mit magna cum laude ab, erwarb dann einen Master an der Columbia University und veröffentlichte vor seinem dreißigsten Geburtstag drei Gedichtsammlungen. Die* New York Times *beschrieb ihn als »neugierig, genial und melancholisch – die perfekte Mischung für einen jungen Dichter«. 1978 heiratete er Janice DuPree (die Ehe wurde letztes Jahr geschieden) und zog nach Northampton, wo er zwei Jahre lang als Visiting Artist am Smith College tätig war, bevor er dort eine Professur annahm. Es folgten keine weiteren Veröffentlichungen, aber er war ein beliebter Lehrer und Mentor. Mr. Lambert erlag den Komplikationen nach einer Lungenentzündung, wie sein Sohn William Lambert Jr. mitteilte. Er hinterlässt ihn und zwei weitere Söhne, Peter und Christopher.*

Sally musste es zweimal lesen, bevor sie glauben konnte, was sie da sah. Bill war tot. Ihr Bill. Sie griff nach dem Telefon, um Celia anzurufen, und drückte den Hörer an ihr Ohr. Sie hörte kein Freizeichen.

»Hallo?«, sagte eine Männerstimme. »Hallo?«

»Hallo?«, sagte Sally verwirrt. Lächerlicherweise fragte sie sich, ob es Bill sein könnte, der ihr sagen wollte, dass er gar nicht wirklich tot war, dass das alles Teil eines ausgeklügelten Plans war, um sie zurückzuerobern.

»Spreche ich mit Sally Brown?«, fragte der Mann.

»Ja«, sagte sie. »Wer ist da, bitte?«

»Hier spricht Dr. Phillips vom Krankenhaus Beth Israel.«

»Oh, Dr. Phillips, entschuldigen Sie. Ich habe gerade schlechte Neuigkeiten erfahren, und das Telefon hat gar nicht geklingelt, sodass ich –«

Er unterbrach sie und klang gehetzt. »Mrs. Brown, ich muss Sie bitten, heute Nachmittag in meine Sprechstunde zu kommen«, sagte er.

Sie spürte ein Gewicht in ihre Magengrube sacken. Plötzlich war alles glasklar. Genau so war es bei ihrer Mutter gewesen. Erst hatte der Arzt angerufen statt irgendeines Arzthelfers, dann hatte er sie in seine Praxis zitiert, um ihr die Ergebnisse mitzuteilen, dann das Todesurteil: Krebs.

Sally konnte nicht atmen. »Muss ich sterben?«, sagte sie schnell.

»Um Gottes willen, nein, aber ich würde die Ergebnisse des Bluttests gerne persönlich mit Ihnen besprechen«, sagte Dr. Phillips mit einer warmen, beruhigenden Stimme. Er kannte die Geschichte ihrer Mutter und wollte es ihr so leicht wie möglich machen, dachte sie.

Sie brach in Tränen aus. Ihr ganzer Körper zitterte.

»Ist es Krebs?«, fragte sie leise.

»Nein. Überhaupt nicht. Mrs. Brown, kommen Sie einfach

vorbei. Passt Ihnen sechzehn Uhr? Dann sage ich Bridget, sie soll Sie eintragen.«

Bis sechzehn Uhr waren es noch drei Stunden.

»Bitte«, sagte sie. »Ich komme auf jeden Fall zu Ihnen, aber sagen Sie mir, was mein Problem ist.«

Ihr Weinen steigerte sich zu einem kontinuierlichen Schluchzen.

Er seufzte.

»Okay. Dann mache ich eine Ausnahme«, sagte er. »Und ich will Sie auf jeden Fall trotzdem um vier sehen. Aber Sie sind vollkommen gesund. Weinen Sie nicht! Sally, Sie sind nicht krank. Sie sind etwa im dritten Monat schwanger.«

Es fühlte sich an wie ein heftiger Stoß von hinten. Der Gedanke war ihr natürlich gekommen, aber sie hatte ihn verworfen. »Ich nehme die Pille«, sagte sie, »und ich hatte meine Periode.«

»Das kann eine Zwischenblutung gewesen sein«, sagte er. »Das ist sehr verbreitet. Was die Pille angeht: Haben Sie sie mal vergessen?«

»Nein«, sagte sie. »Auf keinen Fall.«

Der Arzt kicherte. »Tja, dann wollte dieses kleine Mädchen oder der kleine Junge hier wohl einfach auf die Welt kommen.«

Sally biss die Zähne zusammen. Jetzt hätte sie am liebsten ihm einen Stoß versetzt.

*

Sobald sie am Abend Jake sah, brach sie in Tränen aus.

»Schatz!«, sagte er lachend und wischte ihr die Tränen von den Wangen, »warum weinst du? Das ist ein Grund, zu feiern.«

»Ich kann kein Baby kriegen«, sagte sie. »Verdammt, ich habe doch gerade erst mein Studium abgeschlossen.«

»Sal, der Abschluss war vor fünf Jahren«, sagte er.

Sie rechnete schnell nach und war wieder einmal erschrocken, wie schnell die Zeit verging.

»Trotzdem«, sagte sie. »Das sollte jetzt nicht passieren. Das war so nicht geplant.«

Jake zog sie an sich. »Vergiss die Pläne. Das wird total schön. Du wirst schon sehen.«

»Wie kannst du so ruhig bleiben, Schatz?«, sagte sie und war ein bisschen genervt.

Sie hatte sich unter anderem in ihn verliebt, weil er immer ruhig und kontrolliert blieb, wenn sie ausrastete. Aber manchmal machte seine Gelassenheit sie erst recht verrückt. Als sie mit Bill zusammen war, war sie immer die Vernünftige gewesen. Bill. Es fühlte sich an, als würde ihr Herz in sich zusammensacken. Bill war tot. Sie wollte etwas sagen, aber das war vielleicht nicht der richtige Moment, es Jake zu erzählen.

»Wie soll ich sonst sein?«, fragte Jake. »Ich weiß, dass wir das gerade nicht erwartet hatten, aber das kriegen wir schon hin. Ich war auch ein Unfall, und schau doch, wie sehr meine Mutter mich liebt.«

Sally schniefte und lächelte unwillkürlich. »Du warst kein Unfall«, sagte sie.

»Doch, doch«, sagte er. »Das hat Rosemary mir mal erzählt, als sie ein bisschen angetrunken war. Ein Nantucket Red zu viel zum Brunch.«

»Was hat sie gesagt?«, fragte Sally.

»Sie hat gesagt: ›Ellen war minutengenau geplant, Jakie war eine schöne Überraschung.‹«

Sally musste lachen.

Jake beugte sich nach unten, hob ihr Kleid und küsste ihren Bauch. »Wenn es ein Mädchen ist, sollten wir sie Eleanor nennen, nach deiner Mutter«, sagte er sanft, und Sally kamen die Tränen, diesmal aber, weil sie einen so lieben Mann geheiratet hatte und dafür unendlich dankbar war.

Nach dem Abendessen hätte sie an einer Vorstandssitzung von NOW teilnehmen sollen, aber Sally beschloss abzusagen. Was sollte sie diesen Frauen sagen? Seit Jahren erzählte sie, dass sie irgendwann Medizin studieren würde. Je mehr Zeit verging, desto unwahrscheinlicher schien es und desto weniger wollte sie es. Aber die Frauen von NOW sahen immer so zufrieden und stolz aus, wenn sie es sagte. Die meisten von ihnen waren etwa so alt, wie ihre Mutter jetzt sein würde, und sie hatten lange gekämpft, damit ihre Generation tun konnte, was sie wollte. Was würden sie denken? Eine intelligente Sechsundzwanzigjährige, die schon verheiratet war, war eine Sache, aber schwanger? Plötzlich hatte sie das Gefühl, dass Dutzende von Türen vor ihrer Nase zuschlugen, Türen, für die sie sich bisher gar nicht interessiert hatte. Sie würde niemals mit dem Rucksack durch Europa reisen können. Nicht, dass sie das wirklich gewollt hätte. Sie würde vermutlich niemals Ärztin sein.

Später am Abend rief sie Celia an, um ihr von den Neuigkeiten zu erzählen. Sie war die einzige der Freundinnen, die nach Sallys Hochzeit versucht hatte, das Geschehene wiedergutzumachen, und hatte sich in einer handgeschriebenen Karte entschuldigt, die Sally in einer Kiste voll Smith-Erinnerungen im Wäscheschrank aufbewahrte. Als es klingelte, legte sie die Hand auf den Bauch und hoffte auf einen Tritt. Sie wusste, dass es dafür viel zu früh war, aber sie wünschte sich ein Zeichen abgesehen von einem rosa Strich auf einem uringetränkten Stäbchen. (Zwischen dem Telefonat mit dem Arzt und dem Termin in seiner Praxis drei Stunden später hatte sie auf der Toilette auf der Arbeit vier Tests gemacht, jeder einzelne positiv.)

»Ich habe große Neuigkeiten«, sagte sie, als Celia ranging. »Um nicht zu sagen, gigantische Neuigkeiten.«

»Gigantisch im Sinne von: Du hast ein neues Outfit im Ausverkauf bei Banana entdeckt? Oder gigantisch im Sinne von: Deine ganze verdammte Welt wurde gerade auf den Kopf gestellt?«, fragte Celia.

»Letzteres«, sagte Sally. »Ich bin schwanger.«

Eine lange Pause entstand, bevor Celia wieder etwas sagte, und Sally versuchte sich den Gesichtsausdruck der Freundin vorzustellen. Sie stellte sich vor, wie Celia mit weit geöffnetem Mund vor dem Spiegel in ihrer Wohnung stand und etwas wie *verdammte Scheiße* mimte.

»Okay, Sal, bitte versteht mich jetzt nicht falsch«, sagte Celia, »aber sind das gute oder schlechte Neuigkeiten?«

Sally atmete aus. »Ach, danke, dass du das sagt, Schnecke. Ich habe überhaupt keine Ahnung. Gute Neuigkeiten, vermute ich. Jake macht einen glücklichen Eindruck.«

»Und du? Hast du versucht, schwanger zu werden?«, fragte Celia.

»Um Himmels willen, nein«, sagte Sally. »Wir haben erst vor einem Jahr geheiratet! Ich bin erst sechsundzwanzig! Ich nehme die Pille. Ich weiß auch nicht, wie das passieren konnte.«

»Tja, und was machst du jetzt?«, fragte Celia.

»Wie meinst du das?«, fragte Sally, und als sie begriff, was Celia sagen wollte, fügte sie schnell hinzu: »O Gott, ich behalte es – daran hatte ich nicht einmal gedacht.«

»Entschuldige«, sagte Celia. »Ich will es dir nicht schwermachen. Wenn es das ist, was du willst, sitzt hier schon eine Tante in Bereitschaft. Du wirkst nur ein bisschen verunsichert.«

»Ich habe panische Angst«, sagte Sally.

Plötzlich wusste sie wieder, warum die Smithies ihre besten Freundinnen waren. Sie wusste, dass sie in den nächsten Tagen Dutzenden Menschen erzählen würde, dass sie ein Baby erwartete (Herrgott im Himmel, ein Baby), und dass jeder Einzelne freudig aufschreien würde, weil sie verheiratet war, und wenn verheiratete Frauen schwanger waren, schrie man eben freudig auf. Nur die Smithies würden sich trauen zu fragen, ob sie wirklich glücklich war. Durch die Mädchen fand sie immer wieder zu sich zurück.

Plötzlich erinnerte Sally sich an etwas anderes: »Bill ist gestorben«, sagte sie. »O Gott, bei den verrückten Entwicklungen des Tages habe ich das fast vergessen.«

»Was?!« Celia rang nach Luft. »Jesus, Sal, erst erzählst du mir, dass du schwanger bist, und jetzt das? Ist das eine Versuchsreihe, um herauszufinden, wie schnell ich in einen Schockzustand verfalle?«

Sally lachte. »Wirklich. Was für ein Tag, oder?«

Nachdem sie aufgelegt hatten, schloss sie die Schlafzimmertür und wollte April anrufen. Sie versuchte es zweimal, aber unter Aprils Handynummer ging gleich die Mailbox ran. Sally hinterließ keine Nachricht.

Seit ihrer Hochzeit hatte sie sich gefragt, ob sie je wieder mit Bree und April sprechen würde. Der Abend im Speisesaal des King House hatte ihr klargemacht, dass sie sich vielleicht so weit voneinander entfernt hatten, dass ihre Freundschaft aufgehört hatte zu existieren, ganz einfach. Es fühlte sich seltsam an, wie einen Geliebten zu verlassen, mit dem man alles geteilt hatte. Es war ein aktives Abstandnehmen, nicht zufällig oder den Umständen geschuldet wie am Ende der meisten Freundschaften. Selbst wenn sie sich Jahre später auf der Straße sahen oder sich ihre Blicke auf einer Party trafen, würden sie vielleicht wegsehen, als habe es den Moment nie gegeben.

Aber jetzt wurde Sally klar, dass sie es nicht dabei belassen konnte, besonders nicht in Aprils Fall. Sie brauchte ihre Freundinnen zu sehr, um sie sich entgleiten zu lassen. Sally wusste, dass sie die Sache wieder in Ordnung bringen konnten, wenn sie es wirklich versuchten.

In dieser Nacht träumte sie von April. In Sallys Traum rasten sie gefährlich schnell einen Berg in Capri hinunter (Jake und sie waren einmal dort gewesen, seitdem träumte sie häufig von den schönen Villen und saftigen Zitronenbäumen der Insel), in einem winzigen Auto ohne Türen, und Sally sagte zu April, dass sie springen müssten, um nicht zu zerschellen. Aber April weigerte sich. Sie wollte die Fische am Ozeanboden sehen und sagte, das Auto würde sie dorthin bringen. Sally wollte sie nicht zurücklassen, aber im letzten Moment sprang sie. Dann sah sie dem Auto nach, das fiel und fiel und fiel, bis es ins Meer stürzte. April winkte ihr von unterhalb der Wasseroberfläche zu, und neben ihr trieb der ebenfalls winkende Bill und sah jung aus: dunkles Haar und Bart wie auf dem Foto, das seine Todesanzeige begleitete.

Sally rief April vor der Arbeit am nächsten Tag an und noch einmal während der Mittagspause. Jedes Mal hörte sie eine aufgezeichnete Nachricht, und wenn sie versuchte, etwas raufzusprechen, sagte ihr eine mechanische Stimme, dass Aprils Mailbox voll war.

Bree

Lara wollte schon den ganzen Sommer lang ein Abendessen mit ihrer Chefin organisieren, aber Bree fand immer wieder neue Gründe, warum sie nicht konnte. Ihr war klar, dass ihre Beziehung dieser Tage an einem seidenen Faden hing und dass ein Abend mit Nora und Roseanna einen Streit nach sich ziehen konnte, der ihnen endgültig den Rest gab. Aber im Juli kam ein Sonntagabend, an dem nichts weiter anstand: kein Fußball, keine späten Termine, keine Endspiele im Fernsehen. Bree hatte keine andere Wahl, als hinzugehen.

Nora organisierte ein Nachmittagsprogramm für Kinder aus einkommensschwachen Familien, das Lara leitete. Ihre Partnerin Roseanna hatte in ihren Zwanzigern im Silicon Valley Kohle gescheffelt und war genau zum richtigen Zeitpunkt ausgestiegen. Sie war jetzt zu Hause mit ihrem sechsjährigen Sohn Dylan, der momentan an einem Stepptanzsommerkurs teilnahm.

Sie wohnten in einem irren Haus in der Vorstadt: sieben Schlafzimmer und vier Bäder, eine Natursteinterrasse und hinterm Haus ein Swimmingpool, den ein riesiges Fresko eines liegenden weiblichen Aktes zierte. Sie ließen die Regenbogenflagge an einem Mast im Vorgarten wehen und fuhren zueinanderpassende Hers-and-hers-Autos derselben Marke.

Es war Juli, und der Flieder blühte im Garten hinter dem Haus. Der Geruch erinnerte Bree an ihre Mutter.

Als Lara Dylan beim Abendessen fragte, was er werden wolle, wenn er groß war, sah er nachdenklich aus. »Eine Feuerwehrperson«, sagte er. »Oder Astronaut oder Ästhetiker oder Arzt.«

Feuerwehrperson?, dachte Bree. Ästhetiker? Jesus. Als ihre kleinen Brüder sechs waren, wollten sie Dinosaurier werden.

»Warum nicht alles auf einmal?«, fragte Lara.

»Nooo!«, sagte er und kicherte.

»Nein? Warum nicht?«, fragte Lara.

»Wann sollte ich dann schlafen?« Dylan schlug sich mit der Hand auf die Stirn und brachte alle zum Lachen.

Nach Kaffee und Nachtisch gingen sie mit den Weingläsern in der Hand ins Spielzimmer, während Dylan eine Show für sie vorbereitete. Bree warf einen Blick auf sein Spielzeug: ein Barbie-Traumhaus und einen passenden rosa Miniatur-Van, eine Spielzeugküche mit Spüle und eine Ankleide.

»Uns ist sehr wichtig, dass er geschlechtsneutrales Spielzeug hat«, sagte Roseanna.

Nora tätschelte ihr Knie. »Eines Tages wird uns seine zukünftige Frau dankbar sein, dass wir einen Mann großgezogen haben, der den Abwasch macht und weiß, wie man ein Soufflé kocht – zumindest eins aus Plastik.«

»Ich finde das super«, sagte Lara. »Du nicht auch, B.?«

»Wie?« Bree tat so, als wäre sie von einem Angelina-Ballerina-Buch fasziniert, als Dylan sie davor bewahrte, antworten zu müssen, indem er in einem paillettenbesetzten, lilafarbenen Umhang hinter der Tür hervorsprang. »Die Vorstellung beginnt!«, sagte er. »Mama, stell mich dem Publikum vor!«

Während der Heimfahrt nach San Francisco im Zug sah Bree aus dem Fenster und dachte über den Abend nach, der hinter ihnen lag. Plötzlich brach sie in Gelächter aus.

Lara blickte von ihrem Buch auf. »Worüber lachst du?«, fragte sie und strich Bree eine Strähne aus dem Gesicht.

»Ich musste gerade nochmal an Nora und Roseanna denken. Das sind solche Über-Smithies, dabei waren sie nicht mal am Smith College. San Francisco ist echt sowas wie Northampton West, oder?«

»Wie meinst du das?«, fragte Lara.

»Ich meine: Könnten die irgendwie noch lesbischer sein?« Bree schüttelte lachend den Kopf. »Geschlechtsneutrales Spielzeug? Die sind wie eine Parodie ihrer selbst. Und dieses abscheuliche Fresko. Und die Regenbogenflagge!«

»Wir haben eine in der Küche«, sagte Lara.

»Ich weiß, aber das ist doch nicht zu vergleichen. Unsere Regenbogenflagge an der Wand haben wir seit der Uni. Ihre hat in etwa die Maße eines Goodyear-Zeppelins.«

»Was hast du gegen geschlechtsneutrales Spielzeug?«, fragte Lara.

»Gar nichts! Aber das Spielzeug von diesem Kind ist nicht geschlechtsneutral: Das war alles Mädchenzeug! Ich wette mit dir, wenn die eine Tochter hätten, würden sie sie in einer Million Jahren nicht mit Barbies spielen lassen, verstehst du? Aber da ist der arme Dylan, und es scheint doch eine tolle Idee zu sein, ihn mit rosa Plastik zu überhäufen. Seine zukünftige Frau wird es ihnen danken? Es wird keine zukünftige Frau geben, wenn es für ihn so weitergeht.«

»Ich halte ihn für ein sehr intelligentes Kind«, sagte Lara.

»Ich auch.« Bree lachte. »Aber –«

»Willst du dich streiten?«, fragte Lara.

»Nein!«, sagte Bree. »Herrgott, ich dachte, du würdest es auch witzig finden.«

Bree wusste, dass es eine Zeit gegeben hatte, in der Lara mit ihr gelacht hätte. Sie hatten über die Jahre oft Witze darüber gemacht, dass sie beide der Art von Südstaatenhaushalten entstammten, wo Political Correctness sich begraben lassen konnte. Aber in letzter Zeit war es zwischen ihnen angespannter denn je. Alles hatte mit Sallys Hochzeit vor über einem Jahr angefangen und war Monat für Monat schlimmer geworden.

»Weißt du, du kritisierst an meiner Chefin rum, aber ich

habe nie irgendjemanden aus deinem Büro kennengelernt«, sagte Lara nach einer langen Pause.

Sie sagte es, als wäre es ihr gerade erst aufgefallen, obwohl der Vorwurf fast wöchentlich hochkam.

»Die Leute, mit denen ich arbeite, sind nicht so«, erklärte Bree vielleicht zum sechshundertsten Mal.

»Was soll das heißen? Ihr geht jede Woche zusammen einen trinken.«

»Ja, aber dazu nimmt man nicht die Lebenspartnerin mit. Das dient mehr der Stressbewältigung als dem sozialen Kontakt. Das ist wie Parallelspiel für Erwachsene.«

»Haben die überhaupt Lebenspartnerinnen?«, fragte Lara.

Brees Kollegen bei der Arbeit waren größtenteils ledige Typen zwischen zwanzig und vierzig, was Lara ärgerte, wie sie wusste.

»Die Chefs sind verheiratet. Von den anderen weiß ich es nicht so genau«, sagte Bree.

»Du *weißt es nicht*? Wie ist das möglich? Ihr arbeitet seit zwei Jahren zusammen!«

Bree zuckte mit den Schultern. »Weil wir einfach nicht über unser Privatleben reden.«

Lara biss sich auf die Unterlippe. »Du willst also sagen, dass es ganz normal ist, dass keiner von denen von mir weiß«, sagte sie.

Bree fühlte sich sofort schlecht. »Wie gesagt, Süße, um sowas geht es fast nie.«

»Ich habe das Gefühl, dass du gar nicht willst, dass ich sie kennenlerne«, sagte Lara. Nach einer langen Pause fügte sie hinzu: »Wann werden wir endlich einfach eine ganz normale Beziehung führen?«

»Nie«, blaffte Bree.

Den Rest der Strecke legten sie schweigend zurück.

In Wahrheit wollte sie nicht, dass ihre Kollegen von Lara

wussten. Wenn sie donnerstags nach der Arbeit zusammen auf ein Bier in die Kneipe gingen, schminkte Bree sich und flirtete mit ihrem Kollegen Chris und ihrem Chef Peter. Sie genoss die gelegentliche Aufmerksamkeit von Männern. Eines Abends nach zu vielen Margaritas beichtete Chris ihr, dass er glaubte, sich in sie verliebt zu haben. Am Ende küssten sie sich in seinem Auto, wovon sie aber nie jemandem erzählt hatte, nicht einmal Celia, weil es dann Wirklichkeit geworden wäre.

Bree hatte keine Ahnung, warum sie das getan hatte, und die Schuldgefühle lasteten schwer auf ihr. Wenn es mit Lara richtig schlimm war, dachte sie oft an die einfache, glückliche Zeit am Smith College. Warum konnten sie nicht dorthin zurückkehren?

Teile ihres Umfelds akzeptierten sie als Paar: Laras Familie, die meisten Freunde von der Uni und die Mädchen vom Fußballverein und aus dem Lesekreis. Und manch andere rafften es einfach nicht: Brees Familie und bis zu einem gewissen Grad Celia und, vermutete Bree, die Typen auf der Arbeit. Sie sah keinen Grund, ihnen die Beziehung unter die Nase zu reiben. Lara hatte sich geoutet und war stolz darauf, egal, wo sie war. Aber für Bree hatte es sich nie so einfach angefühlt. Sie war in einer lesbischen Beziehung, aber sie war keine Lesbe. Sie liebte Lara, aber konnte sie wirklich in einem Haus mit einer Regenbogenflagge im Vorgarten wohnen und kleine Jungen großziehen, die in Himmelbetten schliefen und mit Barbiepuppen spielten?

Ihr war klar, dass Nora und Roseanna extrem waren – die meisten Lesben in ihrem Bekanntenkreis waren ziemlich normale Eltern. Sie wusste, dass Lara von ihr kein Fresko mit einer nackten Dame wollte, sondern Verbindlichkeit. Aber je älter Bree wurde, desto konservativer fühlte sie sich und desto mehr schätzte sie die heteronormative Art (so würde April es nennen), in der ihre Eltern sie großgezogen hatten. Sie war ans

Smith College gegangen und Anwältin geworden und hatte diesen Menschen gefunden, den sie liebte, und trotzdem wollte ein riesiger Anteil von ihr abends einfach zu Hause sein und Essen kochen, während der Ehemann am Küchentisch Zeitung las und kleine Jungen zu seinen Füßen mit Tonka Trucks spielten.

Am Samstag nach dem Essen bei Nora und Roseanna standen Bree und Lara früh auf, um laufen zu gehen. In der Nacht hatten sie zum ersten Mal seit zwei Wochen miteinander geschlafen, sie hatten ausführlich in einem kleinen französischen Restaurant in der Nachbarschaft gegessen, Wein getrunken und Händchen gehalten, über alte Geschichten gelacht und mit der hübschen Pariser Kellnerin geflirtet. Diese Ausbrüche von Glück waren nie von Dauer, aber jedes Mal hofften beide, dass vielleicht irgendein Bann gebrochen war und sie von nun an einfach glücklich sein könnten, wie früher.

Sie traten gerade aus der Tür, da klingelte das Telefon.

»Lass es klingeln«, sagte Bree, aber Lara ging ran und reichte den Hörer mit einem verwirrten Gesichtsausdruck an Bree weiter.

»Tim«, sagte sie.

Brees Bruder stand kurz vor Beginn seines letzten Studienjahres. Er war noch nie in seinem Leben an einem Samstag vor zehn Uhr aufgestanden. Abgesehen davon korrespondierten sie selten über ein anderes Medium als E-Mails: Er schickte Bree unanständige Witze oder auch mal einen Link zu einem ekelhaften Video von einem Typen, der es mit einem Pferd macht, und sie wies ihn darauf hin, dass sie noch ihren Job verlieren würde, wenn er nicht bald damit aufhörte.

»Timmy?«, sagte sie ins Telefon. Er atmete schwer.

»Mama ist im Krankenhaus«, sagte ihr Bruder.

Er berichtete, dass ihre Mutter während der Gartenarbeit vor dem Haus einen Herzinfarkt gehabt hatte. Ein Nachbar hatte gesehen, wie sie einen riesigen Tontopf mit Tulpen hochgehievt hatte und plötzlich zusammengebrochen war.

»Wird sie wieder gesund?«, wollte Bree wissen.

»Das wissen wir noch nicht«, sagte Tim mit zitternder Stimme. »Sie soll in ein paar Tagen operiert werden, wenn sich ihr Zustand stabilisiert hat. Du solltest nach Hause kommen.«

Bree dachte daran, wie jung er war. Sie sollte Telefonate wie dieses führen, nicht er.

»Natürlich«, sagte sie. »Sag Papa, dass ich im ersten Flieger sitze, den ich kriegen kann. Und sag allen, dass ich sie liebhabe. Und, Timmy: Ich hab' dich sehr lieb.«

Dazu gab er eine Art Grunzen von sich, und Bree musste beim Gedanken an ihren Bruder kurz lächeln, verrückt und unsentimental wie eh und je. Aus irgendeinem Grund beruhigte sie das ein wenig.

Nachdem sie aufgelegt hatte, wandte sie sich Lara zu.

»Meine Mutter hatte einen Herzinfarkt«, sagte sie.

»Oh, Süße!«, sagte Lara. »Wie ist ihr Zustand?«

Bree schüttelte den Kopf. »Sie wissen es noch nicht, sagt Tim. Ich muss da hin.«

Sie rannte ins Schlafzimmer, zog Laras alte Sporttasche unter dem Bett hervor und stopfte Klamotten hinein. Lara war ihr gefolgt.

»Ich buche gleich einen Flug«, sagte sie und legte die Arme um Bree. »Das wird wieder«, flüsterte sie. »Es wird, Liebling.«

»Ein Herzinfarkt«, sagte Bree. »Meine Mutter? Sowas sollte in zwanzig Jahren passieren, nicht jetzt. Sie ist noch so jung.«

»Schrecklich«, sagte Lara.

Kurz darauf küsste Lara sie und verließ das Zimmer, um die Tickets zu buchen. Bree setzte sich aufs Bett und dachte an ihren Vater. Er hatte ihre Mutter in der Grundschule kennengelernt und war seither keinen Tag ohne sie gewesen. Ohne sie konnte er nichts: Er konnte sich keine Krawatte binden, konnte weder einen Brief schreiben noch sich ein Sandwich machen oder mit einem seiner Kinder ein wichtiges Thema besprechen.

»Meinst du, wir schaffen den Neun-Uhr-Flieger?«, rief Lara aus dem Wohnzimmer.

»Müssen wir«, sagte Bree und erschrak in diesem Moment bei der Vorstellung, dass ihre Mutter beim Erwachen Lara und sie über sich gebeugt sehen würde. Vielleicht würde sie gleich einen weiteren Herzinfarkt erleiden.

Bei Urlauben und zu anderen feierlichen Anlässen bezog Bree Stellung. Sie wusste, dass sie nicht zugleich Lara und ihre Eltern haben konnte, also entschied sie sich für Lara. Aber das hier war etwas anderes. Ihre Mutter brauchte sie, die Version von ihr, die die Familie liebte. Sie legte ihr langes Haar über die Schulter und ging zu Lara. Ihr war klar, dass das nicht gut ankommen würde, aber hatte sie eine andere Wahl?

»Liebling, ich glaube, ich mach das mal solo«, sagte sie.

»Was soll das heißen?«, fragte Lara.

»Ich sollte allein nach Hause fahren. Du weißt ja, wie sie über uns denken, und –«

Lara sah getroffen aus. »Du kannst doch jetzt nicht allein sein«, sagte sie.

»Das werde ich auch nicht. Ich bin ja bei meiner Familie«, sagte Bree.

»Und wenn ich mitkomme und ein Hotelzimmer für mich allein nehme?«, sagte Lara. »Dann würden wir nicht in Sünde unter ihrem Dach schlafen oder so.«

In Sünde. Es war sarkastisch gemeint, aber Bree fand das unter diesen Umständen unmöglich.

»Tut mir leid, aber ich fahre allein«, sagte Bree, drehte sich um und packte fertig.

Lara ging ins Badezimmer und schlug die Tür hinter sich zu.

Diese Angewohnheit von Bree ging Lara mehr als alle anderen gegen den Strich: Brees Fähigkeit, Entscheidungen zu verkünden und jede weitere Diskussion auszuschließen, war Laras Meinung nach ein »unbarmherziges und egoistisches Verhalten, das üblicherweise nur Männer mit kleinen Penissen an den Tag legen«.

Am Flughafen sah Bree Familien durch die Sicherheitskontrolle gehen und dachte darüber nach, dass sie vor fünf Jahren zu einer Ausgestoßenen ihrer eigenen Familie geworden war. Die Trennung hatte ihr das Herz gebrochen, und trotzdem war sie Bree nie ganz real erschienen. Jetzt fuhr sie zum ersten Mal seit dem Jurastudium nach Hause. Sie wünschte nur, der Anlass wäre ein anderer.

Bree kaufte eine übergroße Tafel Schokolade im Duty-free und vertilgte sie Riegel für Riegel. Das erinnerte sie an Sallys Art, Kekse wie ein Mäuschen zu essen, was sie wiederum daran denken ließ, wie früh Sally ihre Mutter verloren hatte. Sollte ihre eigene Mutter sterben, würde sie sich nie verzeihen, dass sie Jahre praktisch mit Schweigen verschwendet hatten. Einen Augenblick wünschte sie sich Sally herbei. Sie hatten seit einem Jahr nicht miteinander gesprochen. Bree hatte auch mit April keinen Kontakt gehabt, wusste aber über die ewige Friedensbotschafterin Celia von beiden. Bree hatte Sally immer wieder anrufen wollen, aber sie wollte es erst tun, wenn sie gute Neuigkeiten hatte, wenn sie Sally zeigen konnte, dass sie sich wegen Lara geirrt hatte. Jetzt war Sally im fünften Monat schwanger. Wieder wurde eine Mutter geboren, dachte Bree. Es hatte sie verletzt, dass Sally sie nicht angerufen hatte und sie es von Celia erfahren musste.

Bree spürte die Tränen kommen. Sie hasste es, in der Öffentlichkeit zu weinen. Sie fischte ihr Handy aus der Handtasche und rief Celia an, die immer das Richtige sagte. Wie erwartet fand sie tröstliche, aber nicht bevormundende Worte. Sie sagte nicht, Bree solle nicht weinen und sich keine Sorgen machen. Sie bot an, auf der Stelle nach Savannah zu kommen.

»Danke, aber es geht schon«, sagte Bree.

»Werdet ihr im Haus deiner Eltern unterkommen?«, fragte Celia.

»Ich fahre allein«, sagte Bree. »Lara ist nicht mitgekommen.«

»Warum nicht?«

»Sie wollte, aber ich habe abgelehnt«, sagte Bree. »Ich hielt es für besser, ein Familiendrama jetzt zu vermeiden.«

Celia schwieg.

»Findest du das scheiße?«, fragte Bree.

»Es ist wirklich eine schwierige Situation, und du musst machen, was für dich richtig ist, Süße«, sagte Celia.

»Aber benehme ich mich hier Lara gegenüber total fies?«, fragte Bree. »Sag schon! Ich bitte um brutale Ehrlichkeit.«

Celia seufzte. »Sieh mal, du bist meine beste Freundin, du gehst für mich vor. Mir ist es nicht so wichtig, ob das Lara gegenüber fies ist. Ich denke nur, dass einer der Gründe für eine Partnerschaft doch der ist, in solchen Zeiten nicht allein sein zu müssen. Wenn du sie jetzt ausschließt, tja, was soll das Ganze dann überhaupt?«

Bree hatte keine Antwort.

»Okay, ich muss jetzt einsteigen«, sagte sie schließlich. »Ich ruf dich nach der Landung wieder an.«

Sie legte auf und wusste sofort, wen sie anrufen musste. Trotz der Zeit, die vergangen war, wählte sie die Nummer und hörte es sechsmal klingeln, dann siebenmal. Zuletzt ging der Anrufbeantworter ran.

»Dies ist der Anschluss von den Browns!« Sallys Stimme klang in der Aufnahme blechern, aber so, so glücklich. »Hinterlassen Sie eine Nachricht für Sally oder Jake nach dem Piep.«

Bree legte auf.

Kurz darauf klingelte ihr Handy.

»Bree?!«, sagte Sally. »Ich hab' gerade die Einkäufe reingetragen. Ich hab' dich knapp verpasst! Was ist los?«

»Meine Mutter«, sagte Bree und fing an zu weinen.

Sie erzählte Sally von ihrer Mutter und von Lara. Sie fragte nach Sallys Schwangerschaft, und Sally überraschte sie durch ihre vollkommen unsentimentale Einstellung zu der ganzen Sache: Sie erzählte, dass sie jeden Morgen mit dem Gefühl aufwache, am Abend zuvor eine Flasche billigen Tequila gekippt zu haben.

Zwanzig Minuten später, kurz bevor sie auflegte, flüsterte Bree: »Was bei der Hochzeit passiert ist, tut mir leid. Und es tut mir auch leid, dass ich nicht früher angerufen habe.«

»Liebe bedeutet, sich niemals entschuldigen zu müssen«, sagte Sally in dramatischem Tonfall, und beide lachten laut, weil das von allen abgedroschenen Sprüchen der lächerlichste war.

»Aber im Ernst: Mir tut es auch leid«, sagte Sally.

»Danke, dass du mich zum Lachen gebracht hast«, sagte Bree.

»Immer gern«, sagte Sally.

Mit vierundzwanzig hatte Brees Bruder den großen, schlanken Körperbau und das dunkle Haar ihres Vaters. Als sie in Savannah in den Terminal kam, schloss er sie fest in die Arme. Ihre Brüder hatten sie ein paarmal in San Francisco besucht, und Roger sah bei jeder Begegnung mehr wie ein Mann aus.

Brees Eltern waren nie in ihrer Wohnung gewesen. Es waren fast sechs Monate vergangen, seit sie sich bei einem großen Familientreffen in Tennessee zum letzten Mal gesehen hatten. »Neutraler Boden, also wird der Dritte Weltkrieg hoffentlich nicht ausbrechen«, hatte sie zu Lara gesagt und gehofft, dass sie nicht mitkommen würde. Das tat sie nicht, und als Bree ihrer Familie allein begegnete, hatte sie das überglücklich gemacht. Ihr Vater hatte ihr einen Kuss auf die Wange gegeben. Ihre Mutter hatte ihre Hand gehalten, als wären sie Schulmädchen. Da war ihr klar geworden, dass sie sie liebten wie eh und je.

»O Mann, es ist verdammt gut, dich zu sehen«, sagte Roger. Mit einem Blick an ihr vorbei fragte er dann: »Wo ist L-Dog?«

L-Dog, dachte Bree. Als wären die beiden alte Pokerfreunde oder so.

»Sie kommt nicht«, sagte Bree.

Er nickte. »Wahrscheinlich besser so, stimmt's?«

Roger bot an, sie zuerst nach Hause zu fahren, damit sie etwas essen konnte, aber Bree wollte gleich zum Krankenhaus.

»Wie geht's Papa?«, fragte sie, als sie im Auto saßen.

Roger zuckte mit den Schultern. »Ich glaube, er ist im Schock. Der arme Tim musste den Krankenwagen rufen und dann uns beide anrufen. Papa ist irgendwie neben der Spur.«

»Sie ist so jung«, sagte Bree.

»Zweiundfünfzig«, sagte ihr Bruder, und Bree war unsicher, ob es Zustimmung war oder nicht.

»Ist sie in letzter Zeit krank gewesen?«, fragte Bree. Ihre Augen füllten sich mit Tränen. Was für eine Tochter kannte die Antwort auf diese Frage nicht?

»Nein«, sagte Roger. »Emily und ich waren erst gestern Abend zum Grillen da.«

»Emily?«, fragte Bree.

»Die Schnecke, mit der ich was am Laufen habe«, sagte Roger.

»Deine Freundin?«, fragte sie neckisch.

»Das hätte sie gern«, gab er grinsend zurück. »Mama hat gestern von dir gesprochen. Sie hat Emily erzählt, dass sie Kartoffelsalat bis heute ohne Paprika macht, weil die Stückchen für dich als kleines Mädchen wie rote Ameisen aussahen, und du das nicht essen wolltest.«

Bree lachte.

»Emily weiß jedenfalls gar nichts, also hat sie gefragt, wann du wieder nach Hause kommst. Sie würde dich gern kennenlernen, hat sie gesagt. Und Mama hat gesagt, dass sie hofft, dass du bald nach Hause kommst, weil sie nur eine Tochter hat und zwei übelriechende Söhne es einfach nicht tun.«

»Das hat sie nicht gesagt«, sagte Bree lächelnd. Es war genau das, was ihre Mutter sagen würde.

»Klar hat sie das«, sagte Roger. »Wir haben dich alle vermisst, aber Mama am meisten.«

»Aha. Und warum verdammt nochmal ruft sie dann nie an oder kommt mich besuchen?«, sagte sie und war selbst überrascht, diese Worte aus ihrem Mund zu hören.

»Du hast den beiden einen ganz schönen Schrecken eingejagt, Bree. Du hast ihnen diesen neuen Lifestyle von dir unter die Nase gerieben.«

»Das ist absurd«, sagte sie. Sie konnte es nicht ausstehen, wenn Leute das Leben einer Person als »Lifestyle« bezeichneten.

»Während der Uni immer wieder mit ihr in deinem alten Zimmer zu schlafen?«, sagte er. »So zu tun, als wärt ihr nur Freunde. Und du kommst gar nicht mehr nach Hause. Ich weiß schon, du hast viel zu tun, aber nicht mal zu Weihnachten?«

Brees Hände schlossen sich zu Fäusten. »Ich lebe mit meiner Freundin, und sie ist im Haus meiner Eltern nicht willkommen. Wenn ich anrufe, sagen sie ein paar Worte und legen dann auf. Was soll ich denn machen?«

»Ich weiß, ich weiß«, sagte er. »Ich denke bloß, wenn man anders damit umgegangen wäre, dann ... ach, scheiß drauf. Jetzt bist du ja da.«

Sie schwiegen eine Weile, dann sagte er: »Sie sind wirklich stolz auf dich, weißt du. Papa erzählt immer rum, dass du eine Anwältin im sonnigen Kalifornien bist.«

Bree schnaubte höhnisch. Sie musste an das Wochenende vor zwei Jahren denken, an dem sie nach Stanford gekommen waren, um bei ihrer Abschlussfeier dabei zu sein. Lara hatte gehofft, dass das der Wendepunkt werden würde, aber Bree hatte nicht aufhören können, an die Abschlussfeier vom Smith College zu denken, daran, dass sie ihren Eltern mitten auf dem Quad von ihrer Liebe zu einer Frau erzählt hatte, und an ihre Reaktion.

In Stanford hatten sie in einem engen Studioapartment gewohnt, das viel zu klein war für alle ihre Sachen. Am Ankunftstag von Brees Eltern wollte Lara ihnen die Wohnung zeigen. Sie hatte die ganze Woche lang geputzt, Kaffeekuchen gebacken und Blumen arrangiert. Aber als Brees Familie die Wohnung betrat, wanderte der Blick ihrer Eltern automatisch zum Bett, neben dem sich auf der einen Seite Jura-Wälzer und auf der anderen alte *Sports Illustrated* stapelten.

»Sie können bestimmt erraten, wer von uns auf welcher Seite schläft«, sagte Lara lächelnd.

Brees Mutter lief knallrot an.

Beim Essen nach der Abschlusszeremonie brachte ihr Vater einen Toast aus. Roger, betrunken von den etwa zehn Bier, die er über den Tag verteilt konsumiert hatte, beschloss, ebenfalls einen Toast auszubringen. Als er fertig war, sah Bree, wie Lara sich erhob, und wandte den Blick ab.

»Ich sollte vielleicht auch ein paar Worte sagen«, sagte sie.

Brees Vater sah entsetzt aus. Ihre Mutter entschuldigte sich und kam zwanzig Minuten lang nicht von der Toilette zurück.

Nachdem sie ihre Familie am nächsten Morgen zum Flughafen gebracht hatten, lächelte Lara und sagte zu Bree: »Tja, das war ein richtig beschissener Auftritt.«

Bree hätte am liebsten geschrien. Sie wollte fragen, warum Lara immer wieder darauf hatte herumreiten müssen, dass sie ein Paar waren. Auch auf ihre Familie war sie stinksauer. Ihre Mutter mit dieser lächerlichen Flucht auf die Toilette, als wäre sie eine Figur in einem verdammten Melodram. Bree steckte dazwischen und wurde von beiden Seiten in den Wahnsinn getrieben.

Roger ließ sie an der riesigen kreisförmigen Einfahrt vor dem Krankenhaus raus und fuhr zum Parkplatz.

»Sie ist in Zimmer 481«, sagte er.

Bree ging hinein und atmete flach, um den muffigen Krankenhausgeruch zu vermeiden. Plötzlich machte sich Panik breit bei der Vorstellung, ihre Eltern nach all der Zeit wiederzusehen. Sie fragte einen weißhaarigen Mann vom Sicherheitsdienst nach den Aufzügen, und er zeigte auf einige Türen direkt vor ihnen.

»Ich Dummkopf!«, sagte sie. »Ich bin nicht ganz bei mir, tut mir leid.«

»Sie sind genau richtig, Liebes«, sagte er mit einem warmen Lächeln, und sie musste fast weinen.

Dieser Mann musste täglich Dutzende Menschen sehen, die die schlimmste Zeit ihres Lebens durchmachten. Sie stellte sich vor, dass nach der Arbeit zu Hause eine Art Frau Weihnachtsmann auf ihn wartete und er die Geschichten bei ihr ablud, während sie heiße Schokolade kochte. Aber vielleicht war er auch Witwer und fand Trost an diesem Ort, an dem so viele denselben Schmerz litten wie er.

Sie ging zu den Aufzügen. Kurz darauf öffneten sich die Türen des Lifts direkt vor ihr, und eine Familie stieg aus. Brees Blick senkte sich auf ein kleines Mädchen in rosa Tutu und glitzerndem lila Badeanzug mit einem Gipsarm und einer Puppe, die von der freien Hand baumelte. Sie hatte rote Zöpfe und Sommersprossen auf der Nase.

Bree winkte ihr zu, und das Mädchen winkte mit den beiden Fingern zurück, die nicht eingegipst waren.

»Ich hab' mir auf Madisons Pool-Party den Arm gebrecht«, platzte sie in einem entzückenden nasalen Südstaatlerakzent heraus.

»Ach herrje«, sagte Bree und blickte dabei auf, um den Eltern zuzulächeln.

»Bree?«, hörte sie den Mann sagen. »Bist du es?«

Doug Anderson hielt ein rothaariges Baby an der Brust, über seine Schulter hing eine Stoffwindel. Als sie das letzte Mal miteinander gesprochen hatten, hatte sie im ersten Studienjahr von ihrem Zimmer im Studentenwohnheim auf dem Smith Campus angerufen, um die Verlobung aufzulösen. Er hatte sie angefleht, es sich noch einmal zu überlegen, aber ihre Entscheidung war gefallen. Aprils Rat folgend hatte sie seinen Ring zuvor in einem gefütterten Briefumschlag zu ihm auf den Weg gebracht, damit sie keinen Rückzieher machen konnte.

Er sah genau so aus wie früher. Er trug ein Konzert-T-Shirt von Shooter Jennings und abgetragene Jeans. Er scharrte mit der Fußspitze auf dem Teppich, und Bree hätte schwören können, dass die letzten zehn Jahre einfach gar nicht vergangen waren.

»Wow, Doug«, war alles, was sie herausbrachte.

Neben ihm stand eine zierliche Rothaarige in einem Wickelkleid, die Bree an Wilma Flintstone erinnerte.

»Das ist meine Frau Carolyn. Früher hieß sie Carolyn Dempsey. Sie war an der Highschool ein Jahr unter uns«, sagte Doug.

»Ja, na klar.« Bree lächelte und streckte die Hand aus, obwohl sie sich überhaupt nicht an die Frau erinnern konnte. Sie war nur dankbar, dass er nicht das kleine Flittchen geheiratet hatte, das ihre Beziehung zerstört hatte, selbst wenn diese Unbekannte ihr vermutlich den größten Dienst ihres Lebens erwiesen hatte. »Mein Name ist Bree«, sagte sie.

»Oh, ich weiß, wer du bist«, sagte Carolyn lieblich mit einem ganz bestimmten Südstaatlerton, den Bree seit Jahren nicht gehört hatte. Ihre Brüder hätten ihn als Rasierklinge im Honigglas beschrieben.

»Und das sind unsere Kinder Rose und Oliver«, sagte Doug.

Bree rechnete. Er hatte wirklich keine Zeit verloren. Das musste sie ihm lassen. Er war einer von den Typen, die heiraten und viele Kinder kriegen wollten, und jetzt hatte er genau das Leben, das er immer haben wollte. Es gab so viele Arten, sechsundzwanzig zu sein.

»Und, Bree, wohnst du in der Gegend?«, fragte Carolyn.

»Nein, ich lebe in San Francisco«, sagte sie. »Mit meiner Freundin.«

Was soll's, dachte sie. Doug hob eine Augenbraue.

»Was machst du mittlerweile?«, fragte Doug.

»Ich arbeite in einer Kanzlei.«

»Als Anwältin?«, fragte er.

Bree nickte.

»Und Stanford? Bist du da am Ende wirklich hin?«

Sie nickte und wurde rot. Das war ein Gefühl, das nur Frauen kannten, dachte sie, dass man sich wie eine Angeberin vorkam, auch wenn man nur eine Tatsache über sich selbst bestätigte.

»Das freut mich«, sagte Doug mit einem freundlichen Lächeln.

Bree zuckte mit den Schultern. »Und du? Sieht aus, als hättest du alle Hände voll zu tun gehabt.«

»Das stimmt«, sagte er. »Ich arbeite jetzt bei meinem Vater, als eine Art Anwaltsgehilfe. Im Wesentlichen chauffiere ich ihn zu seinen Golfverabredungen und sorge dafür, dass der Kaffee nicht ausgeht. Aber irgendwann mache ich bestimmt noch meinen Juris Doctor.«

Bree glaubte, Beschämung in seinem Ausdruck zu erkennen, aber dann hellte sich sein Gesicht auf. »Du weißt schon, eines Tages, wenn ich mehr als zehn Sekunden am Stück nachdenken kann und nicht mehr diesem kleinen Kürbis hier hinterherjage.«

Er fuhr seiner Tochter zärtlich durchs Haar, und bei dieser Geste wünschte Bree sich einen Augenblick lang, sie könnten in der Zeit zurückgehen zu den Sommern, die sie auf der sonnenverbrannten Wiese in seinem Garten gelegen und darüber geredet hatten, wie viele Kinder sie eines Tages haben würden. Wenn die Dinge anders verlaufen wären, wäre sie jetzt an Carolyns Stelle. Sie wünschte sich diese Art von Leben nicht, aber irgendetwas war sehr attraktiv an der Sicherheit des Gefühls, sich nicht mehr auf das eigene Leben zuzubewegen, sondern tatsächlich angekommen zu sein.

»Du bist hübsch«, sagte Rose. »Willst du meinen Gips unterschreiben?«

Bree lachte. »Sehr gern.«

Sie zog einen Stift aus der Tasche und beugte sich vor, um ihren Namen zu schreiben. Heute früh war sie mit dem Vorhaben aufgestanden, mit Lara joggen zu gehen, auf dem Markt frische Avocados zu kaufen, Guacamole zu machen und den Rest des Tages Baseball im Fernsehen zu sehen. Und jetzt stand sie hier, dreitausend Kilometer entfernt von ihrem Startpunkt, und gab Doug Andersons Tochter ein Autogramm. Das war offiziell der seltsamste Tag ihres Lebens. Plötzlich wünschte sie, Lara wäre da, um ihn mitzuerleben.

»Ist denn bei dir alles in Ordnung?«, fragte Doug.

Einen Moment dachte sie, er wolle wissen, ob es für sie in Ordnung war, ihm so unerwartet zu begegnen, aber dann erinnerte sie sich, wo sie sich befanden und weshalb sie überhaupt hier war.

»Meine Mutter hatte einen Herzinfarkt«, sagte sie. »Ich bin gerade auf dem Weg zu ihr.«

»O Gott, das tut mir aber leid«, sagte Doug. »Kann ich irgendetwas tun?«

Seine Frau warf ihm einen giftigen Blick zu, den sie sofort mit einem breiten Grinsen zu überspielen versuchte. »Ja, bitte sag ganz offen, wenn wir helfen können. Nur keine Scheu«, sagte sie.

»Nein, es geht schon«, sagte Bree. »Aber ich gehe jetzt besser mal nach oben.«

»Klar. Also, es war schön, dich wiederzusehen«, sagte Doug.

»Fand ich auch«, sagte sie.

Die Aufzugtüren öffneten sich, sie trat ein, winkte Doug und seiner Familie zum Abschied und hoffte, die Türen würden sich schnell schließen.

Kaum hielt der Aufzug im vierten Stock, erkannte Bree die Stimme ihres Bruders Tim. Sie folgte ihr bis in einen dämmrigen Raum am Ende des Flurs, und da waren sie alle: ihr erschöpfter Bruder und ihr Vater, die Mutter in einem Krankenhausbett, angeschlossen an eine Infusion und einen Herzmonitor, ein Schlauch in der Nase.

»Bree!«, sagte sie leise. »Mein Engel, du bist gekommen!«

»Natürlich bin ich gekommen«, sagte Bree. »Wie fühlst du dich?«

»Mir geht es gut«, sagte ihre Mutter sanft. »Gott sei Dank, es geht mir gut.«

»Gelobt sei der Herr«, sagte Tim im Ton eines Priesters, und Bree ging zu ihrem Vater und umarmte ihn.

»Hör auf damit!«, sagte ihre Mutter. »Das ist nicht der Moment, ihn zu beleidigen.«

»Was sagen die Ärzte?«, wollte Bree wissen.

»Sie muss sich noch ein wenig erholen, aber sie wird wieder«, sagte ihr Vater. »In ein, zwei Tagen machen sie die OP, und ein paar Tage danach nehmen wir sie wieder mit nach Hause.«

»Was für eine OP?«, fragte Bree.

»Ein Bypass«, sagte ihre Mutter und legte die Hand auf die Stirn. »Ein dreifacher Bypass, Bree, kannst du dir das vorstellen? Nusskuchen wird es in dieser Familie so schnell nicht mehr geben.«

In diesem Moment trat Roger ein, die Schlüssel klimperten in seiner Hand.

»So, ihr alle, stellt euch mal zusammen«, sagte Brees Mutter. »Los jetzt, ich will ein Foto machen.«

»Schatz, wir haben keine Kamera da«, sagte Brees Vater sanft.

»Ja, ja, ich weiß«, sagte sie. »Ich meine ein mentales Bild. Ich will meine ganze Familie beieinander sehen.«

Brees Vater und Brüder drängten sich so eng um Bree, dass sie dazwischen fast zerdrückt wurde, wie sie es schon gemacht hatten, als sie noch klein war.

»Aua!«, sagte sie lachend.

»Hört auf damit, Jungs«, sagte ihre Mutter.

Später gingen ihre Brüder und ihr Vater in die Cafeteria, um einem Gerücht über einen Red Velvet Cake nachzugehen, das sie von einem anderen Patienten im Flur gehört hatten. Bree blieb da. Ihre Mutter, vom Morphium benebelt, phantasierte zwischendurch immer wieder. Es war ein bisschen beängstigend, sie so zu sehen, aber Bree bemühte sich, sich ganz normal zu verhalten.

»Das hat mich wirklich erschreckt«, sagte ihre Mutter. »Erst machst du plopp und dann ganz plötzlich hui.«

»Klar«, sagte Bree, als wäre es die vernünftigste Aussage der Welt.

»Das war ein Tag«, sagte ihre Mutter.

»O ja«, sagte Bree lächelnd, denn obwohl ihr klar war, dass ihre Mutter zusammenhanglose Worte von sich gab, waren sie in diesem Fall sehr passend.

»Ich werde schlafen wie ein Stein«, sagte ihre Mutter mit einem Seufzer.

Ihr Gesichtsausdruck wurde kurz traurig. Sie sagte: »Weißt du was? Du hättest gegen uns kämpfen sollen. Kämpfen, bis auf den Tod. Ich verrate dir ein Geheimnis: Du hättest gewonnen.«

»Wie meinst du das?«, fragte Bree. Sie wollte mehr wissen, aber da schloss ihre Mutter die Augen und schlief ein.

Nachdem an diesem Abend alle anderen zu Bett gegangen waren, schlich Bree auf die Veranda, um nachzudenken. Ihre Eltern schienen sich sehr gefreut zu haben, sie wiederzusehen, aber nach Lara hatten sie nicht gefragt. Das war ihre Art, dachte sie, ihr mitzuteilen, dass sie das alles zurückhaben könnte, wenn sie Lara aufgab. Das war ihre Familie, und sie liebte sie, aber wie konnten sie von ihr verlangen, so eine Wahl zu treffen?

Es war eine schwülheiße Julinacht. Das Louisianamoos hing in lila Wolken von den Bäumen und glitzerte im Mondlicht. Savannah war ihre wahre Heimat, und nach wie vor der schönste Ort, den sie je gesehen hatte. Bree versuchte sich vorzustellen, Hand in Hand mit Lara einen Zwillingskinderwagen die sonnige Congress Street entlangzuschieben. Sie schüttelte den Kopf. Unmöglich.

In der Ferne leuchteten zwei Autoscheinwerfer auf, die ersten, die sie an diesem Abend sah. Es war erst elf Uhr, aber in der Gegend ging man früh schlafen. Das Auto näherte sich, es war ein alter Volvo Kombi. Als er beim Haus angekommen war, fuhr der Fahrer an den Straßenrand, stieg aus und schloss leise die Tür. Bree blinzelte in die Dunkelheit, um zu erkennen, wer da auf sie zuging.

»Hallöchen«, sagte Doug. »Was für ein Zufall, dich hier zu treffen.«

»Hi«, sagte sie und stand auf, um ihn zu umarmen. »Das ist aber eine Überraschung.«

»Keine böse, wie ich hoffe«, sagte er. »Ich hab' beim Rite Aid um die Ecke noch eine Packung Windeln für das Baby besorgt, und da dachte ich mir, ich fahr mal vorbei und schau, ob ihr da seid und irgendetwas braucht.«

»Das ist lieb von dir, danke«, sagte sie.

Sie setzten sich nebeneinander auf die Verandatreppe. Er fragte nach ihrer Mutter, und sie brachte ihn auf den neuesten Stand. Dann sprachen sie von Dougs Eltern und seinem Bruder, der wegen einer Kokainabhängigkeit auf Entziehungskur war, obwohl die meisten Leute außerhalb der Familie glaubten, er sei auf einem Fantasy-Baseball-Sommercamp. Dann kam ein unangenehmer Moment, in dem keiner von ihnen wusste, was er sagen sollte.

»Wow«, sagte sie schließlich lachend. »Was aus dir geworden ist.«

»Aus *dir* erst«, sagte er. »Du bist ein ganz anderer Mensch.«

»Wie meinst du das?«, fragte sie, obwohl sie es natürlich ahnte.

»Na, dann schauen wir doch mal«, sagte er grinsend. »Als du vor neun Jahren weggegangen bist, warst du ein braves Südstaatenmädel, das seine Homecoming-Queen-Krone aus Spaß zu Hause trug. Du warst verrückt nach Make-up und Mädchenzeitschriften. Und du warst verlobt.«

»Mit dir, wenn ich mich recht entsinne«, sagte sie.

Flirtete sie tatsächlich gerade mit ihrem Freund von der Highschool?

»Ah ja, stimmt«, sagte er. »Sie brachen mir das Herz, meine Dame.«

»*Ich* habe *dir* das Herz gebrochen?«, sagte sie mit erhobener Augenbraue.

»Klar«, sagte er. »Kaum warst du am Smith College angekommen, wusste ich, dass ich dich an diesen kleinen Hexenzirkel von Mitbewohnerinnen verlieren würde. Hast du noch Kontakt zu den Mädels?«

Sie lächelte. »Ja. Sie sind meine besten Freundinnen.«

»Wie auch immer«, sagte er. »Es ist dir jetzt bestimmt egal, aber ich wollte trotzdem sagen, dass mir das mit damals sehr leidtut. Sehr, sehr leid, Bree. Ich war panisch, ich hatte das Gefühl, dass es zwischen uns überhaupt nicht so war, wie ich erwartet hatte, und dann suchte ich Halt bei etwas –«

»Etwas Unkompliziertem«, sagte sie und dachte an die dumme Knutscherei mit Chris aus dem Büro.

»Genau«, sagte er.

Sie wischte es mit einer Handbewegung fort. »Ganz ehrlich: Es ist in Ordnung«, sagte sie. »Wir waren doch Kinder.«

Sie stellte mit Überraschung und Erleichterung fest, dass sie es ehrlich meinte: Sie war ihm nicht böse. Das alles lag Millionen Jahre zurück. Sie staunte darüber, wie man ein bestimmtes Gespräch oder eine Entschuldigung herbeisehnen konnte und sie in dem Moment, in dem sie endlich kam, gar nicht mehr zu brauchen schien.

»Apropos Kinder«, sagte sie. »Ich kann nicht fassen, dass du Vater bist.«

»Ich auch nicht«, sagte Doug. »Ich weiß, dass das jeder sagt, aber in meinem Fall ist es wahr: Ich habe die supersten Kinder der Welt.«

»Die *supersten*?« Bree lachte.

»Schon gut, Frau Smith-Stanford. Wie auch immer es heißt. Kinder sind toll. In den ersten Monaten hat man so einen kleinen scheißenden Brotlaib. Man fragt sich, in was man da zum Teufel reingeraten ist. Aber dann verwandeln sie sich in Personen. Das ist das Unglaublichste, das ich je gesehen habe.«

»Scheißende Brotlaibe«, wiederholte Bree. »Was für eine schöne Vorstellung.«

Er stupste sie spielerisch an. »Lass mich. Du weißt genau, was ich meine.«

»Ganz ehrlich, ich finde dich bemerkenswert«, sagte sie.

»Lara und ich wollten uns letztes Jahr einen kleinen Hund anschaffen, entschieden uns schließlich aber dagegen, weil wir zu der Verpflichtung nicht bereit waren.«

»Ist das deine Freundin?«, fragte er.

Bree nickte. »Ja. Ich bin überrascht, dass die Sache nicht schon in der ganzen Stadt die Runde gemacht hat.«

»Könnte schon sein, dass davon etwas zu mir durchgedrungen ist«, sagte er. »Vielleicht war da die Andeutung, dass ich eine Lesbe aus dir gemacht hätte. Ich erinnere mich nicht genau.«

Sie verzog das Gesicht. »Tut mir leid.«

Doug zwinkerte. »Mach dir keinen Kopf«, sagte er.

»Willst du mich gar nicht über sie ausfragen?«, sagte sie.

Doug schüttelte den Kopf. »Es war aber schon komisch, dich das vorhin sagen zu hören. *Meine Freundin.* Wow. Ich dachte, gleich fällt Carolyn der Kopf von den Schultern. Egal, zurück zu der Sache mit den Babys. Ich glaube, wir beide sind einfach von einem ganz anderen Schlag. Du bist eine Planerin. Alles muss perfekt vorbereitet sein, bevor du einen Schritt gehst, sonst hast du Angst, die ganze verdammte Welt könnte über dir zusammenbrechen. Für mich ist es eher so: ›Wir kriegen ein Baby. Und weiter?‹«

Bree lachte. »Ich beneide dich darum.«

»Vielleicht macht es manches einfacher«, sagte er mit einem Schulterzucken. »Nicht so viel Analysiererei.«

»Da hast du recht«, sagte sie. »Drei Viertel meines Erwachsenenlebens habe ich mit Analysieren verbracht. Ermüdend auf die Dauer.«

Sie fragte sich, was passiert wäre, wenn sie von ihren Eltern verlangt hätte, dass sie sich ihrem Leben anpassten. *Du hättest gegen uns kämpfen sollen*, hatte ihre Mutter gesagt. Was, wenn sie darauf bestanden hätte, Lara zu den Feiertagen mitzubringen und sie in die Familie zu integrieren? Hätte es funktioniert? Sie hätte Lara diesmal mitkommen lassen sollen. Vielleicht war es noch nicht zu spät. Vielleicht konnte sie morgen herkommen. Roger würde sie vom Flughafen abholen und ihr die Stadt zeigen.

Noch während sie es sich vorstellte, wusste Bree, dass es nicht dazu kommen würde. Ihr fehlte noch immer der Mut dazu.

»Und ist Carolyn eine Planerin?«, fragte sie.

»Sie ist eine Kreuzfahrtdirektorin ohne Schiff«, sagte Doug. »Sie führt den Haushalt wie eine Kaserne. Natürlich mit viel Liebe.« Er lächelte.

»Natürlich«, sagte Bree. »Bleibt sie mit den Kindern zu Hause?«

Er nickte. »Und sie macht das super.«

»Was wollte sie werden, also, du weißt schon, bevor sie Kinder hatte?«, fragte Bree.

Doug zuckte mit den Schultern. »Mutter?«, sagte er.

Er wandte den Blick auf den Vorgarten. »Ich fahr' hier manchmal vorbei, wenn ich gestresst bin. Nicht wie ein Psycho oder so. Ich erinnere mich nur gern daran, wie einfach damals an der Highschool alles war, wie viel Spaß wir hatten. Und dann denke ich an die großen Träume, über die wir damals geredet haben. Du hast sie für dich wahrgemacht, Bree. Ich bin stolz auf dich.«

»Egal, was man wählt, man muss etwas dafür aufgeben«, sagte sie. »Du hast eine Frau, Kinder, ein Haus und, verdammt nochmal, einen Volvo. Ich kann dir gar nicht sagen, wie weit ich von alledem entfernt bin.«

»Apropos verdammter Volvo, ich muss mal wieder los«, sagte Doug. »Sonst denkt Carolyn noch, ich hätte mich einer Biker-Bande angeschlossen oder so.«

Bree lachte. »Kann ich dich noch etwas fragen, bevor du gehst?«, sagte sie.

»Du kannst mich alles fragen«, sagte er.

»Würdest du deinen Sohn mit Barbies spielen lassen?«

»Auf keinen Fall«, antwortete er, ohne nachzudenken. »Würdest du deiner Katze einen großen Knochen zum Knabbern vorwerfen?«

»Das hatte ich mir gedacht«, sagte Bree.

Er gab ihr einen Kuss auf die Wange, sie verabschiedeten sich, und sie dachte, dass sie ihn vermutlich nie wiedersehen würde, es sei denn, sie begegneten sich noch einmal zufällig in der Stadt.

Als er weggefahren war, ging Bree in ihr altes Kinderzimmer, das noch immer mit rosa Ballettschühchen dekoriert und mit Chiffonvorhängen desselben Farbtons ausgestattet war. Sie kroch unter die Bettdecke und rief Lara an. Das Festnetztelefon klingelt viermal, dann ein fünftes Mal, und Bree fragte sich, ob Lara vielleicht mit Freunden aus war.

Aber dann hörte sie Laras Stimme am anderen Ende der Leitung.

»Hallo, Liebling«, sagte sie.

»Hallo«, sagte Lara. »Wie geht es deiner Mutter?«

»Sie ist stabil, das ist erstmal gut.«

»Oh, Gott sei Dank. Bestell liebe Grüße von mir. Oder nicht, wenn das einfacher ist«, sagte Lara. »Ich habe mir echt Sorgen gemacht. Du hättest ruhig ein bisschen früher anrufen können.« Bree überraschte der Ton.

»Hier war die Hölle los«, sagte Bree. »O Gott, rate mal, wem ich über den Weg gelaufen bin? Doug Anderson! Ich hab' ihn im Krankenhaus mit Frau und Kindern gesehen, und dann hat er heute Abend vorbeigeschaut.«

»Er hat vorbeigeschaut?«, fragte Lara. »Aha.« Sie schwieg einen Moment lang. »Soll ich für dich bei der Arbeit anrufen oder so? Ich kann auch immer noch nach Savannah kommen, wenn du willst.«

»Nein, nein«, sagte Bree. »Das ist wirklich nicht nötig. Ich will dir keine Umstände machen, Babe.«

»Okay, egal«, sagte Lara.

»Bist du mir böse?«, fragte Bree entrüstet. Ihr war klar, dass es in letzter Zeit nicht gut zwischen ihnen lief und vielleicht hauptsächlich sie selbst dafür verantwortlich war. Aber ihre Mutter hatte gerade einen Herzinfarkt gehabt, verdammt nochmal. Das konnte sie jetzt wirklich nicht gebrauchen.

»Ich weiß einfach nicht, was ich dir bedeute«, sagte Lara.

»Was soll das denn heißen?«, fragte Bree.

»Seit wir das Smith verlassen haben, warte ich darauf, dass du es schaffst, unsere Beziehung vor den Menschen in deinem Leben offenzulegen. Ich habe mir immer wieder gesagt, dass du irgendwann locker wirst, wenn ich nur lange genug warte. Aber jetzt weiß ich, dass das niemals passieren wird.«

»Das ist so unfair«, sagte Bree. »Warum sagst du das gerade jetzt?«

Sie hörte Lara weinen. »Ich weiß, dass es ein schlechter Zeitpunkt ist, deine Mutter im Krankenhaus. Und ich würde alles dafür geben, dass es anders wäre. Aber ich kann das nicht mehr.«

»Baby!«, sagte Bree. »Das meinst du nicht so.«

»Doch«, sagte Lara. »Es wird nicht besser. Ich spüre einfach, dass es vorbei ist. Wirklich vorbei, verstehst du? Deine Mutter hat einen Herzinfarkt, und du willst mich nicht bei dir haben? Du rufst nicht einmal an, hast aber Zeit, mit deinem Ex-Verlobten abzuhängen? Das ist nicht die Art von Beziehung, die ich will.«

Bree geriet in Panik. »Ach, komm schon. Mein Ex-Verlobter? Wir waren Kinder. Und es war ja auch keine Verabredung zu Burger und Bier! Er hat bloß kurz bei uns vorbeigeschaut.«

Lara schwieg.

»Nach acht Jahren willst du einfach so Schluss machen?«,

sagte Bree. »Genau in dem Moment, in dem ich dich am meisten brauche?«

»Ich liebe dich«, sagte Lara, »und ich glaube, dass du vermutlich die Liebe meines Lebens bist. Aber seien wir ehrlich: Ich bin nicht die Liebe deines Lebens.«

Sie legte auf. Bree rief sofort noch einmal an, aber Lara ließ es einfach klingeln. Als sie eine Woche später nach Hause kam, war Lara ausgezogen.

Celia

Celia war der festen Überzeugung, dass nichts auf der Welt der Hölle auf Erden näher kam als Manhattan im Sommer. Die Luft wurde in der Hitze dick und schwer, in den Straßen stank es nach Müll, von den Klimaanlagen tropfte trübes Wasser auf ihre Wangen, und ihr Haar verwandelte sich in ein nicht zu bändigendes Desaster.

Es war Juli, sie steckte mitten in ihrem fünften Sommer in New York. Dieser war besonders qualvoll, weil Kayla, seit vier Jahren ihre Kollegin und Freundin, sich am Memorial-Day-Wochenende verlobt hatte. Über Nacht hatten sich ihre Gesprächsthemen von Tratsch und Politik zu Tafelaufsätzen, Blumenmädchen und den Vorteilen des Kleinfeld-Brautkaufhauses gegenüber der versnobten Vera-Wang-Boutique auf der Madison Avenue verschoben.

Celia war stolz, dass die Stadt sie nicht sehr verändert hatte. Ihre New Yorker Freunde taten Dinge, die bei ihr und den Smithies nicht vorgekommen wären, wie Kokain ziehen, ernsthaft über Diäten sprechen, Menschen böse Blicke zuwerfen, die mit Kindern ins Restaurant kamen, die Schicksale von Celebrities mit echtem Interesse verfolgen und einzelne Kleidungsstücke kaufen, die mehr als ein Wochengehalt kosteten. Zu dieser Liste fügte sie *wegen einer Hochzeit durchdrehen* hinzu.

Nachdem sie sich Kaylas Hochzeitsgerede eine Woche lang angehört hatte, rief sie Sally an, um ihr zu danken, dass sie sich nicht in ein Brautmonster verwandelt hatte.

»Ach, *tatsächlich*?«, sagte Sally scherzend. »Ich dachte, ihr hättet mich alle als eine Art Brautmonster erlebt.«

»Tja, haben wir auch«, sagte Celia. »Aber nur, weil wir keine Ahnung hatten, was es noch so gibt.«

Eines Nachmittags aßen Celia und Kayla in einem überfüllten Imbiss in der Nähe ihres Büros. Hinter der Theke bereiteten fette Männer in weißen T-Shirts Cheesesteaks und Parmesanhähnchensandwiches zu, während ihnen der Schweiß die käsigen Gesichter hinunterlief. Junge Männer in Anzügen tupften sich die Stirn mit billigen Papierservietten ab, Frauen kapitulierten und banden sich die Haare zu hoch auf dem Kopf sitzenden Zöpfen. Kayla schien nichts davon zu bemerken. Ihr Gesicht strahlte und war trocken, der blonde Bob lag fein säuberlich auf ihren Schultern, und Celia fragte sich, ob eine Verlobung die Kraft hatte, sogar die Schweißdrüsen zu beeinflussen.

»Übrigens«, sagte Kayla, »ich war gestern mit Marc und seinen Kollegen bei einem Spiel der New York Mets. Da war so ein süßer Typ dabei. Ich dachte, vielleicht können wir mal ein Doppeldate organisieren.«

Celia zuckte mit den Schultern und versuchte, den Gedanken zu vertreiben, dass es Doppeldates seit 1953 eigentlich nicht mehr gab.

»Klar«, sagte sie. »Mach mal.«

»Das klingt bestimmt egoistisch, aber ich will, dass du in der richtigen Begleitung zu meiner Hochzeit kommst«, sagte Kayla.

Sie hatte recht, dachte Celia. Es klang tatsächlich egoistisch, und bescheuert außerdem.

»Und wer weiß«, fuhr Kayla fort, »vielleicht passt das zwischen dir und dem Typen, und ihr heiratet am Ende.«

»Ich weiß gar nicht, ob ich überhaupt heirate«, sagte Celia, um das Thema zu beenden.

Kayla lektorierte die Memoiren pensionierter rechter Senatoren und Fachleute, war aber eine eingefleischte Linke, die am Williams College Politikwissenschaften studiert hatte und hoffte, eines Tages an wirklich wichtigen Büchern zu arbeiten. Celia wollte sie fragen, wie sie Nancy Pelosis letzte Rede bewertete, eine ihrer ersten als Sprecherin des Repräsentantenhauses, aber Kayla redete weiter.

»Ach, Süße!«, sagte sie, »natürlich wirst du heiraten. Mädchen wie wir heiraten alle. Du findest schon jemanden. Das verspreche ich dir.«

Celia atmete tief durch. »Ich wollte damit nicht sagen, dass ich niemanden finden werde«, sagte sie. »Ich wollte sagen, dass ich vielleicht gar nicht heiraten möchte.«

Kayla riss die Augen auf, dann grinste sie. »Diese Zweifel haben wir alle, bevor wir dem Richtigen begegnen«, sagte sie. »Du wirst schon sehen.«

Celia erwähnte es nicht, aber sie musste daran denken, wie viele Freundinnen ihrer Mutter von ihrem Mann für viel jüngere Frauen verlassen worden waren.

»Hast du manchmal Angst, dass Papa das auch machen könnte?«, hatte Celia ihre Mutter einmal gefragt.

»Um Gottes willen, nein«, hatte ihre Mutter gesagt. »Er weiß, dass ich ihn erschießen würde.«

Ehe war nicht gleich Sicherheit, wie Celia immer gedacht hatte. Und Ehe war auch nicht gleich Glück. Als ihre Mutter und ihre Tanten sie in New York besuchten, bestaunten sie ihre Studiowohnung, und der Neid in ihren Augen sah ganz genau so aus wie der in den Augen ihrer befreundeten weiblichen Singles, wenn sie ein Mädchen mit einem riesigen Verlobungsring am Finger bei Bloomingdale's eine Hochzeitsliste für Porzellan anlegen sahen.

Sie hatte in Manhattan einen Haufen Frauen kennengelernt, die offen zugaben, nur zu arbeiten, um sich bis zur Hochzeit die Zeit zu vertreiben. Sie waren wie aus einem schlechten Schwarzweißfilm, ein Relikt aus einer Zeit vor Jahrmillionen.

Aber da waren sie: auf Partys, auf Geburtstagsessen von Freunden, in der Warteschlage vor der Toilette einer Bar. Sie waren üblicherweise zart und hübsch und arbeiteten fast ausnahmslos im Marketing, sodass Celia zu der Überzeugung gelangte, »Marketing« sei ein anderes Wort für »single und ernsthaft auf der Suche«.

»Mein Job ist einfach nicht mein Ein und Alles«, sagten manche. Oder: »Es gibt einfach nichts, das ich mehr will als eine Familie.«

Celia erinnerte sich an ein Telefonat mit April einige Monate vor Sallys Hochzeit.

»Diese Scheißfrauen gehen mir sowas von auf die Nerven«, hatte April gesagt. »Anstatt sich darüber zu freuen, ihr Glück selbst suchen zu können und irgendeinem verrückten Traum nachzujagen, wollen die alle nur ihre Möglichkeiten einschränken, indem sie auf Nummer sicher gehen.«

»Ich denke ganz ähnlich, aber ging es bei der Frauenbewegung nicht auch um die Möglichkeit der Wahl?«, sagte Celia. »Sollten wir ihre Entscheidung nicht respektieren?«

»Was für eine Entscheidung? Die Entscheidung, keine Entscheidung zu treffen?« April kochte. »Die Entscheidung, irgendeine dunkle Phantasie der fünfziger Jahre auszuleben?«

»Oh, wow«, hatte Celia gesagt. »Ich muss dich bitten, bis Sally verheiratet ist, täglich den hippokratischen Eid zu rezitieren und ihn auf deine Rolle bei ihrer Hochzeit zu übertragen.«

»Wieso?«, fragte April.

»Erste Regel: keinen Schaden anrichten.«

Wie so oft bei April, konnte Celia ihre Argumente nachvollziehen, vermutete aber, dass es für die meisten Frauen nicht ganz so einfach war. Gelegentlich sah sie sich online teure Immobilien an und träumte davon, ihre Romane in einem Brooklyner Backsteinhaus oder einem Bauernhof in den Catskill Mountains zu schreiben. Sie wusste seit ihrem elften Lebensjahr, wie ihre Kinder heißen sollten (Ella, Max und Charlie), und hatte diese Entscheidung nie in Frage gestellt. Auf Sallys Anregung zahlte sie seit ihrem ersten Job Rentenbeiträge nach dem 401(k)-Rentenplan und überprüfte seit fünf Jahren jeden Montagmorgen ihren Rentenstatus.

So viele Aspekte dessen, was sie sich vom Leben wünschte, waren ihr klar, aber aus irgendeinem Grund fiel es ihr schwer, sich einen Ehemann auch nur vorzustellen. Celia hatte sich in Gesellschaft eines Mannes nie so wohlfühlen können wie in Gesellschaft ihrer Freundinnen, und das erschien ihr als das grundlegende Problem. Wenn sie ihr Leben mit jemandem verbringen würde, sollte er ihr dann nicht das Gefühl geben, ganz sie selbst zu sein? Sollte sie ihn nicht ihrer verrückten, ungestümen Familie vorstellen und erwarten können, dass er sie genauso liebte, wie sie es tat? Sollte sie ihre Liebe zu Frank Sinatra und alten Filmen, ihre extreme Tollpatschigkeit oder ihre totale Abneigung gegen Museen nicht mit ihm teilen können, ohne Angst haben zu müssen, dass er sie für albern, seltsam oder unkultiviert hielt?

Es war nicht die Schuld der Männer, die sie interessierten, aber in ihrer Gegenwart verwandelte sie sich immer in die Celia Version 2.0: der echten gar nicht unähnlich, aber nicht ganz so schlau und nicht ganz so ausgeformt. Sie verlor ihre Fähigkeit, Witze zu machen und mit Sarkasmus zu reagieren. Sie konnte Argumente nicht so darlegen, wie sie es in Gegenwart der Mädels tat, und sie war vollkommen unkritisch, wenn es darum ging, wen sie attraktiv oder interessant fand. Ihr war klar, dass ihre Probleme in diesem Bereich teilweise auf ihre Zeit am Smith College zurückzuführen waren. Während ihrer vier Jahre dort war es so gut wie unmöglich gewesen, einem Mann zu begegnen, und wenn es doch geschah, suchte sie in ihm weder einen Seelenverwandten noch einen Diskussionspartner – dafür hatte sie ihre Freundinnen. Männer waren zur Dekoration, Analyse und zum Knutschen da.

Diese Einstellung war ihr erhalten geblieben. Ihre Theorie war, dass Absolventinnen von Frauenuniversitäten wie die Überlebenden einer Wirtschaftskrise waren: Obwohl sie jetzt ausreichend zu essen hatten, horteten sie weiterhin auch den letzten Krümel. Wenn sie einen Typen kennenlernte, einen x-beliebigen Typen, akzeptierte sie seine Fehler allzu bereitwillig, denn wer konnte sagen, wo die nächste Mahlzeit herkommen würde? Aber es war eine Sache, einen Verlierer zu daten, und eine ganz andere, ihn zu heiraten.

Als mehr und mehr ihrer Freundinnen sich verlobten, wurde Celia nicht neidisch oder kribblig, weil sie es ihnen gleichtun wollte, sondern ihr wurde etwas klar: Es bestand die ernstzunehmende Wahrscheinlichkeit, dass niemand zu ihrer Rettung eilen würde. Sie musste selbst einen Plan entwerfen. Wenn sie eines Tages kündigen und ihre eigenen Bücher schreiben wollte, musste sie mit dem Schreiben anfangen, anstatt auf irgendeinen Hedgefonds-Typen zu warten, der ihr diesen Traum finanzierte. Wenn sie bereit für Kinder war, wollte sie welche haben, und zwar unabhängig davon, ob sie dauerhafte Liebe gefunden hatte oder nicht.

Für Mädchen wie Kayla und Sally war es schwer, das zu begreifen: Celia hatte das Gefühl, dass sie dachten, sie überspiele nur tapfer ihre Enttäuschung und die Angst vorm Alleinsein. Wovor sie aber viel mehr Angst hatte als vor der Einsamkeit, war die Vorstellung, eines Tages aufzuwachen und festzustellen, dass sie sich wegen des Drucks, aus Angst oder Gott weiß was für Gründen an die falsche Person gebunden hatte. Deshalb hatte sie beschlossen, Männer als Vergnügen zu betrachten und mehr nicht, zumindest bis auf Weiteres.

An dem Abend nach dem Mittagessen mit Kayla ging Celia mit Freunden aus und lernte den Filmproduzenten Daryl kennen. Er war zweiunddreißig, ein bisschen pummelig, aber nicht gänzlich unattraktiv. Sie waren in einer angesagten Bar in der Lower East Side, und er fragte, ob sie Lust auf einen Spaziergang habe. Hand in Hand zogen sie durch die Straßen, und (nur leicht betrunken) dachte sie, dass es tatsächlich irgendwie romantisch war.

Sie kehrten irgendwo für eine Runde Billard und Schnaps ein: Jameson für ihn, Zitronenwodka für sie. Er kannte einen Haufen Leute im Verlagswesen. Er brachte sie mit seinen Imitationen verschiedener Autoren und Lektoren zum Lachen und hatte einen super Büchergeschmack. Sie nahm ihn mit nach Hause, wo sie kurzen, aber netten Sex auf dem Sofa hatten. Er war weg, bevor sie aufwachte.

So machten es viele New Yorker Männer. Sie vögelten einen und machten sich vor dem Frühstück aus dem Staub, was für Celia in Ordnung war. Sie war bisher weitestgehend unversehrt geblieben. Es hatte einen schrecklich peinlichen Fall von Chlamydien bei ihr gegeben, und sie betete, dass sie nie wiederkehren (obwohl ihr klar war, dass von allen Dingen, für die sie beten könnte, diese Sache Gott vermutlich am meisten anpissen würde). Und dann war da der Morgen, an dem sie blutüberströmt aufgewacht war und kurz entsetzt war, bis vage Erinnerungen an den Vorabend zurückkehrten: Er war der Sänger einer Band, sie hatten in einer Telefonzelle geknutscht, sie hatte ihn zu sich einladen wollen, sich dann aber erinnert, dass sie ihre Tage hatte.

»Das ist in Ordnung«, sagte er. »Ich mag das.«

»Er hätte dir wenigstens noch beim Waschen der Bettwäsche helfen können«, sagte Sally am nächsten Tag, als Celia ihr die Geschichte erzählte. Celia konnte sich nichts Demütigenderes vorstellen, als ihre blutige Bettwäsche mit dem One-Night-Stand vom Vorabend auszuwaschen.

Nachdem Daryl gegangen war, duschte Celia lange und

band ihr Haar zu einem nassen Pferdeschwanz. Er war der fünfzehnte Mann, mit dem sie in ihrem Leben geschlafen hatte, obwohl sie die offizielle Zählung bei zehn beendet hatte und diese Zahl nannte, wenn sie gefragt wurde. Die meisten ihrer Freundinnen kamen höchstens bis sieben. Wenn sie nicht bald den richtigen Kerl kennenlernte, lief sie ernsthaft Gefahr, zwanzig zu erreichen. Am Smith College benutzten sie nie Worte wie »Flittchen« – Celia war bis heute entsetzt, wenn sie den Begriff hörte. Aber zwanzig Sexpartner. Wow. Sie wusste ganz sicher, dass ihre Mutter in ihrem ganzen Leben nur mit zwei Männern geschlafen hatte: ihrem Vater und ihrem Freund an der Uni, aus dem ein Priester geworden war.

Celia zog sich an, trank am Fenster stehend eine Tasse Kaffee und machte sich auf den Weg zur U-Bahn. Ihr dröhnte der Kopf. Auf den Schnaps hätte sie verzichten können.

Im Bahnhof High Street kam man sich vor wie im Backofen. Ihr Leinenoberteil war schon beinahe durchgeschwitzt.

Die U-Bahn ließ nicht lange auf sich warten, wie immer während der Rushhour. Celia stieg in den vollgestopften Waggon und sog die klimatisierte Luft ein. Sie schloss die Augen, während sich die Bahn kreischend auf ihren nächsten Halt zubewegte. Von außen betrachtet war sie eine sehr friedliche Person. Aber die Wut, die sie täglich in der U-Bahn von New York City spürte, war ein Hinweis auf die Möglichkeit, dass sie von den tobsüchtigen Obdachlosen im Waggon nur das Wissen unterschied, dass es besser war, die Klappe zu halten. Alle Arten von Verhalten im Zug regten sie auf, und so beschimpfte sie innerlich gerne ihre Mitreisenden.

Zum Beispiel die schmierigen Typen, die ihr schamlos auf die Brüste glotzten: *Du haust mich von den Socken. Wollen wir aussteigen und ficken?*

Oder die Wall-Street-Deppen in Nadelstreifenanzug, die sich hinsetzten und sich hinter ihrer *Financial Times* versteckten, damit sie die Schwangere, die alte Dame mit dem Stock und die junge Angestellte im unsicheren Stand auf wackeligen Stöckelschuhen nicht sahen: *Achtung, werte Fahrgäste! Sitzt jeder körperlich uneingeschränkte Mann bequem? Dann ist ja alles gut.*

Heute hatte sie einen Einzelplatz ergattert und war verhältnismäßig wenig genervt. Celia beobachtete eine typische Brooklyner Mutter (glattes, langes Haar mit grauen Strähnen, straffe Unterschenkel und Arme, Birkenstock-Sandalen), die mit ihrem Zweijährigen verhandelte und ihn zum Sitzen überreden wollte, während er sich wand und sich beinahe an einer Metallstange die Zähne ausschlug.

»Wie kann ich dir helfen, Luca?«, sagte seine Mutter immer wieder mit lauter, gehauchter Stimme.

Wie kann ich helfen, als wäre sie seine Kellnerin im TGI Friday's und nicht seine verdammte Mutter. Das war einer von Millionen Gründen, weshalb Celia niemals ein Kind in der Stadt großziehen würde: Elternschaft als Performance-Kunst. Sie wollte sich das Recht vorbehalten, dem kleinen Luca zu sagen, dass er seinen Hintern besser auf der Bank platzierte, wenn er die Teletubbies je wiedersehen wollte, ohne befürchten zu müssen, dass neunundzwanzig Fremde das Jugendamt informierten.

Der Zug rollte in die Thirty-Fourth Street ein, wo Touristenfamilien mit Hüfttaschen und dem immergleichen Lächeln im Gesicht in den Waggon drängten. Ihre blonden Kinder hielten sich an den Stangen fest, schaukelten hin und her und freuten sich über jedes Ruckeln und Wackeln. Celia dachte kurz darüber nach, was für ein seltsames Gefühl es war, an einem Ort zu leben – zu arbeiten, ins Fitnessstudio und einkaufen zu gehen, auf die U-Bahn zu warten –, den so viele andere Menschen besuchten und bestaunten.

Sie stieg Forty-Second Street aus und lächelte einem Zwillingspaar in einem Doppelkinderwagen zu, das mit einer älteren schwarzen Frau einstieg, vermutlich ihrem Kindermädchen.

Die meisten in New York Lebenden hassten den Times Square, aber sie beobachtete gerne, wie die Fremden die grellen Lichter und das überlebensgroße Leben entdeckten. Es begeisterte sie, dass diese Leute unvergessliche Momente erlebten, während sie nur versuchte, vor zehn im Büro zu sein.

Celia bahnte sich ihren Weg durch die Menschenmassen auf der Eighth Avenue. Die Stöckelschuhe machten sie fertig. Hätte sie nur daran gedacht, Flipflops einzustecken.

Sie kam zwanzig Minuten zu spät. Im Gebäude dröhnte die Klimaanlage. Sie ging an den Sicherheitsleuten vorbei, wünschte ihnen einen guten Morgen und drückte mehrfach auf den Knopf am Aufzug.

Die Türen öffneten sich, sie fuhr zum siebzehnten Stock hinauf und betete, ihr Chef möge an seinen Augenarzttermin um neun Uhr gedacht haben und noch in irgendeinem Wartezimmer im Norden Manhattans den *National Review* lesen. (*Gegrüßet seist du, Maria, voll der Gnade ...*) Er hatte sie davor gewarnt, zu oft zu spät zu kommen, obwohl er selbst sich häufig erst nachmittags blicken ließ.

Sie steckte den Kopf in sein Büro. Das Licht war noch aus. Sie atmete erleichtert durch und ging an ihren Arbeitsplatz.

Kayla war auch noch nicht da. Ihr Schreibtisch war von kleinen Spitzenstoffproben übersät – *So könnte der Schleier aussehen!*

Celia verdrehte die Augen.

Ihr Telefon klingelte schon, und sie hob eilig ab.

»Celia Donnelly«, sagte sie.

Am anderen Ende hörte sie Bree um Worte ringen.

Celia drehte sich der Magen um. Brees Mutter war gestorben, ganz sicher.

»Schatz«, sagte sie schwach, »was ist los? Ist es deine –«

»Ich habe dich gestern Abend zwanzigmal angerufen«, schimpfte Bree. »Warum gehst du nie an dein gottverdammtes Handy?«

»Es tut mir so leid«, sagte Celia. »Der Akku war alle.«

In Wahrheit hatte sie Brees Anrufe gesehen und ignoriert. Sie war in einer lauten Bar und wollte lieber später zurückrufen. Jetzt, wo sie klar denken konnte, wurde ihr bewusst, wie egoistisch das gewesen war. Aber schließlich hatte Bree gesagt, dass es ihrer Mutter gut ging. Die Operation sei gut verlaufen, und Bree müsste am Vorabend nach Kalifornien zurückgeflogen sein.

»Ist es deine Mama?«, flüsterte Celia.

»Nein.« Bree schluckte. »Lara hat mich verlassen.«

»Was soll das heißen, sie hat dich verlassen?«

»Sie ist ausgezogen. Ihre ganzen Sachen sind weg. Sie hat die Decken abgezogen und das Bettzeug mitgenommen. Ihre Zahnbürste. Alles.«

Bree hatte Celia einige Tage zuvor erzählt, dass sie sich gestritten hatten und Lara nicht auf ihre Anrufe reagierte. Celia hatte das in Anbetracht des Zustands von Brees Mutter für egoistisch gehalten, aber mit so etwas hatte sie nicht gerechnet.

»Hat sie einen Brief hinterlassen?«, fragte sie.

»Nein«, sagte Bree. »Hier liegt ein Scheck für die Miete von diesem Monat, mehr nicht.«

»Jesus«, sagte Celia. »Okay, und hast du schon ihre Freunde angerufen?«

»Ihre bescheuerte Freundin von der Arbeit, Jasmine, die übrigens bis über beide Ohren in sie verliebt ist, sagt, dass es ihr gut geht und sie augenblicklich einfach nicht in meiner Nähe sein kann. Kannst du dir das vorstellen? Meine Mutter hätte sterben können, und ich hätte keine Möglichkeit, ihr das mitzuteilen.«

»Oje, meine Süße«, sagte Celia.

»Ich komm' nicht mehr klar«, sagte Bree. »Erst meine Mutter und jetzt Lara. Ich habe heute Morgen auf der Arbeit angerufen. Ich nehme nochmal drei Wochen Urlaub.«

»Geht das?«, fragte Celia.

»Nein, aber ich hab' mir für die Kanzlei den Arsch aufgerissen und hab' mir das verdient. Außerdem habe ich gesagt, dass es wegen meiner Mutter ist. Die glauben, dass ich noch in Savannah bin.«

»Bringt das nicht Unglück?«, fragte Celia. Sie würde nicht im Traum daran denken, in Verbindung mit der Gesundheit eines von ihr geliebten Menschen zu lügen. Für sie war es, als würde man ein Unheil heraufbeschwören, oder mehr noch: darum flehen.

»Ich liebe meine Mutter, aber im Augenblick bin ich so wütend auf meine Eltern, dass ich schreien könnte«, sagte Bree. »Sie sind der Grund dafür, dass ich überhaupt in diese Lage geraten bin.«

»Und was, wenn dich jemand von der Arbeit sieht?«, fragte Celia.

»Ich habe nicht vor, hierzubleiben«, sagte Bree. »Hättest du was dagegen, wenn ich zu dir komme?«

»Natürlich nicht«, sagte Celia.

Sie war dankbar, die kleine Zweiraumwohnung in Brooklyn Heights für sich zu haben. Die Vorstellung, sie mit jemandem zu teilen, machte ihr Angst. Aber bei Bree war das anders. Sie hätte auf der Stelle einziehen können, inklusive ihrer irrsinnigen Schuhsammlung, und Celia hätte sich gefreut, sie mit Sack und Pack aufzunehmen.

»Aber du kannst New York nicht ausstehen, und wir haben gerade zweihundert Grad«, sagte Celia.

»Stimmt, aber ich muss dich sehen. Ach, Celia. Warum zum Teufel habe ich sie so schlecht behandelt?«

Celia schwieg, sie wusste nicht, was sie sagen sollte. Wenn Bree und Lara sich trennten, hatte Celia immer gedacht, dann weil Bree ihren Eltern endlich nachgab oder irgendeinen Typen kennenlernte. Nie hätte sie erwartet, dass Lara Bree verlässt und ihr das Herz bricht.

»Komm einfach her«, sagte Celia. »Wir kriegen das schon hin.«

Bree kam am darauffolgenden Nachmittag an.

Sie kehrten auf ein frühes Abendessen in ein kleines italienisches Restaurant auf der Cranberry Street ein und leerten eine Flasche Wein. Danach kuschelten sie sich in Celias Bett und redeten.

»Ich weiß, dass du nicht gerade ihr größter Fan bist, aber ich muss jetzt mal Sally anrufen«, sagte Celia irgendwann. »Ich glaube, dass ihr diese Sache mit der Schwangerschaft ganz schön Angst macht. Ich will sie schon länger in Boston besuchen, und sie hat in letzter Zeit öfters versucht, mich zu erreichen, aber ich habe nicht zurückgerufen. Plötzlich überkommen mich beim Ignorieren von Anrufen allergrößte katholische Schuldgefühle.«

»Habe ich dir das nicht erzählt? Wir haben uns versöhnt«, sagte Bree.

An dem Tag, an dem sie von Sallys Hochzeit nach Hause geflogen waren, hatte Celia Bree angerufen und gesagt: »Wow, das war ja ein Desaster. Komm, wir analysieren es zu Tode.« Sie hatten gelacht. Celia sagte, dass sie sich schrecklich fühle, weil sie dem Anlass einen so bitteren Nachgeschmack verliehen hatte, und Bree sagte, sie könne nur hoffen, dass Sally an den Resten der Hochzeitstorte ersticke.

Celia plagten Schuldgefühle, und dem Rat ihrer Mutter folgend schrieb sie Sally und April lange Briefe, in denen sie um Entschuldigung bat und sagte, dass sie die Freundinnen mehr liebe als alles in der Welt. Bree hatte mit ihr wegen des Versuches geschimpft, sich mit April und Sally zu vertragen, aber Celia war sich sicher, dass am Ende alle auf ihre eigene Art wieder zueinanderfinden würden. Und in der Zwischenzeit konnte sie sich anhören, wie sich jede von ihnen über die anderen das Maul zerriss.

»Soll ich sie von dir grüßen?«, fragte Celia jetzt.

»Aber klar«, sagte Bree.

Celia schmunzelte. »Ich wusste, dass ihr euch irgendwann wiederfindet.«

»Sie kann eine voreingenommene kleine Irre sein, aber sie ist *meine* voreingenommene kleine Irre«, sagte Bree. »Sally hat recht gehabt wegen Lara und mir, oder?«

Celia wollte schon antworten, dann hielt sie inne. Jetzt war es wohl zu spät, um zu sagen, dass sie in letzter Zeit immer wieder daran hatte denken müssen, wie verliebt sie am College gewesen waren und dass Lara Bree guttat, dass sie sie immer noch liebte und Bree jetzt vielleicht einfach nur den Sprung wagen musste.

»In dieser Sache hat sie nicht recht gehabt, aber wir müssen sie trotzdem lieben«, sagte Celia schließlich.

Sally ging beim ersten Klingeln ran.

»Wie geht es dir, Schatz?«, fragte Celia, ohne Hallo zu sagen.

»Schrecklich«, stöhnte Sally. »Ich muss ständig kotzen. Mir tut alles weh. Sogar das Zahnfleisch und die Augen. Ich vertrag meine Kontaktlinsen nicht mehr und muss jetzt die grässliche Brille aus Unizeiten wieder tragen. Ich sehe aus wie Harry Potter in fett. Und ich muss alle fünf Minuten pinkeln.«

»Ist das normal?«, fragte Celia.

»Sieht so aus. Der Arzt sagt, dass das alles zur Schwangerschaft gehört«, sagte Sally. »Hast du in letzter Zeit von April gehört? Ich versuche schon seit Wochen, sie zu erreichen. Sie weiß noch gar nichts von dem Baby.«

Celia dachte nach. Seit ihrem letzten Gespräch waren Monate vergangen.

»Ich habe nur einmal mit ihr gesprochen, das war irgendwann im Frühling«, sagte Celia. »Komisch. Ich habe den Eindruck, dass die verrückte Ronnie sie nicht ans Telefon lässt.«

Sie sprachen über Celias Arbeit und ihre Dates und über Sallys neue Küchenmöbel, und Celia dachte darüber nach, wie unterschiedlich ihre Leben geworden waren. Sally und Jake hatten sich im letzten Herbst eine verdammte Veranda gebaut, während Celia überlegte, ob sie für ein neues Abtropfgestell Geld ausgeben sollte, nachdem sie am Boden des alten eine dicke Schimmelschicht entdeckt hatte.

Schließlich sagte Celia: »Ich habe einen Überraschungsgast da, der Hallo sagen will.«

Bree nahm Celia das Telefon aus der Hand. »Sal?«, sagte sie. »Ich bin's.«

An diesem Abend flüsterte Celia Bree kurz vor dem Einschlafen zu: »Es ist höchste Zeit für ein Wiedersehen. Nur wir vier.«

Bree gähnte. »Ich bin dabei«, sagte sie. »Wir können einander ja nicht ewig böse sein. Schließlich sind wir Smithies, und das Smith ist dicker als Wasser.«

Celia prustete. »Ist das bescheuert«, sagte sie.

»Ich muss April mal eine E-Mail schreiben«, sagte Bree. »Ich hätte ihr verrücktes Projekt wirklich mehr unterstützen können.«

Celia lachte. »Nach Unterstützung klingt das aber nicht gerade.«

»Ach, du weißt, was ich meine«, sagte Bree. »Wie geht es ihr eigentlich?«

»Ich mache mir ernsthafte Sorgen, dass sie irgendwann zusammenbricht«, sagte Celia. »Sie ist nur noch von Schrecken umgeben. Zuhälter und Prostituierte und Gott weiß, was noch.

Mir ist wirklich nicht klar, warum sie unter diesen Leuten leben muss, um einen Film zu drehen, weißt du?«

»Ich weiß«, sagte Bree.

Celia wechselte das Thema und sagte: »Kennst du in Kalifornien Leute, die nur darauf warten, zu heiraten, um sich sozusagen aus ihrem Leben zurückzuziehen?«

»Wie meinst du das?«, fragte Bree. »In eine Kommune ziehen oder sowas?«

Celia lachte. »Äh, nein. Ich meine kündigen und einfach nur verheiratet sein.«

Bree schwieg einen Augenblick. »Ich bin mit haufenweise Mädchen von dieser Sorte zur Highschool gegangen«, sagte sie, »aber in Kalifornien kenne ich nur Anwältinnen und Lesben. Und keine dieser Gruppen tendiert zu einem Leben als Hausfrau und Mutter. Ich weiß noch, wie du mir an unserem ersten Abend am Smith College von der Arbeit deiner Mutter erzählt hast. Du warst so stolz auf sie. Da habe ich mir gewünscht, dass meine Kinder eines Tages auch so von mir erzählen werden.«

Auf der Kommode vibrierte ein Handy, eine SMS war eingegangen. Bree sprang auf, vermutlich hoffte sie auf Nachricht von Lara.

Sie klang enttäuscht. »Es war deins«, sagte sie.

Bree reichte es Celia. Die Nachricht war von Daryl, dem entschwundenen Liebhaber von vor zwei Tagen. Celia hatte ihn schon vergessen, was natürlich der Grund dafür war, dass er sich jetzt meldete. Hätte sie achtundvierzig Stunden lang an ihn gedacht, hätte sie nie wieder von ihm gehört. So lief das einfach.

Sie las: *Sorry, dass ich gehen musste. Ich hatte einen frühen Termin. Danke für das Plätzchen in deinem Bett. Würde nächstes Wochenende gern mit dir essen gehen – mit Option auf anschließende Pyjamaparty.*

»Wer schreibt?«, fragte Bree schläfrig und kroch wieder unter die Decke.

»Nur meine Schwester«, sagte Celia. »Sie hat sich neue Schuhe gekauft. Spannend, oder?«

»Absolut«, sagte Bree. »Danke, dass ich bei dir unterkommen konnte, Liebling.«

»Jederzeit.«

Nachdem Celia sich wieder hingelegt hatte, flüsterte Bree: »Nicht zu fassen, dass Sally schwanger ist, oder?«

»Schon verrückt«, sagte Celia. »Sie dreht ganz schön durch. Als ich meiner Mutter erzählte, dass Sally im dritten Monat vom Arzt von der Schwangerschaft erfahren hat, meinte sie, dass eine Frau es nur dann so spät mitkriegt, wenn sie es nicht wahrhaben will.«

»Kann ich ihr nicht verdenken«, sagte Bree. »Hey, weißt du noch, was April bei der Abschlussfeier zu uns gesagt hat, gleich nachdem wir mit den Urkunden von der Bühne kamen?«

Celia lächelte in der Dunkelheit. »Klar. Sie hat sich vorgebeugt und gesagt: ›Herzlichen Glückwunsch. Es ist amtlich: Ihr könnt jetzt niemals am College schwanger werden.‹«

April

In dem kleinen Haus, das Ronnie für sie gemietet hatte, wimmelte es von Kakerlaken in der Größe von Untertassen. Ronnie bezeichnete sie als Wasserwanzen, aber April hatte in ihrem Leben genug Kakerlaken gesehen und wusste genau, wie sie aussahen. Normalerweise machten ihr Insekten und Mäuse nichts aus. Aber die Kakerlaken in Georgia waren frech. Sie ließen sich auf ihrer Kaffeetasse nieder und huschten nicht davon, wenn sie die Tasse zum Mund führte. Sie krochen unter die Bettdecke, sodass April manchmal das Geräusch und das Gefühl einer über ihr Bein wandernden Kakerlake weckte – wenn April dann zuschlug, blieb die Kakerlake wie zum Hohn noch kurz sitzen und flog dann zur Decke auf.

April wunderte sich, dass Bree das nicht erwähnt hatte, wenn sie von Savannah erzählte, immerhin würde Bree bei sowas bestimmt am liebsten vom Dach springen. Andererseits hätte April wetten können, dass Bree diese Ecke von Georgia nie gesehen hatte. Aus Aprils Sicht gab es zwei Georgias: das höfliche, pfirsichessende Georgia und das engstirnige, frauenfeindliche, abstoßende Georgia. Ihr Haus lag mitten in letzterem.

Ronnie sagte, es sei von großer Bedeutung für das ganze Projekt, dass sie auf der English Avenue wohnten, in einer Gegend, die Bluff genannt wurde und in der viele Mädchen und ihre Zuhälter lebten. Als weiße Frauen stachen sie ohnehin hervor und konnten es sich nicht leisten, weiter Verdacht zu erregen. Zum Glück wohnte Ronnies Freundin Alexa auch in der Gegend und war eingeweiht. Sie war eine Teilzeitprostituierte, die ihren Zuhälter verlassen hatte und trotzdem noch manchmal auf den Strich ging. (April hatte keine Ahnung, wie sich diese beiden Frauen kennengelernt hatten, aber egal.) Alexa hatte sie ein paar Leuten vorgestellt. Sie hatte ihnen erzählt, dass Ronnie seit ihrem zwölften Lebensjahr im Geschäft war und dass April (ihre Tochter) in ihre Fußstapfen getreten war. Da das ein weitverbreitetes Schicksal war, schienen ihnen das alle abzunehmen. Sie verbrachten ein Jahr mit ihrer Integration: Ronnie brachte April dazu, sich die Dreads abzuschneiden und sich einen albernen Bob wachsen zu lassen, mit dem sie sich wie eine Spionin in einem James-Bond-Streifen vorkam. Sie hatte die verwaschenen Kordhosen und die T-Shirts mit Schriftzügen ablegen müssen, die Ronnie als »deine Hipster-Uniform« bezeichnete. Stattdessen trug April zum ersten Mal in ihrem Leben enge, tief ausgeschnittene Oberteile und Kleider und versuchte, nicht darüber nachzudenken, wie sehr ihr die vertrauten Flanellklamotten fehlten. Sie hing mit den Mädchen von der Ecke ab, kannte alle Zuhälter beim Vornamen und gab vor, lieber selbständig zu arbeiten. Sie stand sogar neben ihnen am Metropolitan Parkway und fuhr in den Autos von Männern weg, die Ronnie bezahlte, damit die Mädchen glaubten, dass sie arbeitete. Das gehörte zu den Informationen, die sie nicht mit den Smithies teilen durfte, weil Ronnie wusste, dass die Freundinnen das ablehnen würden.

Es war eine gefährliche Gegend, und Ronnie hatte zu ihrem Schutz eine Pistole im Nachttisch. April hatte sie gesagt, dass sie einen Zuhälter, der ihr blöd kam oder sich Zutritt zum Haus verschaffen wollte, ohne zu zögern abknallen sollte. Im Stillen fragte April sich, wie sie es in Ronnies Zimmer schaffen sollte, bevor der Typ sie abknallte, aber das stand auf einem anderen Blatt.

Es war viel schwieriger, hier mit Ronnie zu wohnen, als April es sich vorgestellt hatte. In Chicago bewohnten sie eine riesige Wohnung und konnten einander aus dem Weg gehen, wenn sie wollten. Hier hockten sie viel zu sehr aufeinander: Sie stritten, zankten, langweilten sich und tranken zu viel. Ronnie war wachsamer denn je. Sie hatte April das Handy abgenommen. Sie heftete sich im Haus an ihre Fersen, und manchmal spürte April beobachtende Blicke, wenn sie die Straße hinunterging – wenn sie sich umdrehte, sah sie, dass Ronnie ihr ganz offen folgte.

Ronnies Zweifel an Aprils Loyalität waren nie so stark gewesen wie jetzt. Das machte April wütend, schließlich war sie hier und bereit, für dieses Projekt alles aufs Spiel zu setzen, dieses Projekt, in dem beide laut Ronnie gleiches Mitspracherecht haben sollten, dieses Projekt, an das April mit ganzem Herzen glaubte. Und trotzdem benahm Ronnie sich, als könne sie April nicht ganz trauen.

April hatte Ronnie immer wieder versichert, dass sie begriff, weshalb sie den Mädels nichts erzählen durfte. Außerdem hatte sie seit über einem Jahr nicht mit Sally und Bree gesprochen. Zum Teil, das wusste sie, machte sie das alles, um ihnen etwas zu beweisen: dass der Auftrag mit Ronnie wichtig war, dass es eine Sache auf Leben und Tod war. Wenn die Zeit reif war, sollten sie erfahren, was sie weshalb getan hatte.

Ronnie und April blieben meist unter sich, wobei April manchmal zum Markt am Ende des Häuserblocks ging oder sich vor dem Haus mit den Mädchen unterhielt – den Mädchen vom Strich, wie sie es nannten. Sie waren fast bei Tag und Nacht dort anzutreffen und verschwanden nur zwischen vier und sechs Uhr morgens. Sie trugen Hotpants, Trägerhemdchen und Stöckelschuhe. Neben ihnen hielten die Autos von Geschäftsmännern, denen das überhaupt nicht peinlich zu sein schien, und die Mädchen stiegen ein und fuhren mit ihnen Gott weiß wohin. Manchmal kamen Taxis voller Touristen, die wegen eines Basketballspiels oder eines Junggesellenabschieds in der Stadt waren – die Mädchen erzählten ihr, dass manche

Taxifahrer sich von den Zuhältern eine Provision dafür zahlen ließen, Jungs an dieses Ende der Stadt zu kutschieren.

Die Mädchen erzählten April alles. Sie brannten förmlich darauf. Außerdem hielten sie April für eine von ihnen. Etwas älter natürlich, schließlich waren die meisten Mädchen hier dreizehn, vierzehn oder siebzehn Jahre alt. Sie waren alle auf ähnlichem Weg hierhergekommen. Armut, schlimme Familienverhältnisse, vermutlich sexueller Missbrauch, abwesende Eltern. Dann war plötzlich ein Ritter in strahlender Rüstung erschienen – ein netter Typ mit Auto, der sie zum Essen ausführte, ihnen sagte, dass er sie liebte, sie mit Komplimenten überhäufte und sie schließlich um einen kleinen Gefallen bat.

Er brauche Geld, und wenn sie mit seinem besten Freund ins Bett ginge, würde der ihnen fünftausend Dollar geben. Nur das eine Mal, dachte das Mädchen dann. Zusammen schaffen wir das. Er liebt mich. Also schlief sie mit dem Freund, der natürlich keine fünftausend Dollar hatte. Aber das Mädchen dachte dann: Das ist aber einfach. Wenn der Mann sie bat, es nochmal zu machen, dann immer öfter und manchmal mit fremden Männern, sagte sie Ja, auch wenn es sich nicht richtig anfühlte. Wenn er ihr befahl, oben ohne in einem Club zu tanzen und mit Fremden in ein Hinterzimmer zu gehen und zu machen, was sie von ihr verlangten, gehorchte sie.

Dann kam die Beichte: »Baby, ich bin Zuhälter. Aber ich liebe dich wirklich.« Manche wussten nicht einmal, was der Begriff »Zuhälter« bedeutete. Dann erklärte er es ihnen und eröffnete ihnen, dass es andere Mädchen gab. Vielleicht musste sie dann bei ihnen einziehen, und er lud als Initiation zehn Freunde zu einer Gruppenvergewaltigung in einem der Schlafzimmer ein, nach der sie von den älteren Mädchen krankenhausreif geprügelt wurde. Aber eigentlich war es egal, was er tat. Mittlerweile hing sie in allem mit drin, war eine Kriminelle, der niemand helfen wollte. Und sie liebte ihn. Das war die eigentliche Scheiße an der Sache, fand April: Wenn sich eine Frau einmal verliebt hatte, konnte der Mann sie in Brand setzen, und sie würde sich weigern, etwas Schlechtes an ihm zu sehen.

Nachts lag April im Bett, starrte an die rissige Decke und dachte darüber nach, was ihr die Mädchen von der English Avenue erzählt hatten. Ihre Worte verfolgten sie. Bisher waren Ronnie und sie für die Recherche eines Films eine Woche oder einen Monat unterwegs gewesen. Diesmal aber lebten sie mitten unter ihren Zielpersonen. April hatte die Mädchen vor dem Eckladen kennengelernt und liebgewonnen: Linette und Rochelle, die jugendlichen Zwillingsschwestern, die nach dem Tod ihrer alleinerziehenden Mutter auf den Strich gegangen waren. Angelika, ein liebes Mädchen mit tiefer Stimme, die aussah wie eine Dreizehnjährige. Die taffe Shaliqua mit dem schmutzigen Mundwerk. An dem Tag, an dem April sie kennengelernt hatte, hatte ihr ein Freier den Kiefer gebrochen, aber sie war trotzdem zum Dienst erschienen, weil sie von ihrem Zuhälter noch viel Schlimmeres zu erwarten hatte, wenn sie ins Krankenhaus oder zur Polizei ging.

April verstand jetzt Sallys Version von Feminismus und dass sie Woche um Woche zur Notunterkunft für von häuslicher Gewalt Betroffene ging, wo sie jedes Mal anderen Frauen half und niemals auch nur eine Spur im großen Ganzen des Problems hinterließ. Denn wenn einem eine einzelne Frau ins Gesicht sah, wollte man sie auf der Stelle in Sicherheit bringen. Wenn einem zwei Schwestern, fünfzehn und siebzehn Jahre alt, gleichmütig erzählten, dass ihre Mutter an einem heilbaren Krebs gestorben war, weil sie keine Krankenversicherung gehabt hatte, und man dann zusehen musste, wie diese Schwestern tagein, tagaus mit fremden Männern mitfuhren, wollte man diese ganze hässliche, ungerechte Welt nur noch zerfetzen, um noch einmal ganz von vorne anzufangen.

Eines Nachmittags begann es zu schütten, und April lud die Mädchen zu einem Kaffee zu sich ein. Außer Angelika lehnten alle ab.

Angelika lief lächelnd neben April her und erzählte von ihrem Leben, als wäre es eine fröhliche Geschichte. Sie war siebzehn, war in Baltimore geboren und aufgewachsen und mit nur vierzehn Jahren von einem Stripclubbesitzer an ihren Zuhälter Redd verkauft worden.

Als Ronnie die beiden durch die Eingangstür treten sah, nahm sie April zur Seite und zischte: »Zu nah, April. Du musst sie loswerden!«

April lud das Mädchen von diesem Tag an drei- oder viermal zu sich ein, jedes Mal in Ronnies Abwesenheit. Dann saßen die beiden am Küchentisch und erzählten sich Geschichten. Was April über ihre Kindheit sagte, war wahrheitsgemäß, und trotzdem hatte sie ein schlechtes Gewissen, weil sie Angelika über ihre Identität belog. Angelika erzählte, dass sie seit ihrem vierzehnten Lebensjahr Crack konsumierte, manchmal auch Heroin.

Die meisten Leute glaubten, dass die Mädchen sich prostituierten, um die Drogen zu bezahlen. Es war genau andersherum: Die meisten Mädchen, die April kennenlernte, hatten keine Drogen angefasst, bevor sie ins Gewerbe eingestiegen waren. Aber jetzt brauchten sie sie, um sich zu betäuben und nicht zu zerbrechen. Ronnie hatte gesagt, dass posttraumatische Belastungsstörungen unter Prostituierten weiter verbreitet seien als unter aus Gefechten zurückgekehrten Kriegsveteranen.

»Dieser verdammte Red Lobster«, brüllte Ronnie eines Abends, als sie bei einer Flasche billigen Weines saßen.

Der Red Lobster war das Restaurant der Wahl der Zuhälter zum Rekrutieren von Mädchen.

»Mehr ist nicht nötig, um aus einem Mädchen eine Sexsklavin zu machen«, sagte Ronnie und schlug mit der Faust auf den Tisch. »Ein Teller Shrimps im Teigmantel und eine verfickte Diet Coke, und diese Mädchen denken, das muss Liebe sein. Sie können nichts dafür, natürlich nicht. Das sind Kinder des Ghettos, verdammt nochmal. Die meisten sind noch nie in einem Restaurant mit Messern und Gabeln und einer richtigen Speisekarte gewesen. Für sie ist der Red Lobster das Scheiß-Ritz-Carlton. Wir reden hier von Babys.«

Alexa erzählte von zwei Schwestern – erst neun und zehn Jahre alt –, die vor einigen Monaten in Atlanta inhaftiert worden waren. Sie waren von Polizisten am Metropolitan Parkway aufgegriffen und in eine geschlossene Einrichtung gebracht worden, nachdem sie mitten im Verkehr auf ein nicht als solches erkennbares Polizeiauto zugegangen waren und die Beamten in Zivil gefragt hatten, ob sie sich einen blasen lassen wollten. Eines Nachmittags einige Monate später wurden die Schwestern von zwei Polizisten im Streifenwagen zum Gericht gefahren. Die jüngere trug Stöckelschuhe und hielt eine Puppe umklammert.

Als die Polizisten an einer roten Ampel hielten, kreischten die Mädchen auf den Rücksitzen auf.

»Was ist los? Was wollt ihr, Mädels?«, fragte die freundliche Polizistin. Sie hatte selber Kinder.

Die Mädchen zeigten auf den McDonald's vor dem Fenster.

»Happy Meals!«, rief die Neunjährige. »Bitte?«

Happy Meals. Da draußen bezahlten Männer Kinder für Sex, die sich noch über ein Happy Meal freuten.

Manchmal konnte sie es kaum ertragen. Eines Nachts schlich April in Ronnies Zimmer, während die schlief, und öffnete vorsichtig die Schublade, in der gleich neben Ronnies Pistole Aprils Telefon lag.

Am liebsten hätte sie mit Sally gesprochen, aber dann erinnerte sie sich an Sallys Worte – dieser ganze Auftrag sei doch bescheuert –, und April wusste, dass sie Sally nicht anrufen konnte. Sal würde ihr nur raten abzuhauen, nach Chicago zurückzukehren und sich da einen langweiligen Schreibtischjob bei Amnesty International zu suchen oder sowas. Also ging sie in die Küche und rief stattdessen Celia an.

»Das ist einfach zu krass«, sagte April. »Wir zählen in dieser Welt nicht. Mädchen und Frauen leben in ständiger Gefahr, und niemanden interessiert's.«

Celia stimmt zu. »Genau wie meine Erfahrung damals in Dartmouth«, sagte sie.

Sie hatte die Sache seit dem Abend, an dem sie den Freundinnen davon erzählt hatte, nie wieder erwähnt. Sie fuhr fort: »Ich habe mich schon oft gefragt, in welcher Beziehung das zu dem Rest steht, den Stripclubs und Pornos und Prostituierten und so. Männer glauben irgendwann einfach, dass Frauen Objekte sind, austauschbare, frei verfügbare Dinge.«

»Wieweit beeinflusst dich das heute noch?«

Sie hatte auf dem Metropolitan Parkway Mädchen kennengelernt, die unzählige Male vergewaltigt worden waren. Eine davon war eine langbeinige, schlanke Schönheit, aber sie hatte keine Zähne mehr. Sie hatte April erzählt, dass irgendein Freier eines Nachts mit ihr in ein Hotelzimmer gegangen war. Sie konnte sich nicht erinnern, was dann geschah, aber als sie aufwachte, war sie grün und blau geprügelt. Er hatte ihr die Zähne ausgeschlagen. Wie konnte dieses Mädchen einem Mann je wieder in die Augen sehen, geschweige denn einen Mann lieben lernen?

»Ein paar Jahre lang hatte ich bei den wenigen Malen, die ich Sex hatte, echt schlimme Flashbacks«, sagte Celia. »Dann musste ich an dieses blöde blaue Kondom denken und kriegte keine Luft mehr. Ich hasste Sex. Ich hasste Penisse, auch wenn das seltsam klingt. Ihren Anblick. Aber ich bin drüber hinweggekommen. Meine Mutter hat mir geholfen, überraschenderweise. Ich habe gelernt, das zu trennen, sodass ich meine Vergewaltigung heute nicht mehr als Sex betrachte. Vergewaltigung ist nicht Sex. Es ist etwas anderes.«

»Was würdest du tun, wenn du dich noch einmal in so einer Situation wiederfinden würdest?«, fragte April.

Celias Antwort kam sofort, als hätte sie darüber schon nachgedacht: »Ich bereue nur die eine Sache, nämlich dass ich gar nicht versucht habe, rauszukommen. Man hat natürlich nicht immer eine Wahl, aber ich hatte sie. Wenn ich könnte, würde ich einen Mann eher umbringen, als mich ein zweites Mal vergewaltigen zu lassen.«

Celia seufzte, als sei sie etwas losgeworden. Dann wurde ihr Ton ein wenig leichter. »Jetzt habe ich richtig Spaß an Sex. Meine Partnerwahl ist nicht immer weise, aber das ist eine andere Sache. Ich weiß, Bree und Sally finden, dass ich nach Dartmouth nur noch mit meinem Zukünftigen schlafen sollte oder so, aber das will ich nicht. Ich will keine Angst vor Sex mehr haben.«

Das war das Problem, dachte April. Für Frauen würde Sex immer zu gleichen Teilen Genuss und Gefahr bedeuten.

Sie fragte sich oft, was zum Teufel die Männer für ein Problem hatten. Sex konnte Spaß machen, natürlich und gut sein. Warum mussten sie das kaputtmachen? Warum zogen so viele von ihnen es vor, mit einem Opfer oder einem Kind Sex zu haben, anstatt mit einer Partnerin, die auch Lust verspürte? Und warum war es besser, mit einer Fremden Sex zu haben als mit der eigenen Frau?

Alexa, ihre einzige echte Freundin im Bluff, hatte mal in New York gelebt und einen Freier geheiratet. Er hatte angeboten, sie aus dem Geschäft rauszuholen, und sie hatte Ja gesagt, nachdem sie beobachtet hatte, wie eine Kollegin von einem zurückgewiesenen Freier in den Kopf geschossen worden war.

Sie bezogen ein Haus in Queens. Sie bekamen eine kleine

Tochter. Alexas Ehemann schlug sie mit einem Stromkabel und ritzte ihr seine Initialen mit einem Schnitzmesser in die Brüste. Als sie eines Tages ihre Tochter von der Schule abgeholt hatte und nach Hause kam, fickte er mitten im Wohnzimmer eine andere. »Was glotzt du so, du Schlampe?«, sagte er in Gegenwart seiner Tochter zu ihr und steckte dabei in irgendeiner Fremden.

An diesem Tag beschloss Alexa, nach Atlanta zu ziehen, wo ihre Schwester wohnte. Das Gericht sprach ihr aufgrund ihres langen Vorstrafenregisters wegen Prostitution und Drogen das Sorgerecht für ihre kleine Tochter ab. Aus demselben Grund fand sie keine Arbeit. Also ging sie wieder anschaffen, schwor sich aber, nie wieder einem Mann einen Penny ihres Geldes zu geben.

Ronnie war auch einmal verheiratet gewesen, mit einem semiberühmten Schauspieler (seinen Namen verriet sie nicht). Er hatte sie für eine andere verlassen, »einen Teenager«, wie Ronnie sagte. »Das meine ich wörtlich. Ein echter, beschissener Teenager. Ich glaube, sie war neunzehn, aber trotzdem.«

Viele der Männer, von denen man in den USA viel hielt, waren Schürzenjäger gewesen. John F. Kennedy und Martin Luther King Jr., Albert Einstein und Bill Clinton. Und Aprils eigener Vater, obwohl ihn natürlich nur wenige für etwas Besonderes hielten. Wahrscheinlich würde jeder Psychotherapeut diagnostizieren, dass das alles auf ihn zurückzuführen war – auf diesen Fremden, den sie einmal kurz in einer Warteschlange vor dem Klo gesehen hatte, einen Mann, der sie nie gesucht hatte, ihr nie einen Geburtstagsgruß geschickt hatte oder auch nur einen Dollar Unterhalt gezahlt hatte.

Sex und Macht gehörten einfach zusammen, so die allgemeine Sichtweise. Als wären die Taten dieser Männer nur ein Spaß zum allgemeinen Amüsement. In Wahrheit hatten sie Frauen wie Objekte behandelt, wie Abfall, und doch änderte das nichts an der hohen Meinung der Welt von ihren Leistungen. Selbst die Zuhälter hatten kaum eine Bestrafung für ihre Verbrechen zu befürchten. Die meisten, sagte Alexa, hatten sich für die Zuhälterei entschieden, weil die Gefahr, festgenommen zu werden oder in den Knast zu kommen, nicht annähernd so hoch war wie bei Drogenhandel. Man konnte auf der Straße Crack verkaufen und dafür Jahrzehnte hinter Gitter kommen. Oder man konnte Frauen verkaufen und am nächsten Morgen wieder draußen sein.

Celia

Innerhalb von nur einer Woche in New York hatten Bree sechs Männer um ein Date gebeten. Sie lehnte immer ab, aber die Männer fragten immer wieder nach. Celia hatte Brees Wirkung auf Männer ganz vergessen. Das letzte Mal, dass sie mit Bree um Männer konkurriert hatte, war im ersten Collegejahr gewesen – es war selbstverständlich gewesen, dass, egal wie viele Frauen auf einer Party anwesend waren, jeder anwesende Typ es von allen am meisten auf Bree abgesehen hatte. Damals hatte Celia sich gesagt, dass auf Bree neidisch zu sein so war, als sei man neidisch auf die Venus von Milo: Man würde niemals so schön sein, warum sich also darüber aufregen? (Als Bree im dritten Studienjahr dann aber Lara kennenlernte und gar nicht mehr mit Typen ausging, war Celia doch ein bisschen erleichtert gewesen, endlich als sie selbst gesehen zu werden und nicht mehr als die graue Maus neben dem Filmstar.)

Bree sah natürlich immer umwerfend aus, aber es war nicht nur das. Sie strahlte Selbstsicherheit und Lebensfreude aus, selbst wenn ihr vor Herzschmerz ganz elend war.

Sie gingen jetzt jeden Abend aus, und jeden Abend jagten Bree andere Männer nach. Sie wollten sie nicht mit nach Hause nehmen oder mal eben am Hinterausgang mit ihr knutschen. Sie wollten sie wirklich anrufen und mit ihr ein richtiges Date ausmachen.

So etwas hatte Celia noch in keiner New Yorker Bar gesehen, und es nervte sie ausgesprochen. Aber sie versuchte, sich ins Gedächtnis zu rufen, dass Bree ihre beste Freundin war und sie nach allem, was sie durchgemacht hatte, eine Extraportion Selbstwertgefühl gut gebrauchen konnte.

Als Celia am Freitagabend von der Arbeit kam, fand sie Bree mit ihrer überquellenden Kosmetiktasche im Bad. Sie legte gerade leuchtend rosa Lippenstift auf, der auf den Lippen jeder anderen lächerlich ausgesehen hätte, Bree aber aussehen ließ wie eine Barbie.

»Was ist los?«, fragte Celia, trat in das enge Bad und setzte sich auf die Badewannenecke.

»Erinnerst du dich an Adrian, den Typen, den wir letztens im Ale House kennengelernt haben?«, sagte Bree.

»Ja.« Er sah aus wie eine Disney-Figur: breite Schultern, gewelltes, dunkles Haar und ein bezauberndes Lächeln. Eigentlich hätte man erwartet, dass kleine Cartoon-Vögelchen um seine Schultern schwirrten. Celia hatte ihn Dutzende Male in ihrer Gegend gesehen, und er hatte sie nie angesprochen. Aber als Bree durch die Bartür gekommen war, hatte er sich zu ihr hingezogen gefühlt wie ein dummer Hund zu einer vielbefahrenen Straße. Celia hätte am liebsten *Sie ist eine Lesbe!* gebrüllt und ihm ein Bier ins Gesicht gekippt.

»Er ist süß«, sagte Celia.

»Süß?«, sagte Bree. »Der Typ würde auch in Lumpen noch den Verkehr zum Erlahmen bringen.«

Celia hob eine Augenbraue.

»Okay, den Vergleich habe ich aus einem Dolly-Parton-Song geklaut«, sagte Bree. »Jedenfalls hat er mich nach meiner Nummer gefragt, und ich habe gesagt, dass ich kein Interesse habe. Aber als ich heute früh nach dem Aufwachen meine beruflichen E-Mails gecheckt habe, war da eine Nachricht von ihm. Er muss mich online gesucht haben und die E-Mail-Adresse von der Arbeit herausgefunden haben. Süß, oder?«

»Sehr süß«, sagte Celia und versuchte, ihre Irritation zu ignorieren. Nach ihr hatte noch keiner gesucht. »Und was stand drin?«

»Er wollte wissen, ob ich heute Abend mit ihm essen gehe«,

sagte Bree. »Ich habe zurückgeschrieben, um zu fragen, ob er noch interessiert ist, worauf er sofort geantwortet hat. Er holt mich um sieben ab.«

»Er holt dich ab?«, fragte Celia. Noch so ein Dating-Ritual, das in New York als unmöglich und prähistorisch galt.

Bree nickte.

»Ist das ein Date?«, fragte Celia.

»Ich denke, ja«, sagte Bree. »Ganz schön viel Aufwand, wenn er nur Freundschaft sucht.«

»Ja, also ich weiß schon, dass *er* will, dass es ein Date ist, aber ich frage dich, ob du es willst.« Celia war bewusst, dass sie die wichtigste Frage nicht stellte: *Bist du jetzt eine Lesbe oder was?*

Bree zuckte mit den Schultern. »Ich weiß nur, dass die Person, die ich liebe, mich ohne jedes Abschiedswort verlassen hat. Wenn mich jetzt jemand anderes ausführen und verwöhnen will, werde ich ihn davon nicht abhalten. Es ist nur ein Abendessen. Ich werde den nicht heiraten.«

Celia lächelte. *Ich werde den nicht heiraten* war ein typischer Ausspruch alleinstehender Frauen, die sich insgeheim fragten, ob ihnen nicht bestimmt war, genau diesen einen Typen zu heiraten.

»Außerdem hast du heute dein Date mit Fässchen Daryl, wenn ich also nicht hingehe, sitze ich allein hier«, sagte Bree.

»Bitte hör auf, ihn so zu nennen«, sagte Celia. »Sonst rutscht es mir irgendwann beim Bier mit ihm aus Versehen raus.«

»Oder beim Sex«, sagte Bree. »Oh, Fässchen Daryl! Oh, nimm mich, Fässchen Daryl!«

Celia verdrehte die Augen. »Ich flehe dich an, hör auf damit.«

»Erzähl mal von ihm«, sagte Bree und ging mit einem gigantischen Rougepinsel auf eine riesige Puderdose los. »Was macht er nochmal beruflich?«

Rosa Puder fiel wie Feenstaub zu Boden.

»Er sagt, dass er Filmproduzent ist, was vermutlich heißt, dass er im Keller seiner Mutter in der Bronx Videos von Spielzeugsoldaten macht«, sagte Celia.

»Auf welche Uni ist er gegangen?«, wollte Bree wissen.

»Keine Ahnung«, sagte Celia. »Vermutlich auf die University of Florida in Marzipan.«

Bree prustete los. »Was soll das denn sein?«

»Habe ich mir ausgedacht. Er macht den Eindruck von einem dieser Typen, der auf eine Uni gegangen ist, von der noch nie jemand gehört hat.«

»Meine Güte, warum denkst du denn schon so schlecht von ihm?«, fragte Bree.

»Ich weiß nicht. Wahrscheinlich habe ich gelernt, mir keine Hoffnungen zu machen«, sagte Celia.

»Tja, also mit dieser Einstellung wirst du nicht weit kommen, Herzchen«, sagte Bree, nahm den Pinsel und strich Celia damit wie zur Betonung über die Nase.

Am nächsten Morgen weckte Celia das Geräusch von Regentropfen auf der Klimaanlage. Es war die erste Augustwoche, und obwohl das verdammte Ding auf höchster Stufe lief, herrschte in der Wohnung eine Bullenhitze. Sie kroch aus dem Bett und sah Bree in Unterwäsche auf dem Sofa sitzen und mit einem Streifen weißer Bleichcreme über der Oberlippe die *Today Show* im Fernsehen ansehen.

Celia setzte sich neben sie. »Guten Morgen, sexy Lady.«

»Ich muss meinen Schnurrbart loswerden«, murmelte Bree in dem Versuch, die Lippen so wenig wie möglich zu bewegen.

»Du bist blond. Du hast keinen Schnurrbart«, sagte Celia. »Und? Wie war das große Date?«

Als sie gegen Mitternacht von ihrem eigenen Unglücksdate zurückgekommen war, war Bree noch aus gewesen.

Bree wollte gerade etwas sagen. Stattdessen hob sie einen Finger, um Celia zu signalisieren, dass sie gleich zurück sein würde, und flitzte ins Bad. Einen Moment später kehrte sie mit einem bleichcremefreien Gesicht zurück.

»Kaffee?«, fragte sie. »Ich habe gerade eine Kanne gekocht.«

Celia lächelte. »Ja, gern.«

Bree kam mit dem Kaffee zurück, sie strahlte.

»Was ist denn los?«, fragte Celia und griff nach einer der beiden dampfenden Tassen.

»Adrian ist super«, sagte Bree. »Er ist so witzig und so süß. Er ist ehrenamtlich ein Big-Brother-Mentor, geht gerne mountainbiken und macht haufenweise kostenlose Beratung in der Kanzlei. Oh! Und sein Lieblingsfilm ist *Last Night*. Wie meiner. Und wir haben beide eine Vorliebe für Sushi und Kurt Vonnegut und die Carpenters. Welcher Typ mag schon die Carpenters?«

Celia lachte und versuchte, den wachsenden Neid, die Gedanken an Bree und Lara und ihren starken Verdacht zu verstecken, dass Adrian auch eine Vorliebe für Mussolini und für Kohlsprossen vorgegaukelt hätte, wenn Bree sie denn mögen würde.

Bree sackte ins Sofa zurück und legte die Beine auf den Couchtisch. »Wir haben die ganze Nacht geredet. Wir haben auf der Wasserpromenade unten gesessen und den Sonnenaufgang beobachtet. Es war schön, einfach mal wieder einen romantischen Moment mit jemandem zu teilen, ohne Last und Kummer, weißt du? So. Und wie war dein Date mit dem Fässchen?«

»Das Fässchen ist für mich gestorben«, sagte Celia.

»Aha. Und wieso?«

»Unter anderem, weil er, als die Rechnung kam, gesagt hat, ich zitiere: ›Celia, du bist eine Frau des Wortes. Dann kennst du doch bestimmt den Ausdruck, beim Geld hört die Freundschaft auf, oder?‹«

»Das hat er nicht gesagt.«

»Doch.«

Bree stieß einen leisen Pfiff aus. »Was für ein Arsch«, sagte sie.

»Meinst du, du wirst Adrian nochmal sehen, solange du hier bist?«, fragte Celia.

»Er führt mich heute Abend aus«, sagte Bree. »Ich schau mich mal in deinem Schrank nach etwas Hübschem zum Anziehen um, okay?«

Kurze Zeit später probierte Bree vor dem Badezimmerspiegel Outfits an, während Celia auf dem Sofa döste. Es war ein fauler Vormittag, und draußen hatte es angefangen zu gießen. Im Halbschlaf glaubte Celia, immer wieder Aprils Namen zu hören: *April Adams, April Adams, April Adams.*

Plötzlich stand Bree neben ihr und schüttelte sie wach.

»Oh, mein Gott, Celia. Schau dir das an. Oh, mein Gott.«

Zuerst dachte Celia, Bree bezöge sich auf das Outfit, ein langes, schulterfreies schwarzes Teil und eine 7-Jeans.

»Das ist ein Kleid, kein Oberteil«, sagte Celia und machte die Augen wieder zu.

»Cee, wach bitte auf!«, sagte Bree. Sie schüttelte Celia fest, und als Celia zu sich kam, sah sie, wie Bree zum Fernseher sprang und den Ton lauter stellte. Den Bildschirm füllte ein Foto von April aus, darunter das Wort VERMISST. Sie hatte ein breites Lächeln im Gesicht und trug ihr rotes Lieblingskleid, das früher ihrer Mutter gehört hatte. Celia erinnerte sich sofort an das Foto: Sie hatte es ja selbst während der Celebration of Sisterhood in ihrem letzten Studienjahr geschossen.

»Die von der Polizei Gesuchte heißt April Adams«, sagte eine allzu fröhliche Nachrichtensprecherin mit einem voluminösen Blondschopf. »Sie war hier in Atlanta, um einen Dokumentarfilm über Kinderprostitution zu machen. Am vergangenen Abend kehrte sie von einem Abendspaziergang nicht zurück, seither fehlt jede Spur von ihr. Jetzt befürchtet die Polizei, dass Frau Adams in einer bizarren Wende des Schicksals selbst in das illegale Rotlichtmilieu der Stadt verkauft wurde.«

Bree setzte sich neben Celia auf die Couch. Sie sahen einander an, als hielten sie das alles für einen Traum.

»Was zum Teufel ist hier los?«, sagte Celia. Ihr Herz pochte.

Kurz darauf erschien auf dem Bildschirm eine schwarze Frau mit kurzgeschorenem Haar und schiefen Zähnen. Sie wirkte auf seltsame Art alterslos. Sie hätte ebenso gut vierzig wie fünfundsechzig sein können. NACHBARIN erschien am unteren Bildschirmende.

»Frau Alexa Jones erklärt, sich in den Monaten, in denen April Adams hier auf der English Avenue lebte, mit ihr angefreundet zu haben.«

»April is n gutes, n richtig liebes Mädchen«, sagte die Frau. Für Celia war der Gedanke seltsam, dass die Frau April, *ihre* April, überhaupt kannte. »Sie is immer drüben am Eckladen und redet mit den kleinen Mädchen. Gestern Abend hab ich gesehen, wie so n junger Typ, so n Zuhälter, April weggezerrt hat. Hat sie einfach ins Auto gezerrt und is mit ihr weggefahren.«

»Die Behörden suchen nun nach dem von Frau Jones beschriebenen Mann, der in der Nachbarschaft unter dem Namen Redd bekannt ist«, sagte die Nachrichtensprecherin. »Vermutlich fährt er einen roten Cadillac und ist wohl nur einer von vielen Zuhältern in dieser Gegend.«

Es wurden Archivbilder von Prostituierten auf einer nächtlichen Straße eingeblendet.

»Frau Adams passt nicht in das Profil eines Opfers von Menschenhandel«, fuhr die Sprecherin fort. »Sie ist sechsundzwanzig Jahre alt, weiß und Absolventin des Smith College, Massachusetts.«

»Ich muss mich gleich übergeben«, sagte Celia. »Passiert das gerade wirklich?«

Bree schüttelte den Kopf. »Das muss ein Missverständnis sein. April würde das niemals zulassen.«

»Vielleicht hatte sie keine Wahl«, flüsterte Celia.

»Und wo zum Teufel war Ronnie?«, sagte Bree.

Celia schwieg. Sie dachte daran, wie oft Ronnie April im Stich gelassen hatte.

»Was machen wir jetzt?«, fragte Celia. Sie versuchte, sich nicht das Schlimmste auszumalen, aber das Schlimmste kam ihr immer wieder in den Kopf: April, ermordet von irgendeinem grässlichen Zuhälter, ihr Körper am Boden eines trüben Gewässers oder irgendwo in einem Müllcontainer.

Bree sah gefasst aus. »Wir rufen die Polizei an.«

Nachdem jede von ihnen telefonisch befragt worden war (Wann hatten sie April zuletzt gesehen? Wann von ihr gehört? In welcher Verfassung war sie gewesen? Hatte sie vor jemandem Angst gehabt?), telefonierten Bree, Celia und Sally miteinander. Der Polizist, mit dem Bree gesprochen hatte, hatte ihr von einer großangelegten Suchaktion am Morgen berichtet, bei der Dutzende Einheimische aufgerufen waren, die Gegend nach Hinweisen zu durchkämmen. Die Mädchen konnten nur warten.

Sally klang hysterisch. »Ich wusste, dass das eine bescheuerte Idee war«, sagte sie schluchzend. »Ich habe ihr noch abgeraten. O Gott, Leute, ich habe heute geträumt, dass April stirbt.«

»Süße, beruhige dich«, sagte Celia. »Es gibt für das alles eine Erklärung, und wir kommen der Sache schon noch auf den Grund. Die Polizei tut, was sie kann.«

»Bist du allein zu Hause, Sal?«, fragte Bree.

»Ja«, sagte Sally mit tränenerstickter Stimme. »Jake ist für eine Woche beruflich unterwegs. Er ist vor einer Stunde abgereist.« Wie aus Angst, sie könnten das hinterfragen, fügte sie dann hinzu: »Das stand seit Monaten im Kalender.«

»Willst du übers Wochenende herkommen?«, fragte Celia. Es war sechzehn Uhr am Samstag, viel Wochenende war nicht übrig.

»Ja«, sagte Sally. Sie atmete tief durch, fing dann aber wieder an zu schluchzen. »O Gott, ich glaube nicht, dass ich Auto fahren kann. Und ich will nicht die Verrückte sein, die im Acela Express heult.«

»Sollen wir zu dir kommen?«, fragte Celia, und Bree warf ihr einen überraschten Blick zu.

»Ginge das?«, fragte Sally.

»Scheiß drauf, mein Chef ist die ganze Woche im Urlaub«, sagte Celia. »Und Bree ist bis nächsten Sonntag hier.«

»Und Jake ist weg!«, sagte Sally.

»Ganz genau. Wir drei können eine Woche lang zusammen sein und wenn nötig nach Georgia fahren, um bei der Suche zu helfen«, sagte Celia. Sie dachte an die vielen Nachrichtensendungen, die sie über die Jahre gesehen hatte, in denen von vermissten Mädchen berichtet wurde. Jedes Mal starteten die Suchtrupps voll Hoffnung und fanden entweder gar nichts oder, schlimmer noch, eine Leiche. »Aber so weit wird es bestimmt nicht kommen«, sagte sie, um diese Gedanken zu verjagen. »Sie ist bald wieder zu Hause.«

Sally und Jake wohnten in einem wunderschönen zweigeschossigen viktorianischen Bau, der Celia an das Puppenhaus ihrer Kindheit erinnerte. So ein Haus, dachte Celia, würde sogar ihre Mutter neidisch machen. Die Fassade war hellgelb gestrichen, und auf der Veranda stand doch tatsächlich eine Hoolywoodschaukel. Im Haus waren auf dem glänzenden Hartholzfußboden dicke Orientteppiche in starken Rot- und Blautönen ausgelegt. (»Von meiner Mutter«, sagte Sally stolz.) Die Möbel waren aus Vollholz, hier und dort lagen weiche Kissen auf den Sitzgelegenheiten, und in jedem Zimmer hingen schwere, lange Vorhänge.

»Ihr habt also die ganze IKEA-Lebensphase übersprungen, ja?«, sagte Celia, als sie am späten Samstagabend in der Küche Limonade tranken. Hier blitzte alles nagelneu: ein Edelstahlkühlschrank, marmorne Arbeitsflächen und was nicht noch alles.

Sally weinte immer noch.

Celia fragte sich, ob Sally so emotional war, weil sie wusste, wie es war, eine geliebte Person zu verlieren, oder weil April und sie sich immer so nah gewesen waren, einander im vergangenen Jahr aber verbissen ignoriert hatten. Oder waren ihre Hormone wegen der Schwangerschaft ohnehin schon durcheinander, und der zusätzliche Stress war einfach zu viel für sie? (Während sie den Gedanken noch verfolgte, wusste sie, dass April das sexistisch finden würde. »Als Frau kann man kein Gefühl ausdrücken, ohne gefragt zu werden, ob man seine Tage hat«, hatte April immer gesagt, wenn sie ihre Tage hatte und schlecht drauf war.)

In Sallys Haus gab es fünf Schlafzimmer, und sie hatte die Betten in ihren beiden Lieblingsgästezimmern für Celia und Bree zurechtgemacht. Am Ende konnten sie in der ersten Nacht alle nicht schlafen, kuschelten sich stattdessen in Sally und Jakes Bett und redeten über April.

»Ich habe sie das ganze Jahr über so vermisst, aber es einfach nicht fertiggebracht, als Erste anzurufen«, sagte Sally. »Ich musste immer wieder daran denken, was sie über Jake gesagt hat, und konnte ihr das einfach nicht verzeihen.«

»Ich habe sie auch vermisst«, sagte Bree. »Ich hatte immer das Gefühl, dass sie wirklich hinter meinen Entscheidungen steht, komme, was wolle. Und ich wusste immer, dass wir uns irgendwann wieder vertragen und diesen blöden Streit hinter uns lassen.«

»Das werdet ihr auch«, sagte Celia. »Sobald man sie findet.«

Später redeten sie darüber, dass Lara Bree verlassen hatte,

und Bree (aus Übermüdung zur Selbstzensur nicht mehr in der Lage, dachte Celia) sagte: »Ich glaube, sie war die Liebe meines Lebens, und ich habe sie einfach weggestoßen.« Sie sprachen über Sallys Ehe und darüber, in welcher Weise es genau das war, was sie erwartet hatte, und in welcher Weise das ganze Gegenteil. Sie gestand ein, dass Jake die Geschäftsreise hatte absagen wollen, um wegen der Neuigkeiten über April bei ihr zu bleiben, aber Sally hatte ihn nicht gelassen. »Seit ich schwanger bin, behandelt er mich wie aus Glas«, sagte sie. »Wenn er noch ein einziges Mal gesagt hätte, dass alles gut wird, wäre ich explodiert.«

»Er macht sich einfach Sorgen um dich, Süße«, sagte Bree. »Du musst denen, die dich lieben, ihre Fürsorge lassen.«

»Es ist komisch, dass wir nicht zu viert hier im Bett liegen«, sagte Sally.

»Ich weiß«, sagte Bree. »Und noch komischer ist, dass wir ja *doch* zu viert hier im Bett liegen.« Sie zeigte auf Sallys runden Bauch.

Es entstand eine kurze Stille, bevor sie das Gespräch fortführten. Celia sagte es den anderen nicht, aber innerlich betete sie zum heiligen Antonius, dem Schutzheiligen für Verlorengegangenes, April möge jetzt anrufen und einfach sagen, dass es sich bei der ganzen Sache um ein großes Missverständnis gehandelt hätte.

Das Telefon blieb stumm.

Sobald die Sonne aufging, rief Bree die Polizei in Atlanta an. Sie versuchte es immer wieder, mindestens einmal pro Stunde. Die Beamten mochten ihren vertrauten Akzent und schienen deshalb nichts dagegen zu haben, sagten aber jedes Mal dasselbe: »Es gibt nichts Neues.« Sally versuchte auch, Aprils Mutter auf dem Festnetz zu erreichen, aber sie hörte nur ein Freizeichen, es ging nicht einmal ein Anrufbeantworter ran. Ein Polizeibeamter hatte gesagt, sie wisse Bescheid und sei auf dem Weg nach Atlanta. Er würde ihr bei ihrer Ankunft mitteilen, dass sie nach ihr suchten.

»Sollen wir auch kommen? Und suchen helfen?«, fragte Bree hoffnungsvoll.

»Nein, Ma'am. Ich habe Ihnen doch schon gesagt, dass das keinen Zweck hat«, sagte der Kriminalpolizist. »Wir haben bereits eine sehr gründliche Suche durchgeführt.«

Maßgebliche Informationen erhielten sie von den Online-Ausgaben von Zeitungen aus Georgia oder von Brees Eltern, die ihnen am Telefon aus der *Atlanta Journal-Constitution* vorlasen. Den Zuhälter, den Alexa Jones am Vortag erwähnt hatte, konnte niemand finden. Sein Haus war durchsucht worden, und man hatte Grass und Kokain gefunden sowie zwei blutiggeprügelte achtzehnjährige, an einen Heizkörper gefesselte Mädchen. Dieser letzte Punkt machte ihnen mehr Angst als alles andere.

»Jesus, schaut nur, wozu der fähig ist«, flüsterte Celia.

»Warum hat man diesen Psychopathen nicht schon früher festgenommen?«, sagte Bree.

Sally schwieg. Mittags machte sie Grillhähnchensandwiches mit Pesto-Mayonnaise und Kartoffelsalat nach dem Rezept ihrer Mutter. Niemand aß einen Bissen.

Es fing an zu regnen. Die drei verkrochen sich unter eine Decke auf der Couch, obwohl es draußen über dreißig Grad hatte und auch im Haus nicht besonders kühl war. Wenn sie unter irgendwelchen anderen Umständen hier gewesen wären, dachte Celia, hätte es ein fast perfekter Tag sein können. Stattdessen war ihr übel, und sie hoffte immer wieder, die Augen aufzuschlagen und festzustellen, dass die letzten beiden Tage nichts als ein Traum gewesen waren.

An diesem Nachmittag kamen Celias Eltern vorbei, und Celia hatte ein schlechtes Gewissen, weil sie nicht bei ihnen wohnte, schließlich war ihr Haus nur wenige Kilometer entfernt. Violet hatte ihr letztes Studienjahr an der University of Vermont beendet und verbrachte den Sommer mit ihren Freunden in Vermont, und Celia wusste, dass ihre Eltern sich ohne Kinder im Haus manchmal einsam fühlten.

»Wir verstehen das«, sagte ihre Mutter. »Du musst jetzt bei deinen Freundinnen sein.«

Sie hatten Vorräte für eine ganze Armee mitgebracht: einen gefüllten Truthahn, Muschelsuppe, einen Schmortopf Chili mit Maisbrot, Roastbeef-Sandwiches und einen Schokoladenkuchen von Entenmann's.

»Wenn es in unserer Familie Probleme gibt, wird gegessen«, hörte Celia ihre Mutter zu Sally sagen, als wäre es ein ganz neues Konzept.

Das Telefon klingelte und Sally eilte hin.

»Oh«, sagte sie. »Tja, also ich glaube nicht ... warten Sie bitte.«

Sie legte den Hörer auf den Tisch und zischte ihnen zu: »O Gott, es ist jemand von *Nancy Grace*. Sie wollen uns drei heute Abend in der Sendung haben.«

»Nein«, sagten Bree und Celia wie aus einem Mund.

»Ich weiß, ich weiß«, sagte Sally. »Aber was soll ich *denen* sagen?« Sie zeigte auf den Hörer.

Celias Mutter nahm ihn auf. »Hallo?«, sagte sie. »Hören Sie, bitte: Die Mädchen werden jetzt nicht mit Ihnen sprechen. Sie machen eine schreckliche Zeit durch, und ich bin mir sicher, dass Sie verstehen werden, wenn ich jetzt auflege. Auf Wiederhören.«

Die Mädchen machten beeindruckt einen Schritt zurück. Celia war stolz. Manchmal vergaß sie, was für ein harter Hund ihre Mutter sein konnte, dass sie nicht nur Kuchenbasare organisierte, in der Sonntagsschule unterrichtete und sich die Männerprobleme ihrer Töchter anhörte, sondern auch Vizepräsidentin der zweitgrößten Werbeagentur von Boston war.

Wenn Celia von der Arbeit nach Hause kam, konnte sie sich nur noch aufs Sofa werfen, den Fernseher einschalten und sich vom Imbiss nebenan Sushi kommen lassen, wobei sie katholische Schuldgefühle durchfluteten, weil sie sich nicht an den Computer setzte und schrieb. Wie hatte ihre Mutter nach den langen Tagen im Büro nach Hause kommen und die Abende mit dem Zubereiten des Abendessens und der Pausenbrote, dem Schlichten von Streitigkeiten und dem Korrigieren von Mathehausaufgaben verbringen können?

Celias Mutter hatte einmal von ihrer Vermutung gesprochen, die Frauenbewegung der Sechziger und Siebziger sei ein Trick der Männer gewesen, um die Frauen zu noch mehr Leistung anzutreiben.

»Ich verdiene so viel wie dein Vater und mache trotzdem etwa neunzig Prozent der Hausarbeit«, sagte sie. »Wer von uns beiden gewinnt wegen meiner Arbeit an Lebensqualität? Ich gebe dir einen Tipp: Ich bin es nicht.«

Nach einer Weile verabschiedeten ihre Eltern sich.

»Sagt Bescheid, wenn ihr etwas braucht, Mädchen«, sagte ihre Mutter zu Sally und Bree an der Tür.

Celia hätte sich am liebsten in ihrem Regenmantel verkrochen wie 1986 an ihrem ersten Tag im Kindergarten. Stattdessen sagte sie nur: »Danke, Mami.«

»Die Leute in meiner Gemeinde werden jeden Tag für April beten, okay?«, sagte ihre Mutter, als Celia ihre Eltern zum Auto brachte.

Celia lächelte. »Danke.«

Ihre Mutter nahm ihre Hand und flüsterte: »Nur, dass du es weißt: Wunder geschehen wirklich.«

Celia nickte, obwohl sie es keine Sekunde lang glaubte.

»Es fühlt sich komisch an, dich zurückzulassen«, sagte ihre Mutter. »Kommt ihr Mädels auch klar?«

»Natürlich«, sagte Celia. »Sally ist doch fast erwachsen.«

»Ich kann nicht fassen, dass sie ein Baby erwartet«, sagte ihre Mutter.

»Ich auch nicht«, sagte Celia.

»Ich habe ihr im Treasure Chest in der Stadt schon vier Bodys und ein entzückendes kleines Tutu gekauft.« Ihre Mutter strahlte.

»Und wenn es ein Junge wird?«, fragte Celias Vater.

»Dann hebe ich das Tutu für meine erste Enkelin auf«, sagte sie.

»Oder du ziehst es Molly an«, sagte ihr Vater. Molly war ihr Springer Spaniel.

»Kommt ihr morgen wieder?«, fragte Celia, als sie die Autotüren öffneten und sich setzten.

»Auf jeden Fall«, sagte ihre Mutter. »Ich habe um neun Uhr eine Telefonkonferenz, und dann bringe ich euch einen Kürbiskuchen.«

*

Am Abend war das Gesicht von Ronnie Munro in allen Nachrichtensendungen. Nach nur einem Tag machte Aprils Verschwinden schon Schlagzeilen.

In einem Interview mit CNN berichtete Ronnie von dem Dokumentarfilm, an dem sie gearbeitet hatten, und brach tatsächlich jedes Mal in Tränen aus, wenn Aprils Foto gezeigt wurde. »Wenn ich gewusst hätte, was mit ihr passieren würde, hätte ich April nie hierhergebracht. Aber wir dürfen Folgendes nicht vergessen: Die meisten Mädchen hier draußen haben nicht so viel Glück wie April. Für diese Teenager, die ebenfalls von zu Hause verschwunden sind, hat noch niemand eine Amber-Alert-Meldung abgesetzt. Sie sind Sexsklavinnen in ihrem eigenen Land, und wir unternehmen in ihren Fällen gar nichts.«

»Die meisten Mädchen haben nicht so viel *Glück*? Die Frau könnte ich mit meinen eigenen Händen erdrosseln«, sagte Sally. »Die benutzt April, um ihren verdammten Film und dieses verdammte Thema zu verkaufen.«

Celia und Bree starrten sie an. Wenn Sally so etwas wie »verdammt« sagte, hieß das schon einiges.

Ronnie redete weiter über Kindesmissbrauch. »Ein Blick auf den Metropolitan Parkway reicht, oder zum Atlanta Hilton, oder auf Craigslist auf Ihrem PC zu Hause, um Tausende unschuldiger Kinder zu sehen, die täglich in die Prostitution gezwungen werden.«

»Wen interessiert das, verdammt nochmal?«, rief Sally. »April ist keine Kinderprostituierte.«

Bree tätschelte ihr das Knie. »Ist schon okay, Süße. Immerhin zeigen sie ihr Foto und sprechen über sie.«

Sally wechselte trotzdem den Kanal.

»Ein anonymer Spender bietet für die sichere Rückkehr von April Adams eine Million Dollar«, sagte ein Nachrichtensprecher mit nach hinten gegeltem Haar. »Das ist die höchste, in Fällen wie diesem je ausgesetzte Summe, ein weiterer Punkt, in dem der Fall April Adams sich von anderen Fällen des inneramerikanischen Menschenhandels unterscheidet: Die meisten der Frauen sind jung, arm und afroamerikanisch, haben geringe Ressourcen und kaum Unterstützung.«

Und weiter ging es mit noch einer Geschichte über Zwangsprostitution und Menschenhandel in den USA.

»Eine Million Dollar!«, sagte Celia verblüfft.

Sie warf einen Blick zu Sally hinüber, die sich mit dem Abwasch beschäftigte und ihren Blick mied. Celia vergaß immer wieder, wie viel Geld Sally hatte. Trotz des hübschen Hauses und des teuren Mobiliars wirkte sie einfach nicht wie eine Millionärin.

»Sal?«, sagte Celia.

Sally zuckte mit den Schultern. »Ich wusste nicht, was ich sonst hätte tun sollen.«

»Du bist wirklich eine außergewöhnliche Frau«, sagte Bree.

Sally schüttete den Kopf. »April ist eine außergewöhnliche Frau.«

Daraufhin sagte lange, sehr lange niemand etwas.

Bree

Bree fuhr nach der Woche in Sallys Haus nicht nach Kalifornien zurück. Sie hätte die leere Wohnung, den halbvollen Schrank und die ausgeräumte Kommode nicht ertragen, die nackten Küchenregale, auf denen sich Staub sammelte, wo bisher Laras Kupfertöpfe und Keramikschalen gestanden hatten. Stattdessen fuhr sie nach Savannah, ließ sich von der Arbeit freistellen und kümmerte sich nicht darum, dass man sie vermutlich feuern würde, wenn sie zurückkam; sollte sie zurückkommen. Sie hatte ihre Eltern von Sally aus angerufen und ihnen von der Trennung und von April erzählt.

»Komm zu uns nach Hause, wir kümmern uns um dich, Schatz«, hatte ihre Mutter gesagt. So ein gutes Angebot konnte sie nicht ausschlagen. Bree hatte seit dem Herzinfarkt ihrer Mutter häufiger als sonst mit ihnen telefoniert. Ihr war natürlich bewusst, dass das zeitgleich mit Laras Auszug geschehen war, und so konnte sie nicht mit Sicherheit sagen, was es war, das ihre Familie zu ihr zurückgeführt hatte.

Adrian, der Typ, den sie in einer Kneipe in Brooklyn bei Celia um die Ecke kennengelernt hatte und den sie kaum kannte, hatte seit Aprils Verschwinden mehrfach telefonisch oder per E-Mail Kontakt zu ihr aufgenommen. Die Begeisterung nach dem ersten Date war schnell verklungen, und obwohl Bree wusste, dass er es gut meinte, nahm sie seine Anrufe nicht entgegen. Sie waren nur eine schmerzliche Erinnerung daran, dass Lara sich nicht gemeldet hatte. Mittlerweile musste Lara von der Sache mit April erfahren haben. Und dennoch hatte Bree nichts von ihr gehört, überhaupt nichts. Dachte Lara gar nicht mehr an sie, hatte sie einfach ein neues Leben angefangen oder – und die Vorstellung verursachte Bree Übelkeit – eine neue Beziehung? Bevor sie abends ins Bett ging, rief sie Lara auf dem Handy an, obwohl sie wusste, was passieren würde. Jedes Mal erklärte eine Tonaufnahme, dass die Nummer nicht vergeben war.

Brees Vater holte sie am Sonntagabend vom Flughafen ab. Sie bat ihn, das Autoradio auf einen AM-Nachrichtensender einzustellen, und er sah sie traurig an und sagte: »Es gibt nichts Neues. Aber hör mal: Die Jungs von der Polizei von Atlanta sind ausgefuchste Kerle. Die finden dein Mädchen schon.«

Als sie zu Hause ankamen, hatte ihre Mutter den Tisch mit dem besten Geschirr gedeckt und die Schalen bis zum Rand mit Brees Lieblingsspeisen gefüllt: Kartoffelbrei, Brathähnchen, Kohl, Maiscreme und Erdbeerkuchen.

»Der Kohl ist ohne Butter«, sagte ihre Mutter. Das war ihre Art des Kochens für Herzkranke.

Sie schloss Bree in die Arme. »Ich werde nur kosten, keine Sorge. In solchen Zeiten hast du dir ein kleines Trostessen verdient«, sagte sie. Bree war sich nicht sicher, ob sie damit auf April, Lara oder beide anspielte.

»Kommen die Jungs noch?«, fragte Bree, setzte sich an den Tisch und nahm ein warmes Brötchen aus einem Korb.

»Nein, nein, wir sind heute zu dritt«, sagte ihre Mutter.

Bree hätte nicht sagen können, wann sie das letzte Mal zu dritt gewesen waren. Vermutlich nicht seit dem Sommer, in dem sie neun Jahre alt gewesen war und mit gebrochenem Bein hatte zu Hause bleiben müssen, während ihre Brüder in den Berkshires ins Sommercamp fuhren.

Sie blickte sich in der Küche um und sah die vertrauten hellbraunen Holzschränke und die himmelblauen Wände, den Deckenventilator aus Weidengeflecht, der nachts summte, und den verblassten gelben Teppich. In diesem Raum hatte sie sich auf unzählige Diktate vorbereitet, mit ihrer Mutter Tausende Kokosnusskuchen gebacken und sich unter der Zwischendecke in der Speisekammer versteckt, wo die Hunde schliefen, um von dort aus die halbe Nacht lang mit Doug Anderson zu telefonieren. Hier spielte es keine große Rolle, dass sie beim Jurastudium zu den besten drei Prozent ihres Jahrgangs gehört hatte oder dass sie sich in der schönsten Gegend von San Francisco eine Wohnung mit einem Gästezimmer leisten konnte, es war nicht einmal von Bedeutung, dass sie innerhalb der letzten drei Wochen vermutlich ihre gesamte Karriere versaut hatte. Hier würde man sie immer für das Pappdorf bewundern, das sie für ihre She-Ra-Figuren gebaut hatte, dafür, morgens extra früh aufgestanden zu sein, um ihrem Vater vor der Arbeit sein Müsli zu bringen, und dafür, ihre Brüder dazu gebracht zu haben, sich von ihr die Zehennägel lackieren zu lassen. Wenn sie zu ihren Eltern zurückkam, wurde sie augenblicklich wieder zu einer einfacheren, jüngeren Version ihrer selbst.

In den Jahren seit ihrem Uniabschluss hatte Bree sich gezwungen zu vergessen, dass es diese Art von Geborgenheit gab, damit die Abwesenheit ihrer Familie nicht ganz so schmerzte. Und jetzt hatte sie sie zurück, einfach so. Aber ihre Lara war weg.

Beim Abendessen sprachen sie über April und die Ermittlungen. Brees Vater kannte einige Kriminalbeamten bei der Polizei von Atlanta, die vor Jahren von Savannah dorthin versetzt worden waren. Er habe sie dringend um weitere Informationen gebeten, sagte er, aber sie wussten auch nichts. Die Polizei hatte den von allen Seiten verdächtigten Zuhälter verhört und ihn wieder gehen lassen – was Bree überhaupt nicht verstehen konnte. Auf CNN interviewte Mädchen aus der Nachbarschaft berichteten, dass er wie immer durch den Bluff stolziere. Die beiden Teenager, die man in seiner Wohnung an einen Heizkörper gefesselt aufgefunden hatte, weigerten sich, vor ein Geschworenengericht zu treten, und sagten, sie würden jede Schuldzuweisung gegen ihn zurückweisen. Nach fünf Tagen hatte die Polizei nichts gegen ihn in der Hand und musste ihn freilassen.

Als das Gespräch über April zu belastend wurde, sprachen sie über Brees Brüder: Zwischen Roger und Emily wurde es ernst, die beiden waren gerade übers Wochenende ins Strandhaus an der Küste bei Charleston gefahren.

»Morgen früh sind sie zurück, dann lernst du endlich unsere Emily kennen«, sagte ihre Mutter.

Unsere Emily. Bree hätte heulen können. Warum hatten sie Lara nie so gesehen?

Tim verbrachte den Sommer mit seinen Freunden am Strand und arbeitete als Pizzafahrer, was Brees Mutter große Sorgen bereitete, weil sie, wie sie erzählte, ihm mal im Kombi gefolgt war und sehen musste, dass er dreimal bei Rot links abgebogen war! »Als ich ihn zur Rede gestellt habe, hat er nur gesagt: ›Was denn? Ist das nicht erlaubt?‹«

Nach dem Essen schnitt Brees Vater jedem ein dickes Stück Erdbeerkuchen ab. Als er eines vor ihre Mutter auf den Tisch stellte, wandte sie sich mit leuchtenden Augen nach ihm um, und sie küssten sich. Es war nur ein Augenblick, aber dieser Moment erinnerte Bree an ein Foto aus dem Hochzeitsalbum ihrer Eltern: Darauf sah ihre Mutter ihren neuen Ehemann verliebt von unten an, während der einen Toast ausbrachte und sein Champagnerglas erhob.

Bree hatte einen Kloß im Hals. Sie spürte ein Stechen in der Brust. Konnte sie ihnen erzählen, wie sehr Lara ihr fehlte? Würden sie sie verstehen? Sie wünschte sich mehr denn je, die besondere Person in ihrem Leben sei ein Mann. Dann würde ihre Mutter sie bis zum Abwinken trösten und umarmen, und ihr Vater würde ihr praktische Ratschläge geben, wie sie den Freund zurückgewinnen könnte.

Vielleicht hegte Brees Mutter denselben Wunsch, denn in diesem Augenblick legte sie die Gabel beiseite und sagte: »Oh, rate mal, wen ich heute früh im Food Lion in der Schlange in der Feinkostabteilung getroffen habe? Betsy Anderson, Dougs Mama.«

Bree lächelte. »Ach ja?«

»Ja, und sie war ganz entzückend. Sie hat nach allen gefragt, besonders nach dir. Sie hat erzählt, dass Doug euer Wiedersehen ganz schön umgehauen hat. Er soll gesagt haben, dass du schöner denn je bist.«

Bree verdrehte die Augen, aber ihre Wangen wurden rot. Hatte er das wirklich zu seiner Mutter gesagt, oder bezweckte ihre Mutter damit etwas?

»Das hat er nicht gesagt«, sagte sie schließlich.

»Doch!«, sagte ihre Mutter. »Ich glaube, er ist immer noch verknallt in dich.«

»Mama!«, sagte Bree lachend. »Wir haben keine fünf Minuten geredet. Und er ist verheiratet, in Gottes Namen.«

Ihre Mutter seufzte. »Nach allem, was ich höre, ist seine Frau ein bisschen dominant. Ich frage mich, ob er glücklich mit ihr ist.«

»Papa!«, sagte Bree. »Jetzt hilf mir doch!«

Ihr Vater hob eine Hand. »Ach, Schatz, wenn sie so verrückt redet, ist es meiner Erfahrung nach das Beste, sie einfach zu lassen.«

Ihre Mutter ignorierte ihn und fuhr fort: »Manche Ehen sind Bestimmung, andere nicht. Dafür muss man sich nicht schämen. Ich wusste in der dritten Klasse, dass ich deinen Vater heiraten würde. Alle haben mal wieder diesen kleinen Streber mit Brille schikaniert – wie hieß er doch gleich? – egal, jedenfalls stand dein Vater auf, das werde ich nie vergessen, stellte sich neben ihn und tat, als wären sie allerbeste Freunde. Du hättest das dankbare Lächeln auf dem Gesicht von dem

Jungen sehen sollen. Das vergesse ich nie, Bree. In dem Moment habe ich mich zu Patsy Foster hinübergelehnt – das ist wahr, kannst sie selber fragen – und gesagt: Steven Miller, den werde ich mal heiraten.«

»Und das hast du getan«, sagte Bree. Sie hatte die Geschichte schon hundertmal gehört.

»Und das habe ich getan«, sagte ihre Mutter stolz.

»Okay, du hast mich überzeugt«, sagte Bree. »Ich fahre sofort rüber zu Dougs Haus und verlange, dass er mit mir abhaut.«

»Hör schon auf!«, sagte ihre Mutter und schlug mit der Serviette nach ihr. »Also wirklich! Als würde ich so etwas jemals vorschlagen.«

Ihr Vater schüttelte nur den Kopf und lachte.

Er sah Bree an. »Noch ein Stück Kuchen?«, fragte er. »Du hast es dir verdient.«

Am nächsten Morgen stand Bree früh auf, weil sie nach Atlanta fahren wollte, um dort Aprils Mutter Lydia zu treffen. Bree dachte, dass sie sie wenigstens in den Arm nehmen und zum Lunch ausführen konnte. Sie war noch nie mit Lydia allein gewesen. Lydia war nie zu einem Elternwochenende gekommen, und sie waren einander nur bei der Abschlussfeier einmal begegnet. Sally hatte sie gewarnt, Lydia sei seltsam.

»Seltsam wie April?«, fragte Bree.

»Noch viel seltsamer«, sagte Sally. »Wenn April ein Fingerhut voll Verrücktheit ist, ist Lydia ein Hundert-Liter-Fass.«

Aprils Verschwinden lag über eine Woche zurück. Bree wusste aus *48 Hours Mystery*, dass nach dem ersten Tag die Wahrscheinlichkeit praktisch gleich null war, eine Vermisste lebend zu finden. Sie bemühte sich sehr, derartige Gedanken aus ihrem Kopf zu verdammen, aber es war fast unmöglich, an etwas anderes zu denken.

Um sieben hatte sie geduscht und sich angezogen und

stand kurz darauf kaffeekochend in der Küche. Ihr Vater war schon für den Tag ins Büro gefahren, ihre Mutter besorgte hinterm Haus die Gartenarbeit, ihre Lieblingsaktivität am Morgen. Bree setzte sich an den Tisch und hörte ihre Mutter hinter dem Fliegengitter der Tür singen. Ein Song von Patsy Cline, dachte Bree, aber der Titel fiel ihr nicht ein. Der Geruch von Kaffee und etwas Süßem im Ofen stieg ihr in die Nase. Am liebsten wäre sie einfach hier sitzen geblieben, genau so, den ganzen Morgen lang, hätte dann ihre Mutter zum Lunch im Country Club begleitet und den Nachmittag lesend auf der Veranda verbracht. Stattdessen würde sie die Straße entlanggehen müssen, auf der April zuletzt gesehen worden war. Sie würde Aprils sehr seltsamer Mutter in die Augen blicken und sie anlügen müssen, wenn sie ihr sagte, dass am Ende alles gut werden würde.

Bree trat an das Schränkchen unter der alten steinernen Spüle, um die Ersatzschlüssel ihrer Mutter herauszunehmen. Dort hingen sie, an demselben roten Schnürsenkel und demselben kleinen Haken, gleich neben den Gartenhandschuhen mit Rosenmuster, die Bree ihrer Mutter in der neunten Klasse zum Muttertag geschenkt hatte. Sie war überwältigt von der Tatsache, dass sich hier überhaupt nichts veränderte. Das war so anders als ihr Leben und das Leben ihrer Freunde, das sich täglich veränderte, von Augenblick zu Augenblick.

Draußen hörte sie ihre Mutter mit jemandem sprechen, mit einem Mann. Bree ging zum Fliegengitter und sah ihren Bruder Roger, der ihrer Mutter gerade die Heckenschere aus der Hand nahm und einen Ast abschnitt.

»Ach, danke, Schatz, die da habe ich gar nicht durchgekriegt, die sind wirklich verflixt dick. Willst du Emily welche mitbringen? Jetzt sieht es vielleicht nicht nach viel aus, aber wenn sie sie pflegt, wird es im nächsten Frühling ganz wunderhübsch sein.«

»Nein, danke, Mama«, sagte Roger.

Er sah auf und bemerkte Bree hinter der Tür. »Emily weiß nichts davon, aber eigentlich ist sie mit Mama zusammen, nicht mit mir«, sagte er.

Bree lachte.

»Das mit April tut mir leid, Kekskrümel«, sagte Roger und benutzte den Spitznamen, den er sich in ihrer Kindheit für sie ausgedacht hatte. Bree hatte ihn immer gehasst, aber in diesem Augenblick war es das tröstlichste Wort, das sie sich vorstellen konnte.

»Es muss dir nicht leidtun«, sagte sie. »April ist zäh wie Leder. Wir werden sie finden.«

Roger kam die Verandatreppe hinauf und ging an ihr vorbei in die Küche. Er trat an den Kühlschrank und stellte Lebensmittel auf die Arbeitsfläche: Brot, ein Glas Honigsenf, ein Paket Hühnerbrust und den halben, in Alufolie verpackten Kuchen von gestern.

»Was machst du da?«, fragte Bree.

»Einkaufen«, sagte er.

»Mama!«, rief sie nach draußen. »Roger raubt deine Küche aus.«

»Mama hat erzählt, dass Doug Anderson dir einen Besuch abgestattet hat, als du das letzte Mal hier warst«, sagte Roger neckisch.

»Na ja, nicht ganz«, sagte Bree. »Wir sind uns zufällig über den Weg gelaufen.«

»Zufällig über den Weg gelaufen. Auf der Treppe vor dem Haus, wie ich höre«, sagte er. »Klingt ja fast, als würde er dich *liiiiieben*.«

»Halt die Klappe«, sagte sie. »Ich schwöre: Mama hält ihn immer noch für den Richtigen, obwohl er verheiratet ist und zwei Kinder hat.«

»Na, und was denkst du?«, fragte Roger.

»Ich denke, dass sie verrückt ist«, sagte Bree. »Aber hast du auch manchmal das Gefühl, dass Mama eine Macht über dich hat? Dass du alles tun würdest, um sie stolz zu machen?«

»Ich bin ihr ältester Sohn, Kekskrümel. Ich muss mich nicht anstrengen. Aber ich weiß, was du meinst. Ich habe wie ein Baby geheult, als ich von dem Herzinfarkt hörte. Ich glaube, zuletzt hatte ich zehn Jahre zuvor geweint. Sowas kann nur Mama.«

»Du hast ein Jahrzehnt nicht geweint?«, fragte Bree. Das war eine dieser unglaublichen Tatsachen über Männer, wegen derer sie dankbar war, keiner zu sein. Allein die Vorstellung, zehn Jahre lang nicht zu weinen.

»Ich wünsche mir selber fast, dass Doug der Richtige wäre, weil ich weiß, wie glücklich Mama das machen würde«, sagte Bree.

»Das klingt aber romantisch«, sagte er.

Sie lachte und fügte flüsternd hinzu, damit ihre Mutter es nicht hörte: »Es macht mich einfach so traurig, wenn ich mitkriege, wie gern sie Emily haben. Warum konnten sie Lara nicht genauso mögen?«

»Sie fehlt dir also«, sagte er.

Sie erzählte ihm, wie Lara sie verlassen hatte und wie niederschmetternd es gewesen war, in die leere Wohnung zurückzukehren.

»Warum rufst du sie nicht an?«, fragte er.

»Das habe ich ja versucht. Sie hat die Nummer gewechselt. Ich weiß nicht einmal, wo sie jetzt ist«, sagte Bree. »Außerdem ist es manchmal so schlimm, dass man sich gar nicht vorstellen kann, dass es wieder besser wird, weißt du?«

In diesem Moment trat ihre Mutter ein und nahm den lächerlichen zerknautschten Gartenhut ab, den sie draußen getragen hatte.

Bree umarmte sie. »Ich muss jetzt los«, sagte sie.

»Vergiss nicht, dich anzuschnallen, und halte an und mach ein Schläfchen, wenn du müde wirst«, sagte ihre Mutter.

»Ich fahre nur nach Atlanta«, sagte Bree lachend. »Das sind dreieinhalb Stunden. Wie müde kann ich da schon werden?«

»Müdigkeit ist für mehr Unfälle verantwortlich, als du vielleicht denkst.«

Bree verdrehte die Augen.

Als sie vor die Tür trat, traf sie die Hitze wie eine Backsteinmauer.

Auf dem Weg nach Atlanta aß sie die warmen Kekse, die ihre Mutter ihr für die Fahrt gebacken hatte. Sie schaltete das Radio ein und versuchte nicht zu weinen, als eines von Aprils Lieblingsliedern von Bob Dylan gespielt wurde, weinte dann aber doch.

Jedes Mal, wenn sie auf der Autobahn einen Volvo sah, kam ihr Doug Anderson in den Sinn. Sie hatte in letzter Zeit häufiger an ihn gedacht als in den vergangenen neun Jahren zusammen. Ihre Mutter schien zu glauben, dass es für sie beide noch nicht zu spät war, da weiterzumachen, wo sie während der Studienzeit aufgehört hatten, obwohl er Frau und Kinder hatte. Nun wollte Bree sich die Vorstellung einmal erlauben: Nachts würde sie sich in einem dünnen, muschelfarbenen Baumwollnachthemd an ihn schmiegen, genau wie ihre Mutter sich an ihren Vater schmiegte. Morgens würden sie vom Geräusch über den Flur rennender Kinderfüße aufwachen, bevor sie das Gewicht der beiden Kinder auf ihren Körpern im Bett spürten. Sie stellte sich vor, das lange, rote Haar von dem süßen Fratz zu bürsten und mit Schmetterlingsspangen zu bändigen. (Das Haar wäre natürlich eine ewige Erinnerung an die leibliche Mutter, die bei einem tragischen Haiangriff ums Leben gekommen war, aber damit würde Bree schon klarkommen.) Sie stellte sich vor, wie sie Pfannkuchen wendete, im Auto Lieder grölte und Auseinandersetzungen über Gemüse und Schlafenszeiten hatte. Sie malte sich lange, warme Abende mit Doug allein auf der Veranda aus, an denen sie über ihre Eltern und ihre Jugend sprachen. Vielleicht waren es Gemeinsamkeiten wie diese, aus denen wahre Zusammengehörigkeit bestand. Nicht Kampf, Leidenschaft und Differenzen, sondern schlicht und einfach: *Meine Mama kennt deine Mama, und ich weiß noch, wie du in dem Sommer aussahst, in dem du eine Zahnspange bekamst und deine Sommersprossen verlorst.*

Plötzlich dröhnte eine Lkw-Hupe. Bree nahm es als Zeichen dafür, dass sie das nicht denken sollte. Sie wechselte den Radiosender und tat, als würde sie die Sendung über Ethanol interessieren. Natürlich war außer ihr selbst niemand da, dem sie etwas hätte vormachen können, aber sie selbst war mehr als genug.

Als Bree vor dem schäbigen Hotel parkte, stand Aprils Mutter in Jeans, einem langen, wallenden Oberteil und mit einer Zigarette in der Hand davor. Lydia sah aus, als wäre sie seit ihrer ersten Begegnung mit ihr zwanzig Jahre gealtert. Ihr Gesicht war von Falten übersät, das Haar zu einem strengen Zopf zusammengenommen. Bree hätte sie beinahe nicht erkannt.

Sie lächelte nicht, als sie sich auf den Beifahrersitz setzte. Bree fragte sich, ob Lydia wusste, wie es zwischen April und ihr im letzten Jahr gestanden hatte. Hatte April ihrer Mutter von dem Streit auf Sallys Hochzeit erzählt, von dem Bruch in ihrer Freundschaft?

Sie entschied sich, diesen Gedanken nicht weiterzuverfolgen.

»Schön, Sie zu sehen«, sagte Bree.

»Verdammt nochmal, könnte es nicht noch ein bisschen heißer sein?«, sagte Lydia. »Ich schwitze an Stellen, von denen ich gar nicht wusste, dass es sie gibt.«

Sie lallte. Es war erst elf Uhr morgens.

»Ich bin am Verhungern«, sagte Lydia. »Der Hotelfraß ist

der letzte Dreck. An der Autobahn gibt es einen Imbiss, der ist ganz in Ordnung.«

Sie fuhren nahezu schweigend zu dem Imbiss und setzten sich in eine Nische am Fenster. Das grelle Licht über ihren Köpfen flackerte etwa minütlich. Der rote Plastiksitz klebte an Brees nackten Beinen.

Nachdem Lydia einen Kaffee bestellt und ein paar Schluck getrunken hatte, taute sie etwas auf.

»Nett von Ihnen, dass Sie hier rausgekommen sind und mir heute Gesellschaft leisten«, sagte sie. »Ich weiß eigentlich gar nicht, was ich hier in Atlanta soll. Ich kann nicht wirklich helfen. Aber was hätte ich sonst machen sollen? In meiner Wohnung zu Hause sitzen und Kette rauchen?«

Bree schenkte ihr ein trauriges Lächeln. Wie seltsam sie Lydia auch immer gefunden hatte, jetzt tat sie ihr leid. Ihre einzige Tochter wurde vermisst, und sie war vollkommen machtlos.

»Meine Mutter hat gesagt, dass Sie gerne zu uns nach Savannah kommen können«, sagte Bree.

Lydia lehnte die Einladung mit einer Handbewegung ab. »Damit wäre niemandem geholfen, glauben Sie mir.«

Sie bestellten Schinkenomeletts bei einer gelangweilten Jugendlichen in einer rosa Uniform, die ihr etwa drei Größen zu groß war.

Lydia nahm zwei weiße Fläschchen aus der Handtasche, schüttelte aus jeder einige Tabletten heraus und spülte die ganze Handvoll mit einem Schluck aus ihrem Wasserglas hinunter.

»Diese Ronnie Munro ist ja eine Wucht«, sagte Lydia. »Sie hat sich gestern zum Kaffee mit mir getroffen. Für einen Job wie ihren hätte ich gemordet. Als richtig echte, ernsthafte Künstlerin zu arbeiten. Und richtig was zu verändern, wissen Sie?«

Bree nickte, obwohl sie es für einen sehr seltsamen Kommentar hielt. Ohne Ronnie wäre April jetzt vermutlich gesund und munter und mit Teach for America in irgendeinem Klassenzimmer voll ungehorsamer kleiner Monster.

»Und wow, wie sie April liebt«, sagte Lydia. »Hat mich richtig stolz gemacht zu hören, was für eine Kämpferin April ist. Mein kleines Mädchen.« Sie starrte kurz in die Leere, bevor sie Bree direkt in die Augen sah. »Wissen Sie, als ich diesen Anruf von der Polizei bekam, die mir sagten, dass sie vermisst wird – bei dem Anruf habe ich zum ersten Mal gehört, dass sie in Atlanta ist. Ich dachte, dass sie immer noch mit Ronnie in Chicago wohnt. Daran können Sie ablesen, wie nah wir uns in den letzten Jahren gewesen sind.«

Bree war verblüfft. Hatte April nicht gesagt, dass ihre Mutter das Atlanta-Projekt super fand? War es tatsächlich möglich, dass sie auch mit ihrer Mutter seit einem Jahr keinen Kontakt gehabt hatte?

»Haben Sie heute schon mit der Polizei gesprochen?«, fragte Bree.

Lydia nickte traurig. »Nichts Neues. Haben Sie gehört, dass sie einige Teiche in der Umgebung abgelassen haben?«

Bree schnappte nach Luft. »Nein«, sagte sie, und mit dieser Vorstellung war es jetzt klar: April war tot.

»Und dann noch dieser beunruhigende Anruf von Aprils Vater, oder wie auch immer man ihn nennen will«, sagte Lydia. »Er hat gefragt, wie er helfen kann. Was sagt man dazu. Er wollte Spezialkräfte anheuern und für Hinweise mehr Geld aussetzen. Ich hab' gesagt, er soll sich verpissen.«

Bree bemühte sich, ihr Entsetzen zu verbergen. Wenn nur Celia da wäre. Sie würde wissen, was man darauf antworten sollte.

Die Kellnerin kam mit einem Tablett mit den Omeletts neben einer klebrigen Karaffe mit Sirup in der einen Hand und einer Kanne Kaffee in der anderen.

»Frühstück ist fertig«, sagte sie und schob die Teller auf die Tischplatte.

Nachdem sie den Imbiss verlassen hatten, fuhr Bree Lydia durch die Stadt, unterstützte sie bei dem Gespräch mit der Polizei und brachte sie zum Supermarkt, wo sie sich mit Lebensmitteln eindeckte. Auf dem Heimweg nach Savannah weinte sie darüber, wie ungerecht das alles war: Warum war das gerade April passiert, die doch immer nur das Beste für die Welt gewollt hatte?

Bree blieb den restlichen August und den ganzen September in Georgia. Bei der Arbeit in San Francisco wussten alle, was passiert war, und eine Zeit lang war man verständnisvoll. Brees Elternhaus wurde ihr Kokon, und sie verbrachte die Tage damit, ihrer Mutter im Garten zu helfen, dicke Romane zu lesen und zu ihrem Vater ins Büro zu fahren, um ihm sein Mittagessen zu bringen, wenn er es versehentlich zu Hause hatte stehenlassen.

Sally sagte immer wieder, dass das so nicht gesund sei und Bree in den Alltag zurückkehren müsse. Sal hatte recht, das wusste sie, aber als ihr Chef anrief und ihr das Ultimatum stellte, mit dem sie seit ihrer Abreise gerechnet hatte – sofortige Rückkehr an den Arbeitsplatz, sonst müsse man sie ersetzen –, sagte sie, dass sie vollstes Verständnis hätte und einen Anwaltsgehilfen bitten würde, ihren Schreibtisch auszuräumen.

Bree dachte weder darüber nach, wie schwer es gewesen war, diesen Job zu bekommen, noch darüber, dass die Kanzlei von Anfang an ihre erste Wahl gewesen war. Sie dachte nicht an die Stunden, die sie zusammen mit Lara mit dem Anprobieren von Kostümen für das Bewerbungsgespräch verbracht hatte, während Lara das Internet durchforstete, um alle möglichen Detailinformationen über die Partner zusammenzutragen – und schließlich herauszufinden, dass Peter Morris eine Wunschliste auf amazon.com hatte, die ihnen seine Vorliebe für Bücher über Golf, Hunde und wahre Kriminalfälle offenbarte, und dass Katherine White im vorigen Herbst den Big-Sur-Halbmarathon gelaufen war und einmal ihren Vermieter verklagt hatte. Sie dachte nicht an die Tage und Nächte, in denen sie sich im Büro den Hintern aufgerissen hatte, und wie ihr Herz zu rasen begonnen hatte, wenn sie sich einen neuen Fall vornahm.

Als sie ihren Eltern eröffnete, dass sie nicht zur Arbeit zurückkehren würde, schnappte ihr Vater nach Luft.

»Bree«, sagte er, »mein Liebling, möchtest du dann für mich arbeiten?«

Sie lächelte, während sie es in Erwägung zog und sich vorstellte, wie es wäre, endgültig nach Savannah zurückzukehren, sich im Stadtzentrum eine kleine Wohnung zu suchen, täglich ins Büro zu gehen und an der Seite ihres Vaters an Fällen zu arbeiten. Tim wollte nach dem College Jura studieren, und sie dachte sich, dass er vielleicht auch dazukommen würde. Wie würden sie sich nennen? Miller, Miller & Miller? Miller & Söhne?

Aber Bree hatte sich schon entschieden. »Ich glaube, ich gehe wieder nach New York und bleibe noch eine Weile bei Celia«, sagte sie.

Zu ihrer Überraschung legten ihre Eltern keinen Widerspruch ein.

Stattdessen sagte ihre Mutter: »Nach dem Tod meiner geliebten Großmutter bin ich zu Tante Kitty gefahren und zwei ganze Wochen lang dageblieben, und sie hat mich auf eine Diät aus Whiskey und Käsetoast gesetzt, bis ich aufgehört habe zu weinen. Manchmal braucht ein Mädchen einfach ihre beste Freundin.«

Und so kehrte Bree nach New York zurück. Der Herbst kam. Kühler Wind setzte ein, und die leuchtenden Gelb- und Orangetöne des Laubes erinnerten sie an den Herbst am Smith

College, an die Laubschlachten auf dem Quad und das Verteilen von Milky Ways und Lutschern zu Halloween an der Eingangstür des King House.

Wochenlang kochten Bree und Celia zusammen nach Rezepten aus Celias Ausgabe des *Silberlöffel*-Kochbuchs und spielten Scrabble im Bett. Sie versuchten, Celias neuen Welpen Lola zu erziehen, und tranken so viel Wein, dass Celia aus den Korken eine riesige Pinnwand für die Küche basteln konnte. Tagsüber ging Bree einkaufen, führte den Hund im Park aus und putzte Celias Wohnung an Stellen, von denen Celia gar nicht gewusst hätte, dass sie dreckig waren. Sie schrubbte die Fensterbretter, polierte die Herdknöpfe und reinigte den Zahnbürstenhalter. Celia sagte, sie genieße Brees Anwesenheit, aber Bree wusste, dass jeder Gast auf unbestimmte Zeit einem irgendwann auf die Nerven ging. Sie hatte Celia nicht wirklich eine Wahl gelassen – Bree musste jetzt bei Celia sein, also versuchte sie, sich ihren Aufenthalt in ihrem Haushalt zu verdienen.

An frischen Nachmittagen streifte Bree allein durch Brooklyn, plauderte in Cafés mit einsamen alten Damen oder strich in einem Antiquitätenladen auf der Montague Street über jede Glasflasche, um die Ereignisse des Sommers aus ihren Gedanken zu vertreiben. Aber wenn Celia von der Arbeit nach Hause kam, rollten sie sich auf dem Sofa zusammen und redeten über April und Lara.

»Vermisst du Lara?«, fragte Celia eines Abends, als die beiden mit einer Schüssel Popcorn wieder dort saßen und der Hund auf dem Boden an einem Schweineohr kaute.

Bree zuckte mit den Schultern. »Kannst du dir vorstellen, dass sie immer noch nicht angerufen hat? Sie hat bestimmt von der Sache mit April gehört.«

»Ich habe heute auf der Straße ein Mädchen gesehen, das aussah wie April«, sagte Celia. »Sie hatte lange rote Haare, eine Kordjacke, die sehr nach April aussah, und ging hüpfend die Straße hinunter, wie April es getan hat. Und obwohl ich wusste, dass sie es nicht war – April hat ja gar kein langes rotes Haar mehr –, *wünschte* ich mir doch so sehr, sie würde es sein.«

»Das ist mir auch schon passiert«, sagte Bree. »Wohin ich auch gehe, überall glaube ich April zu sehen.«

Celia wollte gerade antworten, aber Bree hörte nicht zu. Sie sah aus dem Fenster zum Watchtower-Gebäude, der Weltzentrale der Zeugen Jehovas, das erbaut worden war, damit sie Jesu Erscheinen während der Apokalypse als Allererste sehen würden.

In der Gegend gab es Dutzende von ihnen, die immer im Sonntagskleid herumliefen – die Männer im gebügelten Anzug, die Frauen mit Hüten und langen, wallenden Röcken. Bree hatte Celia einmal gefragt, warum sie immer so aufgetakelt waren.

»Wenn du glauben würdest, dass du heute vor deinen Schöpfer trittst, würdest du dir auch ein bisschen mehr Mühe geben«, hatte Celia mit einem Grinsen gesagt.

Bree hatte darüber gelacht, aber jetzt dachte sie, dass die Zeugen Jehovas gar nicht so falsch lagen. Man konnte nie wissen, was Gott oder das Leben noch für einen bereithielten, und wenn es einen ohne Vorwarnung treffen würde, ohne dass man sich darauf hätte vorbereiten können, war es vielleicht umso schmerzhafter.

Sally

Sally ließ das Handtuch auf den Badezimmerboden fallen und betrachtete ihren Körper im Spiegel. Dann schrie sie aus voller Lunge wie eine Jugendliche in einem Horrorfilm, die gerade den Axtmörder aus dem Keller kommen sieht.

»Schatz?«, rief Jake die Treppe hinauf und klang nicht wirklich besorgt.

»Sorry, ich hab' mich nur gerade wieder nackt gesehen«, rief sie zurück.

»Okey-dokey«, sagte er. Sie hörte ihn zurück ins Fernsehzimmer gehen.

Sie war im siebten Monat. Im fünften war ihr Körper plötzlich explodiert. Sie kannte nicht viele Schwangere und war davon ausgegangen, dass der einzige sich verändernde Teil eines Frauenkörpers der Bauch war. Aber jetzt hatte Sallys Körper, den zu kontrollieren Sally sich immer sehr viel Mühe gegeben hatte, sich in jede Himmelsrichtung ausgedehnt. Ihre Brüste waren schwer geworden. Ihr Gesicht war voll und dick wie das der Studentinnen im zweiten Jahr am Smith College, die sich in der Mensa mit Pudding und Braten vollstopften. Ihre Oberschenkel waren von roten Dehnungsstreifen übersät, die sich wie Straßen auf einer Landkarte in alle Richtungen ausbreiteten. Hände und Füße waren geschwollen, ihr Ehering passte ihr nicht mehr, und sie konnte nur noch Flipflops tragen, sogar zur Arbeit (sie hatte keine Ahnung, was sie machen sollte, wenn es in einem Monat bitterkalt werden würde).

Ihr Arzt hatte gesagt, er hätte noch keine Frau gesehen, die die Schwangerschaft so körperlich erlebe wie sie. Wenn sie sich nur ein kleines bisschen verkühlte, wurden ihre Beine und

Füße blau und fleckig. (»Das ist ganz normal!«, hatte Jake fröhlich verkündet. »Das kommt von dem zusätzlichen Östrogen, das dein Körper produziert!«) Ihr Rücken schmerzte, sie hatte ständig Verstopfung und wahnsinnige Stimmungsschwankungen, die sie ohne Vorwarnung überfielen, und manchmal hätte sie Jake am liebsten im Schlaf dafür ermordet, sie in diese Lage gebracht zu haben.

Sally hatte sich nie besonders für Essen interessiert, aber während der Schwangerschaft war sie heißhungrig. Sie lechzte nach Blutorangen, blutigem Steak, Cheeseburger, Devil-Dogs-Küchlein (hatte sie jemals zuvor einen Devil Dog gegessen?), Milchshakes und Zimtschnecken. Jake fütterte sie durch und sagte immer wieder, dass sie schön war, aber sie hatte, seit sie von der Schwangerschaft erfahren hatte, zweiundzwanzig Kilo zugenommen und wusste, dass das der helle Wahnsinn war.

Wie hatte Rosemary es so zartfühlend ausgedrückt: »Schön langsam! Du isst vielleicht für zwei, Süße, aber keine von euch ist ein Sumoringer.«

»Bei Babys, deren Mütter während der Schwangerschaft unter neun Kilo zunehmen, steigt die Wahrscheinlichkeit einer Frühgeburt und einer Schädigung des Gehirns«, hatte Jake zurückgegeben. »Eine vernünftige und sicherere Gewichtszunahme liegt zwischen zehn und fünfzehn Kilo, aber so wie bei Sally ist es auch in Ordnung. Hat der Arzt gesagt. Sie war vor der Schwangerschaft einfach super in Form. Obwohl eine Vaginalgeburt bei einer Gewichtszunahme von diesen Ausmaßen kompliziert oder sogar unmöglich werden könnte, und –«

Sally unterbrach ihn. »Liebling, bitte halt die Klappe.«

Rosemary sah bei diesen Worten entsetzt aus, aber Sally würde nicht zulassen, dass in Gesellschaft über ihre Vagina gesprochen wurde, nur weil sie schwanger war.

»Er zitiert die ganze Zeit aus Schwangerschaftsratgebern«, sagte sie, »und mich treibt das in den Wahnsinn.«

Rosemary runzelte die Stirn. »Oh, das ist wirklich nervig, Jake. Behalt dieses Zeug für dich.«

Jake schaute traurig drein. Sally war das egal. Er war wegen seiner Vaterschaft so aufgeregt, dass Sally manchmal das Gefühl hatte, selbst gar nicht mehr existent zu sein.

Er wollte keinen Sex mehr haben, weil er Angst hatte, dem Baby wehzutun, obwohl in allen Büchern das Gegenteil stand.

Eine Woche zuvor hatte sie ihn nach dem Aufstehen im Flur im ersten Stock gefunden, wo er den Teppich aufrollte.

»Was machst du da?«, fragte sie.

»Ich lege heute rutschfeste Matten unter alle Teppiche«, sagte er.

»Wieso?«, fragte sie.

»Tja, also in den Ratgebern steht, dass das eine gute Idee ist, weil, na ja, je schwerer du wirst, desto mehr verschiebt sich dein Schwerpunkt und desto wahrscheinlicher ist ein Sturz.«

Sally atmete tief durch. Sollte sie sich darüber etwa freuen? Gab es da draußen Frauen, die gern einen Mann hätten, der sich so aufführte?

Später am selben Tag öffnete sie über der Spüle in der Küche ein Glas Oliven und wollte sich gerade eine in den Mund stecken, als Jake sagte: »Hat das geploppt?«

»Wie bitte?«, fragte sie genervt.

»Das Glas, ich habe es nicht ploppen gehört. Vielleicht sind diese Oliven nicht mehr gut, Sal. Du solltest sie wegwerfen. Schon die kleinste Menge Bakterien könnte für das Baby tödlich sein.«

Sally hob das Glas an den Mund und schüttelte, bis keine Olive mehr hineinging und die Salzlake ihr Kinn und Hals hinunterlief. Sie kaute und kaute, und nachdem sie schließlich geschluckt hatte, rief sie: »Ich bin nicht dein verdammter Babybehälter! Ich bin deine Frau!«, und stürmte aus der Küche.

Irgendwo hatte sie gelesen, dass aus Frauen Mütter wurden,

sobald sie von ihrer Schwangerschaft erfuhren, während Männer erst Väter wurden, wenn sie ihr Kind zum ersten Mal sahen. In ihrer Ehe schien das Gegenteil der Fall zu sein. Persönlich machte ihr das Sorgen, aber intellektuell fand sie es faszinierend und hätte gern April dagehabt, um mit ihr darüber zu debattieren: Natur oder Kultur, Geschlechterrollen und das alles. Als sie versuchte, mit Jake darüber zu sprechen, sagte er nur: »Ach, Schatz, du wirst eine tolle Mama sein«, was natürlich nicht der Wahrheit entsprach, und außerdem ging es nicht darum.

Jake redete mit dem Baby, er sang für das Baby, er las dem Baby vor: *Family Circus*, *Die Peanuts*, die Musikkritiken aus dem *Boston Globe* und die *Sports Illustrated* von der ersten bis zur letzten Seite.

Sally sprach überhaupt nicht mit dem Baby. Sie konnte sich nicht vorstellen, dass dieser Klumpen in ihrem Bauch wirklich eine Person war. Jake hatte darauf hingewiesen, dass schließlich keine zwei Monate, nachdem sie von der Schwangerschaft erfahren hatte, die Sache mit April passiert war. Niemand hätte sagen können, wie diese Dinge einander beeinflussten oder was für Gefühle sie für das Baby hätte, wenn April da wäre. Es war bei Sally schon immer so gewesen: Mit glücklichen Veränderungen kam immer auch überraschende Verzweiflung. Wie hätte es sich angefühlt, die Highschool abzuschließen und ans College zu gehen, ohne gerade die eigene Mutter verloren zu haben? Wie wäre die Hochzeit gewesen, wenn es am Vorabend nicht zu diesem bescheuerten Streit unter Alkoholeinfluss mit den Mädels gekommen wäre? Sie würde es nie erfahren.

Sie ging ins Schlafzimmer, legte sich nackt ins Bett und deckte sich zu, damit sie ihren hässlichen Körper nicht sehen musste. In einer Stunde sollten sie bei Jakes Eltern zum Abendessen erscheinen, und Sally fragte sich, ob sie sich vielleicht dieses eine Mal entschuldigen könnte. Es wäre wundervoll, das Haus für einen Abend einmal ganz für sich zu haben. Dann könnte sie auf Lifetime einen schlechten Film schauen und ein bisschen Rotwein trinken. (Jake würde durchdrehen, aber sie wusste ganz sicher, dass schwangere Pariserinnen täglich zwei Gläser Cabernet tranken und kerngesunde Babys in die Welt setzten.) Sie würde Bree und Celia anrufen und so lange sie wollte mit ihnen reden, ohne dass Jake seinen Hundeblick aufsetzte, wie immer, wenn sie ihm zu lange keine Aufmerksamkeit schenkte.

Brees und Celias Leben hatte sich in den letzten zwei Monaten mehr verändert als in den vielen Jahren, seit sie das Smith verlassen hatten. Sie glaubte, dass Aprils Verschwinden eine seltsame Wirkung auf die beiden gehabt hatte, die ganz anders war, als sie gedacht hätte. Sie waren natürlich alle traurig und nervös und fürchteten bei jedem Telefonklingeln die unausweichlichen Neuigkeiten. Aber da war noch mehr. Es kam ihr vor, als würden Celia und Bree die ganze Welt durch das Prisma dieses einen Ereignisses betrachten: April war verschwunden, alles andere ergab sich daraus.

Bree war wieder nach New York gegangen, in eine Stadt, die sie eigentlich gar nicht mochte, um bei Celia zu wohnen. Sie hatte Sally in einer E-Mail von dem schrecklichen Frühstück mit Aprils Mutter erzählt. »Jetzt ist mir die Bedeutung von Familie klarer«, schrieb sie. »Und deshalb fühle ich große Dankbarkeit für Dinge, die in meinem Leben passiert sind und die mich sonst traurig machen würden.« Meinte sie den Herzinfarkt ihrer Mutter? Oder April? Oder Lara? Vermutlich war es eine Mischung aus allem.

Brees Kündigung hatte sie erschüttert. Bree war anscheinend einverstanden damit, ihre harte Arbeit im Klo runterzuspülen, aber Sally hielt es für kriminell und fragte sich, ob Bree vielleicht gerade einen Nervenzusammenbruch hatte. Die Bree, die sie an der Uni gekannt hatte, hatte sich einmal wegen einem Sehr gut minus in einer Abschlussprüfung die Augen ausgeheult, weil diese Note angeblich ihre gesamte Karriere ruinieren würde.

Auch Celia hatte sich verändert, und Sally hätte nicht sagen können, ob zum Guten oder nicht. Ihre Reaktion auf Aprils Verschwinden war verständlich. Nachdem ihr die Beliebigkeit und Kürze des Lebens klar geworden waren, hatte Celia beschlossen, alles zu streichen, was sie nicht im Hier und Jetzt glücklich und zufrieden machte. Sie hatte erzählt, dass sie mehr denn je an ihrem Roman arbeitete. Sie war nicht mehr auf Diät und hatte fünf Kilo zugenommen. Sie kochte Brathuhn gefüllt mit Zitrone und Knoblauch, Rindergulasch oder Spaghetti mit Fleischklößchen. Sie hatte sich eine Malteserhündin gekauft, ein entzückendes kleines weißes Wollknäuel, die schon vier Paar Stöckelschuhe, eine Handtasche von Marc Jacobs und einen Fünfzig-Dollar-Schein zerkaut und das ganze Sofa vollgepisst hatte. Sie machte eine Männerpause von mindestens sechs Monaten und weigerte sich, das Bad zu putzen, weil sie diese Haushaltsaufgabe am allerwenigsten leiden konnte (obwohl Sally vermutete, dass Bree es für sie machte).

An manchen Abenden legte Sally sich zu Jake ins Bett und wäre lieber bei ihren Freundinnen gewesen. Ihr Leben und das ihrer Freundinnen hatte sich in kürzester Zeit auf so viele unterschiedliche Arten verändert, und sie war unwillkürlich ein bisschen neidisch auf Bree und Celia, die ein kleines Schutzschild um sich hatten formen können, das sie gegen das Bevorstehende abschirmen würde.

Die Einzige, die sich in den Wochen seit Aprils Verschwinden überhaupt nicht verändert zu haben schien, war Ronnie. Sie war die eigennützige Verschwörerin, die sie schon immer gewesen war. Sie war jetzt mit ihrer Show zum Thema Menschenhandel und Zwangsprostitution auf Tour gegangen und bei *Charlie Rose*, *Larry King* und *Fresh Air* mit Terry Gross zu

Gast gewesen. Außerdem sollte bald ihr Buch darüber erscheinen. Und dann war da noch der Film, der von Anfang an geplant gewesen war.

Sally hielt es auch für eine gute Sache, dass Kinderprostitution und sexuelle Ausbeutung endlich von den Medien aufgegriffen wurden – April wäre stolz darauf gewesen. Aber die Art, wie Ronnie Aprils Verschwinden als Mittel zur Verbreitung des Themas ausnutzte, widerte Sally an. Jede Story begann auf gleiche Weise: »April Adams war kein typisches Opfer von sexueller Ausbeutung und Menschenhandel. Sie war weiß, gebildet und bla, bla, bla.« Sally erschrak jedes Mal, denn in Wirklichkeit gab es, abgesehen von der Zeugenaussage einer alten Frau, keine Beweise, dass April von einem Zuhälter entführt worden war. April konnte überall sein, mit wem auch immer.

Während sie darüber nachdachte und sich die Decke bis ans Kinn hochzog, wuchs Sallys Wut: auf diese verdammte Ronnie, die Aprils Idealismus ausgenutzt hatte und aus ihr ein weiteres Opfer der Mission gemacht hatte; auf April in ihrer Naivität (hatte sie nicht schon Glück gehabt, Ronnies andere Projekte überlebt zu haben?). Sally war irrationalerweise auch wütend auf ihre Mutter, die sie alleingelassen hatte, bevor sie ihr die wirklich wichtigen Fragen hatte stellen können. In den ersten Jahren nach ihrem Tod hatte Sally noch gewusst, was ihre Mutter zu diesem oder jenem Problem gesagt hätte. Mittlerweile hatte sie keine Ahnung. Hätte sie sich gefreut, so früh Großmutter zu werden, oder wäre sie von Sally enttäuscht gewesen, weil sie ihrem Traum vom Medizinstudium nicht nachgegangen war? Würde sie wissen, was in Aprils Fall zu tun war? Würde sie Sallys schlechtes Gewissen verstehen, weil sie zugelassen hatte, dass April und sie ein Jahr lang nichts voneinander gehört hatten?

Jake zog einen Flunsch, war aber schließlich damit einverstanden, seiner Mutter zu sagen, dass Sally sich nicht gut fühlte und nicht mitkommen würde. Zehn Minuten nachdem sie sein Auto aus der Einfahrt hatte fahren hören, ging sie im Bademantel in die Küche hinunter und plünderte den Kühlschrank. Sie war aufgeregt wie damals, als ihre Eltern sie mit elf Jahren das erste Mal allein zu Hause gelassen hatten. Sie konnte machen, was sie wollte! Und das war erstmal, eine Faith-Hill-CD aufzulegen, sich zwei Erdnussbutter-Bananen-Brote zu schmieren, eine große Tasse Kakao einzuschenken und all das im Stehen zu konsumieren. Und wenn schon.

Faith' Stimme schallte durch die weiten Räume des Erdgeschosses. Faith glaubte an Peter Pan und Wunder, irgendwie musste man ja klarkommen: *I believe in Peter Pan and miracles, anything I can to get by.*

Das Haus war zu groß für zwei. Eigentlich war es auch für zwei plus Baby noch zu groß. Weder sie noch Jake hatten zuvor eine Wohnung besessen, geschweige denn ein ganzes Haus, und der Aufwand der Instandhaltung hatte sie überrascht. Zuvor hatte sie ein tropfender Hahn oder eine kaputte Wasserleitung nur einen Anruf bei der Vermieterin gekostet, jetzt war es richtige Arbeit. Sie fuhren jedes Wochenende zum Baumarkt.

»Wie erträgst du das?«, hatte Celia sie einmal am Telefon gefragt, und Sally hatte geantwortet: »Ich weiß auch nicht. Ich hätte nie gedacht, dass ich mit sechsundzwanzig schwanger bin und regelmäßig in den Baumarkt fahre.« Kaum hatte sie diese Worte gesagt, hatte sie das Gefühl, Jake verraten zu haben: Die sonntäglichen Ausflüge in die Gartenabteilung und zu Farben und Lacke machten ihr doch Spaß. Danach machten sie immer einen Zwischenstopp bei Brigham's und bestellten Eis mit Karamellsoße, und Jake freute sich übermäßig darüber, ein altes Bruce-Springsteen-Album im Auto aufzudrehen und mitzusingen.

Sallys Vater liebte ihr Haus. Sie sah ihn dieser Tage häufiger, was ihr alles andere als angenehm war. Er erkundigte sich weder nach dem Baby noch nach April, sondern nach ihren Immobiliensteuerzahlungen oder dem Preis von Jakes Golfschlägern. Er hatte etwas mit einer neuen Frau angefangen, Barbara, und Sally vermutete hinter alledem Barbaras Versuch, Vater und Tochter einander näherzubringen. Sie brachte es nicht fertig, Barbara als die Freundin ihres Vaters zu bezeichnen. Sie war fett – anders konnte man es wirklich nicht sagen. Sie hatte strähniges, graues Haar und konnte selbst an ihrem besten Tag Sallys Mutter an ihrem schlechtesten nicht das Wasser reichen. Sie war siebenundvierzig Jahre alt, arbeitete in der Buchhaltung eines vorstädtischen Pflegeheims und schien das alles durch rein gar nichts auszugleichen. Sally hatte keine Ahnung, was ihr Vater an Barbara fand. Vielleicht stimmte es, was ihre Mutter ihr einmal gesagt hatte: Männer konnten einfach nicht allein sein.

»Frauen gehen, wenn sie es nicht länger ertragen können«, hatte sie Sally erklärt. »Männer gehen, wenn sie eine Neue haben.«

Sally biss vom Brot ab und spülte es mit einem großen Schluck Kakao runter. Als sie schluckte, spürte sie es: der erste Tritt. Sie kreischte leise. Dann folgte ein weiterer.

»Oh, mein Gott«, sagte sie lachend.

So etwas Komisches und Schönes hatte sie noch nie gefühlt. Ihr Kind, das in ihr lebte.

Seit zwei Monaten fragten der Arzt und die Schwestern schon, ob sie etwas spürte. Es ärgerte sie, dass sie jedes Mal, wenn sie verneinte, Schuldgefühle bekam, als wäre sie als Mutter unzureichend, selbst wenn es darum ging, in den Magen getreten zu werden. Aber jetzt das. Sie konnte es nicht erwarten, es ihnen zu sagen.

»Magst du Bananen?«, fragte sie und spürte eine Woge von Liebe, Panik und Sicherheit, alles zugleich.

Das Telefon klingelte, und Sally griff nach dem Schnurlosen und hoffte, dass es Jake war. Vielleicht sollte sie sich doch zu seiner Mutter hinüberschleppen, obwohl sie froh war, diesen Moment ganz für sich gehabt zu haben.

»Hallo?«, sagte sie.

Zuerst hörte Sally nur ein Knacken am anderen Ende der Leitung. Dann glaubte sie, ein Flüstern auszumachen.

»Sal?«, sagte eine Stimme leise.

»April?«, sagte Sally ungläubig.

Die Verbindung brach ab.

Sie musste sich hinsetzen. Sie ging zum Küchentisch. Das Telefon klingelte abermals, und sie hob beim ersten Klingeln ab. Wieder hörte sie das ferne Knacken. Tränen sammelten sich in ihren Augenwinkeln.

»April, kannst du mich hören?«, rief sie.

»O Süße, nein, hier ist Celia. Es tut mir leid. Hast du gedacht – oh, das tut mir leid.«

Sally sackte in sich zusammen. »Oh«, sagte sie.

»Ich wollte nur kurz anrufen, weil Bree und ich in einer Bar bei mir um die Ecke sind und dein Lied läuft. Das von den Supremes.«

»You Keep Me Hangin' On«, sagte Sally.

»*Was?*«, sagte Celia.

Im Hintergrund hörte Sally leise Musik, plaudernde Frauen und ein Surren, vielleicht von einem Ventilator.

»Ach, egal«, sagte Sally. »Hey, Cee, stell dir vor: Das Baby hat gerade getreten.«

»*Was?*«, sagte Celia.

»Das Baby hat getreten!«, brüllte Sally und verdreht die Augen.

»Oh, mein Gott«, sagte Celia und fügte zu jemand anderem hinzu: »Das Baby hat getreten! Bree sagt auch ›Oh, mein Gott‹.«

Sally hörte das Geräusch einer Toilettenspülung.

»Rufst du mich von der Damentoilette aus an?«, fragte sie.

»Oh, ja. Bree hat diesen Typen, Adrian, in der Bar gesehen. Jetzt müssen wir hier raus, ohne dass er uns sieht, und wir hecken gerade auf dem Klo einen Fluchtplan aus. Hey, Süße, der Empfang ist furchtbar hier drin, kann ich dich später anrufen und –«

Die Leitung wurde unterbrochen.

Sally ging wieder zu ihrem Brot auf der Arbeitsfläche und nahm einen weiteren riesigen Bissen. Sie lachte bei der Vorstellung von Celia und Bree, die sich vor irgendeinem Typen auf dem Klo einer Bar versteckten. Sie war froh, wenigstens diesen Lebensabschnitt hinter sich zu haben.

Sie streichelte ihren Bauch und schrieb Jake eine SMS: *Kannst du nach Hause kommen, Liebling?*

Er schrieb sofort zurück: *Klar. Ist alles okay?*

Ja, schrieb sie. *Ich will dich einfach sehen.*

Zwanzig Minuten später fuhr Jake vor, und sie erwartete ihn mit einer Tasse Kakao in der Haustür. »Danke«, sagte er mit einem überraschten Lächeln. Sie wusste, dass sie es ihm in letzter Zeit nicht leichtgemacht hatte.

»Es geht dir wohl besser«, sagte er.

»Das Baby hat getreten«, sagte sie.

Seine Augen leuchteten. »Was? Ich kann nicht fassen, dass ich das verpasst habe.«

»Na ja, vielleicht macht sie es nochmal, wenn wir lange genug warten«, sagte Sally, nahm seine Hand und zog ihn zum Sofa.

»Sie?«, fragte Jake. Auf Sallys Anregung hatten sie darauf verzichtet, das Geschlecht zu erfahren, aber jetzt war sie sich sicher, dass in ihr ein klitzekleines Mädchen um sich trat.

Sie setzten sich aufs Sofa.

»Wie war es bei deiner Mama, Liebling?«, fragte sie.

»Gut. Wie immer. Alle haben nach dir gefragt.« Jake legte die Arme um sie. »Und was war hier los?«

Sally lächelte. »Ich habe herausgefunden, dass das Baby Bananen mag«, sagte sie.

Sie kuschelte sich an ihn.

»Weißt du«, sagte er, »ich halte dich gar nicht für meinen Babybehälter.«

»Das weiß ich doch«, sagte sie. »Wir sind einfach beide ein bisschen nervös.«

»Ja«, sagte Jake. »Kannst du dir vorstellen, dass die Menschen das jeden Tag machen? Immer wieder werden Kinder geboren. Gestern im Stau dachte ich: Verdammte Scheiße. Für jede Person auf dieser Autobahn hier musste irgendeine arme, unschuldige Frau durchmachen, was Sally gerade durchmacht.«

Sally lachte. Manchmal beneidete sie die Mädchen um ihre Freiheit, um ihre schlechten Dates, ihre Mietwohnungen und ihre verrückten Kneipenabende. Manchmal, aber heute Abend nicht.

Bree

Bree und Celia saßen in einer Nische in der Old Town Bar am Union Square, tranken Bier und warteten auf Ronnie. Sie hatte Celia eine Woche zuvor in einer E-Mail geschrieben, dass sie für die Aufzeichnung der *Montel Williams Show* in die Stadt kommen und sie gerne treffen würde, um über April zu sprechen. Zuerst hatte Bree abgelehnt, zu dem Treffen mitzukommen – sie würde den Anblick dieser Frau nicht ertragen. Aber Celia hatte gesagt, dass es vielleicht etwas bewegen würde. Ja, Ronnie war ein ichbezogenes Miststück, aber bei jedem Fernsehauftritt von Ronnie zeigten sie ein Foto von April. Bree wusste, dass April in Celias Phantasie irgendwo in Utah lebte, nachdem man sie einer Hirnwäsche unterzogen oder in eine Sekte gelockt hatte. Celia zufolge war deshalb nicht mehr nötig, als dass irgendeine ahnungslose Person April im Fernsehen sah und ihr dann zufällig im Supermarkt begegnete, mit einer Haube auf dem Kopf und erntefrischen Eiern unterm Arm.

Seit Aprils Verschwinden waren zwei Monate vergangen. Bree wusste schon lange, dass sie tot war. Sie spürte es in den Eingeweiden. Natürlich dachte sie nicht daran, es irgendjemandem zu sagen, aber es stand für sie so fest wie ihr eigener Name. Sie wartete nur noch darauf, dass man die Leiche fand.

Sie erhielten alle paar Tage Anrufe von Zeitungs- und Fernsehjournalisten, aber Brees Vater hatte den Mädchen geraten, nicht mit der Presse zu reden. Die Story bekam genug Aufmerksamkeit; dafür sorgte Ronnie schon. Und obwohl acht lange Wochen vergangen waren, standen sie noch unter Schock. Wenn Bree sich vorstellte, im Scheinwerferlicht vor der ganzen Welt über April zu sprechen – über *ihre* April –, war ihr klar, dass sie kein Wort herausbringen würde, dass sie nur wehklagen und um sich schlagen würde, und man Werbung würde einspielen müssen, damit sie jemand in die Irrenanstalt verfrachten konnte.

Es war Dienstagabend, und in der Kneipe saßen nur ein paar Typen an der langen, glänzenden Eichenbar und schauten Football auf einem Fernseher in der Ecke. Zwischen ihnen hing eine grüne Lampe mit schummrigem Licht und gab Celias Gesicht einen engelsgleichen Schimmer. Sie war in letzter Zeit wieder mehr die Celia von der Uni, ihre Wangen weich und voll. Sie hatte die engen schwarzen Bleistiftröcke und Stöckelschuhe abgelegt und trug wieder Jeans und Ballerinas. Abends schrieb sie Seite um Seite auf ihrem Laptop, während Bree auf dem Sofa Zeitschriften durchblätterte, und las gelegentlich einzelne Passagen vor. Wie schon zu Studienzeiten beeindruckte Bree Celias Fähigkeit, ihre Gefühle mithilfe geschriebener Worte aufzuwühlen. Sie glaubte an die Schriftstellerin in Celia, und zwar nicht nur, weil sie Freundinnen waren.

»Ich hatte gestern Abend neunzig fertige Romanseiten, und weißt du, was ich heute Morgen damit gemacht habe?«, fragte Celia jetzt.

»Was denn?«, fragte Bree.

»Ich habe sie gelöscht«, sagte Celia. »Mir ist klar geworden, dass es deshalb so schlecht war, weil ich es mir ausgedacht habe. Also habe ich beschlossen, es mal anders zu versuchen: ein Buch über eine verrückte irische Familie in Boston. Natürlich alles total fiktiv.«

Bree lächelte. »Das gefällt mir«, sagte sie. »Oh, kann in der Verfilmung bitte Gwyneth Paltrow die beste Freundin der Protagonistin spielen?«

»Das lässt sich organisieren«, sagte Celia.

Bree war klar, dass sie New York bald verlassen musste. Die Stadt war dreckig und überfüllt, unfreundlich und kalt.

Sie hatte ihr nichts zu bieten, außer Celia. Und Bree machte sich Sorgen, dass sie der Freundin zu viel abverlangte: Celia verbrachte kaum noch Zeit mit ihren anderen Freunden und kehrte stattdessen nach der Arbeit zu Bree zurück, als wären sie eines jener symbiotischen Paare, die Celia und Bree selbst nicht ertragen konnten. Das Laub war mittlerweile abgefallen, und eine Eiseskälte hatte eingesetzt. Brees Bankguthaben schrumpfte, die Tage gingen unmerklich ineinander über, und ihr wurde langsam klar, dass es Zeit war für etwas Neues: die Eroberung einer neuen Stadt oder den Umzug nach Savannah, um das Leben anzufangen, das sie immer hatte leben wollen. Wie die Dinge standen, hatte Brees Mutter für ihren nächsten Besuch schon zwei Dates organisiert, jeweils mit Söhnen von Freunden aus dem Country Club.

»Du wirst mir fehlen, wenn ich gehe«, sagte Bree jetzt.

»Wer sagt, dass du gehen musst?«, fragte Celia.

Sie sah über Brees Schulter zur Eingangstür der Bar. Ihr Ausdruck wurde ernst.

»Da kommt Ronnie«, zischte Celia.

Bree wandte sich im Sitzen um. Sie kannte und mochte Ronnie Munro am wenigsten von allen. Damals an der Uni war Ronnie für sie eine Art Ikone, die jede Kämpferin verehrte und jede durchschnittliche Allerweltsfeministin verabscheute. (Bree selbst rechnete sich weder zu den einen noch den anderen.) Sie hatte die Frau seit Aprils Verschwinden im Fernsehen gesehen, aber nie persönlich. Auf ihren Reisen nach Atlanta hatte sie Ronnie aus Angst davor gemieden, was sie bei einer Begegnung von Angesicht zu Angesicht sagen könnte.

Ronnie war viel kleiner, als sie sie sich vorgestellt hatte – sie war dünn, beinahe zerbrechlich, vogelähnlich. Ihr Haar hatte die Farbe einer überreifen Aubergine. Sie trug Jeans, Converse All Stars und ein schwarzes T-Shirt.

»Hier drüben«, rief Celia ihr zu.

Ronnie ging in ihre Richtung, und als sie näher kam, sah Bree, dass ihr Gesicht faltendurchfurcht war.

»Augenblick«, sagte Ronnie.

Sie ging zur Bar und bestellte eine ganze Flasche Rotwein für sich allein. Sie fragte nicht, ob die beiden auch noch etwas trinken wollten, obwohl ihre Gläser leer waren. Sie trank fast ein ganzes Glas Wein im Stehen, bevor sie zu ihnen an den Tisch kam.

»So«, sagte sie und schob sich neben Bree. »Endlich lernen wir uns kennen.«

Ronnie verunsicherte Bree. Sie stellte den Freundinnen keine Fragen, sondern fing gleich von ihren Theorien über April an: Vielleicht hatte sie sich mit einem Zuhälter angelegt, und er hatte sie entführt, um ihr eine Lehre zu erteilen. Ganz bestimmt wäre sie nicht freiwillig mit einem mitgegangen, nicht einmal bei vorgehaltener Waffe.

»Aprils Misstrauen gegenüber Männern hat frühe Wurzeln, wie wir alle wissen«, sagte Ronnie. »Es war nicht nur der Vater. Oh, ich bin mir sicher, dass es dort seinen Anfang hat, wie immer. Aber ich glaube, dass sie besonders von Gabriel gelernt hat, was von Männern zu erwarten ist.«

»Wer ist Gabriel?«, fragte Celia. Wer sie nicht kannte, hätte sie schlicht für neugierig gehalten, aber Bree konnte sehen, dass Celia dieser Frau am liebsten an die Kehle gesprungen wäre, weil sie Informationen über April wie ihr Privateigentum behandelte.

»Dieser Freund von ihrer Mutter, das Schwein, das sie als Kind missbraucht hat«, sagte Ronnie beiläufig. Dann nahm sie einen riesigen Schluck Wein. »Hat sie geschwängert und sich aus dem Staub gemacht.«

Bree war sprachlos. Sie hätte nicht dankbarer sein können, Celia dabeizuhaben. Celia, die selbst in Augenblicken wie diesem die richtigen Worte fand.

»Hast du das von Lydia?«, fragte Celia.

»Nein. Die arme April hat es mir erzählt. Ich habe Lydia aber in Atlanta danach gefragt. Sie war sehr entgegenkommend.«

»In welcher Weise?«, fragte Celia.

»Na ja, sie war einfach sehr ehrlich. Sie hat gesagt, dass sie sich selber Hals über Kopf in das Arschloch verknallt hatte. Hätte ich doch einen Dollar für jedes Mal, dass ich diese Story höre! Sie hatte natürlich was gemerkt, das tun sie ja alle, aber sie wollte ihr Bild von dem Typen als Ritter in strahlender Rüstung nicht zerstören, also –« Sie warf die Hände in die Luft, wie um zu sagen: *Der Rest erklärt sich von selbst.*

Celia räusperte sich. »Lydia hat dir also erzählt, dass sie wusste, dass der Typ ihre Tochter missbraucht, aber nichts unternommen hat?« Sie klang wutentbrannt, als hielte sie das für eine hässliche Lüge. Bree war sich nicht so sicher.

Ronnie starrte Celia an. »Man kann etwas auf viele Arten wissen«, sagte sie. »In dieser Kultur existiert der Mythos, dass eine Frau mit der Mutterschaft das Recht auf sich selbst verliert – sie hat dann keine Begierde mehr, keine Leidenschaft, keine Träume. Aber das ist nicht wahr. Mutterschaft verändert die Seele nicht. Sie verschiebt keine Moleküle.«

Celia gab zurück, dass sie Ronnie theoretisch zustimme, man aber sicherlich auch von einer Mutter erwarten konnte, dass sie ihre Kinder wenigstens beschützte. Bree konnte sich nicht mehr konzentrieren. Ihre Wut hatte von ihrem Körper Besitz ergriffen. Was sollte dieses verdammte Gespräch? Hier ging es nicht um April, dachte sie. Hier ging es um Ronnie, um Theorien, um ihren bescheuerten feministischen Bullshit. Soweit Bree sehen konnte, konnte Mutterschaft sehr wohl Moleküle verschieben, immerhin veränderte es eine Frau. Sie dachte an ihre eigene Mutter, zu Hause in Savannah. Sie würde alles für ihre Kinder tun. Alles. Lydia eine Mutter zu nennen und damit dasselbe zu meinen war doch absurd.

Dann dachte Bree an Lara und das Gesicht ihrer Mutter an dem Tag, an dem sie ihr gesagt hatte, dass Lara und sie einander liebten. Ein Schauer lief ihr über den Rücken. Die Sehnsucht nach der Anerkennung der Mutter konnte den Verlauf des eigenen Lebens bestimmen, wenn man es zuließ.

Schließlich unterbrach sie die Debatte. »Warum wolltest du uns sehen?«, fragte sie.

Ronnie zuckte mit den Schultern. »Ich weiß, wie viel ihr April bedeutet«, sagte sie, »und ich habe mich gefragt, ob ihr vielleicht etwas wisst, das uns bei der Suche helfen kann.«

Wen meinte sie mit *uns*? Man hätte denken können, es sei Ronnies Aufgabe, sich über April Sorgen zu machen, nicht die ihrer Freundinnen.

»Meinst du nicht, dass wir es längst der Polizei gesagt hätten, wenn wir irgendetwas wüssten?«, sagte Celia.

»Ich kenne euch nicht«, fuhr Ronnie sie an. Sie atmete tief durch. »Ich will einfach alles in meiner Macht Stehende für April tun, und da ich sowieso in der Stadt war, wollte ich euch treffen, fragen, was ihr wisst, und reinen Tisch mit euch machen.«

»Betrachte ihn als rein«, sagte Celia in dem knappen Ton, den sie für Anlässe wie diesen reservierte.

»Es war Aprils Entscheidung, bei mir einzusteigen, wisst ihr?«, sagte Ronnie. »Sie wollte etwas verändern. Das ist nicht meine Schuld. Ich habe ihr das nicht angetan.«

»Rede dir das nur weiter ein«, sagte Celia plötzlich. »Komm, Bree, wir gehen.«

Brees Herz pochte, als sie aufstanden und zur Tür gingen. Sie konnte nicht so energisch sein, und Celia bis zu ihrem Umzug nach New York übrigens auch nicht.

Als sie hinaus in die Eiseskälte traten, stieß Celia einen Schrei aus, und ihr Atem wurde als weiße Zuckerwattewolke vor ihrem Gesicht sichtbar.

»Ich habe noch nie erlebt, dass jemand seine Schuld so jämmerlich kleinredet, du?«, sagte sie auf dem Weg zur U-Bahn.

Bree schüttelte den Kopf, denn es war nicht der richtige Augenblick für eine Diskussion mit Celia. Insgeheim fragte sie sich aber, ob Ronnie nicht recht gehabt hatte: Sie hatten doch alle gewusst, dass April sich in gefährliches Fahrwasser begab, aber sie hatte es getan, obwohl sie ihr davon abgeraten hatten. Waren sie klar genug gewesen? Hatten sie sich genug Zeit genommen für die Auseinandersetzung mit April, oder hatten sie sich von ihren eigenen kleinen Tragödien ablenken lassen?

Vielleicht war Aprils Tod am Ende gar nicht Ronnies Schuld, sondern ihre.

*

Am darauffolgenden Wochenende flog Bree nach San Francisco, um ihre alte Wohnung auszuräumen. Während der zweieinhalb Monate bei ihren Eltern und dann bei Celia hatte sie die Miete weitergezahlt. Aber nun hatte sie schließlich ihrem Vermieter Eddie gekündigt und beschlossen, noch einen letzten Blick in die Wohnung zu werfen.

Sie machte sich an einem Samstag um neun Uhr morgens auf den Weg und hatte ein Ticket für einen Nachtflug zwei Tage später. Während des Flugs tat Bree alles, um nicht nachzudenken. Es war ein schwerer Sommer gewesen, gefolgt von einem fast unerträglichen Herbst. Sie hatte festgestellt, dass ihr endloses Grübeln über das Geschehene nicht guttat. Also blätterte sie im Bordmagazin und kaufte sogar im Shopping-Bereich ein albernes Seidentuch für ihre Mutter. (Gab es wirklich Menschen, die das machten?, fragte sie sich. Die während eines Flugs in über zehntausend Metern Höhe einkauften?) Sie sah zwei Liebeskomödien, die sie beide im vergangenen Monat schon mit Celia auf HBO gesehen hatte. Sie hatten die Filme für allerhöchstens mittelmäßig gehalten und darüber geredet, warum es so schwer war, ein gutes Drehbuch zu schreiben. Warum konnte nicht jede Liebeskomödie wie *Harry und Sally* sein? War das wirklich so kompliziert? Und war es nicht wie die Liebe selbst?, war Celias tiefschürfende Einsicht nach einer halben Flasche Sauvignon blanc. Es sah einfach aus, ein Kinderspiel, aber die Realität war um einiges komplizierter.

Für die Dauer des Fluges – sechs Stunden – sperrte Bree sich gegen ihre Gedanken. Nach den Filmen plauderte sie mit dem älteren Ehepaar neben ihr. Sie las alte Ausgaben der *Vogue*. Sie hörte Tom Petty auf ihrem iPod. Sie trank drei normale Cola, und die Kalorien waren ihr egal.

Kaum war die Maschine in Oakland gelandet, musste sie an die vielen Male denken, da Lara und sie von hier aus geflogen waren, händchenhaltend bei Start und Landung, aber sie verbot sich diese Gedanken gleich wieder. Trotzdem erinnerte sie sich auf dem Weg zu ihrer alten Wohnung an ihre gemeinsame Zeit dort. Daran, wie sie die Wohnzimmerwände hellblau gestrichen und die Bücherregale und den Wohnzimmertisch zusammengebaut hatten.

Ihre Eltern waren erleichtert, dass sie die Wohnung endlich aufgab.

»Das ist doch nur eine unnötige finanzielle Belastung, Schatz«, sagte ihre Mutter, aber Bree vermutete mehr dahinter. Es war ihre letzte Verbindung zu Lara, das einzige materielle Überbleibsel dessen, was sie miteinander geteilt hatten.

Als sie ihnen erzählte, dass sie zurückfahren wolle, um ihre Sachen zu packen, hatte ihr Vater ihr geraten, sich von jemandem in San Francisco Gesellschaft leisten zu lassen, einem ehemaligen Kollegen vielleicht oder einer Freundin vom Fußball.

»Ich schaff das schon, Papa«, hatte sie gesagt. »Ich habe mein Handy dabei.«

»Dein Handy wird dir bei einem Überfall auch nichts nützen«, sagte er. »Ich weiß, dass du eine unabhängige Dame bist, aber es ist gefährlich für eine Frau ganz allein in einer fremden Stadt.«

Für Bree war San Francisco keine fremde Stadt. Die steilen Straßen am Russian Hill, der Yachthafen mit den lauten Touristen und den dösenden Seelöwen, die kleinen mexikanischen Restaurants und die Straßenverkäufer mit italienischem Eis und frischen frittierten Donuts gaben ihr ein Gefühl von Heimat wie kein anderer Ort. Es war das erste Zuhause, dass sie selbst gewählt hatte. Das Lara und sie gemeinsam gewählt hatten. Bree war nicht nach Gesellschaft zumute, weder aus Sicherheits- noch anderen Gründen. Sie wollte wie ein Gespenst durch ihr vergangenes gemeinsames Leben gehen, ohne daran zu denken, dass es das alles – die Wohnung und die Kanzlei, vor allem aber Lara – immer noch gab und alles weiterging, ohne sie.

Bree blickte aus dem Taxifenster und sah die vertrauten Straßen. Straßen, die sie so oft mit Lara entlanggegangen war, dass man eigentlich ihre Fußabdrücke im Beton sehen müsste.

Das Taxi fuhr in die Vallejo Street und hielt vor ihrem alten Zuhause. Es war erst dreizehn Uhr, und die Sonne strahlte hell durch die Bäume. Bree zahlte und stieg aus. Da stand es, und alles war, als wäre sie nie weg gewesen. Sie stieg die Treppen zur Eingangstür hinauf und steckte den Schlüssel ins Schloss. Die Tür quietschte vertraut, als sie sie aufdrückte.

Sie ging die Stufen zum ersten Stock hinauf und erwartete beim Betreten der Wohnung beinahe, dass Lara bei einer Tasse Kaffee Radio hörend und Zeitung lesend am Küchentisch saß. Aber die Wohnung war leer.

Alles war unverändert: Laras und Brees alte Möbel, Brees Müslischüssel und Kaffeetasse im Geschirrkorb, in den sie sie Ende Juli zum Trocknen gestellt hatte, als sie noch dachte, nur für eine Woche auf Besuch zu Celia zu fahren. Das war vor

Aprils Verschwinden gewesen. Bevor sich alles verändert hatte. Die Wanduhr, die ihr Vormieter dagelassen hatte, zeigte immer noch 11:11 Uhr an, wie schon seit dem Tag kurz nach ihrem Einzug, an dem die Batterien den Geist aufgegeben hatten. (Lara sagte, das sei ein gutes Omen und sie dürften die Uhr nicht verändern.)

Bree ging langsam von Zimmer zu Zimmer, öffnete Fenster und ließ frische Luft rein. Das Bett war noch gemacht, das Sofa übersät von Taschentüchern von ihrem Weinkrampf nach der Rückkehr aus Savannah, als sie feststellen musste, dass Lara weg war. Das Wasser im Badezimmer lief braun aus dem Hahn und wurde erst nach einer Minute farblos, aber sonst sah alles aus, als wären sie nie weg gewesen. Natürlich fehlten Laras Sachen. Ihre Kleider waren nicht mehr im Schrank, und ihr Mountainbike stand nicht mehr hinter dem Sofa. (Bree hatte wegen des unschönen Anblicks oft geschimpft.) Alles war an einen neuen Ort transportiert worden, wo auch immer der war.

Lara hatte die mit Magneten am Kühlschrank befestigten Fotos von ihnen beiden hängen lassen, als wolle sie sich überhaupt nicht an Bree erinnern. Es waren Schwarzweißbilder aus dem Fotoautomaten am Yachthafen, Polaroids von den Urlaubstagen zu Besuch bei Laras Familie, alte, gewellte Aufnahmen aus ihren Zeiten am Smith College, auf denen sie betrunken und überglücklich aussahen.

»Wie konntest du nur?«, sagte Bree und musste über sich lachen, weil sich das anhörte wie aus einem schlechten Fernsehfilm. Sie konnte praktisch spüren, wie Celia in fünftausend Kilometern Entfernung die Augen verdrehte.

Bree musste hier raus. Sie griff nach ihren Schlüsseln, lief auf die Straße hinaus und rannte und rannte, bis sie am Ende des Wohnblocks angekommen war. Sie ging schnell an den vertrauten Reihenhäusern mit den manikürten Rasenflächen vorüber. Sie kam an zweihundert Jahre alten Eichen vorbei und ging den Hügel hinunter Richtung Wasser, durch ihr unbekannte Gegenden und Straßen voller lärmender, Rad fahrender Kinder, wo aus geöffneten Fenstern Essensgeruch strömte.

Es wurde dunkel, die Luft wurde feucht und schwer. Bree ging weiter. Sallys Hochzeit lag gefühlt hundert Jahre zurück, so viel hatte sich seitdem verändert. April war für immer verloren, wenn sie jetzt auch mehr als zuvor über sie wussten. Sally würde bald Mutter werden und dann nicht mehr nur für ihr eigenes Leben Verantwortung tragen. Und Lara war ohne jedes Zeichen verschwunden, wie April.

Ich muss sie jetzt loslassen, dachte Bree.

Als sie von ihrem Spaziergang gegen einundzwanzig Uhr zurückkam, ging sie erst an den Briefkästen am alten Tor vorbei, dann drehte sie nochmal um. Sie hatte sich ihre Post an Celias New Yorker Adresse nachsenden lassen, aber es waren nur die Handy- und Stromrechnungen und ihr Abonnement der *Runner's World* angekommen.

Bree kämpfte mit der kleinen Tür. Der Briefkasten war vollgestopft mit Flyern für Nagelstudios, Sushi-Restaurants und das Fitnessstudio um die Ecke. Fast hätte sie den Briefkasten wieder zugemacht, da sah sie ihn: Der kleine blaue Umschlag war an sie adressiert, und in der oberen linken Ecke stand fast unlesbar klein der Name Lara Matthews und eine Adresse in Novato, die ihr irgendwie bekannt vorkam.

Sie ging in die Wohnung zurück und füllte ein Glas mit Leitungswasser. Dann setzte sie sich an den Küchentisch und öffnete den Briefumschlag mit zitternden Händen. Der Stempel zeigte ein Datum in der Woche nach Aprils Verschwinden.

Im Umschlag war eine blaue Grußkarte, über deren Vorderseite Wonder Woman flog. Auf die Innenseite hatte Lara geschrieben:

Ich habe gerade von der Sache mit April gehört, B. Das tut mir so leid. Aber du bist die stärkste Frau, die ich kenne, und es wird alles gut werden. Ich bin immer für dich da, wenn du mich brauchst. Ich liebe dich, L.

Bree griff nach ihrem Telefon und rief Celia an.

»Du wirst nicht glauben, was passiert ist«, sagte sie.

Sie las Celia die Karte zehn- oder zwölfmal vor, damit sie sie Wort für Wort analysieren konnten. Lara hatte geschrieben, dass sie sie immer noch liebte. Sie hatte geschrieben, dass sie immer für sie da sein würde. Aber wenn sie das ernst meinte, warum hatte sie dann die Telefonnummer gewechselt? Warum hatte sie nicht angerufen?

»Vielleicht wollte sie, dass du sie suchst«, sagte Celia.

»Aber was ist, wenn ich zu lange gewartet habe?«, sagte Bree. »Was, wenn sie schon mit irgendeiner heißen Braut aus ihrem Fußballteam verlobt ist?«

»Hm, ich sag mal, dass das unwahrscheinlich ist«, sagte Celia. »Offensichtlich hat sie diese kleine Geste in der Hoffnung gemacht, dass du die große Geste anschließt.«

»Denkst du denn, dass ich die große Geste machen sollte?«, fragte Bree.

»Tja, was denkst denn du?«, sagte Celia.

»Ich weiß nicht, was ich denken soll«, sagte Bree. »Als ich den Umschlag mit ihrer Handschrift gesehen habe – ich weiß wirklich nicht, wann ich das letzte Mal so glücklich war.«

»Das sagt schon einiges«, sagte Celia.

»Ja, aber so einfach ist es nicht.«

»Süße, warum bist du denn deiner Meinung nach nach San Francisco zurückgegangen, wenn nicht, um sie zurückzugewinnen?«, fragte Celia.

»Um die Wohnung auszuräumen«, sagte Bree. »Das weißt du doch.«

»Okay«, sagte Celia.

»Was denn okay?«, sagte Bree. »Komm schon, Fräulein Einführung in die Psychologie, behalte deine Einblicke nicht für dich, wenn ich sie am meisten brauche.«

Celia lachte. »Hast du Schnaps da? Ich glaube, du könntest jetzt ein Gläschen vertragen.«

Sie redeten drei Stunden lang und machten nur einmal eine Pause, damit Celia auf die Toilette und mit dem Hund kurz vor die Tür gehen konnte.

Schließlich sagten sie einander gute Nacht, ohne zu irgendeinem Ergebnis gekommen zu sein.

Bree konnte nicht schlafen. Sie stand aus dem Bett auf, ging in die Küche, kochte Wasser in einem alten Teekessel und nahm einen Beutel Earl Grey aus dem Küchenschrank.

Dann setzte sie sich mit dem Tee auf den Küchenfußboden und schaute in den Raum. Hatte sie ihn je aus dieser Perspektive gesehen?

Warum jetzt? Warum zum Teufel hatte Lara nicht einfach zum Telefon gegriffen und sie angerufen? Warum war die Karte nicht wie der Rest ihrer Post an Celias Adresse weitergeleitet worden? Wäre alles anders, wenn sie sie früher erhalten hätte? Vielleicht würde sie dann hier ihr altes Leben leben. War dieser Lauf der Dinge ein Segen? Oder bestand der Segen in der Tatsache, dass sie Laras Karte gefunden hatte und sich noch umentscheiden konnte?

Brees Blick war auf den Kühlschrank gerichtet, um genau zu sein, auf ein Foto: Es zeigte Lara, die wie verrückt lachend mit einem kleinen Jungen namens Devon Samuels aus ihrem Nachmittagsprogramm für Schulkinder die Ziellinie beim Dreibeinrennen überquerte.

Plötzlich wusste Bree, woher sie die Adresse auf Laras Brief kannte: Es war das Haus von Nora und Roseanna in der Vorstadt. Ihre Erleichterung darüber, dass Lara nicht bei irgendeinem heißen Single, sondern bei ihrer Chefin, der Frau ihrer Chefin und ihrem Sohn eingezogen war, überraschte sie.

Sie leerte den Tee und erwartete ungeduldig den Morgen.

Gegen neun Uhr am nächsten Morgen duschte Bree und föhnte sich das Haar vor dem Badezimmerspiegel, auf dem Lara ihr eines Valentinstages eine schmutzige Nachricht in rotem Lippenstift hinterlassen hatte. Sie schminkte sich so sorgfältig wie damals für den Abschlussball an der Highschool und besprühte ihre Handgelenke mit dem Parfüm von Burberry, das Lara mochte, obwohl Bree selbst es ein bisschen zu zitronig fand. Sie hatte nichts besonders Hübsches im Gepäck, also zog sie ein altes Sommerkleid aus Studienzeiten aus dem Schrank. Es war eines von Laras Lieblingskleidern.

Eine halbe Stunde später stieg sie mit feuchten Händen ins Taxi. Das Wetter hatte gewechselt, der Himmel war klar und blau, und in dieser unverschämten Hitze roch der Asphalt wie ein Backofen.

»Würden Sie mich bitte nach Novato fahren?«, fragte sie den Fahrer.

Er betrachtete sie im Rückspiegel. »Für Sie, meine Hübsche, tue ich alles.«

Sie ließen die Reihenhäuser und steilen Straßen hinter sich und erreichten die palmengesäumte Fernstraße. Bree wusste nicht, was sie sagen würde, sie wusste ja nicht einmal, ob Lara noch dort wohnte. Zweifellos war Bree für Nora und Roseanna die Böse in dieser Geschichte. Sie schloss die Augen und atmete mehrfach tief ein und aus. Sie dachte darüber nach, Celia anzurufen, entschied sich dann aber dagegen: Das musste jetzt ganz allein ihre Entscheidung sein.

Bald waren sie von riesigen Villen umgeben, die auf den saftigsten Rasenflächen standen, die Bree je gesehen hatte. Und dann erschien Nora und Roseannas Haus in ihrem Blickfeld, und die Regenbogenfahne wehte in der sanften Brise.

»Hier ist es«, sagte sie und zeigte auf das Haus.

Sie zahlte, und der Preis der zwanzigminütigen Fahrt betrug über ein Viertel der Kosten für ihren Flug quer durchs Land. Sie hätte den Zug nehmen sollen, aber auch wenn es vielleicht ein bisschen dramatisch klang: Sie wollte nicht länger als unbedingt nötig warten.

Bree ging langsam über die Steinplatten zum Haus. Wenige Augenblicke später stand sie vor der Eingangstür und klingelte. Sie glättete ihr Kleid, zählte bis zehn und versuchte, weder in Ohnmacht zu fallen noch sich umzudrehen und wegzurennen.

Als die Tür aufging, stand da der sechsjährige Dylan im blauen OP-Kittel und mit einem Stethoskop um den Hals.

»Dylan!«, sagte Bree glücklich.

Er schien sie nicht zu erkennen. »Dr. Dylan«, sagte er. »Kann ich Ihnen helfen?«

»Wer ist denn da, Liebling?«, hörte sie Noras Stimme dicht hinter ihm, und dann stand sie vor ihr in einem roten Badeanzug und wischte sich die Hände an einem geblümten Geschirrtuch ab.

Sie tätschelte Dylans Kopf. »Geh in den Garten und hol Tante Lara«, flüsterte sie.

»Schwester Lara meinst du«, zischte er.

»Ja, ja«, sagte sie. »Na los.«

Nora bat Bree nicht herein. Stattdessen öffnete sie das Fliegengitter und trat auf die Veranda. Sie umarmte Bree steif.

»Das ist aber eine Überraschung«, sagte sie. »Wie geht es dir?«

»Gut«, sagte Bree. Sie sah ins Haus. Sie konnte Laras Gegenwart spüren und fragte sich, warum Nora sie nicht an ihre Seite hatte stürmen lassen.

»Ich war bei einer Freundin in New York«, sagte Bree.

»Aha.«

»Ich habe so oft versucht, Lara anzurufen, aber –«, Bree verstummte. Warum verteidigte sie sich vor dieser Frau?

»Es geht mich eigentlich nichts an, aber ich will dir eins sagen«, setzte Nora mit einem Blick über die Schulter ein und fuhr dann fort. »Du musst dir ganz sicher sein, Bree. Tu ihr das nicht an, wenn du dir nicht ganz sicher bist.«

Bree wollte gerade antworten, da öffnete sich die Tür weit, und Lara stand da. Lara! Gebräunt und durchtrainiert in einem unmöglich knappen marineblauen Bikini und mit einem Strandhandtuch um die Hüften. Als sich ihre Blicke trafen, stockte Bree der Atem.

»Ich ziehe mich dann mal zurück«, sagte Nora. Auf dem Weg ins Haus berührte sie Lara am Arm. »In der Küche steht noch Kaffee, und im Kühlschrank ist Obstsalat, wenn du willst.«

»Danke«, sagte Lara.

Und dann waren sie zu zweit, endlich.

»Hi«, sagte Bree schüchtern.

Auf Laras Gesicht breitete sich ein Grinsen aus. »Hallo.«

»Du siehst umwerfend aus«, sagte Bree. »Schöner denn je.«

Da legte Lara ganz langsam die Arme um Bree, vergrub ihr Gesicht an ihrem Hals, und aus ihrem nassen Haar lief das Wasser auf die Schultern der beiden Frauen.

»Du hast mir gefehlt«, sagte Lara.

»Du mir auch«, sagte Bree.

Auf der anderen Straßenseite warf ein Papa in Shorts und T-Shirt den Rasenmäher an.

»Wie lange wohnst du schon hier?«, fragte Bree.

»Seit meinem Auszug«, sagte Lara. »Wie geht es der Wohnung?«

Bree schüttelte den Kopf. »Ich war gestern zum ersten Mal wieder da«, sagte sie. »Ich habe den Mietvertrag gekündigt, weil jetzt ja keine von uns mehr dort wohnt.«

»Wo bist du gewesen?«, fragte Lara.

»Bei Celia.«

»In New York?« Lara klang überrascht. »Aber du kannst New York nicht ausstehen.«

Bree lachte. »Ich weiß.«

»Das mit April tut mir so leid«, sagte Lara. »Ich wollte dich anrufen, aber –«

»Aber was?«, fragte Bree.

»Ach, vergiss es.«

»Okay, jetzt musst du es mir sagen.«

»Als das alles anfing, damals, als du zu deiner Mutter nach Hause gefahren bist, hatte ich eines Abends ein langes Gespräch mit Nora. Sie hat erzählt, dass Roseanna und sie vor Jahren etwas ganz Ähnliches durchgemacht haben. Und sie sagte, dass es für uns sicher das Beste wäre, wenn ich jeden Kontakt abbreche.«

»Wieso sollte das gut für mich sein?«, fragte Bree. Ihr kamen die Tränen, weil ihr plötzlich bewusst wurde, wie sehr sie das alles vermisst hatte.

»Gut für dich, weil wir beide wissen, was ich fühle, aber du dir noch über deine Gefühle klar werden musstest, ohne meine Hilfe«, sagte Lara.

Bree schluckte. War sie sich über irgendetwas klar geworden? War es ein Fehler gewesen, herzukommen?

Lara zog sich an, und sie fuhren mit dem Zug in die Stadt zurück, hielten Händchen, erzählten während der gesamten Fahrt, was alles passiert war, und beichteten einander wie kleine Mädchen: Roseanna hatte Lara weiterhelfen wollen und für sie ein Date mit einer Frau organisiert, die Bree wie aus dem Gesicht geschnitten war, aber Lara hätte jedes Mal heulen können, wenn sie sie ansah. Bree berichtete, dass ihre Mutter sie mit ihrem verheirateten Freund aus Highschool-Zeiten hatte verkuppeln wollen. Lara lachte, und die ganze hässliche Geschichte dahinter blieb unausgesprochen, vorerst. Sie verbrachten den ganzen Tag kuschelnd auf der Couch und gingen zu einem langen Abendessen in ein neues Thai-Restaurant im Trocadero.

Erst spät in der Nacht, als sie nackt in dem vertrauten Bett lagen, fragte Lara: »Und jetzt?«

»Ich fliege morgen früh nach New York zurück«, flüsterte Bree.

»Muss das sein?«, sagte Lara. Sie klang verletzt, und Bree musste daran denken, was Nora am Morgen zu ihr gesagt hatte: *Tu ihr das nicht an, wenn du dir nicht ganz sicher bist.*

»Ich will, dass du nach Hause kommst«, sagte Lara. »Ich will, dass wir beide zurück nach Hause kommen.«

»Ich glaube, ich brauche noch etwas Zeit, um mich zu sortieren«, sagte Bree schließlich. »Gestern wusste ich nicht, ob ich dich je wiedersehen würde.«

»Tja, hier bin ich«, sagte Lara ohne bösen Willen. »Ich bin jetzt hier, Bree.«

Sally

Wie üblich erwachte Sally von Jakes Gesang unter der Dusche. Es war erst Anfang November, aber er sang schon Weihnachtslieder mit der Hingabe eines Opernsängers.

»We *wish* you a merry Christmas! We *wish* you a merry Christmas! We *wish* you a merry Christmas and a happy New Year!«

Seine Stimme schallte aus dem großen Badezimmer ins Schlafzimmer, in dem Sally mit einem Kissen auf dem Kopf im Bett lag.

»Schatz!«, rief sie lachend, »ich flehe dich an: Hör auf!«

Er sang weiter und setzte beim Höhepunkt von »Jingle Bells« ein: »Dashing through the snow, in a one-horse open sleigh, o'er the fields we go, laughing all the way – Ha! Ha! Ha!«

Sally stöhnte, aber sie musste lächeln. Wie in der Welt hatte sie es geschafft, einen Mann an sich zu binden, der das Leben liebte und anscheinend keine Sorgen kannte? Einen Mann, der jeden Tag fröhlich wie ein Kindergärtner auf dem Weg zum Maltisch begann, nicht wie Banker, Ehemann und bald Vater.

Als sie sich gerade kennengelernt hatten und es noch aussah, als könne Jake sich in die lange Liste der Männer einreihen, über die sie tratschten, denen sie Spitznamen gaben und die sie dann vergaßen, hatte Celia gesagt, dass er sie an einen Golden Retriever erinnere: allzeit fröhlich, freundlich zu jedermann. Das hatte ein Witz sein sollen, aber Sally hielt es für eine ziemlich passende Beschreibung. Sie konnte nur hoffen, dass sie ihm diese Reinheit nie austreiben würde.

Sally hatte noch eine Viertelstunde bis zum Weckerklingeln,

aber sie rollte sich aus dem Bett und stand auf – was schwer genug war, denn ihr Bauch hatte etwa die Größe eines dreijährigen Kindes. Sie watschelte die Treppe hinunter und setzte Kaffee auf. Jake trank zurzeit aus Solidarität mit ihr auch koffeinfreien.

Sally öffnete den Kühlschrank und überlegte, ihm ein großes Frühstück zu machen: Eier mit Speck und Orangensaft. Aber eine Sekunde später erschöpfte sie schon der Gedanke daran, und sie packte zwei süße Pop-Tarts für ihn aus.

Als Jake in die Küche kam und sah, was sie machte, strahlte er. »Du hast mir Pop-Tarts gemacht!«, sagte er. »Danke, Schatz.«

Jetzt wünschte Sally sich, ihm doch ein großes Frühstück gemacht zu haben. Es war so einfach, Jake glücklich zu machen. Zu einfach. Manchmal hätte sie ihm am liebsten den Tipp gegeben, dass er mit etwas mehr Herumgezicke sehr, sehr viel mehr aus dieser Sache mit der Ehe rausholen könnte.

Zwanzig Minuten später verließ er das Haus, nachdem er sie, wie immer, auf den Mund geküsst hatte. »Tschüss, Baby«, sagte er. Dann küsste er ihren Bauch und sagte nochmal: »Tschüss, Baby.«

»Viel Spaß bei der Arbeit, Schatz«, sagte Sally.

In einem Monat würde sie ihn mit einem Baby im Arm verabschieden. Sie wollte nur drei Monate Elternzeit nehmen. Dann würde sie gleich weiterarbeiten. Jakes Mutter musste immer wieder auf das Offensichtliche hinweisen: »Du brauchst doch das Geld nicht«, wiederholte sie unaufhörlich, als müsse Sally zu Hause bleiben, Flaschen sterilisieren und Kinderbücher auswendig lernen, nur weil sie es sich leisten konnte.

»Dir auch«, sagte Jake jetzt, und Sally hielt ihm die Tür lächelnd auf.

Heute wäre Bill zweiundsechzig Jahre alt geworden. Sally hatte das seit Wochen im Hinterkopf. Sie würde heute nicht zur Arbeit gehen. Sie hatte ihren Chef schon vor einer ganzen

Woche um einen Urlaubstag gebeten. Sie wollte zu der Zeit zurückkehren – wenn auch nur für einen Tag –, in der ihre Liebe das Einzige war, das sie kümmerte, und ein aufregendes Geheimnis war statt einer Last. In den nächsten Wochen würde sich alles verändern. Sie würde ein Kind zur Welt bringen, eine beängstigende, fast unvorstellbare Aussicht, deren Folgen noch schwerer vorstellbar waren. Nie hatte ihre Mutter ihr mehr gefehlt. Das war vielleicht ein weiterer Grund für einen letzten Tag für sich, ein letztes Geheimnis.

Sally erinnerte sich an einen Nachmittag vor Jahren; damals musste sie in der Middle School zwischen Grund- und Oberschule gewesen sein. Ihre Mutter und ihr Bruder hatten sie im Kombi von einer Freundin abgeholt, und als sie sich auf den Rücksitz setzte, platzte ihr Bruder heraus: »Rate mal, was ich herausgefunden habe!«

»Was denn?« Sally zerrte ihre schwere Schultasche ins Auto und machte die Tür geräuschvoll zu.

»Mama hat ein dunkles Geheimnis«, sagte ihr Bruder, ließ sie zappeln und genoss die Macht, etwas zu wissen, was sie nicht wusste.

»Was denn?«, sagte Sally. »Wovon redet der?«

Ihre Mutter zuckte mit den Schultern, fuhr wieder auf die Straße und vorbei an Reihen hübscher, von weitläufigen grünen Rasenflächen umgebener Kolonialbauten.

»Wovon *redest* du?«, bohrte Sally nach. Jetzt musste sie es wissen.

»Was kriege ich?«, sagte ihr Bruder.

»Wie viel ist es wert?«, fragte Sally.

»*Viel*«, sagte ihr Bruder. »Also so richtig viel.«

Sally warf ihrer Mutter einen Blick zu, die in Lachen ausbrach. »Er sagt die Wahrheit«, sagte sie.

»Na ja, was willst du denn haben?«, fragte Sally ihren Bruder ungeduldig.

»Du machst eine Woche lang für mich den Abwasch«, sagte er.

»Abgemacht«, sagte Sally, und ihr Herz raste.

»Mama trinkt Dr Pepper«, sagte ihr Bruder, »und zwar massenweise.«

»*Du* trinkst Dr Pepper?«, sagte Sally und schnappte nach Luft. Ihr Bruder hätte auch sagen können, dass ihre Mutter heroinabhängig war.

Sie hatten nie Limo trinken dürfen, nicht einmal ihrem Vater war es erlaubt. Wenn sie im Restaurant oder bei Geburtstagsfeiern protestierten, hatte ihre Mutter die lange Gefahrenliste heruntergerattert: von braunen Zähnen bis Knochenerkrankungen. Die süße Substanz hatte Sallys Lippen nur drei- oder viermal in ihrem Leben berührt, und jedes Mal hatte ein schlechtes Gewissen von ihr Besitz ergriffen, das sonst wohl nur untreue Ehemänner und Bankräuber nach ihrem ersten Bruch kannten.

»Als ich nach dem Hockeytraining mein Sportzeug in den Kofferraum legen wollte, lag da eine ganze Mülltüte voll leerer Flaschen«, sagte ihr Bruder überglücklich. »Sie hat dann auch gleich gestanden.«

»Ich wollte sie heute zum Recyclinghof bringen, aber dann habe ich es einfach vergessen«, sagte ihre Mutter. Sie zuckte wieder mit den Schultern, als könnten sie jetzt einfach weitermachen wie bisher.

»Mama!«, sagte Sally. »Ich fasse es nicht.«

»Jede Frau braucht Geheimnisse«, hatte ihre Mutter damals lächelnd gesagt, und ihr Blick hatte Sallys im Rückspiegel getroffen. »Denk daran, wenn du so alt bist wie ich, Mäuschen, denn die Welt neigt dazu, aus dem Leben einer Frau eine Angelegenheit der Öffentlichkeit zu machen – da musst du dir eine kleine Ecke suchen, die ganz dir gehört.«

Sally war stolz auf ihre Mutter mit diesem einen kleinen

Geheimnis und darauf, dass sie noch etwas anderes war als das, was sie von ihr erwarteten. Sie stellte sich ihre Mutter vor, wie sie im Auto vor der Schule auf sie wartete und heimlich kleine Schlucke durch einen rot-weißen Strohhalm sog. Sie stellte sie sich beim wöchentlichen Einkauf vor, wenn sie mit einem Einkaufswagen voll Gemüse, Hühnerbrustfilets, Käse, Apfelsaft und Weizenvollkornbrot vor den Limonaden hielt, sich vorsichtig umsah, um sicherzugehen, dass sie nicht beobachtet wurde, und ein Sechserpack unter die restlichen Einkäufe stopfte.

Sie schwiegen, und ihre Mutter verlangsamte den Wagen, um ein älteres Paar über die Straße zu lassen. Das Paar sah auf, winkte, und Sallys Mutter winkte zurück, obwohl sich Sally sicher war, dass sie einander nicht kannten. In diesem Augenblick legte sich in ihr ein Schalter um, und die Mutter, die sie kannte, war wieder da.

»Ihr beiden müsst gleich eure Hausaufgaben machen, wenn wir zurück sind, ich habe heute nämlich ein Treffen in der Schule, und euer Vater wird euch babysitten, da soll alles erledigt sein«, sagte sie beinahe gedankenverloren. »Apropos Papa: Von eurer kleinen Entdeckung heute muss er nichts erfahren, okay?«

Sally vergaß die Worte ihrer Mutter niemals: *Jede Frau braucht Geheimnisse*, hatte sie gesagt und damit etwas Harmloses wie den Konsum von Limonade gemeint, nicht, sich davonzustehlen und den Ehemann anzulügen, wenn jederzeit ein Baby aus einem herauspurzeln konnte.

Geheimnisse haben war das Thema, zu dem sie April jetzt am allerliebsten befragt hätte. Am Smith College hatte Sally geglaubt, dass sie alles miteinander teilten. Aber April hatte ihr nie von der sexuellen Belästigung in ihrer Kindheit erzählt – Sally hatte es von Bree erfahren, die es von Ronnie hatte. Warum hatte April das für sich behalten?, fragte Sally sich. Und was sonst noch? Sie stellte sich vor, wie eine junge, jugendliche April erfuhr, dass sie schwanger war. Hatte sie zu Hause allein einen Test gemacht? Sich beim Sportunterricht übergeben? Mit wem hatte sie die Neuigkeiten geteilt, abgesehen von der schrecklichen Lydia? Sally stellte sich vor, in der Zeit zurückzureisen und die verängstigte und einsame April in die Arme zu nehmen. Die Erkenntnis der eigenen Schwangerschaft war auch mit sechsundzwanzig noch schwer zu verkraften. Wie hatte April das überstanden?

Sie verbrachte den Morgen mit Vorbereitungen: Sie machte eine Haarkur und las *Vanity Fair*, während sie einwirkte. Sie rasierte sich langsam die Beine und rieb sich die Haut mit Kakaobutter ein, weil sie gehört hatte, dass davon Dehnungsstreifen weggehen konnten. Sie legte zum ersten Mal seit Wochen Make-up auf.

Am Nachmittag fuhr Sally nach Northampton los, auf dem Beifahrersitz lag Bills Ausgabe von W.H. Audens *Gesammelten Gedichten*. Auf dem Umschlag war ein Schwarzweißfoto des Dichters. Sein Gesicht war faltenzerfurcht, die Augen klein und traurig. Er sah aus wie ein Mann, der viel gesehen, viel gefühlt und viel gesagt hatte. Wie sehr unterschied es sich doch von Bills Foto in dessen Buch, mit dem hübschen, eitlen Lächeln, das nichts verriet.

Im Auto schaltete sie den Oldies-Sender ein und sang laut zu den Beatles und Elton John mit. Sie dachte an ihre Zeit am Smith College, wenn aus einem leisen Klopfen an der Tür eine Celia werden konnte, die in Unterwäsche über Sallys Fußboden rutschte, einen Cher-Song in ein Haarbürstenmikrofon sang und ein lächerliches Mitsingen veranstaltete, das üblicherweise weitere Mädchen aus ihrem Stockwerk anlockte. So hatte Sally schon ewig nicht mehr gesungen, außer, wenn sie allein war. Warum nicht? Jake hätte sie davon nicht abgehalten, vielmehr war sie unfähig, sich in seiner Gegenwart so zu benehmen. Ehefrauen brachten keine Haarbürstenständchen oder sangen in Unterwäsche auf dem Bett herumhüpfend »If I Could Turn Back Time«. Sally streichelte sich lächelnd über den Bauch. Mütter waren aber manchmal so, dachte sie. Blöd und albern und seltsam, gaben Bauernhoftierimitationen oder Musicalinterpretationen zum Besten, sodass ihre Kinder laut lachend die Köpfe nach hinten warfen. Mit wem hatte sie je so gelacht wie mit den Smithies? Mit ihrer Mutter, und das war's.

Seit sie zum ersten Mal die Tritte ihres Babys gespürt hatte, war Sally verliebt. Es war jetzt real: Sie würde wirklich ein Kind bekommen. Ihre Ängste kreisten um die Schmerzen bei der Geburt und die Frage, wer ihr Kind sein würde. Irgendwie bewegte sie die Vorstellung von einer Person, die zur Hälfte aus ihr und zur Hälfte aus Jake bestand. Sally hoffte, ihr Baby würde das Beste von jedem abbekommen: Jakes sonniges Gemüt, seinen gesunden Menschenverstand und seine Sportlichkeit. Ihr dunkles Haar, ihre Ordnungsliebe und ihre gelegentliche Unberechenbarkeit, die sie zu der machte, die sie war. Aber wenn sie wie jetzt allein im Auto saß, malte Sally sich manchmal auch entsetzliche Szenarien aus. Was, wenn aus ihrem Kind eine Verbrecherin wurde, eine minderjährige Mutter oder Scientologin? Was, wenn sie zum Militär wollte?

Obwohl Jake sie gebeten hatte, es zu lassen, hatte Sally sich ein paar Abende zuvor eine Wiederholung eines Interviews von Stone Phillips mit der Mutter von Jeffrey Dahmer im Fernsehen angesehen.

»Wie war er als Kind?«, fragte Stone in bekümmertem Ton mit der charakteristischen rauen Stimme.

»Wie jedes andere Kind«, sagte sie. »Ich fand ihn wundervoll.«

Das war das Problem, erklärte Sally Jake. Wenn man herausfindet, dass das eigene Kind ein kannibalistischer Serienmörder ist, ist es schon zu spät.

Als sie Ausfahrt 18 erreicht hatte und das vertraute Schild zum Smith College ins Blickfeld kam, kurbelte sie das Fenster runter. Die Bergluft war kühl und rau. Sie war hier, um Bill zu gedenken und sich an April zu erinnern, aber nicht *zum letzten Mal*, wie sie beschlossen hatte, weil *zum letzten Mal* Bullshit war. Niemand konnte mit Sicherheit wissen, ob er oder sie etwas zum letzten Mal tat, es sei denn, die Person war tot. An dem Tag, an dem ihre Mutter starb, hatten sie im Krankenhausflur an dem allzu vertrauten Fenster zum Jamaicaway gestanden. Sallys Bruder saß mit dröhnenden Kopfhörern zusammengekauert auf dem Boden unter dem Fensterbrett. Ihr Vater sprach leise mit einem Arzt und unterschrieb Papiere auf einem Klemmbrett. Plötzlich kam eine schmallippige Schwester auf sie zu. Sally beobachtete sie, während sie suchend von einem zum anderen sah. Als sich ihre Blicke trafen, lächelte sie traurig und hielt ihr eine Plastiktüte hin.

»Ihre Sachen«, sagte die Schwester mit starkem irischen Akzent.

Sally stockte der Atem, als sie auf den Ehering und die Uhr ihrer Mutter niederblickte, ihr Schlüsselbund mit dem hässlichen Cape-Cod-Schlüsselanhänger, ihr rotes Portemonnaie, das noch von Coupons vom Stop & Shop überquoll. Wie viele Male hatte Sallys Blick diesen Kram gestreift und keinen weiteren Gedanken daran verschwendet? Und jetzt war das alles, was ihr von ihrer Mutter blieb.

Wie konnte ein Mensch diese vielen albernen Dinge tun – Coupons sammeln und die Haustür zweimal abschließen – und dann eines Tages plötzlich nicht mehr da sein? Wenn April tot war, wer würde ihre Sachen entgegennehmen? Was auf Erden würde überhaupt übrig sein von ihrem kurzen, mutigen Leben?

Als sie den Campus erreichte, hielt Sally am Straßenrand und stieg mit Auden unterm Arm aus. Sie hatte gelesen, dass

Bill auf dem Friedhof an der Main Street beerdigt worden war, was sie überrascht hatte. Sie konnte sich nicht erinnern, ob sie jemals darüber geredet hatten, aber er schien ihr nicht der Typ, der beerdigt werden wollte. Sally fragte sich, ob es nicht vielleicht die Idee seiner Kinder gewesen war. Sie erinnerte sich noch daran, wie unerträglich ihr der Gedanke gewesen war, der vertraute, warme Körper ihrer Mutter könne zu Asche zerfallen. War es andererseits besser, die Eltern im Boden zu vergraben und wie Müll verrotten zu lassen, bis nichts mehr blieb? Sie würde Bill so nicht sehen wollen, wenn an ihn nur noch ein kalter Stein, ein Haufen Erde und welke Blumen erinnerten. Oder schlimmer noch, einer dieser blöden Mini-Weihnachtsbäume, die man zu dieser Jahreszeit auf die Gräber stellte, als wären die Toten junge Leute Mitte zwanzig in kleinen Studiowohnungen.

Es war bitterkalt. Sally versuchte, den Wollpulli über dem riesigen Bauch zu schließen. Sie war trotz Schwangerschaft zu eitel, um sich einen Umstandsmantel zu kaufen.

»Den trage ich doch nie wieder!«, hatte sie zu Jake gesagt, als er ihr bei ihrer letzten Fahrt zum Kauf von Kinderzimmermöbeln gesagt hatte, dass sie einen brauche.

»Und was ist mit der nächsten Schwangerschaft?«, sagte er.

»Oh, Mann«, hatte sie gefaucht. »Können wir bitte erstmal dieses hier ans Tageslicht befördern, bevor wir über das nächste reden?«

Jetzt zog sie Fäustlinge aus der Tasche und schlug den Weg über den Campus Richtung Quad ein.

»Bei dir alles in Ordnung?«, fragte sie das Baby. Sie hoffte, dass ihre Tochter nicht langsam erfror. Wenn dieses Kind einmal da war, das wusste Sally, würde sie in der ständigen Angst leben, sie zu verletzen oder zu verlieren. So sicher wie jetzt, da sie ihre Tochter tief in ihrem Bauch wusste, würde sie sich nie wieder fühlen, und selbst das machte ihr Angst.

Sally ging langsam. Wie viele Male war sie diesen Weg mit den Mädchen entlanggegangen, war ihn mit ihnen auf dem Weg zum Unterricht tratschend geschlendert, Arm in Arm durch den Schnee gestapft oder ihn auch mal entschlossen entlangmarschiert, zum Beispiel während einer Take-Back-the-Night-Demo gegen Gewalt gegen Frauen oder der Celebration of Sisterhood. Dann war immer April vorausgegangen. Das Smith College hatte seine Spur in ihr hinterlassen, und dieser Ort würde sich für sie immer wie ein Zuhause anfühlen, aber sie war hier jetzt eine Fremde. In jeder ihrer Freundinnen würde ihre Smith-College-Identität ewig weiterleben. Vielleicht waren sie einander deshalb immer noch so wichtig, obwohl sich so viel verändert hatte.

Zwei Mädchen kamen jetzt auf sie zu, sie hielten Händchen und flüsterten miteinander. Sie erinnerten Sally an Bree und Lara. Bree hatte Sally vor ein paar Tagen angerufen, um ihr zu erzählen, dass die beiden in San Francisco wieder zueinandergefunden hatten. Sie hatte gesagt, es habe sich märchenhaft angefühlt und ein bisschen wie einer der alten Filme, die sie während der Studienzeit mit Celia hatten sehen müssen. Trotzdem war Bree am nächsten Tag wie geplant nach New York zurückgeflogen.

Auf Sallys Frage, wie es weitergehen würde, hatte Bree gesagt: »Ich habe keine Ahnung. Vielleicht sollte ich nach Hause ziehen und den Job annehmen, den mein Vater mir angeboten hat. Ich könnte es schlechter treffen, oder? Ich habe so lange von ihr geträumt, Sal, aber meine Familie brauche ich auch.«

»Vielleicht kannst du beides haben«, hatte Sally sanft gesagt.

»Nein«, sagte Bree, »das glaube ich nicht.«

Sally blieb vor der Bibliothek stehen, dem Ort ihres ersten Gesprächs mit Bill, dem Ort, an dem sie zum ersten Mal miteinander geschlafen hatten. Bei ihrer Hochzeit hatte sie sich nicht getraut, hineinzugehen, weil die Zeit ihn in ihren Augen verändert hatte. Die Vorstellung, ihn wiederzusehen und als den zu erkennen, der er wirklich war, war zu viel für sie gewesen. Aber jetzt war Bill tot, und sie konnte sich an ihn so erinnern, wie er in ihrer ersten gemeinsamen Zeit gewesen war.

Sie betrat das Gebäude und nahm den vertrauten Geruch wahr, eine Mischung aus Leder, altem Papier und Bodenpolitur. Sie machte sich auf den Weg zu Bills Büro.

Im großen Lesesaal saßen Smithies ernst wie Mönche vereinzelt in Lesekabinen, ihre Gesichter über zerlesene Ausgaben von Thackeray und Joan Didion gebeugt. Sally verspürte das lächerliche Bedürfnis, zu ihnen hinüberzugehen, ihnen übers Haar zu streichen und zu sagen, dass sie jede Minute hier genießen sollten. Sally war sechsundzwanzig, was in Studentinnenzeitrechnung an betagt grenzte. Wenn man das College einer Stadt besuchte, betrachtete man diesen Ort als Zuhause, obwohl man ihn nie so kennenlernte, wie seine Einwohner ihn kannten – die Friedhöfe, das Straßenverkehrsamt, die öffentlichen Bibliotheken und Grundschulen. Man sah den eigenen Campus als eine Welt für sich und die Städter als liebenswerte Statisten. Was war sie in den Augen der Harvard-Studenten? Eine schwangere, verheiratete Alte, ein weiterer namenloser Teil von Cambridge, das für die Studenten einen schützenden Rahmen bildete?

Sie nahm die Treppen am anderen Ende des Saales, und als sie sich seinem Büro näherte, fing ihr Herz zu rasen an. Sie hatte es sich in den vergangenen Wochen viele Male vorgestellt: Umzugskartons voller Bücher und Dokumente, hier und da ein übrig gebliebenes Post-it auf dem Fußboden. Aber als sie das Büro erreichte, war darin nichts als sein alter Stahlschreibtisch und die leeren Bücherregale. Alle vertrauten, persönlichen Gegenstände – der Ohrensessel, das Schaffell – waren entfernt worden. Von wem? Von seinen Kindern? Von seiner Frau?

Sally betrat den Raum und schloss die Tür. Sie setzte sich auf den Fußboden und versuchte, eine Spur von ihm zu finden, aber sogar sein Geruch war verschwunden. Sie öffnete die alte Auden-Ausgabe und las fast eine Stunde lang: die Versepen, die Liebesgedichte, die albernen Zweizeiler, die Auden für andere berühmte Dichter aufs Papier geworfen hatte. Dann kam sie zu dem Gedicht, das sie am stärksten an Bill erinnerte. Es war eines jener Gedichte, das er ihr in ihren ersten Nächten in seinem Büro immer wieder vorgelesen hatte, wenn sie auf dem Schaffell kuschelten und Wein aus Plastikbechern tranken, die wie echte Gläser aussehen sollten. Wenn sie später allein in ihrem Bett lag, in einem Haus voller Mädchen, die allein in ihren Betten lagen, hatte sie die Worte laut wiederholt. Das tat sie jetzt wieder und las das Gedicht mit gedämpfter Stimme in dem leeren Zimmer:

> *Die Liebe wie das Dasein*
> *Ist wirrer als gedacht*
>
> *Liebe braucht 'nen Gegenstand*
> *Und der wechselt stets*
> *Fast alles kann das sein*
> *Fast alles, denke ich*
> *Als ich ein kleiner Junge war*
> *Da war's ein Pumpmaschinlein*
> *Das hielt ich für genauso*
> *Schön wie heute dich*

Bill hatte immer gesagt, dass jedes Gedicht für jede Person etwas anderes bedeute, weil man den persönlichen Gedanken der Dichter eigene hinzufügt und dem Gedicht so neues Leben einhaucht. Als Bill ihr dieses Gedicht vorlas, hatte sie es so verstanden, dass er sie auf eine so reine und ehrliche und absolute Art liebe, als wäre er wieder ein kleiner Junge, der in Jogginghosen herumrannte. Den wichtigsten Teil hatte sie überhört: *Fast alles kann das sein.*

Jetzt begriff sie, leider viel zu spät, dass seine Lieblingsgedichte vielleicht auch Beichtversuche waren. Sie verweilte lange bei diesem und strich langsam mit dem Finger über die Worte. Schließlich legte sie das Buch auf den Schreibtisch, ging aus dem Zimmer und schloss die Tür hinter sich.

Draußen roch es nach Schnee. Während sie an dem zugefrorenen Teich vorbei Richtung Quad ging, stellte sie sich vor, wie weiße Flocken herabschwebten und alles begruben, was von ihm übrig war.

Als Sally am King House ankam, war sie vom Spazieren außer Atem und musste aufs Klo. Sie sah sich um, aber es waren keine Studentinnen in Sicht, also ging sie zur Hintertür hinauf und wollte gerade ihren alten Schlüssel benutzen, um ins Haus zu kommen und die Toilette zu benutzen. Beim Anblick der Tür schrak sie zurück: Das Schlüsselloch war verschwunden, und an seiner Stelle war nur ein kleiner Plastikwürfel mit einem blinkenden roten Licht, so ein Ding wie die, durch die man eine Kreditkarte zieht.

Sie musste an einen alten Joni-Mitchell-Song denken, den April oft gehört hatte, wenn sie lernten. *Nothing lasts for long, nothing lasts for long.* Tatsächlich: Nichts ist von Dauer.

Sally klingelte, aber niemand öffnete, also stieg sie die Steintreppen zum Quad hinunter und setzte sich auf eine kalte Stufe. Wo war April?, fragte sie sich zum millionsten Mal. Wann würden sie je erfahren, was mit ihr passiert war?

Sally spürte einen Tritt des Babys und musste lachen. »Hier habe ich deinen Papa geheiratet«, sagte sie. Eines Tages würde sie mit ihrem kleinen Mädchen herkommen. Sie stellte sich vor, ihre Tochter Celia und Bree vorzustellen, und April, wenn sie zu ihnen zurückgekehrt war.

»Entschuldigen Sie! Ma'am?«, sagte da eine piepsige Stimme hinter ihr. Sally wandte den Kopf um und sah ein junges Mädchen mit einem Rucksack auf dem Rücken lächelnd die Tür zum King House offen halten. Sie sah aus wie eine Elfjährige. »Wollten Sie ins Haus?«, fragte sie in dem hilfsbereiten Ton einer Pfadfinderin.

Sally dachte kurz nach. Sie stellte sich vor, durch das King House zu gehen, das ohne die Mädchen an ihrer Seite jede Bedeutung verloren hatte.

Schließlich schüttelte sie den Kopf. »Nein, danke«, sagte sie. »ich bin hier ganz richtig.«

Celia

Es war ein strahlender Samstag in New York, als sie die Neuigkeiten erfuhren. Im Fernsehen wurde berichtet, die Polizei von Atlanta habe auf Hinweise aus einer nicht identifizierten Quelle menschliche Überreste – Arm und Unterschenkel einer Frau – im Garten vom Haus des Zuhälters gefunden, der allgemein für Aprils Entführung verantwortlich gemacht wurde. Der Zuhälter selbst sei verschwunden. Es würde mindestens eine Woche dauern, bis feststand, ob es sich um April handelte, aber Celia hatte keinen Zweifel.

Celia und Bree saßen nebeneinander auf dem Sofa und weinten das ganze Wochenende.

Celia konnte nicht schlafen und musste sich am Montag Zolpidem von ihrem Arzt verschreiben lassen, einem drahtigen Mann, der sie misstrauisch beäugte, als habe sie ihn um Heroin gebeten. Schließlich gab er ihr das Rezept (und die Nummer einer guten Psychologin, deren Praxis im Haus gleich neben ihrer Wohnung lag), nachdem sie hemmungslos in seinen Arztkittel geschluchzt hatte. Bree würde sie bald verlassen, vermutlich nach Savannah zurückkehren und dort in der Kanzlei ihres Vaters anfangen, und die Vorstellung, dann nachts allein zu sein, machte Celia Angst.

Am Montagabend rief ihre Kontaktperson bei der Polizei von Atlanta an, um ihnen zu sagen, dass sie am nächsten Nachmittag eine letzte Suche durchführen würden.

»Eine Suche wonach?«, fragte Celia.

»Wenn sich die Beweislage massiv ändert, zum Beispiel durch den Fund menschlicher Überreste, schaut sich unsere Sucheinheit vorsichtshalber noch einmal in der Gegend um, in der die Beweise sichergestellt wurden, besonders auf abseits gelegenen Grünflächen. Wir tun alles, um diesen Mann hinter Gitter zu bringen, und manchmal reicht dafür schon der Fund einer Patronenhülse oder eines Stofffetzens.«

Die Polizei brauchte die Hilfe Freiwilliger, also kauften Celia und Bree zwei Tickets für den ersten Flug am nächsten Morgen. Celias Eltern und ihre Schwester wollten auch nach Atlanta kommen, Brees Familie ebenfalls.

Celia musste immer wieder an den Tag vor Sallys Hochzeitswochenende denken, an dem April sie angerufen und erzählt hatte, dass sie verprügelt worden war und Ronnie einfach abgehauen war.

Sie musste sich schützen, hatte April zu Ronnies Verteidigung gesagt.

Was wäre passiert, wenn Celia daraufhin gesagt hätte: Ach ja? Tja, und ich muss dich schützen, deshalb verlange ich, dass du kündigst.

Vermutlich hätte April gelacht. Aber das würde Celia jetzt nie erfahren.

»Was für Sachen wollen wir packen?«, fragte Bree. Ihre Nase war vom Weinen verstopft, ihre Stimme belegt.

Celia wusste, was sie dachte, konnte es aber nicht aussprechen: Eigentlich reisten sie zu Aprils Beerdigung nach Georgia.

Sallys Arzt hatte gesagt, dass sie so spät in der Schwangerschaft auf keinen Fall noch fliegen dürfe, aber sie würde trotzdem in Atlanta zu ihnen stoßen. Jake war panisch, aber sie hatte ihm keine Wahl gelassen.

»Er dreht durch, weil das Baby schon hölleweit gesunken ist«, sagte sie am Telefon zu Celia.

In der Schwangerschaft fluchte Sally jetzt so viel wie vorher nur April.

»Was zum Teufel soll das heißen, ›gesunken‹?«, fragte Celia.

»Ach, ich glaube, das heißt, dass das Baby in mein Becken

gerutscht ist oder so«, sagte Sally. »Jake wird dir das bestimmt ausführlich erklären, wenn ihr euch seht. Es kann aber immer noch vier Wochen dauern, bis es richtig losgeht.«

»Tut es weh, wenn es sinkt?«, fragte Celia und erschauderte. Wenn Sally über die Details ihrer Schwangerschaft berichtete, fühlte Celia sich körperlich unwohl, weshalb sie sich wiederum als Frau als Versagerin fühlte. Aber daran war nichts zu ändern.

»Nein, nein«, sagte Sally. »Mein Bauch ist einfach tiefer. Jetzt kann ich besser atmen, aber dafür muss ich alle zehn Minuten aufs Klo. Ganz im Ernst, Cee: alle zehn Scheißminuten.«

»Bäh«, sagte Celia.

»Ja, und das ist erst der Anfang«, sagte Sally. »Hämorrhoiden hab' ich auch. Ich bin sechsundzwanzig und habe Hämorrhoiden. Mein Zahnfleisch blutet, meine Beine brennen, mein Arsch tut weh. Ich sage dir das lieber gleich, Celia: Wenn du schlau bist, adoptierst du einfach.«

Es goss in Strömen, als sie sich am nächsten Tag vor der Polizeiwache versammelten. Die Suche war im ganzen Land im Fernsehen angekündigt worden, und Dutzende Smithies waren gekommen, um zu helfen, darunter Frauen, an die Celia seit Jahren nicht gedacht hatte, und welche, von denen sie nie gehört hatte, deren aller Leben auf die eine oder andere Art von April berührt worden waren. Da war Monstertruck Jenna, die sie an ihrem allerersten Tag am Smith College eingeführt hatte. Und Toby Jones, Aprils Transgenderfreund, der mittlerweile so gut aussah, dass Celia sich fragte, ob einer der Typen, mit denen sie in New York geschlafen hatte, vielleicht auch mal eine Lucy oder Tina gewesen sein könnte.

Lara war auch gekommen. Bree und sie hatten seit Brees Rückkehr aus Kalifornien jeden Abend miteinander telefoniert, und Celia fragte sich, warum sie es nicht endlich offiziell machten. Ja, es gab Schwierigkeiten. Natürlich. Aber sie kannte Bree gut genug, um zu wissen, was sie zu ihrem Glück brauchte.

Vor der Polizeiwache standen Lara und Bree nebeneinander und hielten sich an der Hand.

Celia warf einen Blick zu Brees Eltern hinüber, die zu dem Paar schauten.

»Ihr werdet beobachtet«, sagte sie zu Bree und Lara.

»Ist mir egal«, sagte Bree.

Lara riss die Augen auf.

»Na ja, vielleicht nicht ganz, aber ich gebe mir Mühe«, sagte Bree, und sie lachten.

Der Aufruf hatte auch Einheimische angezogen, und aus dem ganzen Land waren Kirchengemeinden und Frauengruppen angereist, siebzig Personen insgesamt. Aprils Mutter war auch da, aber von Ronnie fehlte jede Spur. Der Hauptkommissar führte sie zum Parkplatz und teilte sie in Zehnergruppen ein.

»Vielen Dank, dass Sie alle gekommen sind«, rief er über das schwarze Regenschirmmeer. »Eine Suche wie diese muss gründlich sein, und der Polizei fehlen einfach die Leute, um das allein zu schaffen. Deshalb hoffen wir in Zeiten wie diesen auf Zivilisten wie Sie.«

Die Freiwilligen verteilten Flyer mit Aprils Foto und einer Beschreibung dessen, was sie getragen hatte, als sie zum letzten Mal gesehen worden war. Celia starrte auf das Foto in ihrer Hand und fragte sich, wer es zur Verfügung gestellt hatte – Ronnie?

Der Kommissar erklärte, dass sie die Umgebung um Aprils Haus und den Ort, an dem sie verschwunden war, absuchen würden, außerdem Parks, Felder und Sumpfgebiete. Jedes Team würde von einem Polizisten begleitet werden.

»Viele von Ihnen waren auch am Morgen nach Aprils Verschwinden schon mit dabei, aber für alle anderen sage ich es nochmal: Diejenigen, die in weniger stark bebauten Gebieten suchen, sollten sich beim Absuchen des Bodens und der Umgebung bei ihren Nachbarn einhaken und eine Menschenkette bilden«, sagte er. »Auf diese Weise können wir sicherstellen, dass kein Zentimeter ausgelassen wird.«

Die Schriftstellerin in Celia amüsierte sich über die Vorstellung einer Menschenkette aus Transgender-Smithies, katholischen Nonnen, ergrauten Feministinnen der zweiten Welle und Ladenbesitzerinnen aus Atlanta. April würde das sicherlich auch gefallen, dachte sie und musste lächeln.

Aber dann rief jemand aus der Menge: »Wonach suchen wir denn?«

Der Kommissar strich sich mit der Hand über die trotz des Schirmes regennasse Stirn.

»Unglücklicherweise können wir zu diesem Zeitpunkt nicht mehr hoffen, April lebendig zu finden. Wir suchen nach Hinweisen darauf, was ihr zugestoßen ist«, sagte er. »Alles, was Ihnen verdächtig erscheint – Kleidung, ein Schuh, Überreste –, sollten Sie sofort Ihrer Bezugsperson von der Polizei melden.«

Celia zwang sich dazu, Aprils Mutter nicht anzusehen.

Der Kommissar fuhr fort: »Diejenigen von Ihnen, die die Nachbarschaft durchkämmen, sollen bitte Fragen stellen: Hat jemand April gesehen? Hat jemand irgendetwas gehört, das uns nützlich sein könnte?«

Celia beängstigte die Vorstellung – was, wenn sie an eine Tür klopfte und plötzlich Aprils Mörder gegenüberstand? Würde irgendein Teil von ihr erkennen, dass er es war? Würde sie schreien, davonlaufen oder einfach in Tränen ausbrechen?

In diesem Augenblick gab der Kommissar die Anweisung, welche Gruppe wohin gehen sollte: Celia, Bree, Sally und Jake gehörten zu der Gruppe, die Aprils Nachbarschaft zugeteilt war, zusammen mit einem Polizisten namens Dan Daniels, der etwa so alt war wie ihr Vater.

»Sie waren die engsten Freundinnen der Gesuchten«, sagte Daniels, als die Gruppe sich versammelt hatte. »Sie wollen Gerechtigkeit, das ist klar. Ich werde Ihnen jetzt sagen, wie man mit den Leuten hier redet. Polizisten sind hier nicht gern gesehen, es ist also wahrscheinlicher, dass sie mit Ihnen sprechen als mit mir.«

Sie sprachen kaum miteinander, während sie auf der English Avenue und im Bluff an Türen klopften. In ihrer kollektiven Phantasie, das wusste Celia, hofften sie, hinter einer dieser Türen April mit einer Tasse Kaffee in der Hand vorzufinden. Oder wenigstens ein Zeichen von ihr zu finden: eine ihrer Kordhosen auf einem Treppengeländer, irgendetwas.

Stattdessen sagten die Leute in den winzigen Häusern, die jeweils nur wenige Meter voneinander entfernt standen, alle dasselbe: Sie hätten April weder gesehen noch von ihr gehört und würden Celia jetzt bitten, von ihrem Hauseingang wegzugehen. Nie in ihrem Leben hatte sie sich so weiß gefühlt.

Mit jeder vergehenden Stunde wuchsen Celias Hoffnungslosigkeit und ihre Erleichterung in gleichem Maße.

Sie war als Kind auf unzählige Totenwachen gegangen, hatte sich an der Hand ihres Vaters festgehalten und die Leiche irgendeines alten Verwandten bestaunt. Die Körper wirkten auf Celia nie ganz tot. Wenn sie lange genug hinstarrte, hätte sie schwören können, eine flache Atmung ausmachen zu können. Als Kind war sie auf die Möglichkeit vorbereitet gewesen, dass das nur wie das tolle Geisterhaus war, in das sie jedes Halloween auf Castle Island gingen, und dass die Person im Sarg jederzeit aufspringen und »Buh!« brüllen könnte.

Aber hier ging es nicht um irgendeinen Großonkel, den sie nur zu Weihnachten gesehen hatte. Es ging um April. Celia wollte ihre Leiche nicht sehen, oder das, was davon übrig war. Schon die Vorstellung war zu viel für sie.

Trotz ihrer Bemühungen fanden die Freiwilligen und die Polizei an diesem Tag rein gar nichts. Der Regen war stärker geworden, und für die nächsten vierundzwanzig Stunden waren Gewitter vorhergesagt. Die Polizei verschob den Rest der Suche auf zwei Tage später.

An diesem Abend standen sie alle – Sally und Jake, Bree und Celia mit ihren Familien – vor dem Hotel und wussten nicht, was sie machen sollten.

»Wir laden euch gern alle zum Essen ein«, sagte Celias Vater. »Wenn Interesse besteht.«

Aber zu dem Abendessen kam es nicht. Brees und Celias Familien machten sich getrennt voneinander auf die Suche nach einem Restaurant; Bree sagte, sie wolle allein einen Spaziergang machen; Sally musste sich hinlegen, also begleiteten Celia und Jake sie auf ihr Zimmer.

Dort angekommen, ließ Sally sich aufs Bett fallen.

»Nicht zu glauben, dass Ronnie nicht gekommen ist, um sie zu suchen, oder?«, sagte sie. »Dieses Arschloch. Wenn ich die nochmal in die Hände kriege, Cee, ich schwöre zu Gott, dann –«

»Ich hole Eis«, sagte Jake, nahm einen halbvollen Eimer und verschwand im Flur.

»Den muss man einfach lieben«, sagte Celia lächelnd. »Das muss das neunundsiebzigste Mal seit unserer Ankunft sein, dass er dir Eis holt.«

»Ich habe ihm gesagt, dass ich ganz viel Zeit mit dir und Bree allein brauchen werde«, sagte Sally. »Ich glaube, dass er im Moment manchmal ein bisschen Angst vor mir hat. Ich habe das Gefühl, mich durch Treibsand zu bewegen, Celia. Das kommt mir alles wie ein schlechter Traum vor.«

Celia nickte. »Ich weiß. Ich habe in den letzten Tagen kaum geschlafen. Du?«

»Wenig«, sagte Sally leise. »Ich weiß wirklich nicht, ob ich ein Kind in diese schreckliche Welt setzen kann.«

Celia tippte ihr auf den Bauch. »Ich glaube, du hast keine Wahl«, sagte sie. »Dieses Kind wird auf die Welt kommen, ob du es willst oder nicht.«

»Ich weiß«, sagte Sally. »Ich bin ein verdammtes Goodyear-Luftschiff.«

In dieser Nacht schlief Celia zum ersten Mal seit der Grundschule mit ihrer Schwester und ihrer Mutter in einem Bett.

Als sie aus Sally und Jakes Zimmer zurückkam, schlief ihr Vater schon und schnarchte auf einer rollbaren Pritsche. Violet war mit einer Ausgabe des *Rolling Stone* auf der Brust eingeschlafen. Neben ihr lag Celias Mutter hellwach im Bett. Celia kuschelte sich neben sie, atmete den vertrauten Geruch ihres Nachthemds ein und wäre am liebsten nie wieder nach New York zurückgekehrt.

»Woran denkst du?«, fragte Celia.

»An Aprils Mama«, sagte ihre Mutter. Sie waren an diesem Tag im selben Suchtrupp gewesen und hatten einen Park in der Nähe von Aprils Haus durchkämmt. »Ihr Anblick hat mir das Herz zerrissen. Ich bin mir sicher, dass ein Teil von ihr etwas von April finden wollte. Und ein anderer das überhaupt nicht wollte – bestimmt redet sie sich manchmal ein, dass April in Tallahassee oder sonst wo wohnt, in einer Orangenplantage herumläuft und darüber lacht, dass wir uns Sorgen machen.«

In Celias ältester Erinnerung buk ihre Mutter zu ihrem dritten Geburtstag Zirkus-Cupcakes, die sie jeweils mit einer winzigen Ballerina, einem Clown oder einer Robbe mit einem roten Gummiball auf der Nase dekorierte. Sie war im neunten Monat mit Violet schwanger und berührte beim Rühren der heißen rosa Glasur immer wieder mit dem Bauch die Arbeitsfläche. Sie kam Celia unbesiegbar vor, als hätte sie magische

Kräfte. Bis heute konnte ihre Mutter, wenn Celia über Halsschmerzen klagte, am Klang ihrer Stimme erkennen, ob es Streptokokken waren oder nur ein Virus. Sie kannte die Antwort auf die kleinsten Fragen: ob man dem Schlüsseldienst Trinkgeld gab, was man der Chefin zu Weihnachten schenkte, wie man mit einem anstrengenden Agenten oder einem unangenehmen männlichen Vorgesetzten bei der Arbeit umging, wie lange das perfekte hartgekochte Ei kochte. Solange ihre Mutter lebte, würde Celia sich beschützt fühlen, egal, wie viele Kilometer zwischen ihnen lagen. Jetzt dachte sie, dass April dieses Gefühl von Sicherheit nie gehabt hatte.

»Lydia ist keine Mutter wie du«, sagte Celia. »Sie hat über ein Jahr lang nicht mit April gesprochen.«

Ihre Mutter schloss die Augen. »Das macht es vielleicht noch schlimmer. Wenn man eine Tochter hat, ist so etwas dein schlimmster Albtraum. Egal, wer du bist. Zum ersten Mal, seit ich denken kann, bin ich tatsächlich böse auf Gott. Wie kann er so etwas zulassen? Ich wollte nie, dass meine beiden Mädchen durchs Leben gehen und glauben, dass schlimme Sachen ganz ohne Grund passieren, aber –«

»Aber tun sie das nicht?«, unterbrach Celia sie. »Ist das nicht der Scheiß daran?«

Ihre Mutter gab ihr einen Kuss auf die Wange. »Vielleicht. Ich weiß es nicht. Lass uns versuchen, ein bisschen Schlaf zu kriegen.«

Kurz darauf fügte sie mit müder, schon weit entfernter Stimme hinzu: »Und sag nicht ›Scheiß‹, Celia. Solche Wörter sind unter deiner Würde.«

Sie wurden von einem in der Dunkelheit klingelnden Telefon geweckt.

Violet sprang zuerst auf. »Weckruf«, rief sie, nahm den Hörer ab, sagte: »Danke«, legte auf und fiel wieder ins Bett.

Es klingelte abermals.

»Mann.« Violet ging ran und sagte: »Ja?« Kurz darauf schrie sie kurz auf und sagte: »Oh, oh, mein Gott!«

Celia träumte noch, und ihr erster Gedanke war, dass April vielleicht doch nicht tot war. Vielleicht war es ein Anruf der Polizei, um zu sagen, dass die gefundenen Knochen zu jemand anderem gehörten, dass April sicher und warm in ihrem Bett lag.

Aber dann schüttelte Violet sie. »Aufwachen!«, schrie sie. »Sally kriegt ihr Baby!«

Celia öffnete die Augen und sah auf die Uhr. Es war vier Uhr fünfzehn.

Ihre Mutter sprang auf und hatte ihre Schuhe schon an, bevor Celias Füße überhaut den Boden berührten. Das Hotel war riesig. Fünf Minuten später erreichten die beiden keuchend vom Rennen Sallys Zimmer. Als Celia klopfte, öffnete Jake und sah sie flehend an, als sei er eine Geisel.

Hinter ihm saß Sally auf dem Bett und lackierte sich in aller Ruhe die Zehennägel.

Celias Herz raste. »Äh, Sal, was machst du da?«, fragte sie.

»Ich mache mich fertig«, sagte Sally.

»Aber solltest du nicht auf dem Weg ins Krankenhaus sein?«, sagte Celia mit einem fragenden Blick zu ihrer Mutter.

»Die Wehen haben gerade erst eingesetzt«, sagte Sally. »Das dauert noch Stunden. Jake hat einen Gynäkologen in der Stadt gefunden, der heute Zeit für uns hat. Ich will mir nur noch die Beine rasieren und meine Haare waschen und sowas. Ich kenne diesen Arzt nicht und will da nicht wie eine Vogelscheuche erscheinen.«

Celias Mund formte ein perfektes O. Jakes ebenso.

Ihre Mutter ging zu Sally und setzte sich neben sie. Sie strich Sally sanft übers Haar. »Du hast recht, meine Liebe. Wahrscheinlich ist noch Zeit«, sagte sie. »Aber du könntest schon im Schlaf Wehen gehabt haben, ohne es zu merken, und vielleicht ist der Muttermund schon sehr viel weiter geöffnet, als du denkst. Das ist mir bei Violet passiert, und sie wäre fast auf dem Rücksitz eines Cutlass Supreme geboren worden.«

»O Gott, wirklich?«, sagte Sally und klang plötzlich wieder wie sie selbst.

Jake schlug die Hände zusammen. »Ja! Das hab' ich ihr auch gesagt.«

»Halt die Klappe, Schatz«, schnauzte Sally ihn an. Sie atmete tief durch. »Entschuldige«, sagte sie. »Okay, also los.«

Sie halfen ihr auf die Beine.

Sally packte Celias Hand. »Ich will Bree und dich bei der Geburt dabeihaben«, sagte sie. »Okay?«

Celia war überrascht. »Ja!«, sagte sie lachend. »Ich hole Bree, wir treffen euch vor dem Hotel.«

Bevor sie ging, nahm Celia Jake zur Seite. »Geht es dir gut?«, fragte sie. »Wäre es dir lieber, wenn Bree und ich nicht kommen?«

»Das ist Sallys Show. Ich bin nur am Rand mit dabei«, sagte er. »Aber danke der Nachfrage.«

Celia drückte seinen Arm. »Du bist ziemlich in Ordnung, weißt du. Du wirst ein toller Papa sein.«

Jake lächelte. »Danke. Aber jetzt hol mal Bree, bevor Sally mich mit der Nagelfeile ersticht.«

Brees Zimmer lag drei Stockwerke über Sallys, und Celia nahm zwei Stufen auf einmal.

Sie klopfte fest an die Tür.

»Bree!«, rief sie. »Liebes, komm raus! Sally platzt gleich.«

Als die Tür wenige Augenblicke später aufging, stand da die verschlafene, verwirrte Lara in BH und Boxershorts.

»Cee?«, sagte sie mit heiserer Stimme.

Celia lachte nur. »Ich brauche Bree für eine Mission«, sagte sie.

Bree tapste hinter Lara zur Tür. »Was denn für eine Mission?«, fragte sie und blinzelte ins Flurlicht.

»Sally bekommt heute ihr Kind, und sie will, dass wir dabei sind«, sagte Celia.

»Oh, mein Gott«, sagte Bree.

Celia legte den Kopf auf die Seite. »Ihr beiden scheint es euch gemütlich gemacht zu haben«, sagte sie grinsend. »Sind etwa schon irgendwelche Entscheidungen gefallen?«

Bree zog sich Jeans an und schlüpfte in ihre Flipflops.

»Ja, ja«, sagte sie beiläufig, »aber dafür ist jetzt keine Zeit.«

Aber bevor sie gingen, küsste sie Lara auf den Mund und sagte: »Ich liebe dich.«

»Sie muss sich auf dem Rücksitz ausstrecken«, wies Jake sie an, als sie den Mietwagen bestiegen. Celia setzte sich mit Sallys Füßen auf dem Schoß nach hinten. Die Fruchtblase war irgendwann in der Nacht geplatzt, ohne sie zu wecken, und sie verlor immer noch die süßlich riechende Flüssigkeit. Der nächste Mieter dieses Wagens würde sein blaues Wunder erleben, dachte Celia. Sie hätte am liebsten einen Hinweis hinterlassen: *Tragen Sie in diesem Fahrzeug auf jeden Fall Schuhe. Glauben Sie mir, es ist besser so.*

Sie verfuhren sich auf dem Weg ins Krankenhaus. Bree holte ihren Vater mit einem Anruf aus dem Schlaf, damit er sie lotste.

Wenige Minuten später hielten sie vor einer roten Ampel. Jake sah aus, als würde er gleich hyperventilieren. »*Jetzt komm schon! Meine Frau kriegt ein Baby!*«

Bree drehte sich um und lächelte Celia zu.

»Oh, Bree«, sagte Sally. »Hast du dir letzte Nacht mit Lara ein Zimmer geteilt?«

Bree lachte. »Einzelheiten später.«

»Nein, jetzt!«, sagte Sally. »Ich muss mich irgendwie davon

ablenken, dass ich gleich ein dreieinhalb Kilo schweres Kind durch ein Loch von der Größe eines Vierteldollars pressen werde.«

Bree grinste. »Na gut. Also ich bin nach der Suchaktion doch spazieren gegangen. Ich habe über April nachgedacht und darüber, wie viel im Leben überhaupt nicht in unseren Händen liegt. Aber das ist etwas, das schon in meiner Hand liegt. Lara ist *hier*. Also habe ich sie gebeten, auf mein Zimmer zu kommen, und wir haben lange geredet. Und es war wirklich sehr nett.«

»Und dann?«, sagte Celia.

Bree verdrehte die Augen. »Und dann haben wir miteinander geschlafen.«

Bei diesen Worten setzte Jake sich kerzengerade auf. »Kann ich eine Frage stellen?«, sagte er kleinlaut. »Was genau meinst du denn mit miteinander schlafen? Also habt ihr –«

»Oh, mein Gott, halt bloß die Klappe«, sagte Sally.

Plötzlich hielt Jake die Faust in die Luft. »Ich bin *der Mann*!«, rief er.

»Schatz, du hast mithilfe von MapQuest den Weg zum Krankenhaus gefunden«, sagte Sally, »nicht die Neue Welt entdeckt.«

Jake lachte. »Deine Schwangerschaftshormone werden mir fehlen«, sagte er.

Eine Schwester mit weißem Stachelkopf brachte Sally in ein Einzelzimmer, um sie für den Arzt vorzubereiten. Celia, Bree und Jake warteten im Flur bei den Getränkeautomaten.

Celia fühlte sich immer noch jung wie ein kleines Mädchen. Irgendwie kam es ihr falsch vor, dass sie vier hier waren. Sie wünschte, ihre Mutter wäre mitgekommen. Sie stellte sich vor, wie Sally sich fühlen musste. Wenn das hier vorbei war, würde sie ein Kind haben, eine echte Person zum Umsorgen und Großziehen.

Nach einiger Zeit kam ein Krankenpfleger auf sie zu. »Sie können jetzt reingehen«, sagte er.

Sally war auf den Beinen und redete im Krankenhaushemd auf die weißhaarige Schwester ein: »Jetzt hören Sie mir mal zu, ich will den Einlauf«, sagte sie. »Er gehört zu meinem Entbindungsplan. Sie können gerne meinen Arzt in Boston anrufen, wenn Sie mir nicht glauben.«

Die Schwester lächelte. »Ich glaube Ihnen ja, Liebes«, sagte sie. »Aber wir nehmen hier keine Darmspülungen vor.«

»Süße, warum willst du überhaupt einen Einlauf?«, fragte Bree, und Celia musste lachen – sie hatte nicht erwartet, dieses Wort je aus ihren Mündern zu hören.

»Damit ich bei der Entbindung nicht einen großen Haufen auf den Tisch mache!«, fauchte Sally.

Bree und Celia sahen einander entsetzt an. Es war durchaus möglich, dass nach alledem keine von ihnen je ein Kind würde bekommen können.

Der Arzt sagte, dass es noch Stunden dauern würde. Sally hatte recht gehabt. Sie hätte in dem hübschen Hotelzimmer bleiben können, in dem kuscheligen weißen Bademantel, hätte sich eine Replik des *Letzten Abendmahls* auf jeden Zehennagel malen können und immer noch Zeit übrig gehabt. Die vier spielten Karten, gingen den Flur auf und ab und aßen Bananenbrot aus der Cafeteria. Sally drehte durch, weil sie ihre »Geburtstasche« nicht dabeihatte, bei der es sich anscheinend um einen Koffer handelte, den sie mit ihrem Lieblingsnachthemd, schönen Handtüchern und einer Körperlotion, einer Musik-CD, die Jake und sie für die Geburt zusammengestellt hatten, einem rosa Strampler von Rosemary, den das Baby auf dem Heimweg tragen sollte, und nahrhaften Snacks für Jake bestückt hatten, »damit er bei der Geburt nicht umkippt«, wie Sally sagte.

Sie sahen dem Regen zu und sprachen über April, und

Sally sagte, dass das Baby hoffentlich bis Donnerstagfrüh da sein würde, damit sie sich alle wieder der Suche anschließen könnten.

In den nächsten Stunden machte Celia viele neue Erfahrungen, wie ihre Mutter es ausdrückte, als Celia sie gegen zehn Uhr aus der Eingangshalle des Krankenhauses anrief, um sie auf den neuesten Stand zu bringen.

Als sie wieder nach oben kam, kam Bree wie eine Wahnsinnige auf sie zugerannt. »Die Plackerei ist vorbei!«, sagte sie.

»Oh, mein Gott, sie hat das Baby gekriegt?«, sagte Celia.

Bree lachte. »Nein, Süße, das Baby muss sie noch entbinden. Jetzt kommt diese blutige Sache erst richtig in Schwung. Hattest du an der Junior High sowas nicht im Gesundheitsunterricht?«

Celia schüttelte den Kopf. »Katholische Schule. Da wurde uns erzählt, dass Engelteams die Babys in rosa oder hellblauen Kuscheldeckchen in der Wiege abwerfen.«

Als sie in Sallys Zimmer ankamen, führte die Schwester gerade die Epiduralkanüle in ihre Wirbelsäule ein. Noch nie hatte Celia eine so große Nadel gesehen.

»Jesus, Maria und Josef«, sagte sie kaum hörbar zu Bree.

Sally machte das super. Sie schrie weniger als die Frauen im Fernsehen, weil ihr Arzt in Boston das als Energieverschwendung bezeichnet hatte, die die Geburt nur unnötig verlängerte. Mit einer Hand drückte sie Jakes, mit der anderen Celias Hand.

»Was war das erste Lied auf dieser Mix-CD von euch?«, fragte Bree, als Sally die Kraft auszugehen schien.

Zwischen Grunzlauten sagte Sally: »Supremes. ›Can't Hurry Love‹.«

Celia, Bree und Jake sangen die ganze CD für sie – »Don't Stop Believin'« von Journey, »Manic Monday« von den Bangles –, was die Schwestern gleichermaßen genervt und amüsiert registrierten.

Es floss mehr Blut, als Celia sich hätte vorstellen können. Überall war Blut, und sie war froh, dass Sally es nicht sehen musste. Sie hatte sich immer gefragt, warum Frauen im Liegen mit einem Tuch über den Beinen entbanden. Das war offensichtlich der Grund.

Nachdem sie vier Stunden lang gepresst hatte, war Sally erschöpft. Sie presste und presste, bis die Blutgefäße in ihrem Gesicht platzten und es aussah, als würde sie aus jeder Pore bluten. Celia und Bree sahen sie entsetzt an, sie konnten nicht anders. Da lag ihre makellose Sally – bei der kein Haar je aus der Reihe tanzte, kein Kleid die kleinste Falte hatte, kein Schuh einen Kratzer – und sah aus, als wäre sie gerade aus einem Boxring gestiegen.

»Was ist denn?«, sagte Sally, presste wieder stark und zerdrückte Celia dabei fast die Hand.

»Nichts«, sagte Celia.

Sie wandte sich zu Jake. »O Gott, was ist passiert? Ich seh' scheiße aus, stimmt's?«

»Du siehst wunderschön aus, Schatz. Ehrlich«, sagte Jake, und Celia wäre beinahe in Tränen ausgebrochen.

Als der Kopf des Babys sich zeigte, schrie Sally Mord und Totschlag.

Scheiß auf die Anweisungen des Arztes, dachte Celia. Hatte Sallys Gynäkologe zu Hause in Boston, ein Mann namens Dr. Finkle, schon mal ein Kind bekommen? Nein. Was wusste er also übers Schreien?

»Sally, wir kriegen die Schultern des Babys noch nicht so richtig raus«, sagte der Arzt. »Wir müssen einen kleinen Dammschnitt machen.«

»Wie klein?«, fragte sie.

»Klein«, sagte der Arzt. »Ich verspreche es. Sieben Stiche, maximal.«

Stiche? Celia nahm sich vor, sich gleich nach ihrer Heimkehr auf die Warteliste für rumänische Waisenkinder setzen zu lassen.

»Nein«, sagte Sally und schüttelte den Kopf. »Ich will das nicht.«

Celia wollte gerade etwas sagen, wollte diese verdammten Leute gerade auffordern, Sally doch bitte zuzuhören, denn hatte die Arme nicht schon genug durchgemacht, ohne dass man sie aufschnitt?

»Schatz«, sagte Jake sanft, »ich weiß, dass du das nicht wolltest, aber so wird es sehr viel schneller heilen als ein unkontrollierter Riss.«

Bree fielen fast die Augen aus dem Kopf.

Der Arzt grinste. »Ich sehe schon, dass der Papa hier die Ratgeberliteratur kennt. Er hat recht, so leid es mir tut.«

»Von mir aus«, sagte Sally. »Holen Sie einfach dieses Ding aus mir raus.« Sally warf resigniert den Kopf zurück.

Die letzten Wehen sahen qualvoll aus und klangen auch so, aber wenige Momente später war sie da – Sallys Tochter, April Eleanor Brown, mit einem schwarzen Haarschopf wie der ihrer Mutter. Ihr ganzer Körper war schleimig, und Celia war überrascht, als der Arzt sie Sally direkt auf die Brust legte. Sally strahlte und trug ein leuchtendes Lächeln im Gesicht, wie Celia es noch nie gesehen hatte, und das wollte bei Sallys von blutigen, roten Flecken übersätem Gesicht schon etwas heißen.

Celia und Bree ließen Sally und Jake eine Zeit lang mit dem Baby allein und gingen wieder in die Cafeteria, um etwas zu Abend zu essen.

Bree stocherte in dem pappigen Salat herum. »In den letzten zwei Tagen ist so viel passiert, dass es bestimmt ein Jahr dauert, das alles zu verdauen.«

»Ist Lara wieder in San Francisco?«, fragte Celia.

»Nein, sie bleibt noch für die nächste Suchaktion«, sagte Bree.

»Und was macht ihr dann?«, sagte Celia.

»In den letzten Wochen habe ich wirklich geglaubt, dass ich wieder in Savannah lande, wo ich hingehöre«, sagte Bree. »Aber jetzt –«

Celia grinste. »Ich glaube, dass du wieder nach Kalifornien gehst«, sagte sie.

»Ich auch«, sagte Bree. Sie stieß einen leisen Pfiff aus. »O Mann, wird das zu Hause bei meiner Mama gut ankommen. Findest du es nicht auch irgendwie witzig, dass es ihr lieber wäre, wenn ich Doug Andersons Ehe kaputtmache, als dass ich eine Lesbe bin?«

Sie lachten.

»Man kann nie wissen, vielleicht überlegen es sich deine Eltern nochmal«, sagte Celia. »Das Leben ist lang.«

Das war der Lieblingsspruch ihrer Großmutter, den sie langsam zu verstehen begann.

Sie gingen in den Geschenkartikelladen und kauften Champagner, Blumen und ein Dutzend rosa Luftballons.

Celia wusste, dass sie es alle komisch fanden, zu feiern, aber sie hielt es für richtig, das neue Leben zu ehren, jetzt mehr denn je.

Als sie zurück waren, durfte jede von ihnen das Baby halten. Celia dachte, sie müsse schmelzen, als sie das kleine Ding in den Armen wiegte.

»Ich bin deine Tante Celia«, flüsterte sie.

Jake machte den Champagner auf, und sie stießen an. Sally nahm ein paar kleine Schlucke, reichte den Rest aber an Jake zurück, weil sie stillte. Celia dachte, dass sie an Sallys Stelle verlangen würde, dass man ihr die ganze Flasche intravenös gäbe. Oder vielleicht hätten sie den Alkohol am Anfang trinken sollen anstatt am Ende.

»Es war toll, das mitzuerleben«, sagte Celia über die Geburt, obwohl sich auch andere Adjektive angeboten hätten.

»Und ihr beiden fandet meine Hochzeit schmerzhaft«, sagte Sally lächelnd.

Bree lachte. »Oh, mein Gott, Sal. Du bist Mutter.«

»Ich bin Mutter«, sagte Sally. »Ich wünschte, meine Mama wäre da. Und April.«

Celia wusste nicht, was sie sagen sollte. Wenn ihre Mutter hier wäre, würde sie jetzt so etwas sagen wie: *Sie sind da, Sally. Sie wachen immer über dich.* Aber das passte so wenig zu Celia wie das Wort »Einlauf« zu Sally.

Schließlich sagte Bree: »Das Baby hat die Augen deiner Mutter.«

»Ja, findest du nicht auch?«, sagte Sally.

Celia lächelte Bree zu. Etwas Besseres hätte man nicht sagen können, fand sie, wenn sie auch keine Ahnung hatte, ob es stimmte oder nicht.

»So«, sagte Celia, als sie ihre Gläser geleert hatten und das Baby zum Schlafen in den Säuglingsraum gebracht worden war. »Und jetzt?«

»Jetzt schlafen wir uns alle ordentlich aus, damit wir morgen frisch und munter sind und April finden«, sagte Sally.

»Du aber nicht, richtig, Schatz?«, sagte Jake nervös. »Du bleibst doch hier, oder?«

»Schauen wir mal, wie es mir bis dahin geht«, sagte Sally. »Ich muss nicht mehr so viel Gewicht mit mir herumschleppen wie gestern. Morgen früh bin ich bestimmt wieder schneller unterwegs.«

»Bitte sag, dass du Witze machst«, sagte Bree.

»Oder dass es die Medikamente sind«, sagte Celia.

»Nein«, sagte Jake. »Das ist einfach unsere Sally.«

Celia und Bree sahen sich an.

»Jake, du bist in Ordnung«, sagte Bree. »Vielleicht wirst du sogar der erste Mann sein, dem der Titel Ehren-Smithie verliehen wird.«

»Mein Mann, der Smithie.« Sally strahlte. Kurz darauf schloss sie die Augen und fing an zu schnarchen.

Jake verzog sich ins Badezimmer, und Bree wandte sich Celia zu.

»Gibt es irgendeine Chance, dass wir sie morgen lebendig wiederfinden?«, fragte sie.

Celia schüttelte traurig den Kopf. »Ich glaube, dass sie nicht mehr lebt.«

»Ich auch«, sagte Bree. »Und ich hasse es, dass das Leben einfach weitergeht.«

April

Ronnies Plan war einfach.

Im ganzen Land gingen kleine schwarze Mädchen morgens aus dem Haus und kamen nie zurück. Sie wurden von Gangmitgliedern ermordet oder von Fremden entführt und zur Prostitution gezwungen. Aber für sie wurde nie eine Amber-Alert-Meldung abgesetzt. Mit ihren Gesichtern bombardierte die *Today Show* nicht die Fernseher von Haushalten in ganz Amerika. Aber wenn ein gebildetes weißes Mädchen verschwand, konnten die Medien nicht genug davon kriegen.

Ronnie hatte die Gabe, die Sichtweisen anderer zu beeinflussen, indem sie ihre Schwächen gegen sie verwendete. Sie sagte, sie wolle ein Bewusstsein für Kinderprostitution und -handel in den USA schaffen und gleichzeitig aufzeigen, wie wenig man sich im Land für all jene interessierte, die nicht privilegiert und weiß waren.

So war es dazu gekommen, dass April ihren Freundinnen zwar von dem Dokumentarfilmprojekt erzählt, aber auch sehr viel weggelassen hatte. So war es dazu gekommen, dass sie ihre Sachen gepackt und mit Ronnie in diesem Drecksloch auf der English Avenue gelandet war.

Nach einem Jahr, als April die ganze Sache gerade in Frage zu stellen begann, verkündete Ronnie, dass sie den Plan jetzt endlich durchführen würden.

Eines schwülen Freitags im August schlich April mitten in der Nacht zu Alexas Haus hinüber und kletterte geräuschlos eine selbstgemachte Strickleiter zu einem Raum unter den Wohnzimmerdielen hinunter, der die Größe ihres kleinen begehbaren Schrankes am Smith College hatte. Hier gab es kein

Licht, es roch nach Schimmel, und der Boden war aus Stein. Alexa hatte versucht, es ihr schön zu machen. Sie hatte den Raum mit Kissen gepolstert und eine weiche Babydecke hineingelegt. April solle sich keine Sorgen machen – sie verstecke hier nicht zum ersten Mal Mädchen, wenn diese vor der Polizei oder Zuhältern auf der Flucht waren. Keine habe hier je Kakerlaken oder Mäuse gesehen, und Alexa versicherte April, dass man von oben rein gar nichts hören könne, selbst wenn eines der Mädchen einmal geniest oder gehustet hatte. Trotzdem hatte April sich die Hand fest vor den Mund halten müssen, um nicht zu weinen. Enge Räume hatte sie nie gemocht, aber sie wusste, dass es nicht anders ging.

Am nächsten Morgen erzählte Ronnie ihr, dass sie Aprils Mutter und die Mädchen vom Smith College wie geplant telefonisch informiert hatte. Auf diese Art, hatte Ronnie gesagt, konnte niemand April die Aktion ausreden, und April bekäme trotzdem ihren Willen: Diejenigen, die sie am meisten liebten, würden wissen, dass sie in Sicherheit war.

Noch am selben Tag meldete Ronnie April als vermisst, und Alexa sagte aus, beobachtet zu haben, wie Redd April am Vorabend in sein Auto gezerrt hatte. Letzteres war natürlich eine glatte Lüge, wie alles andere auch, aber Ronnie und Alexa hatten beschlossen, dass Redd zu bestrafen ein hübsches kleines Extra wäre.

Er war der Schlimmste der Schlimmen in Atlanta und in der Nachbarschaft dafür bekannt, dass er seine Mädchen mit einem Baseballschläger verprügelte, sie in einer Art Gruppeninitiation in einer einzigen Nacht von Dutzenden Männern vergewaltigen ließ und eine Fünfzehnjährige einmal dafür bestraft hatte, dass sie nicht mit einem betrunkenen Geschäftsmann schlafen wollte, indem er eine zerbrochene Glasflasche in ihre Vagina stoß und ihre Unterlippe durchbiss. Er wurde wegen schwerer Körperverletzung und Verstümmelung seiner

Opfer festgenommen, kam aber nach nur einem Monat gegen Kaution frei. Über das Mädchen wusste anscheinend niemand etwas, aber Alexa hatte berichtet, dass Redd überall stolz herumerzählte, seine Freunde hätten sie erledigt.

Für die Polizei waren diese jungen Mädchen Kriminelle, die es nicht anders wollten, und die derselben schmutzigen Welt angehörten wie ihre Zuhälter. Was die Polizei und die meisten anderen Menschen dabei übersahen, war, dass die Zuhälter eine Wahl hatten, wohingegen die Mädchen gezwungen wurden. Darauf wollte Ronnie die Öffentlichkeit mit ihrem Projekt aufmerksam machen. Sie verwies auf häusliche Gewalt und darauf, dass noch vor vierzig Jahren niemand darüber gesprochen hatte – es hatte keine Bewegung dagegen gegeben, nicht einmal einen Namen dafür. Aber einige Frauen hatten Pionierarbeit geleistet und das Thema in den Vordergrund gerückt, und sie würden jetzt dasselbe mit sexueller Ausbeutung machen.

Manchmal fragte April sich, ob dieses Projekt Ronnies letzter Versuch war, ihren Ruf unter Feministinnen zu retten. Trotz ihrer vielen guten Taten in den letzten drei Jahrzehnten galt sie weitestgehend als Randfigur und Außenseiterin. Vielleicht betrachtete sie das alles als ihre letzte große Chance.

April sollte nur einen Monat lang in dem Loch unter Alexas Fußboden bleiben. Darauf hatten sie sich geeinigt. Am Anfang hatte Alexa ihr tagsüber Brote und mal ein Obst, Kekse und Mineralwasser durch die Luke gesteckt. Wenn sie pinkeln musste, brachte Alexa ihr einen Nachttopf, aber April gab sich größte Mühe, ihnen beiden das zu ersparen. Sie wusste, dass Alexa genauso an das Projekt glaubte wie Ronnie und sie selbst, und sie wusste auch, dass Ronnie Alexa eine unsittliche Summe zahlte, damit sie April versteckte, aber trotzdem.

Nach Mitternacht, wenn alle anderen im Haus hinter verschlossenen Türen waren, ließ Alexa sie raus und schleuste sie in ihren Privatbereich hinauf. Dort konnte April duschen und auf die Toilette gehen, sich ein bisschen die Beine vertreten und an Alexas kleinem Nähtisch ein warmes Abendessen zu sich nehmen: Grillhähnchen und Rotwein, Spaghetti mit Knoblauchbrot. Es tat jedes Mal weh, nach etwa einer Stunde oben wieder in den Untergrund gehen zu müssen, aber Alexa tröstete sie dann mit den Worten: »Die Zeit bis morgen Nacht wird ganz schnell vergehen, du wirst sehen.«

Ronnie bestand darauf, dass April auch dann, wenn alles ruhig zu sein schien und niemand sie hätte sehen können, auf keinen Fall oben schlief. »Zu riskant«, behauptete sie beharrlich, und für April klang das glaubwürdig. Alexa gab ihr eine Flasche verschreibungspflichtiger Schlaftabletten, die irgendein Mädchen im Badezimmerschrank hatte stehenlassen, und April nahm täglich vor dem Einschlafen eine. Sie waren seit sechs Monaten abgelaufen, wirkten aber noch gut.

In den ersten vier Wochen kam Ronnie jeden Montagabend, um April auf den neuesten Stand zu bringen. Ende des Monats, sagte sie, würden sie die Wahrheit verkünden: dass April am Leben und in Sicherheit war, dass das Ganze ein Kunstwerk war, das der Welt beweisen sollte, wie wenig die Leute über sexuelle Ausbeutung wussten und darüber, wer in den Medien in den Vordergrund gerückt wurde. Ronnie hatte gehofft, dass ein paar Nachrichtensender über Aprils Verschwinden berichten würden. Sie hatten nicht erwartet, dass die Story so groß werden würde.

Am Ende des ersten Monats saß April Ronnie in Alexas Schlafzimmer gegenüber, und Ronnie nahm ihre Hand.

»Hör mal zu, Kleines«, sagte sie. »Ich weiß, dass ich gesagt habe, dass es bei einem Monat bleibt, aber die Sache läuft besser, als ich mir hätte träumen lassen. Du musst noch ein bisschen weitermachen.«

Die Wochen vergingen, und Ronnies Besuche wurden seltener. Sie war ständig unterwegs nach New York, L. A. oder Chicago, um in einer Fernsehsendung nach der anderen aufzutreten, über die Gefahren von Menschenhandel und Zwangsprostitution in den USA zu sprechen und das Buch zu bewerben, das bei ihr in Auftrag gegeben worden war. (April hatte sie gesagt, dass sie es, wenn alles vorbei war, gemeinsam schreiben und sich die Urheberschaft teilen würden.)

April versuchte, sich gedanklich zu beschäftigen, indem sie so hoch sie konnte zählte, sich vorstellte, was die Mädchen in ihren jeweiligen Ecken der Welt gerade machten, oder englische Sätze ins Spanische übersetzte, um die Sprache aufzufrischen, mit der sie sich seit dem letzten Jahr an der Highschool nicht befasst hatte.

Die Luft in dem Loch war abgestanden und verbraucht. Aprils Beine schmerzten vom vielen Stillsitzen, und ihre Augen brannten wegen des schwachen Lichts. Manchmal wurde ihr das Warten unerträglich, und ihre Gedanken wanderten an die entlegensten Orte der Einsamkeit – fühlten sich ans Haus gebundene alte Frauen ähnlich?, fragte sie sich. Oder deutsche Schäferhunde, die eigentlich durch die Berge streifen sollten, stattdessen aber in eine Kammer eingesperrt waren, während ihre Besitzer zur Arbeit an die Börse gingen? Wenn sie wieder draußen war, beschloss sie, würde sie die älteren Leute in ihrer Nachbarschaft kennenlernen und niemals einen Hund kaufen, mochten ihre Kinder (ihre möglichen Kinder, schließlich musste sie noch entscheiden, ob sie überhaupt welche wollte) noch so betteln.

Oft hörte April gedämpfte Geräusche aus dem Raum über ihrem Kopf, den Fernseher, Stimmen. Noch nach fünf, sechs, sieben Wochen ging es im Fernsehen manchmal um ihr Verschwinden – sie hörte Polizisten über Suchaktionen sprechen und Anwohner ihre Sorge um sie zum Ausdruck bringen. Sie hatte ein schlechtes Gewissen, wenn sie das hörte, und auch

Angst. Natürlich würde es rechtliche Folgen haben, wenn sie am Ende öffentlich machten, wo sie gewesen war, vielleicht sogar eine Gefängnisstrafe. Ronnie hatte gesagt, dass sie ihnen ein dickes Bußgeld aufbrummen würden, das sie übernehmen würde. April war sich da nicht so sicher, aber es war sowieso egal, wenn sie nur erst ihre Botschaft rüberbringen konnten. Ihr einziger Trost war, dass die Mädchen und ihre Mutter Bescheid wussten.

Wenn Ronnie sie besuchte, fragte April jedes Mal, ob sie von ihnen gehört hatte.

»Nein«, antwortete Ronnie dann. »Kein Wort.«

April überspielte ihre Enttäuschung. »Wahrscheinlich wollen sie uns helfen, indem sie sich nicht rühren«, sagte sie. »Oder sie sind wirklich immer noch angepisst wegen unseres Streits damals.«

Sie dachte oft an sie: Sally als Ehefrau, Bree und Lara, die vielleicht ihre eigene Hochzeit planten, und Celia mitten in ihrem großen, tapferen, angsteinflößenden, einsamen New Yorker Leben. Am allermeisten bereute April, wie sie die Sache mit Sally hatte stehenlassen. Am liebsten wäre sie zu dem Abend im Speisesaal des King House zurückgekehrt und hätte die vielen dummen, kleinlichen Worte gestrichen, die sie einander gesagt hatten.

Gleichzeitig war sie traurig und überrascht, dass keine von ihnen ihr über Ronnie eine Nachricht hatte zukommen lassen. Vielleicht war es vorbei, dachte sie. Sie erinnerte sich an eine Zeit, damals an der Highschool, in der sie sich nach Freundinnen wie den Mädchen aus dem King House gesehnt hatte. Jetzt kannte sie die Kehrseite wahrer Freundschaft: Wenn sie zu Ende ging, konnte sie mehr wehtun als die bitterste Einsamkeit.

Eines Abends hörte sie über sich eine Fernsehwerbung für ein Geschäft für Halloween-Kostüme in der Innenstadt, und als sie später Alexa fragte, musste sie mit Entsetzen feststellen, dass es schon Anfang Oktober war. Sie war seit zwei Monaten hier unten.

Es war in dieser Zeit, dass Ronnie langsam paranoid wurde.

»Ich glaube, die Polizei ist uns auf der Spur, dabei sorgen wir gerade für so viel Aufmerksamkeit«, sagte sie. »Wir können jetzt nicht aufhören!«

Sie versicherte April, dass es nur noch wenig länger gehen würde, und hatte eine letzte Bitte. »Mit den nächtlichen Ausflügen nach oben muss Schluss sein«, sagte sie. »Du kannst den Nachttopf benutzen, und Alexa bringt dir feuchte Lappen, damit du dich waschen kannst, aber du musst von jetzt an unter den Dielen bleiben. Nur noch für ein paar Tage.«

April erkannte, dass es keine Diskussion darüber geben würde. Und warum sollte sie Ronnie jetzt in Frage stellen, da die Sache fast erledigt war?

In Alexas Wohnzimmer wimmelte es oft von Mädchen, die vor ihren Zuhältern geflohen waren und jetzt eines der kleinen Schlafzimmer in Alexas Haus für ihre Arbeit nutzten und sie dafür bezahlten. Wenn sie über Aprils Kopf saßen und plauderten, hätte April sich oft am liebsten zu ihnen auf das kaputte Sofa gesetzt, süßen Tee getrunken und über Jungs getratscht. (April war immer wieder verblüfft, dass einige der Mädchen noch mit Jungs ausgingen und sich ganz normal verliebten, obwohl ihr Alltag von einer widerlichen und brutalen Abart von Sex geprägt war. Wie konnten sie Männern oder auch nur einem einzigen Mann mit etwas anderem als Verachtung begegnen?)

April hörte auch schreckliche Dinge, die sie, wie sie wusste, niemals würde vergessen können. Die Mädchen trafen ihre Freier im Wohnzimmer und gingen dann mit ihnen nach oben.

»Hey, mein Kleines«, hörte April eines Nachts einen Freier sagen. Seine Stimme war laut und rau. »Zieh das mal an.«

April verstand die Antwort des Mädchens nicht, aber sie hörte ihren Ton: ängstlich, obwohl sie versuchte, süß und unbeschwert zu klingen. April fragte sich, was für ein Kleidungsstück zum Teufel das sein konnte.

»Gefällt es dir nicht?«, sagte er. »Ist von meiner Jüngsten. Ich will dich darin ficken. Ich will, dass du Papa zu mir sagst und mein kleiner Engel bist, okay? Du bist mein kleines Mädchen, und Papa wird ganz sanft sein.«

An einem anderen Abend, kurz nachdem Alexa ihr das Essen gebracht hatte, kam eine Gruppe Studenten ins Wohnzimmer, die wegen eines Footballspiels in der Stadt waren. Ihre Schritte dröhnten über die Dielen, sodass April Sorge hatte, einer von ihnen könne durchbrechen und sich wundern, warum sie da unten ihre Erzählung von ihrer Mexikoreise belauschte, bei der sie zugesehen hatten, wie ein Mädchen auf der Bühne von einem Esel gefickt wurde.

Nach dieser Sache sagte April Ronnie klipp und klar, dass sie das verdammt nochmal nicht viel länger aushielt. Es war eine Sache, in dem Loch zu hocken, wenn man wusste, dass man einmal am Tag rauskommen konnte. Aber jetzt fühlte sie sich zunehmend schlecht und verängstigt. »Ich drehe langsam durch«, sagte sie. »Du musst mich hier rausholen.«

»Das werde ich ja«, sagte Ronnie und klang fast genervt, als wäre sie diejenige, die die Opfer brachte. »Gedulde dich einfach. April, wir erreichen gerade so viel Gutes, und alles deinetwegen.«

Eines Donnerstagabends kamen ein paar Mädchen vom Eckladen im Wohnzimmer zusammen, um Musikvideos anzusehen. Sie lachten, redeten durcheinander und sangen mit. Ausnahmsweise konnten sie sich wie normale Jugendliche benehmen. April erkannte, dass unter ihnen auch Angelika war, eines von Redds Mädchen, das mit der tiefen, verführerischen Stimme. April hatte sie in letzter Zeit oft im Wohnzimmer gehört, sie musste Redd also endgültig verlassen haben.

Nach etwa einer Stunde wurden die Mädchen ruhiger. Sie kommentierten die Fernsehsendungen hier und da, lachten über eine Tamponwerbung, schimpften über Chris Brown oder riefen einer Freundin in der Küche zu, sie möge mehr Tee und Zigaretten bringen. April konnte sich zum ersten Mal seit Wochen entspannen.

Einige Zeit später kam ein neues Mädchen ins Zimmer. April erkannte sie nicht an der Stimme, hörte sie aber sagen: »Macht die Nachrichten an. Die filmen hier vor der Tür 'ne Reportage über diese vermisste weiße Tusse. Habt ihr gehört? Vor ein paar Tagen haben sie Körperteile von der gefunden.«

April versteifte sich. Sie hatte Ronnie gestern erst gesehen, aber davon hatte sie nichts erwähnt. April lauschte angestrengt dem Fernseher und flehte die Mädchen innerlich an, die Klappe zu halten.

Die glatte Stimme eines Nachrichtensprechers sagte: »Nach dem grausigen Fund menschlicher Überreste, die April Adams zugeordnet werden, ruft die Polizei von Atlanta Freiwillige im ganzen Land zur Mithilfe bei der Suche nach Hinweisen auf.«

April dachte an die Mädchen, dann an ihre Mutter: Sie hatten sicherlich davon gehört. Wie konnten sie es so weit kommen lassen? Oder hatte Ronnie ihnen gar nichts von dem Plan erzählt? Saß jede von ihnen in diesem Moment in ihrer kleinen Ecke der Welt und hielt April für tot?

Bevor sie das verarbeiten konnte, hörte sie über sich eine Tür knallen. Die Mädchen schrien auf. April hörte sie wegrennen. Ihr Herz raste. Da oben hatte jemand eine Waffe.

Dann hörte sie seine Stimme. »Scheißverräterin«, sagte Redd.

Angelika klang panisch. »Nein, nein, nein, Schatz. Ich war das nicht.«

»Schwachsinn! Die Bullen sagen, jemand hat ihnen das mit dem Scheiß in meinem Garten gesteckt. Das warst du.«

»Ich hab' nichts gesagt, ich schwöre«, sagte Angelika und versuchte, trotz zitternder Stimme beruhigend zu klingen.

»Willst du mich verarschen? Für den Scheiß nehmen die mich wieder fest. Dabei hab' ich diese weiße Fotze nicht mal angefasst, aber weil du dein verdammtes Riesenmaul nicht halten kannst – du bist nichts«, brüllte er. »Vergiss das nicht.«

»Ich weiß, ich weiß«, sagte Angelika. »Bitte, du musst mir glauben.«

»Blödsinn«, sagte er. »Ich hab' doch gesehen, wie du mit der aufm Strich immer geredet hast und ihr in den weißen Arsch gekrochen bist. Sogar zu ihr nach Hause gegangen bist du. Jetzt ist sie weg, und die Scheißbullen suchen mich.«

Angelika schluchzte. »Die haben mich viele Fragen gefragt, weil die andern gesagt haben, ich bin ihre Freundin. Aber ich schwöre, ich hab' denen nichts erzählt. Baby, ich liebe dich«, sagte sie.

»Auf die Knie jetzt. Du bläst mir ordentlich einen, und dann verzeih ich dir vielleicht«, sagte er.

Sie weinte immer noch. »Bitte leg die Pistole weg«, schrie sie.

»Mach schon!«, brüllte Redd, und sie stöhnte leise.

Dann war es still. April zitterte. Bei der Vorstellung, was über ihre gerade vor sich ging, hätte sie sich fast übergeben. Das passierte alles ihretwegen. Wenn sie jetzt aus ihrem Loch unter den Dielen kroch, um zu helfen, würde er sie vermutlich erschießen. In die Stille hinein wünschte April sich das Geräusch der zuschlagenden Tür: Entweder würde Redd gehen, oder jemand würde kommen, um Angelika zu helfen. Die anderen Mädchen mussten schließlich die Polizei gerufen haben. Und Alexa hatte eine Pistole im Wäscheschrank im ersten Stock.

Dann hörte sie den Schuss.

Von irgendwo im Haus drang sofort Geschrei und Weinen zu ihr, als wüssten die anderen schon, was passiert war. Wenige Minuten später hörte sie ein vereinzeltes Martinshorn, dann kamen die Rettungssanitäter ins Wohnzimmer. Die Schreie hörten nicht auf.

Ohne es gesehen zu haben, wusste April, was passiert war. Redd hatte das Mädchen erschossen und war dann frei wie ein Vogel in den Abend hinausspaziert. Niemand würde der Polizei erzählen, was sie gesehen hatten, aus Angst, die Nächste zu sein. Stunden später roch sie den starken, stechenden Geruch von Bleichmittel und spürte winzige Säuretropfen durch die Löcher im Boden herabtropfen. Über ihr weinte jemand.

In dieser Nacht fand April keinen Schlaf. Sie saß hellwach da.

Was war sie nur für ein Feigling geworden. Sie hatte nichts für Angelika getan. Sie war hier, um diesen Mädchen zu helfen, und jetzt war eine von ihnen tot, ihretwegen. April weinte in ein Kissen, damit niemand sie hörte, und erinnerte sich an den Schuss und das Geschrei von oben.

Wie sollte man das ertragen? Männer waren an der Macht und könnten aus der Welt etwas Herrliches machen, entschieden sich aber dafür, sie zu zerstören, auf sie zu scheißen und Frauen zu ihren Sklavinnen und Sandsäcken ihrer Aggression zu machen. Wie konnten Frauen wie Sally einen Mann heiraten und einfach darauf hoffen, dass er nicht eines Tages zu einem Widerling wurde: sich mit seiner Sekretärin aus dem Staub machte oder, schlimmer noch, sich irgendein kleines Mädchen von der Straße für Sex suchte, an den er sich eine Woche später nicht mehr erinnerte, den das Kind aber für den Rest seines Lebens nicht würde vergessen können?

Männer taten so unschuldig, aber die meisten waren auf die eine oder andere Art Zerstörer. Sie führten Kriege, schlugen ihre Frauen oder zahlten nach der Arbeit fünfzig Dollar für einen Lapdance und einen Blowjob, bevor sie nach Hause zu ihren Frauen zurückkehrten, ihr Huhn zum Abendessen aßen und die Abendnachrichten einschalteten. April dachte an ihren Vater, der sich nie dafür interessiert hatte, ihr Gesicht zu sehen oder ihre Stimme zu hören. Der Liebe, Leben und Ehre gegen Sex eingetauscht hatte. Sie dachte an dieses Arschloch, das Celia vergewaltigt und für immer geprägt hatte und selbst einfach weitergemacht hatte, als wäre nichts gewesen.

Menschen kämpften dagegen – hier in Atlanta und draußen in New York, L. A., in Schweden und dem Rest der Welt. Die meisten von ihnen waren Frauen. Die wenigen Männer unter ihnen waren dabei, weil sie hatten zusehen müssen, wie eine von ihnen geliebte Frau von männlicher Gewalt zerstört worden war. Aber was konnten diese Kämpfer und Kämpferinnen wirklich erreichen? Sie konnten Gesetze erlassen und Schilder aufstellen und Leserbriefe an die *New York Times* schreiben, bis sie tot umfielen. Zweifellos *würden* sie all das auch tun. Sie würden die Welt verbessern, wenn auch millimeterweise. Aber solange es sogenannte aufrechte Bürger gab, die es für akzeptabel hielten, kleine Mädchen gegen Geld zu ficken, solange es Männer gab, die diese Mädchen einfach so verkauften – was konnte ein guter Mensch da erreichen?

Außerdem waren viele dieser guten Menschen zu sehr damit beschäftigt, gute Menschen zu sein. Sie rissen sich um Auszeichnungen und Fernsehauftritte, fanden sich toll und erreichten wenig. Sie stritten sich darum, wer Präsident und wer Kassenwart sein durfte, wer Protokoll führte und wer den Zitronenkuchen buk. Verdammt, selbst die Feministinnen in ihren Stadtwohnungen in hübschen Backsteinhäusern konnten nicht richtig kämpfen aus Angst davor, andere in ihrer ach so wertvollen beschissenen *Selbstbestimmung* einzuschränken, denn wer konnte wissen, ob manche Frauen nicht vielleicht gerne fremden Männern für zehn Dollar pro Kopf einen bliesen. In der Zwischenzeit wurden Hunderte Kilometer entfernt Mädchen in den Wohnzimmern schmuddeliger Puffs in den Kopf geschossen, und andere Mädchen kamen herbei, um mit einem Mopp und einer Flasche Clorox ihr Hirn von der Wand zu waschen.

April wusste, dass sie jederzeit gehen konnte, sie musste nur die Leiter hochklettern, dann konnte sie das alles hinter sich lassen. Sie wusste auch, dass Ronnie ihr das niemals verzeihen würde, aber wer zum Teufel war Ronnie schon? Langsam begriff sie, dass Ronnie sie ausgenutzt hatte, sie kaputtgemacht hatte. Sie schloss die Augen vor der Dunkelheit. Es war ganz einfach: Sie konnte nicht mehr.

Viele Stunden später, als im Haus schon lange Ruhe eingekehrt war, schlich April sich raus. Es war ein Kampf, auch nur die Strickleiter hinaufzukommen, und sie stellte mit Entsetzen fest, dass ihr Körper nicht mehr derselbe war. Ihre Oberarm- und Unterschenkelmuskulatur war praktisch verschwunden. Die Haut hing wie bei einer alten Frau schlaff herunter, und ihre Beine waren vom langen Stillsitzen voll wunder Stellen. Sie musste es mehrmals versuchen, bevor es ihr gelang, die Dielen nach oben zu drücken und hinauszuklettern.

Ihr war klar, dass sie jetzt keinen Laut machen durfte. Sie musste mit Ronnie reden, bevor sie von irgendjemandem gesehen wurde.

Atemlos blieb sie kurz auf dem Wohnzimmerboden sitzen und erlaubte ihren Augen, sich an das Licht zu gewöhnen. Das Zimmer, das sie als normalgroß in Erinnerung hatte, sah gigantisch aus. In der Luft lag Zigarettenqualm und Schnapsgeruch, und trotzdem war sie für April so frisch, dass sie sie eimerweise einsog.

Sie stand mühsam auf; ihre Beine waren wackelig, aber nach kurzer Zeit fand sie ihr Gleichgewicht wieder. Sie schlich den Flur hinunter. Hinter einer der Schlafzimmertüren hörte sie zwei Stimmen im Flüsterton streiten. Hinter einer anderen stöhnte eine junge Frau »Ja, ja, ja« auf so gelangweilte und traurige Art, wie April es noch nie gehört hatte.

Als sie die Haustür erreicht hatte, hielt sie die Luft an und öffnete sie. Kurz darauf war sie draußen. Die Luft war frisch. Sie bemerkte die orangefarbenen Blätter eines Baumes im Straßenlicht und erinnerte sich an die langen Herbstspaziergänge mit Sally um den Paradise Pond.

In den Mülltonnen lagen verschimmelte Kürbisse. Halloween musste schon vorbei sein, dachte sie. Es war November.

Die Straße war leer und lag ruhig da. Es musste also nach vier Uhr morgens sein, weil die Mädchen bis dahin üblicherweise draußen waren. Hätte sie nur bei Alexa auf die Uhr geschaut.

Als April das Haus erreicht hatte, ging sie zur Hintertür in der Hoffnung, dass Ronnie sie offen gelassen hatte, aber sie war abgeschlossen.

April klopfte erst leise, dann lauter. Sie dachte, innen Schritte gehört zu haben, aber dann war wieder alles still. Sie atmete tief ein und versuchte, sich zu konzentrieren. Sie wollte nicht riskieren, zur Vordertür zu gehen und dort zu klingeln.

Dann ging das Küchenlicht an, die Tür öffnete sich, und da stand Ronnie in ihrem alten Seidenbademantel mit einer Pistole in der Hand.

»Verdammte Scheiße, April«, sagte sie, »was machst du hier?«

Aprils Augen füllten sich mit Tränen. Sie freute sich, war erleichtert, Ronnie zu sehen, und das tat furchtbar weh. Wie konnte sie sich so sehr über jemanden freuen, der sie schlecht behandelt hatte, aber war es nicht ihr ganzes Leben schon so gewesen: ihre Mutter, ihr Vater, Gabriel. Die einzigen guten

Menschen, die sie je glücklich gemacht hatten, waren Sally, Celia und Bree.

»Komm sofort rein«, zischte Ronnie. »Hat dich jemand gesehen?«

April trat in die vertraute Küche – der Deckenventilator rumpelte in der wackeligen Halterung, auf dem Tisch standen eine halbleere Flasche Wein und ein Teller mit ein paar vertrockneten Tomatenscheiben.

Sie fing an zu weinen, klammerte sich an Ronnie und vergrub ihr Gesicht in der blauen Seide. Ronnie versteifte sich, aber April wich nicht zurück.

»Heute Abend musste ein Mädchen meinetwegen sterben«, sagte April. »Weißt du, was geredet wird? Scheiße, die denken, dass sie meine Leiche gefunden haben.«

Ronnie antwortete nicht.

»Was soll jetzt werden?«, fragte April. »Die Polizei glaubt, dass Redd mich umgebracht hat. Wir stecken in echten Schwierigkeiten. Wir könnten ermordet werden. Warum hast du mir das alles gestern nicht erzählt?«

Ronnie seufzte, schob April von sich und setzte sich auf einen Küchenstuhl. Sie legte die Pistole auf den Tisch und verfolgte den Schriftzug auf der Weinflasche mit den Fingern.

»Ich wollte in Ruhe überlegen, was jetzt zu tun ist«, sagte Ronnie. »Ich wollte einen Plan haben, bevor ich dich beunruhige.«

April hörte nicht auf zu weinen. »Ronnie, das ist nicht wie die anderen Male. Wir sind echt in Schwierigkeiten«, sagte sie. »Wir müssen uns der Polizei stellen.«

Ronnie schüttelte den Kopf. »Ich denke, wir sollten weggehen und nochmal von vorne anfangen. So tun, als wäre das alles hier nie passiert. In ein, zwei Tagen wissen sie, dass die gefundenen Leichenteile nichts mit dir zu tun haben. In ein paar Monaten geben sie die Suche dann endgültig auf.«

»Und was passiert mit mir?«, fragte April. »Erwartest du von mir, dass ich davonlaufe und ein neues Leben anfange, ohne auch nur meinen Freundinnen etwas zu sagen?«

»Das sind sowieso nicht mehr deine Freundinnen«, sagte Ronnie in scharfem Ton. »Oder sie werden es nach alledem nicht mehr sein.«

»Du hast es ihnen nicht gesagt, stimmt's?«, sagte April.

Ronnie schwieg.

»Warum?«, fragte April. »Warum verdammt nochmal hast du mir das angetan?«

»Ich konnte das alles nicht aufs Spiel setzen«, sagte Ronnie schlicht.

»Was soll das sein, *das alles*?«, rief April. Sie blickte den Flur entlang, der zum Eingangsbereich und zur Treppe führte. Am Fuß der Treppe standen vier Koffer aufgereiht.

»Du wolltest mich hier sitzenlassen«, sagte April.

»Das ist lächerlich«, sagte Ronnie. »Ich würde dich nie zurücklassen.«

April stand auf und ging den Flur hinunter auf die Eingangstür zu.

Hinter sich hörte sie Ronnies Stuhl über den Boden quietschen. Ronnie stand auf, drückte April an die Wand, drängte an ihr vorbei und versperrte ihr den Weg zur Tür.

»Was soll das, verdammt? Wo willst du hin?«, sagte Ronnie und stand mit ausgebreiteten Armen vor der Tür.

»Zur Polizei. Ich werde ihnen sagen, was passiert ist«, sagte April.

»Das machst du nicht«, sagte Ronnie. »Hör mal zu, du kannst nicht klar denken. Wir schlafen uns jetzt erstmal aus, und morgen früh klären wir das alles.« Sie nahm Aprils Kinn in die Hand und hielt es sehr fest.

»Bitte«, sagte sie. »Ich bitte dich.«

»Es ist vorbei, verdammt«, sagte April.

»Aber das bist du mir schuldig«, sagte Ronnie.

April war wutentbrannt. »Ich schulde dir gar nichts«, sagte sie. »Ich habe an dich geglaubt, ich habe geglaubt, dass dir das alles wirklich wichtig ist. Aber für dich warst von Anfang an nur du selbst wichtig. Mein Gott, Ronnie, du hast mal für etwas so Gutes gestanden, aber schau doch, was aus dir geworden ist.«

Ronnies Ausdruck wurde eisig. Sie packte April bei den Armen.

»Du bist ein Kind«, sagte Ronnie. »Mach, was du willst, aber vergiss eins nicht: Wenn du zur Polizei gehst, verbringst du den Rest deines Lebens hinter Gittern. Und ich werde sagen, dass ich nichts damit zu tun hatte, dass du mich ausgetrickst hast wie alle anderen. Such ruhig nach Beweisen dafür, dass ich davon gewusst habe. Du wirst nichts finden.«

April befreite sich aus Ronnies Griff und rannte mit brennenden Beinen die Treppe hinauf und in Ronnies Schlafzimmer. Ronnies Sachen waren verschwunden, aber als April die Schublade aus dem Nachttisch zog, lag es da: ihr altes Handy. Sie schaltete es ein und sah, dass der Akku fast leer war. Am ganzen Körper zitternd wählte sie Sallys Nummer.

Beim zweiten Klingelton ging ein Mann ran, der verschlafen klang. Im Hintergrund hörte April das muntere Gequassel einer Fernsehsitcom und die beruhigenden Wellen der Lachkonserve. Sallys Haus schien auf einem anderen Planeten zu sein als das, in dem sie war, und April sehnte sich dorthin.

»Jake?«, fragte sie.

»Nein«, sagte der Mann. »Wer ist da?«

»Ich bin eine Freundin von Sally«, sagte April.

»Aha, ich bin ihr Bruder«, sagte er. »Sie haben mich gebeten, im Haus zu bleiben und Telefondienst zu machen, falls jemand wegen dem Baby anruft.«

»Baby?«, fragte April, ihr schwirrte der Kopf.

»Ja«, sagte er. »Sie hat gestern ihr Baby gekriegt. Dreitausenddreihundert Gramm. Ein kleines Mädchen.«

»Oh, mein Gott«, sagte April. »Ist sie im Krankenhaus? Kann ich sie da anrufen?«

»Äh, ja«, sagte er. »Sie ist im Piedmont-Krankenhaus in Atlanta. Warte mal, ich kann dir die Nummer geben.«

»Sie ist im Piedmont?«, fragte April ungläubig.

»Ja«, sagte er. »Sie waren gerade da, um eine Freundin von ihr zu suchen, als die Wehen eingesetzt haben.«

In diesem Augenblick wurde die Leitung unterbrochen, ihr Akku war leer.

Von unten hörte sie Ronnie die Koffer auf die Veranda zerren. Bei Sonnenaufgang würde sie weg sein, wohin auch immer. April saß auf dem Bett. Sie wartete, bis sie Ronnies Auto aus der Auffahrt und die Straße hinunterfahren hörte, bevor sie selbst das Haus verließ.

Als April im Krankenhaus ankam, stieg gerade die Sonne über Atlanta auf und legte einen orangefarbenen Glanz über die Wiese und die Köpfe der vor dem Eingang rauchenden Krankenpfleger, sodass sie aussahen wie Engel in blauen OP-Kitteln. Es war seit Monaten der erste Sonnenaufgang, den sie beobachtete. Sie fragte sich, wie lange es dauern würde, bis sie wieder einen würde sehen können.

Ihr Herz hämmerte in ihrer Brust, und ihre Hände zitterten, als sie in das Gebäude trat.

Nach dieser langen Zeit im Dunkeln wirkte alles grell und scharf: die Hochglanzmagazine, die in der Eingangshalle des Krankenhauses herumlagen, die riesigen silbrigen Aufzugtüren, die weit geöffnet waren und durch die sie einfach hindurchtreten konnte. Die Entbindungsstation lag im dritten Stock. April drückte auf den Knopf und atmete tief durch.

Im ersten Stock stieg ein elegant gekleideter Mann ein und

sah sie verwirrt an, als kenne er sie von irgendwoher, käme aber nicht darauf, von wo. Sie war an diesem Morgen schon von vielen Menschen so angeschaut worden: von dem Busfahrer, der sie vom anderen Ende der Stadt mitgenommen hatte, von der Frau, die am Straßenrand Nelken aus einem Plastikkübel verkaufte.

Bald würde alles vorbei sein. Sie würde zur Polizei gehen, ihnen alles erzählen und jede Bestrafung annehmen. April hatte immer gedacht, dass die Arbeit mit Ronnie sie zu genau dem Leben führen würde, von dem sie an der Uni geträumt hatte. Jetzt war ihr ganz klar, dass sie ihre Chancen darauf verspielt hatte.

Das Schlimmste war die Erkenntnis, dass die Mädchen ihr vielleicht nicht verzeihen würden, dass sie diesmal womöglich zu weit gegangen war und sie für immer verloren hatte. Sally hatte immer gesagt, Freud und Leid der modernen Frau seien die Wahlmöglichkeiten, die endlosen Wahlmöglichkeiten. Sie hatte aber nie etwas darüber gesagt, was passieren würde, wenn sich eine von ihnen einmal falsch entschied.

Als der Aufzug sich im dritten Stock öffnete, trat April hinaus.

»Schönen Tag noch«, sagte der Mann im Anzug.

»Ihnen auch«, sagte sie.

Im Flur lag ein säuerlicher Geruch. Irgendwo weinte ein Baby. Hinter einem mit rosa und hellblauen Teddybären dekorierten Schreibtisch saß eine weißhaarige Frau im Kittel und spielte online Poker.

»Entschuldigung«, sagte April, »ich suche Sally Werners Zimmer. Nein, Sally Brown.«

Die Frau sah nicht vom Bildschirm auf.

»Sieben B«, sagte sie.

April ging an mehreren offenen Türen vorbei. In einem Zimmer sah sie eine junge Mutter ihren Säugling am Fenster stillen, in einem anderen ein händchenhaltendes Pärchen unter einem Himmel aus blauen Luftballons.

Und dann hörte sie sie: Celia, Bree und Sally, ihr unverwechselbares Lachen, genau wie damals bei ihrer Ankunft im Autumn Inn zu Sallys Hochzeit. Sie blieb kurz vor der Tür stehen, hörte dem Gespräch zu und dachte an ihr erstes Jahr im Dienstmädchentrakt, als die Luft immer erfüllt war von ihrem Geplapper. Nie zuvor hatte sie zugleich so großes Glück und so große Angst empfunden.

Kurz darauf stand sie in der offenen Tür und klopfte an den Rahmen.

Die Mädchen blickten auf. Sally machte so große Augen, dass April wünschte, es wäre eine andere Zeit in einer anderen Realität. Sie wünschte, sie könnte einen Witz machen.

»Bist du's?«, fragte Sally schließlich.

»Ja, ich bin's.«

Danksagung

Ein Dank an meine wundervolle Freundin und Agentin Brettne Bloom, die mich zum Schreiben von Romanen ermutigt hat und auf meinem Weg wertvolle Erkenntnisse (und unzählige feine hausgemachte Abendessen) mit mir geteilt hat; an meine brillante Lektorin Jenny Jackson, der die Romanfiguren genauso am Herzen lagen wie mir und die mit mir dieselbe Vorstellung davon verfolgte, wie dieses Buch am Ende aussehen sollte. Mein Dank gilt Jill Kneerim und Leslie Kaufmann von Kneerim & Williams, Jerry Bauer, Jenna Menard, Meghan Scott und allen bei Knopf, darunter besonders Sarah Gelman, Andrea Robinson, Meghan Wilson und Abby Weintraub.

Ich danke meinen großzügigen Freunden und Freundinnen, die sich die Zeit genommen haben, dieses Buch zu lesen, bevor es überhaupt ein Buch war: Laura Smith, Aliya Pitts, Hilary Black, Laura Bonner, Noreen Kearney, Kate Sweeney, Becky Friedman und ganz besonders Lauren Semino, die nicht nur die erste Leserin von *Aller Anfang*, sondern auch die erste Leserin jeder einzelnen schlechten Kurzgeschichte war, die ich in und seit der Highschool geschrieben habe.

Ich möchte all jenen danken, die mein Leben mit Lachen, Gesprächen, Diskussionen, Verständnis, Zuspruch und Ratschlägen unendlich bereichert haben: Karin Kringen, Caitlain McCarthy, Elizabeth Driscoll, Sara Stankiewicz, Cheryl Goss, Josh Friedman, Beth Mahon, Tim Melnyk, Erin Quinn, Olessa Pindak, Shilah Overmyer, Frances Lester, Theresa Gonzalez, Lucie Prinz, David Halpern, Amanda Millner-Fairbanks, Hilary Howard, Natasha Yefimov, Winter Miller, Liz Harris, Maureen

Muenster, Ben Toff, Karen Oliver, Shelby Semino, Matt Semino und, wenn ich schon dabei bin, allen Mitgliedern der Familie Semino und den Helds noch dazu.

Für immer dankbar bin ich meiner Alma Mater, dem Smith College, den außergewöhnlichen Frauen, die ich während meiner Zeit dort kennenlernen durfte, und meinen inspirierenden Dozenten und Dozentinnen, darunter Maxine Rodburg, Michelle Chalfoun, Doug Bauer, Bill Oram, Michael Thurston, Craig Davis und Michael Gorra.

Dafür, mir zu einem Verständnis der Realität von Menschenhandel und Zwangsprostitution in den USA verholfen zu haben, bin ich Jane Manning, Rachel Lloyd, Melissa Farley, Stephanie Davis, den Mitarbeitern und Mitarbeiterinnen von Equality Now und den Schriften von Catherine MacKinnon, Andrea Dworkin, Gloria Steinem, Robin Morgan und vielen mehr zu Dank verpflichtet. Meiner ehemaligen Kommilitonin vom Smith College Dr. Michelle Burke Noelck danke ich dafür, mir die medizinischen Zusammenhänge immer und immer wieder erklärt zu haben.

Ich danke Bob Herbert, von dem ich mehr über Journalismus, Politik, Anstand und die New York Jets gelernt habe, als ich zu hoffen gewagt hätte, und der gesamten Redaktion der *New York Times*, die von der Sorte Kollegen sind, die einem am Sonntagabend tatsächlich fehlen.

Danke den vielen Mitgliedern meiner wundervollen erweiterten Familie, die alle Geschichtenerzähler sind.

Und millionenfacher Dank an Caroline Sullivan: eine wahre Künstlerin mit wachem Verstand und großem Herzen, ein unglaublicher junger Mensch. Eine bessere Schwester kann man sich als Mädchen gar nicht wünschen.

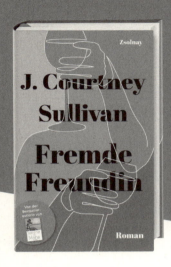

»Kleine menschliche und große gesellschaftliche Momente verpackt in eine richtig gute Geschichte. Ich habe den Roman geliebt.«
Meg Wolitzer

Elisabeth ist Journalistin, erfolgreich und im Leben angekommen. Ihre reiche, aber schräge Familie hat sie hinter sich gelassen. Nach zwanzig Jahren New York zieht sie mit ihrem Mann Andrew aufs Land. Ihr Sohn Gil ist gerade zur Welt gekommen, und Andrew jagt seinem Erfindertraum nach. Um sich ihrer Arbeit widmen zu können, engagiert Elisabeth eine Babysitterin. Sam studiert Kunst, kommt aus einfachen Verhältnissen, hat sich eben erst in Clive verliebt und entdeckt gerade ihre klassenkämpferische Seite. Die beiden ungleichen Frauen werden, aus Mangel an Alternativen, Freundinnen. Aber kann das gutgehen? J. Courtney Sullivan erzählt diese ungewöhnliche Beziehungsgeschichte so einfühlsam, spannend und komisch, dass man sie nicht mehr aus der Hand legen möchte.

528 Seiten. Gebunden mit Lesebändchen. zsolnay.at

Kiley Reid

Such a Fun Age

Roman.
Hardcover.
Auch als E-Book erhältlich.
www.ullstein.de

*Das Schicksal einer jungen Afroamerikanerin
einfühlsam erzählt*

Es ist eine richtig gute Party. Es ist voll, die Musik ist laut, die Drinks sind kalt. Emira ist aufgestylt und feiert richtig ab. Da bekommt die Afroamerikanerin einen Anruf von Alix. Ob sie wohl spontan auf die kleine Briar aufpassen könne? Emira liebt Briar, und sie braucht den Job als Babysitterin. Wenig später hängen die beiden in einem riesigen Supermarkt ab und albern herum. Doch einer der Sicherheitsleute macht ihnen Stress. Eine junge Schwarze, mit einem kleinen weißen Mädchen? Es kommt zu einem Tumult, jemand filmt das Ganze. Die Dinge werden noch komplizierter, als das Supermarkt-Video online und viral geht.

»Authentisch, und auch lustig ... in diesem messerscharfen Debüt geht es um Armut, Privilegien und Rassismus.«
The Guardian